ETHAN CROSS
Die Stimme der Lüge

AF214757

Weitere Titel des Autors:

Shepherd-Reihe
Ich bin die Nacht
Ich bin die Angst
Ich bin der Schmerz
Ich bin der Zorn
Ich bin der Hass
Ich bin die Rache

Ackerman & Shirazi
Die Stimme des Zorns
Die Stimme der Rache
Die Stimme des Wahns

Titel auch als Hörbuch erhältlich

Über den Autor:

Ethan Cross ist das Pseudonym eines amerikanischen Thriller-Autors, der die Welt fiktiver Serienkiller um ein besonderes Exemplar bereicherte: Francis Ackerman jr. Der gnadenlose Serienkiller erfreut sich seitdem großer Beliebtheit: Jeder Band der sechsbändigen SHEPHERD-Reihe sowie der Reihe mit Ackermans Partnerin Nadia Shirazi stand wochenlang auf der SPIEGEL-Bestsellerliste.

ETHAN CROSS

DIE STIMME DER LÜGE

THRILLER

Aus dem Amerikanischen von
Dietmar Schmidt

lübbe

Dieser Titel ist auch als Hörbuch und E-Book erschienen

Vollständige Taschenbuchausgabe

Deutsche Erstausgabe

Für die Originalausgabe:
Copyright © 2023 by Aaron Brown
Titel der amerikanischen Originalausgabe: »When Demons Dance«
Published in agreement with the author, c/o BAROR INTERNATIONAL, INC.,
Armonk, New York, U.S.A.

Für die deutschsprachige Ausgabe:
Copyright © 2023 by Bastei Lübbe AG, Köln
Textredaktion: Ralf Reiter, Köln
Titelillustration: © Hein Nouwens/shutterstock
Umschlaggestaltung: Massimo Peter-Bille
Satz: hanseatenSatz-bremen, Bremen
Gesetzt aus der Adobe Caslon Pro
Druck und Verarbeitung: GGP Media GmbH, Pößneck
Printed in Germany
ISBN 978-3-404-18846-8

2 4 5 3 1

Sie finden uns im Internet unter luebbe.de
Bitte beachten Sie auch: lesejury.de

ASPEKT 1 – ZEIT

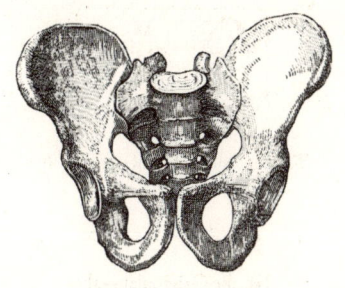

1

Chamäleon war als männliches Kind zur Welt gekommen – ein *Er* –, hatte sich aber schon in sehr zartem Alter als ein *Es* betrachtet. Seine Umwandlung beruhte nicht auf Fragen der Genderidentität und dergleichen, sondern vielmehr auf der Behandlung durch seine Mutter. Schon als kleinem Jungen hatte sie ihm deutlich gemacht, er sei ein Monster und kein Mensch. Er sei ein *Etwas* – ein *Es*.

Während seine Mutter *es* verabscheute, hatte sie seinen älteren Bruder, der nichts falsch machen konnte, stets angebetet. Der ältere Bruder war mitfühlend, liebevoll und süß. *Es* war kalt, distanziert und berechnend. Sein älterer Bruder wollte ständig schmusen, aber *es* war unnahbar und ungefähr so anschmiegsam gewesen wie ein Reptil.

Am Anfang hatte *es* versucht, die Gefühle seiner Mutter zu beschwichtigen, doch ein Kind verdiente seiner Meinung nach auch dann Liebe, wenn es schwierig war. Wenn sie ein Kind zur Welt brachte und diesem Kind nur mit Abscheu begegnete, unterschied sie sich nicht von Eltern, die ihre Kinder in Wandschränke sperrten oder sich an ihnen vergingen. Seine Mutter hätte *es* vermutlich ebenfalls in einen Wandschrank gesperrt, aber wo es aufgewachsen war, waren schon die Zimmer so klein wie bei anderen Leuten die Wandschränke.

Chamäleon stieg die Stufen zum Zuhause seiner Kindheit hinauf, einem Haus, das nach gleich welchem Maßstab als bescheiden gegolten hätte. Aus der Entfernung unterschied es sich nicht von den anderen Gebäuden im Block und sah völlig normal aus: ein Haus, wie man sie in den Vorstädten zuhauf antraf. Bei näherer Betrachtung zeigte sich, dass es sich bei allen Gebäuden in der Nachbarschaft um billig hochgezogene, minderwertige Bruchbuden handelte. Man hatte die Pläne anderer, schönerer Häuser kopiert, aber alles verkleinert. In die Schlafzimmer passten kaum ein Bett und ein Kleiderschrank, und man kam gerade eben zwischen beidem hindurch. Im Bad gab es nur eine Dusche und keine Wanne. Wenn es sich beklagte, putzte seine Mutter es immer herunter und wies es darauf hin, dass auf der Welt sehr viele Kinder unter viel schlimmeren Bedingungen leben müssten. In Afrika würden ganze Familien in einem einzigen Zimmer mit einem Boden aus gestampfter Erde wohnen. Gewöhnlich erwiderte es dann, dass sie in den USA seien und nicht in Afrika, aber sie hatte natürlich recht. Viele Menschen waren unter viel schlechteren Umständen aufgewachsen als es. Viele Eltern misshandelten ihre Kinder auf üblere Weise als sie, aber Chamäleon hasste seine Mutter trotzdem. Es war verbittert darüber, wie klein sie es so viele Jahre lang gemacht hatte, aber heute war der Tag gekommen, an dem es sich über sie erheben und sich ein für alle Mal von ihrem Schatten befreien würde.

Es hob die Hand, um anzuklopfen, aber die Haustür stand einen Spalt weit offen. Es schüttelte den Kopf. Als es geboren wurde, war seine Mutter Ende vierzig gewesen. Jetzt, mit Ende sechzig, wurde sie nachlässig: In einem Viertel, in dem es Leute gab, die einen wegen eines Zwanzigers umbrachten, ließ sie die Haustür offen stehen. Was es sich vorgenommen hatte, war ein Gnadenakt, aber es schob den Gedanken sofort beiseite. Gnädig wollte es nicht sein. Es wollte, dass sie Schmerzen litt und sehr große Angst.

Chamäleon drückte die Tür auf, die ohnehin keinen entschlossenen Eindringling aufgehalten hätte, und rief: »*Mutter*, ist alles gut?« Absichtlich kopierte es die Redeweise seines

Bruders, einerseits zur Übung mit anderen Stimmumfängen, andererseits, um seine Mutter kurz in Sicherheit zu wiegen, bevor es sie niederschmetterte.

Das Haus roch muffig nach Schimmel und faulem Holz; ein undichtes Dach war der wahrscheinlichste Schuldige. Chamäleons Bruder Derek, der Sonnyboy, versprach seit über einem Jahr, das Dach zu reparieren. Chamäleon war von ihr natürlich nicht um Hilfe gebeten worden, und es hatte sie auch nicht angeboten.

Aus dem kleinen Wohnzimmer hörte es das Knarren eines Lehnsessels, der hochgeklappt wurde, und die Schritte seiner Mutter, die zur Tür kam. Dabei rief sie: »Derek, bist du das, Baby?« Aber als sie um die Ecke kam und ihr Blick auf es fiel, verflog ihre Fröhlichkeit. »Ach, du bist es. Ich habe dir schon so oft gesagt, du sollst mich nicht *Mutter* nennen. Ich habe dich im Straßengraben gefunden. Ein Findelkind bist du!«

Sie musterte es von Kopf bis Fuß; ohne Zweifel missbilligte sie seinen etwas effeminierten Körperbau. Seine Physis war jedoch perfekt für seine professionellen Ziele als Chamäleon, als Reptil. Es verschmolz gern mit jeder Umgebung, indem es zu einer anderen Person wurde – manchmal einem Mann, manchmal einer Frau –, und schmal gebaut zu sein, mit wenig Muskeln, erleichterte es, die Rolle einer Frau anzunehmen. Sein Körperbau gestattete es ihm, viele verschiedene Rollen anzunehmen, und wenn Chamäleon zu einer Figur wurde, tat es alles wie diese Figur. Es sorgte sogar dafür, dass seine Gedanken und Ansichten mit der Perspektive der Figur übereinstimmten. In gewisser Hinsicht glich seine Methode dem Schauspiel. Für Chamäleon war der Prozess, zu jemand anderem zu werden, jedoch weitaus mehr. Die Umwandlung bildete nur einen Teil seiner Kunst, denn es genoss am meisten, das Vertrauen und die

Zuneigung seines Opfers zu gewinnen, bevor Chamäleon es tötete. *Das* war seine wahre Bestimmung: jemanden dazu zu bringen, es zu lieben, und ihn dann zu verraten, den Ausdruck in den Augen des Opfers zu sehen, wenn sein Vertrauen zerbröckelte. Dieser Moment voller Schmerz und Qual war reinste Ambrosia für Chamäleons zerrüttetes Gefühlsleben.

Unter fortgesetztem Kopfschütteln wandte sich Mutter wieder zum kleinen Wohnzimmer um und verließ die winzige Diele, die kaum genug Platz für zwei Mäntel und einige Paar Schuhe bot.

Aus Gewohnheit zog es die Schuhe aus. Bevor ihr Verstand zu schwinden begann, hatte seine Mutter immer auf makellose Sauberkeit in ihrer Bruchbude geachtet. Es schloss die Haustür und folgte ihr ins Wohnzimmer. Dabei fragte sie: »Also, was zur Hölle willst du hier?«

Das war der Moment. Der krönende Abschluss so vieler Fantasien. Wie oft hatte es sich im Lauf der Jahre vorgestellt, sie zu töten. Wie die Tat ausführen? Wollte es, dass sie schrie, während es sie aufschlitzte? Sollte es ihr Leiden in die Länge ziehen? In all seinen Tagträumen war es zu dem Schluss gelangt, dass es am wichtigsten wäre, die Dominanz über sie herzustellen. Es wollte sie auf eine Weise töten, die seine Stärke bewies und ihm gestattete, ihr intim nahe zu sein, wenn das Leben ihrem Körper entwich.

Es zog ein Skalpell aus der Tasche, bückte sich und zertrennte mit der rasiermesserscharfen Schneide seiner Mutter die Achillessehne. Blut spritzte auf den Teppich. Sie kreischte, stürzte nach vorn und schlug mit dem Kopf gegen die Wand. Dadurch schien sie benommen zu sein, aber sie war noch so klar, dass sie weiterkroch und um Hilfe schrie.

Es trat ihr mit seinem vollen Gewicht auf das verletzte Fußgelenk und hörte ein befriedigendes Knacken, als ihre

Knochen brachen. »Das weißt du doch besser«, sagte es. »Wenn man in diesem Viertel um Hilfe ruft, fordert man die Leute zum Wegschauen auf. Niemand wird kommen und dir helfen. Du bist allen egal.«

Ihre nächsten Augenblicke verbrachte sie mit Winden, schmerzerfülltem Schimpfen und Beleidigungen, während es entzückt zusah. Schließlich rollte sie sich herum, suchte Halt am Türrahmen der winzigen Küche und zog sich in eine sitzende Haltung hoch.

»Ich hab immer gewusst, dass der Tag kommen würde«, murmelte sie. »Jedes Mal, wenn ich dir in die Augen geguckt hab, als du noch ein Kind warst. Alles, was ich da sehen konnte, war Tod. Ich hab immer geahnt, dass du mein Tod sein wirst. Schon bei deiner Geburt wäre ich fast draufgegangen, und ich hab immer gewusst, eines Tages bringst du es zu Ende.«

»Still jetzt«, sagte es.

»Ich hätte dich als Baby im Schlaf ersticken sollen. Ich hätte der Welt einen Gefallen getan!«

Lächelnd ließ Chamäleon einen Teil der Maske fallen und gestattete seiner Mutter, das Reptil unter der Oberfläche zu sehen. »Solches Gerede hilft dir nicht. Du könntest wenigstens respektvoll sein. Wenn du mich anflehst, beeile ich mich vielleicht. Wahrscheinlich aber nicht.«

Tränen liefen ihr die Wangen hinunter. »Ich hab es immer gewusst. Schon als Kind warst du wie ein kleiner Roboter – ein kaltes kleines Monster.«

Es schüttelte den Kopf. »Hast du je in Betracht gezogen, dass *Liebe* meinen Zustand womöglich verbessert hätte? Das werden wir wohl nie erfahren, aber ich habe mich oft gefragt, ob Mutterliebe mich verändert hätte. Du musst verstehen, Mutter, meinen Platz auf dieser Welt habe ich erst durch die Anleitung eines Mentors erkannt, dem ich vertrauen kann.

Eines Menschen, der mir aufrichtig helfen möchte, mein volles Potenzial auszuschöpfen. Sein Name ist Demon.«

Sie schrie auf: »O Gott, nein! Er betet den Teufel an! Bleib mir bloß mit deinem Voodoo vom Leib, du kleiner Psycho!«

»*Demon*«, fuhr es fort, während es sich aus dem Esszimmer einen schwer zerkratzten Holzstuhl holte und darauf Platz nahm, »ist nur ein Name, nur ein Wort, das einen Mann kennzeichnet, der mir die Augen für sehr viele Wahrheiten geöffnet hat. Die erste davon lautet, dass ich mit einer neurologischen Erkrankung auf die Welt kam, die du vielleicht Psychopathie nennen würdest. Das Etikett spielt aber keine Rolle. Der springende Punkt ist vielmehr, dass mein Gehirn anders verdrahtet ist als das eines normalen Menschen. Das bedeutet aber nicht, dass etwas an mir kaputt oder falsch wäre. Es bedeutet, dass ich zwar *anders* bin, aber nicht *weniger wert*. Demon hat mir diesen Unterschied deutlich gemacht. Er hilft mir, diese Welt und meinen Platz darin zu verstehen.«

Weinend hielt sie ihren gebrochenen Knöchel und wiegte sich vor und zurück. Unter Tränen sagte sie: »Ich hätte es nie für möglich gehalten, dass du noch mehr zum Monster werden könntest, aber du bist auf dem richtigen Weg. Folge deinem *Demon* nur geradewegs in die Hölle. Mir soll das nur recht sein. Geh und brenne!«

Es zuckte mit den Schultern. »Nach deinen Maßstäben macht mich meine Definition von Erfolg vermutlich zu einem Monster. Im Zuge des Lernprozesses habe ich allerdings entdeckt, dass nicht jeder mit meiner Erkrankung sich so entwickelt wie ich. Viele mit den gleichen neurologischen Eigenschaften werden Ärzte, Anwälte oder Vorstandsvorsitzende. Sie haben Familien. Sie haben Menschen, die sie lieben. Sie haben ein eigenes Leben, weil sie zu dem Glauben erzogen wurden, dass sie solch ein Leben verdienen – dass sie genau das gleiche Recht hätten, geliebt zu werden, wie jedes andere Kind. Demon hat mir geholfen zu erkennen, was du mir genommen hast. Du hast mir die Chance auf ein normales Leben verbaut. Demon jedoch hat mir eine Chance auf ein *besseres* Leben angeboten.«

Sie schüttelte den Kopf. »Ich habe dich nicht zu dem gemacht, was du bist.«

»Du hast mir keine andere Wahl gelassen! Du hast mir allein den Weg des Monsters eröffnet und dafür gesorgt, dass ich ihn einschlage! Jedes Wort, jeder Blick, alles, was du mir je angetan und zu mir gesagt hast, war voller Hass und Abscheu. Hast du dich je gefragt, ob ich vielleicht nicht so kalt und gleichgültig geworden wäre, wenn du mich einmal in den Arm genommen und mir gesagt hättest, dass du mich genauso lieb hättest wie Derek?«

Mit Gift in den Augen beugte sie sich näher, vor Schmerz zitternd, und sagte: »Selbst wenn ich in der Zeit zurückreisen und alles wieder durchleben könnte, könnte ich eine Kreatur wie dich niemals lieben. Du bist nichts weiter als ein zerstörerischer kleiner Parasit, der die Gesellschaft aussaugt. Ich hätte dich mir aus dem Schoß reißen sollen, bevor ich dich zur Welt bringe. Eines Tages gibt es vielleicht einen Test auf das, was immer du bist. Dann können wir solche wie dich gleich abtreiben. Was für ein Leid wir der Welt ersparen könnten, wenn ein Haufen Psychos nicht zu Ärzten, Anwälten und Vorstandsvorsitzenden wird! Wie viel besser wäre die Welt, wenn es so was wie dich gar nicht geben würde.«

Es lehnte sich auf dem Esszimmerstuhl zurück und starrte sie an, einen Moment lang unsicher, was es antworten sollte. Es hatte nicht gewusst, was es von dieser Begegnung erwarten sollte, wie sie reagieren würde, wenn sie sich dem Tod gegenübersah, aber es hatte wider jede Vernunft auf das Unmögliche gehofft: einen Sinneswandel oder eine flehentliche Entschuldigung. Oder wenigstens eine Bekundung von Respekt oder Mitgefühl. Sie war zu beidem unfähig.

Es überlegte, was es noch sagen sollte. Immerhin war nun die letzte Gelegenheit, ihr darzulegen, wie sehr ihre sogenannte Erziehung seine Psyche geschädigt hatte. Aber in diesem Moment sah es einfach keinen Sinn darin, weitere Worte an sie zu verschwenden. Sie würde niemals einsehen, niemals begreifen, was sie getan hatte.

Es stand auf und schob, als es langsam auf sie zuging, das Skalpell in die Tasche zurück. Nach all seinen komplizierten Fantastereien entschied es, dass die befriedigendste Art, sie zu töten, darin bestünde, sie mit bloßen Händen umzubringen: eine Gelegenheit, seine Kraft und Dominanz zu beweisen und zugleich die Intimität herzustellen, ihr tief in die Augen zu sehen und jede Sekunde ihres Sterbens zu genießen.

»Was machst du?«, fragte sie. »Bleib von mir weg! Hilfe!«

Es ignorierte ihre Schreie, warf sich auf sie und legte ihr beide Hände um den dürren Hals. Sie wehrte sich und kratzte es, aber sie war zu schwach, um etwas auszurichten.

»Ich bin stärker, als ich aussehe«, sagte es, als ihre Augen hervorquollen und ihr Gesicht sich rötete. Es beugte sich näher und suchte in ihren Augen nach Emotionen, die über Wut und Ablehnung hinausgingen, fand aber keine solche Belohnung. Es sah keine Reue und keine Angst, nur schwarze Schächte aus blankem Hass.

Nachdem das Leben aus ihr entwichen war, fühlte es sich kalt und unbefriedigt. Es hatte wirklich darauf gehofft, in diesem besonderen Moment mehr zu empfinden, aber die gleiche freudlos-monotone Existenz, wie es sie von jeher kannte, setzte sich einfach nur fort.

Während Chamäleon sich reinigte, um zu gehen, hoffte es, dass sein nächster Auftrag und der Augenblick, in dem sein nächstes Opfer starb, sich als erfüllender erweisen würde.

Denn seine nächste Mission war es, sich mit einer Legende anzufreunden und sie zu verraten.

Chamäleon wäre die Person, die Francis Ackerman jr. endlich tötete.

2

Trotz aller Macht, über die er gebot, beherrschte Demon den eigenen Geist nicht und besaß keine Kontrolle über das, was dieser ihm als Wirklichkeit präsentierte. Seine Befindlichkeit stellte ihm Herausforderungen, wenn er in die Öffentlichkeit ging. Verließ er wie an diesem Tag seine Zuflucht, zog er es vor, Situation und Umgebung so weit zu bestimmen, wie es möglich war. Lauren, seine Geliebte und Komplizin, hatte allein zu dem Zweck, dass sie sich heute dort treffen konnten, ein Grillrestaurant gekauft, das kurz vor dem Konkurs stand. Obwohl das Lokal in Cincinnati, Ohio, lag, sah es aus wie ein Restaurant, wie man es in Greenwich Village erwartete. Die Decken waren mit kunstvollen Metallfliesen besetzt, die Lilien und andere Blumensymbole zeigten. Die Wände erinnerten durch ihren Mauerstil an die Toskana. Sämtliche Türen hatten Bögen aus Stein, und die Ziegel hinter der Theke waren mit goldenen Mustern verziert, die zur Decke passten. Essen wurde serviert, und der Geruch nach bratendem Fleisch hing in der Luft, aber noch mehr als ihn mochte Demon die süßlichen Zitrusdüfte, die von der Garnitur der Cocktails aufstiegen, welche der Barkeeper in nie nachlassendem Tempo mixte und einschenkte.

Demon gefiel das Ambiente des Treffpunkts, den Lauren ausgewählt hatte, und er mochte auch die Umgebung, weil sie ein wenig abseits der ausgetretenen Pfade lag. Das Restaurant litt allerdings unter einem starken Befall durch Arachniden.

Die kunstvolle Metalldecke war mit schwarzen Skorpionen aller möglichen Größen übersät, von denen jeder auf acht chitinösen Beinen umherkrabbelte. Immer wieder stürzte einer ab und landete auf dem Teller oder dem Kopf eines Gastes. Der Skorpion kletterte dann am Arm hoch oder am Gesicht hinunter und stach dem Gast manchmal in die Zunge, während dieser aß. In solchen Momenten musste Demon sein Lachen unterdrücken.

Die Leute in dem Grillrestaurant schienen die Skorpione weder zu bemerken noch sich an ihren Stichen zu stören. Das wiederum brachte Demon zu der Ansicht, dass der Befall nur in seinem Kopf real war. Aus diesem Grund ignorierte er ihn, wie er es schon seit vielen Jahren hielt. An den meisten Tagen litt er unter optischen und akustischen Halluzinationen, weshalb er versuchte, seine Umgebung und alle Personen um sich zu kontrollieren. Menschen, die er nicht kannte, konnten schwierig sein, weil er sich nie vollkommen sicher sein konnte, wer real war, auch wenn seine Halluzinationen in der Regel keine Konversation mit ihm pflegten. Sie wiesen ihn an, jemanden zu töten oder zu verletzen, beschimpften ihn und erzählten ihm furchtbare Dinge, aber sonderlich geschwätzig waren die Gebilde seiner Fantasie eigentlich nicht.

Eine Frau, die als Kellnerin gekleidet war, trat mit einer Kaffeekanne an den Tisch. »Möchten Sie noch etwas trinken, Sir?« Ihre Stimme war monoton. Sie hatte die kerzengerade Haltung einer Soldatin. Ihr Blick haftete auf dem Tisch. Entweder aus Ehrerbietung oder aus Angst sah sie ihm nicht in die Augen.

Demon schätzte, dass etwa fünfunddreißig Prozent seiner Haut von einer Narbe der einen oder anderen Art bedeckt wurde. Seine Augenbrauen waren weggebrannt, was die Menschen als verstörend zu empfinden schienen. Messerwunden und Schnitte überzogen den Großteil seines Gesichts, die augenfälligste Verunstaltung allerdings war sein Glasgow-Grinsen – eine Entstellung, die entstand, indem man dem Opfer die Mundwinkel einschnitt, bevor man es folterte. Schrie es dann, klafften die Wunden weiter auf und zerrissen das Gesicht. Demons Glasgow-Grinsen zog sich fast von einem Kiefergelenk zum anderen. Seine neueste Kampfwunde erforderte, dass er links eine Augenklappe trug, allerdings hoffte er noch immer, dass die Ärzte die Sehkraft wiederherstellen konnten. All diese Merkmale wirkten auf normale Menschen mehr oder minder ablenkend.

Doch das Äußere der Kellnerin wirkte ebenso ablenkend auf ihn. Am auffälligsten war der gigantische schwarze Skorpion, der auf ihrem Kopf saß. Während sie sprach, krabbelte das Tier auf ihre Stirn und stach ihr immer wieder in die Augen.

Demon lächelte unbeirrt und hielt den Blick auf ihr Gesicht gerichtet, während ihr die Augen förmlich aus den Höhlen gefetzt wurden und das Blut die Wangen hinunterlief. Voller Genuss beobachtete er die Verstümmelung und antwortete mit seinem schottischen Akzent: »Nein, ich glaube, fürs Erste hab ich genug, aber fragen Sie in ein paar Minuten noch mal, falls meine Freunde noch nicht eingetroffen sind.«

»Gern, Sir.« Sie verbeugte sich leicht, und der Skorpion wäre fast heruntergefallen. Er konnte sich jedoch halten, aber die ruckartige Bewegung schien ihn noch wütender zu machen, denn er packte mit den Scheren ihre Nase und stach ihr immer wieder wahllos ins Gesicht, als sie wegging.

Er gähnte und sah auf die Uhr. Sein Mädchen Lauren

erwartete er in den nächsten fünf bis zehn Minuten, und er musste zugeben, er war ein wenig aufgeregt, den Mann kennenzulernen, den sie mitbrachte. Er brauchte nur weitere drei Minuten auszuharren, bis Lauren zur Tür hereinkam, an den Arm einer massigen Monstrosität von Mann gehängt. Der Gentleman musste über sieben Fuß groß sein, hatte Arme und Beine wie Baumstämme, aber keinen erwähnenswerten Hals.

Demon lächelte. Er wäre perfekt. Lauren übertraf wie immer seine Erwartungen. Sie gehörte zu seinen besten Leuten und war bei Undercovereinsätzen besonders nützlich. Sie besaß das geradezu unheimliche Talent, scheinbar ohne eigene Anstrengung Männer dazu zu bringen, sich in sie zu verlieben.

Er stand vom Tisch auf, brachte ein Lächeln in sein Gesicht und machte sich bereit, die Figur zu spielen, die er geschaffen hatte – die eines möglichen Arbeitgebers. Während Lauren näher kam, labte er sich an ihren exquisiten Zügen und ihrer Physis. Sie hatte kastanienbraunes Haar, eine elfenbeinerne Haut und eine kleine, aber wohlgeformte Figur. Sie trug einen engen Hosenanzug mit einem tief ausgeschnittenen roten Top. Sie war schön genug, um Model zu sein, und zugleich wirkte sie kindlich. In ihrem Gesicht waren die ausdrucksvollsten, bezauberndsten Augen, die Demon je gesehen hatte. Wahrlich, sie war sein perfekter, verlockender Sukkubus.

Sie reichte ihm professionell die Hand, aber dabei zwinkerte sie ihm verstohlen zu. Er schüttelte die Hand, und sie sagte: »Mr. Démon«, sie sprach seinen Namen französisch aus, ein schrulliger kleiner Touch, den er an ihr liebte, »das ist Dwayne.«

Er schüttelte dem hünenhaften Mann die Hand. »Freut mich, Sie kennenzulernen, Dwayne.«

Mit einer Stimme wie ein Donnergrollen in der Ferne antwortete Dwayne: »Vielen Dank für die Chance, Sir. Das ist sehr freundlich von Ihnen.«

Demon bat sie, Platz zu nehmen, und begann Fragen zu stellen, als böte er wirklich einen Arbeitsplatz an, wie Dwayne ihn suchte. Er fragte den Mann nach seinem Hintergrund, und Dwayne erklärte, er sei der jüngste von vier Brüdern, die alle Football gespielt hätten. Sein Vater war Coach an einer kleinen Highschool in Ohio gewesen. Dwayne war der Bruder, der am härtesten trainierte und so gut wurde, dass er in der NCAA spielte und ihm der Weg in die NFL offenstand. Wie in vielen ähnlichen Geschichten hatten Dwaynes Träume vom Profisport durch eine Verletzung ein jähes Ende gefunden. Schule war nie etwas für ihn gewesen, und er war in der elften Klasse abgegangen. Er hatte auf dem Bau gearbeitet und verschiedene Gelegenheitsjobs gemacht, aber Mühe gehabt, etwas zu finden, was er einen Beruf nennen konnte. Er schilderte, wie er Lauren online kennengelernt hatte; seit zwei Wochen standen sie miteinander in Kontakt, als sie großzügig angeboten hatte, ihn ihrem Boss vorzustellen.

»Also«, sagte der Berg von einem Mann, »Lauren hat erwähnt, dass Sie vielleicht Arbeit für mich hätten, aber sie hat nicht viele Einzelheiten genannt, um was für Arbeit es sich dabei handelt. Ich möchte nichts Illegales machen. Das will ich von vornherein gesagt haben. Ich habe mich aus krummen Dingern immer rausgehalten, und so soll es auch bleiben. Verstehen Sie mich nicht falsch, ich habe kein Problem damit, als Leibwächter oder als Security jemandem die Zähne einzuschlagen, aber mir ist wichtig, Leuten zu helfen, nicht, ihnen zu schaden.«

Demon lächelte. »Das ist bewundernswert, Dwayne. Ich tendiere in eine andere Richtung, aber darauf kommen wir gleich noch zu sprechen. Um Ihnen angemessen die Rolle zu erklären, die ich in meiner Organisation für Sie habe, muss ich Sie fragen, ob Sie sich mit Comics auskennen – besonders mit den *X-Men*.«

Dwayne sah ihn erstaunt an. »Ich weiß nicht. Vermutlich schon. Ich kenne die Filme, aber die Comics hab ich nie gelesen.«

»Bei mir ist es umgekehrt. Als ich ein Junge war, nahm ich anderen das Essensgeld ab und kaufte mir davon ein paar Comichefte. Damals waren sie noch billig, wissen Sie? Billige Unterhaltung. Manchmal wartete ich vor dem Zeitschriftengeschäft auf jemanden, der mit einer Tüte voller neuer Hefte herauskam. Ich schlug ihn dann zusammen und nahm mir die Comics. Meine Lektüre weckte in mir eine Liebe für das Fantastische, eine Liebe für alle von uns, die mit besonderen Fähigkeiten auf die Welt gekommen sind, und solch eine besondere Fähigkeit merke ich auch Ihnen an, Dwayne.«

Dwayne wirkte noch verwirrter und eine Spur besorgter. »Äh, danke sehr, Mr. Démon.«

»Damals neigte ich sehr dazu, auf Seiten der Schurken zu stehen, was nun vermutlich nicht sehr überraschend kommt. Und Sie erinnern mich an einen Schurken, den ich besonders gern mochte. Man nannte ihn *Juggernaut*.«

Dwayne drehte den melonenhaften Kopf zu Lauren und sah erneut Demon an. In seinem breiten Gesicht stand noch immer tiefe Verwirrung. »Ich glaube, er war in welchen von den Filmen. Der Typ, der durch alles hindurchlief, richtig? Ich weiß aber nicht, was das mit mir zu tun hat. Soll ich für Sie ein Kostüm tragen oder so was? Ich weiß nämlich nicht, ob ich das wirklich will. Machen Sie ein Restaurant mit so einem Thema auf?«

Demon lachte, und Lauren kicherte. »Sehe ich wie ein Spinner aus, der ein Restaurant eröffnet? Die Gewinnspanne ist miserabel.«

Dwayne sah sich um und legte den Kopf schräg. »Ich dachte, Ihnen gehört dieses Restaurant hier.«

»Ach ja, richtig. Nun noch eins. Ich sage Ihnen das alles nur, weil ich schon immer meinen eigenen Juggernaut haben wollte. Sehen Sie, ich habe die Figur bewundert, weil sie, wenn sie sich einmal in Bewegung gesetzt hatte, durch nichts und niemanden aufgehalten werden konnte. Er war stark, und er war unbesiegbar. Das waren Eigenschaften, die ich auch wollte, aber irgendwann habe ich begriffen, dass es so etwas wie Superkräfte nicht gibt. In der wirklichen Welt sind es Geld und Macht, die jemandem übermenschliche Fähigkeiten verleihen. Ich habe beides, und das schenkt mir die Möglichkeit, mir einen eigenen Juggernaut zu erschaffen. Dazu will ich Sie haben.«

Der große Kerl schüttelte den Kopf. »Ich begreife noch immer nicht, worüber wir hier reden.«

»Und das ist völlig in Ordnung«, sagte Demon. »Darüber brauchen Sie sich Ihren großen, hässlichen Kopf auch gar nicht zu zerbrechen. Im Grunde geht es mir nicht um Ihren Verstand. Ich will nur Ihren Körper. Dazu werde ich Ihren Kopf aufschneiden, alles herausnehmen, was ich nicht brauchen kann, und Sie in mein persönliches Monster verwandeln – meine eigene, real existierende Version von Juggernaut.«

Dwaynes Blick zuckte mehrmals zwischen Demon und Lauren hin und her, als wartete er darauf, dass jemand ihm den Witz erklärte. Er sah sich in dem voll besetzten Restaurant um, musterte die vielen Leute, die ihr Essen genossen, lachten und redeten. »Ich weiß nicht, was für ein Spiel Sie treiben«, sagte er, »aber ich habe genug davon.«

Er wollte aufstehen.

Daraufhin hob Demon die Hand und schnippte mit den Fingern.

Kaum hatte er das getan, traten sämtliche Anwesende, die gewöhnliche Restaurantgäste oder Kellner und Barkeeper zu sein schienen, in Aktion. In Wahrheit war das Restaurant kein öffentlicher Ort, und jeder darin arbeitete für Demon. Einige zogen Waffen unter den Jacketts hervor und richteten sie auf Dwayne, während andere ihn umstellten, ihn bei den Armen und den Beinen packten und versuchten, ihn zu Boden zu reißen.

Angst und Wut schossen Dwayne in gleichen Anteilen durchs Gesicht. Er wollte aufstehen, wurde aber vom Gewicht der Menschen, die sich an ihm festklammerten, am Boden gehalten. Er stieß einen kehligen Schrei aus und versuchte erneut, sich aufzurichten. Mit dem rechten Arm hob er drei ausgewachsene Männer vom Boden. Das Gleiche tat er mit dem linken und kam auf die Beine, während sich neun ausgewachsene Personen an ihn klammerten wie Kinder, die mit ihrem Vater spielten.

Demon und Lauren rückten vom Tisch ab, aber er lächelte zu dem großen Mann hoch, der vor Wut brüllend die drei Männer, die seinen rechten Arm hielten, durch die Luft schleuderte. Für Demon sah es aus, als versuchte ein Rudel Velociraptoren, einen Tyrannosaurus Rex zur Strecke zu bringen.

Aber dann stießen zwei Raptoren dem menschlichen T-Rex von beiden Seiten Spritzen in den Hals und zerrten Dwayne zurück auf seinen Stuhl.

Lauren sah Demon an. »Weshalb der ganze Aufwand? Wir hätten ihn im Bett überrumpeln können.«

»Ich wollte ihn kennenlernen und mich vergewissern, dass er der richtige Mann für den Job ist.«

»Das hätten wir auch auf einem abgelegenen Parkplatz tun können.«

Er streichelte ihr über die Wange. »Weißt du, wie viele

Leute ich in dunklen Gassen hinterrücks niedergestochen habe, um dahin zu kommen, wo ich heute bin? Wenn man der König ist, geht man nicht mehr so vor wie die Bauern. Was von einem verlangt wird, ist Kreativität. Das musst du lernen, jetzt, wo du meine Königin bist.«

Sie lächelte und beugte sich vor, damit er sie küsste.

Während sie zusahen, wie die Betäubungsmittel Dwayne übermannten, liefen dem Hünen Tränen die Wangen hinunter. Dwayne flüsterte: »Bitte.«

»Keine Sorge, mein großer Freund«, entgegnete Demon. »Du wirst nichts spüren und dich auch an nichts erinnern, und wenn du wieder aufwachst, hast du einen neuen, glorreichen Lebenssinn. Bis jetzt hast du dein Potenzial vergeudet, Dwayne. Ein Mann deiner Größe hätte ein Gott unter den Menschen sein können, und du bettelst eine Frau um Arbeit an, die du gerade erst im Internet kennengelernt hast. Du bist erbärmlich und unnütz, aber ich weiß eine bessere Verwendung für dich. Wie eine Raupe, die sich in einen Schmetterling verwandelt, wirst du, wenn ich mit dir fertig bin, ein Wesen von größter Schönheit sein.«

3

Eine Woche später

Francis Ackerman jr. wartete still im Laderaum des Sattelschleppers und las in einer abgegriffenen Taschenbuchausgabe von Mary Shelleys *Frankenstein oder: Der neue Prome-*

theus. Der Anhänger sah von außen aus wie jeder andere, sein Inneres jedoch stammte keineswegs von der Stange. Der Laderaum war in ein kleines, aber recht elegantes Apartment umgewandelt worden. Demon – seine schottische Nemesis – hatte einen durchaus begabten Handwerker engagiert, damit man sich vorkam wie in einem angesagten Viertel von London oder einer anderen Metropole. Ackerman saß an einem achteckigen Mahagonitisch, an dem er in den vergangenen zwei Wochen gespeist hatte, während er darauf wartete, dass Demon die Vorbereitungen für sein sadistisches Spiel traf, das heute beginnen sollte.

Ihm schien es, als liege es länger als nur einige Tage zurück, seit er den sprichwörtlichen Pakt mit dem Teufel geschlossen hatte, dem er seine gegenwärtige Situation verdankte. Die Schmach, von dem Verbrecherkönig ausgetrickst und gefangen genommen zu werden, ließ die Tage nur schleppend vergehen, und Ackerman war sich nicht sicher, inwiefern seine Beschäftigung als Sonderberater einer Task Force des FBI zu einer Rettungsaktion führen würde. Demons Endziel war es gewesen, Ackermans Gehirn darauf zu untersuchen, wie die amateurhafte Neurochirurgie seines Vaters an seiner Amygdala eine übermenschliche Furchtlosigkeit hervorgerufen hatte. Ackerman postulierte, dass sie ihm im Kampf einen Vorteil verlieh, weil er sich nicht die Mühe machte, die Konsequenzen seines Tuns abzuschätzen, und darum schneller reagierte als normale Menschen. Folgen fürchtete Ackerman nie, denn er war unfähig, sich vor irgendetwas zu fürchten.

Bei der Gehirnuntersuchung hatte Demon allerdings entdeckt, dass der invasive Eingriff durch Ackermans Vater – ein zweitklassiger Psychologe und kein Neurochirurg – eine Wucherung von Narbengewebe hervorgerufen hatte, die zu einem Tumor angewachsen war, und dieser Tumor würde Ackerman bald töten. Er hatte schon seit einiger Zeit vermutet, dass so etwas in seinem Kopf heranwuchs, nicht zuletzt, weil er oft Gespräche mit seinem Vater halluzinierte. Der echte Ackerman Senior saß glücklicherweise in ADX Florence ein, einem der am besten gesicherten Gefängnisse der Welt.

Ackerman war aus Demons Gewahrsam entkommen, was aber nur zu einem Patt geführt hatte. Demon hatte ihm in dieser Situation eine andere Option angeboten: Begleitete Ackerman ihn freiwillig, würde Demon ihm Gelegenheit geben, eine Anzahl von Serienmördern innerhalb kurzer Zeit zur Strecke zu bringen. Damit gebe er Ackerman die Möglichkeit, seine Lebensaufgabe zu erfüllen, die darin bestand, seinen Brüdern im Mord zu der gleichen Läuterung zu verhelfen, wie er sie durchlaufen hatte. Leider schenkten gewöhnliche Ermittlungen Ackerman nicht so häufig Gelegenheit, Serienmörder zu konfrontieren, wie er gehofft hatte. Die Untersuchungen zogen sich oft monatelang hin. Demon gewährte ihm die Alternative, innerhalb kurzer Zeit zahlreichen Serienmördern gegenüberzutreten – und eine kurze Zeit war leider alles, was Ackerman noch blieb.

Aber er hatte mit seinem Schöpfer Frieden geschlossen. Er fand, dass jedes menschliche Wesen die gleiche Gnade verdiente, die er gefunden hatte, sogar die Schlimmsten der Schlimmen. Mit der Zeit, die er noch hatte, wollte Ackerman an so viele dieser Menschen appellieren wie möglich. Er ging davon aus, dass er den meisten davon das Leben nehmen müsste; aber bei einigen konnte er vielleicht einen Sinneswandel bewirken.

Sein untrüglicher Richtungssinn hatte Ackerman verraten, dass sie in westlicher Richtung fuhren, und schon seit einer Weile wand ihr Weg sich und stieg an. Sie fuhren bergauf, und nach der Zeit zu urteilen, die es andauerte, handelte es sich um eine Erhebung beträchtlicher Höhe. Er hoffte, den

Blick vom Gipfel sehen zu dürfen. Es konnte seine letzte Gelegenheit sein, solch ein Panorama zu genießen, zumindest mit den Augen eines Sterblichen.

Während der gewaltige Motor des Fahrzeugs immer wieder aufheulte und der Fahrer gekonnt die Gänge des Neunachsers wechselte, kämpfte Ackerman darum, sich auf seine Lektüre zu konzentrieren. Leicht war das nicht, weil er dazu andauernd das Geschwätz seines Vaters ignorieren musste, der mit ihm am Tisch saß.

Ackerman Senior – besser bekannt unter seinem Pseudonym Thomas White – trug Hose und Weste eines dunkelpurpurnen Anzugs mit weißen Nadelstreifen. Auf der kantigen Nase saß eine Brille mit kleinen runden Gläsern. Seine Haare waren vom gleichen Dunkelbraun wie bei Ackermans Bruder Marcus, aber der Ansatz wich zurück. Tatsächlich bestand eine unübersehbare Familienähnlichkeit zwischen Thomas White und Marcus. Ackermans Mutter war geflohen, als sie mit Marcus schwanger war, und so kam es, dass sein Bruder nicht von einem geisteskranken Mörder, sondern einem Detective des New York Police Departments aufgezogen wurde. Dass er seinen lange aus seiner Erinnerung verschwundenen jüngeren Bruder wiedergefunden hatte, war letzten Endes der Katalysator gewesen, der zu Ackermans Wiedergeburt geführt und ihn aus der Finsternis seines alten ins Licht eines neuen Lebens geführt hatte.

Dankenswerterweise war sein halluzinierter Vater nicht ständig präsent. Thomas White zeigte sich oft nur, wenn Ackermans Gehirn externe Stimuli fehlten. Ackerman bevorzugte diesen Namen gegenüber dem, der sie miteinander verband. In den zurückliegenden Monaten war Thomas White immer öfter erschienen und lenkte Ackerman mittlerweile sogar manchmal in Gesprächen ab, die in der Wirklichkeit stattfanden.

Er überflog weiter die Sätze in seinem Buch, als sein Vater sagte: »Ich kann es nicht fassen, dass du freiwillig der Gefangene dieses Demon-Spinners bleibst. Ich dachte immer, du wärst wenigstens bei einem gut, nämlich zu fliehen und deine Haut zu retten. Das hier kostet uns noch beide das Leben.«

Ackerman hatte etliche Stadien durchlaufen, bis ihm klargeworden war, wie er am besten mit seinem Hirngespinst umging. Diese Stadien rangierten vom Ignorieren auf ganzer Linie bis hin dazu, auf ihn zu reagieren, als wäre er real. Ignorierte Ackerman ihn, wurde Thomas White noch nervtötender als sein reales Vorbild; reagierte er auf seine Sätze, erhielt sein Umfeld den Eindruck, Ackerman habe den Verstand verloren. Besonders in seiner jetzigen Situation, in der er lückenlos überwacht wurde, wäre es merkwürdig erschienen, hätte er eine Unterhaltung mit einem imaginären Freund begonnen.

Für Momente wie diese hatte er eine Methode entwickelt, mit seinem Vater zu reden, indem er die Worte nur dachte, so als kommunizierte er durch Telepathie. Da sein imaginärer Vater genauso starrsinnig war wie sein reales Vorbild, hatte er sich anfänglich geweigert, auf die telepathischen Antworten zu reagieren, sich mit der Zeit aber an die Idee gewöhnt.

Ackerman gab nun gedanklich zurück: *Zuerst einmal heftest du dich an mich wie ein Parasit. Und mit dieser Feststellung beleidige ich sämtliche fleißig arbeitenden Parasiten weltweit. Ein Uns existiert nicht. Du bist lediglich ein Gebilde meiner Fantasie. Zweitens bin ich nur hier, weil ich es will. Selbstverständlich könnte ich aus diesem behelfsmäßigen mobilen Gefängnis entkommen. Demon ist das klar, wie der Mangel an Sicherheitsvorkehrungen beweist. Das einzige Gefängnis, das mich vielleicht halten könnte, ist die Hölle, und ich beabsichtige nicht, dort Zeit zu verbringen, ganz im Gegensatz zu deinem Original.*

»Du bist nur so versessen darauf, weil du kein Glück damit hattest, den echten Thomas White auf den Weg der Läuterung zu führen.«

Ackerman schüttelte den Kopf, gab aber keine Antwort.

White fügte hinzu: »Dir ist schon klar, dass die Karten in Demons Spiel allesamt zu seinen Gunsten gemischt sind.«

Ackerman lächelte. *Natürlich stehen die Chancen gegen mich. Demon wird in jeder erdenklichen Weise betrügen. Das würde ich ebenfalls tun, und genau das werde ich auch tun. Aber zerbrich dir nicht deinen imaginären, ergrauenden Kopf. Wir werden prima dastehen. Wenn es eines gibt, bei dem ich mir vollkommen sicher bin, dann dieses: Was immer geschehen wird, entwickelt sich genau so, wie es soll.*

Sein halluzinierter Vater lachte höhnisch. »Ich wünschte, der echte Thomas White hätte damals gewusst, welchen Teil deines Gehirns er entfernen muss, damit du kein Vollidiot mehr bist.«

Ackerman rollte mit den Augen. Jeder spielte sich zum Kritiker auf. Selbst in seinem eigenen Kopf entging er ihnen nicht.

Sein Vater rasselte ein paar weitere Bemerkungen herunter, die Ackerman größtenteils ignorierte, dann hielt zum Glück der Sattelschlepper, und White verschwand. Der Laderaum wurde geöffnet, und langwierig wurde eine Anzahl von Paletten mit einem Gabelstapler herausgehoben. Dabei handelte es sich um eine Vorkehrung für den unwahrscheinlichen Fall einer Kontrolle durch State Troopers oder andere Polizeibeamte, damit die Geheimnisse des Sattelschleppers nicht entdeckt wurden. Technisch verstieß diese Art des Personentransports gegen kein Gesetz, aber der Polizist, der Ackerman im Laderaum entdeckte, würde dennoch viele Fragen stellen, die nicht einfach zu beantworten wären.

Kaum waren die Paletten entladen, stieg Oban Nassar – ein ägyptischer Söldner, ein Mann fürs Grobe und auch als

Hatchet Man bekannt, der als Demons rechte Hand fungierte – in den Sattelschlepper und grinste Ackerman an. »Endlich ist es so weit. Sollen wir anfangen?«

Ackerman runzelte die Stirn und sagte zu dem meist vollkommen nüchternen Söldner: »Sie kommen mir heute Abend ganz untypisch fröhlich vor.«

»Stimmt!«, antwortete Nassar. »Heute wird ein wunderbarer Tag, und ich werde ihn genießen. Mr. Demon hat mir gerade die Einzelheiten des Spiels verraten, das Ihnen bevorsteht. Den Tag, an dem ich Sie und Ihren Gestank loswerde, begehe ich bis ans Ende meines Lebens als hohen Feiertag. Und ich bete darum, dass dieser Tag heute gekommen ist.«

Ackerman stand auf. »Ein hoher Feiertag. Das haben Sie schön gesagt. Ich danke Ihnen, mein Freund. Ich bin immer wieder gerührt, wenn ich höre, welchen Einfluss mein Tun auf den Lebensweg kleiner Leute wie Sie ausübt. Damit möchte ich sagen, dass Sie in meiner Geschichte kaum eine Fußnote wert sind, und doch wärmt es mir das Herz, zu erfahren, was für eine Wirkung ich auf Sie und Ihren Werdegang hatte.«

Oban Nassar rollte mit den Augen. »Okay, Mr. Ackerman. Gehen wir. Er wartet auf Sie. Reden Sie weniger, sterben Sie mehr.«

4

Seine Mutter hatte ihm bei der Geburt den Namen Damon Walker gegeben, aber seit seiner Kindheit wurde er nicht mehr so genannt. Ihr verdankte er auch den Spitznamen, für

den er sich beruflich wie privat entschieden hatte: Als Klein-
kind war er immer ihr kleiner Dämon gewesen. Nachdem er
sich den Ruf erkämpft hatte, der härteste Bursche auf den
Straßen von Glasgow zu sein, war der Name an ihm haften
geblieben.

Das schien ein ganzes Leben her zu sein. Heute brauchte
er nur mit den Fingern zu schnippen, und *Dinge* geschahen
wie von Zauberhand. Ohne Anstrengung. Ohne *Kampf*. Zumindest, bis er Francis Ackerman jr. begegnet war.

Am heutigen Tag würde er den Meisterspieler zu etwas
herausfordern, das sich hoffentlich als eine Besonderheit erwies, und seine kleine Liebesaffäre mit Ackerman würde einige interessante Wendungen nehmen. Demon bereitete es
keine geringe Genugtuung, sagen zu können, dass nun er die
Regeln für einen Mann bestimmte, zu dessen Markenzei-
chen es geworden war, ausgefeilte Spiele um Leben und Tod
zu ersinnen, auf die sich seine Opfer einlassen mussten. Die
Vorstellung, dass Ackerman in einem ähnlichen Spiel starb,
das von einem anderen Missetäter entworfen worden war,
hatte etwas von poetischer Gerechtigkeit an sich. Ein Mann
wie Ackerman verdiente solch einen Tod. Falls es sich heute
dahin entwickeln sollte. Demon war jedes denkbare Ergebnis
recht.

Seine gepanzerte Kavalkade – die an eine Kolonne erinnerte, in der man einen Präsidenten oder den Papst be-
förderte – hielt knapp vor Ackermans mobilem Käfig. Demons Fahrzeug war ein langer schwarzer SUV mit getönten
Scheiben und genug Panzerplatten, um einem Raketentreffer
standzuhalten. Vier identische Chevrolet Suburbans voller
bewaffneter Söldner fuhren ihm voraus und hinterher, in einer zufälligen Reihung, damit niemand wusste, in welchem
SUV er saß. Die Kofferräume der anderen Fahrzeuge waren
vollgepackt mit Javelin-Panzerabwehrraketen, Sturmgeweh-

30

ren und reichlich Munition. Von einem massierten Militär-
einsatz abgesehen gab es nichts, was Demon daran hindern
konnte, seinen Bestimmungsort zu erreichen.

Er musste heutzutage vorsichtig sein. Nachdem er viele
Jahre im Schatten verbracht hatte, war Demon nun ins Licht
gezerrt worden und wurde offiziell von den US-Strafverfolgungsbehörden gesucht. Selbst in diesem Moment fahndete
man nach ihm und versuchte, Ackerman aus seinen Klauen
zu befreien. Natürlich begriffen diese Leute nicht, dass
Ackerman genau dort war, wo er sein musste. Er und der
Mann ohne Furcht hatten etwas zu erledigen, Bestimmungen zu erfüllen.

Der SUV hatte bereits ein Sperrtor passiert und vor den
Gebäuden gehalten. Ein großes Metallgerüst zeigte, wo sich
einer der beiden Zugänge zur Redemption Point Mine befand.

Seine Männer eilten umher wie emsige Bienen und hol-
ten Ackerman mit einem Gabelstapler, den einer der SUV
auf einem Anhänger gezogen hatte, aus seinem Gefängnis.
Während sie beschäftigt waren, trat Demon in die kühle Ja-
nuarluft hinaus und ging an den Rand des Parkplatzes der
Peñasquito Mining Company. Von dort bot sich ihm ein
spektakulärer Ausblick. Sie waren noch nicht ganz auf dem
Gipfel, aber dicht genug, um das ganze Tal zu überblicken,
bis hin zu den kleinen Bergen am anderen Ende. Nach den
Maßstäben der Rocky Mountains bestand die Bergkette in
Arizona zwar nur aus Vorgebirgen, aber Demon fand, dass
Redemption Point sich als Berg klassifizierte. Er ragte über
achttausend Fuß auf und war damit fast dreimal so hoch wie
der 974 Meter hohe Ben Lomond im schottischen Hoch-
land, etwa dreißig Meilen von der Stelle entfernt, wo er die
ersten Zähne bekommen hatte.

Der Sonnenuntergang begann gerade, und die Hügel

und nahen Berge sahen schwarz und braun aus. Das Land war jedoch von einem Nebel bedeckt, als müsste das Bild erst scharf gestellt werden. Demon stand einen Moment lang dort und nahm den Anblick in sich auf, während er auf Ackerman wartete. Seinen Männern brauchte er seinen Wunsch, dass sie ihm den Gefangenen bringen sollten, nicht mitzuteilen. Wurde man gefürchtet und respektiert wie er, überschlug sich alles ringsum, um jeden Wunsch vorherzuahnen und jede Forderung zu erfüllen, bevor sie gestellt wurde.

Auch aus diesem Grund hatte er so gern mit Ackerman zu tun. Normalerweise fürchtete ihn jeder, dem er begegnete, auf die eine oder andere Weise. Lauren und eine Handvoll weiterer waren die Einzigen, die nicht vor ihm kuschten. Diese Umstände erschwerten es ihm, ein angenehmes, bedeutungsvolles Gespräch mit jemandem zu führen, weil die Perspektive seines Gegenübers regelmäßig von Angst überschattet wurde. Demon nahm an, dass sein zernarbtes Gesicht es auch nicht besser machte.

Während er wartete, analysierte er den Sonnenuntergang und alle Farben in dem Naturporträt, das er vor sich hatte. Die letzten gelben Sonnenstrahlen stachen durch die dunklen Wolken und erinnerten ihn an die blonden Haare seines einzigen Kindes – eines kleinen Mädchens, das, wie er annahm, nun nicht mehr so klein war. Er wünschte, er hätte sie kennengelernt, wäre Teil ihres Lebens gewesen, doch dieser Zug war vor langer Zeit abgefahren. Und sie war vermutlich besser dran, wenn sie ihn nicht kannte.

Er schob den Gedanken beiseite und schaute nach hinten zu den Transportfahrzeugen. Hinter ihnen sah er das Gerüst über dem Schacht der Redemption Point Mine. Es erinnerte an einen Erdölbohrturm, aber Demon wusste, dass das Gerüst dazu diente, einen Förderkorb siebentausend Fuß, mehr als zweitausend Meter, tief in die Erde hinunterzulassen.

Man Bucket, den »Mann-Eimer«, nannten ihn die Minenarbeiter. Den Rest des Geländes übersäten grüne und braune Wellblechhütten mit dem Logo der Peñasquito Mining Company.

Vor allem aber sah er Ackerman, der auf ihn zukam. Sein Herz schlug schneller, auf die gleiche Weise, wie wenn man – so nahm er an – seinen Bruder oder besten Freund erblickte. Von solchen Dingen verstand er nichts. Er hatte keine Geschwister. Als Freund war am ehesten noch Oban Nassar zu bezeichnen, aber der Mann fürs Grobe war mehr ein Ja-Sager.

Ackerman war vielleicht der einzige echte Freund, den Demon auf der Welt besaß. Ihre ähnlichen Lebenserfahrungen und Vorlieben ließen Demon eine Verbundenheit mit Ackerman empfinden, die fast schon Brüderlichkeit gleichkam.

Demon lächelte und breitete die Arme aus. »Ah, der Mann der Stunde ist da! Ich kann gar nicht erwarten, Ihnen zu zeigen, was ich vorbereitet habe. Ich habe Ihnen ein großes Spektakel versprochen, und hier ist es. Sie werden an einem epischen Spiel um Leben und Tod teilnehmen, und wir werden die ganze Action im Darknet übertragen. Ich nenne das Ganze: *Tanz der Dämonen.*«

5

Als Ackerman neben Demon trat und in den Sonnenuntergang blickte, war er froh, dass seine Entführer ihm gestattet hatten, seine normale Kleidung zu behalten. Dazu gehörten die Motorradjacke aus Leder, die sein Bruder Marcus ihm geschenkt hatte, die schwarze Armeehose mit allerlei Geheimtaschen zum Verbergen von Werkzeugen und sein langärmeliges schwarzes Shirt, das die Narben verdeckte, die sich auf seinen Armen entlangzogen. Gar nicht recht war ihm, dass sie ihm einen weiteren unverzichtbaren Bestandteil seiner Garderobe abgenommen hatten: seinen, wie er ihn nannte, Wunderrucksack, in dem er sein Waffenarsenal aufbewahrte.

Ackerman genoss wortlos den Sonnenuntergang. Demon schwieg eine kleine Weile, dann fragte er: »Nun? Was halten Sie von dem Namen? Kommen Sie, geben Sie mir etwas. Das wird legendär!«

»*Tanz der Dämonen?*«

»Ja, wunderschön, nicht wahr? Dieser Titel hat einen Anklang von mir, dem Erfinder der Sendung, indem er auf meinen Namen anspielt, aber ein wenig tiefschürfender ist es dennoch.«

Ackerman zuckte mit den Achseln. »Na ja.«

»Was soll das heißen, *na ja?*«

»Ich tanze nicht. Ich mag nicht einmal Musik.«

»Wer mag denn keine *Musik?*«

»Ich«, sagte Ackerman. »Als ich ein Junge war, hat mir mein Vater jedes Mal einen Finger gebrochen, sobald ich auf dem Klavier einen Fehler beging. Er schiente ihn dann ordentlich und ließ ihm Zeit zu heilen. Sobald das geschehen war, entfernte er die Schiene und erwartete von mir, dass ich meinen Fehler geistig kompensiert hätte. Ich musste mich wieder vor den Flügel setzen und das gleiche Stück fehlerfrei erneut spielen.«

»Und wenn Sie es vermasselten, brach er Ihnen den Finger noch einmal?«

»Nein, er wollte sicherstellen, dass ich die volle Funktionalität meiner Hände behielt. Wenn ich es vermasselte, traf die Strafe einen anderen Körperteil. Sie fiel aber auch viel schlimmer aus.«

»Wir sind nicht hier, um Narben zu vergleichen.«

Ackerman zuckte mit den Achseln. »Sie haben mich gefragt, was ich von dem Namen halte, und Tatsache bleibt, dass ich nicht tanze, weder zu Musik noch nach irgendjemandes Pfeife.«

Demon grinste ihn an. »Ich hätte von Ihnen nicht weniger erwartet, mein Freund, aber ich fürchte, zu dieser Melodie müssen Sie tanzen, denn das Leben Unschuldiger steht auf dem Spiel.«

Ackermans Gebaren änderte sich sofort. Er schwenkte zu Demon herum und trat geschmeidig einen Schritt auf ihn zu.

Der Killer wich einen Schritt zurück. »Vergessen Sie nicht, Scharfschützen haben Sie im Visier.«

»Einen Mann zu reizen, der keine Furcht kennt, ist nicht besonders klug«, sagte Ackerman. »Ich habe nie zugestimmt, dass unschuldige Menschen in die Sache verwickelt werden. Sie haben mir zugesagt, dass Sie mich den Schlimmsten aus Ihrer *Legion* gegenüberstellen würden.«

»Ach, kommen Sie schon. Sie wussten, dass es so laufen muss. Ich meine, denken Sie doch mal nach. Sie sind natürlich ein Alpha-Raubtier, aber Sie haben sich eine andere Rolle ausgesucht, nicht wahr? Sie haben sich für die Rolle des Beschützers entschieden, und als Beschützer jagen Sie nicht die anderen Raubtiere, sondern Sie behüten die Schafe vor den anderen Wölfen. Deshalb werden wir natürlich dieses Spiel spielen und kein anderes.«

»Ich habe sie auch einmal als Schafe betrachtet. Die Normalen können manchmal anstrengend sein, aber sie sind es wert, dass man sie beschützt. Ich habe festgestellt, dass jeder von ihnen die Welt aus einem anderen Blickwinkel betrachtet. Die Perspektiven solcher Individuen haben mir die Augen für viele grundlegende Wahrheiten geöffnet.«

»Lassen Sie mich eine kleine Geschichte über Ihre Schäflein erzählen. Eine meiner liebsten kriminellen Unternehmungen ist der Zinswucher. Andere sind profitabler, aber die Arbeit des Kredithais macht einfach großen Spaß, und ich ziehe auf mehreren Ebenen daraus Gewinn. Ich mache Folgendes: Ich bringe das Kreditgeschäft von anderen an mich und setze einen meiner Leute als Ersatz ein. Zu ihm kommen Leute, die auf traditionelle Art keinen Kredit erhalten können, und leihen sich eine Geldsumme, an die irrwitzige Zinsen geknüpft sind und irrsinnige Bedingungen, die den Verleiher begünstigen. Sollten sie ihre Schulden nicht fristgerecht zurückzahlen, drohen ihnen entsetzliche Gewalttaten. Unweigerlich gibt es jemanden, der nicht zahlen kann, und ich entsende einen meiner guten Freunde aus der Legion, der sich mit dem säumigen Schuldner trifft. Nur eine weitere Möglichkeit, seinem Netzwerk von Serientätern einen Dienst zu erweisen, und sie erledigen für mich eine Notwendigkeit.«

»Dunkelste Synergie.«

»Ja, aber ich bin noch gar nicht zum besten Teil gekommen. Weshalb ich die armen arglosen Schäflein so sehr liebe. Das Geld, das der Schuldner sich leiht, wird ihnen von einem schmutzigen Bankkonto aus überwiesen. Sie müssen es mir aber bar zurückzahlen. Indem sie also den Kredit aufnehmen, waschen sie das Geld für mich. Wenn eines Tages den Überweisungen der Briefkastenfirmen auf den Grund gegangen wird, führen sie die Behörden zu einem armen Hund, der eine Pechsträhne hinter sich hat. Ich finde, das hat eine gewisse Schönheit an sich, denn es spiegelt das Wesen der Welt wider, wie sie schon immer gewesen ist. Wer schlau und rücksichtslos ist, *beherrscht die Welt*. Daraus folgt logisch, dass wir beide zusammenarbeiten sollten.«

Ackerman nickte. »Dann arbeiten Sie mit mir zusammen, um das Netzwerk aus gebrochenen und gefährlichen Personen aufzulösen, das Sie geschaffen haben. Nicht mit dem Ziel, sie zu töten, nicht einmal, sie hinter Gitter zu bringen, sondern um ihr Leben zu verändern. Ich bin nicht hierhergekommen, um zu beweisen, dass ich der beste Killer bin, oder mit irgendeiner anderen vom Ego getriebenen Absicht. Ich bin hier, um Ihr kleines schwarzes Büchlein mit den ganzen Killern in die Hand zu bekommen, damit wir für die Rehabilitation jedes Einzelnen sorgen können.«

Demon lachte leise. »Ach, was für ein hehres Ziel – Sie retten unsere armen verlorenen Seelen. Erwarten Sie bloß nicht, dass ich deswegen konvertiere. Ich mache sogar hier und jetzt die kleine Prognose, dass *ich* es sein werde, der *Sie* bekehrt, alter Freund.«

Ackerman spürte förmlich das Fadenkreuz der Scharfschützen im Nacken, überlegte aber dennoch, wie er in diesem Augenblick gegen Demon vorgehen konnte, und sei es nur als mentale Übung. Wie würde er es tun? Wie konnte er es zuwegebringen? Er ging die Möglichkeiten durch und berechnete die Variablen, nur um zu dem Schluss zu gelangen, dass er unter den gegebenen Umständen den Kugeln nicht ausweichen konnte. Aber Situationen waren immer im Fluss.

»Was sind die Bedingungen für unseren Tanz mit dem Tod?«

Mit einem Augenzwinkern und einem kleinen Hüpfer wies Demon auf ein Gerüst in der Ferne, das wie ein Ölbohrturm aussah. »Die übrigen Details können Sie zusammen mit unseren Zuschauern im Darknet herausfinden. Wir gehen gleich mit Episode eins auf Sendung.«

6

Mit einer Schwimmnudel tanzte Marcus Williams im schultertiefen Wasser auf und ab. Schwimmen konnte er, war nur nie ein besonders großer Fan dieser Aktivität gewesen. Weder seine Eltern noch die Eltern seiner Freunde hatten einen Pool besessen, denn er war in Brooklyn aufgewachsen. Und im öffentlichen Schwimmbad hatte man ihm Hausverbot erteilt, weil er dort einmal in eine Prügelei geraten war. Baseball tagsüber im Park und nach dem Abendessen Stickball mit Besenstiel und Gummiball auf der Straße entsprachen mehr seinem Geschmack.

Schwimmbecken mochte er nun schon gar nicht, weil sein Arzt ihm Hydrotherapie verordnet hatte, damit seine beiden gebrochenen Beine heilten.

Traci, die Hydrotherapeutin, rief: »Okay, jetzt Fahrradfahren unter Wasser. Langsam und gleichmäßig.«

Marcus lächelte. Das war das Einzige an der Hydrotherapie, was er mochte, die einzige Übung, die sich wirklich nach Anstrengung anfühlte. Alles andere, was Traci von ihm verlangte, war im Grunde Yoga im Wasser. Wie Kolben hob und senkte er seine Beine und trieb sich an, bis sein Körper brannte und schmerzte. An solche Übungen hatte er sich bei seiner Ausbildung zum Detective des NYPD gewöhnt, bevor sein Leben als Bundesermittler ihn in diesen Schlamassel brachte.

Das Schwimmbecken gehörte zu einer Einrichtung namens *The Ability Lab*, in der alles von Rückgrat- und Hirnverletzungen bis hin zu Schlaganfällen und verbreiteten Erkrankungen wie Arthritis und Knochenbrüchen behandelt wurde. Von Pool-Yoga abgesehen wurden noch viele andere Dienste angeboten, darunter auch ein großartiges Fitnessstudio, aber Hydrotherapie war die einzige dieser Aktivitäten, die Marcus im Augenblick von seinem Arzt bewilligt bekam.

Während er mit den Beinen pumpte, hielt er sich zwar mit der Schwimmnudel über Wasser und streckte die Arme aus, um das Gleichgewicht zu halten, aber er tat so, als fahre er mit einem echten Fahrrad. Immer schneller bewegte er die Beine, als nähme er an einem Wettrennen teil.

Am Beckenrand warnte ihn Traci: »Vorsichtig, Marcus. Sie sollten es nicht übertreiben. Ihre Frakturen sind erst wenige Wochen alt. Bis das heilt, dauert es noch.«

Er hörte, was Traci sagte, und doch hörte er es nicht. Seine Lage hatte er Demon zu verdanken. Demon hatte Dylan, seinen Sohn, gekidnappt und Marcus beide Beine mit einem Vorschlaghammer gebrochen. Demon hatte Dylan jedoch nur als Köder für Marcus' großen Bruder entführt: Francis Ackerman jr. Einige seiner Ärzte befürchteten, Marcus würde nie wieder gehen können. Er pumpte schneller mit den Knien.

»Langsamer, Marcus«, fügte Traci hinzu. »Sie sollen hier nur Ihre Muskelkraft aufrechterhalten, während Ihre Knochen verheilen. Sie trainieren nicht für die Tour de France.«

Marcus trat noch fester aus bei dem Gedanken, dass sein Bruder sich in der Hand eines Größenwahnsinnigen befand, der aus einer Laune heraus mordete. Demon hatte ihm so viel geraubt – jedes Gefühl von Sicherheit und Frieden, das er einmal empfunden hatte. Vor allem aber hatte Demon seinen Bruder gefangen genommen, indem er Frank dazu brachte, sich im Austausch gegen das Leben nicht nur von Marcus' Sohn zu opfern, sondern auch für Nadia Shirazi – Franks Partnerin beim FBI – und andere.

Er trat weiter Wasser, bis seine Muskeln mit feuriger Intensität brannten. Er merkte, wie sein Gesicht heiß wurde, und seine Kiefer waren zusammengebissen. Ein leichtes Ziehen zog durch seine gebrochenen Gliedmaßen, aber er machte weiter. Den Schmerz ignorierte er. Er musste stärker werden. Er musste seine Familie beschützen. Demon war nach wie vor auf freiem Fuß, und solange das so blieb, schwebte jeder, der Marcus wichtig war, in Lebensgefahr.

»Okay, Marcus«, rief Tracie, »das reicht für heute! Strecken Sie sich ein bisschen und kommen Sie heraus.«

Er trat und pumpte weiter und versuchte sich dabei auszumalen, in welche abartigen Szenarien voller Tod und Verdorbenheit Frank von Demon gestürzt wurde. Vor allem aber fragte er sich, wie er Einblick in Demons Denkweise erhalten, wie er sein Spiel durchschauen und seinen Bruder retten konnte.

Ein schriller Pfiff gellte durch die Halle. Marcus hörte mit dem Treten auf und riss den Kopf zu Traci herum. Die Hände in die Hüften gestemmt sagte sie: »Kommen Sie bitte an den Beckenrand, Marcus.«

Er schwamm hinüber und hielt sich an der Kante fest. »Is' was, Doc?«

Sie ging in die Knie, legte den Kopf schräg und zog die Brauen hoch. Sie trug eine Khakihose und ein grünes Polohemd mit ihrem Namen und dem Namen der Einrichtung auf der Brust. Sie war Ende zwanzig, trug Zöpfe mit Perlen und hatte schöne Löwenaugen. »Was sollte das? Was haben Sie damit bezweckt?«

Marcus ließ den Nacken knacken. »Sie haben gesagt, hart an meinen Übungen zu arbeiten sei der Schlüssel dazu, wieder gehen zu können.«

»Stimmt, aber das bedeutet nicht, dass Sie sich bis an den Punkt treiben sollen, an dem Sie Ihre Verletzungen verschlimmern. Sie müssen sich Zeit für die Heilung lassen, Marcus. Die Heilung beschleunigen können Sie nur, indem Sie die Ernährungsempfehlungen befolgen, die wir Ihnen gegeben haben, Ihre Übungen machen und die Therapie konsequent durchhalten, das ist alles. Sie müssen einfach geduldig sein.«

Er seufzte und schloss die Augen. »Tja, das war nie eine meiner Stärken, aber ich lerne dazu.«

»Als wir anfingen«, fuhr sie fort, »haben Sie mir erzählt, dass Sie auf Ihrer Ranch mit Pferden gearbeitet hätten, Achal-Tekkinern, bevor alles geschah. Ich habe mich früher in den Sommerferien auf der Farm meines Onkels mit Pferden befasst, und deshalb bin ich Physiotherapeutin geworden. Die Pferde haben mir verraten, dass ich gern Menschen helfen würde. Wie Menschen haben alle Pferde eine eigene Persönlichkeit. Ich musste damals lernen, wie ich mit jedem einzelnen Pferd individuell umzugehen hatte. Einige waren stolz und abweisend, andere sensibel und leicht zu erfreuen, manche dickköpfig und stur. Letztere Sorte verletzte sich und weigerte sich dann, die Wunde ausheilen zu lassen. In ihrer Natur lag es, aufzustehen und zu rennen, deshalb wollten sie das tun. Anders als ein Pferd sind Sie aber schlau genug, um zu verstehen, dass Sie die Heilung abwarten müssen. Selbst dann wird es ein langer Prozess, und Sie müssen definitiv erst wieder gehen können, bevor Sie rennen dürfen.«

»Falls ich je wieder gehen kann.«

»Sagen Sie so was nicht. Wenn Sie tun, was Sie tun sollen,

stehen die Aussichten für eine vollständige Erholung sehr gut. Das ist nur ein weiterer Grund, weshalb Sie nichts tun sollten, was dem Heilungsprozess in die Quere kommt.«

Er nickte. »Sie haben recht. Danke.«

Sie lächelte. »Ich weiß, dass ich recht habe. Danken Sie mir dadurch, dass Sie gesund werden. Machen wir zum Abschluss einige Dehnübungen, und dann können Sie hinaus aus dem …«

Eine weitere Frau mit kurzen roten Haaren, die das gleiche grüne Poloshirt trug, eilte in die Schwimmhalle und kam rasch auf die beiden zu. Sie blickte Marcus an. »Eine Frau namens Nadia Shirazi hat angerufen. Sie sagt, es sei dringend – Ihr Verdächtiger sei in Gewahrsam.«

Marcus spürte, wie Begeisterung in ihm aufwallte. Endlich hatten sie bei der Suche nach Demon einen Hinweis.

Er sah Traci an. »Tut mir leid, so schnell den Abgang zu machen, Doc, aber ich muss sofort raus aus dem Becken.«

7

Demon hatte fast sein ganzes Leben lang aus dem Schatten operiert. Er strebte nicht nach Ruhm, sondern nach unübertroffener Macht und Wonne. Heute Abend jedoch war ihm danach, einen Augenblick lang ins Rampenlicht zu treten und etwas anderes auszuprobieren. Das Leben langweilte ihn so sehr. Er hatte alles erlebt. Er hatte auf jede erdenkliche Weise getötet. Er hatte auf jede erdenkliche Weise Unzucht getrieben. Er hatte gelernt, Männer seinem Willen zu unterwerfen. Er hatte Politiker und Wirtschaftsmoguln in der Tasche. Dennoch fühlte er sich vollkommen unerfüllt.

Besonders wenn Ackerman in der Nähe war.

Der Killer, der zum Beschützer mutiert war, hatte Demon aufgerüttelt und ihm klargemacht, was er wirklich brauchte: eine Nemesis. Von jeher hatte Demon dem Gesetz des Dschungels gehorcht und war fest überzeugt, dass es auf der Welt um das Überleben des Tapfersten und den Kampf um die Dominanz ging. Wie aber sollte er seine Dominanz und seine Härte aufrechterhalten, wenn er keinen Feind hatte, der seiner würdig war? Bei seinen Mitteln konnte ihm kein Gegner gewachsen sein. Nicht einmal Ackerman.

Er hatte eine Reihe von Spielen entwickelt, in denen er Ackerman gegen Mitglieder der Legion und selbst geschaffene Monstren antreten lassen konnte. Sein neuer Freund *würde* nach seiner Pfeife tanzen. Er wollte Ackerman als Rivalen dominieren, aber nach wie vor hoffte er, dass er Ackerman im Zug dieser Spiele seinem Willen unterwerfen könnte. Statt eines Erzfeinds hätte er dann seinen mächtigsten Verbündeten.

Zum Filmen bewegten sie sich vom Rand des Parkplatzes an eine Stelle, die näher bei dem hohen Stahlgerüst am alten Schacht der Redemption Point Mine lag. Die Skelettkonstruktion, die für Demon ein wenig wie ein unfertiger Eiffelturm aussah, diente als Hintergrund für die Aufnahme.

Er runzelte die Stirn, als er von der Kamera wegsah und seinen persönlichen Neurowissenschaftler entdeckte. Dr. Jonathan Dixon stand in einem exorbitant teuren Anzug von Brunello Cucinelli im Hintergrund. Dixon billigte weder Demons Methoden noch das Spiel, das gleich beginnen würde, aber seine Skrupel waren wie weggeblasen, sobald er seine Schecks einlöste und den Lebensstandard genoss, den Demon ihm ermöglichte.

Ackerman stand schwer bewacht dabei. Etliche von Demons Leuten führten Flinten und Sturmgewehre, aber wenigstens fünf Söldner zielten mit nicht tödlichen Taser-Pistolen auf Ackermans Rücken. Demon hielt die Vorsicht für angebracht, denn Ackerman würde kaum gefallen, was für den Auftakt der Sendung geplant war; eventuell müsste er gebändigt werden.

Demon sah zu seinem Kamerateam hinüber. »Fertig zur Aufnahme der Einführung?«

Der Regisseur war ein schwarzgekleideter Söldner, der nach seiner Militärzeit und vor seinem Wechsel in den privaten Sicherheitssektor eine Filmschule besucht hatte. Er zeigte Demon den erhobenen Daumen. »Wir geben Ihnen vor der Ansage einen Fünfsekundencountdown.«

Demon nickte und schnippte mit den Fingern. Ein anderer seiner Leute rollte eine Sackkarre herbei, auf der, mit Klebeband an das Stahlgestell gefesselt und nackt bis auf die Unterwäsche, ein Mann mit schmalem, kantigem Gesicht und bleicher weißer Haut stand. Klebeband bedeckte auch den Mund des Mannes, und die Augen hatte er vor Angst weit aufgerissen.

Demon ging gemächlich auf die Sackkarre mit seinem Opfer zu, machte dabei seine Brust frei und reichte seine Kleidung an einen Handlanger weiter. Die Januarkälte verschlug ihm den Atem, aber er wusste ja, dass ihm gleich wieder warm würde.

»Was wird das?«, brüllte Ackerman.

»Keine Sorge, Frank«, rief Demon zurück. »Das gehört nicht zu Ihrem Spiel. Dieser Mann ist kein Unschuldiger, sondern ein Parasit, der mich zum letzten Mal bestohlen hat. Sie sehen einen sehr schlechten Menschen vor sich. Er ist die Mühe, ihn zu retten, nicht wert.«

»Jeder ist es wert, gerettet zu werden!«

»Jungs«, sagte Demon, »sorgt dafür, dass Frank es bequem hat.«

Auf sein Wort hin entluden zwei Söldner ihre Taser in Ackermans Rücken. Auch wenn er den Schmerz vermutlich auskostete, konnte er nichts gegen die dazugehörige neuromuskuläre Lähmung tun. Er fiel mit dem Gesicht in den Schotter auf dem Parkplatz und zuckte konvulsivisch, während der Strom durch seinen Körper floss.

Der Regisseur wusste, was sein Stichwort war, und sagte: »Aufnahme in fünf, vier, drei, zwo, eins …« Die letzte Zahl unterstrich er mit dem Zeigefinger.

Demon sah in die Kamera. »Willkommen, meine lieben Mit-Übeltäter, -Hedonisten und -Psychopathen. Willkommen auch alle, die nur als Voyeure hier sind und bloß einmal den Zeh in die Finsternis eintauchen wollen, um eine Kostprobe zu nehmen. In diesem Reich ist jede entsetzliche Sehnsucht erfüllbar; alles ist hier möglich. Ich bin Ihr Führer auf dieser Reise in die Verworfenheit. Sie können mich Demon nennen. Aber bevor wir fortfahren, möchte ich, dass Sie alle mich sehen, wie ich wirklich bin.«

Er griff in die Tasche, zog ein Springmesser heraus und stach dem Mann auf der Sackkarre viermal in die Kehle. Die Klinge durchbohrte die Halsschlagader des Opfers, und wie ein Geysir schoss das Blut heraus. Demon ließ es auf sich abregnen wie Wasser aus einem Duschkopf. Er badete darin. Er schmierte sich damit ein. Er verteilte es über seinen ganzen Oberkörper. Das Blut war warm und erfüllte ihn, sobald es ihn berührte, mit Euphorie. Er fühlte sich dadurch mächtig, unaufhaltsam und unsterblich.

Mit beiden Händen fuhr er sich durch die Haare und strich sie mit Blut zurück, während seine Männer Ackerman grob hochrissen und ihn abklopften. Der Blick weißglühenden Zorns, den Ackerman ihm zuwarf, war genau die Reaktion, auf die Demon gehofft hatte. Das Monster Ackerman war einst aus Wut und Leid geboren worden, und Demon ging davon aus, dass diese Empfindungen der Schlüssel zur Wiedererweckung des Ungeheuers sein würden.

Er blickte wieder in die Kamera. »*Dies* ist mein wahres Gesicht. Das Gesicht eines Mannes, getauft mit dem Blut seiner Feinde. Heute Abend präsentieren wir Ihnen einen Einblick in meine Welt, der sich hoffentlich zu einer Art Miniserie entwickelt. Es ist die Welt des Demons. Ich nenne diese Präsentation *Tanz der Dämonen*. In diesem Spiel wird meine kranke und abartige Fantasie gegen die Furchtlosigkeit von Mister X antreten.«

Er wies auf Ackerman, und das Kamerateam schwenkte die Kamera.

»Dies, Ladys und Gentlemen, ist der Held unserer Serie. Sie dürfen versichert sein, dass er mit der Welt von Schmerz, Mord und Tod vertraut ist. Dieser Mann hat mehr Menschen getötet als manche seltenere Krebsart, bis er mit seinem lange verlorengeglaubten Bruder wiedervereint und *neu geboren* wurde.« Demon überbetonte den Ausdruck auf sarkastische Art. »Jetzt spielt er die Rolle eines Beschützers und arbeitet mit den US-Ermittlungsbehörden zusammen. Trotz alldem behauptet er, der beste Killer weit und breit zu sein. Aber nicht ich soll bei der Vorstellung unseres Helden das letzte Wort haben! Hören wir uns an, was er selbst zu sagen hat.«

Der Kamera holte Ackermans errötetes, schmutziges Gesicht heran.

Ackerman blieb stoisch, während er erklärte: »Ich werde tun, was immer nötig ist, um das Leben Unschuldiger zu schützen. Nach all unseren Zusammenstößen und den vielen Gelegenheiten, bei denen ich Sie besiegt habe, finde ich es aber traurig, dass Sie weiterhin darauf beharren, den Weg des seligen Unwissens zu gehen. Sie *können* mich nicht bekämpfen. Ich bin eine Naturgewalt. Wenn ein Sturm abflaut, bedeutet das doch nicht, dass Sie die Natur besiegt hätten, sondern nur, dass Sie überlebt haben. Mich haben Sie bisher allein durch mein Wohlwollen überlebt. Und dennoch bleiben Sie halsstarrig. Daher spreche ich erneut die Warnung aus: Machen Sie kehrt und geben Sie auf. Sollten Sie sich der Erkenntnis weiterhin verschließen, wird Ihr Starrsinn Ihre Vernichtung nach sich ziehen.«

Demon lachte leise. »Das behaupten Sie jedes Mal, aber ich weiß, dass Sie mich aus einem bestimmten Grund nicht töten: weil Sie weiterspielen wollen.«

Ackerman schüttelte den Kopf. »Nein, alter Freund. Ihr Weg führt in die Selbstzerstörung.«

Demon lachte lauter, doch es war rein äußerlich.

Ackerman fuhr fort: »Sollte ich während Ihres Spielchens sterben, ist das für mich kein Verlust. Der Tod wird ein großes Abenteuer sein. Mich zu töten ist für Sie kein Sieg. Ich bleibe nur auf dieser Erde, um die Menschen zu schützen, die Sie in Gefahr zu bringen beabsichtigen. In diesem Spiel können Sie mich nicht besiegen. Nicht am Ende. Das Endergebnis wird immer sein, dass Sie sich selbst schlagen. Ich möchte Sie gern vor diesem Schicksal bewahren, aber es könnte Ihre letzte Chance sein, und deshalb appelliere ich erneut an Sie: Besinnen Sie sich und geben Sie auf.«

Als Ackermans Ansprache vorüber war, applaudierte Demon langsam und spürte dabei, wie das frische Blut von seinen Extremitäten tropfte. Die Kamera schwenkte wieder zu ihm. »Sehen Sie, genau davon rede ich, Ladys und Gentlemen. Das ist unser Held. Seine Lage ist vollkommen hoffnungslos, und trotzdem bleibt er im Angesicht überwältigender Übermacht tapfer und zuversichtlich. Was wird das für eine Freude, ihn in dem Moment zu beobachten, in dem er zusammenbricht, endlich seine eigene Hilflosigkeit begreift und seine Niederlage anerkennt.«

Demon kehrte an die Stelle zurück, wo er ursprünglich gestanden hatte, und fuhr fort: »Besprechen wir das Szenario, dem sich Mister X nun stellen wird. Sie fragen sich vielleicht, was das große Stahlgerüst hinter mir zu bedeuten hat. Sie nennen das Ding den *Man Bucket*, und was er tut, ist, einen Förderkorb mit kleinen Arbeitsameisen in eine Kupfermine abzulassen. Er lässt sie siebentausend Fuß in die Tiefe hinunter, das sind zwei Komma eins Kilometer für die Freunde des metrischen Systems. Der Schacht war der ursprüngliche Zugang zu der Kupferader, aber er gilt nicht mehr als sicher. In einem Stollen tiefer am Berg befördert ein Schienensystem heute die Arbeiter in die Mine. Damit wird das Kupfererz auch hochgeschafft und mit einem Förderband abtransportiert.«

Beim Reden ging er weiter, und das Kamerateam folgte ihm. »Unser Held, Mister X, wird hier am alten Schacht beginnen. Wir haben aber auch eine Gruppe aus *größtenteils* unschuldigen angehenden Minenarbeitern, die, wie sie glauben, zu einer Einweisung und Orientierung in den Berg einfahren. Sie wissen nicht, dass sie dort unten nicht allein sein werden. In der Dunkelheit warten furchtbare Geschöpfe auf sie. Um die Minenarbeiter zu retten, muss Mister X alle meine Bestien bezwingen. Natürlich haben wir auf dem gesamten Spielfeld hochauflösende Kameras mit Nachtsicht aufgebaut. Im Darknet haben Sie darum einen weit besseren Blick auf das Geschehen als unsere armen Teilnehmer, die einen großen Teil der Zeit in völliger Finsternis zubringen müssen.«

Demon blieb stehen. Das Kamerateam schien seine Gedanken zu lesen und kam näher, zoomte ihn heran für ein intensiveres Bild. »Allerdings ist die Gruppe von Arbeitern durch wenigstens einen Mörder unterwandert, der für mich arbeitet, und diese Person oder diese Personen werden der Gruppe Probleme bereiten. Wenn die Zahlen etwas leichter handhabbar werden – nachdem die Bestien ein paar Unschuldige ausgemerzt haben –, offenbart sich dieser Agent oder diese Agenten, um selbst ein wenig Spaß bei der Arbeit zu haben.«

Die Kamera fuhr zurück zur Totale. »Das sind die Spieler«, sagte Demon. »Wir haben unseren Helden, der versucht, sich durch das Tunnelsystem zum neuen Stollen vorzuarbeiten, wo unsere unschuldigen Minenarbeiter seiner harren. Für unterwegs haben wir eine Menge Spaß geplant, und innerhalb der Gruppe arbeiten einige Teufelchen für uns. Alles zusammen sorgt ganz bestimmt für ein abwechslungsreiches Programm, und ich hoffe, dass Sie vor den Bildschirmen in den Schatten mir dabei zustimmen. Ohne weiteres Hin und Her wollen wir nun den Wahnsinn erleben, der bei *Tanz der Dämonen* alltäglich ist!«

Der Regisseur beendete die Aufnahme und erklärte Demon, wie wunderbar er gewesen sei. Demon ignorierte den Mann und kehrte zu Ackerman zurück, der sofort sagte: »Ich habe mich mit nichts davon einverstanden erklärt. Ich bin nicht hier, um wie ein Gladiator in Ihrer Arena zu kämpfen. Sie haben mir gesagt, ich bekäme Gelegenheit, Angehörigen Ihres Netzwerks aus Killern gegenüberzutreten.«

»In gewisser Weise ist das wohl ein Gladiatorenkampf«, räumte Demon ein. »Seit den Anfängen menschlicher Zivilisation sehnen wir uns danach, andere im Kampf auf Leben und Tod zu beobachten. Unsere moderne Welt hat uns die Möglichkeit dazu genommen. Aber jetzt können wir dieses alte Feuer durch das wunderschöne Darknet neu entfachen. Wir übertragen in einem Internet, das in Schatten existiert, von denen die normalen Schäflein nichts ahnen. Dort kann man uns weder aufspüren noch abschalten. Die Behörden können diese Sendung nicht verhindern. Jeder brennt darauf, Sie in Aktion zu erleben, und dieser Wunsch wird ihnen erfüllt, weil Sie in diesem Spiel meinen Freund Chamäleon kennenlernen werden – einen Killer, der mit den Hufen scharrt, sich und der Welt etwas zu beweisen. Ich habe verlauten lassen, dass jeder, der es schafft, Sie in unserem Bergwerk zu töten, mit einem beträchtlichen Preisgeld belohnt wird. Die Gegner, die ich bisher erwähnt habe, sind keineswegs die einzigen Drachen, die es für Sie zu bezwingen gilt. Aber jetzt möchte ich Ihnen gern von meinem geschätzten Kollegen und Leibarzt Dr. Jonathan Dixon ein wenig mehr über meine besonderen Schöpfungen erklären lassen. Die Zuschauer müssen die ganzen technischen Einzelheiten nicht erfahren, aber ich glaube, Sie werden die Mühe zu schätzen wissen, die ich mir gemacht habe, um Sie angemessen zu töten.«

8

Der junge Mann sah in den Spiegel, beugte sich näher und sagte laut: »Heute ist dein Tag, Jesse Gibson. Der erste Tag vom Rest deines Lebens. Was willst du mit deiner Zeit anfangen? Machst du das Beste daraus? Heute ist für dich ein Neuanfang. Du kannst sein, wer immer du sein willst. Also, wer willst du sein?«

Jesse atmete langsam aus und schloss die Augen. Als er wieder in den Spiegel blickte, lächelte er. »Hi, ich bin Jesse. Jesse Gibson. Freut mich, Sie kennenzulernen.« Er schüttelte den Kopf. »Warum sag ich das so? Ich bin doch nicht James

Bond.« Er versuchte es erneut. »Hi, ich bin Jesse. Verflixt, schon wieder. Hi, ich bin Jesse Gibson. Freut mich, Sie kennenzulernen. Ich bin Jesse Gibson. Wie ist Ihr Name? Hi, ich bin Jesse. Freut mich, dich kennenzulernen.«

Er schloss wieder die Augen, atmete abermals tief durch und konzentrierte sich auf seinen Herzschlag. Vorstellungen hatte er schon immer gehasst. Vorstellungen gehörten für ihn zu den schwierigsten Dingen, aber einen neuen Job in einer neuen Firma anzutreten brachte nun einmal viele Vorstellungen mit sich.

Jesse starrte sich noch einen Moment länger an, doch diesmal konzentrierte er sich auf seinen schmalen, unmännlichen Körperbau und seine schwarze Haut. Beides konnte ihm wohl Probleme bereiten in dem Job, den er an diesem Abend antrat – den eines Minenarbeiters an der Redemption Point Copper Mine in Arizona, angestellt bei der Peñasquito Mining Company.

So eine Arbeit hatte er noch nie gemacht. Ihn erschreckte die Aussicht, mehr als eine Meile tief unter die Oberfläche der Erde zu fahren, wo ihn jeden Augenblick Millionen Tonnen von Fels zerquetschen konnten. Vor allem jedoch sorgte er sich darüber, wie seine Kollegen ihn behandeln würden. Arizona war nicht für Rassismus bekannt, aber es gab ihn überall, und einen schmalen Körperbau zu haben war niemals günstig bei den stämmigen Alpha-Männern, mit denen er rechnete. Er hoffte, dass er mit den anderen Anfängern gut zurechtkam. Wenn ihm das gelang, erleichterte es ihm sowohl die Zeit unter Tage als auch seine Aufgabe.

Nachdem er noch ein paar Minuten lang seine Vorstellung geübt hatte, zog er sich an. Er verließ seine Zweizimmerwohnung und schlurfte die Treppe hinunter. Zehn Minuten wartete er in der Kälte, bis seine Mitfahrgelegenheit zum neuen Job aufkreuzte.

An der Bordsteinkante hielt ein bordeauxroter Minivan, der mit seinen vielen Kratzern und Beulen nicht gerade neu wirkte, aber gut in Schuss zu sein schien. Jesse trat näher, öffnete die Beifahrertür und wurde von dem großen Schwarzen am Lenkrad begrüßt. Der Mann hatte weiße Haare und einen weißen Fu-Manchu-Goatee. »Mach, dass du aus der Kälte kommst, mein Junge. Du bist der Erste, den ich abhole, also bekommst du den Beifahrersitz. Ich bin Randy Blake.«

»Gibson. Jesse Gibson«, antwortete er, während er Randy die Hand schüttelte. Er biss die Zähne zusammen, als ihm klar wurde, dass er sich doch wie James Bond vorgestellt hatte.

Jesse versuchte, den Fehltritt zu ignorieren, und stieg, wie ihm gesagt worden war, auf den Beifahrersitz des Minivans. Randy beugte sich vor, sah die Straße hinauf und hinunter, musterte die Umgebung. Jesses Apartment lag über einem SB-Waschsalon, der rund um die Uhr geöffnet hatte, aber die übrigen Häuser waren entweder ausgebrannt oder vernagelt.

»Beschissenes Viertel«, meinte Randy.

Jesse zuckte mit den Schultern. »Was Besseres kann ich mir nicht leisten.«

»Na, mit deinem neuen Job bekommst du vielleicht eine Bleibe, wo die Gefahr, niedergestochen zu werden, nicht ganz so hoch ist.« Randy fuhr vom Bordstein los, als befürchtete er genau das, wenn er hier zu lange wartete. Während sie den Weg aus der heruntergekommenen Gegend in ein etwas besseres Viertel suchten, fragte Randy: »Hast du schon mal in einer Mine gearbeitet?«

»Nein. Ich bin noch nicht mal in einer Höhle gewesen, deshalb ist das alles neu für mich.«

»Zuerst wirst du wohl überwältigt sein, aber du gewöhnst dich schon ein, und wir halten dich beschäftigt, da können deine Gedanken gar nicht zu was Unproduktivem abgleiten. Bist du aus der Gegend?«

»Nein, ich komme aus Michigan. Ich versuche hier einen Neuanfang.«

»Einen Neuanfang? Klingt, als würdest du vor was davonlaufen.«

Jesse zuckte mit den Achseln und holte Luft. Wie viel von seiner Geschichte sollte er erzählen? »Meine Eltern sind vor Kurzem bei einem Autounfall umgekommen. Danach hat mich in meiner Heimatstadt alles an sie erinnert, bis ich nur noch wegwollte, um irgendwo neu anzufangen.«

Randy nickte. »Tut mir leid, das zu hören. Ich kann gut verstehen, dass du erst mal einen Tapetenwechsel brauchst.«

Der nächste Minenarbeiter, der in Randys Minivan einstieg, war ein Weißer Mitte fünfzig mit dichtem Bart, grau melierten schwarzen Haaren und einer kahlen Stelle an der Schädelkuppe. Für Jesse sah er mehr nach einem Geschichtslehrer aus als nach einem Bergmann.

»Verdammt, Randy«, sagte er. »Hier hinten stinkt's wie in einer Windeltasche.«

»Ja, stimmt«, sagte Randy. »Maria musste gestern mit dem Van die Kinder irgendwohin bringen.«

Kopfschüttelnd murrte der Neuankömmling leise vor sich hin: »Das Mädchen nutzt dich bloß aus, und das weißt du auch. Sie kommt nur zu dir, wenn sie was braucht. Sie ist nicht mal deine …«

Randy fiel ihm ins Wort. »Hör bloß damit auf, Phil. *Das Mädchen* gehört immer noch zu meiner Familie, auch wenn ihre Mutter und ich nicht mehr zusammen sind. Wenn ich ihr irgendwie helfen kann, tu ich das.«

Phil hob kapitulierend die Hände. »Es tut mir leid, ich …«, begann er und fiel in einen Hustenkrampf.

Randy streckte die Hand nach hinten und klopfte Phil aufs Bein. »Schon gut. Ich weiß, du willst nur auf mich aufpassen. Übrigens, das ist einer von den Neuen, Jesse Gibson.

Mein knurriger alter Freund da hinten ist Phil. Er wird mir heute Abend helfen, euch Jungspunde einzuweisen.«

Jesse streckte Phil die Hand hin, doch dann bemerkte er, dass das Husten einen Blutspritzer auf dessen rechter Hand hinterlassen hatte. Phil zog rasch ein Taschentuch hervor, wischte das Blut ab und winkte mit der linken Hand, als wollte er sich entschuldigen, ihm nicht die Hand zu schütteln. Jesse nickte zur Antwort, und als Randy sich vom Bordstein löste und zum nächsten Auflesepunkt losfuhr, sagte Phil: »Trag immer schön deine Atemmaske, Kleiner.« Das war keineswegs etwas, das Jesse an seinem ersten Tag hören wollte.

Auf dem Fahrersitz schüttelte Randy den Kopf. »Früher hatten sie nicht die gleichen Sicherheitsbestimmungen wie heute. Mach dir keine Gedanken. Halt dich an die Regeln, und dir passiert nichts.«

Auf dem Rücksitz schnaubte Phil, enthielt sich aber weiterer Kommentare.

Der Minivan rumpelte am Geschäftsviertel der kleinen Stadt vorbei und überquerte die Schienen zur anderen Ortshälfte. Hier standen hübschere Häuser als in dem Abbruchviertel, in dem Jesse wohnte, hübscher auch als das Haus, von dem er annahm, dass es Phil gehörte. Die übrigen Leute, die sie auflasen, waren allesamt Anfänger. Der Erste war ein junger Hispanic mit Grübchen auf den Wangen, der sich als Nicky Gonzalez vorstellte.

Der nächste Neuling hielt sich mit der Vorsicht und Wachsamkeit eines kampferfahrenen Soldaten, ohne dass er die dazugehörige Präzision von Bewegungen und Haltung zeigte. Er nannte sich Isaiah, trug eine Designerbrille und ein graues Poloshirt. Er hatte asiatische Wurzeln und war schmal bis mittel gebaut.

Den nächsten Neuen empfand Jesse sofort als schmierig. Er nannte sich Fitz, und als er nach seinem Nachnamen gefragt wurde, erwiderte er, dass er sich zurzeit Fitz nenne und den Namen häufiger wechselte, damit ihn keine unehelichen Kinder finden konnten. Fitz lachte über seinen eigenen Witz, aber sonst niemand. Er trug einen bleistiftdünnen Schnurrbart, hatte blasse weiße Haut, und seine Augenlider hingen wie bei einem nicht sonderlich klugen Hund.

Ihr nächster Halt war an einem Block, wo Jesse ungern lange gewartet hätte, und wenn man bedachte, wo er wohnte, bedeutete das einiges. Randy stoppte den Minivan vor einem Tattoosalon neben einer Bar, vor der etliche Motorräder aufgereiht standen. »Das ist unser letzter Halt heute Abend. Ich weiß, ihr könnt es alle kaum erwarten, endlich in den Schacht einzufahren.«

Jesse dachte darüber nach, wie sehr er sich vor der Abfahrt in die Unterwelt fürchtete, als die Tür neben ihm aufgerissen wurde. Er war so überrascht, dass er leise aufschrie. Vor ihm stand eine junge Frau in einer schwarzen Bomberjacke aus Leder. Der Rest ihres Outfits war ebenfalls schwarz, einschließlich der Kampfstiefel. Sie trug einen Rucksack über der Schulter. Sie hatte kurze Haare, die von der einen auf die andere Seite gekämmt waren und so schwarz waren wie eine Rabenfeder. Vielleicht war sie ein bisschen kleiner als der Durchschnitt, aber ihre Jacke stand offen, sodass man sehen konnte, dass sie unter ihrem schwarzen langärmeligen T-Shirt durchtrainiert und muskulös wirkte. Das Shirt zeigte den Umriss einer Krähe, die auf einem Totenschädel saß.

Die Frau musterte Jesse von oben bis unten und sagte: »Du sitzt auf meinem Platz.«

Ein bisschen sprachlos sah er Randy an und wieder zu der Frau. Bevor er etwas erwidern konnte, fuhr sie fort: »Mir wird schlecht beim Autofahren. Sei ein Gentleman. Bitte.« Das höfliche letzte Wort fügte sie hinzu, als sei es ihr gerade erst eingefallen und bereite ihr Mühe.

Mit einem Lächeln sah er noch einmal zu Randy, machte den Beifahrersitz frei und stieg hinten ein. Die Frau mit den kurzen schwarzen Haaren setzte sich nach vorn und schloss die Tür, als Randy sich vorstellte. Sie schüttelte ihm die Hand, sagte aber kein weiteres Wort und schaute auch nicht zu den anderen. Randy legte den Gang ein und erklärte: »Das ist Annabelle. Ihr werdet für eine ganze Weile zusammenarbeiten, deshalb macht ihr euch am besten miteinander bekannt. Warum gehen wir nicht ringsum, und jeder sagt etwas Interessantes über sich, oder einfach auch nur, wer ihr seid und wo ihr herkommt? Was immer ihr den anderen mitteilen wollt. Annabelle, du bist als Letzte gekommen. Möchtest du anfangen?«

Als sie sprach, war ihre Stimme leise und mädchenhaft, hatte aber auch ein sinnliches Kratzen. Noch immer sah sie die anderen nicht an; ihr Blick haftete auf der Straße. »Ich bin Annabelle. Geboren in Kansas City, aber ich hab schon überall gelebt.«

Nach einer angemessenen Pause, um sicherzustellen, dass sie fertig war, sagte Randy: »Danke, Annabelle. Ich bin Randy Blake, allseits beliebter Einweiser. Ich bin in diesem Job, seit ich achtzehn war. Und ich kann dir mit Bestimmtheit sagen, dass es den Job erheblich leichter macht, wenn man ein wenig Spaß mit den Kollegen haben kann. Wie Phil und ich. Wie lange sind wir schon Freunde, Phil?«

Aus der hintersten Sitzreihe des Minivans kam die Antwort: »Müssen ungefähr siebenundachtzig Jahre sein.«

Mit einem Grinsen fügte Randy hinzu: »Phil ist ein bisschen pessimistisch, das müsst ihr ihm nachsehen. Warum machen wir nicht mit dir weiter?« Er sah Jesse an.

Jesse sprang auf das Stichwort an. »Mein Name ist Jesse Gibson. Ich bin neu auf dem Gebiet, aber ich freue mich über die Chance. Ich schätze, mein einziger Anspruch auf Ruhm ist, dass ich mal drei Jahre hintereinander Champion beim Michigan State Trivia Bowl gewesen bin.«

Randy drehte das Radio leiser. »Siehst du? Das ist richtig cool, Jesse. Das war sicher ein Haufen harter Arbeit.«

Jesse nickte. »Ja, sicher. Ich würde wetten, ich habe mehr unnützes Wissen als sonst irgendjemand in der ganzen Mine.«

»Ach, irgendwas davon wird schon nützlich sein.«

Jesse zuckte mit den Schultern. »Das sehen wir dann.«

Er sah den asiatischen Mann neben sich an, der einen vorsichtigen, fast paranoiden Ausdruck in den Augen hatte. Mit leichtem Stottern sagte er: »Ich heiße Isaiah, aber alle nennen mich *Ink*, weil ich ständig Tintenflecke auf den Fingern habe. Ich bin eigentlich Journalist, einer von der alten Schule. Ich benutze nur Stift und Papier.«

»Na, wenn du ein Journalist bist«, fragte Randy, »was machst du dann hier? Schreibst du einen Artikel über uns?«

Isaiahs Lächeln verschwand. »Wäre schön, wenn es so wäre, aber seit dem College habe ich noch keinen Job gefunden. Irgendwie muss man ja die Rechnungen bezahlen. Die Tintenflecke kommen deshalb mehr von meinen persönlichen Beobachtungen und Tagebüchern. Ich halte mich in Übung und beobachte, als wäre ich ein Reporter, auch wenn ich technisch noch keiner bin.«

»Verstehe«, sagte Randy. »Mach weiter und gib nicht auf. Dieser Job könnte der erste Schritt zu etwas Besserem sein.«

Neben Ink saß der Mann mit dem dünnen Schnurrbart und sagte: »Ich bin Fitz. Früher Rennfahrer, Stuntman und Pornostar. Wenn jemand eine Demonstration egal welcher Fähigkeiten will, soll er Bescheid sagen.«

Randy runzelte kurz die Stirn, aber dann sagte er: »Danke, Fitz. Was ist mit dir da hinten?«

Der letzte Trainee antwortete: »Ich bin Nicky Gonzalez.

Ich bin hier in der Gegend geboren und aufgewachsen. Mein Großvater war Minenarbeiter – aber nicht hier, klar. Mein Vater hat auch unter Tage gearbeitet. Als ich hörte, dass hier Leute gesucht werden, dachte ich, ich folge der Familientradition.«

»Gute Idee«, sagte Randy. »Mein Vater war auch unter Tage. Ich will die Arbeit nicht jedem empfehlen – sie kann gefährlich sein. Aber die Bezahlung ist gut, und wenn man zupackt, ist es gar nicht so schlimm. Wir versuchen alles, was in unserer Macht steht, um Unfälle zu verhindern, und unsere Firma tut viel für die Sicherheit. Zwar geht es ihnen dabei wohl hauptsächlich um ihr Image und darum, dass unterm Strich was für sie rausspringt, aber für mich spielt das keine Rolle. Was die Sicherheit angeht, ist Peñasquito eine der besten Firmen, für die ich je gearbeitet habe. Deshalb zerbrecht euch nicht den Kopf über das, was euch bevorsteht. Wir befassen uns mit den Einzelheiten, sobald ihr unten seid und eure Ausrüstung bekommen habt. Phil und ich machen den Scheiß schon seit Jahren, und wir atmen noch. Viele andere Leute, so wie Nickys Vater und Großvater, haben das Gleiche gemacht. Hört auf mich und hört auf Phil, und ihr kommt prima klar. Ich weiß, am ersten Tag kommt es einem nicht so vor, aber da unten in der Mine gibt es wirklich nichts, was ihr fürchten müsstet.«

9

Demon zog sich eine Jacke über die blutverschmierten bloßen Schultern und rief Dr. Jonathan Dixon zu sich. Am Mi-
nenschacht gesellte der Neurowissenschaftler sich zu ihm und
Ackerman. Dixon trug einen teuren Anzug, aber für Demon –
oder jeden anderen scharfen Beobachter – war offensichtlich,
dass der Mann sich in einem Laborkittel wohler gefühlt hätte.
Er zeigte die Körperhaltung eines Arztes. Demon nahm an,
dass dies von der Überlegenheit herrührte, die man empfand, wenn man das Leben eines anderen Menschen in den
Händen hielt. Auf Dixons Kopf saß ein frisierter Schopf aus
grauen und schwarzen Haaren. Sein Gesicht war runzlig, aber
er hatte ein vorspringendes Kinn mit einem Grübchen, das
Demon zu der Annahme veranlasste, dass der alte Hund in
seinen jungen Tagen recht gut aussehend gewesen war. Beim
älteren Dixon hingegen hatten die Jahre des Versteckspiels
mit den Strafverfolgungsbehörden ihre Spuren hinterlassen.

Dixon war einmal ein prominenter Neurochirurg gewesen, bis er eines Tages beschloss, dass einige seiner Patienten von ein wenig mehr Hirnchirurgie profitieren würden,
als medizinisch als erforderlich galt. Dr. Dixon nahm es auf
sich, das Gehirn einer Person so abzuändern, dass ihr Verhalten fortan gesellschaftlichen Normen entsprach. Viele
seiner Patienten vegetierten nach seinen invasiven Hirnmo-
difikationen als Schatten ihrer selbst vor sich hin. Die US-
Ermittlungsbehörden hatten sich eingeschaltet, und von den
Medien war der zuvor von ihnen gefeierte Neurochirurg mit
dem Beinamen *Dr. Lobotomy* bedacht worden.

Bevor er verhaftet werden konnte, hatte Dixon seine Konten geleert und war geflohen. Am Ende gelangte er in die stets hilfsbereiten Arme von Demons Organisation.

Mit tiefer, honigsüßer Stimme sagte der böse Doktor: »Guten Abend, Mr. Ackerman. Ich bin Dr. Jonathan Dixon.«

»Freut mich, Sie kennenzulernen, Dr. Dixon.«

»Er ist berühmt«, warf Demon ein. »Sie kennen ihn vielleicht unter seinem Spitznamen *Dr. Lobotomy*.«

»*Das* war ein Name, den schlichte Gemüter mir angehängt haben! Ich wurde entsetzlicher Verbrechen gegen die Menschlichkeit bezichtigt, aber alles, was ich getan habe, diente der Veredelung unserer Spezies. Mit meiner Forschung gewinne ich Erkenntnisse über das menschliche Gehirn, deren Nutzen von zukünftigen Generationen dankbar erkannt und zur Verbesserung der Menschheit angewandt werden wird. Ich weiß, dass mein Platz in den Geschichtsbüchern das widerspiegeln ...«

»Doc«, unterbrach Demon ihn, »wir sind nicht hier, um uns Ihre Rede zum Niedergang der modernen Gesellschaft anzuhören. Spulen Sie einfach zu den guten Stellen vor. Erzählen Sie Mr. Ackerman von der Arbeit, die Sie für mich tun.«

Dixon seufzte und sah Ackerman an. »Als meine Frau von einem Mann ermordet wurde, der unter Schizophrenie litt, begriff ich, dass ...«

Demon fuhr ihm erneut über den Mund. »Tut mir leid, Frank, aber Sie wissen ja, wie *verrückt* alte Männer sein können.«

Dr. Dixons Gebaren schlug völlig um. »*Verrückt?* Wie können Sie es wagen, solch ein Wort in meiner Gegenwart zu benutzen! Ehrlich gesagt erwarte ich von dem Leiter einer Organisation, der ich angehöre, erheblich mehr, Mr. Demon.« Dixons Stimme wurde immer lauter, je mehr er sich in seine Tirade hineinsteigerte. »*Verrückt* ist ein Begriff der

Unwissenden, eine Redensart von Leuten, die jeden abschreiben wollen, dessen Verstand über ihr beschränktes Erkenntnisvermögen hinausgeht, und der Begriff *geisteskrank* ist kein Quäntchen besser! Das sind keine Wörter, die von der Medizin benutzt werden, von Menschen, die ihr Gehirn zum *Denken* verwenden. Von den Medien werden sie aufgegriffen, um andere zu manipulieren, und von den Strafverfolgungsbehörden. *Geisteskrank* und *wahnsinnig* sind Termini, die in unseren modernen Zeiten nur noch von Juristen gebraucht werden. Und was verrät Ihnen das über unsere barbarischen und überholten Vorstellungen von Recht und Ordnung?«

Demon grinste breit, und er klatschte leicht in die Hände. »Danke sehr, Doktor. Das ist der Mann, den ich Frank vorstellen wollte – den Mann mit Leidenschaft, nicht den, der sich Gedanken um seinen Platz in den Geschichtsbüchern macht. Lassen Sie uns an Ihrer Leidenschaft teilhaben und erklären Sie uns Ihre Arbeit. Die Geschichte soll die Dinge selbst mit sich ausmachen.«

Dr. Dixon runzelte die Stirn. »Ach, ich verstehe. Sie haben mich manipuliert, um das Thema interessanter erscheinen zu lassen. Wie ermüdend.«

»Nur zu, erzählen Sie von Ihren Probanden, Doc, denen Mr. Ackerman bei diesem Wettkampf gegenüberstehen wird.«

Eindeutig weiter gekränkt wandte Dr. Dixon sich Ackerman zu. »Die Männer und Frauen, die wir im Bergwerk platziert haben, sind wenigstens für eine gute Sache geopfert worden, nämlich für Medizin und Wissenschaft. Ich möchte feststellen, dass ich normalerweise nicht darauf abzielen würde, solche Kreaturen zu erzeugen, aber um meine Verpflichtungen gegenüber Mr. Demon zu erfüllen, haben wir es in Angriff genommen, Mordmaschinen zu schaffen. Die Männer und Frauen, auf die Sie treffen werden, sind Individuen, in deren Gehirn wir zunächst die Erinnerung an ihr früheres Leben beseitigt haben. Unter Verwendung der Abtastungen Ihres Gehirns habe ich ihnen sodann die Fähigkeit genommen, Furcht zu empfinden. Wir haben auch den Hypothalamus aller Probanden modifiziert, damit sie unersättlichen Hunger empfinden, und die Amygdalae weitergehend manipuliert, um verstärkte Wutreaktionen zu erzielen. Mr. Demon unterzog sie dann einem psychologischen Training, das für Kampfhunde entwickelt wurde, und hat sie mit einer Art mittelalterlicher Rüstung ausgestattet. Den Rest überlasse ich Ihrer Fantasie, aber ich möchte noch hinzufügen, dass jede Begegnung mit diesen Personen … Nun, ich würde sagen, dass sie eigentlich keine *Personen* mehr sind. ›Bestien in Menschen*gestalt*‹ wäre eine passendere Beschreibung. Ihre Menschlichkeit ist unrettbar verloren, und alles, was ihnen bleibt, ist urtümlicher tierischer Instinkt. Sollten Sie einen davon erblicken, würde ich Ihnen raten, so schnell und so weit davonzulaufen, wie Sie nur können.«

Ackerman lächelte. »Keine Sorge, Dr. Dixon. Ich bin zuversichtlich, dass Ihre ›Bestien‹ und ich wunderbar miteinander zurechtkommen werden. Ich bin immerhin auch mehr Tier als Mensch.«

10

Die Sonne war nur noch ein Leuchten am Horizont, und als sie sich ihrem Ziel näherten, starb die Unterhaltung im Minivan mit dem Licht. Jesse graute davor, in den Schacht einzufahren, und er konnte sich gut vorstellen, dass die anderen Neulinge das Gleiche empfanden. Seine Eltern lagen sechs Fuß unter der Erde begraben, und eines Tages würde er sich zu ihnen gesellen. Er hoffte nur, dass es heute noch nicht so weit wäre. Ein Einsturz war das eine, aber am meisten fürchtete sich Jesse davor, im Stollen festzusitzen und einen langen und qualvollen Erstickungstod zu erleiden, Luft einzuatmen, die schmutzig war vom Tod.

Jesse, sagte er sich, heute könnte dein letzter Tag auf Erden sein. Konzentrier dich auf das Positive. Such dir ein schönes Eckchen.

Er klammerte sich an einer liebgewonnenen Erinnerung fest, und fast bevor er es begriff, sagte er in die Stille, die über den Minivan gefallen war: »Kennt jemand von euch Old Tucson? Das ist gar nicht weit von hier. Ich erinnere mich, wie wir es besucht haben, als ich ein Kind war. Weiß jemand, ob es das noch gibt?«

»Wir haben mit der Grundschule einen Ausflug dahin gemacht«, antwortete Nicky. »Ich glaube, es ist niedergebrannt.«

»Bin mir ziemlich sicher, dass es das noch gibt«, entgegnete Phil. »Ich bin mit meinen Kindern da hingefahren, aber es ist schon eine Weile her.«

»Du machst keine Ausflüge mehr mit ihnen?«, fragte Nicky.

»Sie sind erwachsen«, entgegnete Phil. »Passiert bei Kindern leider früher oder später.«

Sie hatten das Wüstental verlassen und waren immer weiter hinauf in die felsigen Bergausläufer gefahren. Randy behielt die Straße im Auge, während er die Kurven nahm, und fragte: »Ich dachte, du wärst aus Michigan, Jesse? Aber deine Leute haben einen Ausflug bis hierher mit dir gemacht?«

»Ich bin bettelarm aufgewachsen«, antwortete Jesse. »Mein Onkel war Witwer und hat meine Eltern und mich ins Motel eingeladen, als er seinen Sohn in Tucson besuchen fuhr. Für uns war das so was wie Urlaub. Mein Cousin war dort auf dem Luftwaffenstützpunkt stationiert. Wir hatten jeden Tag viel freie Zeit, während wir darauf warteten, dass er Dienstschluss hatte, und mein Onkel hat uns zu mehreren Sehenswürdigkeiten in der Gegend gefahren.«

»Ich bin aus Phoenix«, sagte Isaiah, »aber ich erinnere mich, dass ich ein paarmal dort gewesen bin. Am liebsten war ich in der Spielhalle. Diese lebensgroße Puppe, gegen die man einen Revolver ziehen konnte, hatte es mir angetan. Mein Dad hat einen Wochenlohn in Vierteldollars rausgehauen, damit ich das Ding schlagen konnte. Erinnerst du dich noch an den Kerl, Jesse?«

»Nein, meine Eltern hatten für so was nichts übrig. Aber ich weiß noch, dass es eine Western-Bühnenshow mit Schießereien und allem gab, und einer der Schauspieler hat mir ein paar Hülsen der Platzpatronen geschenkt, die sie während der Aufführung verschossen hatten.«

»Hast du sie noch?«, fragte Isaiah.

»Ich weiß nicht, was aus ihnen geworden ist. Ich nehme an, sie sind bei einem unserer vielen Umzüge in irgendeinem Wandschrank zurückgeblieben.«

Sie fuhren mit dem Smalltalk fort, bis Randy von der Straße abbog und vor einem weiß gestrichenen Stahltor hielt. Er fuhr das Seitenfenster hinunter, beugte sich heraus und gab einen Zahlencode ein. Das Tor fuhr auf, und der Minivan folgte dem Weg ein kurzes Stück zu einer weiten Ansammlung von Wellblechhütten verschiedener Größen. Jesse schätzte, dass die größte so hoch war wie ein drei- oder vierstöckiges Haus. Er war sich nicht sicher, was in den Bauten war, aber er vermutete, dass in den hohen Gebäuden die schweren Radlader gewartet wurden, die er online gesehen hatte. Die Firma verwendete einige der schwersten Fahrzeuge der Welt, um das Kupfererz unter dem Berg abzutransportieren. Als sie um die Ecke kamen, sah er ein Stück entfernt die riesigen gelben Fahrzeuge aufgereiht stehen. Sie wirkten in echt sogar noch größer. Allein ihre Reifen waren so hoch wie zwei Männer übereinander.

Randy musste bemerkt haben, wie jeder fragend die verschiedenen Bauten anstarrte. »Die meisten dieser Gebäude sind entweder zum Warten der Radlader da oder gehören zur Raffinerie. Das Roherz kommt dahin und wird vor dem Abtransport aufbereitet. Das Zeug, das von unten hochkommt, ist zum großen Teil Erde. Gebrauchen kann man nur einen kleinen Prozentsatz davon.«

Als der Minivan sich dem Berg näherte, konnte Jesse die gewaltige Öffnung der Redemption Point Mine in der Felsflanke erkennen. Alles war sauber und ordentlich und aus Beton und wirkte sehr sicher. Er fühlte sich dadurch besser und hoffte, dass seine Befürchtungen einfach albern waren. Wenn er erst einmal unten wäre, würde er sich vermutlich nicht anders fühlen als an der Erdoberfläche. Dennoch, eine andere Befürchtung war, dass er es unten so sehr mit der Angst bekäme, dass er ausflippte und zu seiner eigenen Sicherheit gefesselt werden müsste.

Als sie den Wellblechbau gleich am Schachtmund erreichten, bemerkte Jesse drei Männer, die auf dem Parkplatz neben der Hütte standen. Das Trio wurde von den Scheinwerfern des Minivans beleuchtet, und als sie in eine Parktasche einbogen, kamen die drei Männer auf sie zu.

Jesse kam es merkwürdig und unheimlich vor, und er konnte nicht anders, er fragte Randy: »Wer sind denn diese Typen?«

Randy sah besorgt aus, ließ Jesses Frage aber unbeantwortet. Er stellte den Motor ab und fragte in den hinteren Teil des Vans: »Phil, gibt es was, das ich über dich und JB wissen sollte?«

»Nein«, sagte Phil, »wir sind quitt.«

Nach einem Seufzen sagte Randy: »Nun, JB, Mikey und

Bert stehen da draußen und scheinen auf uns zu warten. Bist du dir sicher, dass ich nichts wissen sollte?«

»Nein, ich schwöre, alles ist geklärt.«

»Bleibt mal alle eine Minute im Wagen«, sagte Randy. Er stieg aus und ging den drei gefährlich aussehenden Männern entgegen.

Alles sah gespannt zu, was vorging. Sogar Annabelle starrte nicht mehr teilnahmslos aus dem Fenster, sondern beobachtete aufmerksam das Gespräch, das vor ihnen ablief. Sie beugte sich sogar zum Lenkrad und drehte den Zündschlüssel, damit sie das Seitenfenster herunterfahren und hören konnte, was dort gesagt wurde.

Jesse kam es vor wie der Moment in einem Film, die angespannte Ruhe vor dem Sturm, ehe die Hauptfigur in eine Szene tritt, in der völliges Chaos losbricht.

Randy stand im Licht der Scheinwerfer und breitete die Arme aus. »Wie geht's, JB? Ich habe mit keinem Begrüßungskomitee gerechnet.«

Der Anführer des Trios war ein muskelbepackter Mann mit dem Aussehen eines sizilianischen Mafiosos. Er schien Ende dreißig oder Anfang vierzig zu sein, hatte volle schwarze Haare und trug einen schwarzen Bart. Seine Nase war übergroß, und man konnte deutlich sehen, dass sie mehrmals gebrochen und nicht korrekt gerichtet worden war. Er zeigte den schwingenden Schritt, den Jesse bei Türstehern vor den Clubs der großen Städte beobachtet hatte. Die beiden Männer bei ihm machten einen ähnlichen Eindruck. Der Mann links von JB war klein und stämmig, um die fünfzig und sah nach einem Hispanic aus. Er trug einen schmalen, gepflegten Goatee und einen schmalen Schnurrbart. Der andere Mann war groß und wie ein Athlet gebaut. Seine langen goldenen Haare ließen Jesse an eine Löwenmähne denken. Er war vermutlich Ende dreißig.

JB, der Anführer, sprach mit tiefer, grollender Stimme. »Die Jungs und ich warten hier auf die Neuen, damit wir sie begrüßen und uns vorstellen können. Ich hatte nicht erwartet, dass die Firma ihnen einen Chauffeur schickt.«

»Die Firma hat mich beauftragt, sie abzuholen und einzuweisen.«

»Tja, die Firma hat *mich* beauftragt, sie einzuweisen.«

Randy schüttelte den Kopf. »Wie hast du davon gehört? Wer hat es dir gesagt?«

»Ich hatte eine SMS von diesem Sesselfurzer im Büro.«

Randy nickte. »Von Simmons. Ich auch. Tja, sieht aus, als wären wir doppelt gebucht, aber das lässt sich nicht ändern. Wie wollen wir's angehen?«

JB wies auf seine Leute. »Meine Jungs brauchen die Stunden. Vor allem, weil an den letzten paar Tagen nichts lief. Das ist ein toller Überstundensatz. Wir gehen hier nicht weg.«

»Ihr braucht auch nicht zu gehen. Wir stempeln uns alle ein, und über den Rest soll Simmons sich Gedanken machen.«

»Mir gefällt aber auch nicht die Aussicht, den ganzen Abend hier rumzusitzen und dir zuzuhören, wie du einen Haufen Kram erzählst, den ich schon weiß. Hast du was dagegen, wenn ich die Einweisung übernehme?«

Randy lächelte. »Wenn es darauf hinausläuft, ob ich für die Überstunden arbeite oder nur rumsitze und Däumchen drehe, entscheiden Phil und ich uns immer für die zweite Möglichkeit.«

JB grinste zurück. »Klasse, Mann. Das weiß ich zu schätzen.«

Immer noch lächelnd fuhr Randy fort: »Ich wüsste es aber zu schätzen, wenn du die Kids mit deinen Privatdienstleistungen verschonen würdest.«

JB lächelte noch, aber in seinen Augen stand ein anderer Ausdruck. Einen Moment lang schwieg er und sagte: »Hey, du weißt doch, wie es ist, Randy. Ich rühre nie die Werbetrommel. Die Leute kommen zu mir. Frag nur deinen Freund Phil. Er hat kein Problem, mich anzubetteln, wenn er Geld braucht oder eine Wette platzieren will.«

Zum ersten Mal sah Randy zum Wagen zurück und begriff, dass die Neulinge vermutlich alles hören konnten, was sie redeten, und statt das Gespräch mit JB fortzusetzen, ging er zurück und klopfte an das Fahrerfenster. Mit einer Schwenkbewegung der rechten Hand bedeutete er ihnen allen, auszusteigen und mitzukommen.

Die Gruppe folgte ihm aus der Januarkälte ins geheizte Innere des braun-grünen Wellblechgebäudes. Darin waren die Wände mit weißen Plastikpaneelen verkleidet, auf den Böden lag Linoleum. Über ihnen war eine abgehängte Decke mit Leuchtstoffröhren. Bei dem Gebäude schien es sich um die auf Dauerhaftigkeit ausgelegte Variante eines Bauwagens zu handeln. Sie wurden in einen etwas größeren Raum geführt, in dem Stühle mit Sitzschalen aus Plastik standen, die aus einem Highschool-Klassenzimmer der 80er Jahre zu stammen schienen.

Jeder von ihnen fand einen Platz, und JB ging nach vorn, wo eine große Weißwandtafel hing. Jesse bemerkte einen Haufen Ausrüstung in einer Ecke und nahm an, dass es sich um ihr Zeug handelte.

Als alle saßen, sagte JB: »Okay, ihr kennt ja Randy und Phil schon. Das sind Bert«, er wies auf den stämmigen Hispanic, »und Mikey.« Mikey war der große Mann mit der Löwenmähne. »Ich bin JB Palminteri, und ich gebe euch einen Überblick über alles, was ihr über die Arbeit in einer Mine wissen müsst. Als Erstes will ich klarstellen, dass ich euch alles auf zwei verschiedene Weisen erklären werde. Zuerst sage ich euch, wie ich es euch beibringen muss, und dann verrate ich euch, wie wir es tatsächlich tun.«

11

Durch einen großen Spionspiegel betrachtete Marcus Williams im Gebäude des 72. Reviers Demons Handlanger. Der Festgenommene war so unvorsichtig gewesen, in der Anlage, in der Marcus' gekidnappter Sohn von Demon festgehalten worden war, einen Fingerabdruck zu hinterlassen. Beinahe zwei Wochen hatte es gedauert, aber schließlich war der Mann, ein Berufssöldner namens John Eldridge, festgenommen worden, als er auf dem Westchester County Airport an Bord eines Flugzeugs gehen wollte.

Ohne Ackerman wäre Dylan nun tot. Marcus hing nicht nur an seinem Bruder, er war ihm auch etwas schuldig. Die Last dieser Schuld fühlte sich an wie ein Anker um seinen Hals, der ihn langsam ertränkte, während die Tage verstrichen, ohne dass irgendwelche Bewegung in den Fall kam. Der Mann im Nachbarraum konnte der Schlüssel dazu sein, genau diese Schuld zurückzuzahlen.

Marcus hielt Demon für einen der gefährlichsten Verbrecher auf der ganzen Welt, solange man keine Staatsoberhäupter einschloss, die millionenfach töteten, und Demon hatte Marcus' Familie gezielt attackiert. Marcus war immer ein Fürstreiter des Richtigen gewesen, auch wenn es schwerfiel. Er glaubte an Gesetz und Ordnung und Vorschriften – bis zu einer gewissen Grenze. Trotzdem gab es Situationen, die außerhalb des Geltungsbereichs von Normen und Bestimmungen lagen. Marcus fiel kein besserer Zeitpunkt ein, um das Regelbuch zu verbrennen und zu tun, was getan werden musste, als jetzt.

John Eldridge hatte einen kahl rasierten Schädel und saß

kerzengerade und mit ausdruckslosem Gesicht da. Marcus hatte den Mann nun einige Zeit angestarrt und versucht, ein Gefühl für ihn zu erhalten. Er hatte auf kleine Bewegungen und Tics geachtet, hatte ihn in Momenten beobachtet, in denen Eldridge annehmen musste, dass es sinnlos wäre, ihn zu beobachten, aber der Söldner gab nichts preis.

Der kleine Beobachtungsraum hatte Wände aus grauen Mauersteinen, ganz wie der Vernehmungsraum nebenan, doch immerhin stand eine Kaffeemaschine für lange Verhöre darin. NYPD Detective Elaine Nakamura ging zur Maschine und befüllte sie. Sie war nur fünf Fuß groß, knapp über eins fünfzig, und konnte nicht mehr als hundert Pfund auf die Waage bringen, aber sie galt als überaus kompetente Kriminalermittlerin, mit der nicht zu spaßen war. Marcus hatte mit ihr zusammengearbeitet, als sie beide noch Streifenbeamte gewesen waren. Jetzt war sie Detective bei Major Crimes und assistierte Nadia Shirazi bei dem Fall.

Gleich darauf rülpste und stotterte die Kaffeemaschine los und erzeugte einen Duft, der Marcus so vertraut war wie die Luft zum Atmen. Egal, wo Polizeiarbeit getan wurde, stets kochte eine Maschine schlechten Kaffee – so kam es ihm wenigstens vor.

Marcus packte die Armstützen seines Rollstuhls. »Ich glaube, ich habe genug gesehen. Gehen wir hinein und schwatzen ein bisschen.«

FBI Special Agent Nadia Shirazi sah auf. Sie hatte in der Ecke an ihrem Laptop gearbeitet. »Jetzt überschlagen Sie sich bloß nicht. Wir müssen vorher reden.«

Er schwenkte mit dem Rollstuhl herum, sodass er sie ansah, und zog eine Braue hoch. »Überschlagen? Soll das ein Rollstuhlwitz sein?«

Sie schüttelte den Kopf. »Nein, tut mir leid. Nur ein Ausdruck, den ich gehört habe. Ich wollte auf keinen Fall …«

Er grinste. »Machen Sie sich keinen Kopf. Worüber müssen wir reden?«

Nadia klappte den Laptop zu und sah ihm offen in die Augen. Sie hatte dunkle Haare, volle rote Lippen und olivfarbenen Teint. Wie er wusste, war sie im Iran geboren und im Teenageralter ausgewandert. An der Brusttasche ihres schlichten schwarzen Hosenanzugs hing ihr FBI-Namensschild. »Sie müssen bei ihm behutsam vorgehen.«

Marcus neigte den Kopf von einer Seite zur anderen, dass der Nacken knackte, und öffnete und schloss die Fäuste. Das hatte er befürchtet. Nadia hatte nicht den Mumm zu tun, was getan werden musste, um seinen Bruder zu finden. Er hielt ein paar Sekunden lang inne und zentrierte seine Atmung, erst dann antwortete er. »Wir haben genau *eine* Spur. Unser Gegner ist ein Psychopath, der sich ohne jede Rücksicht ein Imperium aufgebaut hat, durch das er über unbegrenzte Mittel verfügt. Er umgibt sich mit Top-Söldnern und hat das nötige Geld, um *jeden* ermorden zu lassen, der ihm im Weg steht. Einem Freund bei der CIA zufolge dürften zwei von fünf der besten Auftragskiller auf der Welt schon für Demon gearbeitet haben. Vor ihm kann man sich nicht verstecken. Er ist in der Lage, jeden zu finden und zu erreichen, egal, wo man ist. Man kann nichts dagegen tun. Gegen ihn gibt es keine Verteidigung. Das ist der Gegner, mit dem wir es aufnehmen wollen. Sie und ich leben nur noch aus einem Grund: weil Frank sich für uns geopfert hat. Hätte Demon gewollt, dass wir sterben, wären wir tot. Selbst wenn Sie nicht bei der Explosion umgekommen wären, selbst wenn ich nicht dort gewesen und verletzt worden wäre, hätte er uns später ausgeschaltet. Dass Sie und ich heute hier sitzen, liegt nur daran, dass *Frank es uns ermöglicht hat!* Und der Kerl im Vernehmungsraum ist die einzige Spur zu Frank. Nur durch ihn können wir Frank zurückholen und es wiedergutmachen.

Also … jetzt erklären Sie mir mal, wieso ich in dieser Situation *behutsam* vorgehen muss!«

Nun war es an Nadia, tief durchzuatmen. »Sie wissen, wie wichtig mir Ihr Bruder ist. Er ist nicht nur mein Partner. Er ist mein bester Freund. Und so sehr er einem auch auf die Nerven gehen kann, mir kommt es vor, als würde ein Stück von mir fehlen, wenn er nicht in der Nähe ist. Ich weiß, dass er Ihr Bruder ist, aber Sie sind nicht der Einzige, der unter seiner Abwesenheit leidet.«

»Dann sollten Sie wissen, dass wir uns beeilen und hart durchgreifen müssen!«

Seufzend kniff sie sich in den Nasenrücken. »Ich finde es ein bisschen traurig, dass ich bei einem Ex-Cop noch mehr die Babysitterin machen muss als bei einem Ex-Serienkiller.«

Marcus grinste und zuckte mit den Achseln. »Ich weiß nicht, was ich sagen soll. Ich schätze, das liegt in unserer Natur. Obwohl mein Bruder und ich nicht zusammen aufgewachsen sind, sind wir trotzdem Männer geworden, die ihre Jobs erledigen.«

»Sie haben vergessen, ›koste es, was es wolle‹ anzufügen.«

»Und was soll daran falsch sein?«

»Man muss immer Kosten und Folgen abwägen, und ob Sie es glauben oder nicht, manchmal ist die Holzhammermethode nicht die beste, um aus einem Verdächtigen etwas herauszubekommen. Ich bin Profilerin beim FBI. Ich könnte …«

Marcus schüttelte den Kopf. »Hören Sie auf damit. Den Profilerjob haben Sie nur bekommen, weil Sie eingewilligt haben, mit Frank zusammenzuarbeiten.«

»Das stimmt, aber ich habe meine Schuldigkeit getan. Ihr Bruder und ich sind mehrmals zusammen durch die Hölle und zurück gegangen. Ich bin Zeugin geworden, wie er unglaubliche Dinge vollbrachte, aber auch, wie er aus Impulsivität dumme Fehler beging. Ich habe das Gefühl, dass er sich ein paar von diesen schlechten Angewohnheiten bei Ihnen und Ihren unvollständig vorbereiteten persönlichen Kreuzzügen abgeguckt haben könnte.«

»Halten Sie die Augen offen. Ich habe das Gefühl, ein neuer Kreuzzug ist gerade im Anflug.«

»Was, wenn ich sagen würde, ich will nicht, dass Sie da reingehen?«

»Ich würde entgegnen, dass Ihnen die Autorität fehlt, es mir zu verbieten. Ich weiß nicht, was Sie sich denken, Nadia. Sie wissen, wie wichtig die Vernehmung ist. Frank ist irgendwo da draußen und trifft auf der Grundlage von Lügen und Halbwahrheiten Entscheidungen über Leben und Tod. Demon hat ihn belogen. Wir müssen meinen Bruder finden, und der Typ in dem Raum kann uns dabei helfen.«

Nadia schloss die Augen und hob die Hand. »Sie haben recht: Wir müssen Frank finden. Aber dazu müssen wir uns das Vertrauen dieses Kerls verdienen. Wir müssen Eldridge auf unsere Seite ziehen. Er hat sich mit sehr üblen Leuten eingelassen. Demon wird mit dem Mord am Bürgermeister von New York City in Zusammenhang gebracht. Wir haben grünes Licht, um uns mit der ganzen Staatsgewalt der USA auf Demon zu stürzen. Wir können unseren Gefangenen mit Anschuldigungen überhäufen und ihm einen attraktiven Deal vorschlagen, damit er uns alles sagt, was wir wissen wollen.«

Marcus dachte darüber nach und hob kapitulierend die Hände. »Okay. Sie übernehmen die Führung, Boss.«

Nadia stand auf, aber dabei sah sie ihn aus zusammengekniffenen Augen an. Vielleicht spürte sie, dass er nicht die geringste Absicht hatte, sich an das zu halten, was sie verlangte. Er konnte nicht auf Anwälte und Bürokraten warten. Er brauchte sofort Informationen. Jede Stunde Verzögerung konnte Franks Tod verursachen. Fast war es, als hörte er im

Kopf die Uhr ticken, die Franks Zeit auf Erden herunter-zählte. Für Marcus war es wie die chinesische Wasserfolter – ein ständiges *Plitsch-Platsch*, das ihn erinnerte, dass Frank in jeder Sekunde in Gefahr schwebte. Dass jede Sekunde die letzte im Leben seines Bruders sein konnte.

12

Ackerman musste sich eingestehen, dass er dem Spiel ent-gegenfieberte. Vom Standpunkt des Beobachters aus hatte er schon oft festgestellt, dass er in den Momenten am ent-spanntesten war, in denen sein Leben bedroht wurde oder zumindest die Möglichkeit bestand, dass er jeden Augenblick in Lebensgefahr geraten konnte. Er stand direkt vor dem Stahlgerüst, das ihn an einen Eiffelturm im Miniaturformat erinnerte und an dem die Vorrichtung hing, mit welcher der Stahlkäfig zwei Kilometer tief in die Erde gesenkt wurde. *Man Bucket* nannten die Minenarbeiter den Käfig. Er war etwas größer als eine herkömmliche Liftkabine, und ein Si-cherheitsgeländer umgab die Laderampe.

Ackerman näherte sich dem Geländer so dicht wie mög-lich und beugte sich über den Rand. Unter ihm gähnte ein bodenloser schwarzer Abgrund, ein Schlund, wie ihn H. P. Lovecraft hätte beschreiben können, ein Ort der Finsternis, der jedem Angehörigen der Menschheit, der es wagte, ihn zu betreten, Wahnsinn und Verzweiflung verhieß.

Demon trat neben ihn auf die Rampe.

Ackerman sah seiner Nemesis in die Augen und hielt den

Blick einige Sekunden, bevor er fragte: »Warum tun Sie das? Was bringt es Ihnen ein?«

Demon lachte. »Ich tue es natürlich zum Vergnügen. Haben Sie schon vergessen, dass ich ein Hedonist bin, der wegen des Nervenkitzels mordet? So steht es zumindest in meiner FBI-Akte. Dazu Attribute wie narzisstisch und größenwahnsinnig – was höchst fragwürdig ist. Und natürlich Schizophrenie, ebenfalls umstritten. Aber falls Sie meinen, weshalb wir all dies aufzeichnen, nun, ich werde mit unserem Spiel so viel Geld verdienen wie möglich. Immerhin müssen Produktionskosten und Bestechungsgelder und derlei Dinge gedeckt werden, aber ich plane, einen guten Teil meiner Investitionen wieder hereinzubekommen. Menschen bezahlen viel Geld, um Dinge zu sehen, wie sie in unserer Kupfermine geschehen werden.«

Ackerman hob eine Augenbraue. »Ich bin mir nicht sicher, ob Sie meine Frage beantwortet haben. Aber Sie lieben Glanz und Gloria, was? Stärkt es Ihr Selbstwertgefühl, wenn Sie bei derartigen Spektakeln den Zirkusdirektor geben?«

»Ich habe ein absolut gesundes Selbstbild, danke der Nachfrage, mein lieber Mann. Aber wir sprechen hier gar nicht über mich. Ihretwegen sind wir hier. Immerhin sind Sie der Star der Show. Ich bin nur der Erzähler, der Führer auf unserer kleinen Reise. Der Protagonist sind Sie. Kümmern wir uns also um die hässlichen Details. Die Temperatur dort unten ist höher als hier an der Oberfläche. Man ist ja auch dem Erdkern ein Stück näher, nicht wahr? Ohne große Klimaanlagen, die immer laufen, wenn die Mine betrieben wird, könnten Menschen dort nicht überleben. Man würde an Hitzschlag sterben. Meine Eierköpfe sagen, die Temperatur dort unten liegt eigentlich bei über achtzig Grad, aber selbst mit laufenden Kühlsystemen ist es ziemlich warm. Ihre kostbare Lederjacke brauchen Sie da nicht. Wir werden sie gut für Sie aufbewahren, und wenn Sie Ihr kleines Abenteuer überleben, brauchen Sie sie vielleicht beim nächsten.«

Widerwillig streifte Ackerman die Jacke ab, die Marcus ihm geschenkt hatte, und übergab sie an einen von Demons Männern. »Um sie zurückzubekommen oder ihren Verlust zu rächen«, sagte er, »werde ich Sie bis ans Ende der Welt jagen. Also, hüten Sie die Jacke wie Ihren Augapfel.«

Der Söldner antwortete mit einer beflissenen Verbeugung.

»Nur damit Sie es wissen«, fuhr Demon fort, »ein paar von den großen Klimageräten schalten wir ab. Wir wollen ja nachhaltig wirtschaften. Das senkt die Stromrechnung. Wie Sie bestimmt wissen, steigt mit zunehmender Umgebungswärme auch die Hitzigkeit menschlicher Wesen. Wenn es Ihnen dort unten ein wenig warm vorkommt, dann entspannen Sie sich einfach. Es ist schon komisch, dass wir glauben, wir hätten die Kontrolle über uns, und doch können einfache Umweltfaktoren unser Verhalten auf grundlegende Weise verändern.«

Demon griff in die Tasche und holte einen kleinen schwarzen Behälter heraus, der wie ein Schmuckkästchen aussah. Er klappte den Deckel auf, und ein kleiner Ohrhörer wurde sichtbar. Er hielt ihn Ackerman hin. »Damit können Sie mich unterwegs hören. Ich werde Sie führen, besonders auf der ersten Etappe, bis Sie die Minenarbeiter erreichen. Ich will nicht, dass Sie sterben, bevor ich sehen kann, was für ein Gesicht Sie machen, wenn Sie begreifen, dass Sie die armen unschuldigen Schäflein nicht retten können.«

Ackerman sah auf den Ohrhörer. »Ich werde nicht weiter mitmachen, bis Sie mir endlich meine Frage beantworten: Warum machen Sie das wirklich?«

13

Die nächsten Minuten hörte Jesse Gibson zu, wie JB eine Einführung in den Bergbau gab und erläuterte, wie sie als Neulinge hineinpassten. Nach JBs Vortrag sahen sie in einem animierten Lehrvideo, wie man unter einem Block aus Kupfererz schürfte und kontrollierte Einstürze verursachte, durch die das Erz in eine Reihe von Sammelkammern fiel, aus denen es an die Oberfläche geschafft wurde. Der monotone Erzähler schilderte *Grizzly Levels*, »Transportstrecken« und »Unterhöhlen«. Am Ende brachten die Radlader das Erz zur Raffinerie, wo es aufbereitet wurde, bevor man es zu diversen industriellen Abnehmern transportierte. Kupfer war, wie das Video feststellte, wegen seiner ausgezeichneten Leitfähigkeit für Wärme und Elektrizität ein begehrter metallischer Werkstoff.

Danach teilten JB und seine Leute die Ausrüstung aus, die sie heute brauchen würden. Als Erstes erhielt Jesse einen blauen Overall mit dem Logo der Peñasquito Mining Company auf der Brust. In den Overall war Sicherheitsgurtzeug eingenäht, und er enthielt eine Batterie, die ein Kabel mit der Lampe im Schutzhelm verband. Jeder Neuling bekam außerdem einen Regenmantel, der über dem neuen Overall zu tragen war.

Nicky, der junge Hispanic mit den Grübchen, hatte ein Problem mit seiner Helmlampe. Randy sagte zu JB, er bringe Nicky zur Wartungsstelle, damit er eine neue Batterie erhielt. JB dankte ihm mit einem Nicken und half weiter Fitz, der Schwierigkeiten hatte, in den Overall zu steigen, und etwas davon murmelte, er habe einen übermäßig langen Oberkörper.

Jesse war informiert worden, dass sie solche Overalls erhalten würden, und daher trug er abgewetzte Jeans und ein dünnes T-Shirt unter seiner Jacke. Er nahm an, dass die anderen sich ähnlich vorbereitet hätten, und deshalb überraschte es ihn ein wenig, dass Annabelle sich gleich neben ihm bis auf Höschen und langärmeliges T-Shirt auszog, bevor sie ihren Overall überstreifte.

Damit schien sie es nicht auf Aufmerksamkeit anzulegen. Sie schien nicht einmal zu bemerken, dass alle anderen zusahen; eindeutig kannte sie keine Scheu wie Jesse, der sich für seine Schmächtigkeit schämte. Er musste jedoch auch zugeben, dass sie sogar weniger entblößt hatte, als wenn sie einen Badeanzug getragen hätte. Ihm kam es nur seltsam vor, wie nonchalant Annabelle sich ausgezogen hatte.

Er stand da und dachte über ihre Kurven und den muskulösen Umriss ihrer Beine nach, als JB herüberkam. Offenbar hatte auch der Ausbilder bei ihrem Umziehen zugesehen. JB stellte sich neben Annabelle. Er beugte sich zu ihr vor und flüsterte ihr etwas zu, das Jesse nicht verstehen konnte.

Annabelles Antwort ließ allerdings keinen Raum für Zweifel. Hätten Blicke töten können, hätten sie einen neuen Ausbilder gebraucht. JB jedoch schien es spielerisch aufzunehmen und grinste frech wie ein Mann, der mit einer Frau flirtet. Jesse versuchte so zu tun, als machte er sich nur weiter fertig und sähe dem Geschehen nicht zu, aber JB hatte sich nun in eine Position bewegt, in der Jesse seine geflüsterten Worte verstand.

»Weißt du«, sagte JB, »du siehst nicht wie die anderen Neulinge aus, die wir hier so kriegen. Die sind nicht so sexy wie du.«

Annabelle entgegnete mit ihrer Kleinmädchenstimme: »Vertrau mir, *Boss*, ich bin nicht die Richtige für dich.«

Er zuckte mit den Schultern. »Hey, ich hab dir nur ein Kompliment gemacht.«

Fast impulsiv, als könnte er nicht widerstehen, ihre porzellanhelle Haut zu berühren, streckte JB die Hand vor und fuhr ihr mit der Fingerspitze sanft über die Wange.

Mit einer Schnelligkeit, die Jesse eigentlich nur von Tieren wie Mungos und Vielfraßen kannte, schlug Annabelle seine Hand durch eine peitschende Bewegung aus dem Handgelenk weg, die man nicht gesehen hätte, hätte man im entscheidenden Moment geblinzelt. Sie sah ihm ungerührt in die Augen. »Schon mal in einem Museum gewesen, JB? Bestimmt nicht, außer damals als Kind, wenn sie dich gezwungen haben, aber erinnere dich mal dran, dann siehst du überall Schilder, auf denen steht: *Anfassen verboten.* Oder es gab diese Seilabsperrungen, an denen stand: *Keinen Schritt weiter.* Oder vielleicht auch Exponate – das sind Ausstellungsstücke – hinter Glas. Der Sinn und Zweck von alledem war es, kleine Bastarde wie dich daran zu hindern, alles zu betatschen und etwas Unbezahlbares und Wunderschönes zu zerstören, wie es Abschaum immer tut. Wenn du also jemals wieder mit deinen dreckigen Fingern in meinen persönlichen Bereich kommst, rechne nicht damit, sie wiederzubekommen … oder rechne wenigstens nicht damit, dass sie dabei *heil* bleiben.«

Jesse fand, dass er etwas zu ihrer Unterstützung sagen sollte. Er wollte vortreten und seine Solidarität mit ihr demonstrieren, ihr und JB zeigen, dass sie nicht allein war. Vielleicht aber brauchte er das gar nicht, vielleicht begriff der Kerl ja und ließ Annabelle in Ruhe.

JB trat einen Schritt zurück und schüttelte den Kopf. »Das ist aber gar nicht nett. Ich mache dir ein Kompliment, und du revanchierst dich mit Beleidigungen.«

Als hätte sie jemand telepathisch herbeigerufen, erschienen Mikey und Bert hinter JB. Jesse sah zum Rest der Gruppe hinüber. Die anderen versuchten so zu tun, als würden sie sich um ihre Angelegenheiten kümmern, aber ihnen entging nichts.

Jesse kam es erneut vor, als sollte er etwas tun. Einschreiten und vermitteln, eine mäßigende Stimme sein? Eventuell konnte er die Situation entschärfen, indem er JB erinnerte, dass es hier Zeugen gab.

JB machte einen halben Schritt auf Annabelle zu. »Ich kann das nicht so stehenlassen. Du hast mich einen Bastard genannt und damit sowohl meine Mutter als auch meinen Vater beleidigt, und du hast mich Abschaum genannt, was meine ganze Familie in den Schmutz zieht. Du musst dich bei mir entschuldigen, oder wir haben hier ein echtes Problem, Kleine.«

Phil, der noch im Raum war, obwohl Jesse ihn als Autoritätsfigur völlig vergessen hatte, schaltete sich ein. »Hey, JB, jetzt beruhigen wir uns mal, okay?«

Augenblicklich riss JB den Kopf zu Phil herum. Nachdem er ihn einige Sekunden mit Blicken erdolcht hatte, sagte er: »Das geht dich nichts an.«

»Komm schon, Mann«, fuhr Phil fort. »Ich möchte keine Beschwerde bei der Firma einreichen oder als Zeuge bei so einer Sache aussagen müssen.«

JB hob die Stimme. »Einen *Scheiß* wirst du einreichen, Phil! Bei dem vielen Geld, das du mir schuldest, kannst du froh sein, dass du noch Kniescheiben hast. Dass du deinen Job noch machen kannst, solltest du als Beispiel meiner Großzügigkeit und Gnade betrachten. Aber vielleicht will ich auch nur, dass du weiterarbeiten kannst, damit du mir mein Geld zurückzahlst.«

Er wandte sich wieder Annabelle zu. »Entschuldige dich auf der Stelle, oder es passiert was.«

Jesse war wie erstarrt. Er stand direkt neben ihnen, nur ein paar Fuß von Annabelle entfernt, aber er hielt den Blick auf die Wand gerichtet und beobachtete alles nur aus dem Augenwinkel. Er sollte etwas unternehmen. Er sollte für sie eintreten. Jesse dachte es immer wieder, aber er konnte sich nicht zum Handeln überwinden.

Mit einem Mal stellte sich jemand an Annabelles Seite, von dem Jesse es niemals erwartet hätte. Fitz – der schräge kleine Kerl mit dem bleistiftdünnen Schnurrbart – trat auf JB zu und sagte: »Mir reicht es jetzt. Ich weiß nicht, was du erwartest, Freundchen, aber was du hier abziehst, das läuft nicht.«

Mikey, der massige Mann mit den goldenen Haaren, legte Fitz eine Hand auf die Schulter. Die Hand war so groß wie ein Schinken und wirkte nicht kleiner als Fitz' Kopf, auch wenn es sich dabei um eine optische Täuschung handeln musste. Aber es sah so aus, als könnte er Fitz' Kopf in seiner Faust zermalmen. Tief grollend sagte Mikey: »Ganz ruhig, Kleiner, kümmer dich um deine Angelegenheiten.«

Endlich überwand Jesse sein klopfendes Herz und konnte handeln. »Sie haben recht, JB«, sagte er. »Lass es sein. Atme mal tief durch oder so was.«

JB sah die beiden finster an. »Das gibt's doch nicht, die Neuen meutern schon. Macht euch mal nicht ins Hemd, Freunde. Hier läuft ja nichts, nur ein freundliches Gespräch. Selbst wenn ich beleidigt wäre, würde ich so was doch nicht auf Zeit und Gelände der Firma tun. Ihr braucht euch keine Gedanken zu machen, dass ihr Zeugen werden könntet. Nicht hier jedenfalls. Denn wenn sie sich nicht auf der Stelle entschuldigt, würde ich die Dinge ein anderes Mal regeln, auf andere Art. Möchtest du, dass es so weit kommt, Schätzchen? Oder möchtest du deinen Stolz herunterschlucken und deine verletzenden Worte zurücknehmen? Das ist deine Gelegenheit, den Zaun zu flicken, sinnbildlich gesprochen.«

Annabelle hielt den Blick auf JB gerichtet und zeigte

nicht den leisesten Anflug von Sorge. Sie bückte sich und holte einen Vierteldollar aus ihrer eben abgelegten Jeans. Sie rollte die Münze zwischen den Fingern und sah den Rest der Gruppe an. »Erstens danke für die Rückendeckung, Jungs, aber ganz wie er sagt, wir führen ja nur ein freundliches Gespräch.« Sie richtete den Blick wieder auf JB. »Statt es auf deine Weise zu machen, wie wär's mit einer kleinen Wette, um deine Ehre wiederherzustellen?«

Obwohl JB eindeutig ein reizbarer Mann und nicht gewohnt war, seine dunkleren Impulse zu kontrollieren, erlangte seine Neugier offenbar doch die Oberhand. »Lass hören. Was soll das für ein Spiel sein?«

Annabelle hielt den funkelnagelneuen Quarter hoch. »Ein ganz einfaches Spiel. Ich schnippe die Münze in die Luft, und du versuchst sie zu schnappen, bevor sie meine Hand wieder berührt. Wenn es dir nicht gelingt, entschuldigst du dich dafür, dass du zudringlich geworden bist, und wir machen weiter, als wäre nichts geschehen. Wenn du die Münze fangen kannst, entschuldige ich mich für das, was ich gesagt habe, und wir machen weiter, als wäre nichts geschehen. Wie wäre es damit?«

JB kniff die Augen zusammen, aber das flirtende Funkeln kehrte zurück. »Ich muss bloß den Quarter fangen? Das ist alles?«

»Yep.«

»Ist das eine Trickmünze?«

»Nope.«

»Okay, Schätzchen, einmal versuch ich alles. Nur zu, schnipp die Münze hoch. Gucken wir mal, was passiert.«

14

Nadia Shirazi setzte sich gegenüber von John Eldridge an den Stahltisch des Vernehmungsraums. Bevor sie sich niederließ, hatte sie den Stuhl neben ihrem Platz entfernt, damit Marcus sich mit dem Rollstuhl dorthin stellen konnte. Zum Beweis ihres guten Willens ließ sie dem Verdächtigen außerdem die Handschellen abnehmen.

Als sie sich setzte, ergriff Eldridge mit einem Akzent aus den Südstaaten, den sie nicht genau lokalisieren konnte, das Wort. Alabama vielleicht? »Wird auch Zeit, dass wer mit mir redet. Ich hab euch ja schon gesagt, ich brauch keinen Anwalt, aber ich sag kein Wort. Egal, was ihr mir vorwerft, ich bekenn mich schuldig.«

Nadia entgegnete: »Wir haben Ihnen noch gar nichts vorgeworfen. Ich dachte, wir sollten uns vorher ein wenig unterhalten. Vielleicht lässt sich etwas ausarbeiten, ohne dass wir zu harten Bandagen greifen müssen.«

»Tatvorwurf, oder ihr lasst mich gehen«, sagte Eldridge.

Nadia lächelte. »Also, vorwerfen *könnten* wir Ihnen eine Menge. Was ich meine, ist etwas, das zu *Ihrem* Vorteil wäre. Wenn wir Sie hinter Gitter bringen wollten, tja, das wäre sehr einfach. Das haben wir in trockenen Tüchern. Sie werden für sehr lange Zeit gesiebte Luft atmen.«

Nadia schwieg, damit Eldridge darüber nachdenken konnte, und sie überdachte ihr Vorgehen und die entgegengesetzte Strategie, die ihr zeitweiliger Partner hatte einsetzen wollen. Sie musste davon ausgehen, dass Marcus zum Vorschlaghammer griff. Das lag in seiner Natur. Vielleicht konnte es funktionieren, wenn sie von Zeit zu Zeit den guten Bullen zu seinem bösen Bullen gab. An Marcus' Gebaren ärgerte sie unglaublich, dass er so tat, als wäre ihr egal, ob sie Frank zurückbekamen. Dabei konnte sie an nichts anderes denken. Zumal er ihr, als sie ihn zuletzt sah, gestanden hatte, dass er sie liebte.

Einmal hatte sie betrunken einen Annäherungsversuch bei Ackerman gemacht, den er gentlemanlike abgewiesen hatte, aber davon abgesehen hatte sie angenommen, ihre Beziehung würde rein beruflicher Natur bleiben. Dass Frank ihr überhaupt seine Gefühle offenbart hatte, schien zu bedeuten, dass er nicht damit rechnete, Nadia jemals wiederzusehen. Nun unterstellte Ackermans Bruder ihr, Nadia sei ein Mann egal, der zwei Jahre lang ihr Partner gewesen war, und das empörte sie zutiefst. Ackerman war nicht bloß ihr Partner. Frank war der einzige Mann, bei dem sie sich sicher fühlte.

Als Teenagerin war sie von einem Serientäter vergewaltigt worden, der sich Black Rose nannte. Ackerman hatte ihr geholfen, den Mann zu finden, von dem sie in ihren Albträumen tyrannisiert worden war. Nie zuvor hatte sie so viel Wärme und Geborgenheit empfunden wie in Franks Gegenwart, und das, obwohl er auf dem Papier ein gefährlicher Mann war. Sie wusste, dass er den Tod riskiert hätte, um sie zu beschützen, dabei aber vermutlich überleben würde, weil Frank von allen krassen Typen der krasseste war.

Marcus behandelte sie, als traute er ihr nicht zu, eine schwierige Entscheidung zu fällen, aber in Wirklichkeit war sie überzeugt, dass man diesen Mann auf eine bessere Weise zum Reden bringen konnte als dadurch, dass Marcus den harten Burschen markierte. Sie wusste aber auch, dass Ackermans Bruder in dieser Situation genauso wenig auf sie hören würde, wie Ackerman es getan hätte.

»Die Sache ist die«, sagte sie zu Eldridge. »Der Kerl, für den Sie arbeiten, wird im Zusammenhang mit dem Mord am Bürgermeister von New York City gesucht. Das hat eine Menge Staub aufgewirbelt. Der Bürgermeister wurde bei einem Bombenanschlag getötet, sodass es nicht bloß einen simplen Mord darstellt, sondern einen Terrorakt. Davon abgesehen sind Demon und seine Organisation in ein breites Spektrum anderer übler Dinge verwickelt, die wir beweisen können, darunter auch Mord. Mit allem können wir Sie in Verbindung bringen.«

Eldridge wandte den Blick und schüttelte den Kopf. »Ich brauch nichts zu sagen, bevor ich vorm Richter steh.«

Nadia blieb auf Kurs. »Okay, ich wollte nur, dass Sie Bescheid wissen …« Sie legte Beweisfotos vor ihm hin und beschrieb mehrere unterschiedliche Tatvorwürfe gegen Demon, aber Eldridge schwieg die ganze Zeit. Erst als sie fertig war, sagte er: »Zum letzten Mal, Lady, Tatvorwurf oder Freilassung.«

Nadia hatte sich noch nie so sehr wie in diesem Augenblick gewünscht, jemandem die Faust ins Gesicht zu knallen. Sie unterdrückte den Drang und seufzte. »Okay, wir sind gleich wieder da und legen Ihnen dar, was wir Ihnen vorwerfen.«

Sie wollte aufstehen, aber Marcus sagte: »Tut mir leid, Agent Shirazi. Jetzt sollten *Sie* sich nicht überschlagen. Ich würde Mr. Eldridge gern ein paar Dinge sagen.«

Nadia lehnte sich zurück. Sie betrachtete Marcus mit Argwohn und versuchte mit ihren Augen eine Warnung zu senden.

»Sehen Sie, John«, sagte Marcus, »falls ich Sie John nennen darf. Meine Partnerin und ich sind uns uneinig, wie wir in dieser Lage am besten vorgehen. Ich schätze, wir wären uns vermutlich bei vielen Dingen uneinig. Eins dieser Dinge sind Verhörtechniken.«

Eldridge grinste höhnisch. »Echt? Der Rollifahrer droht mir mit Waterboarding?«

Marcus lachte. »Mann, sind Sie ein Spaßvogel. Aber wissen Sie, ich würde immer jemanden finden, der mir hilft, und ich bin nur wegen einer Verletzung im Rollstuhl, die von Ihrem Boss verursacht wurde. Deshalb verstehen Sie bestimmt, dass mein Gerechtigkeitssinn ein bisschen gelitten hat. Rollstuhl hin oder her, ich könnte Ihnen die Scheiße aus dem Leib prügeln. Damit will ich nicht sagen, dass es so kommen muss; ich spreche nur hypothetisch. Ich weiß, jeder behauptet, solche Verhörmethoden würden nichts bringen. In neunundneunzig Prozent der Fälle würde ich dem auch zustimmen, aber es gibt Fälle, in denen man nicht auf sie verzichten kann. Ich habe mir in dieser Hinsicht immer strenge Standards auferlegt, aber dann fing ich an, mit meinem Bruder zusammenzuarbeiten, und er wurde ein bisschen anders ausgebildet als ich. Ich muss zugeben, es ist vorgekommen, dass er jemandem einen Zehennagel nach dem anderen ausgerissen hat und dann beschrieb, was er ihm als Nächstes antun wollte, und ob Sie es glauben oder nicht, wir erfuhren alles, was wir wissen wollten.«

John Eldridge sah von Marcus zu Shirazi und zog dabei eine Augenbraue hoch. In dem sehr ruhigen und gemessenen Ton eines erfahrenen Soldaten – der seiner Militärdienstakte zufolge zweimal in Afghanistan stationiert gewesen war – sagte er: »Ihr beide führt da interessante Argumente an, aber ich will euch eine rein hypothetische Geschichte erzählen, die euch erklärt, was *mich* motiviert. Sagen wir, da ist ein Mann, nennen wir ihn den Bogeyman, und der Bogeyman hat unbegrenzte Mittel zur Verfügung. Sagen wir jetzt auch, dass ein anderer Mann für den Bogeyman arbeitet. Er verdient bei ihm verdammt gut, aber vielleicht hat dieser Mann dem Bogeyman zugesehen, wie er schlimme Dinge tut, einen Menschen häuten zum Beispiel, wobei er ihn bis zum Ende am Leben erhielt. Oder sagen wir, dieser Mann hat zugesehen, wie sein

Arbeitgeber jemandem den Rücken aufgetrennt hat und ihm dann die Rippen aufbrach, bis er die Lunge rausziehen konnte, damit es aussieht, als würden ihm Flügel wachsen.«

»Man nennt es den *Blutadler*«, warf Marcus ein. »Eine Hinrichtungsmethode der Wikinger.«

»Meinetwegen, Professor, aber Sie können sich bestimmt vorstellen, dass man so was nicht so leicht vergisst. Jetzt stellt euch vor, dass dieser Bogeyman so was nicht nur einem selbst antut, wenn man ihn verrät, sondern auch dem erweiterten Familienkreis, wie man so schön sagt. Ich weiß gar nicht, wieso ich euch das alles erzähle. Noch mal, es ist eine rein hypothetische, erfundene Situation. Aber ganz unhypothetisch habe ich eine Schwester, zwei kleine Nichten und einen neugeborenen Neffen. Deshalb könnt ihr euer süßes Spielchen von guter Bulle und böser Bulle spielen, bis die Schwarte kracht, aber ich sag kein einziges Wort mehr.«

Nadia wollte etwas sagen, doch Marcus schnitt ihr das Wort ab. »Wir verstehen. Wir beschaffen Ihnen alles, was Sie brauchen, und jemand wird kommen und formell Vorwürfe erheben.«

Damit rollte er zur Tür. Nadia hatte nach Eldridges Ausbruch noch weitere Fragen, aber stattdessen dankte sie Eldridge, der sich die Handgelenke rieb, wo die Schellen gesessen hatten. Er nickte nur, als sie aufstand und den Raum verließ.

Der Geruch nach Kaffee hing dick in der Luft, als sie in den Beobachtungsraum zurückkehrten. Detective Nakamura lehnte an dem kleinen Tisch in der Ecke und trank aus einer dampfenden Tasse. Marcus war schon wieder an seinem alten Platz und starrte durch die Scheibe auf ihren Häftling.

Nadia schloss und verriegelte die Tür hinter sich, bevor sie etwas sagte. Sie bemühte sich, in gemessenem Ton zu sprechen. »Was zum Teufel sollte das?«, fragte sie.

Marcus sah auf und antwortete: »Ich habe Sie Ihr Ding machen lassen. Es hat nicht funktioniert, also habe ich eine andere Taktik ausprobiert.«

»Und dann, als er auf Demon und die schrecklichen Dinge anspielt, die er getan hat, geben Sie einfach auf?«

»Was sollten wir denn tun? Wir haben es doch schon auf die Spitze getrieben, indem wir ihn nicht vor den Richter bringen. Und er hat recht. Falls er mit uns spricht, würde Demon ihn und jeden töten, der ihm etwas bedeutet.«

»Na, wie zum Teufel sollen wir jemanden bewegen, *mit uns* zusammenzuarbeiten und *gegen Demon*, wenn jeder Angst hat?«

Marcus zuckte mit den Schultern. »Ich fürchte, das ist es ja gerade.«

Von ihrem Ecktisch warf Detective Nakamura ein: »He, Leute, da ist irgendwas mit eurem Verdächtigen.«

Marcus schwenkte zum Beobachtungsfenster herum, Nadia trat einen Schritt darauf zu, um besser sehen zu können. Die Stühle waren eigentlich am Boden festgeschraubt, aber einer war entfernt worden, damit Marcus am Tisch Platz hatte. Eldridge trug diesen Stuhl, der unbefestigt in der Ecke gestanden hatte, an eine Stelle, die knapp zwei Meter vom Stahltisch entfernt war. Er stellte sich darauf, als wollte er eine Ansprache halten oder sich aufhängen, nur dass es natürlich keine Schlinge gab, sodass dies nicht zu befürchten stand.

Nadia zögerte, während sie zu begreifen versuchte, was Eldridge tat, als Marcus herumfuhr und schrie: »Los! Rein da! Halten Sie ihn auf!«

Sie zögerte nicht mehr und stellte keine Fragen. Sie rannte zur Tür, schloss sie auf, öffnete sie und trat ein. Sie kam gerade rechtzeitig in den Vernehmungsraum, um zu sehen, wie er nach vorn stürzte.

Er hatte das Kinn gehoben und den Kopf in den Nacken gelegt, als bereitete er sich auf den Aufschlag vor.

Hilflos musste sie zusehen, wie er mit dem Kiefer auf die Tischkante schlug und sein Kopf mit einem Übelkeit erregenden Knacken nach hinten ruckte.

Augenblicklich rief sie nach einem Krankenwagen und eilte, um seinen Puls zu fühlen.

Er lebte noch, aber Eldridge hatte offensichtlich erreicht, was er beabsichtigt hatte: So bald würde er mit niemandem sprechen können.

15

Demons übliches überhebliches Lächeln wuchs zum Grinsen eines Wolfes an, der verkündete, dass er mit seinen großen Zähnen kleine Mädchen mit roten Käppchen umso besser fressen könne.

Ackerman spürte, dass alles, was immer er in diesem Moment sagte, wahr wäre, zum größten Teil wenigstens, und dass sich Demon in jedem einzelnen Wort, das er nun sprach, sonnen würde.

Er hielt den Ohrhörer noch immer in der Hand. »Nehmen Sie ihn schon. Ich möchte Sie auf Ihrem Weg führen und Ihr Teilzeit-Schutzengel sein. Töten will ich Sie nicht. Ich will Sie daran erinnern, wie man tötet, und dadurch Ihr wahres Ich wiedererwecken. Sie verschwenden Ihr Leben und Ihr Potenzial mit nutzlosen Zurschaustellungen von Reue und Schuldgefühl, die Sie wegen der Dinge zu empfinden glauben, die Sie getan haben. Aber was Sie taten, war schön. Was Sie taten, war inspiriert. Wen Sie bekämpft und wofür Sie gekämpft haben, spielte keine Rolle. Sie waren ein Krieger, aber jetzt sind Sie domestiziert worden. Sie versuchen, Menschen nicht zu verletzen, aber Sie sind nach wie vor der gleiche brutale Mistkerl, den wir kennen und lieben. Mit allen Mitteln kämpfen Sie gegen Ihre wahre Natur an, und ich werde Ihnen helfen, diese Dämonen auszutreiben.«

Ackerman nahm den Ohrhörer. »Ich werde niemals für Sie arbeiten.«

Demon runzelte die Stirn und verzog die Lippen. »Ich will auch nicht, dass Sie *für* mich arbeiten. Sie begreifen es einfach nicht. Was geht Ihnen jetzt gerade durch den Kopf? Wenn ich Ihnen von Ihrer wahren Natur erzähle, sind Sie dann wütend auf mich? Vermissen Sie Ihre Familie? Machen Sie sich Gedanken um sie? Oder gilt: Aus den Augen, aus dem Sinn? Ich bin so neugierig, was in Ihrem großen Gedankenpalast vorgeht.«

Ackerman schwieg einen Moment, als müsse er scharf nachdenken. »Im Moment denke ich an meinen Hund. Theodore heißt er. Der Rest meiner Familie und meine Kollegen können verstehen, wo ich bin und weshalb ich hier bin. Aber Theodore mangelt es am nötigen Begriffsvermögen, und vermutlich ist er nicht informiert.«

Demon lachte stillvergnügt in sich hinein. »Okay, ich beiße an. Was für ein Hund ist es?«

»Ein Shih Tzu«, antwortete Ackerman. »Ursprünglich wurden sie gezüchtet, um Prinzessinnen zu beschützen. Sehr edle Tiere.«

Demon schüttelte den Kopf. »Ich kann nicht sagen, ob Sie mich verarschen oder nicht, aber das gefällt mir so an Ihnen. Sie stecken voller Überraschungen, und Ihre Persönlichkeit hat so viele seltsame Facetten.«

Ackerman blickte erneut über das Geländer in den Schacht. »Ist das nicht bei uns allen so? Mir kommt es vor, als wäre eine vielschichtige Persönlichkeit das definierende Charakteristikum des Menschen.«

»Wie auch immer«, sagte Demon, »ein Shih Tzu ist genau das, wovon ich rede. Sie sind weich geworden, und unser kleines Spiel wird Ihr altes Killerblut wieder in Wallung bringen. Die meisten Gegner, auf die Sie in diesem Loch treffen, sind unverbesserliche Monster. Sie sind nicht einmal mehr menschlich, denn wir haben ihnen alle Menschlichkeit rausgeschnitten. Sie zu töten ist ein Gnadenakt. Niemand würde Ihnen verübeln, dass Sie sich gegen solche Bestien schützen, nicht mal Ihr allmächtiger Gott. Sie haben alle Freiheit, Ihr Schlimmstes zu geben, alles zu sein, was Sie sein können, in aller Glorie. In der Gruppe, die Sie beschützen sollen, gibt es allerdings ein paar Joker. Einige wissen vom Spiel, andere sind Kleinkriminelle, die ich eingeschleust habe, um die Sache interessanter zu machen. Sie sollten aber wissen, dass jeder, der aus diesem Loch entkommt, Sie in die zweite Runde begleitet. Deshalb ein freundschaftlicher Rat. Sollte in der Gruppe jemand sein, dem Sie misstrauen, so sparen Sie sich Zeit und Ärger und werfen Sie ihn in einen der Schächte, bevor Sie im Man Bucket wieder hochfahren.«

Ackerman wandte sich vom Geländer ab und trat auf Demon zu, aber die plötzliche Bewegung verursachte ihm extremen Schwindel. Übelkeit ergriff ihn. So etwas war er nicht gewohnt. Herumwirbeln, Purzelbäume schlagen und sich rasend schnell zu bewegen, all das gehörte zu seinem Leben und schlug ihm niemals auf den Magen. Unvermittelt jedoch kam es ihm vor, als wäre die Welt auf den Kopf gestellt worden. Ihm war weich in den Knien. Er torkelte zurück und fing sich am Geländer ab. Demon streckte eine Hand nach ihm aus, aber Ackerman schlug sie weg.

Als er sich wieder hochzog, fragte Demon: »Alles in Ordnung mit Ihnen?«

»Mir geht's prächtig.«

»Sind Sie sich da sicher? Sie leiden an einem aggressiven Hirntumor, der Sie töten wird, und zwar bald. Haben Sie sich das schon überlegt? Haben Sie über die anhaltende Dunkelheit des Todes nachgedacht? Von dort gibt es keine Rückkehr. Ihre Zeit auf Erden ist ausgezählt. Sie werden niemals wieder denken oder handeln. Sie werden nichts sein. Sie werden ins Vergessen stürzen. Sie fragen, worum es geht. Im Zentrum steht wohl der Kampf zwischen Gut und Böse, Anarchie und Chaos, Finsternis gegen Licht, Schöpfung gegen Vernichtung, höherer Sinn gegen nichts, Glaube gegen Unglaube – suchen Sie es sich aus! Der springende Punkt ist, ich möchte, dass Sie begreifen, bevor Ihnen die Zeit ausgeht, dass Sie einige schwere Fehler begangen haben, es aber noch nicht zu spät ist.«

Ackerman zwang sich, Haltung zu bewahren, obwohl sein Gleichgewichtssinn von allen Seiten unter Beschuss stand. »Sie wollen, dass ich zu meinem alten Ich zurückkehre«, sagte er, »wieder zu dem werde, der ich einmal war, aber das ist unmöglich. Ich kann es genauso wenig, wie Sie wieder in den Schoß Ihrer Mutter kriechen und als anderer Mensch herauskommen könnten. Ich habe vielleicht noch den gleichen verdrehten Verstand, aber ich habe nun ein anderes Herz. Meine Reise hat mich zu meinem Bruder geführt, zu einer Familie und zu allen möglichen Empfindungen, von denen ich annehme, dass sie Ihnen völlig fremd sind. Ich kann nicht wieder zurück. Ich habe mich verändert, und jeden Tag entscheide ich mich bewusst für den Glauben. Ich wähle Bedeutung statt des Nichts, Licht statt der Dunkelheit. Ich versuche weder, meine Verbrechen ungeschehen zu machen, noch die roten Einträge auf meinem Konto zu tilgen. Benutzen Sie jede Metapher, die Ihnen gefällt – der springende Punkt ist der, dass ich bei nichts von dem, was ich tue, aus Schuldbewusstsein handle. Ich tue, was ich tue, weil ich meine Zeit am besten nutzen kann, indem ich eine Reihe von Fertigkeiten einsetze, die ich durch Blut und Schmerz erlangt habe, als eine Kraft des Guten in der Welt, nicht des Bösen. Wir erhalten alle eine Wahl, alter Freund, und ich glaube, eines nicht allzu fernen Tages werden Sie einen Augenblick erleben, in dem Ihre Wahrnehmung geprüft wird. Genauso, wie es bei mir war.«

Demon überlegte kurz. »Haben Sie je den *Weißen Hai* gesehen?«

»Ich habe davon gehört. Ein Film über einen großen Fisch.«

»Hier ein Zitat aus dem Film, der mich an Sie erinnert. Der Experte für Ihren großen Fisch sagt: ›Womit wir es hier zu tun haben, ist ein perfekter Motor, eine reine Fressmaschine. Sie ist ein wahres Wunder der Evolution. Alles, was diese Maschine tut, ist schwimmen und fressen und immer neue Haie zeugen, das ist alles.‹ Mir wird gesagt, dass ich an Größenwahn leide, aber in Wirklichkeit ist es die Spezies Mensch, die größenwahnsinnig ist. Wir essen, wir tummeln uns sinnlos, wir treiben Unzucht, und wir geben vor, dass unser ganzes Handeln einem höheren Zweck dient. Ich glaube aber nicht, dass jenseits des Todes etwas anderes ist als Dunkelheit. Ich habe eine Vision – meinen Dunklen Mann. Ich habe viele Theorien darüber, wer der Dunkle Mann sein könnte und wofür er steht, was er mir zu sagen versucht, was er uns allen zu sagen versucht. Manchmal frage ich mich, ob der Dunkle Mann jemand ist, der von den Toten zurückgekehrt ist. Vielleicht will er mich warnen, vielleicht sagt er mir, dass ich ein Revolutionär sein muss, vielleicht will er mich auffordern, mein bisschen Zeit auf Erden darauf zu verwenden, ein radikaler Einfluss zu sein, der die Welt der Menschen erbeben lässt. Oder vielleicht existiert er nur in meinem Kopf. Vielleicht, vielleicht. Vor allem aber erinnert er mich, dass ich ein Agent der Anarchie und Vernichtung gegen Ihr System von Recht und Ordnung sein muss, Ihr System der Besitzenden gegen die Besitzlosen, der Machthaber gegen die Machtlosen. Ich habe Ihr System manipuliert. Ich habe Ihre Welt erobert. Ich habe alles, was ich mir wünschen könnte, und hinter nichts davon steckt irgendein Plan. Es gibt keinen Plan. Es gibt keine Bedeutung. Es gibt nur das Hier und das Jetzt, und wir müssen nehmen, was wir kriegen können.«

Einer der Bewaffneten reichte Demon eine Taschenlampe, die er Ackerman gab, bevor er fortfuhr: »Denken Sie an meine Worte. Bereiten Sie sich während des Abstiegs in die Dunkelheit vor. Ihre Reise wird beschwerlich sein. Ich glaube aber, dass diese Prüfung Sie für immer verändern wird. Und wenn es Ihnen nichts ausmacht, dann seien Sie um unserer Zuschauer willen doch ein wenig fröhlicher und versuchen, sich zu amüsieren.«

Ackerman lächelte. »Ich amüsiere mich immer. Aber wenn Ihr Ziel darin bestehen sollte, mich zu ändern, verschwenden Sie Ihre Zeit. Ich gehe stets vorwärts, nie rückwärts. Es mag sehr gut sein, dass ich wieder töte, und gewiss werde ich Menschen verletzen, aber wo ich einmal ein Vorschlaghammer war, bin ich nun ein Skalpell. Ich treffe keine Entscheidung, die auf meinen flüchtigen Sehnsüchten beruht. Wenn Gewalt ausbricht oder jemand zu Tode kommt, und sei es von meinen Händen, dann nur, weil Sie mich gezwungen haben.«

»Nun, das ist ja der aufregende Teil, nicht wahr? Herauszufinden, wie sich alles entwickelt. Wir werden sehen, mein Freund. Ich für meinen Teil kann kaum erwarten, dass es losgeht, aber denken Sie an meine Worte: Es wird einen Augenblick geben, in dem Ihnen die Situation entgleitet und Sie begreifen, dass Sie nicht annähernd so klug sind, wie Sie glauben. Dann werde ich dort sein, höchstpersönlich, und den Ausdruck in Ihrem Gesicht sehen, wenn dieses Begreifen einsetzt. Der Moment, in dem Sie die Augen zukneifen und sich der Tatsache nicht mehr verschließen können, dass die Welt nicht so ist, wie Sie immer geglaubt haben. Sobald das alles auf Sie einstürzt, werde ich da sein, Sie an der Hand nehmen und Ihnen einen neuen Weg zeigen.«

Ackerman rollte mit den Augen, trat in den Man Bucket, wandte sich Demon wieder zu und sagte: »Klingt ganz nach einer Party, wie ich sie mag. Fangen wir an. Stellen Sie mir Waffen zur Verfügung?«

Demon schloss das Gittertor des Man Bucket und winkte seinen Leuten, den Förderkorb hinunterzufahren.

Metall dröhnte, und der Korb mit Ackerman senkte sich ab.

Demon lächelte ihn an. »Wozu? Sie sind ja selbst die beste Waffe.«

16

Ganz wie die anderen konnte Jesse den Blick nicht von Annabelle nehmen, als sie die Münze hob. Sie senkte die Hand wieder. »Bist du so weit?«, fragte sie JB. »Ich meine, bist du dir sicher?«

Ihr Gegner stand angespannt da, wie eine Kobra kurz vor dem Zustoßen. »Ja, mach schon.«

»Soll ich bis drei zählen?«

»Mach, was du willst.«

»Soll ich die Münze bei drei hochwerfen oder unmittelbar nach drei? Also, eins, zwei und los? Oder eins, zwei, drei und los?«

Er schnaubte. »Typisch Frau, alles so kompliziert zu machen. Wenn du pfuschen willst, dann vergiss es lieber. Ich kann die Münze fangen, und wenn du sie wirfst, während ich mitten im Satz bin. Also hör auf mit der Scheiße.«

Annabelle zuckte mit den Schultern. »Meine Eltern haben mich immer zum Pfuschen ermutigt. Sie sagten, so kommt man voran im Leben.«

JB nickte und knurrte: »Da lagen sie auch nicht falsch, aber das gilt nur, wenn du nicht erwischt wirst. Überleg dir genau, wen du übers Ohr hauen willst, denn mein Vater hat immer Auge um Auge gepredigt und mich ermutigt, dann noch eins draufzulegen. Was das heißen soll? Wenn du mir ins Gesicht spuckst, schlage ich dir die Zähne ein. Greifst du mich mit einem Messer an, jage ich dir vielleicht eine Kugel durch den Kopf.«

»Du bist also ein Mann von der Sorte, die man besser niemals betrügt? Ein Typ, der anderen wehtut?«

»Ja, das bin ich. Wenn es sein muss. Genug geredet. Wirf das verflixte Ding.«

Annabelle sah zu Jesse hinüber und zwinkerte.

Er hatte keine Ahnung, was sie vorhatte, aber er war sich sicher, dass sie nichts Gutes im Schilde führte. Sie hatte über das Werfen der Münze mehr Worte verloren, als ihr während der ganzen Autofahrt über die Lippen gekommen waren. Ihr Gerede musste zum Plan gehören. Jesse durchschaute nur nicht, was sie letztlich vorhatte.

Trotz allem hatte es ihm ein warmes Gefühl tief in seinem Innern geschenkt, als sie ihm zuzwinkerte. Andererseits stand Fitz neben ihm, und vielleicht hatte sie *ihn* angezwinkert und nicht Jesse.

Sie sagte: »Eins … zwei …«

Mit einem Schnippen ihres Daumens katapultierte sie den funkelnden neuen Quarter in die Luft. Jedermanns Blick folgte der Münze, wie sie zur Decke hochstieg.

Sie hatte den höchsten Punkt noch nicht erreicht, als Annabelle handelte.

Während JB den Aufstieg der Münze verfolgte, bereit, sie bei ihrem Fall aufzufangen, trieb sie ihm das Knie zwischen die Beine. Es knirschte eklig, und Jesse hielt sich unwillkürlich die Hand vor den Schritt. JB krümmte sich vor Schmerzen zusammen, und Annabelle stieß ihn zurück. Mühelos warf sie ihn um. Sein Hintern knallte mit einem dumpfen Schlag auf den Boden, und er rutschte über das Linoleum.

Annabelle fing die Münze mit der offenen Hand auf. »Du hast verloren«, sagte sie. »Jetzt kannst du dich entschuldigen.«

JB fletschte die Zähne wie ein wildes Tier, und ein Ausdruck primitiver Wut trat in seine Augen. Mit rotem Gesicht, die Augen vor Schmerzen zusammengekniffen, gab seine Kehle wiederholt das Miauen eines verletzten Tieres von sich. Er bedachte Annabelle mit jedem erdenklichen Schimpfwort und krächzte: »Dafür wirst du bezahlen!«

Er sprang auf und zog ein Springmesser aus der Tasche, das er Annabelle an den Hals hielt. Er presste sie gegen die Wand des Konferenzraums.

Fitz trat auf sie zu, Jesse dicht hinter sich, aber JBs Schläger drängten sie zurück. Jesse stürzte fast über einen Tisch und wusste, dass sie JB nicht daran hindern könnten, Annabelle zu töten. Er fragte sich, was zum Teufel sie sich gedacht hatte. Sie war eindeutig unterlegen, und trotzdem schien es ihr egal zu sein. Selbst jetzt, wo JB sie festhielt, die Klinge an ihrer Kehle, zeigten ihre Augen nur Trotz, keine Angst.

In diesem Augenblick kam Randy herein. In ruhigem Ton sagte er: »JB, steck das Messer weg.«

JB flog der Speichel von den Lippen, als er schrie: »Das geht dich nichts an, Randy! Sie hat es herausgefordert!«

»Sieh mich an, JB!«, rief Randy.

Der Mann mit dem roten Gesicht beherrschte sich genügend, um sich zu Randy herumzudrehen, der mit erhobenen Händen in der Tür stand. Neben ihm trat ein Mann in den Raum, der ihm eine schwarze Pistole an den Kopf hielt.

Der Mann mit der Waffe sagte: »Das ist richtig, Mr. JB. Bitte tun Sie, was Mr. Blake sagt, und lassen Sie das Messer fallen. Wir müssen uns unterhalten.«

17

Der stählerne Man Bucket erinnerte Ackerman an einen Haikäfig. Eine treffende Beobachtung, denn er sank in eine Finsternis hinab, in der die Bestie über den Menschen herrschte. Obwohl er selbst ein Spitzenprädator, ein Raubtier ganz oben in der Nahrungskette, war, gefiel es ihm genauso wenig, in dem Käfig zu sein, wie es einem Weißen Hai gefallen hätte, und er sehnte das Ende der Seilfahrt herbei. Außerdem vermutete er, dass er das untere Ende des Schachts nicht ohne Komplikationen erreichen würde, denn Komplikationen lagen in Demons DNA. Ackerman hegte den Verdacht, dass Demon ein Kind von der Sorte gewesen war, das einen losen Faden entdeckt und nicht aufhören kann, daran zu zupfen, bis das Kleidungsstück auseinanderfällt. Ackerman baumelte wie ein Wurm am Haken, und Demon könnte nicht widerstehen, an der Leine zu zerren.

Der Schacht, der ihn umgab, war vollständig betoniert, aber der Boden des Man Bucket war mit Erde verschmiert und roch wie ein frisch ausgehobenes Grab. Ackerman hielt sich an dem Handlauf fest, nicht nur, weil er befürchtete, dass jederzeit etwas geschehen konnte, sondern auch, weil ihm nach wie vor schwindlig war. Glaubte er Demons Diagnose, blieb ihm nur noch wenig Lebenszeit. Der Tumor wäre bald sein Tod – weder Kugeln noch Klingen noch Bomben brächten ihn um, sondern sein Vater beendete das Werk, das er vor so vielen Jahren begonnen hatte, indem er sich wie ein Einbrecher in sein Gehirn schlich.

Wie oft hatte sein Mangel an Furcht ihn schon zu überstürzten, unüberlegten Entscheidungen getrieben. Ackerman kompensierte es, indem er eine Situation analysierte, statt sich kopfüber hineinzustürzen. Aber unter den gegebenen Umständen, angesichts seines bevorstehenden Todes, war sein Mangel an Furcht ebenso sehr ein Segen wie sein fester Glaube, dass Gott einen Plan für ihn hatte.

Der Man Bucket fuhr mit konstantem Tempo herunter. Vielleicht hatte er Demon falsch eingeschätzt, und sein Widersacher wollte in diesem Stadium des Spiels noch gar keinen Sand ins Getriebe streuen.

Ackerman nutzte die kurze Erholungspause, um nach den zahlreichen Wunden zu sehen, die er in den Wochen vor diesen Ereignissen durch Demons Leute erlitten hatte. Die meisten waren oberflächlich, und er genoss die Schmerzen, die aufflammten, wenn er die empfindlichen Stellen betastete. Jede Berührung erzeugte einen kalten Stich, der in seinem Gehirn Euphorie auslöste; der Schauder in seinem Rückgrat war so entzückend. Aber er musste vorsichtig damit umgehen. Schmerzen waren für ihn wie eine Droge, und er durfte sich nur kleine Dosen gestatten.

Die empfindlichste Wunde befand sich auf seinem Rücken an einer Stelle, die er kaum erreichen konnte. Wie er sie erhalten hatte, wusste er kaum noch, aber sie fühlte sich an wie ein Messerstreich. Für ihn war es nichts Ungewöhnliches, nach einer Auseinandersetzung seltsame Schnitte und Stiche an seinem Körper zu finden. Er genoss es, verletzt zu werden, deshalb erinnerte er sich oft nicht, wie er zu einer bestimmten Verletzung gekommen war. Die Grenze zwischen dem Zufügen von Schmerzen und dem Verursachen irreparabler Schäden ließ sich nur schwer einhalten. Ackerman drehte den Arm nach hinten und tastete den Messerschnitt an seinem Rücken ab. Die Wunde fühlte sich hart und ein wenig erhaben an. Er fragte sich, ob sie sich entzündet hatte.

Ackerman zog den Ohrhörer, den er von Demon erhalten hatte, aus der Hosentasche. Im Man Bucket konnte er keine Kamera entdecken, aber kaum hatte er den Ohrhörer eingesetzt, vernahm er Demons Stimme.

»Machen wir einen kleinen Soundcheck, ja? Sie antworten, und ich sollte Sie durchs Mikrofon des Geräts einwandfrei hören können. Falls nicht, bleiben mir immer noch die Kameras. Wir haben keine Kosten und Mühen gescheut, um das Spielfeld auszustatten, damit wir beste Sicht erhalten. Die Online-Zuschauer können sogar zwischen den Kameras hin- und herschalten und mehrere Blickwinkel gleichzeitig betrachten. Ein recht cooles System. Für Sie ist uns nichts zu teuer, mein Freund.«

Ackerman lächelte. Ohne in eine bestimmte Richtung zu sehen, fragte er: »Wer braucht mit Freunden wie Ihnen noch Feinde?«

Demon lachte ihm leise ins Ohr. »Da fällt mir ein, ich habe meine Männer an der Steuerung, die Ihren Abstieg in die Tiefe lenkt. Deshalb kann ich Ihre Fallgeschwindigkeit ändern. Haben Sie Lust auf eine Achterbahnfahrt?«

Ackerman rollte mit den Augen und schlang den Arm in die stählernen Gitterstangen des Käfigs. »Ich fühle mich nicht besonders«, entgegnete er. »Ich nehme an, Sie sind sich dessen bewusst. Ich zöge es langsam und gleichmäßig vor.«

»Und ich nehme an«, versetzte Demon, »Sie wissen, dass es so nicht läuft. Ich muss das Interesse der Zuschauer halten, und heutzutage haben die Menschen offenbar immer kürzere Aufmerksamkeitsspannen. Sie haben noch etwa sechstausendfünfhundert Fuß vor sich, deshalb habe ich im wahrsten Sinn des Wortes Spielraum. Warum fangen wir nicht klein an und schauen, was geschieht? Wie wäre es mit vierzig Fuß freiem Fall, gewissermaßen ein Vorgeschmack?«

18

Der Mann mit der Pistole schien selbst JB einzuschüchtern, aber Jesse nahm an, dass niemand angesichts der Waffe das Gleiche empfand wie er. Von einer Situation wie dieser hatte er immer geträumt – von seiner Gelegenheit, ein Held zu sein oder wenigstens der Held in seiner eigenen Story. Aber jetzt, wo der Augenblick gekommen war, fühlte er sich weniger als Protagonist einer großartigen Geschichte und mehr wie jemand, dem die Beherrschung über seinen Schließmuskel zu entgleiten drohte.

Ein kahlköpfiger Mann aus dem Nahen Osten mit buschigen Augenbrauen hielt Randy seine Pistole an den Kopf. Danach wurde Nicky von zwei weiteren Männern in den Raum gestoßen, und ein dritter folgte. Diese Männer trugen schwarze Körperpanzerung, hielten Sturmgewehre und hatten sich schwarze Sturmhauben über den Kopf gezogen.

Im Raum schwärmten sie aus. Der ersten Welle aus drei Leuten folgten zwei weitere Leute, doch diese sahen anders aus. Sie wirkten wie aus einem Computerspiel über den Zweiten Weltkrieg. Gasmasken verdeckten ihre Gesichter, auf den Rücken geschnallt trugen sie Gerätschaften, die wie Flammenwerfer aussahen.

Sein Traum hatte sich mittlerweile in einen Albtraum verwandelt. Jemanden mit einer Schusswaffe zu sehen war eine Sache, aber nazimäßige Sturmtruppen mit Flammenwerfern in einen Konferenzraum kommen zu sehen, war etwas ganz anderes.

Nachdem JB sein Springmesser weggelegt und die Bewaffneten sich im Raum verteilt hatten, sagte der offenkundige Anführer der Gruppe: »Alles hinsetzen. Tun wir so, als gehörte das, was nun folgt, zur Einweisung. Falls Sie sich noch nicht ausgerüstet haben, tun Sie es jetzt. Sie werden Ihr Zeug brauchen.«

Alles gehorchte widerstrebend und ließ sich auf die Stühle sinken. Der Anführer der Bewaffneten trat vor und schob seine bedrohliche schwarze Pistole in ein Holster am Brustteil seiner Körperpanzerung. Er war der einzige Eindringling, dessen Gesicht nicht verdeckt war, aber das machte ihn nicht weniger einschüchternd. Er trug zahllose Narben, und ein ständiges Stirnrunzeln hatte sich in seine Züge eingefressen. Man hatte den Eindruck, ein echtes, von Herzen kommendes Lächeln müsste das Gesicht dieses Mannes zerbrechen wie eine Puppe, die man auf eine Weise verbog, die nicht vorgesehen war.

Der Anführer ging zum Whiteboard, nahm einen der Stifte aus dem Halter und schrieb in Rot OBAN auf die Tafel. Er setzte die Kappe wieder auf, ließ den Stift auf den

Boden fallen und ging vom Whiteboard weg. Er zeigte auf die Buchstaben und sagte: »Sie können mich Oban nennen, oder Mr. Oban, wenn Ihnen das lieber ist. Ich bin es gewohnt, höflich zu bleiben und selbst unter Umständen wie diesen Liebenswürdigkeiten auszutauschen. Allerdings werden wir nicht lange genug beisammen sein, um mehr als die Namen der anderen zu erfahren, denn Sie werden ausnahmslos rasch woandershin gebracht.«

»Hey, Mister«, sagte JB, »für uns ist das okay. Wir setzen uns alle in den Minivan und sehen zu, dass wir wegkommen. Sie können hier machen, was Sie wollen.«

»Ich fürchte, das wird nicht möglich sein.«

»Hey, wir sind nur ein paar arme Minenarbeiter, die ihren Job machen wollen. Wir wollen nirgendwo reingezogen werden. Wenn Sie Streit haben, dann mit der Firma, aber doch nicht mit uns.«

Oban riss seine Pistole aus dem Holster und stanzte einen Fuß neben JBs rechtem Stiefel ein Loch in den Boden.

JB sprang zurück. »Was soll'n das, Mann!«

»Dies ist keine Gemeindeversammlung, in der jeder das Wort ergreifen kann«, sagte Oban. »Betrachten Sie es mehr als einen Vortrag. Ich werde Ihnen etwas sagen, und mit dieser Information bleiben Ihnen zwei Möglichkeiten zur Auswahl: Entweder beherzigen Sie die Information und tun, was ich sage, oder Sie sterben.«

Er sah in den hinteren Teil des Raums zu einem der Flammenwerferträger. »Wären Sie so freundlich, den Leuten zu demonstrieren, wie sie sterben würden?«

Der Mann mit dem Flammenwerfer trat vor und ergriff einen leeren Plastikstuhl. Er zog ihn in den hinteren Teil an eine Stelle, wo sich in zwei Metern Umkreis nichts befand, hob die Waffe und drückte ab. Flammen schossen aus dem Rohr und schmolzen in Sekundenschnelle das Plastik vom

Metallgestell – die Sitzschale zerlief zu einer Pfütze aus geschmolzener Schmiere am Boden.

Jesse konnte sich gut ausmalen, was die Waffe mit dem Fleisch eines Menschen anrichtete.

»Ich hoffe«, sagte Oban, »dass diese Demonstration genügt und niemand von Ihnen erdulden muss, was der arme Stuhl gerade durchgemacht hat. Nun zu dem, was Sie tun werden.«

Während er sprach, schritt Oban auf und ab, und Jesse bemerkte, dass an den Seiten des Mannes etwas klirrte. Jetzt erst sah er, dass Oban an beiden Hüften Futterale mit Beilen trug.

»Was Sie tun müssen, um am Leben zu bleiben, ist recht einfach«, fuhr Oban fort. »Ich möchte Sie nicht in diesem Areal haben, und ich will auch nicht, dass Sie mir innerhalb der nächsten Stunden Ärger bereiten, daher fahren Sie wie zu einer normalen Schicht in die Mine ein. Nur statt unten Ihre Arbeit zu machen, durchqueren Sie das Bergwerk auf ganzer Länge bis zum anderen Ende, wo sich der alte Schacht befindet. Dort können Sie mit dem Man Bucket in Sicherheit auffahren. Ist allen klar, worauf es ankommt?«

Niemand sagte etwas; allen war klar, dass er eine rhetorische Frage stellte und keine Wortmeldung hören wollte. Als Jesse sich umschaute, sah er in aller Augen den gleichen verwirrten Ausdruck, nur nicht bei Annabelle. Sie schien die Situation genauso wenig zu berühren wie die Konfrontation mit JB.

Offenbar spürte Oban, dass sie sich einig waren, denn er sagte: »Sie wissen, was Sie zu tun haben, wenn Sie weiterleben wollen. Gehen Sie hinunter in Ihr Loch, und wenn jemand versucht, an diesem Ende wieder herauszukommen – egal ob zu Fuß oder in einem Gefährt irgendeiner Art –, erwartet ihn der gleiche feurige Tod wie unseren Freund den Stuhl. Also, Bewegung, Leute. Immerhin sind Sie eingestempelt.«

19

Während Ackerman in seinem Stahlkäfig eine Serie von Freifällen erduldete, kämpfte er um den Halt am Handlauf. Verlor er ihn, würde er gegen das Dach des Käfigs gedrückt und beim Aufprall gegen den Boden geschleudert. Er hatte einen Arm um die Stange gehakt, und bislang war es ihm gelungen, sich auf diese Weise anzuklammern. Seine Füße wurden zur Decke gezogen, seine Organe in Richtung seiner Schuhe zusammengedrückt. Der größte Kampf war der ums Bewusstsein. Verlor er es, verlor er auch den Halt oder bekam nicht rechtzeitig vor dem Ende von Demons Höllenfahrt die Füße unter sich, was ebenfalls zu Verletzungen führen würde.

Ein Ruck zeigte ihm an, dass die Fahrt beinahe vorbei war, und unter Anstrengung seiner Bauchmuskeln brachte er die Beine wieder nach unten, gerade rechtzeitig, um zu verhüten, dass er am Boden zusammenbrach.

Der Stahlkäfig rüttelte sich und kam ruckartig zum Stopp. Dabei knallte er so heftig gegen die Seitenwand, dass Betonsplitter in die Finsternis davonflogen.

Der Man Bucket nahm ein normales, konstantes Tempo an, und Ackerman konnte sich nicht mehr beherrschen. Er erbrach sich auf den Boden des Käfigs.

Demon lachte ihm ins Ohr. Als Ackerman fertig war und sich wieder aufrichtete, hörte er: »Der mächtige König der Killer kotzt sich nach einer kleinen Achterbahnfahrt die Seele aus dem Leib.«

»Ich bin im Moment nicht in Topform«, erwiderte Ackerman. »Das wissen Sie genau. Denken Sie daran, dass diese Vorrichtung nicht für solch eine Verwendungsweise gebaut wurde. Vermutlich werden Sie das Kabel zerreißen oder seine Verbindung mit dem Käfig, und ich sterbe, bevor Ihr Spielchen überhaupt begonnen hat. Stünden Sie nicht ziemlich dämlich da, wenn ich tot am Boden eines Lochs liegen würde?«

»Wissen Sie was, das ist ein gutes Argument. Tut mir leid, manchmal bin ich ein bisschen impulsiv. Ob Sie es glauben oder nicht, mit den Jahren ist es besser geworden. Als ich jünger war, hätte ich die ganze Sache ausgearbeitet, alles wäre vorbereitet gewesen, ich würde meine Eröffnungsansprache halten, und dann würde der Typ mich so sauer machen, dass ich ihm einfach den Schädel einschlage oder den Kopf abhaue. Sie wissen schon, ihn an eine Wand spießen und die eigenen Eier fressen lassen. Die momentane Begeisterung hat mich überwältigt. Ich bitte um Entschuldigung.«

Ackerman versuchte, seinen Brechreiz zu unterdrücken, und brachte nur heraus: »Angenommen.«

»Sie sind keine zweitausend Fuß mehr über dem Boden, und ich lasse Ihnen etwas Zeit zum Nachdenken und zur Erholung.«

Ackerman antwortete nicht, weil Thomas White aus dem Nichts in sein Gesichtsfeld trat, als hätte ihn eine dunkle Macht ausgesandt, um ihn in einem Augenblick der Erholung zu stören. Sein Vater trug noch immer Hose und Weste eines dreiteiligen Anzugs und lächelte ihm über die kleine runde Brille zu. Im üblichen überheblichen Tonfall sagte White: »Du weißt schon, ich hätte mehr Spaß mit dir, wenn du dich ermannt und den echten Thomas White getötet hättest, statt ihn hinter Gitter zu bringen. Dann hätte ich dich überzeugen können, dass ich sein Geist sei, der dich heimsucht, und nicht nur eine Halluzination. Dadurch hätte sich eine viel interessantere Dynamik entwickeln können.«

Mental gab Ackerman zur Antwort: *Ich bezweifle, dass es*

ein Spaß wäre, wenn ich glauben müsste, du hättest irgendwelche echte Substanz.

»Das tut weh«, erwiderte der imaginäre Thomas White. »Dir ist klar, dass ich eine Projektion aus deinem Unterbewusstsein bin. Wenn du stirbst, sterbe ich mit dir. Was ich dir zu offenbaren versuche, ist nur zu deinem Besten. Dinge, die dich am Leben halten und stärker machen sollen.«

O ja, du hast dir gewiss große Mühe mit mir gegeben, damit ich stärker werde, Vater. Vielen herzlichen Dank. Und jetzt, wenn es dir nichts ausmacht, würde ich mich gern einen Moment lang vorbereiten.

Die Halluzination wartete zwei Sekunden, bevor sie sagte: »Du hast Demon gefragt, welchen Grund er für seine Veranstaltung hat, aber hast du dich schon mal gefragt, weshalb du bei diesem Unsinn mitmachst? Du bist ein Meister der Entfesselung und der Flucht.«

Flucht? Hier stehen Menschenleben auf dem Spiel, das Leben von Menschen, die meinetwegen in diesen Unsinn verwickelt wurden. Nicht durch meine Entscheidung, aber das spielt keine Rolle. Sie wären nicht hineingezogen worden, wenn Demon mir nicht etwas beweisen wollte.

»Und davor? Warum hast du Demon überhaupt begleitet?«

Ackerman rieb sich die Schläfen und ließ den Nacken knirschen. *Du weißt genau, dass er einen Totmannschalter hatte und die ganze Anlage vermint war. Nadia, Dylan und vermutlich auch Marcus wären bei der Explosion getötet worden. Mir blieb keine andere Wahl.*

Thomas White hob eine Augenbraue. »Und danach? Als er dich zwei Wochen lang durchs Land kutschiert hat?«

Ackerman wünschte, er hätte einen Augenblick mit sich allein, auch in seinem Kopf, aber wenigstens bot dieses Gespräch eine Ablenkung von anderen, weniger profitablen Gedanken um die Frage, wie viele heute sterben würden. *Wir wissen von seinem ehemaligen Protegé, dem Judas-Killer, dass Demon eine Liste von Serientätern und Berufsverbrechern im ganzen Land besitzt. Er hat aus Leuten, die es lieben, andere Menschen zu verletzen, eine Organisation aufgebaut. Diese Liste will ich haben.*

»Es steckt doch mehr dahinter. Denk mal an die Halluzinationen, die du erlebst. Wofür stehen wir denn? Wie dieser halluzinierte Priester, mit dem du nicht mehr gesprochen hast, seit du begreifen musstest, dass du ihn dir nur eingebildet hast. Ich nehme an, er stand für deine Sehnsucht nach Erlösung. Und was ist mit mir, deinem Erzeuger und Mentor? Stehe ich vielleicht für die Sehnsucht nach einer Rückkehr in dein altes Leben? Eine Sehnsucht, wieder der Spitzenprädator zu sein, der du einst warst?«

Du stehst dafür, dass ich eine Schraube locker habe.

Thomas White schlenderte näher und lehnte sich an die stählernen Gitterstäbe des Förderkorbs. »Du tust es, um ein für alle Mal zu beweisen, dass du der König der Killer bist – dir und der Welt, allen Zuschauern, fürs Protokoll, für die Ewigkeit. Dass du das Schreckgespenst bist, das jeder fürchten sollte. Kannst du dich objektiv genug betrachten, um das zu erkennen, mein Sohn?«

Der Käfig hatte den Boden erreicht und kam mit einem Ruck zum Stehen. Ackerman streckte den Arm aus, während sein gespenstischer Vater zur Seite wich, und öffnete die Tür des Man Bucket. Er trat in einen großen, höhlenartigen Raum hinaus, in dem die Tunnel ihren Anfang nahmen. Er ließ den imaginierten Thomas White hinter sich und wünschte still, dass er für den Rest des Spiels von ihm in Ruhe gelassen würde. Gleich bei dem Gedanken wusste er aber, dass der Tumor, der ihm aufs Gehirn drückte, nur dazu führen würde, dass sein Vater noch öfter auftrat.

Auf der Plattform ringsum lagen alle möglichen Werkzeuge; es schien sich um eine Art Bereitstellungsfläche zu handeln. Die Atmosphäre war wie in einer Sauna. Nebel hing in der Luft, von den Steinwänden tropfte das Wasser herunter. Jeder Minentunnel führte in einen anderen Teil des Bergwerks und war weit genug, dass fünf Männer nebeneinander darin gehen konnten.

In seinem Ohr sagte Demons Stimme: »Wir haben hier beim Schacht das Licht angelassen, aber in anderen Teilen der Mine ist es abgestellt, auch in den Tunneln, die Sie gleich betreten werden. Normalerweise werden dort sehr hohe Sicherheitsstandards eingehalten, aber ich sagte mir, dass Sie nichts dagegen hätten, wenn ich mit Dunkelheit ein klein wenig Ambiente erschaffe. Nehmen Sie den linken Tunnel. Das Schicksal erwartet Sie.«

Ackerman schaltete die Taschenlampe ein, die er von Demon erhalten hatte, und richtete ihren Strahl in den Tunnel. Einen Schritt nach dem anderen näherte er sich dem, was immer Demon für ihn auf Lager hatte.

20

Beim Betreten des Tunnelsystems musste Ackerman mehrere Entscheidungen treffen, was die Nutzung seiner Taschenlampe betraf. Sein erster Gedanke galt der guten alten Augenklappenmethode, wie sie in früheren Zeiten von Piraten verwendet worden war. Traten angreifende Piraten vom hellen Deck in die Finsternis des Schiffsraums, hatten sie einen Nachteil, solange ihre Augen sich an die Dunkelheit gewöhnten. Um dem entgegenzuwirken, bedeckten viele von ihnen ein Auge mit einer Klappe. Gingen sie hinunter in den Schiffsraum, legten sie die Klappe auf das andere Auge, und das entblößte Auge hatte perfekte Nachtsicht.

Hier war die Augenklappenmethode nutzlos. Die Dunkelheit im Bergwerk war so absolut, dass es nicht unbedingt einen Vorteil versprach, die Nachtsicht auf einem Auge zu bewahren. Ackerman entschied, sich lieber auf seine anderen Sinne zu verlassen, um in der pechschwarzen Nacht kampffähig zu bleiben und agieren zu können.

Er wandte sich wieder der Frage nach der Taschenlampe zu. Ließ er sie die ganze Zeit brennen, machte er sich zum weithin sichtbaren Ziel. Wer in der Dunkelheit lauerte, sähe ihn schon aus großer Entfernung näher kommen. Außerdem war er sich nicht sicher, wie viel Zeit er hier unten verbringen und wie lange die Batterie reichen würde.

Unter Berücksichtigung all dieser Faktoren entschied Ackerman, sich fortzubewegen, indem er eine militärische Erinnerungstechnik anwendete, die sein Vater ihm beigebracht hatte. Wer darin ausgebildet war, konnte sich bei einem raschen Blick um die Ecke, oder wenn er etwas kurz zu Gesicht bekam, einprägen, was er sah, und in allen Einzelheiten daran erinnern. Soldaten, die diese Methodik lernten, saßen mit einem Bild oder einem Dokument, das sie sich einprägen sollten, in einem Raum. Während sie auf das Papier schauten, wurde das Licht im Raum immer wieder ein- und ausgeschaltet. Hinterher mussten sie aus der Erinnerung das Bild zeichnen oder den Text wiedergeben, und zwar so genau wie möglich.

Ackermans Vater hatte sich um Menschenrechtsverletzungen keine Gedanken gemacht und daher den Kopf seines Sohnes unter Wasser gedrückt, bis er kurz vor dem Ertrinken stand, den Kopf hochgerissen und ihm ein Bild gezeigt. Er wurde erneut unter Wasser gedrückt, bis er wieder fast ertrank, und herausgezogen. Dann musste Ackerman eine genaue Reproduktion des Bildes anfertigen, das ihm gezeigt worden war.

Ein Zweck dieser Methode war das Sammeln von Informationen. Falls ein Soldat in Gefangenschaft geriet und einen kurzen Blick auf feindliche Pläne werfen konnte, war er später imstande, sie wiederzugeben. Eine andere Anwendung gab es auf dem Gefechtsfeld: Ein Soldat konnte um eine Ecke spähen und die Beschaffenheit des Geländes mit einem Blick erfassen; er wäre über Hindernisse und feindliche Kräfte im Bilde.

Ackerman nutzte die Technik nun, um vorzugehen, indem er die Taschenlampe kurz aufblitzen ließ, aufnahm, was vor ihm lag, sich einen möglichen Weg durch die Dunkelheit einprägte und ihm folgte. Ein gutes Erinnerungsvermögen und ein Auge für Details hatte er schon immer besessen. Gegenüber dem eidetischen Gedächtnis, mit dem sein Bruder beschenkt worden war, verblassten seine Fähigkeiten allerdings.

Die Tunnel, die er nun durchquerte, waren verstärkt, gestatteten aber nur wenigen Männern mit kleiner Ausrüstung den Durchgang. Wie Demon angemerkt hatte, handelte es sich um Erkundungsstrecken, die beim Anlegen des Bergwerks benutzt worden waren. Nachdem der Blockbruchbau begonnen hatte, wurden größere Tunnel angelegt, in denen das Erz in den gewaltigen Radladern an die Oberfläche gebracht wurde.

Auf dem Weg fand er mehrere Paletten mit Werkzeug und Ausrüstung, ohne dass viel Verwertbares darunter war. Er nahm jedoch einen großen Schraubenschlüssel an sich, weil er nützlich sein konnte, wenn er in der Dunkelheit eine unerfreuliche Begegnung hätte.

Als Ackerman mit dem Schraubenschlüssel weiterging, sagte Demon über den Ohrhörer: »Eine ausgezeichnete Idee, sich zu bewaffnen. Ich würde mich auch langsam und leise bewegen. Ich habe eine kleine Überraschung für Sie vorbereitet.«

»Was denn?«, fragte Ackerman.

»Wenn ich es Ihnen verriete, wäre es ja keine Überraschung mehr. Überstürzen Sie nur nichts. Sie brauchen viel Reaktionszeit, um an dieser Hürde vorbeizutanzen.«

Unter den Decken der Tunnel hingen Leuchten für die Arbeiter, aber Demon hatte sie abgestellt. Ackerman wollte keine Zeit verschwenden, indem er die Leitungen verfolgte und sie wieder einschaltete; er musste die Mine rasch und leise durchqueren. Die Minenarbeiter waren zurzeit leichte Ziele, denn sie ahnten nichts vom Wahnsinn der Lage, in der sie sich wiederfinden würden.

Er kam an eine Tunnelgabelung, wo er eine Leiter hinunterstieg, und ging weiter. Er hatte das Gefühl, mit gutem Tempo voranzukommen, und überlegte, wie er die Minenarbeiter am besten ansprach, als er im kurzen Lichtblitz seiner Taschenlampe etwas Ungewöhnliches auf dem Weg entdeckte.

Ackerman ging in dem finsteren Minentunnel auf ein Knie. Die Schwärze war absolut und allumfassend. Ringsum konnte er nichts sehen. Nicht einmal die Hand vor Augen hätte sich erkennen lassen, hätte er seine Zeit mit solchen Versuchen verschwendet. Er befand sich an einem Ort, dem nicht bestimmt war, je vom Licht berührt zu werden, einem Ort, der sich in völliger Finsternis vollkommen wohlfühlte. Die Finsternis vor Ackerman jedoch war unruhig. Sie gärte und pulsierte vor Heimtücke und böser Absicht.

Ackerman unternahm ein Ausweichmanöver. Er machte lautlos zwei Schritte zurück und zog sich im Zickzack rückwärts in den Tunnel zurück, sodass er stets der Bedrohung zugewandt blieb. Auf diese Weise konnte jemand, der ihn entdeckt hatte, nicht lange nachverfolgen, wo er war.

Als er die Lampe das nächste Mal aufblitzen ließ, befand er sich an einer völlig anderen Stelle, weiter entfernt von der Bedrohung. Er ließ den Strahl aufflammen und schaltete ihn sofort wieder ab. Das Licht hatte ihm einen besseren Blick auf die Seltsamkeit vor ihm gewährt: eine gewaltige ungeschlachte Masse – und da er sich erinnerte, welche Art von Ungeheuern Demon beschrieben hatte, erschien es ihm am klügsten, mit extremer Vorsicht vorzugehen. Es war sehr gut möglich, dass es sich hier um die erste der entmenschlichten Bestien handelte, die Demons wahnsinniger Wissenschaftler geschaffen hatte.

Instinktiv wich er zwei weitere Schritte zurück und drei zur Seite. Diesmal positionierte er sich mitten im Tunnel, noch weiter weg von der Stelle, an der er die ungeschlachte Monstrosität entdeckt hatte.

Flüsternd drang Demons Stimme aus dem Ohrhörer. »Seien Sie ganz still. Was Sie in dem Tunnel vor sich sehen, ist ein Spitzenprädator höchster Ordnung, entwickelt, um Ihnen einen würdigen Gegner zu bieten. Ich nenne ihn *Juggernaut*. Aber Sie brauchen sich ihm jetzt gar nicht zu stellen. Ich wollte Ihnen und den Zuschauern einen kurzen Blick auf das gewähren, was bevorsteht; Sie sollten bloß sehen, wie verdammt groß er ist. Ich empfehle Ihnen allerdings, jetzt kehrtzumachen, auf der letzten Leiter in die Etage über Ihnen zu steigen und dort den ersten Tunnel rechts zu nehmen. Darin müssten Sie an ihm vorbeikommen, ohne ihn zu wecken, während Sie sich den Abbauetagen nähern. Wir haben dem armen Bastard ein Kontrollsystem eingepflanzt, mit dem wir ihn entweder unter Betäubung halten oder mit Adrenalin vollpumpen können. Das Betäubungsmittel dürfte mittlerweile nicht mehr wirken, aber er ist noch ziemlich groggy. Nur deshalb hat er Sie noch nicht entdeckt.«

Ackerman machte zwei lautlose Schritte vor.

Im Ohrhörer erklang wieder Demons Stimme. »Haben Sie mich nicht verstanden? Gefahr voraus! Machen Sie kehrt. Ich schenke Ihnen eine kostenlose Komm-an-Juggernaut-vorbei-Karte.«

Ackerman machte zwei weitere lautlose Schritte durch die Dunkelheit.

»Frank«, sagte Demon, »ich weiß, wenn man Ihnen sagt, Sie sollen etwas nicht tun, dann wollen Sie es umso mehr. Ich weiß, dass Sie ein Problem mit Autoritätspersonen haben, aber ich versuche doch gar nicht, eine Autoritätsperson zu sein. Ich versuche, Ihnen zu helfen. Sie brauchen sich dieser Gefahr jetzt nicht zu stellen, und was Sie vor sich haben, ist eine wilde Bestie, die dazu gezüchtet wurde, der Killer des Königs der Killer zu sein. Solch einen Gegner sollte man nicht auf die leichte Schulter nehmen. Ich betrachte Juggernaut als eine meiner schönsten und brutalsten Schöpfungen.«

Ackerman erhob sich zu ganzer Größe und rief laut in die Dunkelheit: »Wirklich? Jetzt muss ich ihn aber wirklich kennenlernen.«

»Frank, lassen Sie das bleiben. Ich sage Ihnen, umgehen Sie ihn. Sobald Sie mehr Leute bei sich haben, sind Sie eher in der Lage, gegen ihn zu kämpfen, aber Sie sollten sich diesem Burschen auf keinen Fall allein in einem eng begrenzten Areal stellen. Ich kann ihn durch die Nachtsichtkameras sehen. Er hat Sie noch nicht gehört. Machen Sie kehrt, und …«

Ackerman schaltete die Taschenlampe ein und sagte mit einer Stimme, die durch den Tunnel hallte: »Aufgewacht! Lass dich anschauen.«

Was wie ein Haufen Schrott wirkte, rührte sich, zuckte und sprang auf. In blinder Wut stürzte es sich auf die Wand

114

des Tunnels, als wäre es zornig auf die Luft, die es umgab, weil es geweckt worden war.

Juggernaut fuhr zu dem Taschenlampenstrahl herum, erhob sich zu voller Größe und stieß einen der furchtbarsten Schreie aus, die Ackerman jemals gehört hatte. Der Schrei bestand zu gleichen Teilen aus Wut und Qual, ein Laut, wie er in der Hölle alltäglich sein musste.

Während Ackerman zu Demons riesigem Juggernaut hochsah, begriff er, dass er eine jener impulsiven Entscheidungen getroffen hatte, die sich im Nachhinein als gravierender Fehler erweisen mochten.

ASPEKT 2 – RAUM

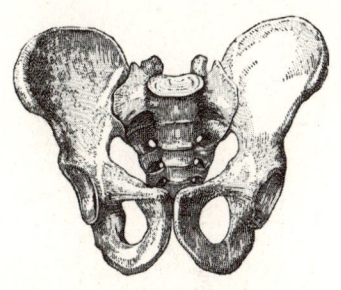

21

Der Minenzugang war als hufeisenförmige Zufahrt für die Radlader angelegt, die mehr als hundert Meter weit in den Berg einfuhren und dann kehrtmachten. Die Bewaffneten brachten die Minenarbeiter mit einer Schienenbahn nach unten, deren Gleise neben der Fahrbahn verliefen. So weit Jesse sehen konnte, fuhren die riesigen Lastwagen die Rampe herunter, wendeten im Hufeisen und wurden an einem Förderband gefüllt, auf dem das Roherz aus den Tiefen der Mine hochgebracht wurde.

Dorthin führten die Bewaffneten sie. Ein Tor mit zwei Flügeln aus blau-gelb gestrichenen Stahlrohren bildete den Eingang zu dem Gefährt, das einem U-Bahn-Waggon ähnelte und von Randy »Man Mover« genannt wurde. Er stand auf einem Förderband ähnlich dem, auf dem das abgebaute Erz nach oben gelangte, aber es fuhr in die entgegengesetzte Richtung, nach unten und in den Berg hinein statt nach oben und hinaus.

Die schwarzgekleideten Söldner schlossen die Tür des Man Mover und setzten die Maschinerie in Bewegung. Die Bewaffneten blieben auf der Plattform zurück, und nach einem Moment verschwanden sie außer Sicht. Erst jetzt schienen die erfahrenen Minenarbeiter genau wie die Neulinge aufzuatmen, und dann flippten sie alle auf ihre Weise aus.

Jesse beobachtete die Reaktionen der Gruppe, damit er selbst nicht der Panik erlag. Sein erster Blick galt JB, der wütend und verwirrt wirkte. Seine Augen zuckten hin und her, von einer Stelle auf dem Boden zur anderen. JBs Schläger standen mit ähnlichen Mienen neben ihm, aber Jesse fiel auf, dass sie in Erwartung eines Kampfs die Fäuste öffneten und schlossen. Isaiah, oder Ink, wie er sich selbst nannte, kritzelte in seinem Notizbuch. Fitz faselte davon, dass es ihre Bürgerpflicht sei, etwas gegen die Kerle zu unternehmen. Die Männer seien Terroristen, und Patrioten könnten im Angesicht des Terrors nicht einfach untätig bleiben. Alle anderen ignorierten ihn und hingen eigenen Gedanken nach. Das war jedenfalls der Eindruck, den Jesse von Nicky gewann. Der junge Hispanic hatte sich innerlich zurückgezogen. Phil wiegte sich vor und zurück und hatte die Arme um sich geschlungen, als suche er Trost. Randy stand kerzengerade und starrte in den Stollen vor ihnen, als fahre er zu einer Schicht wie jeder anderen ein. Er sah aus wie ein erfahrener Soldat. Annabelle lehnte an der Fensterscheibe des Man Mover, die Arme verschränkt, und sah in die Dunkelheit, als kenne sie auf der ganzen Welt keine einzige Sorge.

Ein Gutes hatte die Begegnung mit den bewaffneten Söldnern gehabt: Jesse hatte seine Angst, unter die Erde zu kommen, völlig vergessen. Er begriff nicht einmal, dass er schon im Bergwerk war, bis der Man Mover anhielt, die Tür sich öffnete und die Gruppe auf eine kleine Entladeplattform hinausschlurfte.

Augenblicklich schlug ihm Feuchtigkeit entgegen. Sie war stärker geworden, als sie abwärts fuhren, aber jetzt wirkte sie erstickend. Überall tropfte Wasser, das sich sehr warm anfühlte. Die Böden waren nass, und in der Luft hing Nebel. Mit solch einer Umwelt hatte er nicht im Geringsten gerechnet.

Randy bemerkte wohl den merkwürdigen Blick auf das Wasser, das von der Decke tropfte, denn er sagte: »Als sie den Stollen bohrten, sind sie auf eine wasserführende Schicht gestoßen. Sie umgibt die Lagerstätte. Wir pumpen das meiste Wasser zu den Farmen der Umgebung ab, kostenlos.«

Als sie alle auf der Plattform waren, ergriff JB mit dröhnender Stimme das Wort. »Okay, alle mal herhören! Wir wissen, was wir zu tun haben, deshalb gehen wir auf dem direktesten Weg zum Man Bucket. Je schneller wir hier herauskommen, desto besser. Also, alles folgt …«

Fitz unterbrach ihn. »Nach der Scheiße, die du vorhin abgezogen hast, glaubst du doch nicht ernsthaft, dass wir jetzt alle vor dir antreten, oder was? Was hältst du davon, Annabelle?«

Zur Antwort setzte sie den Schutzhelm auf und fragte: »Findet sonst noch jemand die Namen dieser Aufzüge sexistisch? Wieso nicht *Peoples* Mover und *Peoples* Bucket?«

Alles sah sie mit unterschiedlichem Ausmaß an Verwirrung an. Ungerührt nahm sie ein Päckchen Kaugummi aus der Tasche und steckte sich einen Streifen in den Mund. Kauend fuhr sie fort: »Ich wette, euch Jungs ist der Gedanke nie gekommen.« Sie schwenkte das Päckchen, sah in die Runde und fügte hinzu: »Möchte jemand eins? JB, möchtest du ein Kaugummi?«

JBs linkes Augenlid zuckte, während er sie wütend ansah.

»Wir sollten nach Hilfe rufen«, sagte Nicky. »Was zum Teufel macht ein Haufen Kerle mit Sturmgewehren und Flammenwerfern am Mundloch eines Minenstollens? Wir müssen so bald wie möglich die Polizei verständigen.«

»Hier unten gibt's kein Handynetz«, warf Phil ein, »und die Festnetztelefone hängen an der Eingangsstation der Mine. Sie haben keine Amtsleitung. Wir sind auf uns gestellt.«

JB trat ins Zentrum der Gruppe. »Da hört ihr's. Wir haben keine andere Wahl, als die Mine zu durchqueren.«

»Wir wissen alle, was du getan hast«, sagte Fitz. »Glaub bloß nicht, dass wir vergessen, was …«

JB stieß ihn zurück. »Sie hat mich angegriffen! Sie ist die

labile Neue, die hier mit Allüren reinkam. Die Firma wird ihr – oder dir – niemals mehr glauben als mir. Also haltet einfach alle die Fresse und bewegt euch. Mir ist es egal, ob ihr mir folgt oder nicht, aber ich will hier raus.«

Isaiah, der meist geschwiegen hatte, ergriff das Wort. »Ich bin mit Fitz einer Meinung. Randy soll uns anführen.«

JB hob die Hände. »Hey, ich verstehe ja, was in euch vorgeht. Wir haben auf dem falschen Fuß angefangen, sicher, aber ihr alle solltet etwas ganz schnell begreifen – es spielt keine Rolle, ob ich mit jemandem Streit habe. Solange wir hier unten sind, spielt nichts anderes eine Rolle, denn hier unten seid ihr *meine* Leute. Ich bin für euch verantwortlich. Ich habe den Befehl, und ich nehme meine Verantwortung ernst. Ich erledige den Job, und ich hole euch sicher hier raus. Das ist mein Prinzip. Was oben passiert ist, bleibt oben, okay? Jetzt dürfen wir uns nur Gedanken machen, wie wir hier rauskommen, und mir ist es egal, ob Randy als Erster geht oder ich. Wichtig ist nur, dass wir sofort losgehen, dass wir zügig marschieren und dass wir zusammenbleiben. Sind wir uns da einig?«

Alles nickte oder stimmte auf andere Weise zu, nur nicht Annabelle, die ihr Gummi kaute. Die Situation schien völlig an ihr vorbeizugehen.

Randy trat vor, schlug JB einmal auf die Schulter, vermutlich um ihm zu versichern, dass es keinen Ärger mehr geben würde, und sagte ruhig, aber nachdrücklich: »JB hat recht, habt ihr verstanden? Lassen wir uns einen Augenblick, um einen klaren Kopf zu bekommen, und dann nehmen wir Tunnel sieben zur Transportebene. Sobald wir dort sind, setzen wir uns auf einen der R1700 – das sind die Radlader –, und der wird uns den größten Teil des Weges zum Man Bucket befördern. Ihr könnt euch entspannen. Wir sind nicht in Gefahr. Und seht es einmal positiv: Ihr bekommt vermutlich erheblich mehr als einen Tageslohn für den ganzen Ärger. Und dabei wird es leichter als eine Schicht. Man muss immer das Positive sehen, richtig, JB?«

JB nickte. »Ganz genau. Danke, Randy. Also, nehmt euch 'ne Minute, dann geht es los.«

Sie teilten sich in kleinere Grüppchen auf, aber Jesse blieb Beobachter, statt mit den anderen zu reden. Am interessantesten fand er, dass JB seine Freunde Mikey und Bert auf die Seite nahm. An und für sich war das nicht weiter merkwürdig, aber er führte sie in einen Bereich, in dem ein gewaltiges Kühlaggregat vor sich hin summte.

Jesse konnte nicht verstehen, was sie sagten, und er konnte nicht näher an sie heran, ohne dass sie merkten, dass er zuhörte. Im Laufe der Jahre hatte er sich jedoch ausreichend im Lippenlesen geübt, hatte sogar einige Kurse darin belegt. In einem davon hatte er erfahren, dass nur dreißig Prozent von dem, was gesagt wurde, durch das Lesen der Lippenbewegungen verstanden werden konnte, und dazu waren natürlich eine ungehinderte Sicht auf die beobachtete Person und ideale Umstände erforderlich. Die übrigen siebzig Prozent eines Gesprächs musste man sich aus dem Zusammenhang erschließen.

Während Jesse zusah, wie die drei finsteren Gestalten sich unterhielten, entnahm er ihren Lippenbewegungen vier konkrete Wörter, die für sich schon eine Geschichte erzählten. Diese Wörter waren: *Gelegenheit*, *Miststück*, *Schacht* und *runter*.

Den Rest konnte Jesse erraten – JB hatte seinen Männern befohlen, dass sie, wenn sich eine Gelegenheit bot, Annabelle in einen offenen Schacht stoßen sollten.

Jesse dachte darüber nach. Zur Rede stellen konnte er JB und seine beiden Komplizen nicht. Die drei hatten vermutlich genug Kampfkraft, um den Rest der Gruppe zu überwältigen. Aber unternehmen musste er etwas. Er musste es jemandem sagen. Als Erstes kam ihm Annabelle in den Sinn. Am besten warnte er sie direkt.

Bevor er sie erreichte, befahl Randy der Gruppe den Aufbruch, und Annabelle ging voran in den Tunnel. Jesse erhielt keine Gelegenheit, sie auf die Seite zu nehmen und ihr Bescheid zu geben, ohne dass andere in Hörweite waren.

Er beeilte sich, um sie einzuholen, aber schließlich ging er ganz am Ende der Gruppe neben Phil, und JBs Komplizen, Mikey und Bert, machten den Abschluss. Während die feuchte Luft seine Lunge und der Gedanke an die Millionen Tonnen Fels über ihm seine Seele erstickte, bot Jesse alles auf, was in ihm steckte, und wehrte eine Panikwelle nach der anderen ab.

Er musste Annabelle warnen, aber wie?

22

Zu Ackermans vielen Superkräften gehörte die Fähigkeit, einen Feind einzuschätzen und seine Schwäche zu finden. Sie bildete den Schlüssel zum Triumph über jeden Gegner, der große Stärke oder beträchtliches Geschick mitbrachte, und üblicherweise erfolgte sie über eine Analyse, welche Waffen der Gegner führte und welche Kampftechniken mit welchem Grad an Übung er offenbarte.

Als Ackerman die pervertierte höllische Schöpfung Demons betrachtete, vermochte er nicht gleich eine Schwachstelle zu finden. In der Schlichtheit ihrer Form und Funktion lag eine gewisse Schönheit. Das Ungetüm war wenigstens sieben Fuß groß und hatte die Maße eines Profiwrestlers, aber seine Dimensionen waren nicht das Entscheidende. Das Problem bestand darin, dass jeder Teil seines Körpers, von den Spitzen seiner Zehen und Finger bis hin zum Scheitel seines Kopfes, mit Stahlplatten gepanzert war. Die Lücken zwischen den einzelnen Platten schützte, wie es aussah, dicht geflochtener Kettenpanzer. Als wäre das nicht genug, bedeckte den Kopf ein kuppelförmiger Helm, der bis an die Schultern reichte. Er konnte so gut wie jedem Treffer mit einer stumpfen oder scharfen Waffe widerstehen und jeden Angriff auf den Kopf abwehren, der ihm das Genick hätte brechen können. Zusätzlich ragten aus jedem Quadratzentimeter der Rüstung gekrümmte Messerklingen, deren Schneiden rasiermesserscharf geschliffen waren. Ackerman hatte gehofft, die rechteckigen Augenlöcher des Helms könnten sich als Schwachstelle erweisen, doch es wäre beinahe unmöglich, Juggernaut nahezukommen, ohne tiefe Schnittwunden davonzutragen, schon gar nicht mit den begrenzten Mitteln, die Ackerman zur Verfügung standen.

Während er die Schöpfung Demons musterte, war er von der Sorgfalt seines Gegners beeindruckt. Mit diesem Dämon zu tanzen bedeutete den sicheren Tod.

Über den Ohrhörer fragte Demon: »Ist jetzt ein guter Moment, um Ihnen zu sagen, dass ich es Ihnen ja gesagt habe?«

»Zu früh«, erwiderte Ackerman, zog den Ohrhörer heraus und steckte ihn in die Tasche.

23

Der feuchte, neblige Tunnel schien ein Servicezugang zu sein, in dem kein Erz abgebaut wurde. Jesse hatte etwas gleichmäßig Ausgeschachtetes erwartet, aber die Wände waren nur grob behauen und sahen aus, als hätte sich ein gewaltiger Wurm durch den massiven Fels gebohrt. An bestimmten Stellen nahm der Tunnel an Umfang zu. Zum Glück war er nirgendwo eng, und er kam Jesse auch einsturzsicher vor. Jesse konnte sich an mehreren anderen Neulingen vorbeiquetschen, bis er gleich hinter Annabelle ging. Die einzigen anderen vor ihnen waren Randy und JB.

JB schien Randy flüsternd etwas mitzuteilen, und zwischen ihnen und Annabelle war eine Lücke entstanden. Sie schien es nicht darauf anzulegen, zu ihnen aufzuschließen und herauszufinden, worüber sie redeten, und darüber war Jesse froh. Er packte die Gelegenheit beim Schopf, um selbst ein leises Gespräch zu führen.

»Ich habe gehört«, flüsterte er, »wie JB etwas über dich zu seinen Leuten gesagt hat.«

Annabelle kaute noch immer ihr Gummi. »Du beobachtest und belauschst eine Menge, was, Jesse Gibson? Isaiah behauptet ja, ein Journalist zu sein, aber wer hier alles mitkriegt, das bist du. Wie kommt das?«

Jesse war über ihre Frage und den anklagenden Ton verblüfft. Da versuchte er sie über eine Bedrohung ihres Lebens zu informieren, und sie fuhr ihn an, als wäre er der Feind. »Ich bin wohl ein zurückhaltender Mensch, der mehr beobachtet als redet«, entgegnete er. »Willst du wissen, was er gesagt hat, oder nicht?«

Annabelle zuckte mit den Schultern. »Ging es in die Richtung ›Werft sie in einen Schacht!‹ oder ›Sorgt dafür, dass sie einen Unfall hat!‹? So was, Jesse Gibson?«

Er sah sie verwundert an. »So was. Woher wusstest du es?«

Annabelle justierte ihre Helmlampe. »Ich wusste es nicht, aber ich hab damit gerechnet. An seiner Stelle würde ich das Gleiche tun.«

»Du machst einem echt Angst.«

»Ich versuch nicht, die Ballkönigin zu spielen. Hast du sonst noch was gehört oder bemerkt?«

»Hat dir das eine nicht gereicht?«

»Danke, dass du die Augen offenhältst. Weiß ich zu schätzen.«

»Gern geschehen.«

»Heißt aber nicht, dass du jetzt mein fester Freund bist.«

Erneut war er verblüfft, aber anders. »Das habe ich auch nie …«

Sie grinste, und er glaubte, dass er sie zum ersten Mal lächeln sah. »Du musst echt lockerer werden, Jesse Gibson.«

Das war der Moment, in dem sie eine Mischung aus Gebell, Fauchen und Heulen aus dem Tunnel hinter sich hörten. Die gesamte Gruppe blieb wie angewurzelt stehen und wandte sich der wütenden Kakophonie zu. Im gleichen Moment erloschen die Leuchten über ihren Köpfen.

24

Der Mann in der monströsen Rüstung bellte erneut und setzte zum Sturmangriff an, indem er die Knie beugte und seinen Schwerpunkt senkte. Ackerman sagte sich, dass die Masse der Rüstung ihn ein wenig verlangsamen würde, aber als die Monstrosität losrannte, war ihr Tempo erheblich höher als erwartet. Mit einem irren, wankenden, ausholenden Gang lief sie los, aber ihre Beine und damit ihre Schrittlänge waren so groß, dass sie Ackerman im Nullkommanichts erreicht hatte.

Ackerman reagierte mit der Waffe, die er sich zuvor gesichert hatte. Der Industrieschraubenschlüssel war so lang wie ein Baseballschläger und bestand aus galvanisiertem Stahl. Als das Ungetüm auf ihn zuwankte, hob er ihn über den Kopf wie einen Knüppel oder eine Streitaxt, dann hämmerte er den Schraubenschlüssel auf eine Stelle zwischen den messerartigen Auswüchsen am Helm.

Der Hieb landete mit Donnergewalt. Der Kopf des Schlüssels bog einige Klingen beiseite und knallte gegen Juggernauts Helmkuppel.

Ackerman spürte die Erschütterung durch den Stahlgriff im Unterarm und bis in den Bizeps. Er musste darum kämpfen, dass seine Finger nicht den Griff um die Waffe verloren. Die massige entmenschlichte Bestie war von dem Hieb gelähmt, aber nur kurz; rasch erholte sie sich und wandte sich Ackerman zu, um ihn in eine tödliche Umarmung zu ziehen.

Zum Glück hatte Ackerman sich nicht allein auf den Hieb gegen den Kopf verlassen, und als Juggernaut auf ihn zukam, holte er mit dem Schraubenschlüssel wie mit einem Golfschläger aus und zielte auf die Fußgelenke des Ungetüms.

Unter normalen Umständen hätte solch ein Treffer dem ausersehenen Empfänger die Fußknöchel zerschmettert. In Juggernauts Fall waren die Knöchel gepanzert, und der Hieb prallte von den Metallstacheln und den Stahlplatten ab. Das Ungetüm hob ein Bein und machte reflexartig einen Schritt zurück, doch rasch fasste es sich und stieß wieder vor.

Als Juggernaut auf ihn eindrang, blieb Ackerman gerade genug Platz, damit er nicht in Streifen geschnitten wurde. Dreimal rollte er sich ab, während die Bestie mit der Brust voraus auf die Stelle knallte, an der Ackerman sich gerade noch befunden hatte. Krallend und um sich schlagend richtete sie sich auf und stürmte erneut auf Ackerman los.

Ackerman hielt noch immer den Schraubenschlüssel, und das war eine gute Sache, denn diesmal bewegte sich die Bestie so schnell, dass er den Rückhandschlag des gepanzerten Klingenarms gerade noch rechtzeitig mit dem Werkzeug abblocken konnte. Indem er ihn mit zwei Händen hielt, entging er einem Hieb, der tödlich gewesen wäre. Dennoch hob die Wucht von Juggernauts Angriff ihn vom Boden und trieb ihn nach hinten in die Rohrleitungen an der Seitenwand.

Er hörte ein Knacken, und kühlende Tentakel des Schmerzes durchschossen seinen Rücken, als Schulter und Rippen gegen das Metall schlugen. Zum Glück waren die Rohre nicht brühend heiß.

Er sank auf die Knie und kämpfte um die Atemluft, die ihm so brutal aus der Lunge gedrückt worden war.

Als er aufsah, preschte der titanische Albtraum, der Juggernaut war, auf ihn zu. In diesem Moment erkannte Ackerman, dass er Juggernaut in diesem Tunnel und ohne Ablenkung nicht davonlaufen konnte. Das Monstrum machte einfach zu lange Schritte und wurde von einer irrsinnigen, tierhaften Wut angetrieben. Wenn Ackerman ihn umgehen wollte, musste er in den Rücken der Kreatur kommen, sonst erzielte er niemals ausreichend Vorsprung, um in sichere Entfernung zu gelangen.

Ackerman hatte an mehreren Stellen Leitern entdeckt, die in höhere Abschnitte der Mine führten.

Deshalb brauchte er nicht ewig vor Juggernaut davonzulaufen. Er musste das Ungeheuer nur so lange ablenken, dass er eine dieser Leitern erreichen konnte. Als Juggernaut diesmal auf ihn zustürmte, machte sich Ackerman die Rohrleitungen, die an der Seitenwand des Tunnels verliefen, als Sprungbrett zunutze. Er kletterte an ihnen hoch und stieß sich im letzten Moment von den Rohren ab. Als die Bestie näher kam, konnte er gerade noch rechtzeitig die Leitung über sich packen. Unter Einsatz seines Kraftimpulses und seiner Unterleibsmuskulatur zog er die Beine an und schwang sich über den heranstürmenden Gegner hinweg. Er landete, rollte sich ab und rannte auf der Stelle los.

Mit der Taschenlampe in der linken Hand vertrieb er die Dunkelheit hinreichend, um sein Ziel vor sich zu sehen. Er sprintete auf die nächste Verbindungsleiter zu, wo er Sicherheit zu finden hoffte.

Hinter sich hörte er, dass Juggernaut sich umgedreht hatte und ihn verfolgte – ein Scharren, Klirren und Kratzen, das Ackerman an ein Monster mit Tausenden von Zahnreihen denken ließ, die sich in seinem klaffenden, gierigen Mund öffneten und schlossen.

Zurückzublicken wagte er nicht. Er behielt die Taschenlampe in der Hand, wusste aber, dass er den Schraubenschlüssel fallen lassen müsste, um die Leiter hochzuklettern, also warf er ihn über die Schulter nach hinten und hoffte, dass er seinen Verfolger damit traf. Er hörte ein Klirren und einen dumpfen Schlag, dann ein Aufbrüllen, das darauf hindeutete, dass er einen Treffer gelandet hatte.

Die Geräusche verrieten allerdings auch, dass die Bestie direkt hinter ihm war und ihn gleich einholen würde.

Ackerman erreichte die Stahlleiter, sprang sie an und packte eine höhere Sprosse. Wie wild zog er sich hinauf. Mit seiner sperrigen Rüstung und den rasiermesserscharfen Klingen passte Juggernaut nicht in den Verbindungsschacht, selbst wenn das arme Geschöpf noch gewusst hätte, was eine Leiter war und wie man sie benutzte.

Kaum war Ackerman in sicherer Höhe, richtete er den Strahl der Taschenlampe nach unten. Er sah, was er vermutet hatte: Mit metallgepanzerten Fäusten bearbeitete Juggernaut die Leiter und drosch auf die Seitenwand des Tunnels ein. Das Ungetüm sah zu ihm hoch, brüllte vor Wut und, wie Ackerman vermutete, Hunger auf, aber es hämmerte nur weiterhin gegen die Leiter und die Wand; unablässig fauchte, brüllte und kreischte das Ungetüm, das einmal ein Mensch gewesen war.

Nachdem Ackerman sich überzeugt hatte, dass Juggernaut ihm nicht folgen konnte, stieg er die Leiter zur nächsten Etage hoch. Ihn trennten noch anderthalb Meter vom oberen Ende, als er Bewegung über sich hörte. Er löschte die Taschenlampe und hoffte auf einen menschlichen Gegner, der den Lichtschein noch nicht entdeckt hatte.

Im nächsten Moment hörte Ackerman ein tiefes Knurren aus der Finsternis. Langsam hob er die Taschenlampe wieder, richtete sie aufwärts zur Kante des Schachts und schaltete sie ein, nur um in das Gesicht eines großen Rottweilers über sich zu leuchten. Das Tier zog die Lefzen zurück und schaute Ackerman mit solch hungrigem Funkeln in den Augen an, dass dieser überlegte, ob der Hund im nächsten Moment über die Kante setzen und sich geradewegs auf ihn stürzen würde.

25

Noch erhellten ihre Helmlampen die Umgebung, aber dass die Deckenbeleuchtung über ihnen erloschen war, stellte keine ermutigende Entwicklung dar. Jesse konnte die Panik riechen, die von seinen Kollegen ausging und jedes Mal schlimmer wurde, wenn in einem unruhigen Strahl eines ihrer furchtsamen Gesichter aufblitzte. Fragen schossen ihm wie Kometen durch den Kopf. Wer hatte den Strom abgestellt und wieso? Die logischste Erklärung war, dass Obans Bewaffnete dahintersteckten.

Aber vor allem: Wieso streiften zwei Kilometer tief unter der Erde Hunde umher?

Jesse hörte das Heulen aus dem dunklen Tunnel. Die Gruppe scharte sich zusammen und erstarrte, die Helmlampen in die Richtung gewandt, aus der die Laute kamen. In der plötzlichen Stille hallte das Knurren und Bellen die Wände entlang. Die Lichtkreise ihrer Lampen zitterten.

Ink, der investigative Reporter, fragte: »Hat die Mine Wachhunde?«

»Auf keinen Fall«, antwortete Randy. »Kein intelligenter Hund mit einem Funken Selbstrespekt käme hier herunter.«

»Würden wilde Hunde in einen Stollen hineingehen?«, flüsterte Ink. »Ist so was schon mal geschehen?«

Diesmal antwortete JB. Seine Worte kamen langsam, als wäre er benommen. »Nein, das ist noch nie passiert, und ich kann mir nicht vorstellen, dass ein Hund freiwillig hier herunterkäme. Was immer hier unten ist, wurde von diesen Kerlen hergebracht. Vielleicht ist das nur eine Einschüchterungstaktik, damit wir uns vom Fleck bewegen.«

Nicky, der Minenarbeiter dritter Generation, hatte noch immer Schwierigkeiten mit seiner Helmlampe. Er ruckelte am Kabel, um endlich einen Kontakt herzustellen, und sagte dabei: »Wie sie hierhergekommen sind, spielt überhaupt keine Rolle. Ein paar Hunde kommen in unsere Richtung, und sie klingen nicht gerade freundlich. Gibt es hier etwas, wo wir sicher sind? Wohin es nicht weit ist?«

JB schien es aus seiner Trance zu reißen. »Er hat recht. Wir sind zwanzig Meter vom ersten Trockenraum entfernt. Da machen wir immer Pause. Folgt mir.«

Jesse hörte das Kratzen und Scharren der Krallen, als die Hunde näher kamen, aber als JB redete, verstummten die Geräusche. Ihm kam es nicht so vor, als wäre das ein gutes Zeichen, und er versuchte die anderen weiterzutreiben, während sie dem Tunnel folgten. JB erreichte den Eingang zum Trockenraum zuerst, aber er rief über die Schulter zurück: »Randy, der Strom ist aus und die Tür verschlossen. Wie zum Teufel bekomme ich das Ding auf?«

Jesse war dicht am hinteren Ende der Gruppe. Als er zurückblickte, sah er Randy zwischen ihnen und der Dunkelheit des Stollens stehen, aus dem sie gerade gekommen waren. Der mittelalte Schwarze ließ den Nacken knacken und streifte den Regenmantel ab. »Phil, hilf JB bei der Handnotbetätigung«, sagte er. »Auf uns kommt ein Problem zu, also beeilt euch.«

Jesse war sich nicht sicher, was Randy gesehen oder gehört hatte, aber er konnte spüren, dass die Finsternis hinter der Lache aus Licht von ihren Helmlampen von Leben erfüllt war. Als Kind hatte er neben einem sehr kleinen Wäldchen gelebt, das an sein Elternhaus grenzte. Sein Bruder und er hatten sich oft dorthin geschlichen, und zu ihren Spielen hatte gehört, ihre Taschenlampen auszuschalten und in die Dunkelheit zu schauen. In mondlosen Nächten war ihnen der finstere Wald vorgekommen, als könnte dort alles Erdenkliche geschehen und noch mehr. Im Rückblick hatten die einzigen realen Gefahren darin bestanden, von einem menschlichen Ungeheuer überfallen und ausgeraubt oder zusammengeschlagen zu werden. Diese Dunkelheit jedoch wirkte anders. Sie schien mit dem Bösen schwanger zu gehen.

Jesse hörte, wie Phil hinter ihm etwas zu JB sagte. Metall scharrte, als sie versuchten, die Tür zu öffnen. Er nahm an, dass der Trockenraum irgendeine Form von Dichtung haben musste, damit Hitze und Feuchtigkeit nicht hineingelangten. Er konnte sich vorstellen, dass man dort auch die empfindlichen elektronischen Geräte unterbrachte, die in einer Mine benötigt wurden.

Jesses Augenmerk lag jedoch auf der Scherbe aus Licht, die Randys Helmlampe warf.

Dort war nichts. Dort gab es kein Geräusch. Und doch kam etwas. Randy rollte seine Jacke zu einem Tau auf, so wie man es im Umkleideraum mit einem nassen Handtuch machte, wenn man damit einen Freund klatschen wollte. Zumindest hatte Jesse gesehen, wie die beliebten Jungs so was nach der Sportstunde machten. Er hatte alles getan, was er konnte, um sich die Demütigung zu ersparen, mit Jungen duschen zu müssen, die dreimal so viel wogen wie er und Haare an Stellen hatten, die bei ihm kahl blieben.

Jeder andere Gedanke verschwand aus seinem Kopf, als der Rand der Lache aus Licht von einer großen schwarzbraunen Pfote berührt wurde. Danach folgte der größte, furchterregendste und wütendste Rottweiler, den Jesse je erblickt hatte.

26

Kreuz und quer durchzogen Narben das Gesicht des großen Hundes, der auf Ackerman hinuntersah, vermutlich ein Ergebnis von Demons sadistischem Abrichtungsprogramm, mit dem der Mann die Tiere nach seinem eigenen ruinierten Vorbild neu zu erschaffen suchte. Ackerman wusste sofort, dass er keinen gewöhnlichen Rottweiler vor sich hatte. Demon hatte den Hund aufs Töten abgerichtet; er war diesen Tieren schon begegnet. Ein ehemaliges Mitglied von Demons Legion, ein Killer namens Gladiator, hatte sie als Wachhunde eingesetzt. Die Ermittlungen hatten ergeben, dass die Hunde des Gladiators mit Steroiden behandelt worden waren, um ihre Muskelmasse zu vergrößern. Ackerman ging davon aus, dass der Hund vor ihm auf ähnlich boshafte Weise optimiert und beeinflusst war.

Der Höllenhund starrte mit gebleckten Zähnen auf ihn hinunter. Die weißen Zähne waren reichlich groß. Das Tier knurrte tief in der Kehle und schnappte immer wieder in die Luft, sodass durch den Schacht Geifer auf Ackerman tropfte. Der Hund bellte und krallte und drehte sich wütend knurrend im Kreis, starrte wieder auf ihn, hatte aber genügend Selbstbeherrschung, um nicht in die Tiefe zu springen.

Er hörte ein metallisches Summen aus seiner Tasche und setzte den Ohrhörer wieder ein. Demons Stimme fragte: »Also … ist jetzt ein guter Moment, um Ihnen zu sagen, dass ich es Ihnen ja gesagt habe?«

Ackerman knurrte selbst. »Noch immer zu früh.«

»Geben Sie nicht mir die Schuld. Sie sind derjenige, welcher in einem unterirdischen Tunnel voller Bestien lauthals rumgebrüllt hat. Sie haben sie alle zu sich gelockt.«

Ackerman rollte mit den Augen. »Wir haben wohl beide Probleme mit der Impulskontrolle.«

Demon seufzte. »Wie kommt es nur, dass man, wenn man einen riesigen schlafenden Grizzly sieht, irgendetwas in einem den Wunsch weckt, ihn anzustupsen? Und um ehrlich zu sein, auch wenn ich Juggernaut ein bisschen hochgelobt habe, Sie haben einfach angenommen, dass Sie mein Geschöpf mühelos überwinden würden, als wären meine kleinen Monster nichts im Vergleich zum König der Killer.«

»Ich kann mich nicht erinnern, dass ich mich je den König der Killer genannt habe. Und wenn ich es wäre, befände ich mich im Ruhestand. Ich hätte abgedankt.«

»Was wollen Sie denn jetzt machen, Großer?«, fragte Demon. »Sie scheinen festzusitzen.«

»Ich weiß es nicht«, sagte er. »Ich kann darüber nicht nachdenken, weil mir jemand ständig ins Ohr prahlt. Erwarten Sie wirklich, dass es mir gefällt, wenn Sie mich die ganze Zeit volltexten?«

»Okay, okay. Sie haben recht. Sie müssen sich konzentrieren, und ich will nicht, dass Sie sterben. Noch nicht. Das wäre scheißlangweilig. Sie sind ja noch nicht mal zu den Highlights gekommen! Also los, tun Sie Ihr Ding. Ich schweige und genieße Ihre Zauberkunst aus erster Hand.«

Ackerman achtete nicht mehr auf Demon und überlegte, in welche Richtung er gehen wollte. Er vermutete, dass die nächste Verzweigung voraus eine Leiter oder ein Aufzug war, mit dem es in die Abbautunnel ging, den jüngsten Teil der Mine. Dort musste er die Minenarbeiter finden und sie durch die älteren Abschnitte zum Man Bucket führen. Er vermutete allerdings, dass ihn auch die höheren Tunnel ans Ziel bringen würden. In beiden Fällen müsste er jedoch wieder an

Juggernaut vorbei, denn er sah keine Möglichkeit, Demons Monster mit seinen gegenwärtigen Hilfsmitteln kampfunfähig zu machen oder ganz auszuschalten.

Mit dem Kampfhund über ihm war es etwas anderes. Das Tier war sicherlich kampfstark und eindeutig ausgehungert. Wie er ihn beäugte, war mehr an ihm als ein trainierter Wachhund, der auf die Jagd ging. In seinem Gesicht sah Ackerman den Wahnsinn des Verhungernden. Vermutlich würde das Tier zubeißen können, aber der Hund hockte so nahe am Rand des Schachts, dass Ackerman annahm, er könnte die Leiter noch ein Stück höher steigen, ihn näher locken, um ihn zu packen und über den Rand zu ziehen. Auf der Leiter konnte er zur Seite ausweichen und das Tier an sich vorbeistürzen lassen, sodass es vor Juggernaut landete. Falls der Aufprall den Hund nicht tötete, würde Juggernaut es schnell besorgen, und während das geschah, konnte Ackerman die Leiter hinaufsteigen, dem Tunnel zur nächsten Verbindungsleiter folgen und zu seinem Ziel hinuntersteigen.

Obwohl es erheblich einfacher war, die Gegner kurzerhand zu töten und damit komplett vom Spielfeld zu nehmen, wollte er keineswegs so vorgehen. Er würde es vorziehen, den Hund zu umgehen und unversehrt zurückzulassen. Sich seiner Gegner auf nichttödliche Weise zu entledigen brachte zwar erheblich mehr Variablen und Komplikationen in die Gleichung ein, aber Ackerman sah es nicht ähnlich, vor einer Herausforderung zurückzuschrecken. Er dachte noch darüber nach, als die Entscheidung für ihn getroffen wurde. Die Köpfe zweier weiterer Rottweiler gesellten sich zu dem ersten. Sie knurrten sich an und schnappten nach einander, waren aber eindeutig noch nicht ausreichend wahnsinnig vor Hunger, um sich aufs eigene Rudel zu stürzen. Die Neuankömmlinge waren keine Feinde des ersten Hundes, sondern Verstärkung.

Selbst wenn Ackerman entschieden hätte, den ersten Hund zu töten, war dieser Plan nun unmöglich geworden. Wenn er versuchte, einen Hund zu packen, würden sich die anderen auf ihn stürzen. Es wäre unwahrscheinlich, dass er einen Hund packen und in die Tiefe reißen könnte, ohne dass seine Artgenossen ihrerseits ihn zu fassen bekamen und entweder hochzerrten oder ihn ansprangen und mit sich den Schacht hinunterzogen.

Ackerman hasste den Weg, den seine Gedanken nahmen, denn er bedeutete, dass er nun nur in eine Richtung gehen konnte, und das war die Leiter hinunter in die gepanzerten und klingenbesetzten Arme Juggernauts.

27

Jesse hatte Rottweiler schon früher erlebt, aber der Hund, der sich aus dem Dunkeln schob, war kein richtiger Rottweiler. Er zeigte zwar die typische Färbung in Schwarz und Hellbraun und auch die übliche Körperform, war jedoch wenigstens anderthalbmal so groß wie der größte Rottweiler, den Jesse je zu Gesicht bekommen hatte. Allerdings konnte er sich vorstellen, dass die Größe nur eine Illusion war, hervorgerufen durch die bedrohliche Aura, die das Tier umgab. Der Hund sah wilder aus als jeder fiese Schrottplatzköter, dem Jesse je begegnet war, und er hatte mit seinem Vater viele Schrottplätze aufgesucht, um Ersatzteile zu kaufen. Der Rüde sah aus wie der Champion eines Hundekampfrings, die Sorte Tier, die andere Tiere zerfleischte und gut darin war. Diesen

Eindruck unterstrichen die Narben, die sein Gesicht und seine Schnauze überzogen. Als der Hund die Zähne fletschte, zeigten sich kräftige Kiefer und gewaltige gekrümmte Fänge.

Der Rottweiler kam immer näher, leise knurrend, mit aufgestelltem Nackenfell, sprungbereit.

Randy sagte über seine Schulter hinweg: »Wie geht's mit der Tür voran, Jungs?«

»Gleich haben wir es!«, antwortete Phil. »Ich muss nur diesen …« Mit einem Zischen öffnete sich die luftdichte Tür. Jesse hörte, wie die anderen in die Sicherheit des Trockenraums flohen, und im gleichen Moment stürmte der Hund auf Randy los.

Der Vorarbeiter machte eine ruckhafte Bewegung des Handgelenks und ließ mit einem lauten Knall, der durch den Tunnel hallte, den zusammengerollten Regenmantel wie eine Peitsche auf den Hund zuschnellen. Er traf den Rottweiler an der Schnauze. Das Tier riss den Kopf zur Seite, wurde aber nicht langsamer. Statt abgeschreckt zu werden, sprang es Randy in Brusthöhe an.

Jesse war wie erstarrt. Er hatte keine Waffe, nichts, was sich gegen die Bestie einsetzen ließ. Er wollte Randy helfen, aber ihm fiel nichts ein, was er tun konnte.

Randy dachte schnell. Er riss sich den Grubenhelm herunter und setzte ihn wie einen Schild ein, mit dem er die Wucht des Angriffs zum größten Teil abfing, aber trotzdem warf der Rottweiler ihn zu Boden. Blitzschnell war der riesige Hund über ihm und biss knurrend und geifernd in den Helm. Randy lag auf dem Rücken, drückte dem Tier den Helm ins Gesicht, versuchte, zurückzuschlagen und es von sich herunterzubekommen.

Jesse wich weiter zurück, aber sein Blick klebte auf dem Kampf um Leben und Tod, der sich vor ihm abspielte. Er fand nicht aus seiner Trance, bis Phil an ihm vorbeihastete.

Der ältere Mann stieß ein tiefes Grollen wie ein Urmensch aus und trat dem Hund immer wieder in die Seite, um ihn von seinem Freund zu vertreiben.

Randy hatte den Helm verloren, und unter ihm sammelte sich Blut auf dem Boden des Tunnels: Der Hund hatte sich in seinen linken Arm verbissen. Als Nächste rannte Annabelle an Jesse vorbei.

Dabei riss sie ihm den Grubenhelm vom Kopf. Zum Glück war das Lampenkabel mit einem Sicherheitskontakt verbunden, der sich von der Batterie an seiner Taille löste, ohne abzureißen. Sie wurde nicht langsamer, als sie auf den Hund zurannte.

Sie benutzte ihren und Jesses Helm wie Boxhandschuhe und knallte dem Rottweiler immer wieder das Hartplastik ins Gesicht. Als es ohne Wirkung blieb, ließ Annabelle einen Helm fallen und schlug mit der Kante des anderen zu, indem sie damit hoch über Kopf ausholte und auf Gesicht und Nacken des Hundes einhackte.

Irgendwann bemerkte das Tier die Hiebe und ließ Randy los. Jesse war bereits in der Tür des Trockenraums. Nun trat er hinein und brüllte den anderen zu, sie sollten sich beeilen.

Phil und Annabelle packten Randy unter den Armen und zogen ihn Richtung Sicherheit.

Der Hund hatte offenbar genügend eingesteckt, um vorübergehend benommen zu sein. Er stand mitten im Tunnel und schüttelte den Kopf hin und her. Jesse merkte ihm an, dass er sich rasch erholte. Nach ein paar Kopfbewegungen sah das Tier auf und begriff, dass seine Beute entkam.

Der Hund machte einen langen Sprung zur Tür des Trockenraums. Die Muskeln unter der Haut spannten sich geschmeidig, während er sich mit raubtierhafter Anmut bewegte.

Phil und Annabelle stürzten durch die Tür, Randy im Schlepptau, der von seinem eigenen Blut bedeckt war.

Jesse versuchte die Stahltür zu schließen, doch der schwere Rottweiler prallte gegen die Kante; fast schleuderte er Jesse zurück. Er stemmte sich gegen die Tür, und nur mit Phils Hilfe konnte er sie zudrücken und geschlossen halten. Draußen knurrte und jaulte der Hund, scharrte mit den Krallen über den Türrahmen und versuchte, die Fangzähne in den Stahl zu schlagen.

Als Jesse in den Trockenraum blickte, fand er zu seiner Überraschung etwas vor, das wie ein typischer Pausenraum in einem Büro aussah, komplett mit Schränken, Tischen, Sofas, einem kleinen Kühlschrank und einer Mikrowelle. Er sah eine Toilettentür und weitere Türen mit Warnsymbolen, hinter denen sich wohl die Elektronik und die Generatoren verbargen, die vor der Feuchtigkeit in der Mine geschützt werden mussten.

Darin fand sich nun die Gruppe aus schreienden und brüllenden Personen wieder. Zwei davon waren voller Blut, das nicht von ihnen stammte, und eine färbte den Linoleumboden rot.

28

Ackerman stieg einige Leiterstufen hinunter und leuchtete mit der Taschenlampe in die Tiefe. Juggernaut prügelte noch immer auf die Stahlsprossen des unteren Leitersegments ein. Die entmenschlichte Bestie packte sie mit beiden Fäusten und zerrte wütend daran, rüttelte an ihren metallenen Halterungen, aber Ackerman machte sich keine Sorgen, dass

Juggernaut sie abreißen könnte. Die Stahlsprossen waren unter Einhaltung strenger Sicherheitsstandards angebracht worden. Jedes Segment war nur etwa zwei Meter lang und separat mit den Wänden verschraubt. Riss Juggernaut ein Segment ab, blieb der Rest der Leiter intakt. Die entstandene Lücke zu überwinden wäre schwierig, aber nicht unmöglich.

Die Laute, die Juggernaut von sich gab, bestanden aus wütendem Krächzen und gequälten Schreien wie von einem verletzten Tier. Ackerman empfand tiefes Mitleid für die Person, die Demon zum Opfer gefallen war. Er hoffte, er müsste das Geschöpf nicht töten, damit Ärzte wenigstens eine Chance erhielten, dem Mann etwas von seiner Menschlichkeit zurückzugeben. Vielleicht war sein Gehirn nicht so stark geschädigt, wie Demon behauptete. Als Ackerman jedoch auf den Behemoth im Stahlpanzer hinunterblickte, konnte er sich des Gefühls nicht erwehren, dass es womöglich einen Gnadenakt bedeuten könnte, Juggernaut von seinem Elend zu erlösen.

Da er jedoch nicht wusste, wie er das Wesen unter den gegebenen Umständen töten sollte, befand er sich vorerst in keinem Dilemma.

Über den Ohrhörer meldete sich Demon. »Ach, ich wollte Ihnen noch sagen, dass Ihre Schläge mit dem Schraubenschlüssel gegen Juggernaut so wirkungslos waren, weil wir ihn mit einem neuen Schaummaterial gepolstert haben. Das Zeug absorbiert kinetische Energie und reduziert die Wucht des Aufschlags. Wirklich erstaunlich, was sich die Wissenschaftler heutzutage alles einfallen lassen.«

Ackerman gab keine Antwort. Er wollte Juggernauts Aufmerksamkeit nicht auf sich lenken. Während er die Bestie beobachtete, hatte er begriffen, was er tun musste. Wo er Demons Schöpfung mit dem Schraubenschlüssel getroffen hatte, waren einige Klingen am Kuppelhelm umgeknickt, was bedeutete, dass es nun eine Stelle an Juggernauts Kopf gab, auf die er den Fuß setzen konnte. Sein Plan war einfach. Fallenlassen, einen Fuß auf den Helm stellen, sich abstoßen, um sich hinter Juggernaut zu befördern, beim Landen abrollen und den Tunnel entlangsprinten bis zu der Leiter, auf der er ursprünglich heruntergestiegen war. Er verabscheute den Rückzug, aber sich in eine bekannte Umgebung zurückzuziehen war immer der sicherste Weg. Die erste Leiter konnte Ackerman erreichen, ohne dass Juggernaut imstande wäre, ihm zu folgen. Er war sich auch relativ sicher, dass diese zweite Leiter nicht vor drei zähnefletschenden Mäulern endete.

Zur Vorbereitung näherte sich Ackerman vorsichtig so sehr, wie er wagte, ohne Juggernaut auf sich aufmerksam zu machen; ein Fehltritt, und die Gelegenheit war vertan. Er hatte nur eine Chance, die freie Stelle am Helm zu treffen, ohne dass ihn die Klingen verletzten.

Kaum war er innerhalb von anderthalb Metern, beäugte er seinen Gegner, drehte sich auf der Leiter um und sprang hinunter. So gut er konnte, lenkte er sich im Fall und setzte den Fuß genau dorthin, wohin er beabsichtigt hatte. Er hatte jedoch nicht berücksichtigt, dass sein Schwung ihn ein Stück nach vorn trug, und einige Klingenspitzen trafen sein Fußgelenk.

Der kühle Schock der elektrischen Euphorie, die mit dem Schmerz einherging, durchschoss seinen Fuß. Er stieß sich von Juggernauts Helm ab und rollte über den feuchten Schotter am Tunnelboden.

Kaum war er gelandet, stemmte er sich vom Boden hoch und rannte los. Sein linker Fuß wollte jedoch nicht mitmachen. Die Verletzung sandte Warnsignale aus. Ackerman überging sie und befahl seinen feuernden Synapsen Funkstille. Wenn sein Gehirn den Fuß nicht zur Räson brachte, hätte sein Körper viel größere Sorgen. Nach wenigen Schritten näherte er sich mit neunzig Prozent seiner Sprintgeschwindigkeit der ersten Leiter.

Scheppernd und stampfend verfolgte ihn Juggernauts Masse. Der Lärm umfing ihn, eine merkwürdige Mischung aus vielen unterschiedlichen Geräuschen: wie ein wütender Stier oder ein heranrasender Güterzug, aber auch wie hundert Irre, die ihre Messer wetzten, während sie einem in der Dunkelheit nachstellten.

Er wagte nicht zurückzuschauen, sondern rannte, so schnell er konnte. Als er an die Leiter kam, zog er sich hoch. Er hörte und spürte, wie das Monstrum unter ihm gegen die Wand prallte und wie zuvor auf die Leiter einprügelte.

Ackerman glaubte schon, er sei außer Reichweite, aber der Koloss musste aus seinen Erfahrungen gelernt haben. Diesmal sprang Juggernaut aus dem Stand hoch und packte Ackerman bei der Wade. Die Klingen gruben sich ihm ins Fleisch und verursachten Schnitte, während das Ungeheuer wieder absank. Augenblicklich riss er die Beine weg und kletterte höher, aber der Schaden war angerichtet.

»Der erste Punkt geht an Juggernaut!«, verkündete Demon.

Das Monster kreischte vor Wut, aber auch Entzücken – es hatte Blut geleckt. Der Geruch schien seine Lebensgeister zu wecken und ihm Appetit auf frisches Fleisch zu machen.

Ackerman schaltete die Taschenlampe ab und stieg die Leiter hoch. Er hielt inne, bevor er die Oberkante des Schachts erreichte, und ließ die Taschenlampe aufblitzen, damit er sah, wie weit es noch war. Vor dem Hinaussteigen wartete er ab, ob nicht doch ein zähnefletschendes Maul auf ihn lauerte. Als er keine Hundelaute hörte, kehrte er in den Gang zurück, aus dem er aufgebrochen war, einem langen Tunnel, der am Man Bucket endete.

Hier stand zu seinem Glück auch der Werkzeugkasten, aus dem der Schraubenschlüssel stammte, der ihn gerettet hatte. Er erinnerte sich, dort auch eine Rolle Klebeband gesehen zu haben. Er fand den Alkoven, in dem der Werkzeugkasten und Stapel aus Bewehrungsstäben, Rohren und Kabeltrommeln lagerten. Er klappte den Deckel auf, nahm das Klebeband heraus, setzte sich und zog das zerfetzte Hosenbein hoch. Blut sickerte aus den Wunden, wo Juggernaut ihm das Fleisch von der Wade bis zum Knöchel aufgerissen hatte.

Ackerman musterte die Wunde mit merkwürdiger Sehnsucht, einem köstlichen Verlangen. Im Schneidersitz saß er auf dem feuchten Boden. Er hatte das Klebeband in der einen Hand, wusste, was er tun sollte: sich provisorisch das Tape um die Wade wickeln, damit die Blutungen gestillt wurden. Stattdessen drückte Ackerman einen Finger in das rohe Fleisch. Die Schockwellen qualvoller Ekstase schossen aus seinem Bein bis hoch ins Gehirn und setzten die Substanzen frei, die erforderlich waren, damit er sich lebendig fühlte. Er fuhr mit dem Finger die Wade entlang, zeichnete den Weg von Juggernauts Klingen nach. Als er fertig war, nahm er den Finger weg, aber dann – mit dem gleichen glückseligen Ausdruck im Gesicht, den ein Kind zeigt, wenn es den Zuckerguss vom Löffel lutschen darf – leckte er sich die blutige Fingerspitze ab.

»Verdammt, mein Freund«, sagte Demon. »Das war heftig.«

Die Stimme aus dem Ohrhörer riss Ackerman in die Wirklichkeit zurück: Jede seiner Bewegungen wurde aufgezeichnet. Ackerman senkte die Hand und empfand ein merkwürdiges, unvertrautes Gefühl. Schuldbewusstsein oder Scham, so glaubte er, nannten es die Normalen. Nun kam er sich vor wie ein Kind, das mit der Hand in der Keksdose erwischt worden war.

Rasch fasste er sich und umwickelte seine verletzte Wade

mit dem Klebeband. Sorgsam wendete er den passenden Druck an und achtete darauf, dass es sich über der Wunde gleichmäßig überlappte.

Als er fertig war, steckte er den Rest der Rolle in eine Außentasche seiner Armeehose. Sie war für das Überleben im Freien mit wasserabweisendem Material gefüttert, und das Klebeband musste trocken und trotzdem schnell zur Hand sein, wenn er seine Wunde erneut versorgen oder die anderen Verletzungen behandeln wollte, die er sich noch zuziehen würde.

Ackerman richtete sich zu ganzer Größe auf und klopfte sich den Schmutz von der Hose.

Demon sagte: »Ihnen ist schon klar, dass Sie hinuntergestiegen und den schlafenden Drachen geweckt haben und so weiter, aber am Ende nehmen Sie den Weg, zu dem ich Ihnen von Anfang an geraten habe.«

»Wieso haben Sie mich überhaupt in diesen Tunnel gehen lassen, wenn Sie doch wussten, dass Juggernaut da unten ist?« Während er sprach, nahm er sich eine vier Fuß lange Bewehrungsstange aus dem Stapel neben dem Werkzeugkasten, ein Ersatz als Nahkampfwaffe für den Schraubenschlüssel, den er verloren hatte. Dunkle Ideen bildeten sich in ihm, als er den Umfang der Eisenstange abschätzte und an seine Begegnung mit Juggernaut zurückdachte.

»Weil Sie einen kurzen Blick auf ihn erhaschen sollten, mehr aber nicht! Sie wissen schon, ein bisschen Spannung beim Zuschauer aufbauen. Wie nennen das die Streber? Epische Vorausdeutung oder so ähnlich?«

»Ich nenne es Erkundung und Aufklärung, für die ich Ihnen danke, aber Sie hätten mir trotzdem sagen können, dass Sie die Situation um der dramatischen Wirkung willen etwas hochspielen.«

»Das habe ich versucht! Aber wenn ich es offen ausspreche, klingt es nicht mehr so dramatisch, was? Jetzt habe ich noch eine wichtige Frage an Sie, mein Freund.«

Ackerman schüttelte den Kopf und kniff sich in den Nasenrücken. »Und welche Frage ist das?«

»Ist jetzt ein guter Moment, um Ihnen zu sagen, dass ich es Ihnen gesagt habe?«

Ackerman rollte mit den Augen. »Ja, ein toller Moment. Nur zu.«

»Ach, nun ja«, sagte Demon, »ich neige ja nicht zum Prahlen, aber ich wüsste wirklich gern, ob Sie daraus etwas gelernt haben. Wenn ich Ihnen das nächste Mal rate, eine Dummheit nicht zu begehen, hören Sie mir dann zu?«

Ackerman kehrte in den Tunnel zurück und folgte Demons Route, auf der er den Hunden und Juggernaut ausweichen und trotzdem zu den Minenarbeitern vorstoßen konnte. Er blieb einen Moment stehen, überdachte Demons Frage und antwortete: »Wahrscheinlich nicht.«

29

Jesse sicherte den Eingang zum Trockenraum mit einem Stuhl aus Stahlrohr, den er zwischen der Kante der Schiebetür und einem Schrank verkeilte. Die Tür wirkte recht stabil, und auf diese Weise ließ sie sich auf keinen Fall von außen öffnen. Randy knirschte mit den Zähnen und unterdrückte einen Schrei, aber er verlor viel Blut und musste große Schmerzen haben. Phil übernahm überraschend das Kommando und rief Annabelle, Jesse und Nicky herbei, damit sie ihm halfen, Randy anzuheben. Fitz befahl er, den Tisch abzuräumen. Gemeinsam hoben sie Randy vom Linoleumboden und legten ihn auf den Tisch. Bei jeder Bewegung brüllte er auf und fluchte durch zusammengebissene Zähne.

Phil war außer Atem und schien am Rand einer Panikattacke zu stehen. Er hob die Hände und schlug sich an die Seiten seines Kopfes, wo noch Haare wuchsen. »Randy braucht einen Arzt! Hat hier jemand medizinische Kenntnisse oder …«

Nicky schob Annabelle sanft beiseite und trat um den Tisch. »Mein Vater war Tierarzt. Ich kann eine Wunde verbinden.«

»Ich dachte«, sagte Annabelle gedehnt, »dein Vater war ein Minenarbeiter, so wie dein Großvater.«

Nicky schüttelte den Kopf. »Was spielt das für eine Rolle? Wir müssen die Wunde versorgen! Haben wir eine Erste-Hilfe-Ausstattung?«

JB holte bereits den kleinen Verbandskasten und reichte ihn Nicky, der sich sofort an die Arbeit machte. Er goss Alkohol auf die Wunde, versuchte den klaffenden Riss mit Schmetterlingspflastern zu schließen und legte einen Druckverband an, um die Blutung zu stillen.

Nicky war fast fertig, aber Randy schien noch immer starke Schmerzen zu leiden. Phil suchte in dem Verbandskasten nach etwas dagegen, aber anscheinend war nicht einmal Aspirin enthalten. Als die Wunde so gut wie möglich versorgt war, verlegten sie gemeinsam Randy von der Tischplatte zur Couch in der Ecke des Trockenraums. Phil blieb an der Seite seines Freundes und hielt ihm die Hand, aber die anderen ließen sie in Ruhe.

Nachdem sie alle wieder zu Atem gekommen waren, kam Annabelle erneut auf Nickys Vater zu sprechen. »Mir kommt es seltsam vor, dass du uns erzählst, du wärst Minenarbeiter in dritter Generation, und jetzt plötzlich ist dein Dad ein Tierarzt.«

Nicky wich von ihr zurück, als hätte sie ihn geohrfeigt. »Versuchst du mir irgendwas vorzuwerfen? Mein Dad hat während seines Studiums in einer Mine gearbeitet, okay? Ich hielt es für eine gute Idee, wenn ich es genauso mache.«

»Ich würde sagen, ich mache nur alle darauf aufmerksam, dass wir uns überhaupt nicht kennen. Nach allem, was wir wissen, könntest du für Oban arbeiten.«

Nicky sah sie durchdringend an.

»Warum sollte jemand von uns für ihn arbeiten?«, fragte Isaiah. »Wir sind hier alle in Gefahr. Jeder von uns hätte von diesem Köter angefallen werden können. Es führt doch zu nichts, wenn wir uns jetzt gegenseitig an die Gurgel gehen. Was soll das denn bringen?«

»Ich gehe niemandem an die Gurgel«, erwiderte Annabelle. »Ich bin auf derselben Seite wie immer. Meiner. Aber dass uns jemand verarscht, steht fest. Der Hund ist nicht zufällig hier unten. Er wurde auf uns gehetzt. Dass das Licht ausging, war kein Zufall. Wer uns nach hier unten geschickt hat, verfolgt eine Absicht, und solange wir nicht wissen, worin diese Absicht besteht, müssen wir die Augen aufmachen und unsere Umgebung im Blick behalten. Wir können nicht wissen, aus welcher Richtung der nächste Überfall kommt, von außen oder von innen.«

Das unbehaglichste Schweigen, das Jesse jemals erlebt hatte, senkte sich über die Gruppe. Alle beäugten einander vorsichtig und maßen ihre Kollegen zum ersten Mal mit misstrauischen Blicken.

Jesse versuchte die Spannung zu lösen. »Schon cool, Nicky, dass dein Dad Träume hatte, ja? Er muss viele Nächte durchgearbeitet haben, um sich das Tiermedizinstudium zu verdienen und aus der Mine rauszukommen.«

Nicky kniff die Augen zusammen. »Soll es irgendwie falsch sein, Träume zu haben?«

Jesse schüttelte den Kopf. »Nein, auf keinen Fall«, sagte er. »Ich wollte immer Profitänzer werden.« Kaum hatte er es ausgesprochen, begriff er, dass man so etwas vor einem Haufen stämmiger Minenarbeiter besser nicht zugab, und rasch fügte er hinzu: »Na ja, eigentlich mehr Choreograph. So wie Isaiah eines Tages Enthüllungsjournalist sein möchte.«

JB war auf und ab getigert, aber als er die Bemerkung über Isaiahs Traumberuf hörte, trat er auf die Gruppe zu. »Was sagst du da? Ein Enthüllungsjournalist?«

Jesse sah auf und wies auf den Neuling, der gesagt hatte, dass die Leute ihn Ink nannten. »Isaiah hat uns erzählt, dass er mal Journalist werden will und hier nur arbeitet, um über die Runden zu kommen, bis er einen Job in der Branche findet.«

JB sah grinsend zu Isaiah, der neben dem Kühlschrank stand und die Arme um die eigenen Schultern gelegt hatte, Notizbuch und Kugelschreiber schlaff in der rechten Hand. »Reporter?«, fragte JB. »Na, dann hast du ja jetzt die Story deines Lebens. Wird wohl dein großer Durchbruch, die Antwort auf all deine Gebete.«

Isaiah schüttelte den Kopf. »So etwas hätte ich mir nie gewünscht, und ich wollte auch nie ein Reporter sein, der aus Kriegsgebieten berichtet.«

JB kam näher. Lächelnd tätschelte er Isaiah die Schulter. »Das ist nett. Ein nettes Hobby. Aber wenn du in dein kleines Notizbuch schreibst, dann vergiss nicht, dass der alte Spruch, die Feder wäre stärker als das Schwert, nur so lange wahr ist, bis einer kommt, der deine Feder zerbricht und dein Notizbuch verbrennt.«

JB klopfte Isaiah erneut auf die Schulter und ließ ihn stehen; er behauptete, zur Toilette zu müssen. Er durchquerte die Tür in der gegenüberliegenden Ecke und schloss sie hinter sich. Jesse fragte sich, ob JB gerade noch einen Namen auf seine Todesliste gesetzt hatte. Der hinterhältige Minenarbeiter hatte heftig geschwitzt und während des Wortwechsels einen gehetzten Ausdruck in den Augen gehabt. Er stand offensichtlich vor einem Nervenzusammenbruch. Wie lange würde es dauern, bevor jeder von ihnen auf seiner Liste stand und JB entschied, dass es am besten wäre, wenn nur er und seine beiden Komplizen lebendig die Mine verließen?

30

Die Stimmung im Trockenraum war gedämpft und nüchtern. Randy lag noch auf der Couch, aber es schien ihm besser zu gehen. Im Kühlschrank hatten sie einige Softdrinks gefunden, und Nicky hatte Randy eine Dose davon eingeflößt, um seinen Blutzucker und Flüssigkeitshaushalt oben zu halten. Die anderen waren in verschiedenen Stadien der Verstörtheit. JBs Komplizen unterhielten sich vor dem Waschraum miteinander, als hätten sie eine Zigarettenpause, aber Jesse merkte beiden an, dass sie erschüttert waren. Vermutlich war ihnen bewusst geworden, wie sehr sie von JB abhingen: Sobald er durchdrehte, blieb ihnen keine andere Wahl, als ebenfalls durchzudrehen. Isaiah oder Ink schrieb wie wild in sein Notizbuch; mit dem Fuß trommelte er im Stakkato auf den Linoleumboden. Am seltsamsten benahm sich Phil. Er saß am Tisch und starrte ins Leere. Jesse bemerkte, dass seine Augen hin und her zuckten. Er fühlte sich an den Anblick von jemandem erinnert, der am Computerbildschirm Zahlenkolonnen durchging.

Die einzigen Gruppenmitglieder, die relativ unberührt wirkten, waren Fitz und Annabelle. Fitz schien ein Beispiel für einen Menschen zu sein, dem schlicht der Verstand fehlte, um sich angemessen zu fürchten. Jesse ertappte sich bei dem Gedanken, dass Fitz unter anderen Umständen vielleicht ein guter Soldat gewesen wäre – dazu hätte er jedoch mit einer anderen Physis zur Welt kommen müssen, denn er war beinahe so schmächtig wie Jesse. Wenn Jesse solche Gedanken über seinen Körperbau ereilten, versuchte er sich zu versichern, dass es keine Rolle spiele, wichtig sei allein, was in ihm steckte, und nicht, was man ihm von außen ansah. Das Problem war nur, dass andere Menschen ihn nie dementsprechend zu behandeln schienen.

Das letzte Mitglied der Gruppe, Annabelle, saß auf einem der Stühle am Tisch und aß einen Apfel, den sie im Kühlschrank gefunden hatte. Ihren blutverschmierten Helm hatte sie vor sich auf den Tisch gelegt, und eine klebrige Pfütze war rings um ihn entstanden. Selbst in ihrem Regenmantel und dem Overall sah sie auf beängstigende Weise wunderschön aus. Jesse betrachtete sie als *Punk-Barbie* – grazil und zierlich, aber immer auf Konfrontationskurs. Er fragte sich, ob ihr langärmeliges Shirt mit dem Rundhalsausschnitt dazu diente, ihre Tattoos während der Arbeitsstunden zu verdecken. Als er ihr zusah, wie sie den Apfel verspeiste, musste er an die biblische Eva und die Versuchung denken. Ihm kamen noch weitere Gedanken, auf die er unter den gegebenen Umständen besser verzichtete.

Jesse trat überrascht einen Schritt zurück, als Phil plötzlich vom Tisch aufstand und geradewegs auf eine Tür den Waschräumen gegenüber zuging. Jesse bemerkte eine Reihe von Schildern neben der Tür – gelbe Dreiecke, von denen jedes eine Gefahrquelle anzeigte. Ähnliche Zeichen hatte er in der ganzen Mine gesehen. Das Blitzsymbol auf dem obersten Schild warnte vor einer Gefahr durch elektrischen Strom.

Phil trat durch die Tür und schloss sie hinter sich. Jesse sah sich im Raum um, ob einer der anderen Phils merkwürdiges Verhalten ebenfalls aufgefallen war. Dabei glaubte er JB im Waschraum zu hören. Es klang, als spreche der Mann mit sich selbst. Jesse urteilte nicht über JB, schließlich war es nur Stunden her, dass er sich selbst vor dem Spiegel vorbereitet hatte, aber er sagte sich auch, dass JB damit den beiden Schlägern, die die Tür bewachten, nicht gerade Zuversicht einflößte. Von dort, wo Jesse stand, hörte er immer nur hin und wieder einen undeutlichen Laut, so als ob jemand im Nebenzimmer sprach, aber er verstand kein einziges Wort.

Er überlegte, sich unauffällig auf die andere Seite des Raums zu stellen und vielleicht zu belauschen, was JB sagte. Allerdings bezweifelte er, dass dessen Leute ihn so nah heranließen, dass er irgendetwas verstehen konnte. Außerdem lief in der Toilette ein Lüfter, und im ganzen Trockenraum hing ein elektrisches Summen. Jesse kam es schon vor, als schwirre ein Schwarm wütender Hornissen die ganze Zeit in seinem Kopf herum.

Er verwarf den Gedanken ans Lauschen und ging zu der Tür mit den Warnsymbolen, die Phil durchquert hatte. Er legte die Hand an den Knauf und sah sich um, ob einer der anderen bemerkt hatte, dass Phil fortgegangen war und Jesse ihm folgte, aber sie waren mit sich selbst beschäftigt. Bis auf Annabelle: Sie sah in seine Richtung. Als ihre Blicke sich trafen, zwinkerte sie ihm kurz zu und biss wieder in ihren Apfel. Unsicher, wie er reagieren sollte, lächelte er nur und schob sich durch die Tür.

In dem Lagerraum entdeckte er verschiedene geschlossene Kästen und Käfige mit Generatoren und anderen elektrischen Geräten. Rasch hatte er Phil in dem kleinen Labyrinth gefunden. Er stand vor einem Gerät mit grau-weißem Gehäuse, auf dem ein Warnhinweis prangte: *480 Volt*. Jesse verstand nichts von Elektrik, aber er wusste, dass in den USA auf den üblichen Hausleitungen 110 Volt Spannung lagen und anspruchsvollere Geräte mit 220 Volt betrieben wurden. 110 Volt waren relativ ungefährlich, 220 Volt konnten einen Menschen töten. Er wollte gar nicht daran denken, was 480 Volt anrichten konnten.

Phil nahm die Frontplatte ab und musterte die Verkabelung darunter.

Jesse trat neben ihn – hielt aber gehörigen Abstand zu dem Gerät – und fragte: »Alles okay?«

Phil kratzte sich den Bart und schüttelte den Kopf. »Nichts ist okay. Du wirst bemerkt haben, dass im Minentunnel das Licht ausgegangen ist, im Trockenraum aber noch brennt.«

»Was ist mit der Tür? Die Tür war ausgefallen.«

»Getrennter Stromkreis. Hab's mir angesehen und versucht rauszukriegen, was noch geht und was nicht. Du hast vielleicht auch bemerkt, dass die Kühlung läuft, und trotzdem könnte es sein, dass ein paar von den Lüftern ausgefallen sind, denn es wird hier drin immer wärmer.«

»Was passiert, wenn die Kühlung ganz abgestellt wird?«, fragte Jesse.

»Dann steigt die Temperatur hier unten auf circa achtzig Grad Celsius, und dann sterben wir.«

»Das klingt nicht gut.«

»Und das sind noch nicht alle schlechten Neuigkeiten.« Phil hustete heftig. Als der Anfall vorüber war, fuhr er fort: »Nach allem, was ich sagen kann, sind die Pumpstationen schon komplett abgestellt.«

Jesse schüttelte den Kopf. »Ich hab keine Ahnung, was du damit meinst.«

Phil seufzte. »Als sie hier unten die Kupferlagerstätte unterbohrten, sind sie auf eine natürliche wasserführende Schicht gestoßen. Deshalb läuft ständig Wasser in die Mine. Wir pumpen es hinaus, hoch in ein weiteres Tunnelnetz zweitausend Fuß über uns und dann zu den Farmen in der Umgebung.«

»Aber du sagst, dass die Pumpen jetzt stillstehen?«

»Richtig. Die Anlage pumpt in der Minute über fünf Ku-bikmeter Wasser nach oben. Wenn sie komplett abgestellt ist ...«

Phils Stimme versiegte, aber Jesse bohrte nach: »Dann was, Phil?«

Der ältere Mann zuckte mit den Achseln. »Ich bin kein Mathematiker, aber wenn fünf Kubikmeter pro Minute in die Schächte laufen, statt abgepumpt zu werden, können wir in zwei Stunden vermutlich durch die Minentunnel schwim-men.«

31

Demon lehnte sich in die Ledercouch zurück und trank aus einem Glas mit einem Getränk, das nach seiner Geburtsstadt benannt war. Den *Glasgow* mixte man aus gutem Scotch, tro-ckenem Wermut, Bitter und Absinth. Vorgestellt worden war der Cocktail ihm als »vier merkwürdige Geschmäcker, die sich zu einem noch merkwürdigeren Drink kombinieren«, und wie sein Namensgeber war der Glasgow eine Mixtur aus eigentümlichen Komponenten, die Demon an den Star seiner Show erinnerten.

Seine Handlanger hatten einen Sattelschlepper voller Computerkram hergebracht und benutzten ihn als Befehlsstand. Sie hatten auch eine Ecke für ihn mit Couchen und Sesseln eingerichtet, dazu eine große Reihe von Bildschirmen, sodass er alle Entwicklungen bequem verfolgen konnte. Dr. Dixon nahm einen Sessel neben seiner Couch ein. Der alte Mann schrieb Notizen über die Fortschritte auf einen Block in seinem Schoß nieder, als wäre er noch ein echter Arzt.

Die großen, hochauflösenden Displays zeigten die Spielteilnehmer aus verschiedenen Blickwinkeln: Ackerman, wie er sich einen Weg durch die Tunnel suchte und bald auf drei Höllenhunde stoßen würde; die Gruppe unglückseliger Minenarbeiter, die es bisher geschafft hatten, sich zu zerstreiten, einer Gefahr zu begegnen und sich in einem Loch zu verkriechen. Demon würde die Situation schon bald beeinflussen, aber vorerst entwickelte sich das Drama im Trockenraum ganz vorzüglich. Er hatte nicht erwartet, dass einer der Minenarbeiter so früh begreifen würde, dass die Pumpen nicht mehr liefen. Sobald sein Freund Ackerman den Fördertunnel erreichte, würde sich ihm die Frage der Überflutung stellen, und diese Information wollte Demon ihm auf möglichst dramatische Art eröffnen.

Vorerst plante er, auf andere Weise ins Spiel einzugreifen.

Bevor er dazu kam, meldete sich Dr. Dixon. »Sie sollten keinen Alkohol zu Ihren Medikamenten trinken. Schon gar nicht in den Mengen, in denen Sie ihn in letzter Zeit konsumieren.«

Demon rollte mit den Augen. »Wenn Sie nicht mein Arzt wären, würde ich Ihnen die Scheiße aus dem Leib prügeln, weil Sie sich anmaßen, mir Vorschriften zu machen. Also, was halten Sie bisher vom Spiel?«

»Der Proband scheint adäquate Leistungen zu erbringen, aber wie ich bereits feststellte, können die genauen Effekte der hirnchirurgischen Eingriffe nicht bestimmt werden, da Sie die Ergebnisse verfälscht haben, indem Sie die Testpersonen zusätzlich medikamentierten.«

»Mich interessieren nur die Ergebnisse, die ich erzielen will, nicht die Vergrößerung Ihres kostbaren Wissensstands. Das hier ist keine Studie mit Kontrollgruppen. Uns geht es hier nicht um Erkenntnis und Innovation, Doc. Unser Geschäft ist die Zerstörung.«

Einen Moment lang kochte Dixon still vor sich hin. Seine Nasenflügel bebten. Schließlich fragte er: »Haben Sie wirklich keinerlei Respekt vor mir und meinem Lebenswerk? Was ich bei meinen Experimenten gelernt habe – auch wenn ich bei ihrer Anlage kein Mitspracherecht hatte –, wird unser Verständnis des Gehirns um Jahrzehnte voranbringen. Wir dachten, wir wüssten, wo im Gehirn Gedächtnis und Emotionen gebildet werden, aber wir haben die Vernetzungsfähigkeit nicht begriffen. Meine Forschungsarbeit bringt uns dichter denn je an die Lösung für einige dieser Rätsel.«

Demon nahm einen Schluck *Glasgow.* »Können flüchtige Verbrecher denn in wissenschaftlichen Zeitschriften publizieren? Was ist mit Strafgefangenen? Können sich verrückte Wissenschaftler, die hinter Gittern sitzen, am fachlichen Diskurs beteiligen?«

Er sah, wie die Wut in Dixons Augen aufflammte. *Dr. Lobotomy* gab sich so überlegen und machte sich selbst so groß, dass Demon der Versuchung einfach nicht widerstehen konnte, den pompösen alten Mann auf seinen Platz zu verweisen.

Mit angespannten Muskeln und leicht zitternd versetzte

Dixon: »Ich kann meine Resultate im Internet publizieren. Dort können die Einfaltspinsel mich nicht mundtot machen, und Personen mit der richtigen geistigen Einstellung werden nehmen, was ich geschaffen habe, und es einsetzen, um noch tieferes Verständnis zu erzielen. Der hippokratische Eid erklärt: ›Ich werde die mühselig erarbeiteten wissenschaftlichen Ergebnisse der Ärzte, in deren Fußstapfen ich trete, respektieren und bereitwillig solche Erkenntnisse, die mir gehören, mit denen teilen, die auf mich folgen.‹ Als Doktor der Medizin bin ich verpflichtet …«

Demon fiel ihm ins Wort. »Und wenn ich nicht will, dass Sie *mein* Wissen anderen mitteilen? Sie vergessen, dass Sie mir gehören. Jeder Gedanke in Ihrem wichtigtuerisch pulsierenden Hirn ist mein Eigentum. Sehen Sie es so: Ich bin die Universität, und Sie sind nur irgend so ein Professor, der für mich arbeitet. Bei allem, was Sie tun, habe ich das letzte Wort. Womöglich wünsche ich ja gar nicht, dass Sie die Wissenschaft voranbringen. Vielleicht möchte ich Ihre Forschungsergebnisse an den Höchstbietenden verkaufen.«

»Das dürfen Sie nicht! Dazu haben Sie kein Recht!«

Demon schlürfte erneut an seinem Drink, bevor er ruhig erwiderte: »Ich habe das Recht zu tun, was ich will, denn wer sollte mich aufhalten? Sie etwa? Ganz ehrlich, Sie sind vielleicht der Mensch, der am ehesten in der Position wäre, mich zu töten, auch wenn Sie damit gegen Ihren Eid verstoßen würden. Sie könnten mir das falsche Medikament geben oder bei der nächsten Operation eine Luftblase injizieren. Aber vergessen Sie nicht, was Sie beobachtet haben. Sie wissen genau, was mit Ihnen und Ihren kostbaren Forschungsergebnissen passieren würde, sollte mir jemals etwas zustoßen. Ich bin der König, und Sie sind mein Hofzauberer, eine ehrenhafte, herausragende Stellung, aber dennoch meiner Befehlsgewalt unterworfen.«

Dixon wandte den Blick ab und biss die Zähne zusammen. Tränen bildeten sich in den Augenwinkeln des alten Mannes.

Kopfschüttelnd fuhr Demon vor: »Nicht weinen, Doc. Solange Sie jedem das Hirn rausschneiden, bei dem ich es Ihnen sage, arbeiten wir etwas aus, damit Ihr hippokratisches Vermächtnis intakt bleibt. Aber vergessen Sie niemals, dass Sie ohne mich nichts wären. Ohne mich würden Sie in einer Zelle verrotten, statt Anzüge zu tragen, die mehr kosten, als die meisten Menschen in einem Jahr verdienen.«

Dixon wischte sich die Tränen ab und rang um Fassung.

»Haben Sie noch andere Gedanken zur Übertragung?«, fragte Demon.

Die Oberlippe noch immer vor Abscheu verzogen, entgegnete Dixon: »Sie werden Ihre Kosten für diesen Unsinn nicht wieder hereinbekommen.«

Demon lächelte. »Sie wären überrascht, was Menschen für solche Dinge zu zahlen bereit sind. Dennoch, die Sendung ins Darknet mache ich nur zum Spaß und um den Wahnsinn ein wenig zu verbreiten. Ums Geldverdienen geht es dabei nicht. Dieses Spiel ist für ein Publikum entwickelt worden, das aus einer einzigen Person besteht.«

»Und wie, glauben Sie, nimmt Mr. Ackerman Ihre Botschaft auf?«

Demon zuckte mit den Schultern. »So ist es eben mit den Menschen, mein lieber Doktor. Man kann Ihnen nichts erklären. Man muss es ihnen anhand von Lehrbeispielen zeigen. Ihre Message müssen Sie mithilfe von Versuch und Irrtum rüberbringen. Anders scheinen bestimmte Menschentypen nie etwas zu lernen. Den Standpunkt eines Menschen umzukehren ist niemals einfach, aber ich glaube, alles entwickelt sich prächtig. Und was als Nächstes kommt, sollte besonderen Spaß bereiten.«

Demon beugte sich zu dem kleinen Couchtisch vor, der vor ihm stand. Er nahm ein Mikrofon, blickte zu seinem technischen Team und fragte: »Kann ich anfangen?«

Ein Operator vor der Reihe von Computerplätzen in der mobilen Kommandozentrale antwortete: »Drücken Sie einfach den Knopf am Mikrofon, Sir, und er hört Sie über die Lautsprecher im Waschraum. Ganz wie Sie befohlen haben, nur so laut, dass man Sie bloß innerhalb des Waschraums verstehen kann.«

Demon hielt sich das Mikrofon vor die Lippen und blickte auf den Bildschirm, der JB Palminteri in der Toilette des Trockenraums zeigte. Der Mann stützte sich mit beiden Händen auf das Waschbecken und starrte in den Spiegel, einen verstörten Ausdruck in den Augen. Leise murmelte er vor sich hin: »Ein Enthüllungsjournalist … genau was ich brauche. *Denk nach.* Es muss 'nen Ausweg geben. Vielleicht lassen sie sich auf mich ein, jetzt, wo Randy verletzt ist. Sie brauchen mich jetzt. Aber ein Enthüllungsjournalist … Man kann doch keinen in seinen Angelegenheiten rumschnüffeln lassen …«

So sehr Demon es genoss zuzusehen, wie der Mann dem Nervenzusammenbruch näherkam, hatte er doch andere Pläne für JB und seine Leute. Er drückte den Sprechknopf und sagte mit übertrieben tiefer Stimme: »*J* … *B* …«

JB blickte sich hektisch um, sah nach oben und nach unten, versuchte herauszufinden, woher die Stimme kam.

Demon lachte stillvergnügt in sich hinein, drückte wieder den Knopf am Mikrofon und fügte hinzu: »JB, dies ist die Stimme Gottes.«

Ein seltsamer Ausdruck trat ins Gesicht des Teilzeit-Kredithais. »Was, Gott spricht mit 'nem irischen Akzent?«

Demon drückte den Knopf nieder. »Ich bin Schotte, du Torfnase! Und unter den gegebenen Umständen könnte ich genauso gut Gott sein, weil *ich* die Fäden in der Hand halte.«

JB sah sich weiter nach dem Ursprung der Stimme um.

»Sie hören mich durch zwei Kameras, die wir im Waschraum installiert haben«, sagte Demon. »Versteckt. Sie würden sie finden, wenn Sie lange genug danach suchen, aber vergeuden Sie nicht Ihre Zeit. Davon haben Sie nicht sonderlich viel.«

JB fletschte die Zähne und schüttelte den Kopf. »Warum zum Teufel sollte ich auf Sie hören?«

»Machen wir uns nichts vor, Mr. Palminteri. Wir haben alles aufgezeichnet, was in der Mine vor sich ging. Ich habe Aufnahmen, die zeigen, wie Sie eine neue Angestellte sexuell belästigen und dann ihre Ermordung planen. Und falls Ihnen das nicht Grund genug ist, habe ich noch ein paar Gründe für Sie – der wichtigste dürfte sein, dass Sie überleben werden, während viele von den Personen um Sie herum sterben.«

JBs Augen zuckten umher, aber schließlich fragte er: »Was muss ich tun?«

Demon schaltete das Mikrofon wieder ein. »Schauen Sie in den Wasserkasten der Toilette. Dort finden Sie einen Ohrhörer, drei Faustfeuerwaffen und eine Menge Kabelbinder, ideal geeignet, um Personen zu fixieren. Stecken Sie sich den Ohrhörer ins Ohr und die Waffen in die Hände von Ihnen und Ihren Männern.«

Durch die Kameras sah Demon zu, wie JB seine Anweisungen befolgte. Er nahm den Deckel des Wasserkastens ab und stellte ihn beiseite. Innen waren die Gegenstände in einem wasserdichten Beutel mit Klebeband an der Keramikwand befestigt.

JB holte ihn heraus, trocknete ihn ab und öffnete ihn. Er nahm eine der kompakten Pistolen heraus, eine Glock 36 mit sechs Patronen im Magazin und einer in der Kammer. Er untersuchte die Waffe und legte sie wieder in den Beutel. Als Nächstes zog er den Ohrhörer heraus und setzte ihn sich ein.

Die Übertragung schaltete von den Lautsprechern im Waschraum auf den Ohrhörer um. Nur JB konnte ihn noch hören. Demon sagte: »Jetzt sind wir unter uns, Mr. Palminteri. Ich möchte Sie über einige andere Gründe in Kenntnis setzen, weshalb Sie genau das tun werden, was ich von Ihnen verlange.«

»Ich höre«, sagte JB.

»Sie werden bald einem Mann begegnen, der zu Ihrer Rettung kommt. Er gehört nicht zu Ihrer Gruppe und kommt aus den Tunneln. Er wird anbieten, Ihnen zu helfen und Sie hinauszuführen.«

»Okay, was ist mit ihm?«

»Wenn die Zeit gekommen ist, gebe ich Ihnen über den Ohrhörer den Befehl, und Sie jagen so viele Kugeln in ihn hinein, wie Ihnen möglich ist.«

»Und warum zum Teufel sollte ich das tun?«

»Wie klingt zusätzlich zu allem, was ich bereits erwähnte, ein Kopfgeld in Höhe von fünfunddreißig Millionen Dollar?«

32

Als Jesse aus dem Technikraum zurückkehrte, war fast jeder noch dort, wo er zuvor gewesen war. Nur Isaiah stand nun an der Schiebetür und hatte den Stuhl entfernt, der sie an Ort und Stelle hielt. Jesse ging zu ihm und fragte: »Ist der Hund noch da draußen?«

Zur Antwort zog Ink die Tür nur einen Spalt weit auf.

Jesse spähte hindurch und sah den Rottweiler ein paar Fuß entfernt. Mit gebleckten Zähnen knurrte er tief in der Kehle. Isaiah schloss rasch wieder die Tür. Als Jesse gehört hatte, dass die Tunnel überflutet würden, war ihm die Hoffnung gekommen, der Hund hätte sich verzogen. So viel dazu.

Als er sich im Trockenraum umsah, bemerkte er, wie JB endlich von der Toilette kam. Das Selbstgespräch, das der ältere Minenarbeiter geführt hatte, schien geholfen zu haben. Er war wieder ganz der Kleinkriminelle.

Phil trat in die Mitte des Raums neben den Tisch und bat um Aufmerksamkeit. Er erläuterte die Funktion der Pumpanlage und stellte fest, dass sie von ihrer Energiequelle abgeschnitten sein musste. Die Neulinge verstanden erwartungsgemäß nicht mehr als Jesse, aber sie rissen die Augen auf, als Phil erklärte, in welch ernster Lage sie waren – jetzt tickte eine Uhr über ihren Köpfen.

Als Phil fertig war, versuchte Randy von der Couch aufzustehen, sank aber wieder zurück. Er sah schrecklich aus: aschfahl, die Wangen eingefallen. In den letzten Stunden schien er um fünf Jahre gealtert zu sein. Mit schwacher, krächzender Stimme sagte er: »Am nächsten Trockenraum befindet sich eine Pumpstation. Wenn ihr sie erreicht, leitet ihr den Strom von einer anderen Leitung um und startet sie von Hand. Das würde uns wenigstens ein bisschen Zeit erkaufen.«

Phil nickte. »Ja, daran habe ich auch schon gedacht. Jesse und ich haben darüber gesprochen, und wir sind bereit, zum nächsten Trockenraum zu gehen und nachzusehen, wie es mit der Pumpstation aussieht.«

»Habt ihr vergessen, dass der nächste Trockenraum fünfhundert Meter durch den Tunnel entfernt ist? Und dass ihr keine fünf *Fuß* weit kommt, bevor der verfluchte Köter euch totbeißt?«

Phil verzog gequält das Gesicht. »Ja, das wissen wir. Das

bringt mich auf die nächste Frage: Hat irgendjemand eine Idee, wie man dieses Biest umbringt?«

Nicky sagte sofort: »Hey, Mann, du weißt doch, mein Dad war ein Tierarzt. Der arme Hund weiß es nicht besser. Die Arschlöcher sind die, die das Tier hier runtergebracht haben. Es ist genauso ein Opfer wie wir.«

JB lachte. »Erzähl das Randy! Das Monster hat ihm fast den Arm abgerissen.«

Nicky hob die Hände. »Ich versteh schon, und ihr könnt machen, was ihr tun müsst, aber ich werde mich nicht daran beteiligen.«

Jesse stimmte ihm zu. »Ja, mir geht's genauso. Ein Mensch, der versucht, mich umzubringen, ist das eine, aber ich bringe es nicht übers Herz, ein Tier kaltblütig hinzurichten. Wenn ich in einem teuren Restaurant bin, möchte ich alle Hummer in dem Aquarium retten, wo sich die Leute ihr Dinner lebend aussuchen können.«

An ihrem Platz am Tisch, auf dem vor ihr das Apfelgehäuse lag, schüttelte Annabelle den Kopf, murmelte etwas Unverständliches und stand auf. Sie ging zu den Schränken neben dem Kühlschrank und wühlte in den Schubladen. Schließlich hob sie ein Steakmesser von gut fünfzehn Zentimetern Länge. Sie prüfte die Stärke der Klinge und sah Phil an. »Wenn mir jemand die Tür aufmacht, bringe ich das Vieh um.«

33

Bevor Ackerman die Abbautunnel erreichte, begegnete er drei weiteren Höllenhunden und flüchtete sich in einen Stahlkäfig, der Material und Werkzeuge enthielt. Dass er festsaß, war aber nur eine zeitweilige Situation. In dem Käfig fand er einige nützliche Gegenstände, darunter ein extragroßes Leatherman-Multitool samt Gürteltasche und das Werkzeug, das ihm erlauben würde, an den Hunden vorbeizukommen: ein kleines Autogenschweißgerät mit zwei Stahlflaschen – eine für Sauerstoff, die andere für Acetylen –, montiert in einem Gestell, das es erlaubte, alles wie einen Koffer umherzutragen. Mit dem Prinzip des Geräts war er vertraut. Er hatte herausgefunden, dass er ziemlich gut mit Metall zu arbeiten verstand. Wäre sein Leben anders verlaufen, wäre er vielleicht ein Künstler geworden, der Metallskulpturen in Parks aufstellte, über welche die Spaziergänger nachdenken konnten.

In diesem Fall jedoch schuf er keine Kunst. Er benutzte eine Acetylenflamme bei weit geöffnetem Ventil, mit der man nicht schweißen konnte, die sich aber sehr gut dazu eignete, Angreifer aus der Familie der *Canidae* abzuschrecken. Er hielt die offene Flamme an die Tür des Stahlkäfigs, und im nächsten Augenblick wichen die knurrenden Raubtiere vor der Hitze ein paar Fuß weit zurück. Er öffnete die Tür und trat in den Tunnel, dann duckte er sich und benutzte die Schweißbrennerflamme wie ein Florett, um alle drei Hunde auf Abstand zu halten.

Als jeder von ihnen eine Kostprobe der Flamme erhalten hatte, zogen sie sich angsterfüllt in den Tunnel zurück.

Feuer ist fast immer eine effektive Waffe, überlegte er.

Nicht viele Ungeheuer genossen es, wenn ihnen das Gesicht weggebrannt wurde. Er nahm an, dass nur zwei Sorten Monster dagegen immun wären: Dämonen und Drachen. An Drachen glaubte er nicht, und er wusste, dass die Dämonen der biblischen Varietät mit Glauben bekämpft werden mussten, nicht mit Feuer.

Nachdem er die vierbeinigen Bestien vertrieben hatte, stieg er die Leiter zum Fördertunnel hinunter, der untersten Etage der Mine, wo das Erz aus Hohlräumen abgebaut wurde, die in die Kupferlagerstätte gesprengt wurden. Minenarbeiter lasen das Erz auf und trugen es zu einem Transportsystem.

Bevor Ackerman die Förderebene erreichte, stieg ihm ein Hauch von faulen Eiern in die Nase. Schwefelwasserstoffgeruch kennzeichnete oft natürliche heiße Quellen, und er entdeckte am Boden langsam fließendes Wasser.

Er schüttelte den Kopf. »Faeces.«

In seinem Ohr hörte er Demons Lachen. »Haben Sie gerade *Faeces* gesagt? Selbst jetzt benutzen Sie keine Kraftausdrücke? Das Ende ist so nah, und Sie bleiben weiter extrafromm?«

Ackerman ließ sich in das sehr warme Wasser fallen, das vom Magma erhitzt wurde und ihm bis an die Knie reichte, bevor er antwortete: »Ich rede, wie ich immer geredet habe, und es ist mir recht gleichgültig, ob meine Wortwahl Ihren Standards entspricht. Warum stehe ich in Wasser?«

Mit einem kleinen Glucksen antwortete Demon: »Vermutlich, weil ich die Pumpen abgestellt habe und daher die natürliche wasserführende Schicht, die mit unserer Erzlagerstätte verbunden ist, jede Minute rund fünf Kubikmeter Wasser in die Tunnel strömen lässt.«

Ackerman schüttelte den Kopf. »Damit hätte ich rechnen müssen. Ich wusste doch, dass Sie eine tickende Uhr in Ihr

Spiel einbringen würden. Ohne Zweifel haben Sie etwas mit der Minengesellschaft ausgehandelt, damit Sie hier schalten und walten können, sodass Bomben ausscheiden. Eine Wasseruhr ist ein netter Touch.«

»Freut mich, dass es Ihnen gefällt, aber ich gebe einen *Faeces* auf die Mine. Wir konnten den Betrieb stilllegen, weil wir die Familien einiger Manager entführt haben. Trotzdem habe ich nicht vor, sie in die Luft zu jagen – wenigstens noch nicht.«

Ackerman fiel auf, dass Demon die Deckenbeleuchtung auf dieser Ebene nicht ausgeschaltet hatte. Er fragte sich, ob dies bedeutete, dass es auf der Förderstrecke keine Gegner gab, aber trotzdem hütete er sich vor dem, was sich unter dem braunen Wasser im Tunnel verbergen mochte.

Über den Ohrhörer fragte Demon: »Sie erinnern sich an Ihren großen Freund Juggernaut?«

»Solch einen Tanzpartner vergisst man nicht so leicht.«

»Ich bin froh, dass Sie Ihre gemeinsame Zeit genossen haben, denn in diesen Tunneln laufen kleinere Versionen von Juggernaut herum. Ich nenne sie die Furien. Sie sind gewiss nicht so wehrhaft wie er, aber wir haben ihre Gehirne auf die gleiche Weise verarztet. Sie sind mit einer weniger fortschrittlichen Variante seiner Rüstung ausstaffiert und so sehr mit Drogen vollgepumpt, dass sie nicht mehr ganz bei Verstand sind. Nicht, dass noch viel Verstand übrig gewesen wäre.«

Ackerman watete schneller durch das Wasser, denn er hatte keinen Grund mehr, sich leise zu bewegen. Das Platschen verriet seine Position ohnehin. Dieser Teil des Tunnelsystems war viel größer als die anderen, so breit wie eine zweispurige Straße mit Bürgersteigen auf beiden Seiten, und das war sie im Grunde auch. Der Tunnel war mehr auf schwere Fahrzeuge ausgelegt als auf einzelne Personen.

»Was haben Sie nur mit den Namen?«, fragte Ackerman. »Mir kommt es vor, als wollten Sie, dass alle Ihre Handlanger Zeichentrickfiguren sind.«

»Das ist ein bisschen unfair.«

»Sie nennen Ihre Geliebte, die kennenzulernen ich das Vergnügen noch nicht hatte, Sukkubus. Ihr erwählter Erbe, der Sie verraten hat, hieß passenderweise Judas. Und Ihre rechte Hand nennt sich Hatchet Man.«

»Ich habe ihm den Namen nicht gegeben. Er war ein ägyptischer Baltagiya. Das bedeutet Mann fürs Grobe. Und dem entspricht das englische Hatchet Man.«

»Gut, aber ganz bestimmt haben Sie ihn überredet, kleine Äxte, ›hatchets‹, als Waffen zu führen, um den Namen zu unterstreichen.«

»Und warum auch nicht? Nur weil die Welt uns einen Namen gibt, definiert er doch nicht, wer wir sind. Ich bin erheblich mehr als das, was die Welt mir gegeben hat. Ich bin weit größer als die Umstände, unter denen ich entbunden wurde. Als das, was jemand auf eine Geburtsurkunde gekritzelt hat. Der Dämon ist, was ich mir erwählt habe. Ich gebe niemandem solche Namen. Viele davon stammen tatsächlich von den Medien oder Ihren Freunden bei den Ermittlungsbehörden. Sie verteilen gern solch tolle Namen, richtig? Besonders die Medienfritzen lieben es, alles zu sensationalisieren, was sie nur können. Sie lieben ein gutes Schreckgespenst. Angst sorgt für tolle Schlagzeilen von der Sorte, die die Leute lesen und mit der man Geld verdient. Manchmal passen diese Namen zu uns, und manchmal suchen wir uns eigene. Meine Mitarbeiterin Lauren trägt den Namen Sukkubus nicht wegen der Medien, sondern weil sie ein Sukkubus *ist*. Sie hat sich entschieden, ihre wahre Identität als Lustdämonin anzuerkennen. Im Gegensatz zu Ihnen.«

Ackerman atmete schwer und fühlte sich erschöpfter, als

es der Fall hätte sein dürfen. Er war gut genug in Form, um den Tunnel auf ganzer Länge entlangrennen zu können, ohne ins Schwitzen zu geraten. Selbst von einem verletzten Bein behindert hätte er sich nicht so ausgelaugt und entkräftet fühlen dürfen: ein weiteres Symptom des Tumors, der sich in seinem Hirn eingenistet hatte.

»Ich brauche weder Ihre Schlagzeilen noch Ihre süßen kleinen Namen«, sagte er.

»Haben Sie die Verlobte Ihres Bruders nicht immer *kleine Schwester* genannt? Und Sie haben sich auf meine Männer mit den Namen der Tiere bezogen, denen sie ähneln, und sie damit als Untermenschen verleumdet.«

Ackerman runzelte die Stirn und seufzte. »Da haben Sie allerdings recht. Ich kann mich so objektiv betrachten, dass ich meine Fehler erkenne. Anders als *Sie*. Solch ein Hang zu Stolz und Eitelkeit ist für mich nicht mehr von Wert.«

Demon lachte. »Ach, das steht in Ihrer Bibel?«

»Die Bibel sagt, dass die Stolzen erniedrigt werden, die Demütigen aber erhöht.«

Das sorgte für ein weiteres Auflachen in seinem Ohr. »Ach, jetzt hören Sie mal auf, mein Freund. Keiner ist stolzer als Sie! Ich habe Ihre kleinen Ansprachen mitgehört, die Sie darüber halten, wie unbesiegbar und furchteinflößend Sie sind. Teufel, ein paar davon haben Sie *mir* gehalten!«

»Das sind Warnungen, keine Prahlerei. Verwechseln Sie nicht Selbstvertrauen mit Stolz. Ich bin nicht stolz auf das, was ich bin. Ich weiß nur einfach, was ich bin und was ich kann.«

»Lassen Sie mich Ihnen sagen, was ich kann, oder genauer, was ich gleich tun werde. Sehen Sie, einen Höllenhund haben wir bereits zu den Minenarbeitern gelenkt, und das hat genügt, um einen von ihnen auszuschalten und den Rest weghuschen zu lassen wie die Kakerlaken, sobald man das Licht einschaltet. Aber das reicht ja noch nicht, oder?

Deshalb schicke ich bald auch eine Furie in ihre Richtung. Und ganz wie meine Sukkubus ihrem Namen als böse Gottheit des sexuellen Verlangens gerecht wird, sind meine Furien eine Verkörperung der primitiven Wut, die *wahre* Essenz der Menschheit.«

»Und wie zügeln Sie diese Furie? Sind einige Ihrer Männer ebenfalls im Tunnel?«

»Selbstverständlich, aber keine Sorge. Sie wissen genau, wo Sie sind. Während Sie ganz sicher einen Weg finden, um sie zu überwältigen, wäre es Ihre Zeit und Mühe nicht wert. Sie sind nur als Spielleiter dort und schützen die Grenzen unseres Spielfelds.«

»Oder beugen sie nach Ihren Wünschen.«

»Ich bin immerhin der Regisseur. So funktioniert das eben.«

»Als Star Ihrer kleinen Produktion würde ich gern meinen Vertrag nachverhandeln.«

»Ach, das ist zu schade, alter Freund. Bei Verträgen mit dem Teufel ist das ausgeschlossen.«

34

Jesses Herz setzte einen Schlag aus, als Annabelle sich ihm zuwandte und fragte: »Jesse, gibst du mir die Ehre? Du brauchst sie nur so weit zu öffnen, dass er die Schnauze durchstecken kann, das ist alles. Isaiah, hilf ihm doch. Ich versuch ihn ins Auge zu treffen, damit er sofort tot ist – schnell und schmerzlos. Ist das für euch alle okay?«

Niemand sagte ein Wort, aber Nicky wandte sich ab und schüttelte den Kopf, den Blick gesenkt. Jesse fragte sich, ob der Rest der Gruppe ebenso bestürzt war über Annabelles Fähigkeit, sich derart nonchalant an eine furchtbare Situation anzupassen, wie er.

Widerwillig nahmen Jesse und Isaiah ihre Plätze an der stählernen Schiebetür ein. Sie packten die Griffe, spannten sich an, um die Bestie festzuklemmen.

Annabelle ging in die Hocke, auf Höhe des Hundes, und drückte sich an den Türrahmen. Mit der linken Hand packte sie das Innenfutter ihres Helms und drehte das Messer, sodass die Klinge aus ihrer Faust nach unten ragte. Den Helm führte sie wie einen Schild, das Messer wie ein Schwert, und sie erschien Jesse wie eine Kriegerprinzessin aus alter Zeit.

Ohne den Blick von dem Spalt an der Tür zu nehmen, sagte sie: »Öffnet sie nur ein bisschen. Ich will erst seine Aufmerksamkeit.«

Sie schoben die Tür etwa fünfzehn Zentimeter weit auf. Jesse stellte die Füße gegenüber an die Kante und wappnete sich für den Aufprall, wenn der Hund versuchte, sich nach innen zu drängen. Weil es eine Schiebetür war und genügend andere Leute bereitstanden, die helfen würden, sie zuzuschieben, war er recht zuversichtlich, dass Isaiah und er den Hund zurückhalten könnten, ganz gleich, wie abnorm kräftig er war.

Annabelle blieb ein paar Sekunden an Ort und Stelle, ohne sich zu bewegen, beugte sich vor und spähte in unterschiedlichen Winkeln durch den Spalt. »Öffnet sie noch ein bisschen mehr.«

Jesse und Isaiah zogen die Tür beiseite, bis der Spalt einen Fuß breit war – mehr durften sie kaum wagen, sonst konnte der Hund durch die Lücke in den Trockenraum stürmen.

Annabelle blieb in der Hockstellung, streckte die rechte Hand vor und klopfte mit der Messerschneide klirrend gegen die Schiebetür. Nicht laut und nicht leise, sondern im normalen Gesprächston sagte sie: »Komm und hol's dir, Kleiner.«

Kein Geräusch aus dem Tunnel. Keine Bewegung.

Annabelle richtete sich zu voller Größe auf. »Öffnet sie ganz, aber haltet euch bereit, sie zu schließen, wenn ich gerannt komme.«

»Geh nicht da raus!«, sagte Jesse. »Das kann eine Falle sein.«

Annabelle zog eine Braue hoch. »Du glaubst, der *Hund* hat einen Plan, mit dem er uns überlisten will?«

Jesse zuckte mit den Schultern. »Ich weiß es nicht. Hunde sind ziemlich kluge Tiere, und er ist abnorm groß, also ist er vielleicht auch abnorm schlau.«

Annabelle senkte den Kopf, runzelte die Stirn und sah ihn von der Seite an. »Mach einfach die Tür auf, *He-Man*.«

Die kleine Stichelei traf Jesse tiefer, als Annabelle vermutlich beabsichtigt hatte. Er seufzte und sagte zu Isaiah: »Tun wir, was die Lady sagt.« Gemeinsam zogen sie die Tür ganz beiseite.

Annabelle hatte ihren Helmschild und ihr Steakmesserschwert bereit. Geduckt trat sie in den Tunnel und rollte beim Gehen die Füße von der Ferse zu den Zehen ab. Sie schwenkte von einer Wand zur anderen, versuchte zu erkennen, ob der Hund näher kam, aber er war offenbar verschwunden.

Jesse empfand einen Schwall von Erregung – das konnte ihre Gelegenheit zur Flucht sein.

35

Annabelle stand in der Mitte des Minentunnels, lauschte und drehte sich erst in die eine, dann die andere Richtung. Jesse und Isaiah standen in der Tür, die anderen dicht hinter sich. Jesse machte einen vorsichtigen Schritt in den dunklen Gang. Nach der angenehmeren, vertrauten Umgebung des Trockenraums kam er ihm vor wie eine fremde Welt. Er lauschte ebenfalls, aber er hörte nichts bis auf das allgegenwärtige elektrische Summen.

Annabelle riss den Kopf in die Richtung herum, in die sie unterwegs gewesen waren, und trat einen Schritt vor. Sie schloss die Augen und richtete ihr Ohr in den Tunnel. Jetzt hörte es auch Jesse. Etwas aus der Entfernung, ein Scharren und Zwitschern. Genauso schnell, wie es ertönt war, verstummte es wieder. Er fragte sich, ob die Geräusche von Hundekrallen kamen, die über den Tunnelboden kratzten.

Annabelle war vollkommen still und hatte die Augen weit aufgerissen. Ihr Gesicht zeigte Entschlossenheit und Erregung. Zum ersten Mal, seit alles begonnen hatte, erhielt Jesse den Eindruck, Annabelle würde etwas genießen.

Er richtete seine Aufmerksamkeit wieder in den dunklen Tunnel, stand da, dachte nach und lauschte, überlegte, was für Monster umherschlichen, wohin ihre Lampen nicht reichten. Zum Glück leuchteten sie recht weit, und in der unmittelbaren Umgebung bewegte sich nichts.

Nach einer Weile wisperte Jesse: »Glaubst du, das Vieh ist weg?«

Annabelle blickte weiterhin in den Tunnel. »Scheint

so, aber die Frage ist, warum? Der Hund war hungrig und wütend, und er wusste genau, wo wir sind. Wenn ein Hund Beute sieht, verliert er nicht das Interesse und zieht ab, sondern bleibt in der Nähe und jagt sie. Sein grundlegendster Instinkt ist das, die natürliche Entwicklung seiner Art über Abertausende von Jahren hat ihn so gemacht. Wenn der Hund nicht mehr hier ist, gibt es dafür einen Grund.«

Annabelle sah auf den Boden und trat mit den Stiefeln Wasser in die Luft. Über die Schulter sagte sie: »Ich hätte gedacht, dass hier mehr Wasser wäre, Phil. Bist du sicher, dass die Pumpen nicht mehr arbeiten?«

Phil streckte den Kopf zur Tür hinaus. »Die tieferen Ebenen laufen zuerst voll.«

»Na, das ist doch gut«, sagte Jesse. »Dadurch gewinnen wir Zeit.«

Phil verzog gequält das Gesicht. »Eigentlich nicht. Unser Weg nach draußen führt *durch* die tieferen Ebenen.«

Annabelle nickte. »Natürlich, das ist es. Und wieso ist die Pumpstation dann hier oben?«

»Sie bedient diese Ebene und die beiden Ebenen unter uns. Die Pumpleitungen gehen bis ganz nach unten, aber die Steuerung ist hier oben, wo es trockener ist. Das Wasser auf dem Boden hat sich nicht gesammelt. Das ist nur das übliche Sickerwasser.«

Annabelle sah Jesse und dann Phil an. »Also, jetzt sind wir schon hier draußen. Wieso geht ihr nicht zur Pumpstation und schaut, ob ihr uns ein bisschen mehr Zeit verschaffen könnt? Sobald wir dort sind, macht ihr euch an die Arbeit. Falls der Weg frei ist, komme ich zurück und führe alle zum nächsten Trockenraum.«

Jesse sah durch die offene Tür JB und seine Komplizen an. Die drei Schläger hatten sich in den hinteren Teil des Raums zu Randy zurückgezogen, als ob die Gefahr irgendwie nachgelassen hätte. »Können nicht lieber JB und seine Leute gehen?«

Phil schüttelte den Kopf. »Sie haben nicht die nötigen Kenntnisse.«

»Und ich traue ihnen nicht«, flüsterte Annabelle.

»Also kommst du mit uns?«, fragte Jesse.

Sie hob eine Augenbraue. »Wenn's dir recht ist, oder möchtest du lieber Fitz mitnehmen?«

Fitz rief aus dem Trockenraum: »Ich bin hier, um Euch zu dienen, wann immer Ihr mich braucht, Mylady! Ich werde meine Pflicht tun, wann immer es nötig ist, und so, wie Ihr es wollt.«

»Halt den Mund, Fitz«, entgegnete Annabelle gelassen.

»Ich würde mich mit dir definitiv sicherer fühlen«, sagte Jesse.

»Wir sollten zusammen losgehen«, sagte Phil, »solange der Weg frei ist.«

Annabelle schüttelte den Kopf. »Randy sieht aus wie 'ne Leiche auf Urlaub. Er hat viel Blut verloren. Er muss es langsam angehen, und wenn wir losgehen und auf halbem Weg zwischen hier und dort dem Hund begegnen, schaffen wir es nicht alle zurück in die Sicherheit – nicht, wenn wir ihn tragen müssen.«

Phil nickte zustimmend. »Okay, aber wir sollten uns so sehr beeilen wie möglich, solange unser vierbeiniger Freund abgelenkt ist. Vielleicht finden wir im nächsten Raum eine bessere Waffe.«

Zu dritt brachen sie in Richtung der Pumpstation auf. Seite an Seite bewegten sie sich fast in Joggingtempo, das Annabelle vorgab.

Nach einem Augenblick blieb Phil stehen. »Ich bin genauso versessen darauf, hier rauszukommen, wie alle anderen, aber ich bin der Einzige von uns, der weiß, wie man die Trockenraumtüren von Hand öffnet und die Pumpen in Gang setzt. Leg's lieber nicht darauf an, dass ein alter Mann einen Herzanfall bekommt.«

Annabelle ging langsamer, aber nur ein wenig.

Jesse fragte: »Und wie ist deine Familie so, Annabelle?«

Sie sah ihn nicht an. »Meine Leute waren … *informativ*.«

Er wartete darauf, dass *sie* informativer wurde, aber sie führte ihre Antwort nicht weiter aus. Die nächsten paar Hundert Meter gingen sie schweigend, bis vor ihnen etwas Seltsames in Sicht kam.

»Was ist denn das?«, fragte Phil. »Sieht aus wie ein Haufen Metallschrott.«

36

Nadia fand Marcus auf einem Balkon vor dem Pausenraum des Reviers. Die Officers konnten hierher hinaustreten und Luft schnappen, mehr oder weniger frisch, je nachdem, ob sich unter diesen Officers Raucher befanden. Marcus stand mit dem Rollstuhl nah am Geländer und blickte über die Stadt. Eine Zigarette hielt er nicht in der Hand, aber als Nadia heraustrat, schraubte er gerade eine Taschenflasche auf und setzte sie an die Lippen.

Sie lehnte sich neben ihm ans Geländer. »Bekomme ich einen Schluck ab?« Er reichte ihr die Flasche, und sie nahm einen großen Zug. Als die feurige Flüssigkeit ihr die Kehle hinunterlief, verzog sie entsetzt das Gesicht. »Was ist denn das für ein Teufelszeug?«

»Zwölf Jahre alter Scotch. Sie sollten aber nichts trinken. Das ist nicht gut für Sie.«

Sie hustete. »Und warum trinken Sie dann?«

Er zuckte mit den Achseln. »Na ja, ich nehme Schmerzmittel, und ich habe gehört, es ist eine gute Idee, beides zu mischen.«

Sie schüttelte den Kopf und musterte ihn forschend.

Er nahm noch einen Schluck. »Nein? Dann bin ich wohl falsch informiert.«

Sie seufzte. »Selbst *wenn* Eldridge überlebt, wird er für längere Zeit mit niemandem reden. Was machen wir jetzt?«

»Genau das, was ich höchst ungern tue«, antwortete Marcus. »Wir gehen wieder vor die Ermittlungstafel und starren sie an und brüten darüber. Irgendwann wird Demon etwas Entsetzliches tun, und unser Fall ist ruiniert. Wir reagieren dann nur, statt präventiv vorzugehen und zu verhindern, dass es überhaupt dazu kommt. Leider besteht das Leben eines Cops viel zu sehr aus Reaktion und viel zu wenig aus Aktion.«

»Bedeutet präventiv zu arbeiten nicht, gefährdeten Jugendlichen zu helfen, bevor sie in die Kriminalität abrutschen? Den Kreislauf zu unterbrechen?«

Er nickte und sah zu ihr hoch. »Ganz bestimmt, aber die Kids, die schon zu gebrochenen Erwachsenen geworden sind, laufen trotzdem immer noch herum und schaden anderen. Jemand muss auch was gegen sie unternehmen, und leider sind wir diejenigen, welche.«

Nadia schloss die Augen und reckte den Hals. Sie konnte nicht sagen, wie lange es her war, dass sie zuletzt geschlafen hatte. Nach kurzem Schweigen sagte sie: »Ich vermisse ihn.«

Marcus brauchte einen Moment für seine Antwort und nahm noch einen Schluck Scotch. »Frank hat Ihnen von meiner Verlobten erzählt, von Maggie Carlisle?«

»Sicher. Er sagte, sie war für ihn wie eine kleine Schwester. Ich weiß, dass er sie sehr vermisst. Ihr Tod hat ihn tief getroffen.«

»Maggie hat es gehasst, wenn er sie ›kleine Schwester‹ nannte. Ich glaube, zu Anfang hat er sie damit geneckt, aber ich weiß, dass es ihnen beiden wichtig geworden ist. Nach Maggies Tod hat Frank mich ein paarmal auf meiner Ranch besucht. Ich habe sie dort begraben, unter einem Baum, der uns beiden wichtig ist. Einmal, als Frank überraschend vorbeikam, war ich völlig durch den Wind. Ein Blitz hatte unseren Baum getroffen, und obwohl er ihn nicht ganz umgebracht hat, gab es einen großen Schaden. Ich glaubte damals nicht, dass der Baum es überstehen würde, und sagen wir einfach, ich war nicht gerade bester Stimmung. Franks Besuch hat mich abgelenkt, und er hat mir geholfen, damit zurechtzukommen, aber danach habe ich mich von dem Baum ferngehalten.«

»Seit dem Blitzeinschlag haben Sie ihr Grab nicht mehr besucht?«, fragte Nadia ungläubig. »Wie lange ist das denn her?«

»Greifen wir der Geschichte nicht voraus. Ich bin nicht wieder hingegangen, bis Frank mich wieder besuchte. Ich erzählte ihm, dass ich seit dem Blitzeinschlag nicht mehr dort gewesen war. Er sagte nichts dazu. Er ging selbst hin, und als er wiederkam, bat er mich, ihn zu begleiten.«

Marcus konnte sich nicht mehr beherrschen. Mit dem Ärmel wischte er sich die Wangen trocken, bevor er fortfuhr: »Was wir fanden, war atemberaubend. Ein Wunder. Der Baum ist groß, und der Teil, den der Blitz getroffen hatte, war weiß geworden, aber die anderen Teile hatten ihn irgendwie umwachsen und stützten ihn. Der Baum sah aus wie eine Fackel mit einer gezackten weißen Blitzlinie im Zentrum. Das gehört zu den erstaunlichsten Dingen, die ich je gesehen habe. Mir kam es vor, als hätte Maggie vielleicht Gott gebeten, mir eine Botschaft zu senden, damit ich weiß, dass es ihr gut geht.«

Tränen tropften ihm aufs Hemd.

Nadia ließ ihm einen Moment und sagte schließlich: »Das ist eine wunderschöne Geschichte, Marcus.«

»Ich erzähle es Ihnen nur wegen dem, was Frank hinterher zu mir gesagt hat. Er kam zu mir, als ich flennte, sah den Wunderbaum an, lächelte und fragte: ›Du hast ihm nicht genügend Zeit gelassen, kleiner Bruder. Was du für eine Tragödie gehalten hast, war in Wirklichkeit ein Segen.‹ Ich frage mich, wie viele Dinge auf der Welt wir falsch herum betrachten.«

Nadia sah zum Himmel hoch und beobachtete ein Falkenpärchen, das in der Ferne kreiste. »Was ist der Segen in unserer Situation?«, fragte sie.

»Ich bin hier draußen, weil ich versuche, diese Nuss zu knacken.«

Sie lachte leise und schüttelte den Kopf. »Wissen Sie, wenn sie einem sagen, dass man mit dem Bogeyman zusammenarbeiten soll, dann ist das eine Sache. Die Wende kam für mich, als ich begriff, dass der Bogeyman mein bester Freund geworden war.«

Marcus zog eine Braue hoch. »Sie sind nur Freunde?«

Sie kniff die Augen zusammen, sah aber weg. »Warum fragen Sie das?«

Marcus zuckte mit den Schultern. »Na ja, mein Sohn war mit Ihnen im Kontrollraum, als Frank seine Liebe erklärte, und Dylan ist ein Teenager, deshalb platzte er fast, bis er es mir erzählt hatte. Er glaubt, er bekommt eine neue Tante.«

Nadia stockte der Atem. »Ach du meine Güte«, brachte sie hervor.

»Ich habe ihm gesagt, dass sein Onkel Frank nicht gerade

der Heiratstyp ist und sich nie auf eine echte Beziehung mit einer Frau einlassen würde, besonders keine mit irgendwelchen Verpflichtungen.«

Nadia dachte einen Augenblick lang darüber nach und wollte Marcus gerade eine Frage stellen, die damit zusammenhing, als die Tür des Balkons zum Pausenraum aufflog und Detective Nakamura den Kopf hindurchsteckte. »Ich habe euch beide gesucht. Marcus, dein Kumpel Stan hat im Darknet was entdeckt. Er sagt, du musst es dir auf der Stelle ansehen.«

37

Phil hielt den Lichtstrahl auf den seltsamen Metallhaufen in der Entfernung gerichtet, Annabelle hingegen musterte die rechte Wand, trat hinüber und zog einen Feuerlöscher aus der Halterung. »Der könnte uns helfen, falls wir dem Hund wiederbegegnen«, sagte sie zu Jesse. »Vielleicht muss ich ihn doch nicht umbringen.«

»Bist du jetzt enttäuscht?«, fragte er.

Sie hob eine Augenbraue. »Mir sind beide Möglichkeiten recht. Das Tier ist ein Hindernis, das unserem Überleben im Weg steht. Sonst ist es mir egal.«

Während Jesse und Annabelle sprachen, bewegte sich Phil drei Meter tiefer in den Tunnel. Ohne den Blick von dem Metallhaufen zu nehmen, sagte er: »Selbst wenn mein Leben davon abhinge, ich kapiere einfach nicht, was *das* sein soll.«

In diesem Augenblick erwachte der seltsame Metallhaufen zum Leben und stürmte auf sie zu.

Jesse benötigte eine Sekunde, um zu verarbeiten, dass es wirklich eine Person war, die sich ihnen näherte. Sie lief auf unnatürliche, schwerfällige Weise, als wüsste sie nicht recht, wie sie sich in ihrer eigenen Haut bewegen sollte. Er hatte kaum Zeit zu erkennen, dass sie einen messergespickten Panzer trug, als das Ungetüm sie schon beinahe erreicht hatte.

Jesse hörte einen Schrei und begriff erst verspätet, dass der Laut aus seinem eigenen Mund stammte.

Er spürte Annabelles Hand an seiner Schulter. Sie zog ihn zurück. Mit Entsetzen sah er zu, wie die metallene Monstrosität in vollem Lauf gegen Phil prallte. Sie warf den älteren Mann um und wollte ihm in Gesicht und Hals beißen, aber sie trug einen merkwürdigen Helm, der ebenfalls mit Messerklingen besetzt war. Als die Bestie versuchte, ihn zu zerfleischen, drangen die Klingen in Phil ein, und Blut platschte auf den Tunnelboden. Der ältere Minenarbeiter stieß einen furchtbaren, gurgelnden Schrei aus.

Annabelle zog weiter an ihm. »Beweg dich, Jesse! Weg von diesem Monster!«

Er kam zu sich. »Wir müssen Phil helfen!«

»Phils Halsschlagader ist durchtrennt«, erwiderte sie. »Beweg deinen Arsch!«

Ohne es glauben zu wollen, sah er wieder zu der messergespickten Gestalt, die ihren Kopf immer wieder gegen Phil rammte, und er begriff, dass Annabelle recht hatte. Ihr Freund war schon tot.

Das Ungetüm riss den Kopf hoch, und Jesse sah, wie das Licht ihrer Helmleuchten sich in den Augen innerhalb des Helms spiegelte. Der Anblick könnte aus einem der *Hellraiser*-Filme stammen, die ihm als Jugendlichem unzählige Albträume bereitet hatten.

Jesse schrie erneut, als die gepanzerte Bestie auf sie zuschnellte.

Sie war ungefähr so groß wie er und nur noch drei Meter entfernt. Jesse wusste, dass er nichts tun konnte. Er wollte fliehen, kam sich aber vor wie jemand, der auf eine heranrasende Lokomotive starrt und keine Möglichkeit hat, sich aus dem Pfad der Vernichtung zu werfen.

Anderthalb Meter trennten das Ungetüm von ihm, und er konnte sehen, wie sich der blutige Mund im Helm öffnete und schloss.

Die Albtraumgestalt hatte ihn fast erreicht, als Annabelle an ihm vorbeischoss und dem Monstrum das stumpfe Ende des Feuerlöschers ins Gesicht knallte.

Die Bestie torkelte zurück und stieß ein grelles Wutgeheul aus. Der Treffer trieb das Ungeheuer nur kurz zurück. Erneut stürmte es auf Jesse zu, aber diesmal wurde es von einem Schwall aus weißem Schaum zurückgeworfen, der aus Annabelles Feuerlöscher fauchte.

Sie sprühte weiter und rief: »Lauf!« Sie drehte sich um, den Feuerlöscher noch in der Hand, und sprintete zurück zur Tür des Trockenraums.

Als er sich umdrehte, um wegzulaufen, sah er, wie das Monster sich aufs Gesicht schlug und den Kopf gegen die Rohre an der Tunnelwand knallte.

Er rannte so schnell wie noch nie in seinem Leben, auch wenn er die ganze Zeit dachte, dass er stolpern und aufs Gesicht stürzen würde, wann immer seine Stiefel in dem nassen Schotter ausglitten, der den Boden bedeckte.

Sie hatten nur die halbe Strecke zum Trockenraum zurückgelegt, als Jesse Scheppern und Schlurfen hinter sich hörte. Das Ungeheuer hatte die Verfolgung wieder aufgenommen.

Er versuchte, noch schneller zu rennen. Annabelle war

gleich vor ihm. Sie sah über die Schulter und keuchte: »Nicht langsamer werden! Es kommt!«

Wie eine Ewigkeit kam es ihm vor. Sein Herz pochte so heftig, dass er Angst hatte, es könnte stehenbleiben und ihm ein sofortiges Ende bescheren, aber dann kam vor ihm die Tür des Trockenraums in Sicht.

Von der Tür hörten sie Nickys Stimme: »Ist das der Hund? Ist der Hund hinter euch?«

»Die Tür sofort schließen, wenn wir drin sind!«, schrie Annabelle. »Und sie blockieren!«

Als sie die Tür erreichten, packte sie Jesse und warf ihn hinein, bevor sie ihm in den Trockenraum folgte. Sie half Nicky, den Stahlrohrstuhl wieder zwischen Schiebetür und Schrank zu verkeilen, damit sie sich nicht von außen öffnen ließ.

JB stemmte sich vom Tisch hoch und sah die beiden keuchenden, abgekämpften Neulinge an. »Wo zum Teufel ist Phil?«

Jesse sah Annabelle an, aber sie schüttelte den Kopf, als wüsste sie nicht, was sie sagen sollte. »Phil ist tot«, erklärte er.

»Was zum Teufel?«, entgegnete JB. »War es der Hund? Habt ihr den armen Kerl einfach da draußen zurückgelassen?«

Jesse war nicht sicher, was er sonst sagen sollte, und antwortete: »Nein, es war nicht der Hund. Soweit ich es sagen kann, war es ein … *Dämon*.«

Annabelle lachte leise. »Für mich war es mehr ein Freak in einem Halloween-Kostüm, aber in einem dunklen Tunnel zwei Kilometer unter der Erde wollt ihr keinem von beiden begegnen.«

»Was meinst du mit Freak im Halloween-Kostüm?«, fragte JB. »Was zum Teufel hast du da draußen gesehen?«

Annabelle blickte ihm offen in die Augen. Offensichtlich grollte sie ihm noch immer wegen ihres Zusammenstoßes.

»Ich bezweifle, dass die Leute, die uns hier runtergeschafft haben, je wollten, dass wir wieder rauskommen. In den Tunneln sind Wesen, die gefährlicher sind, als, sagen wir mal, in einen Schacht zu stürzen.«

JB kniff die Augen zusammen, aber er sagte nichts.

In diesem Moment krachte das gepanzerte Biest gegen die Trockenraumtür. Es kratzte und scharrte wild am Metall und kreischte in solcher Qual, dass Jesse kaum glauben konnte, dass der Laut von menschlichen Stimmbändern hervorgebracht wurde. Alle blieben sie mehrere Sekunden lang still, und das Geschöpf schien das Interesse zu verlieren. Als besäße es weniger Raubtierintellekt als der Hund, streifte es davon, schlug gegen andere Abschnitte der Rohrleitungen und Wände. Jesse blickte sich um und sah in aller Augen das Weiße. Er blieb bei seiner ersten Einschätzung: dass sie es mit einem dämonischen Wesen zu tun hatten.

38

Jesse fragte sich, ob das Monster in der Metallrüstung zu viel »Badesalz« oder PCP genommen hatte und nicht wusste, was es tat, denn nach ein paar Sekunden schien es sie völlig vergessen zu haben. Sie konnten hören, wie es den Tunnel entlangstreifte und vor Verzweiflung kreischte, während es sie suchte. Vielleicht war Annabelles Löschschaum ihm in die Augen geraten. Mit Händen, die in messergespickten Handschuhen steckten, konnte es sich das Zeug nicht abwischen. Falls dem so war, musste der dämonische Angreifer so gut wie blind sein. Das ließ allerdings die Frage offen, wieso er, nachdem er dem Klang ihrer Schritte und Stimme so weit gefolgt war, nicht einfach vor ihrer Tür wartete wie der Rottweiler.

Die Gruppe stimmte überein, dass sie keine Zeit mit Pumpen, die nicht liefen, vergeuden durften. Sie entschieden sich, alles an Waffen einzusammeln, was sie im Trockenraum finden konnten, und sich dann so schnell wie möglich zum alten Schacht zu begeben.

»Was ist«, fragte Isaiah, »wenn der Lift zur Oberfläche nicht funktioniert oder sie uns nicht hinauslassen wollen?«

»Sie werden uns rauslassen«, sagte JB, »und wenn nicht, dann zerbrechen wir uns darüber den Kopf, wenn wir dort sind. Wir wissen jetzt nur, dass wir nicht hierbleiben können.«

Die Gruppe – bis auf Randy, der schlafend auf der Couch lag – schwärmte aus und suchte im Trockenraum nach allem, was als Waffe dienen konnte. Viel gab es leider nicht. Alles, was sie fanden, legten sie auf den Tisch.

Nach fünf Minuten hatten sie ein spärliches Arsenal zusammengetragen: drei Steakmesser, eine Gummiglocke, eine Dose Lufterfrischer, zwei Schraubendreher, fünf Wegwerffeuerzeuge, drei Schlüsselringe und zwei Feuerlöscher. Das Exemplar, das Annabelle gefunden hatte, schien nur halb voll zu sein, als sie es schüttelten, der andere war kleiner und unter dem Waschbecken angebracht gewesen.

Annabelle musterte ihr trauriges Sammelsurium. »Das muss dann wohl reichen. Die Stahlrohrstühle am Tisch sind auch ziemlich robust. Wir können einen davon benutzen wie ein Löwenbändiger. Wenn das Monster auf euch zukommt, kann man es mit dem Stuhl auf Abstand halten. Und dann jagen wir ihm Löschschaum in die Augen.«

Die anderen, die sich um den Tisch scharten, wirkten

nicht annähernd so zuversichtlich wie sie, einen Irren mit klingengespickter Rüstung abwehren zu können. JB und seine Schläger machten eine Ausnahme, aber nur, nahm Jesse an, weil sie das Monstrum nicht gesehen hatten. Das Trio schien plötzlich seine Emotionen im Griff zu haben und sich wegen der beunruhigenden Lage, in der sie steckten, keine Sorgen mehr zu machen. Jesse fragte sich, was diesen jähen Wechsel verursacht hatte. Vielleicht hatte JB sich gefangen und seine neue Zuversicht an seine Helfershelfer weitergegeben, aber Jesse wurde das Gefühl nicht los, dass mehr dahintersteckte. Er konnte nicht vergessen, wie JB seinen Männern befohlen hatte, Annabelle etwas anzutun, wenn sich die Gelegenheit ergab.

Jesse musterte ihn nachdenklich, als JB unvermittelt vom Tisch hochsah. Ihre Blicke trafen sich. Jesse wäre beinahe zurückgestolpert, aber er konnte nicht wegschauen. JB schien zu spüren, dass etwas nicht stimmte, und runzelte die Stirn.

Jesse fuhr zusammen, als es rhythmisch – *eins-zwei-drei, eins-zwei-drei* – gegen die Tür des Trockenraums klopfte. Von der anderen Seite war eine Stimme zu hören: »Lassen Sie mich herein. Ich bin hier, um Ihnen zu helfen.«

39

Ackerman trat in den Trockenraum und stellte das tragbare Autogenschweißgerät ab. Er hob die Hände. Eine Minenarbeiterin, eine zierliche Frau mit kurzen schwarzen Haaren, befahl: »Jesse, filz ihn nach Waffen.«

Ein schmächtiger Schwarzer trat zu ihm und tastete seine Gürtellinie ab.

Während der Durchsuchung sah sich Ackerman die Minenarbeiter an, die zu retten er gekommen war. Sie schienen vor Angst fast den Verstand verloren zu haben. Einer von ihn lag offenbar bewusstlos auf einer Couch in der Ecke. Ein primitiver, blutgetränkter Verband bedeckte seinen Arm. Der Rest hielt improvisierte Waffen wie Steakmesser und Feuerlöscher, aber wer Ackermans Gemütsruhe störte, war ein Mann mit einem bleistiftdünnen Schnurrbart, der selbstsicher dort stand, die Lippen verbogen, einen Gummisauger erhoben wie einen Schlagstock. Der arme Kerl hatte einen schwermütigen Ausdruck in den Augen wie ein alter Basset, und Ackerman fragte sich, ob der Mann angesichts seiner Waffe der Wahl wirklich große Zuversicht empfand.

Die junge Frau mit den rabenschwarzen Haaren fragte: »Wer sind Sie, und weshalb sind Sie hier?«

Ackerman lächelte. »Gleich auf den Punkt. Das gefällt mir, und das ist gut, denn die Uhr tickt. Die Tunnel werden sich mit Wasser füllen. Die Pumpen wurden abgestellt.«

»Ja, das wissen wir schon. Wir wissen aber nicht, wer Sie sind«, sagte sie.

»Ich bin Sonderberater bei der Verhaltensanalyseeinheit des FBI, und ich bin hier, weil wir alle in ein Todesspiel gezwungen wurden, das von einem Mann, der sich Demon nennt, organisiert wird.«

Er ließ es einige Sekunden wirken und fügte hinzu: »Darf ich jetzt Ihre Namen erfahren?«

Ackerman war versessen darauf, sich mit allen Minenarbeitern zu unterhalten, denn er wusste, dass wenigstens zwei faule Äpfel im Fass lagen. Er hatte den Verdacht, Demon wolle ihn derart beschäftigt halten, dass ihm die Zeit fehlte, die kleinen Anzeichen zu erkennen, mit denen sich die

Schwindler verrieten, aber er nahm sich vor, sie alle genau im Auge zu behalten.

Die dunkelhaarige Frau antwortete, bevor sonst jemand es konnte. »Ich heiße Annabelle und stelle hier die Fragen, Mr. Sonderberater, der sich *nicht* vorgestellt hat. Wieso also sind Sie hier, und was soll dieses Spiel? Was will dieser Demon?«

Er mochte die junge Dame. Sie hatte Feuer.

»Sie können mich Frank nennen«, sagte Ackerman. »Ich gehörte zu dem Team, das Demon jagt. Er mochte meinen Stil, deshalb hat er mich in seine kranke Reality-Show hineingezogen, die er ins Darknet sendet. Alles, was wir in diesen Tunneln tun und sagen, wird aufgenommen, und Zuschauer in den dunkelsten Ecken des Internets sehen vor Aufregung sabbernd zu, wie Sie und Ihre Freunde sterben. Es ist offensichtlich, dass Sie schon auf einige der ›Hindernisse‹ gestoßen sind, die Demon uns in den Weg legt. Aber wenn wir zusammenarbeiten, können wir sie überwinden. Wir brauchen nur zu dem Schacht zurückzukehren, durch den ich soeben hier hereingekommen bin.«

Ein Mann mit schwarzem Bart und einer Nase, die schon mehrmals gebrochen war, sagte: »Ich bin JB Palminteri, der Vorarbeiter hier. Warum sollten wir Ihnen trauen? Woher sollen wir wissen, dass Sie nicht für den arbeiten, der das hier veranstaltet?«

Ackerman zog die Brauen hoch. »Vertrauen Sie mir nicht. Ich selbst würde mir auch nicht vertrauen. Und um ehrlich zu sein, ich vertraue auch niemandem von Ihnen. Jedenfalls nicht mehr als unbedingt nötig, damit wir alle lebend aus dieser Situation herauskommen. Machen Sie sich nichts vor: Demon plant, uns alle umzubringen. Von dem Gedanken ist er ganz begeistert. Er findet, das sei prächtige Unterhaltung.«

Annabelle, die junge Frau, fragte: »Und wie wollen Sie uns hier rausschaffen?«

»Das ist einfach. Ich gehe den Weg zurück, den ich gekommen bin. Sie bleiben hinter mir und tun, was ich sage.«

40

Ackerman musterte die verängstigten und wütenden Minenarbeiter. Hoffentlich wurde ihnen bald klar, dass sie alle im gleichen Boot saßen und mit dem Rudern anfangen müssten. Stattdessen fragte ein junger Hispanic: »Haben Sie einen Ausweis, oder können Sie uns anders beweisen, dass Sie beim FBI sind?«

Ackerman rollte mit den Augen. »Kinder, für so was haben wir keine Zeit. Wie wäre es, wenn wir in den Tunnel gehen und ich Ihnen meine Vertrauenswürdigkeit beweise, indem ich die fiesen Wesen umbringe, die Ihnen ans Leben wollen? Würde das allen genügen?«

Er wartete noch einen Moment, während die Gruppe darüber nachzudenken schien, und fügte hinzu: »Ich mache Ihnen folgenden Vorschlag: Ich nehme mein Schweißgerät und verjage das Ungeheuer, das Ihren Freund auf dem Gewissen hat. Dann ergreifen Sie Ihre improvisierten Waffen, und wir ziehen los.«

Der kleine Schwarze ergriff das Wort. »Sir, ich bin übrigens Jesse. Und ich hoffe sehr, dass Sie sind, was Sie behaupten. Aber es spielt keine Rolle. Diese *Bestie* da draußen trägt einen Panzer, der mit Messerklingen besetzt ist. Ich wusste nicht mal, dass es so was gibt. Bevor Sie nahe genug herankommen, um Ihren Schweißbrenner einzusetzen, rennt das Monster Sie nieder wie Phil.«

Ackerman bemerkte Jesses außergewöhnliche Körperhaltung und die Verwendung der Anrede *Sir*. »Ist mir ein Vergnügen, Sie kennenzulernen, Jesse. Um Ihren Freund tut es mir leid. Ich wünschte, ich wäre früher hier gewesen, dann hätte ich Sie vor der Furie beschützen können.«

»Wie haben Sie es genannt?«, fragte Jesse.

»Unser Spielleiter nennt diese Menschen ›Furien‹. Sie sind nur noch leere, geistlose Hüllen, weil Demon ihren Verstand durch chirurgische Eingriffe unwiderruflich ausgelöscht hat, und außerdem stehen sie unter dem Einfluss von Stimulanzien. Sie sind zwar gefährliche, wehrhafte Gegner, aber geistig nichts weiter als Tiere. Bei Tieren können Sie immer darauf zählen, dass sich ihr Verhalten nach ihren natürlichen Tendenzen richtet. Die instinktive Reaktion auf eine Verbrennung des Gesichts ist die Flucht. Falls es keine weiteren Einwände gibt, sollten wir uns auf den Weg machen.«

»Was ist mit Randy?«, fragte Jesse. »Dieser Hund hat ihn übel erwischt.«

»Kann er allein gehen«, fragte Ackerman, »oder müssen wir eine Trage bauen?«

Jesse zuckte mit den Schultern. »Das weiß ich nicht. Er schläft gerade.«

»Wenn wir dadurch hier rauskommen«, erbot sich JB, »werden die Jungs und ich ihn tragen.«

Ackerman nickte, nahm den Autogenschweißbrenner vom Boden auf und wandte sich zur Tür. »Also gut«, sagte er. »Wer will es sich ansehen? Sie können mich vom Trockenraum aus beobachten, bis Sie sicher sind, dass ich das Geschöpf vertrieben habe.«

Jesse trat vor und schob die Tür auf. Ackerman nickte ihm zu und ging in den Tunnel hinaus. Die Furie hatte sich gute dreißig Meter entfernt verausgabt. Ackerman wandte sich zu den Minenarbeitern um, die nun die Trockenraumtür umstanden, bereit, sich rasch wieder zurückzuziehen. »Wir könnten das Monster auch in Ruhe lassen und versuchen, uns vorbeizuschleichen.«

Obwohl er nur leise gesprochen hatte, nahm die Furie seine Stimme auf. Sie riss den Kopf hoch, fuhr in ihre Richtung herum und richtete sich auf.

Er zuckte mit den Schultern. »Oder auch nicht.«

Er bückte sich, stellte die Gasmischung ein und zündete mit dem Drücker die Flamme. Entschlossen schritt er auf die erzürnte Furie zu.

Als er sah, welchen Schwung das Monstrum aufbaute, sagte er sich, dass Jesse in mancherlei Hinsicht richtig lag. Er konnte nicht einfach dastehen und die Flamme vor sich halten. Die Furie würde ihn niederrennen, bevor ihre Nervenenden überhaupt bemerkten, dass sie verbrannt wurde. Bis sie den Schmerz spürte, wäre der Schweißbrenner längst beiseite geschlagen.

Er musste eine andere Taktik anwenden.

»Komm und hol's dir, du Scheusal!«

Die Furie war Ackerman schon so nahe, dass er das Blut sah, das von ihren Klingen tropfte. Dieses Exemplar war viel kleiner als Juggernaut, aber in klingengespickter Plattenrüstung wäre selbst ein Äffchen ein ernstzunehmender Gegner gewesen. Die Bestie brüllte und breitete die Arme zu einer Umarmung aus Blut und Tod aus.

Ackerman wich zur Seite aus und tauchte unter den Gliedmaßen des geblendeten Ungeheuers weg. Er brachte sich in den Rücken der Furie und rief: »Hier bin ich!« Die entmenschlichte Bestie kreischte auf, während sie noch weiterstolperte, kam zum Stehen, fuhr herum und wiederholte das gleiche Umfassungsmanöver wie vorhin.

Ackerman wich wieder aus, indem er auf die andere Seite der Bestie trat und sich unter ihren Armen hinwegduckte. »Hier drüben.«

Das Scheusal brüllte erneut, aber nun hatte Ackerman zwei Dinge erreicht: Er hatte den Impuls der Furie aufgezehrt und sie in die passende Position zur Flucht gebracht.

Das Ungeheuer fuhr zu ihm herum, und er richtete die Acetylenflamme auf das Loch, hinter dem sein Maul war.

Als das Feuer Zunge und Lippen traf, kreischte die Furie vor Schmerz und warf sich nach hinten. Das Ungeheuer kroch weg, rappelte sich wieder auf und rannte vor dem schrecklichen Schmerz davon, den es soeben erfahren hatte.

Ackerman fragte sich, ob seine Taktik die gleiche Wirksamkeit gezeigt hätte, wäre das Geschöpf nicht zuvor geblendet worden, aber sie besaßen noch zwei Feuerlöscher, die sie einsetzen konnten, falls Demon ihnen weitere Höllenhunde oder Furien auf den Hals hetzte. Um mit den kleineren Furien umzugehen, besaßen sie eine akzeptable Lösung, und er arbeitete bereits an einem Plan, das weit gefährlichere Hindernis zu bewältigen, das Juggernaut darstellte.

Demons Stimme klang aus dem Ohrhörer. »So, jetzt glauben Sie also, dass Sie die Oberhand gewinnen, was? Sie haben mit diesen Dämonen getanzt, also kennen Sie sie alle, hm? Sie wissen gar nichts! Sie sind so blind, dass Sie nicht einmal wissen, was sehen zu können bedeuten soll. Und vergessen Sie nicht, Ihre gefährlichsten Gegner sind weit weniger offenkundige Monstren. Im Augenblick hat Chamäleon Sie genau da, wo es Sie haben will.«

Ackerman sah zu den Minenarbeitern, die ihn mit weit aufgerissenen Augen anstarrten, und fragte: »Können wir jetzt gehen, Kinder?«

41

Im 72. Revier des NYPD stiegen sie in den Aufzug. Detective Nakamura drückte den Knopf für den vierten Stock, und Nadia fragte: »Wer ist dieser Stan?«

Marcus sah lächelnd zu ihr hoch. »Oh, Sie werden ihn lieben. Er hat für die Shepherd Organization gearbeitet. Ich wette, Frank hat schon von ihm erzählt.«

Die Aufzugtüren pingten und fuhren auf, und sie traten auf den Fliesenboden des Squad Room hinaus, einem Großraumbüro, in dem reger Betrieb herrschte. Detective Nakamura hatte einen durch Plexiglaswände abgetrennten Arbeitsbereich, in dem sie ein wenig Privatsphäre genoss.

Unterwegs sagte Nadia: »Nein, ich glaube, einen Stan hat Frank nie erwähnt.«

Über die Schulter hinweg entgegnete Marcus: »Was ist mit ›Computer Man‹? Hat er je von Computer Man gesprochen, als wäre er so eine Comicfigur, die Computer geistig kontrolliert oder Mikrochips aus den Fingerspitzen verschießt?«

Sie lachte leise. »Doch, der Name ist ein paarmal gefallen. Einmal sagte er, und ich zitiere, dass meine Fähigkeiten beeindruckend seien, aber mit Computer Man könnte ich mich nicht messen.«

Marcus nickte, und sie entdeckte eine Träne in seinem Auge. »Ja, Maggie und Stan brauchten eine Weile, bis sie es begriffen, aber die Spitznamen, die Frank ihnen gab, waren in Wirklichkeit Auszeichnungen. Ihnen wird aufgefallen sein, dass er Leute, die er nicht leiden kann, nicht ›kleine Schwester‹ oder ›Computer Man‹ nennt. Für solche Personen findet er viel beleidigendere Spitznamen, oder er spricht sie formeller an, mit Mister oder Missus vor ihren Nachnamen.«

Nadia fiel noch etwas ein, das Frank über den Computer Man erzählt hatte. »Warten Sie mal. Ist Computer Man nicht außerdem ein Nudist mit Agoraphobie?«

Detective Nakamura, die sich normalerweise aus ihren absonderlichen Gesprächen heraushielt, zog eine Braue hoch und bedachte sie mit einem merkwürdigen Blick. »Gibt's so was wirklich?«

Marcus lachte leise, als sie Nakamuras Schreibtisch erreichten und er seinen Rollstuhl an eine Stelle hinten in der Ecke fuhr. »Stan ist … ein interessanter Kerl. Ich glaube, er ist ein Wunderkind oder ein Genie oder so was, aber auf jeden Fall ist er – ganz wie Sie sagten – Agoraphobiker. Und er sagt sich, solange er das Haus nicht verlässt oder Besuch bekommt, hat es auch keinen Sinn, sich anzuziehen. Normalerweise ist das kein Problem, aber als wir bei der Shepherd Organization waren, wohnten wir beide in dem gleichen Gebäude, in dem wir auch arbeiteten. Deshalb kann ich wohl sagen, dass ich Stan viel besser kenne, als ich ihn jemals kennenlernen wollte.«

»Trägt er denn heute Kleidung?«, fragte Detective Nakamura.

Marcus zuckte mit den Achseln. »Ich garantiere für nichts.«

»Wie zieht jemand um, der Agoraphobie hat?«, fragte Nadia. »Das beschäftigt mich schon lange.«

Marcus schüttelte den Kopf. »Für die meisten Agoraphobiker kann ich nicht sprechen, denn ich bin sicher, dass Stans Methode nicht die Norm ist. Er heuert eine Krankenschwester an, die ihn mit Medikamenten ausknockt. Dann lässt er sich von einem Bestattungsunternehmer in einen Sarg packen, in einen Leichenwagen laden, zum neuen Haus fahren und im Sarg hineinbringen. Drinnen öffnen sie das Ding und holen ihn raus, sodass er dort aufwacht, wo er sein muss.«

»Und wenn es zu lange dauert und die Medikamente aufhören zu wirken?«

»Er bleibt im Sarg, bis er angekommen ist.«

Nadia schüttelte den Kopf. »Was ist mit ihm passiert? Was für ein Trauma hat solch eine Funktionsstörung ausgelöst?«

Marcus' Gesicht wurde ernst. »Das ist eine Story für ein andermal, und ich habe nicht das Recht, sie zu erzählen. Schauen wir, was Stan für uns auf Lager hat. Frank war kaum verschwunden, da habe ich ihn schon gebeten, die Fühler nach allen auszustrecken, die er im Web kennt, und die Gerüchte im Auge zu behalten. Vielleicht liefert er uns den Durchbruch, auf den wir warten.«

42

Kaum hatte Ackerman die Furie ausgeschaltet, schloss er an Sauerstoff- und Acetylenflasche die Ventile, und die Flamme erlosch. Erneut erläuterte er den Minenarbeitern, wie dringlich die Lage sei, und fragte sie abermals, wie sie hießen: Ein gewisses Vertrauen sollte ihm nun entgegengebracht werden. Einige Minenarbeiter nannten ihre ganzen Namen, andere nicht. Er bohrte nicht nach. Kaum hatte sich ihm jeder seiner Schützlinge vorgestellt, sagte er: »Wir müssen verschwinden, bevor uns noch etwas Unangenehmeres begegnet.«

Mit einem flüchtigen Blick auf JB fragte Jesse: »Können Sie mir bei Randy helfen, Frank? Auf einer behelfsmäßigen

Trage hat er es doch bequemer, als wenn wir ihn von Hand mitschleppen.«

Ackerman folgte Jesse in den hinteren Teil des Pausenraums, wo Randy mit dem Rücken zu ihnen auf einem Sofa lag.

Jesse rüttelte ihn sanft an der Schulter. »Randy, komm schon, wir müssen los. Randy?«

Er rüttelte stärker, aber der ältere Mann rührte sich nicht. Jesse drehte ihn auf den Rücken, und Randys Arm und Kopf hingen schlaff herunter wie totes Gewicht.

Ackerman trat vor, legte Jesse eine Hand auf die Schulter und fühlte Randys Puls. Er wartete kurz, sah Jesse in die Augen und schüttelte den Kopf.

In Jesses Blick entdeckte Ackerman ehrliche Qual, Trauer und Entsetzen. Er war Jesse nahe genug, um deutlich zu sehen, dass der junge Mann genau die Emotionen durchlief, die zu erwarten waren, wenn jemand hörte, dass ein Freund unerwartet verstorben war. Also traf eine von zwei Möglichkeiten zu: Entweder empfand Jesse die gezeigten Emotionen aufrichtig und war daher keiner von Demons Agenten, oder er zählte zu den besten Schauspielern, denen Ackerman je begegnet war.

In seinem Ohr sagte Demon: »Ach, wie traurig. Das Spiel hat gerade erst begonnen, und schon haben Sie zwei Menschen verloren, die zu beschützen Sie geschworen hatten. Da waren Sie wohl nicht schnell genug, Frank. Vielleicht liegt es an Ihrer Krankheit, aber womöglich sind Sie auch zu weich geworden. Wie auch immer, Sie haben einen Fehlstart hingelegt. Sie sollten eine Möglichkeit zum Ausgleich finden, sonst waren das nicht Ihre letzten Verluste.«

Ackerman sah jeden Minenarbeiter mit ernster Miene an und maß ihre Reaktionen. »Randy wird uns nicht begleiten«, sagte er schließlich. »Er ist seinen Verletzungen erlegen –

entweder durch den Blutverlust oder aufgrund einer bestehenden Erkrankung. Ich sehe aber keinen Grund, weshalb er nicht geborgen und anständig beerdigt werden könnte, nachdem alles vorüber ist.«

Ackermans Blick streifte von einem zum anderen, während er ihre Reaktionen beobachtete und katalogisierte. Annabelle, die de facto die Anführerin zu sein schien, wirkte kaum betroffen. »Die meisten von uns haben ihn nicht lange gekannt, nur ein paar Stunden«, sagte sie, »aber er schien ein anständiger Kerl zu sein.«

Darüber hinaus schien niemand noch etwas anmerken zu wollen, als der dunkelhaarige Mann mit der gebrochenen und schlecht gerichteten Nase vortrat. »Randy und ich waren nicht immer einer Meinung«, sagte er, »aber er war ein guter Mann.«

»Tu nicht so, als wärt ihr Freunde gewesen«, versetzte Annabelle.

JB drehte ruckartig den Kopf zu ihr. »Du weißt doch überhaupt nichts, Kleine!«, fuhr er sie an. »Aber warte nur, das eine oder andere bring ich dir noch bei, bevor hier alles vorbei ist.« Seine Lippe bebte einen Augenblick, dann stürmte er zur Tür.

Während der Rest der Gruppe sich ihm anschloss, alle bestrebt, die traurige Szene hinter sich zu lassen, studierte Ackerman ihre Gesichter und Körpersprache. Er ging sogar so weit, mentale Schnappschüsse aufzunehmen, um sie zu katalogisieren und jeden Minenarbeiter zu beurteilen.

Die zwei offensichtlichsten Bedrohungen hatte er erkannt: die Frau namens Annabelle und den Mann namens JB. Annabelle war abgebrüht und handhabe die Situation auf eine Weise, die nach einer Erklärung verlangte. Gefühle wie Trauer und Angst schienen ihr unbekannt zu sein. Unter normalen Umständen hätte er niemanden danach beurteilt, wie sehr jemand einen Verlust betrauerte und wie er sich allgemein verhielt, aber unter den gegenwärtigen Umständen musste er ihre emotionale Abkopplung als Warnsignal betrachten. JB hingegen war eindeutig ein Berufsverbrecher, die Sorte Hindernis, wie Demon sie ihm nur zu gern in den Weg setzte. Die Frage war nur, ob JB und seine beiden Putzerfische aktiv für Demon arbeiteten oder der Spielleiter sie nur platziert hatte, damit sie Drama und potenzielle Konflikte beisteuerten.

Bei nichts davon konnte sich Ackerman wirklich sicher sein, aber er hegte den Verdacht, dass einige Masken schon bald fallen würden.

Demon sagte ihm ins Ohr: »Ich merke, wie die Rädchen in Ihrem Kopf rattern, mein Freund. Ehrlich, als Chamäleon mir die Dynamik in dieser Gruppe darlegte, war ich skeptisch, aber jetzt, wo ich den Plan in Gang sehe, erkenne ich die Poesie darin. Analysieren Sie nach Herzenslust. Berechnen Sie, planen Sie, es spielt keine Rolle. Sie werden nicht vorhersehen, was kommt.«

Ackerman erwog, den Ohrhörer zu entfernen, aber er war es gewohnt, Stimmen zu hören, und er hatte das Gefühl, dass Demon und seine impulsive Zunge ihm mehr Hinweise auf Chamäleons Identität liefern könnten als die Beobachtungen, die er anstellte. Die Gewinne in situativen Erkenntnissen wogen schwerer als der Spott seines Gegners.

Alle anderen hatten den Trockenraum verlassen, nur Jesse stand noch an der Couch, die Hand auf Randys Schulter, den Blick ins Gesicht des Toten gerichtet.

»Mir tut es leid um Ihren Freund«, sagte Ackerman, »aber wir müssen aufbrechen, Jesse.«

Jesse schüttelte den Kopf. »Annabelle hat recht. Wir kannten ihn nur ein paar Stunden lang. Vielleicht sollte ich nicht so empfinden, aber …«

»Entschuldigen Sie sich nicht für Ihre Empfindungen«,

unterbrach Ackerman ihn. »Empfindungen sind niemals falsch. Nur unsere Reaktionen darauf können falsch sein. Sich um andere zu sorgen ist immer die richtige Reaktion, auch wenn man sie gerade erst kennengelernt hat, und wie es scheint, hat Randy einen bleibenden Eindruck bei Ihnen hinterlassen. Mir kommt es allerdings so vor, als hätte er gewollt, dass jeder von Ihnen lebend und unversehrt aus der Mine entkommt.«

Jesse nickte und wischte sich die Augen mit dem Ärmel seines Overalls ab. »Sie haben recht. Gehen wir los.«

43

Im Tunnel wartete die Schar der Minenarbeiter auf Ackerman. Erneut musterte er sie alle, als er an ihnen vorbeiging. Die meisten wirkten ernüchtert und verängstigt. Er behielt seinen stoischen Gesichtsausdruck bei. JB war der Letzte in der Reihe. Er schwang den Arm zum Tunnel und sagte: »Gehen Sie nur voran, Boss.«

Während er wies, drehte JB den Kopf. Bei dieser Bewegung bemerkte Ackerman einen dünnen Plastikfaden an JBs Ohrläppchen. Obwohl der Ohrhörer an sich nahezu unsichtbar war, verriet das Bändchen, mit dem er herausgezogen wurde, dass JB ein ähnliches Kommunikationsgerät wie er erhalten hatte.

In dem Bewusstsein, dass er zahlreiche mögliche Feinde hinter sich hatte, schritt Ackerman vor wie ein Mann, der auf der Welt keine Sorge kannte.

Für ihn war es ein weiterer Moment, der zeigte, wie falsch die Leute seinen Mangel an Furcht verstanden. Ackerman fürchtete sich nicht, aber das bedeutete keineswegs, dass er Bedrohungen nicht erkannte oder keine Pläne schmiedete, um sie schachmatt zu setzen. Er hatte nur nicht die gleiche emotionale Reaktion, die andere unter den gleichen Umständen erfahren würden.

Menschen wie Nadia und sein Bruder betrachteten seine Aktionen oft fälschlich als leichtsinnig und waren der Meinung, sein Mangel an Furcht veranlasse ihn, sein Leben unnötig in Gefahr zu bringen. Dabei verweigerten sie sich jedoch der Erkenntnis, dass er durchaus die intellektuelle Befähigung besaß, erst zu denken und dann zu handeln. In jeder gegebenen Lage ging Ackerman davon aus, dass er erfolgreich wäre, weil er sich nicht in Situationen zu bringen pflegte, in denen das wahrscheinliche Resultat aus einem Fehlschlag bestand. Er rechnete damit, seine Feinde zu besiegen, und sah keinen Grund, sich mit der Vorstellung einer Niederlage zu befassen, es sei denn, um die Taktik eines Gegners genauer zu verstehen und ihr besser begegnen zu können. Sich zu überlegen, inwiefern man eine Niederlage erleiden konnte, war wichtig, aber Ackerman verstand einfach nicht, wieso sich jemand dem Gefühl ergab, er sei besiegt worden, bevor das Endergebnis überhaupt feststand.

Was Nadia und Marcus entging, war die Tatsache, dass es für Ackerman nichts weiter als ein kalkuliertes Risiko bedeutete, seinen Feinden den Rücken zuzuwenden. Tat er es, hatte er bereits die Variablen abgeschätzt, sich die Hilfsmittel klargemacht, die Hindernisse eruiert und handelte dementsprechend. Seine anormale emotionale Reaktion auf die Lage machte ihn, seiner Meinung nach, keineswegs leichtsinnig. Sie brachte ihn lediglich zu einem Verhalten, das normalen Menschen unbegreiflich war.

Die Minenarbeiter folgten ruhig dem Tunnel. In der Finsternis waren ihre Helmlampen die einzige Lichtquelle. Ackerman hatte noch seine eigene Taschenlampe, ließ sie aber ausgeschaltet, um die Batterie zu schonen. Er konnte sich vorstellen, dass die Nicht-Schwindler unter ihnen an ihre verstorbenen Freunde dachten. Lange dauerte es nicht, bis sie den zerfleischten Leichnam des anderen älteren Minenarbeiters passierten, an dem er bereits vorbeigekommen war.

Der düstere Zug ging noch ein paar Augenblicke weiter, dann trat Annabelle neben ihn. »Also, wer ist dieser Demon, und was will er von uns?«, fragte sie flüsternd.

Ohne im Schritt innezuhalten, antwortete Ackerman: »Demon ist ein größenwahnsinniger Verbrecher mit unbegrenzten Mitteln und unbegrenztem Personal.«

»Seine Mittel und sein Personal können nicht *unbegrenzt* sein. Das ist nicht möglich.«

»Für alle praktischen Erwägungen sind sie es. Seine Reichweite und seine Mittel gehen so weit über alles hinaus, was Sie sich vorstellen können, dass es überhaupt keinen Sinn hat, darüber nachzudenken. Ob sie ihm ausgehen oder nicht, Tatsache bleibt, dass wir unterlegen sind.«

»Es spielt keine Rolle, wie mächtig ein Mann ist«, wandte Annabelle ein, »eine Kugel kann ihn umbringen.«

Ackerman grinste. »Das sage ich zu Demon ständig.«

»Wenn er so schlimm ist und Sie die Chance gehabt haben, wieso haben Sie ihn dann noch nicht zur Strecke gebracht?«

»Das ist eine seltsame Frage an einen Vertreter der Bundesermittlungsbehörden. Als ich zuletzt nachlas, wurde Mord nach wie vor missbilligt.«

Sie zuckte mit den Achseln. »Mein Vater hat mir beigebracht, dass einige Leute einfach umgebracht werden müssen.«

»Mein Vater findet, dass so ziemlich *jeder* umgebracht werden sollte«, entgegnete Ackerman. »Allerdings ist er auch ein geisteskranker Sadist. Der springende Punkt ist, dass es weder gute noch schlechte Menschen gibt, Annabelle. Es gibt nur Menschen, die in unterschiedlichem Ausmaß gebrochen sind. Aber das Leben jedes Einzelnen ist heilig.«

Annabelle hob eine Braue. »Na, wenn ich je in die Nähe dieses Demon-Arschs komme, werden Sie sehen, was passiert, wenn jemand mit einem Paar Eier ihm jedes einzelne heilige Leben vergilt, das er beendet hat.«

Zur Antwort lächelte Ackerman nur. Sie gingen einige Sekunden nebeneinander her, dann hörte er Demons Stimme in seinem Ohr. »Sie hat Feuer. Ich mag sie.«

Ackerman war nicht sicher, ob Demon eine Antwort von ihm erwartete, aber laut zu ihm zu sprechen würde das Vertrauen, das die Menschen in ihn setzten, die er beschützen sollte, nicht gerade steigern.

»Und sie hat recht, wissen Sie«, fuhr Demon fort. »Es gibt Menschen, die muss man einfach töten. Entsprechend sollten Sie nur weitermachen und meine Furien umbringen, damit ich mir keine Gedanken machen muss, wie ich sie da unten heraushole. Sie erweisen ihnen damit Gnade. Erinnert mich an den Motor City Marksman. Sind Sie mit seiner Geschichte vertraut?«

Ackerman ging ohne Antwort weiter.

Demon fuhr nach einem Augenblick fort: »Die meisten sagten, dass aus ihm nie ein guter Soldat würde, aber wie sich herausstellte, hatte er ein Händchen für Schusswaffen. Er wurde zum Scharfschützen ausgebildet, absolvierte mehrere Einsatzzeiten und kam dann wieder nach Hause. An einem Tag folgte er bei Detroit mit seiner Familie einer Umgehungsstraße, als das Gaspedal seines brandneuen Wagens klemmte und das Auto beschleunigte, ohne dass er etwas machen konnte. Es kam zu einem Unfall, bei dem sein Vater und seine Mutter umkamen. Er war der einzige Überlebende. Später erfuhr er, dass ein schadhaftes Bauteil den Unfall ausgelöst hatte und dem Autohersteller das Problem bekannt gewesen war. Eine interne Mitteilung wurde geleakt – sie hielten es für kostengünstiger, die Opfer auszubezahlen, als jedes Fahrzeug zurückzurufen. Der Motor City Marksman machte aus den Namen auf dem Memo seine Todesliste und jagte jedem von ihnen ein Hochgeschwindigkeitsgeschoss in den Unterleib, während sie ihrem Tagewerk nachgingen.«

Nach Ackermans Schätzung würden sie bald die Verbindungsleitern erreichen, und jenseits davon befand sich der Lastenaufzug am Ende des tiefsten und größten Tunnels, der sich nun mit Wasser füllte.

»Ich weiß, wenn Sie jetzt antworten könnten, würden Sie etwas sagen wie ›Worauf zum Teufel wollen Sie hinaus?‹, und es ist schlichtweg so: Der Motor City Marksman entschied sich, diesen Männern einen Bauchschuss zu verpassen, und das nicht, weil er nicht in der Lage gewesen wäre, sie in den Kopf zu treffen, sondern weil er wollte, dass sie langsam und qualvoll starben. Er wollte, dass sie litten und verbluteten, ganz wie seine Familie auf dem Asphalt verblutet war. Meine Frage an Sie ist nun: Warum sollten Sie diese armen Fleischmarionetten nicht befreien wollen? Warum sollten Sie *ihnen* nicht die Gnade eines schnellen Todes erweisen, die der Motor City Marksman seinen Opfern verweigert hat? Genau wie er haben Sie das Können und die Fähigkeit, diese armen Ex-Menschen zu erlösen, aber nur wegen Ihres verdrehten Moralkodex verweigern Sie ihnen die Erlösung.«

Ackerman ging weiter und versuchte Demon genauso zu ignorieren, wie er die Halluzinationen von seinem Vater ignorierte. Im nächsten Moment sah er die erste Verbindungsleiter mit dem gelben Warnschild, das er nun mit den Fördertunneln in Verbindung brachte. Sobald sie mit dem Aufzug dort hinuntergefahren wären, könnten sie auf einen Radlader springen und im Tunnel die Strecke fahren, die Ackerman in der Ebene darüber zu Fuß zurückgelegt hatte. Annabelle war noch immer nur ein, zwei Schritte hinter ihm, der Rest der Gruppe folgte dichtauf.

»Wo wir gerade von Moralkodizes sprechen«, fügte Demon hinzu, »ich fürchte, dass die meisten anderen Menschen auf diesem Planeten Ihre hohe Wertschätzung von Tugend und Rechtschaffenheit nicht teilen. Stattdessen erkennen sie *richtigerweise*, dass Geld größeren Wert hat als Moral. Nehmen Sie Ihren neuen Freund JB Palminteri als Beispiel. Ich habe ihm fünfunddreißig Millionen Dollar angeboten, wenn er Sie tötet. Ich habe ihm und seinen beiden Mitarbeitern sogar Schusswaffen zukommen lassen, mit denen sie die Aufgabe erledigen sollen.«

Ackerman knurrte leise: »Warum sagen Sie mir das jetzt?«

Annabelle trat stirnrunzelnd näher. »Haben Sie was gesagt?«

Ackerman schüttelte nur den Kopf zur Antwort, und Demon sprach weiter. »Der springende Punkt ist, dass es mich langweilt, wie Sie durch die Tunnel bummeln, und Sie haben bereits ein paar Methoden gefunden, um meinen Lieblingen Paroli zu bieten, daher wird es Zeit, die Dinge ein bisschen abzuändern. Eingedenk dessen werde ich gleich meinen Geschäftspartner JB informieren, dass nun ein guter Zeitpunkt sein könnte, Ihnen eine Kugel in den Rücken zu jagen. Und falls Sie sich wundern, weshalb ich Sie warne, statt einfach nur den Befehl zu erteilen und Ihren sturen Schädel durchlöchern zu lassen: Nun, besonders unterhaltsam wäre das nicht, finden Sie nicht auch? Der Reiz dieses Spiels ist nicht, Sie zu töten. Das wäre zu einfach. Der Reiz besteht darin, Sie in eine Situation zu bringen, in der Sie töten müssen, um zu überleben, und in der unsere Zuschauer hingerissen zusehen und sich fragen: ›Wie soll Frank da nur wieder rauskommen?‹ Ich werde die Bedrohung, der ich Sie aussetze, stufenweise steigern, bis die einzige Antwort auf diese Frage nur sein kann, dass Frank zum wahren *König der Killer* wird, wie es ihm von jeher bestimmt war.«

Ackerman blieb im Tunnel stehen, nur wenige Fuß vor der Verbindungsleiter, und schüttelte den Kopf. Er war sich nicht ganz sicher, wie er gegen drei Bewaffnete in seinem Rücken vorgehen sollte, die eine Gruppe aus ahnungslosen Nichtkombattanten als Deckung benutzten. Er hatte keine Möglichkeit, sie zu entwaffnen, ohne zu riskieren, dass die anderen Minenarbeiter oder er selbst verletzt wurden. Er konnte versuchen, die Verbindungsleiter zu erreichen und sie hinunterzugleiten, aber wenn JB schnell reagierte, brauchte er nur ein paar Schritte zu machen und die Waffe nach unten zu richten. Dann konnte er Ackerman mit einem Geschosshagel eindecken, ohne dass er in der Enge Deckung fand. Ackerman brauchte als Erstes eine Ablenkung.

Falls JB und seine Männer in diesem Moment tatsächlich die Waffen hoben und feuerten, konnte er kaum unversehrt entrinnen – und wenn doch, gab es vermutlich Kollateralschäden. Als er über seine Taktik nachgrübelte, befielen ihn Zweifel an der prozentualen Effektivität jeder Maßnahme. Ackerman fiel ein, was er immer tat, wenn er Zweifel hatte, und ein Plan nahm Gestalt an.

Er hielt sich an seine alte Devise, die ihm im Lauf der Jahre gut gedient hatte: *Im Zweifelsfall spreng etwas in die Luft.*

44

Als Marcus' Ex-Kollege Stan Macallan auf dem Bildschirm von Detective Nakamuras Computer erschien, war Nadia froh, dass Marcus ihr Hintergrundinformationen gegeben hatte. Andernfalls hätte sie die Fähigkeiten des Mannes aufgrund seines Äußeren angezweifelt. Stan sah nicht aus wie ein typischer MIT-Absolvent und ehemaliger Inhaber einer bedeutenden Dot-Com-Firma. Er wirkte mehr wie der Bassist einer Ska-Band oder ein Junge aus einem Skaterpark, der zwanzig Jahre, fünfundzwanzig Zentimeter und hundert Pfund zugelegt hatte. Stans Brust und Gesicht füllten das Display des Laptops. Ein langer Bart bedeckte das Gesicht. Das Einzige, was seine Brust bedeckte, waren ein Tattoo von Popeye auf dem einen Brustmuskel und eins von Super Mario, der einen Block zerschlug, auf dem anderen.

»Marcus!«, rief Stan. »Gut, dich zu sehen, Alter. Ich hatte schon Angst, ich erreiche dich nicht rechtzeitig.«

»Rechtzeitig für was? Was ist los?«, fragte Marcus.

»Dein Bruder steckt in einer ziemlich heftigen Scheiße, das kann ich dir sagen«, antwortete Stan. »Ich habe mehrere Data-Mining-Bots ins Netz gesetzt, damit sie nach allen Schlüsselwörtern suchen, die mit Demon und deinem Bruderherz in Beziehung stehen. Auf der Grundlage von dem, was Dr. Song dir über das Spiel erzählt hat, dem dein Bruder zugestimmt hat, habe ich auch einen Haufen Schlüsselwörter dazu gebastelt, und gestern Abend bekam ich die ersten Treffer. Es wird ziemlich viel über was gequatscht, das sich *Tanz der Dämonen* nennt. Offenbar ist das eine sadistische Reality-TV-Sendung von einem Typen namens ... Trommelwirbel bitte ... *Demon*.«

Marcus lehnte sich so dicht zum Bildschirm vor, dass Nadia schon befürchtete, er könnte aus dem Rollstuhl kippen. »Das ist ja fabelhaft, Stan! Wie greifen wir darauf zu?«

»Du weißt, ich steh zu dir, Alter, und das, obwohl du ein dreckiger Yankees-Fan bist. Ich hab ein paar Freunde von mir angehauen, die, na ja, sagen wir, nicht so ganz blütenweiße Westen haben. Auf *Tanz der Dämonen* zugreifen kann man nur über einen langen Einladungslink, der für jeden Zuschauer individuell ausgegeben wird. Du musst von jemandem eingeladen werden, der Zugriff hat, und sie dürfen dir nur Zugriff geben, wenn sie dir vertrauen. Unter Androhung von extremer körperlicher Gewalt und allem. Sobald du auf dem Server im Darknet bist, musst du dein persönliches Passwort eingeben, das du auch von dem Freund erhältst, der dich einlädt.«

»Aber du hast Zugriff?«, fragte Marcus. »Den Link und das Passwort?«

»Leider noch nicht. Die entsprechenden Typen wissen, dass ich freiberuflich für die Feds arbeitete, deshalb riskieren sie es nicht, mich einzuladen, es sei denn, du garantierst Ihnen Immunität für einige Gesetzesbrüche in der Vergangenheit. Aber ich bin immer noch damit beschäftigt, sie zu überzeugen. Ich habe ihnen sogar ein paar höchst wertvolle Infos und Dienste angeboten, aber sie halten die Drohungen der Site für ernstgemeint und rühren sich nicht ohne Schutzgarantie.«

Marcus schüttelte den Kopf. »Wir haben keine Zeit für Anwälte und ihre Deals. Wir brauchen den Link sofort!«

»Es tut mir leid. Ich kann dir die Info schicken, die ich über die Jungs habe, aber ich kann nicht direkt gegen sie vorgehen. Wir haben einen Nichtangriffspakt.«

»Kannst du für uns keine Ausnahme machen? Ich dachte, wir ständen uns näher als irgendwelche Nichtangriffspakte.«

Stan seufzte. »Du weißt genau, dass ich für euch so gut wie alles tun würde. Ihr seid wie meine Familie. Aber diese Sache ist … kompliziert. Ich darf da persönlich nicht reingezogen werden. Mehr, als euch in die richtige Richtung zu lenken, kann ich nicht tun.«

Nadia rollte mit den Augen. Jahrelang hatte sie mit Hackern und Crackern zu tun gehabt und wusste, wie exzentrisch und paranoid sie sein konnten. »Bitte schicken Sie uns alle Informationen, die Sie haben, Mr. Macallan. Wenn ich ihre IP-Adressen ermitteln kann, finde ich eine Möglichkeit, auf den Feed zuzugreifen.«

»Ich habe Marcus schon alles gemailt, was Sie wissen müssen«, antwortete Stan. »Sogar die Idioten bei FBI Cybercrimes sollten es damit schaffen.«

»Ich habe bei Cybercrimes gearbeitet«, versetzte Nadia, »und wir sind mehr als fähig, Mr. Macallan. Vielen Dank für Ihre Hilfe.«

Stan strich sich den Bart. »Sehr gern geschehen, hübsche Lady.«

»Danke, Stan«, sagte Marcus. »Wenn dieser Hinweis uns weiterführt, schulde ich dir ein Sam Adams.«

Stan zwinkerte ihm zu. »Ein fünfunddreißig Jahre alter Scotch wäre angemessener, aber um die Details kümmern wir uns später. Jetzt holt erst mal den Jungen nach Hause.«

45

Ackerman trat vor und bedeutete den anderen, still zu sein und sich nicht zu bewegen, indem er eine geballte Faust hochhielt. Er ging in die Hocke und huschte mehrere Schritte weit zu der Leiter, die hinab auf die Förderetage führte. Er versuchte den Eindruck zu erwecken, er hätte einen Höllenhund oder eine Furie gehört, obwohl es natürlich nicht der Fall war. Was er tat, war eine List, die ihm gestatten sollte, die Ventile an Acetylenflasche, Sauerstoffflasche und Schweißbrenner zu öffnen. Normalerweise benutzte man den Knipser, nachdem man die Regler aufgedreht hatte, und regulierte die Flamme, aber Ackerman plante etwas anderes. Er ließ die Ventile geöffnet, die Gase aber ungezündet, sodass sie als unsichtbare, aber hochentflammbare Mischung die Umgebung fluteten.

Er wandte sich den anderen zu, die nun zehn Fuß hinter ihm waren, und sagte: »Bevor wir weitermachen, Mr. Palminteri, würden Sie gern der Klasse erklären, weshalb Sie einen Ohrhörer tragen und eine Pistole in Ihrer Tasche steckt?«

JB riss die Augen auf, aber dann zog er die Waffe und richtete sie auf Ackerman. Ohne ein Wort von ihm taten Mikey und Bert das Gleiche. Sie fächerten aus und hielten den Rest der Gruppe in Schach.

»Nicht nur mein Leben, sondern auch das Leben Unschuldiger steht auf dem Spiel, und deshalb kann ich Sie und Ihre Männer nur einmal warnen, Mr. Palminteri. Sollten Sie dem Pfad der Vernichtung folgen, so ist es Vernichtung, die ich Ihnen angedeihen lassen werde.«

JB lachte kopfschüttelnd. »Das ist echt komisch, so was von einem Kerl zu hören, den ich mit der Pistole bedrohe.«

Ackerman lächelte. »Die Dinge sind nicht immer so, wie sie scheinen.«

Mit der rechten Hand drückte er den Knipser und zündete die Wolke aus Sauerstoff und Acetylen, die sich um das tragbare Schweißgerät gebildet hatte.

In der gleichen Bewegung duckte er sich in den Leiterschacht.

JB und die anderen schrien auf. Drei verirrte Kugeln sirrten durch den Tunnel. Ackerman hörte Fluchen und Gebrüll, während er sich mit von den Ärmelzipfeln geschützten Händen und den Stiefeln an die Leiterholme hakte. Dann ließ er sich die zehn Meter bis zum Boden hinuntergleiten.

Er ging davon aus, dass seine Gegner nur wenige Sekunden brauchten, um sich zu erholen. Dass die Sauerstoff- oder die Acetylenflasche explodierte, glaubte er nicht. Seine Aktion würde nur Feuerwerk erschaffen, das seine Gegner so lange blendete, bis er aus der Schusslinie entkommen war.

Drei Meter trennten ihn vom Boden, als er über sich stampfende Schritte hörte, die sich der Leiter näherten. Kaum berührten seine Füße den Boden, warf er sich zur Seite. Kugeln prallten von der Stelle ab, an der er soeben noch gewesen war. Ein stechender Schmerz durchfuhr seinen Fuß, und im ersten Augenblick nahm er an, ihn hätte eine Kugel getroffen. Was schmerzte, war jedoch nur die Wunde, die Juggernauts Helmklingen ihm geschlagen hatten und aus der wieder Blut quoll, weil sie belastet worden war.

Unter der Leiter befand sich eine stählerne Plattform. Das Wasser hatte sie noch nicht überspült, aber es bedeckte schon die Stufen, die hinunter zum Felsboden führten.

Auf einem stählernen Karren neben der Plattform lagen mehrere Bewehrungsstangen, die vier Fuß lang waren, einen Meter zwanzig. Er packte eine davon als Waffe und näherte sich wieder der Leiter. Lauschend versuchte er festzustellen, ob JB zu ihm hinunterstieg. Allerdings kam niemand die Leiter herab, und von den Minenarbeitern über sich hörte er wütende Rufe.

46

Wie befohlen hatte Jesse die Hände erhoben, und der Rest der Gruppe tat das Gleiche. Die meisten wirkten ängstlich und verwundert; Fitz und Annabelle bildeten die einzigen Ausnahmen. Fitz erschien wütend, Annabelle kühl und selbstsicher wie immer. Als Erster ergriff Fitz das Wort und schrie JB an: »Was ist das denn für eine *Scheiße*, Mann? Ihr hattet die ganze Zeit Pistolen?«

»Wenn er uns das nicht verheimlicht hätte«, fügte Annabelle hinzu, »könnten Phil mit Sicherheit und vielleicht sogar Randy noch leben. Meinst du nicht auch, JB?«

Aggressiv trat JB auf Annabelle zu. »Das ist nichts Persönliches, rein geschäftlich. Na ja, für die meisten von euch. Die Sache ist die: Nachdem alles losging, wurden mir fünfunddreißig Millionen angeboten, wenn ich den Typen umbringe, der gerade abhaut. Aber keine Sorge. Er wird sich nicht weit von den Leuten entfernen, die er beschützen soll. Ihr seid jetzt alle meine Köder. Glaubt nicht, dass ich euch nicht abknalle, falls ihr Mist baut. Wenn ich den Kerl umlege, bekomme ich mehr Geld, als ich im Leben ausgeben könnte. Sobald ich meinen Scheck habe, verziehe ich mich auf eine tropische Insel.«

Während JB sprach, traten Bert und Mikey mit schwarzen Plastikhandschellen auf die Neulinge zu.

»Wenn ihr mir nicht in die Quere kommt und die Schnauze haltet, gibt es keinen Grund, weshalb ihr nicht überleben solltet. Dieser Demon macht das alles nur, um mit eurem Freund zu spielen. Sobald Frank tot ist, ist Demon der Rest von uns egal. Er wird mich bezahlen, und ihr könnt eurer Wege gehen. Demon hat mir sogar ausdrücklich befohlen, keinen von euch zu erschießen, es sei denn, jemand macht Ärger.«

Bert hielt die Minenarbeiter mit seiner Pistole in Schach, während Mikey ihnen die Hände fesselte. Einen Sekundenbruchteil zögerte er, als er nach Annabelles Handgelenk griff. In ihren Augen stand Trotz, aber sie ließ zu, dass ihr genau wie den anderen die Plastikhandschellen angelegt wurden. Was blieb ihr auch übrig – die Mündungen mehrerer Pistolen zeigten auf sie.

»Wenn alle einverstanden sind«, fuhr JB fort, »machen wir es folgendermaßen. Wir werden unserem Kumpel vom FBI nicht runter in das Loch folgen, denn der Dämon in meinem Ohr sagt, dass er da unten auf uns wartet. Wir gehen vielmehr ans Ende dieses Tunnels und fahren als Gruppe im Lastenaufzug hinunter. Klingt das gut?«

Jesse wusste, dass die Frage rhetorisch war, aber trotzdem rechnete er damit, dass Annabelle sie beantwortete. Niemand ergriff jedoch das Wort.

JB trat auf so geringen Abstand zu Annabelle heran, dass ihm ihr Geruch in die Nase steigen musste. Mit den Fingern strich er ihr über die Wange, fuhr ihr durch die kurzen Haare und zog den Teil hoch, den sie über die Stirn gekämmt hatte. Er schnüffelte daran und sagte: »Tut mir leid, Schätzchen, aber das Friedensangebot gilt nicht für dich. Erinnerst du dich, dass ich dir sagte, wenn du dich nicht entschuldigst, hat das Folgen? Wird Zeit, dass du lernst, was das heißt, denn leider bist du mir eine zu unsichere Kandidatin, um dich mit auf den Marsch zu nehmen.«

»Wie, ich dachte, du darfst keinen von uns verletzen?«, entgegnete sie.

JB trat einen Schritt zurück und zog seinen Ohrhörer heraus. »Er hat mir befohlen, keinen von euch zu erschießen. Demon hat aber auch gesagt, dass wir ihm alle egal sind, deshalb glaube ich nicht, dass es ihn besonders stört, wenn wir abrechnen.« JB sah seinen großen, löwenmähnigen Gefährten an. »Mikey, wirf sie in den Schacht.«

Mikey machte ein verdutztes Gesicht. »Boss?«

»Tu, was ich dir sage!«

Mikey trat vor, aber er wich Annabelles Blick aus. Jesse bemerkte einen wilden, blutdürstigen Ausdruck in ihren Augen. In diesem Moment sorgte er sich ein wenig um Mikey. Obwohl ihr die Hände auf den Rücken gebunden waren, erwartete Jesse, dass sie mit dem Ungestüm eines in die Ecke getriebenen Dachses zubeißen und um sich treten würde.

Der große blonde Mann näherte sich ihr, und Jesse fragte sich verzweifelt, wie er Annabelle helfen konnte. Ihm waren die Hände auf den Rücken gefesselt, und selbst wenn es anders gewesen wäre, hatte er keine Waffe. Er besaß ein Einwegfeuerzeug, weil er versuchen sollte, das Lufterfrischerspray als improvisierten Flammenwerfer einzusetzen, aber ohne brennbares Gas oder Flüssigkeit war das Feuerzeug nutzlos.

Immer wieder sah er zwischen Annabelle und den Waffen hin und her. Ihm kam es vor, als schlössen sich die Wände um ihn und der Tunnel schrumpfe immer weiter zusammen. Schließlich stieß er hervor: »Wartet! Das dürft ihr nicht tun!«

Nicky stimmte ihm zu. »Jesse hat recht. Bitte, JB.«

»Achte nicht auf die beiden, Mikey«, sagte JB.

Jesse lief der Schweiß das Gesicht hinunter und brannte in seinen Augen. »JB, hör mal, ich glaube, Annabelle begreift soziale Vereinbarungen einfach nicht. Sie wollte dich nicht beleidigen. Sie kann nicht anders. Sie hat eine Störung oder so was.«

Annabelle hob eine Augenbraue. »Willst du mir helfen oder mich beleidigen? Ich weiß nämlich nicht, was ich von deiner Ansprache halten soll.«

»Siehst du, was ich meine? Selbst jetzt hat sie keine Angst. Sie ist nicht ganz richtig im Kopf.«

»Halt die Fresse, Kleiner, sonst fliegst du mit ihr runter!«, brüllte JB. »Sie muss sterben. Ich lasse mir hier von dieser kleinen …«

Eine dröhnende Stimme hallte unvermittelt durch den Tunnel. Jesse fiel der schottische Akzent des Sprechers auf. »Das reicht, Mr. Palminteri! Falls Sie die Mine lebend verlassen und auch nur einen einzigen Cent sehen wollen, stecken Sie sich den Hörer wieder ins Ohr und tun endlich genau das, was ich Ihnen sage! Und weil Sie sich unbedingt wie ein Kind benehmen müssen und selbst einfachste Anweisungen nicht befolgen können, halte ich eine Strafe für angemessen. Da Sie Annabelle nicht in Ihrem Team wollen, wird sie die Leiter hinuntersteigen und sich Frank anschließen. Nachdem Sie Frank getötet haben, dürfen Sie mit ihr tun, was Sie wollen, aber bis dahin entscheide ich und sonst niemand, wer lebt und wer stirbt. Schneiden Sie sie los und schicken Sie sie auf den Weg.«

JB presste die Kiefer zusammen. Er zitterte leicht, und fast sah Jesse Dampf von ihm aufsteigen. »Nimm eins von den Steakmessern und mach sie los, Mikey«, befahl er.

Mikey schien nur zu gern bereit zu sein, die Aufgabe zu erfüllen, und löste Annabelle die Fesseln. Als sie zur Leiter ging, hauchte sie JB einen Kuss zu. »Wir sehen uns bald«, sagte sie.

47

Nadia Shirazis Finger flogen über die Tastatur ihres Laptops. Noch hatte sie die FBI Cybercrimes Division nicht hinzugezogen. Sie war eine der Besten und Klügsten im New Yorker Büro gewesen, bevor sie zur Behavioral Analysis Unit, der Verhaltensanalyseeinheit des FBI, gewechselt war, wo es zur Zusammenarbeit mit Frank kam. Seitdem hatte er ihr vieles beigebracht – mehrere Kampfsportdisziplinen, den Umgang mit diversen Waffen und Sprengstoffen, Taktik –, aber sie hoffte, dass er ihr noch weitere Dinge aus anderen Bereichen des Lebens zeigen würde. Sie wollte nicht, dass ihre gemeinsame Zeit schon vorbei wäre, auch wenn bisher alles darauf hindeutete, dass dem so war.

Jetzt konnte sie aber etwas unternehmen. Jetzt befand sie sich in ihrem Element – dem Reich des Digitalen.

Marcus fragte: »Brauchen Sie keinen Zugriff auf meine E-Mails, um die Website aufzurufen, deren Link Stan geschickt hat?«

Sie grinste ihn an. Er saß in seinem Rollstuhl in der Ecke von Detective Nakamuras kleinem abgetrenntem Arbeitsbereich. Auf dem Schreibtisch standen Familienfotos, an den Wänden hingen Belobigungen und gerahmte Schlagzeilen. Ihr war aufgefallen, dass die Fotos keine Kinder und keinen Partner zeigten, sondern, der Familienähnlichkeit nach zu schließen, nur Nakamuras Mutter, Vater, Brüder und Schwestern. Detective Nakamura war weggerufen worden, kurz nachdem Stan aufgelegt hatte.

»Nein, ich brauche Ihr Passwort nicht«, beantwortete Nadia seine Frage. »Ich habe mich schon längst in Ihr E-Mail-

Konto gehackt und den Link kopiert. Hätte es mehr als zehn Sekunden gedauert, hätte ich Sie nach dem Passwort gefragt. Sie sollten es unbedingt ändern.«

Er machte ein finsteres Gesicht. »Angeberin. Das ist ein privates Konto für mein Pferdegeschäft. Für streng geheime Kommunikation war es nie gedacht.«

Sie zwinkerte ihm zu, und wieder tanzten ihre Finger über die Tastatur. Sie öffnete die Nachricht, die Stan zusammen mit Informationen über die Personen geschickt hatte, die Zugang zu dem Feed hatten. Nadia wandte die FBI-Datenbanken und eine Suite von Tools sowie Techniken an, die sie in ihrer Zeit bei Cybercrimes erlangt hatte. Mithilfe einer Backdoor bekam sie Zugriff auf die Aufzeichnungen des Internetproviders und erfuhr die IP-Adressen, die den physischen Adressen der Verdächtigen zugeteilt waren. Ihr ausgehender Datenverkehr – einschließlich der Adressen aller Feeds, die sie sich ansahen – waren durch virtuelle private Netzwerke maskiert und nicht nachzuverfolgen, aber da sie nun die digitalen Koordinaten ihrer Heimnetzwerke kannte, konnte sie den Großangriff einleiten.

48

Am unteren Ende der Leiter lauschte Ackerman. Die Stelle, an der er stand, war für seine Feinde über ihm nicht einsehbar. Obwohl Echos verzerrten, was gesagt wurde, verstand er JBs Ansprache und auch dessen Befehl, Annabelle in den Schacht zu werfen.

Ihm blieben nur wenige Sekunden. Ackerman trat einen Schritt von der Leiter weg und ließ die Taschenlampe auf seine Umgebung blitzen. Er suchte zuerst nach etwas Weichem, das er in den Schacht legen konnte, um ihren Fall abzufangen, aber er begriff rasch, dass es idiotisch war, in dieser Umgebung auf geeignetes Polster zu hoffen. Stattdessen überlegte er, wie er ihren Sturz bremsen konnte. Das Einzige, was er fand, war die Plane über den Bewehrungsstangen, von denen er sich eine als improvisierte Waffe genommen hatte.

Ackerman riss die Plane aus der Schnur, die sie an Ort und Stelle hielt, und kehrte zur Leiter zurück. Rasch zog er ein Ende in ungefähr anderthalb Metern Höhe durch eine Leitersprosse und knotete es fest, dann trat er mit dem anderen Ende in den Händen zurück, um die Plane so fest zu spannen, wie er konnte. Er breitete die Arme aus, um die Plane noch etwas mehr auszudehnen, aber mehr war nicht möglich; es musste genügen. Schließlich trat er vor, gerade ausreichend, um in den Schacht hochzusehen und beurteilen zu können, ob er die Plane zur einen oder anderen Seite ziehen musste, je nachdem, wie Annabelle fiel.

In diesem Moment dröhnte Demons Stimme aus den Lautsprechern, und die Gefahr, dass Annabelle den Schacht hinunterstürzte, verschwand. Ackerman wartete, bis er hörte, dass sie aus eigener Kraft die Leiter hinunterstieg, bevor er die Plane losband.

Sie landete neben ihm auf der Metallplattform. »Sie wirken überrascht, mich zu sehen, Lawman.«

Ackerman versuchte, die Augen nicht zusammenzukneifen. »Ich konnte nicht jedes Wort verstehen, aber ich habe den größten Teil Ihrer Unterredung gehört, und ganz gewiss Demons Intervention. Ich bin recht erfreut. Wenn Demon mich gefragt hätte, welchen von Ihnen ich in meinem Team möchte, wären Sie meine erste Wahl gewesen.«

Annabelle lächelte. »Danke, ich fühle mich geehrt. Was ist das Problem?«

»Ich frage mich, wieso Demon sich derart angestrengt hat, um Sie zu schützen.«

»Anscheinend ging es weniger um *mich*. Vielleicht will Ihr größenwahnsinniger Kumpel sich von Pissern wie JB Palminteri einfach keine Frechheiten gefallen lassen.«

»Vielleicht.«

»Und nur dass Sie es wissen: Demon versorgt JB über Ohrhörer mit Informationen über Ihren Standort, also glauben Sie bloß nicht, dass wir uns verstecken oder für die Kerle einen Hinterhalt legen können.«

Von der kleinen Plattform aus musterte Ackerman den Tunnel. Das Wasser reichte ihnen mittlerweile bis über die Knie. Ein Bündel Rohrleitungen verlief auf ganzer Länge an der Seitenwand; sein unteres Ende stand vollkommen unter Wasser. Während er die Rohre betrachtete, kam ihm eine Idee.

Er zwinkerte Annabelle zu. »Für eine Herausforderung bin ich immer zu haben, und vor Demons Augen zu verschwinden, um unseren unmöglichen Hinterhalt zu legen, wäre wirklich reizvoll.«

»Sie haben gesagt, hier wimmelt es von Kameras. Wie wollen Sie irgendwas machen, ohne dass Demon es sieht?«

»Das ist der springende Punkt. Was wir *sehen*, offenbart nicht immer das ganze Bild.«

Sie zog ein Gesicht. »Was immer das heißen soll. Gleich fahren drei Kanonen und drei Kerle, die damit umgehen können, im Lastenaufzug herunter. Was immer Sie planen, Sie sollten sich beeilen.«

Ackerman nickte. »Folgen Sie mir. Ich muss etwas finden, und dann nehmen wir einen Radlader zum anderen Ende des Tunnels.« Er wies auf die fünf wuchtigen gelben Transporter, die am Ende des Tunnels in einer Reihe standen.

»Was ist mit den anderen?«

»Wir werden sie retten.«

»Warum hauen wir dann auf einem Laster ab?«

Er hob eine Augenbraue. »Wir kennen uns noch nicht lange, aber ich hatte angenommen, Sie hätten bereits festgestellt, dass ich nicht zu der Sorte Mann gehöre, die davonläuft. Ich bereite nur den Hinterhalt vor, von dem Sie annahmen, dass ich ihn nicht durchführen könnte, und das gleich unter Demons wachsamen Augen.«

49

Ihnen blieb nicht viel Zeit, und deshalb preschte Ackerman so schnell los, wie es im mehr als kniehohen Wasser möglich war. Die anderen, die JB mit vorgehaltener Waffe zum Aufzug führte, würden bald zur Förderetage herunterfahren. Annabelle und er hielten auf die fünf gelben Caterpillar R1700 zu. Eine Nische neben dem Stellplatz der Untertage-Radlader wurde für Wartungsarbeiten genutzt. Ackerman ging geradewegs dorthin und suchte nach etwas, das er brauchte, damit sein Plan funktionierte: ein kurzes Stück Rohr oder Schlauch. Aber auf den Werkbänken lag nichts, und alles, was am Boden gelegen hatte, tanzte nun im Wasser. Er griff sich eine Mülltonne, die unter einem Arbeitstisch auf der Seite trieb, und musterte ihren Inhalt. Darunter entdeckte Ackerman genau das, was er brauchte, aber er gestattete sich kein Lächeln. Demon sollte nicht ahnen, was er vorhatte. Er streckte den Arm in die Mülltonne und schob sich den Ge-

genstand, den er benötigte, in den Ärmel: einen Plastikstroh-
halm aus einem McDonald's-Becher. Irgendein Mechaniker
oder Fahrer der R1700s hatte in den letzten Tagen offenbar
Fastfood mit unter Tage genommen.

Mit dem Strohhalm im Ärmel ging Ackerman zu einem
Radlader, öffnete die Kabine und nahm auf dem Fahrersitz
Platz.

Annabelle folgte ihm dichtauf. »Sie wissen, wie man so
was fährt?«

Ackerman musterte das Armaturenbrett und prüfte die
Pedale. »Er unterscheidet sich nicht großartig von einem
Bulldozer, und einen Bulldozer fahren kann ich.« Dann er-
klärte er ihr die grundsätzliche Steuerung, nur für den Fall,
dass die Situation erforderlich machte, dass Annabelle den
Radlader lenkte.

Nach dem Ende der Lektion stieg sie auf das Fahrzeug
und klappte das einfaltbare Geländer hoch, das aufgerichtet
wurde, sobald Personen transportiert wurden. Als sie bereit
war, schlug sie aufs Dach der Fahrerkabine, und Ackerman
startete den Motor. Er fuhr die Drehzahl zur nötigen Höhe
hoch und ließ das Gas einrasten. Mit dem rechten Kontroll-
hebel sorgte er dafür, dass die Schaufel ausreichend vom Boden gehoben wurde, mit einer Drehung des linken schaltete
er den Radlader in den Vorwärtsgang. Er brauchte nur einen Augenblick, um sich an die Steuerung zu gewöhnen, und
schon lenkte er den R1700 wie ein Profi durch den wasserge-
füllten Tunnel.

Die tiefste Ebene der Mine folgte der ganzen Länge der
gewaltigen Kupferlagerstätte über ihren Köpfen. An beiden
Enden befand sich ein Lastenaufzug. Ackerman fuhr den
Radlader zum Mittelpunkt des Tunnels. Dort wendete er und
stellte das Fahrzeug quer, um den Weg zu blockieren, für den
Fall, dass JB Zeit hatte, seine Geiseln auf einen R1700 zu la-

220

den, bevor Ackerman in Stellung war. Er schaltete den Motor ab, ließ aber das Licht an.

Mit seinem Bewehrungsstab in der Hand stieg er aus der Fahrerkabine ins Wasser. Er zog Demons Ohrhörer heraus und stopfte ihn in die gefütterte Tasche seiner Armeehose, deren Wasserdichtigkeit nun auf die Probe gestellt würde. Zu Annabelle sagte er: »Warten Sie hier und halten Sie sich bereit für den Fall, dass sie doch an mir vorbeikommen.«

Ohne auf Antwort zu warten, ließ er sich rückwärts ins Wasser fallen und verschwand unter der Oberfläche. Er zog sich unter das Fahrwerk des Radladers und zur gegenüberliegenden Wand des Tunnels. Das Wasser war von einem trüben Braun, und er manövrierte sich per Gefühl auf die andere Seite des Radladers. Nach wie vor unter Wasser stieß er sich ab und zog sich am Tunnelboden voran, bis er die Seitenwand erreichte. Er glitt unter das Rohrleitungsbündel, das er vorhin entdeckt hatte, holte den Strohhalm aus dem Ärmel und steckte ihn zwischen die Rohre. Er blies das Wasser aus und atmete durch den Halm ein.

Rohre und Wasser verbargen ihn vor Demons Kameras. Rasch durchquerte er den Rest des Tunnels, indem er sich an den Metallrohren entlangzog, die bis zu dem Lastenaufzug verliefen, mit dem JB und die anderen bald auf die Transportebene kommen würden. Falls sie nicht schon dort waren.

Er bewegte sich so schnell er konnte, atmete immer wieder durch den Strohhalm. Das Bewehrungseisen steckte in seinem Gürtel.

Wenn er seine Umgebung betrachten musste, steckte er den Kopf in den Raum zwischen den Rohren und der Wand. Lange dauerte es nicht, bis er den Kopf wieder durch die Rohre steckte und JB und seine beiden Komplizen entdeckte, die die Neulinge zu einem der übrigen vier R1700 trieben.

Ackerman folgte den Rohren noch ein wenig weiter, um

hinter sie zu kommen, und bereitete seine Waffen vor. Er zog die Eisenstange aus dem Gürtel, nahm das Leatherman-Tool aus der Tasche und klappte die Messerklinge aus. Sie war nur zehn Zentimeter lang, hatte aber eine Tantō-Spitze. Ackerman wusste, welcher Schaden sich mit selbst einer so kurzen Klinge anrichten ließ. Er hatte schon mit kleineren Waffen getötet.

Ihm widerstrebte, was als Nächstes geschehen würde, weil ihm deutlich vor Augen stand, dass er nicht in Topform war. Dementsprechend musste seine Gewalt weniger nachsichtig ausfallen als im Normalfall. Mehr Vorschlaghammer, weniger Skalpell. Er litt an einem aggressiven Hirntumor und hatte nicht mehr lange zu leben, daran gab es nichts zu deuteln. Seine Fähigkeiten würden schwinden, während der Tumor wuchs. Sein einziger Trost in Anbetracht dessen, dass er diesen Männern vermutlich das Leben nehmen musste, bestand in dem Vorsatz, ihnen keine augenblicklich tödliche Wunde zuzufügen. Außerdem hatte er sie aufgefordert, den Pfad der Zerstörung zu verlassen. Unglücklicherweise hatten sie eine schlechte Entscheidung getroffen.

Er wartete, bis die Gruppe ihn passiert hatte und ungefähr drei Meter vor ihm war, glitt lautlos aus seinem Versteck und richtete sich im Tunnel zu voller Höhe auf. Das Problem war nun, dass er drei Gegner hatte und Rücksicht auf einen Haufen Unbeteiligter nehmen musste. Bert, Mikey und JB hatten ein Dreieck gebildet, mit den angehenden Minenarbeitern als Geiseln in der Mitte. Bert bildete den Abschluss des Dreiecks, Mikey war Ackerman am nächsten, JB am weitesten von ihm entfernt.

Ackerman wusste, was er zu tun hatte, wich zurück und holte mit der Eisenstange aus, um sie wie einen Speer zu schleudern, doch als er die Waffe hob, traf ihn ein Schwindelanfall. Er stolperte einen Schritt zurück und spürte Übelkeit.

Hoffentlich hatten seine Opfer die unbeabsichtigte Bewegung nicht gehört.

Mit Adrenalin und purer Willenskraft kämpfte er dagegen an, vom Schwindel überwältigt zu werden. Er korrigierte seinen Stand, presste die Zähne zusammen, bis ihm süßer Schmerz durch den Kiefer schoss, und warf mit dem Bewehrungsstab nach Bert. Er zielte auf die rechte Schulter des Mannes. Die Eisenstange hatte keine Spitze, und in Anbetracht der dicken Kleidung des Mannes rechnete er nicht damit, dass sie in ihn eindrang. Aber er setzte darauf, Bert den Waffenarm zu brechen oder auszukugeln.

Ackerman wartete nicht ab, was geschah, aber er hörte ein Knacken, mit dem die Stange traf, und nahm an, dass Berts rechte Schulter soeben zerschmettert worden war. Der Mann schrie vor Schmerzen gellend auf, und Mikey riss den Kopf zu ihm herum, dass die Löwenmähne wallte. Dabei schwenkte er zugleich die Waffe in Berts Richtung, weil er annahm, dass der Angreifer dort wäre. Ackerman ergriff die Gelegenheit, schoss vor und stieß Mikey das kleine Messer durch den rechten Unterarm. Der Mann riss die Augen auf und schrie mit einer Stimme, die viel heller war, als Ackerman erwartet hätte.

Er riss Mikey die Pistole aus der schlaff gewordenen Hand, holte mit der Waffe aus und schlug sie dem großen Kerl gegen den Kopf. Mikey fiel nach hinten ins Wasser. Benommen hielt er seinen Arm. Ackerman sagte sich, dass er wenigstens für den Moment aus dem Spiel war, und er hörte noch immer Bert an der anderen Tunnelseite schreien.

Zwei geschafft, noch einer.

JB war von dem Angriff vollkommen überrascht worden und stand mehrere Meter vor der Gruppe im Tunnel. Das Wasser reichte ihm bis über die Knie und verringerte sein Tempo so sehr, dass ihm die Zeit fehlte, um zurückzuwaten und eine Geisel zu nehmen. Stattdessen hob er die Pistole, obwohl er kein freies Schussfeld besaß; offenbar hatte er nicht vor, Rücksicht auf die Neulinge zu nehmen, und wollte einfach durch sie hindurchschießen.

Ackerman genoss den Einsatz von Schusswaffen nicht so sehr wie die Benutzung scharfer und spitzer Gegenstände, aber das hieß nicht, dass er im Umgang mit ihnen nicht geübt gewesen wäre. Er hob seine Glock 36, zielte zwischen Jesse und Nicky hindurch und schoss JB die Pistole aus der Hand. Seine Kugel traf die Waffe gleich rechts vom kantigen Lauf. Die Pistole wurde JB aus der Hand gerissen und flog nach oben weg. Ackerman korrigierte seinen Anschlag und schoss JB eine Kugel in den rechten Oberschenkel. Der raue Minenarbeiter kreischte wie ein Kind und brach im Wasser zusammen, nur um sich aufzuraffen und wegzuhinken. Sein rechtes Bein zog er hinter sich her wie totes Gewicht, während er zusammenhanglose Obszönitäten brüllte.

Ackerman rollte mit den Augen. Gleich würde er sich um JB kümmern. Zuerst vergewisserte er sich, dass es den Neulingen gut ging, und löste ihnen mit dem Leatherman-Tool die Fesseln.

Er sah Jesse an. »Die beiden anderen scheinen ausgeschaltet zu sein, aber versorgen Sie sie rasch und fesseln Sie sie falls nötig. Ich werde derweil im Gespräch mit Mr. Palminteri dessen Irrwege erörtern.«

50

Stans Freunde erwiesen sich als beachtliche Gegner. Zum Glück verstand Nadia mit der Tastatur so gut umzugehen wie Ackerman mit dem Messer. Innerhalb weniger Minuten war eine ihrer Firewalls porös geworden, und das private Netzwerk des Eigentümers lag wie ein offenes Buch vor ihr. Sie inspizierte den Datenverkehr des Mannes und durchsuchte seine E-Mails und Direktnachrichten, bis sie den Link und das Passwort kannte, die er empfangen hatte. Der Link brachte sie auf eine vollkommen schwarze Seite mit den Buchstaben TdD oben und dem Passwort-Eingabefeld darunter. Sie gab das überlange komplizierte Kennwort ein, und mehrere Videofeeds traten auf ihren Bildschirm. Einen Hauptbetrachter gab es, und sie konnte unterschiedliche Kameraeinstellungen aufrufen oder dem *Hauptstory*-Feed folgen. Sie klickte auf die Schaltfläche, und ihr Herz setzte einen Schlag aus, als sie Ackerman in einem Gang sah, der sich offenbar unter der Erde befand, in einer Mine oder einer Ausgrabungsstätte.

Marcus sah ihr über die Schulter. Er stemmte sich in seinem Rollstuhl hoch, beobachtete, was sie tat, und flüsterte: »Er lebt noch.«

Sie wischte sich eine Träne ab. »Ja. Jetzt müssen wir herausfinden, wo er ist.«

Die Website hatte eine Dossier-Sektion mit allen Informationen, welche die Teilnehmer bisher offenbart hatten, und es gab auch die Möglichkeit, zurückzugehen und den Feed von Anfang an anzuschauen. Am unteren Ende der Seite rief ein großer blinkender Knopf mit der Beschriftung *Ich unterstütze den Wahnsinn* zu Spenden auf.

Zusätzlich gab es eine Sektion für Nachrichten von Demon, die sich fast wie das Manifest des Unabombers lasen. Sie erklärten die Philosophie des Geisteskranken: Anarchie sei anzustreben, und man müsse begreifen, dass unsere fleischlichen Gelüste das einzig Reine an uns sind; deshalb sollten wir versuchen, sie in vollem Umfang zu erforschen.

Nadia begann ihre Arbeit, indem sie den Link zum Spendensystem analysierte, der zu einem Zahlungsdienstleister mit osteuropäischer Adresse führte, in einem Land vermutlich, das US-amerikanischen Amtshilfeersuchen nicht gerade wohlwollend gegenüberstand. Andererseits hatte sie nicht den Eindruck, dass sie ihre Zeit auf diese Weise am sinnvollsten nutzte. Selbst wenn sie in das Zahlungssystem eindrang und sah, wer wie viel spendete und wohin das Geld floss, gelangte sie nur zu einem von Demons Offshore-Bankkonten oder zu einer Scheinfirma. Für einen Staatsanwalt wären solche Dinge später von Interesse, aber nichts davon half ihnen, Frank zurückzubekommen.

Sie versuchte die Site und die Streams zurückzuverfolgen, aber nach einem Augenblick warf Marcus ein: »Lassen Sie das. Demon setzt seine besten Techniker ein, damit wir im Kreis herumlaufen und unseren eigenen Schwanz jagen. Wir müssen uns das Video ansehen und herausbekommen, wo die Sache stattfindet. Sie können die Mine ja nicht eigens für das Spiel gegraben haben. Sie haben sich ein echtes Bergwerk unter den Nagel gerissen. Wir müssen das Video auf einen größeren Bildschirm bringen, damit wir alle es uns ansehen können, und mehr Augen finden auch …«

Detective Nakamura trat in das Büro und unterbrach ihn. »Dabei kann ich helfen, und außerdem habe ich etwas Interessantes zu John Eldridge erfahren. Deswegen hat man mich weggerufen. Die Forensik hat sein Gepäck untersucht und es geröntgt. Dabei fand sich ein Geheimfach mit ein paar interessanten Dingen. Die typischen Funde für jemanden, der fliehen will – ein paar Pässe und Führerscheine, dazu Kreditkarten unter den Falschnamen –, aber was den Forensikern aufgefallen ist, war eine Ausweiskarte des Wachdienstes an der Arkwell University.«

»Wo ist das?«, fragte Marcus. »Und was zum Teufel hat Eldridge mit einer Universität zu tun?«

»Die Arkwell University ist hier in New York«, antwortete Nakamura. »Was die Verbindung angeht, habe ich keine Idee. Ich schätze, das müssen Sie herausfinden, Superschnüffler.«

Nadia klappte den Laptop zu. »Konzentrieren wir uns auf eins nach dem anderen. Können wir erst einmal die Sendung auf den größeren Bildschirm bringen, von dem Sie gesprochen haben?«

Nakamura nickte. »Ja, es gibt im Squad Room mehrere, die wir benutzen können. Wir richten Sie dort ein, und ich rekrutiere ein paar Detectives, die uns helfen.«

51

JB war verletzt und zog im mehr als kniehohen Wasser das Bein mit der schmerzhaften Wunde nach. Ackerman hatte keinerlei Zweifel, JB trotz seiner medizinischen Probleme innerhalb von Sekunden einholen zu können. Genau das plante er auch zu tun, lange bevor der Angeschossene die halbe Länge des Tunnels erreichte, wo Annabelle zurückgeblieben war. Er wischte sich den Schweiß von der Stirn. Luftfeuchtigkeit und Temperatur waren auf bedrückende Werte geklettert.

Ackerman war überrascht, in dem Tunnel ein lautes grollendes Echo zu hören, fast als wäre ein großes Tier zum Leben erwacht. Sein Vergleich war recht zutreffend, denn der Lärm stammte offensichtlich vom Motor des R1700-Untertage-Radladers, den Annabelle gestartet hatte.

Die Beleuchtung in diesem Teil des Tunnels brannte noch, und Ackerman konnte JB deutlich hundert Meter vor sich erkennen. Er sah auch die Lampen des Radladers, der ihm entgegenfuhr. Ackerman blieb stehen und überlegte, ob ihm eine grobe Fehleinschätzung unterlaufen war. In dem Tunnel war nicht viel Platz zum Ausweichen, wenn ein R1700 auf einen zuraste. Annabelle war nach wie vor eine Kandidatin für Chamäleon. Demon hatte das Geschlecht seines Agenten nicht konkret benannt und sich bisher für keinen anderen Minenarbeiter eingesetzt. Zurzeit war Ackerman am verletzlichsten, und sie konnte diesen Moment wählen, um sich zu offenbaren und zuzuschlagen.

Er überlegte, wie er verhindern konnte, überfahren zu werden, falls sie die Absicht hatte, doch ihm blieb nur eine Sekunde zum Nachdenken, bevor Annabelle JB erreichte. Kurz bevor sie ihn überfuhr, trat sie auf die Bremsen des Radladers und kam zwanzig Meter vor ihm kreischend zum Stehen.

Über eine Sprechanlage der Fahrerkabine, die vermutlich aus Sicherheitserwägungen eingebaut war, ergriff Annabelle das Wort. Ihre Stimme klang, als spräche sie durch ein Megafon. »Wie geht's denn so, JB? Erinnerst du dich, wie du zu mir sagtest, dass jemand, der dich mit einem Messer angreift, damit rechnen muss, eine Kugel zwischen die Augen zu bekommen? Na ja, bisher bist du mit einem Messer *und* einer Pistole auf mich losgegangen und wolltest mich in ein großes Loch schmeißen lassen. Deshalb habe ich überlegt, wie ich darauf angemessen reagieren soll. Was ist danach die nächste Stufe? Ich glaube, ein Bulldozer in die Fresse passt ganz gut.«

Ackerman rührte sich nicht. Er wusste, was geschehen würde, und er konnte nichts tun, um es abzuwenden. Er hielt noch immer die Glock 36 in der Hand, aber er beabsichtigte nicht, Annabelle zu töten, um sie an ihrem Vorhaben zu hindern. Durch die riesige Vorderschaufel des Radladers hatte er sowieso kein freies Schussfeld auf die Fahrerkabine.

JB begriff ebenfalls, was ihm bevorstand. Er schleppte sich zurück zu Ackerman und brüllte dabei um Hilfe. Sein Gesicht verriet Entsetzen. Er flehte Ackerman an, Annabelle aufzuhalten, erklärte immer wieder, dass sie den Verstand verloren habe.

Aber Ackerman antwortete nicht. Er beobachtete, wie Annabelle beim Radlader den Gang einlegte, die Schaufel auf die passende Höhe hob und mit einer Geschwindigkeit auf JB zufuhr, bei der er nicht entkommen konnte. Sie überrollte ihn; ein Schrei, ein Knirschen, dann fuhr sie zweimal auf ihm vor und zurück, um ganz sicherzugehen.

Als sie fertig war, legte sie wieder den Vorwärtsgang ein und schloss langsam die Lücke zwischen sich und Ackerman. Er versuchte sich seine Besorgnis nicht anmerken zu lassen, aber er hatte die Muskeln angespannt und war bereit, zur Seite zu springen, sollte sie auf ihn losfahren. JB hatte einen Fehler begangen, indem er versuchte, vor dem Radlader davonzulaufen. Dem Fahrzeug zu entkommen war unmöglich. Ackerman wäre in die Schaufel gesprungen. Das jedenfalls war sein Plan, sollte Annabelle entscheiden, dass ein Opfer ihr nicht reichte.

Als sie auf zwanzig Meter heran war, blieb der Radlader mit einem Ruck stehen, und der Motor lief aus. Annabelle sprang ab und kam um die Vorderschaufel herum. Sie sah Ackerman in die Augen und fragte: »Bekommen wir ein Problem, Lawman?«

Ackerman sah auf JBs Blut, das die Front des R1700 verschmierte, und wieder zu Annabelle. »Glauben Sie, er hatte es verdient?«, fragte er.

Annabelle zuckte mit den Schultern. »Er war ein Dreckskerl, der seine eigene Mutter verkauft hätte. Und er hat versucht, uns umzubringen.«

Ackerman hielt ihren Blick. »Gerechtfertigt mag sein Tod sein, aber richtig wird er dadurch noch lange nicht. Die Auge-um-Auge-Mentalität führt nur dazu, dass die ganze Welt erblindet. Es muss einen besseren Weg geben.«

Er hielt ihr die Pistole hin, die er Mikey abgenommen hatte.

Sie sah zu ihm hoch, die Augenbrauen gewölbt. »Echt?«

»Vorerst. Regel Nummer eins: Niemanden töten, es sei denn, es handelt sich eindeutig um Notwehr oder ich sage, dass es geboten ist.«

Annabelle nahm die Waffe, zog den Schlitten zurück und vergewisserte sich, dass sie geladen war. »Einverstanden.« Glocks konnten auch abgefeuert werden, wenn sie nass waren, oder in sandiger Umgebung, und Ackerman ging davon aus, dass sie tadellos funktionierte. JBs Waffe war vermutlich durch seinen Schuss beschädigt worden, und es lohnte sich nicht, die Zeit zu investieren, die sie brauchten, um sie zu finden. Berts Pistole hingegen war ihnen sicher, selbst wenn sie auf den Tunnelboden gefallen war.

»Wir kehren besser zu den anderen zurück«, sagte Ackerman und trat zu dem Radlader. Zum Glück waren die Reifen des Schwerlastfahrzeugs doppelt so hoch wie er, und der Motor war stark genug, dass es von dem Wasser im Tunnel nicht beeinträchtigt wurde.

Beim Gehen tat er so, als hätte er Schwierigkeiten mit dem Wasser. Er wollte langsam gehen und Annabelle nicht allzu weit hinter sich zurücklassen. Er musste bereit sein, auf jede abrupte Bewegung zu reagieren, die verriet, dass sie die Pistole auf ihn richten wollte.

Annabelle jedoch tat nichts dergleichen. Sie steckte die Glock in eine Brusttasche ihres Overalls, folgte ihm zum Radlader und saß auf, wo sie zuvor mitgefahren war.

Ackerman stieg in die Fahrerkabine und ließ den Motor wieder an. Sobald sie die anderen abgeholt hatten, konnten sie den Tunnel in kurzer Zeit durchqueren, indem sie sich die Wunder moderner Technik zunutze machten. Er erwartete, die Herausforderung bald hinter sich zu haben, nun, da sie bewaffnet waren und sich besser gegen die Hunde und die Furien verteidigen konnten. Wenn ihr Munitionsvorrat reichte, vermochten sie die erbeuteten Glocks vielleicht sogar gegen Juggernaut einzusetzen. Auf jeden Fall hatte Ackerman bereits einen Plan geschmiedet, um Demons massiges Metallmonster zu umgehen. Alles in allem erwartete er keine weiteren Probleme bei der Rettung der Minenarbeiter – abgesehen natürlich von der sehr realistischen Möglichkeit, dass jemand aus der Gruppe sich gegen ihn wandte.

52

Mit einem Blick hatte Ackerman erkannt, dass es sich bei den Pistolen seiner Gegner um subkompakte Glock 36 vom Kaliber .45 handelte. Die Waffe war ideal geeignet, um verdeckt getragen zu werden, und hatte sechs Patronen im Magazin, dazu eine weitere in der Kammer. Leider waren Burt und Mikey mit ihrer Munition nicht wirtschaftlich umgegangen. Sie hatten auf ihn geschossen, als er den Feuerball entzündete und die Leiter hinunterrutschte. Zusätzlich hatte Ackerman zwei Kugeln auf JB abgefeuert. In beiden Waffen waren insgesamt nur noch drei Patronen übrig. Mit den anderen suchte er kurz nach JBs Waffe, und sei es nur, um die Munition zurückzugewinnen, aber auch Ackerman konnte nicht mit Sicherheit sagen, wo JB gestanden hatte, und nach einigen Minuten erklärte er die Waffe für verloren.

Er lud die Patronen, die sie noch hatten, in eine Pistole und stopfte sich beide in eine Tasche. Die leere Glock gab noch immer eine brauchbare Nahkampfwaffe ab. Er hatte gehofft, die Schusswaffen würden ihnen für den Rest der Strecke bis zum Man Bucket sicheres Geleit verschaffen, aber mit nur drei Patronen wäre damit nicht zu rechnen, es sei denn, der weitere Widerstand fiele unerwartet leicht aus.

Als Nächstes gingen sie zurück, um die Feuerlöscher und das Autogenschweißgerät zu holen. Ihre improvisierten Waffen waren jedoch entfernt worden, vermutlich von Demons unsichtbaren Helfershelfern.

An der Stelle, wo die Sachen gelegen hatten, sagte Nicky mit bebender Stimme: »Außer uns und diesen Furien sind noch andere Menschen hier unten.« Er unterstrich den Satz, indem er sich langsam im Kreis drehte, als suche er nach weiteren Angreifern.

»Irrsinn ist das!«, rief Isaiah. »Jetzt streifen auch noch Typen im Dunkeln rum und verarschen uns!«

»Ich würde mir weniger Sorgen ihretwegen machen«, sagte Ackerman, »und mehr wegen der Feinde, denen wir uns stellen müssen.« Großen Trost schienen seine Worte nicht zu spenden. Alle starrten sie in die umgebende Dunkelheit, als warteten die Armeen der Hölle gleich jenseits ihrer Lichtkreise. Nicky ging so weit, sich zu bekreuzigen und ein Gebet vor sich hinzumurmeln.

Sie mussten mit dem arbeiten, was noch zur Verfügung stand. Ackerman wies die angehenden Minenarbeiter an, je zwei Bewehrungsstäbe aus dem Stapel zu nehmen – einen für jede Hand. Wenn sie weiteren Höllenhunden oder Furien begegneten, könnten sie sich ihre Feinde mit den Eisenstangen vom Leib halten. Außerdem hoffte er, unterwegs mehr Feuerlöscher zu finden. Am Lastenaufzug am anderen Ende des Tunnels musste es welche geben.

Mikeys verletzten Unterarm hatten sie mit Klebeband verarztet, Berts ausgekugelter Arm hing in einer improvisierten Schlinge, und beiden war unter Androhung körperlicher Gewalt klargemacht worden, dass sie keine zweite Chance erhalten würden. Nachdem die angehenden Minenarbeiter und die beiden Gefangenen auf dem Radlader aufgesessen hatten, fuhr Ackerman los zum Lastenaufzug, der auf einer Reihe erhöhter Plattformen vorerst noch über dem Wasser stand. Als sie ihn erreichten, entdeckte er einen leeren Haltering, in dem ein Feuerlöscher gehangen hatte. Er fand es auffällig und fragte sich, wie Demons Geistersoldaten ihre Mittel noch weiter zu reduzieren versuchten.

In jedem Fall war Ackerman zuversichtlich, dass sie sich einen Weg durch Demons kleinere Ablenkungen erkämpfen könnten. Seine große Sorge galt Juggernaut, denn er bezweifelte, dass sie alle drei Kugeln für Demons großen Freund aufsparen konnten. Stattdessen müsste Ackerman seinen ursprünglichen Plan in die Tat umsetzen. Er hoffte natürlich, dass Juggernaut noch an der gleichen Stelle wäre wie zuvor und in einem höher gelegenen Tunnel umgangen werden könnte. Allerdings bezweifelte er sehr, dass Demon es ihm so leicht machen würde.

Bevor er in den türenlosen Lastenaufzug stieg, der sie zu

dem Tunnel hinauftragen würde, in dem er zuvor Juggernaut begegnet war, fragte Ackerman: »Wer hat ein Feuerzeug? Ich brauche sie alle.«

Zu seiner Zufriedenheit hatte Jesse vier davon sicher in seiner Tasche verwahrt. Ackerman bückte sich und brach mit dem Leatherman-Tool rasch das Schutzblech bei drei Exemplaren ab. Er zog die Feder aus einem, dehnte sie und entfernte mit der Zange sanft den Zündstein.

»Was machen Sie da?«, fragte Annabelle.

»Ich bereite etwas vor, das im nächsten Tunnel von entscheidender Wichtigkeit sein wird.«

»Warum? Was erwartet uns da oben?«

»Als ich vorhin hindurchkam, bin ich auf eine Schöpfung Demons getroffen, die er Juggernaut nennt. Stellen Sie sich einen dieser metallgepanzerten Irren vor, nur ist Juggernaut über zwei Meter groß und wiegt fünfhundert Pfund.«

»Wie soll uns ein Haufen Feuerzeugteile denn gegen so jemanden helfen?«, fragte Jesse.

»Dieser Haufen Feuerzeugteile ergibt zusammengenommen eine primitive hausgemachte Blitzgranate. Wir haben die Schwachstelle der Rüstung bereits ausgemacht – die Augen. Wenn es uns gelingt, ihn zu blenden und ihm die Orientierung zu rauben, können wir uns an ihm vorbeischleichen. Aber hoffentlich begegnen wir keinen anderen Ablenkungen, bevor wir dort sind, dann können wir einfach die Pistolen benutzen, um Juggernaut von seinem Elend zu erlösen. Denn glauben Sie mir, diese Leute *leiden*. Demon hat ihnen einen Teil ihres Gehirns entfernt. Sie besitzen nicht mehr die Möglichkeit zu erkennen, was mit ihnen nicht stimmt, aber ich bin sicher, dass sie auf einer tieferen Ebene durchaus begreifen, dass etwas ganz und gar nicht in Ordnung ist.«

»Das klingt, als wäre Demon ein echtes Monster«, sagte Jesse.

»So etwas wie Monstren gibt es nicht«, entgegnete Ackerman, »zumindest nicht in Wirklichkeit. Es gibt nur gebrochene Menschen, die um sich schlagen, um ihren Schmerz zu lindern. Demon hat in seinem Leben so viel Finsternis erlebt, dass er entschieden hat, seine einzige Hoffnung bestehe darin, sie anzunehmen und auszuleben. Er ist diesen dunklen Pfad weiter gegangen als jeder andere, den ich kenne, aber das Gute am Licht ist, dass es die Dunkelheit sofort vertreibt. Ganz egal, wie weit sie sich von allen anderen entfernt haben, man muss nur den Schalter umlegen, sozusagen.«

Fitz lachte leise. »Vergebung ist toll, natürlich, aber wo ich herkomme, würden wir diesen Demon nach draußen bringen, an einen Baum binden, nackt ausziehen und mit Honig einschmieren.«

Ackerman hob eine Augenbraue. »Haben Sie dort, wo Sie herkommen, wirklich erlebt, dass Menschen so etwas angetan wurde?«

Fitz rümpfte die lange Nase. »Na ja … Nein, eigentlich nicht. Aber so sagte man dort.«

Ackerman sah dem Mann in die Augen und fand sie stumpf und leblos. »Menschen sagen eine Menge, was sie in Wirklichkeit gar nicht glauben, Fitz. Vielleicht sollten Sie das beherzigen und weniger reden.«

Damit entlockte er Annabelle ein leises, glockenhelles Lachen, aber Fitz wirkte nach wie vor verwirrt.

Ackerman hatte die Zündsteine entfernt und verdrillte die Spiralfedern an den kleinen zylindrischen Stücken miteinander. Als er aufblickte, bemerkte er, dass Fitz sich am Unterarm kratzte. Dort entdeckte er eine merkwürdige Tätowierung. »Darf ich einmal Ihr Tattoo sehen, Fitz?«

Der magere Weiße schob den Ärmel hoch. »Das ist nichts Besonderes. Mein Grandpa hat es mir zu Hause gestochen.«

Wie Fitz angab, stammte die Tätowierung auf keinen

Fall von einem Profi, aber ein gewisses Können war seinem Großvater nicht abzusprechen. Das Tattoo zeigte eine abgesägte Schrotflinte mit einem Kolben in Form eines Drachenkopfes. Darauf standen die Buchstaben BM geschrieben.

»Was bedeutet denn BM?«, fragte Ackerman.

»Bear Mountain, Alabama«, antwortete Fitz. »Da bin ich aufgewachsen. Mein Grandpa und meine Grandma haben da eine Farm.«

»Was führt dich denn von Alabama bis hierher?«, fragte Annabelle.

Fitz errötete und wich ihrem Blick aus. »Ein Mädchen. Nur hat es nicht funktioniert. Sie wollte mich nicht teilen, obwohl ich ihr gesagt hatte, dass Fitz sehr viel Liebe zu vergeben hat. Aber wenn wir hier rauskommen, mache ich ihr vielleicht einen Antrag. Das Leben ist kurz, wisst ihr. Was ist mit Ihnen, Bossman? Haben Sie irgendwo eine besondere Lady?«

Ackerman biss die Zähne zusammen, als er an Nadia dachte und gegen Wellen ablenkender Emotionen ankämpfte, die zu unterdrücken er sich so sehr anstrengte. »Es gibt eine Frau, die ich höher schätze als alle anderen, aber einige von uns müssen zwischen einem Leben großen Glücks und einem Leben großer Bestimmung wählen. Manche können beides haben, aber für mich besteht diese Möglichkeit nicht. Ein Mann, der sich gegen die Finsternis stellt, wird die Finsternis mit nach Hause bringen. Sie aber verdient etwas Besseres.«

Als die Zündsteine in die Feder eingeflochten waren, steckte Ackerman sie und das einzige funktionstüchtige Feuerzeug in seine wasserdichte Hosentasche.

Er richtete sich zu voller Größe auf und ging zu der Schalttafel, die den Aufzug steuerte. Er wollte gerade den Knopf drücken, der den Aufzug nach oben in Bewegung setzte, als ein Geräusch aus seiner Tasche ihn innehalten ließ. Kaum hatte er den Ohrhörer eingesetzt, verkündete Demon: »Beim nächsten Tunnel brauchen Sie gar nicht zu versuchen, still und heimlich hindurchzukriechen, Frankie-Boy. Wir haben Juggernaut an einen neuen Standort verlegt, in den letzten Gang direkt vor dem Man Bucket. Ich will nicht, dass Sie versuchen, die letzte Herausforderung der ersten Runde zu umgehen, aber über die nächste Ebene brauchen Sie sich keine Gedanken zu machen. Da wartet spiegelglatte See auf Sie. Überhaupt keine Probleme.«

Ackerman schüttelte den Kopf. Er sah zu den anderen zurück und klopfte sich aufs Ohr, um ihnen zu signalisieren, dass er mit Demon sprach. »Spiegelglatte See klingt nicht gerade nach dem, was Sie mir zu diesem Zeitpunkt anbieten würden, also bekennen Sie bitte Farbe. Wie viel Widerstand haben wir im oberen Tunnel zu erwarten?«

Demon lachte, und Ackerman konnte sich die Grimasse im vernarbten Gesicht des schottischen Massenmörders plastisch vorstellen. »Sie kennen mich einfach zu gut«, sagte Demon. »Sie werden es mit ein paar kleineren Furien zu tun bekommen. Sie sind zwischen dem Lastenaufzug und der ersten Leiter, also können Sie sie nicht umgehen. Sie müssen die Kleinen überwinden, bevor Sie im letzten Gang auf Juggernaut stoßen und den unterirdischen Spielplatz verlassen können, den ich für Sie geschaffen habe.«

Ackerman gab Demon keine Antwort. Stattdessen sah er die Gruppe an und sagte: »Wir werden oben auf schweren Widerstand treffen, aber wenn wir zusammenhalten, können wir unsere Feinde besiegen und uns einen Weg durch sie hindurch bahnen. Wenn Sie tun, was ich sage, überleben wir alle. Aber leider müssen Sie sich vorher noch die Hände schmutzig machen.«

53

Der Squad Room des 72. Reviers hatte pastellgelbe Wände, während die Bodenfliesen ein Schachbrettmuster aus Grüntönen bildeten. Eine große Projektionsleinwand nahm den vorderen Teil ein. Zusätzlich dazu hingen Fernsehschirme an der Seitenwand, wo mehrere Besprechungen gleichzeitig abgehalten werden konnten.

Wenige Augenblicke nach Entdeckung des Videofeeds war Marcus' Laptop an die Bildschirme angeschlossen, und Nakamura hatte zwei weitere Detectives rekrutiert. Nadia warnte allerdings, dass jede Verbindung auf ein Gerät beschränkt bleiben müsse. Demons Serveradministratoren würden vermutlich misstrauisch, wenn sie mehrere Geräte entdeckten, die über die gleiche IP-Adresse verbunden waren, und dann würden sie den Zugang trennen. Die Detectives richteten WLAN-Hotspots ein, um sich von IP-Adressen aus einzuloggen, die nicht mit der des Reviers identisch waren. Die Geräte liefen über unterschiedliche Provider und würden in der Masse untergehen, ohne Verdacht zu erregen.

Während die Detectives die Einstellung vornahmen, wandte sich Nakamura an Marcus. »Bist du sicher, dass du es hier tun willst? Im One Police Plaza gibt's eine von diesen schicken Monitorwänden und alle möglichen Techniker. Da sieht es aus wie im NASA-Startzentrum.«

Marcus schüttelte vehement den Kopf. »Auf keinen Fall! In eurem Hauptquartier würden sie erst mal verlangen, dass wir einen ganzen Stapel Antragsformulare ausfüllen, und das nur dafür, dass sie den Kopf aus dem eigenen Hintern ziehen und eine Taste drücken. Die Anzugträger und Lametta-hengste halten wir so lange aus der Sache raus, wie wir nur können.«

Detective Nakamura nickte. »Die endgültige Entscheidung trifft sowieso das FBI, also …«

Nadia unterbrach ihre hastige Arbeit am Laptop nicht und rief über die Schulter: »Ich bin mit Marcus einer Meinung. Ich habe es schon an Cybercrimes geschickt, und sie arbeiten vom Backend aus daran. Wir müssen die Videohistorie durchgehen und sehen, ob wir irgendwo einen Hinweis auf den Schauplatz entdecken. Wenn es sich um einen Livestream handelt, können wir sie vielleicht noch rechtzeitig in der Mine überraschen.«

Sie legte den Livefeed auf die große Projektionsleinwand, während die anderen ihre Geräte mit den Bildschirmen im Raum verbanden oder einfach das Laptopdisplay benutzten. Marcus entschied sich für einen großen Bildschirm so nahe wie möglich an der Projektion, damit er die aktuelle Situation seines Bruders im Auge behalten konnte. Ihm schenkte es Trost, Frank am Leben zu sehen. Ackerman war zwar sein älterer Bruder, aber Marcus hatte immer das Gefühl gehabt, er müsse auf ihn aufpassen. Ackerman war durch das, was Thomas White ihm angetan hatte, in gewisser Hinsicht versehrt, und ihm hatte es nie behagt, dass Frank wegen der Fehler, die Marcus als Teamleiter begangen hatte, dem FBI in einer Art Schuldknechtschaft diente. Immer wieder plagte ihn der Gedanke, dass nichts von alldem geschehen wäre, wenn er Demon bei ihrer ersten Begegnung im Gefängnis von Foxbury einfach erschossen hätte.

Wenn er damals einen klareren Kopf gehabt hätte und nicht in seinen ganzen privaten Unsinn verstrickt gewesen wäre, hätte er vielleicht Entscheidungen getroffen, die zu besseren Ergebnissen geführt hätten. Leider ließ sich daran im Nachhinein nichts mehr ändern; er konnte nur aus seinen Fehlern lernen.

Im Hauptfeed bastelte sich Ackerman gerade aus Feuerzeugteilen eine improvisierte Blitzgranate. Einer der auszubildenden Minenarbeiter, der Fitz genannt wurde, sprach Ackerman direkt darauf an, ob er eine »besondere Lady« habe.

Marcus fiel auf, dass das Rattern von Nadias Tastatur, bisher ein konstantes Stakkato, unvermittelt abbrach. Auch sie wartete auf die Antwort seines Bruders.

Ackerman sah so aus und klang auch so, als wäre er den Tränen nahe, als er sagte: »Es gibt eine Frau, die ich höher schätze als alle anderen, aber einige von uns müssen zwischen einem Leben großen Glücks und einem Leben großer Bestimmung wählen. Manche können beides haben, aber für mich besteht diese Möglichkeit nicht. Ein Mann, der sich gegen die Finsternis stellt, wird die Finsternis mit nach Hause bringen. Sie aber verdient etwas Besseres.«

Marcus warf einen Blick auf Nadia. Sie wischte sich die Augen ab, sprang auf und ging zur Tür. Er wollte ihr folgen und sie trösten, aber selbst wenn er sie mit seinem Rollstuhl einholte, hätte er nicht gewusst, was er ihr sagen sollte. Frank hatte recht. Männer wie sie brachten ihre Familie in Gefahr. Jedes Mal, wenn einer von ihnen es versuchte, wurden die Menschen, die sie liebten, am Ende verletzt. Das Schicksal hatte entschieden, dass die Brüder Ackerman nur einander haben sollten.

54

Die Temperatur war ständig gestiegen, und alle Minenarbeiter hatten ihre Regenmäntel ausgezogen. Einige hatten sich die Overalls bis zur Taille abgestreift und mit den Ärmeln um die Hüften gebunden. Ackerman schätzte die Hitze in den Tunneln auf wenigstens fünfzig Grad, und das Atmen fiel immer schwerer. Er hatte sein langärmeliges schwarzes Shirt natürlich nicht abgelegt. Seiner Erfahrung nach wünschten Normale seinen narbenbedeckten Körper nicht zu sehen, und das Dryfit-Material war feuchtigkeitsdurchlässig.

Zur Vorbereitung auf den bevorstehenden Kampf hatte Ackerman entschieden, dass es am besten wäre, wenn sie alle Munition in eine Waffe luden und er sie nehmen würde. Sie würden mehr Gegnern gegenüberstehen, als sie Patronen hatten, daher müsste er dicht heran und in den Nahkampf. Letztlich würden die anderen wie mittelalterliche Schildknappen handeln, während er der einzige Bogenschütze wäre. Sie würden die Gegner zurückhalten, er würde sie ausschalten. Wenn jeder half, die Furien mit Bewehrungsstäben auf Abstand zu halten, konnte er die übrigen Gegner mit wohlgezielten Treffern durch die Augen- oder Mundlöcher töten.

Ackerman widerstrebte es, wieder Leben zu nehmen, ganz gleich, wie gerechtfertigt es war. Er wusste ganz genau, wie Sucht sich auswirkte, und dass es einem Spaziergang auf abschüssigem Gelände gleichkam, seinen Begierden auch nur ein wenig nachzugeben. Aber Demon hatte recht – diesen geistlosen Kreaturen das Leben zu nehmen war kein Mord. Es war ein Gnadenakt.

Als er Annabelle seinen Plan darlegte, wandte sie ein:

»Ich kann sehr gut mit Pistolen umgehen. Vielleicht sollten Sie vorn stehen und sie auf Abstand halten, während ich die Schützin bin. Sie sind kräftiger als ich.«

»Aber ich bin auch größer und kann über Ihre Köpfe hinwegsehen.«

»Das ist Bullshit!«

»Ich kann die passenden Winkel für sichere Schüsse einnehmen. Sie wissen, dass ich recht habe. Die Hitze beeinträchtigt Ihr Urteilsvermögen.«

»Mein Urteilsvermögen ist großartig. Ich bin mir nur nicht sicher, ob Sie die Eier haben, um es gründlich zu tun.«

Schweiß tropfte ihm von der Stirn in die Augen und brannte, aber er wollte ihn nicht wegwischen. »Freuen Sie sich nicht ständig darauf, alles Mögliche umbringen zu können.«

Sie rollte mit den Augen. »Ich freue mich nicht darauf. Ich empfinde dabei gar nichts, aber ich bin bereit, meinen Teil zu tun. Ich habe noch nie dagestanden und andere für mich kämpfen lassen. Psychologen sagen, dass eine Gefahr bei Menschen entweder den Flucht- oder den Kampfinstinkt auslöst, aber ich glaube, ich bin ohne Fluchtinstinkt zur Welt gekommen. Bei mir gibt es nur Kampf.«

»Gut«, sagte er. »Sie werden Ihre Gelegenheit bekommen.«

Ackerman behielt die Glock 36 mit den drei Patronen in der rechten Hand. Mit der Linken führte er einen vier Fuß langen Bewehrungsstab und musterte seine Truppe im Lastenaufzug. Alle sahen sie zerlumpt aus, schmutzig, verschwitzt und erschöpft. Hitze und Feuchtigkeit krallten an ihnen wie ein hasserfülltes Monstrum. Einige wirkten ängstlich, aber sie waren ausgerüstet und hatten die Informationen erhalten, die sie brauchten, um die Begegnung mit den Furien und Höllenhunden zu überleben. Wenn sie taten, was ihnen gesagt wurde.

Ackerman, der immer versuchte, einige Züge vorauszudenken, sagte: »Wenn es für Sie alle akzeptabel ist, wüsste ich gern die vollständigen Namen der Leute, mit denen ich in den Kampf ziehe. Mein vollständiger Name ist Franklin Stine.« Er hatte sich für dieses Pseudonym entschieden, nachdem die US-Behörden seinen Tod vorgetäuscht und ihm mithilfe der Wunder der plastischen Chirurgie ein neues Gesicht geschenkt hatten.

Ackerman befasste sich seit Langem mit Kinesik und beobachtete ihre unwillkürliche Körpersprache, während sie ihre Namen nannten, suchte nach den kaum wahrnehmbaren Bewegungen, die eine Täuschung verraten konnten. Die meisten von ihnen sprachen leise und andächtig, als hätten sie begriffen, dass sie ihren Namen vielleicht zum letzten Mal hörten.

Der junge Hispanic mit den Grübchen in den Wangen stellte sich als Erster vor. »Ich bin Nicky Gonzalez.« Sein dunkler Haarschopf war feucht, und nach jedem Wort holte er flach und mühselig Luft.

Nach kurzer Pause sagte der schmächtige Schwarze: »Jesse Gibson.« Nach Ackermans Eindruck kam Jesse mit der Hitze besser zurecht als die meisten anderen, als wäre der junge Bursche an die Wüste gewöhnt.

»Roberto Menendez«, sagte Bert. Er war tiefrot angelaufen, und seine Stimme klang, als hätte er auf Sandpapier gekaut.

Sein großer, blonder Kollege knurrte: »Michael Sanderson.« Auch dieser kräftige Mann hörte sich heiser an, was Ackerman daran erinnerte, dass der Mangel an Trinkwasser bald zu einem weiteren Hindernis würde, das zwischen ihnen und dem Überleben stand. Noch eine tickende Uhr.

Ackerman sah Annabelle an. »Was ist mit Ihnen, Annabelle? Ihren Nachnamen habe ich noch nicht gehört.«

Sie verzog das Gesicht, als hätte sie etwas Fauliges gerochen. »Mein Name ist Annabelle. Nur Annabelle. Ich habe ihn ändern lassen.«

»Ich beurteile das nicht«, bohrte Ackerman nach, »aber mich interessiert der Grund dafür. Wollten Sie ins Showbusiness?«

Sie kniff die Augen zusammen und machte bei ihrer Antwort ein finsteres Gesicht. »Ich habe meinen Namen geändert, weil ich meine Familie hasse. Mein Nachname war wie ein Krebs, den man rausschneiden musste. Ich will damit nichts zu tun haben. Ich will ihn nicht aussprechen und erst recht nicht hören.«

Er nickte, bemerkte aber auch, dass sich Jesse gegenüber Annabelles Beschreibung einer angeblich dysfunktionalen und schrecklichen Familie besonders empathisch verhielt. Einen Augenblick lang hielt Ackerman es für denkbar, dass Jesse ihr tröstend eine Hand auf die Schulter legen könnte, aber klugerweise entschied sich der junge Mann gegen den Körperkontakt mit ihr.

»Klingt vernünftig«, sagte Ackerman. »Was ist mit Ihnen, Mr. Fitz?«

Fitz schmatzte mit den Lippen und wischte sich mit dem Ärmel seines Overalls Schweiß von der Stirn. »Mein Vorname ist Jackson«, antwortete er. »Jackson Fitz.«

Jesse lachte leise. »Tut mir leid, aber das klingt wie der Name einer Country-Band.«

Fitz strich sich seufzend den bleistiftdünnen Schnurrbart. »Ich weiß. Deshalb nenne ich mich nur Fitz und lasse den Jackson weg.«

Ackerman neigte den Kopf zur Seite. »Warum sich nicht stattdessen Jackson nennen?«

Fitz spielte noch immer mit seiner dünnen Gesichtsbehaarung. »Ich fand den Namen immer dämlich, weil mein Vater gar nicht Jack heißt.«

Ackerman hob eine Augenbraue, sagte aber: »Leuchtet mir ein.« Er sah den Letzten aus der Gruppe an. »Isaiah? Sie haben einen Spitznamen genannt, aber keinen Nachnamen. Sind Sie auch von Ihrer Familie entfremdet?«

Der nervöse junge Mann antwortete: »Mein Name ist Isaiah Zenimura, und nein, ich bin extrem stolz auf meinen Familiennamen. Hauptsächlich wegen meines Großvaters. Sein Name war Kenichi Zenimura. Er spielte Baseball als Halbprofi in der japanisch-amerikanischen Liga. Aber 1942 erließ Präsident Franklin D. Roosevelt die Executive Order 9066, die meinen Großvater und Tausende andere japanischstämmige Amerikaner zwang, ihr Eigentum zu verkaufen und quer durchs Land in Internierungslager zu ziehen. Konzentrationslager trifft es eher. Siebzig Prozent der Menschen, die aus ihren Häusern vertrieben wurden, waren US-Bürger wie mein Großvater. Man schickte ihn ins Gila River War Relocation Center hier in Arizona. Die Menschen lebten dort unter entsetzlichen Bedingungen, aber mein Großvater legte ein Baseballfeld an und organisierte Turniere. Er schenkte einer Gruppe verschleppter, hoffnungsloser Menschen etwas, worauf sie sich freuen konnten. Er baute die Moral im Lager auf, und die weißen Amerikaner, die in der Umgebung wohnten, wurden zu den Spielen eingeladen. Er baute auf diese Weise Beziehungen und Brücken zwischen beiden Gruppen auf.«

Ackerman nickte. »Ich habe einmal ein Buch über die Paranoia gelesen, die die USA im Zweiten Weltkrieg erfasst hielt. Darin stand auch etwas über Ihren Großvater; er wurde als ›Vater des japanisch-amerikanischen Baseballs‹ bezeichnet.«

Isaiah errötete lächelnd. »Ich weiß nicht, ob ich so weit gehen würde, aber wie gesagt, ich finde, dass ich einer Tradition großer Männer entstamme. Ich habe viele Erwartungen zu erfüllen. Ich möchte meine Nachfahren stolz machen, so wie mein Großvater mich stolz macht.«

Ackerman fragte sie nicht, ob sie bereit seien, bevor er den Knopf drückte, der den Lastenaufzug aktivierte. »Ich danke Ihnen allen«, sagte er. »Jetzt wissen wir, an wessen Seite wir kämpfen.«

Mit einem Ruck setzten sich Motoren und Turbinen in Aktion. Zusätzlich zu den erwarteten Geräuschen hörte Ackerman ein seltsames melodisches Summen und sah die Minenarbeiter an, um sich über die Quelle zu informieren.

Die Melodie, begriff er, gehörte zu einem Popsong aus den 80ern. Er hob eine Braue und sah die Gruppe wieder an, versuchte zu bestimmen, wer das Summen von sich gab. Jesse bemerkte seinen Blick, schüttelte den Kopf und sagte rasch: »Tut mir leid, ich summe manchmal, wenn ich nervös bin.«

Ackerman wusste, dass Jesse mit diesem Gefühl nicht allein stand. Er hatte festgestellt, welche Emotion die Gruppe beherrschte: Furcht. Für ihn war es die fremdartigste aller Empfindungen, aber er betrachtete sich als den Anführer und sollte vielleicht etwas sagen, um ihnen Zuversicht einzuflößen. Er sagte sich, dass sogar Chamäleon – falls Demon die Wahrheit sprach und eine dieser Personen wirklich ein eingeschleuster Serienmörder war – in dieser Situation Furcht empfinden müsste. Für die einstmals menschlichen Kreaturen, auf die sie im Tunnel treffen würden, bedeutete es keinen Unterschied, auf welcher Seite jemand stand. Geriet Chamäleon einer Furie in den Weg, würde er oder sie das gleiche Schicksal erleiden wie alle anderen auch.

Zwei aus der Gruppe jedoch schienen sich nicht zu fürchten. Der eine war Fitz, der eine entschlossene Miene zeigte. Ackerman nahm an, dass es der gleiche Gesichtsausdruck war, den ein idealistischer und patriotischer junger Soldat gehabt hätte, während sich sein Landungsboot dem Strand der Normandie näherte. Die andere Furchtlose war Annabelle. Ihre Reaktion auf diese Situation – mit der sie offenbar auf die meisten Situationen reagierte –, bestand in etwas, was Ackerman als gleichgültigen Trotz bezeichnet hätte.

Er vermutete, dass sie nicht zu der Gruppe zählte, die er *die Normalen* nannte, Menschen, die mit einem neurotypischen Gehirn zur Welt gekommen waren. Alles an Annabelle war merkwürdig, und das machte sie zur Verdächtigen. Ackerman wusste jedoch, wie Demon dachte, und sie wäre perfekt gewesen, um sie als Ablenkung für Ackerman in die Gruppe einzuschleusen. Im Grunde wurde ein gutwilliger Psychopath benutzt, um einen böswilligen zu tarnen. Oder Demon hatte ihr einen ähnlichen Deal angeboten wie JB, und sie benutzte Ackerman nur und wartete den richtigen Moment ab. Er konnte nicht sagen, welche Möglichkeit zutraf, nicht bei den wenigen Informationen, die er besaß. Klar war ihm aber: Demon hatte sein Spiel von vornherein darauf angelegt.

Er wollte seinen jungen Gefährten helfen, nur hatte Ackerman keine Ahnung, wie man jemandem die Furcht nahm. Auch wenn er sich in die Lage eines anderen versetzte, wurde er dadurch kein empathischer Mensch. Wenn er sich Dinge ausdachte, die er sagen konnte, war es einfach nicht das Gleiche. Er durchforstete sein Gedächtnis nach einer literarischen Anspielung oder einem historischen Zitat, das in diesem Moment dienlich sein konnte. Ihm fiel nur Shakespeare ein.

Er sagte: »Vom heutigen Tag bis zum Ende der Welt wird man sich an uns erinnern, uns wenige, uns beglücktes Häuflein Brüder: Denn welcher heut sein Blut mit mir vergießt, der wird mein Bruder.‹ Shakespeare hat vor Hunderten von Jahren über Männer geschrieben, die in die Schlacht ziehen. Über unsere Schlacht habe ich Folgendes zu sagen: Wenn wir zusammenarbeiten, wenn keiner von Ihnen eine Dummheit begeht, wenn Sie auf mich hören und genau tun, was ich sage, werden Sie alle den heutigen Tag überleben. Was uns bevorsteht, wird schnell, blutig und gewalttätig, aber wenn Sie die Stellung halten, wird alles gut.«

Er erhielt anerkennendes Kopfschütteln, und jeder – bis auf Annabelle natürlich – schien neue Zuversicht zu finden.

Ackerman wandte sich von der Gruppe ab, griff nach oben und legte eine Hand auf den Aufzugkorb. Die Fahrt ging unfassbar langsam. Er nahm an, dass sie die Höhe eines drei- oder vierstöckigen Gebäudes überwanden, aber trotzdem schien es, als dauerte es ewig, und je länger seine kleine Ansprache ging, desto mehr hatte ihn der Eindruck beschlichen, er würde das Bewusstsein verlieren. Ackerman hoffte, dass die Verschlechterung seines Zustands nicht zum Tod der jungen Leute führte, aber er konnte momentan nichts tun, um dem entgegenzuwirken. Er konnte nur das, was er hatte, bestmöglich einsetzen.

Irgendwo oben, aber nicht in dem Tunnel, den sie betreten wollten, sondern in einer benachbarten Passage hallte das Heulen eines Rudels hungriger Rottweiler von den Betonwänden wider und verschmolz zu einer beinahe melodischen Harmonie, einem Gesang von Sirenen, die sie in die Tragödie locken wollten.

55

Jesse kam es vor, als nähme er an einer Expedition in die feindselige Finsternis eines außerirdischen Insektenbaus teil, wo selbst die Umgebung sich nicht für menschliches Leben eignete. Die Luft war so dick und heiß, dass es ihm vorkam, als versuchte er, Suppe zu atmen. Sein Overall war durchtränkt, aber er wollte ihn nicht ganz ausziehen, weil das dicke Material vielleicht doch einen gewissen Schutz bot. Je länger er daran dachte, wie schwer ihm das Atmen fiel, desto stärker umschloss ihn die Panik. Als der unsäglich lahmarschige Aufzug endlich so weit oben war, dass Jesse in den offenen Tunnel sehen konnte, machte sein Herz einen Satz. Im Schein ihrer Helmlampen erblickte er, keine zehn Meter entfernt, zum ersten Mal ganz deutlich eine Furie, wie Frank sie genannt hatte.

Als sie herauffuhren, bemerkte das stachelschweinähnliche Geschöpf sie und stemmte sich vom Boden hoch. Es schrie und stapfte mit schlurfendem Schritt in ihre Richtung.

»Alle bereithalten!«, sagte Frank. »Bilden Sie eine Linie und halten Sie sie mit den Eisenstangen auf Abstand. Arbeiten Sie zusammen, wenn wir von mehreren gleichzeitig angegriffen werden. Ich versuche die erste Welle auszuschalten, ehe sie uns zu nahe kommt.«

Bevor der Aufzug auf gleicher Höhe mit der Kante stand, sprang Frank hoch in den Tunnel und hielt seinen Bewehrungsstab gepackt wie ein Schwert.

Fassungslos sah Jesse zu, wie Frank auf die Kreatur lossprintete und dabei die Eisenstange vor sich streckte, als führte er eine Kavallerieattacke an. Im letzten Moment duckte er sich, trat zur Seite und knallte der Furie die Eisenstange aufs Knie.

Das heranstürmende Monstrum brüllte und schlug nach ihm, während es zugleich fast durch seinen Schwung nach vorn gestürzt wäre. Rasch fing es sich ab, und Frank musste die Schläge der wirbelnden klingenbesetzten Arme mit der Eisenstange abwehren wie ein Schwertkämpfer und sich vor der Furie zurückziehen.

Zweimal stieß er mit dem Bewehrungsstab nach dem Gesicht, aber jedes Mal drehte es in letzter Sekunde den Kopf und wehrte den Angriff ab.

Im Zurückweichen lenkte Frank seinen nächsten Hieb auf die Fußgelenke des Ungeheuers; der Aufprall riss es zu Boden. Kaum lag es auf dem Rücken, hob es den Kopf und kreischte Frank an. Der stieß wieder mit dem Bewehrungsstab zu, und diesmal drang die Stange durch das Augenloch.

Der Kopf des Monstrums fiel auf den Tunnelboden zurück, und Frank, der durch den Stoß offenbar das Gleichgewicht verloren hatte, sank neben dem Toten auf die Knie. Er zögerte nur eine Sekunde, stand wieder auf und zog der toten Furie den Bewehrungsstab aus der Augenhöhle.

Frank sah schwer atmend zu ihnen zurück und winkte sie mit der Eisenstange näher.

Nachdem Jesse gesehen hatte, auf welch brutale Art der Kampf geführt wurde, fühlte er sich wie ein griechischer Krieger der Antike, der gegen eine Barbarenhorde in die Schlacht zog, und Frank war ihr Achill. Franks Kraft schenkte Jesse Zuversicht, und er war sich sicher, dass die anderen Neulinge das Gleiche empfanden. Sie alle rannten los, um bereit zu sein, sobald es losging.

Schon konnte er sehen und hören, wie der Rest der gepanzerten Verrückten heranstürmte. Sie kamen mit unter-

schiedlichen Geschwindigkeiten, nicht eng zusammengeschart, aber trotzdem würden sie als Welle, anders konnte
man es nicht bezeichnen, auf die Minenarbeiter prallen. Jesse
brannte der Schweiß in den Augen, und er zählte sechs weitere monströse Feinde.

Frank zog sich hinter sie zurück, während sie alle in beiden Händen einen Bewehrungsstab hielten. Jesse merkte,
dass Frank mit der Pistole über seine Schulter hinweg zielte.

Die gepanzerten Kreaturen kreischten und machten keh-
lige Laute, die Jesse an Gorillas erinnerten, oder an die Laute
von Menschen, die nicht sprechen konnten. In den Lauten
lag urtümliche Wut, aber auch eine erbärmliche Verwirrung,
als litten sie Schmerzen und wären zornig und wüssten gar
nicht, wieso.

Die vorderste der näher kommenden Furien richtete sich
auf und brüllte sie an.

Frank drückte ab. Jesse spürte die vertraute Druckwelle
einer Schusswaffe, die in großer Nähe abgefeuert wurde. Wie
ein Schlag ins Gesicht traf sie ihn. Sein rechtes Trommelfell
klingelte, und für eine Sekunde nach dem Schuss war er auf
einem Ohr taub.

Die brüllende Furie brach zusammen wie eine Marionette, der man die Schnüre durchtrennt hatte.

Die nächste Bedrohung erschien kleiner; womöglich war
es eine Frau. Ihr Kreischen war heller.

Frank schoss erneut.

Jesse erduldete einen weiteren Schlag ins Gesicht und einen weiteren Tritt gegen das Trommelfell.

Die Furie stolperte über die eigenen Füße, als sie getroffen
wurde, und stürzte nach vorn. Als verdrehtes Bündel blieb sie
liegen.

Dicht dahinter kam eine leicht größere Version, die mit
dem unangenehmen Geräusch von Messer auf Messer über

die Leiche kletterte. Frank fällte sie auf der toten weiblichen Furie und verbrauchte damit die letzte Patrone.

Zu einer wogenden Masse aus funkelndem Tod zusammengeschart hetzten dreißig Fuß hinter den toten Furien unbeirrt drei weitere gepanzerte Monster heran.

Jesses Herz klopfte mit solcher Gewalt, dass alle anderen Geräusche und selbst die Schreie der Furien gedämpft wirkten. Entweder war es sein Herz, oder er verlor das Gehör. Während sie näher kamen, fürchtete er einen Augenblick lang, ihre Schreie kämen in Wirklichkeit aus seinem Mund. Er vergewisserte sich, aber seine Lippen waren fest versiegelt.

Hinter ihnen rief Frank: »Halten Sie die Linie! Lassen Sie niemanden durchschlüpfen!«

Jesse war in keiner Weise auf so etwas vorbereitet. Er war durchaus in Kämpfen gewesen, aber nichts davon war mit dieser albtraumhaften Szene vergleichbar. Und doch, bereit oder nicht, hier war er – ein Teilnehmer aus dem wirklichen Leben in der Idee eines sadistischen Irren von einer Reality-Show.

Er verstärkte seinen Stand, beugte die Knie leicht, hielt die beiden Bewehrungsstäbe so weit vor sich, wie er konnte, und wappnete sich für den Aufprall. Er versuchte, sich auf das Licht am Ende des Tunnels zu konzentrieren. Sie standen kurz vor der Rückkehr an die Oberfläche, unter einen freien Himmel mit sauberer Luft ohne die unerträgliche Feuchtigkeit und Hitze der Tunnel. In diesem Moment schwor er sich, wenn er das hier überlebte, würde er nie wieder unter die Erde gehen, nicht einmal mit der U-Bahn.

Die Erste der heranstürmenden Furien hatte es aus irgendeinem Grund auf Jesse abgesehen und rannte direkt auf ihn zu. Sie waren bereit, hielten ihre Bewehrungsstäbe wie echte Waffen echter Krieger, aber als das Monster gegen ihn prallte, wäre Jesse fast umgeworfen worden.

Seine Füße schlitterten über den feuchten Schotter am Tunnelboden, und fast sank er auf die Knie. Er blieb jedoch stehen und presste gegen den Druck an, richtete die Spitze seiner Eisenstange auf eine Stelle an der Schulter des Ungetüms.

Der Irre in der Metallrüstung schlug um sich, hackte mit seinen messergespickten Fäusten und Armen nach ihnen. Die Kreatur war aus einem recht großen Mann mit großer Reichweite erschaffen worden, und trotz der Barriere aus Bewehrungsstäben schlitzte einer seiner Streiche Jesse den Arm auf. Er schrie und hätte beinahe eine seiner Eisenstangen fallen gelassen, aber trotz seiner Tränen hielt er die Faust fest darum geschlossen.

Jesse brauchte nicht lange durchzuhalten. Binnen einer Sekunde nach dem Zusammenprall sprang Frank vor und stach mit der Eisenstange durch das Augenloch in den Helm des Monsters.

Frank stieß es nach hinten weg in die nächsten Furien, die sich auf sie stürzten. Die tote Furie nahm den nächsten beiden den Schwung, und sie konnten sie leicht auf Abstand halten, während Frank ihnen nacheinander die Stange durch die Helme stieß.

Als es vorbei war, hatten sie ein paar kleinere Verletzungen erlitten, aber sich alles in allem gut gehalten. Jesse konnte sich durchaus vorstellen, dass es für sie weitaus schlimmer hätte kommen können.

Er stand ein paar Sekunden lang in der Mitte des Tunnels und kämpfte um Atem. Seine Schultern hingen nach vorn, die Bewehrungsstangen fühlten sich schwer wie Vorschlaghämmer an.

Er blickte die anderen an, die ebenfalls versuchten, das Erlebnis zu verarbeiten. Er blickte in die Dunkelheit jenseits ihrer Lichtkreise und lachte.

Jesse hörte nichts näher kommen. Keine weiteren Gefahren, die sich näherten. Als er sich von dem Moment der Hoffnung beruhigen ließ, sackte sein Adrenalinpegel ab, und der Schmerz seiner Armwunde wurde stärker. Er riss einen Streifen von seinem Unterhemd ab und stillte damit den Blutfluss. Jesse gestattete sich ein leises Glucksen und sagte: »Ich glaube, wir haben es geschafft. Wir haben sie erledigt.«

56

Ohne den Livefeed vom Projektor aus den Augen zu lassen, schaute sich Marcus die Videos von allem an, was bisher geschehen war. Leider schienen die Kamerawinkel darauf abgestellt zu sein, so wenig von der Umgebung zu zeigen wie nur irgend möglich, und an den wenigen Stellen, an denen ein Firmenschild gezeigt wurde, war es im Videobild unkenntlich gemacht.

Als Franks Schlacht gegen die Furien näher kam, richtete Marcus sein ganzes Augenmerk auf den großen Schirm. Bevor es losging, kam Nadia wieder in den Squad Room. Ihre Augen waren gerötet, und in der rechten Hand hielt sie ein Papiertaschentuch. Sie blieb neben ihrem Platz stehen, die Hände in die Hüften gestemmt, und sah sich das Geschehen an. Er rollte neben sie, und sie sagte: »Haben Sie gesehen, was ihn in dem Tunnel erwartet?«

»Ja, sieben von Demons Metallmonstern. Die größte Sorge macht mir allerdings der riesige Bastard, der am Ausgang lauert, aber Frank hat einen Plan. Und zwei Alternativpläne. Die hat er immer.«

Sie wollte etwas erwidern, doch ihr blieben die Worte in der Kehle stecken. Mit dem Papiertaschentuch wischte sie sich die Augen.

»Er hat die Sache im Griff«, fuhr Marcus fort. »Und er ist nicht allein. Keine Sorge.«

»Ich weiß es nicht. Etwas ist seltsam. Kommt er Ihnen auch kränklich vor?«

»Aufgefallen ist es mir. Er bewegt sich nicht richtig, so als wäre er angetrunken. In einer früheren Aufnahme ist er fast gestürzt, als er einen Bewehrungsstab schleuderte.«

Sie drückte die Faust gegen den Mund und schloss die Augen. »Diesmal schafft er es nicht, oder? Es arbeitet zu viel gegen ihn. Die Chancen stehen einfach zu schlecht.«

Marcus erhielt nicht oft die Gelegenheit, *Star Wars* zu zitieren. Lächelnd sagte er: »›Sagen Sie mir nie, wie meine Chancen stehen.‹ Frank hat sein ganzes Leben lang den Vorstellungen anderer Leute, was möglich sei, getrotzt. Wenn jemand es durchstehen kann, dann er. Aber wir sollten meinen Bruder finden, bevor das auf den Prüfstand gestellt wird.«

Auf dem Bildschirm hatte der Aufzug sein Ziel fast erreicht, als Ackerman in Aktion trat und die erste Furie angriff. Für die meisten Zuschauer, die Minenarbeiter eingeschlossen, kämpfte Frank gegen einen gepanzerten Wahnsinnigen und schlug seinen übermächtigen Gegner, ohne selbst getötet zu werden: ein eindeutiger Sieg. Für Marcus, der wusste, wie flink sein Bruder normalerweise war, sah es aus, als bewege Frank sich in Zeitlupe. Als Ackerman keuchend neben der niedergestreckten Furie auf die Knie sank, stellte er fest: »Etwas stimmt ganz und gar nicht mit ihm.«

»Das wissen wir ja, Marcus!«, rief Nadia. »Sagen Sie mir etwas, das ich nicht weiß. Etwas, das uns weiterbringt!«

Alle Gespräche im Raum verstummten. Einige Detectives

beäugten sie von der Seite, aber niemand drehte sich in ihre Richtung.

Ackerman sammelte seine Truppen und schoss auf die Welle von Feinden. Niemand im Squad Room sagte ein Wort, bevor der Kampf vorüber und alle Bedrohungen neutralisiert waren. Danach atmete Nadia langgezogen auf. Eine Last schien von ihr abgefallen zu sein.

Marcus atmete selbst durch, bevor er antwortete: »Frank hat recht. Mit euch beiden würde es niemals funktionieren. Ihm ist es bestimmt, einen einsamen Weg zu gehen.«

Mit zusammengebissenen Zähnen zischte sie: »Was war das? Der Kodex des modernen Ninjas? Oder ist es ein Zitat aus dem Handbuch für arrogante Chauvinisten?«

»Jetzt werfen Sie mir nicht vor, wie die Welt funktioniert.«

»In meiner Welt entscheiden Menschen allein, wen sie lieben, und dann haben sie das Recht, alle Folgen zu erdulden, die sie damit heraufbeschwören. Ich bin kein Kind mehr. Ich sollte selbst entscheiden dürfen, ob ich die Bürde einer Beziehung auf mich nehmen will.«

»Normalerweise sicher. Aber in diesem Fall würden Sie die falsche Entscheidung treffen, und am Ende wäre das Ihr Tod. Und Frank würde an dem Gedanken zugrunde gehen, dass alles seine Schuld sei. Glauben Sie mir, ich kenne das aus Erfahrung. Ich wache jeden Morgen mit dem Gedanken auf, dass ich Maggie nicht beschützen konnte, und jeden Abend gehe ich damit schlafen.«

Nadia schwieg kurz. »Marcus, hören Sie, ich verstehe Sie, aber ...«

»Nein, Sie verstehen nicht. Frank und ich sind von unserem Vater verflucht worden und müssen unseren dunklen Weg gehen; jeder, der uns begleitet, leidet mit uns. Weil ich weiß, wie es ist, und weil ich weiß, was passieren wird, weil ich Ähnliches erlebt habe, kann ich Ihnen eines sagen: Ich würde eher sterben, als noch jemanden, den ich liebe, diesem Schicksal auszuliefern. Und wenn Frank Sie wirklich liebt, ist er schon längst zu der gleichen Schlussfolgerung gelangt.«

57

Als die Furien besiegt waren, musterte Ackermann seine Leute und fühlte sich wie ein stolzer Feldherr. Er musste zugeben, er hatte nicht erwartet, dass seine Soldaten sich so bewundernswert hielten. Er war davon ausgegangen, dass wenigstens einer fiel oder eine der Furien durchbrach, aber seine Schützlinge hatten standgehalten. Er war auch auf eine Überraschung Demons vorbereitet gewesen, doch er hatte sich damit begnügt, zu untertreiben, was die wirkliche Anzahl der Furien betraf.

Das Gefechtsfeld war mit den Leichen ihrer Feinde bedeckt, in der kleinen Schlacht hatten sie sich behauptet. Trotzdem erschien Ackerman der Sieg hohl, denn er hatte sich auf Demons Niveau hinabbegeben, hatte sich auf das Spiel des Irren eingelassen und wieder getötet, weil ihm keine andere Möglichkeit eingefallen war, die unschuldigen Zivilisten zu schützen. Eventuell hatte er nur nicht gut genug geplant. Das Blut von sieben weiteren Toten klebte an seinen Händen. Was, wenn es doch eine andere Möglichkeit gegeben hatte?

Seine Leute sahen mitgenommen aus, atmeten schwer und schwitzten heftig, aber zwischen ihnen ging ein Mann, der überhaupt nicht schwitzte. Dieser Mann trug keinen Regenmantel und keinen Overall, nur einen Nadelstreifenanzug ohne Jackett. Aus irgendeinem Grund schleckte die Halluzination von Thomas White nun einen Dauerlutscher. Sein Vater nahm den Lolli aus dem Mund und sagte: »Meine Güte, Francis. Selbst in deinem beeinträchtigten Zustand bist du das Monster, das andere Monster fürchten müssen. Und jetzt hast du diese armen ahnungslosen Kinder als deine Komplizen rekrutiert.«

Ackerman gab mental zurück, was sein Vater mit seinen Beobachtungen tun solle, als eine andere Stimme in seinem Kopf das Wort ergriff. Sie allerdings stammte von einer realen Person.

»Das war wundervoll, mein Junge!«, lobte Demon. »Sie haben uns wirklich eine Show geliefert, die ihren Namen verdient. Sie sind ein geborener Anführer *und* ein geborener Killer, aber jetzt muss ich Ihnen eine sehr ernste Warnung zukommen lassen. Ich rate Ihnen, sich unverzüglich durch den Tunnel zu bewegen. Entfernen Sie nicht die Helme der Furien, um nachzusehen, wer in der Stahlrüstung steckt, denn ich fürchte, dass Sie nicht erfahren möchten, wen Sie gerade getötet haben, Frankie-Boy.«

Ackerman spürte einen Schlag in den Magen, und vor Zorn stieg sein Blutdruck. Der halluzinierte Thomas White fragte: »Oh-oh, Francis. Was hast du jetzt gemacht?«

Ackermans Gedanken überschlugen sich, während die Möglichkeiten durch seine Synapsen rasten. Wer steckte in den Panzeranzügen? Jeder konnte es sein. Nadia, Marcus, Dylan, Deputy Director Carter oder irgendjemand sonst, den er auf seinen Reisen kennengelernt hatte. Bei dem Abkommen, das sie unter den Straßen von New York geschlossen hatten, war Ackerman von Demon versprochen worden, dass den Menschen, die er liebte, kein Leid geschehen würde. Aber stand Demon zu seinem Wort? Vielleicht war es sogar lachhaft zu glauben, dass jemand wie Demon – der zu Massenmord fähig war – ein Problem hätte, zu lügen wie gedruckt.

Ackerman wusste allerdings eines genau: Demon *wollte*, dass er unter die Helme schaute, und wenn er es wollte, sollte Ackerman womöglich das Gegenteil tun. Er verkündete laut: »Okay, dann sehe ich nicht nach.« Er wandte sich an seine erschöpften Schützlinge. »Wir müssen los. Sofort.«

Demon lachte. »Natürlich tun Sie das Gegenteil von dem, was ich Ihnen vorschlage. Selbst wenn ich ein wenig umgekehrte Psychologie an Ihnen ausprobiere, geben Sie sich begriffsstutzig. Ich fürchte nur, so einfach wird das nicht, Frank. Sie werden diesmal nicht einfach davongehen, ohne Ihren Sünden ins Gesicht zu blicken.«

»Zwingen Sie mich doch«, sagte Ackerman.

»Ich kann *Sie* zu gar nichts zwingen, Frank, aber was ist mit Ihren jungen Freunden? Ich wette, ich könnte einen von ihnen zum Hinschauen ermutigen, zu einem kurzen Blick auf die Leute, die sie gerade zu töten geholfen haben.«

»Wer?«, wisperte Ackerman. »Wer sind sie?«

»Oh, das finden Sie in wenigen Sekunden heraus, zusammen mit dem Rest der Klasse.«

58

Auf dem Weg durch die Tunnel hatte Ackerman mehrere von Demons Kameras bemerkt, aber er bezweifelte nicht, dass ihm viele andere entgangen waren; deshalb hatte er sich die

Mühe erspart, auch nur eine davon unbrauchbar zu machen. Wie die Tunnel aufgebaut waren, konnten die toten Winkel, die durch die Zerstörung einiger Kameras entstanden, leicht von weiter entfernten Apparaten ausgeglichen werden. Als Demons Stimme nun durch die dunklen Korridore der Mine hallte, erinnerte sich Ackerman, dass die Aufnahmegeräte nicht nur sehen und hören, sondern auch sprechen konnten. Das unvermittelte Dröhnen des schottischen Dialekts ließ alle auf der Stelle erstarren.

Demons Stimme war von merkwürdigen künstlichen Echos begleitet. »Nicholas Gonzalez, die tote Person in der Metallrüstung gleich vor ihnen – wären Sie so freundlich, ihr den Helm abzunehmen? Ich glaube, dass insbesondere Sie interessieren wird, wen Sie gerade getötet haben.«

Ackerman senkte den Blick zum mit Schlamm und Schmutz bedeckten Boden des Tunnels. Die jungen Leute hatten es nicht verdient, und er trug die Schuld. Seine schiere Existenz fungierte als Katalysator für das Leid anderer.

Er beobachtete kommentarlos, was sich abspielte. Er wusste, dass auch sein Gegner zusah, doch statt Schmerz über das Geschehen zu empfinden, frohlockte Demon. Sein Spiel verlief anscheinend ganz nach Plan, und zum ersten Mal seit dem Beginn erfüllte Ackerman die Sorge, seine Selbstüberschätzung könnte seinen Untergang bedeuten. Sollte dem so sein, störte es ihn in Bezug auf sein eigenes Leben nicht notwendigerweise. Niemand konnte ständig gewinnen. Eines Tages holte der ultimative Killer – die Zeit – jedes Lebewesen ein. Ackerman gefiel nur der Gedanke überhaupt nicht, dass seine Arroganz zum Tod dieser jungen Leute führen sollte, oder zum Tod einer Person, die ihnen wichtig war.

Nicky Gonzalez zögerte zunächst, aber dann umging er den Leichnam, der mit dem Gesicht nach oben am Boden lag. Er bückte sich und griff vorsichtig an den messerartigen

Vorsprüngen des Helms vorbei, um eine Klammer am unteren Rand zu lösen. Dann legte er die Hände um den Kragen und zog den metallenen Kopfschutz hoch.

Dabei schrie er etwas auf Spanisch, das Ackerman – obwohl er die Sprache recht gut beherrschte – nicht verstand. Vielleicht handelte es sich um ein Schimpfwort, mit dem er nicht vertraut war. Eindeutig jedoch verriet die Reaktion, dass Nicky die Person unter dem Helm gekannt hatte. Er warf den Kopfschutz beiseite, schrie und kreischte und fluchte. Speichel tropfte ihm aus dem Mund, während er den Kopf der toten Furie hielt und seine Stirn dagegen presste.

Ackerman hörte, wie Nicky ganz leise etwas flüsterte, das klang wie »*Papi*«.

Ackerman beobachtete Fitz, Isaiah und Jesse, als sie gleichzeitig die gleiche Idee bekamen. Sie eilten zu den anderen toten Furien und nahmen ihnen die Helme ab. Das erste Gesicht schien bei ihnen keine besondere Emotion zu wecken, und so gingen sie weiter. Beim Anblick der nächsten Leiche sank Isaiah auf die Knie. Diese Furie war eine Frau gewesen, und nach ihrem Alter und der Familienähnlichkeit hielt Ackerman sie für seine Schwester.

Unter Tränen murmelte Isaiah: »Ich wusste, dass etwas nicht stimmt. Ihre Nachrichten waren in der vergangenen Woche kurz und merkwürdig, als wäre es gar nicht sie, die mir antwortet. Ich hätte die Polizei verständigen sollen. Ich hätte etwas *unternehmen* müssen. Aber ich dachte, es wäre nur meine überreizte Fantasie, die mich überall Verschwörungen und Gefahren sehen lässt.«

Die nächste Furie, die sie untersuchten, war ein großer, stämmiger Mann mit grauem Bart. Nachdem er demaskiert worden war, beugte Fitz sich vor und setzte die Ellbogen auf die Knie. Er richtete sich auf, wandte sich von allen ab und biss sich in die Faust. Mit einem Blick auf Ackerman sagte er:

»Das ist mein Grandpa. Er hat mich aufgezogen, er und meine Großmutter. Er hat mir alles beigebracht, was ich weiß.«

Jesse untersuchte die anderen Furien und nahm ihnen die Helme an, aber Annabelle stand reglos und unbeteiligt in der Nähe. Ackerman sah sie an und fragte: »Sie wollen nicht nachsehen, ob jemand dabei ist, den Sie kennen?«

Sie sah ihm offen in die Augen. »Für mich ist niemand dabei, weil es auf der Welt niemanden gibt, der mir etwas bedeutet. Solange er nicht meine Mutter von den Toten erweckt oder meine Lehrerin aus der vierten Klasse findet, fürchte ich, verschwendet er seine Zeit. Was ist mit Ihnen? Wie können Sie sich sicher sein, dass keiner von diesen Leuten für Sie hier war?«

»Weil das nicht Ziel dieses Teils des Spiels ist.«

»Was ist denn dann das Ziel?«

»Das weiß nur Demon mit Sicherheit, aber ich glaube, er will mir vor Augen halten, dass es an *mir* liegt. Ganz gleich, was ich tue, so etwas geschieht in meinem Umfeld – Tote und trauernde Hinterbliebene. Oder er möchte mir zeigen, dass ich keinen von Ihnen schützen kann, ganz egal, was ich versuche, so wie ich auch nie in der Lage gewesen bin, meine eigene Familie zu schützen.«

Nachdem Jesse alle Furien untersucht hatte, kehrte er zu ihnen zurück. »Ich habe keinen der anderen erkannt. Ich hatte Angst, einer von ihnen könnte mein Cousin oder mein Onkel sein, aber für mich war keiner dabei.«

Bert und Mikey sahen sich die Leichen ebenfalls an, aber auch sie erkannten niemanden.

Ackerman war sich nicht allzu sicher, was die Ergebnisse anging. Mikey und Bert hatten zu JB gehört und waren Berufsbergleute. Damit stand fest, dass keiner von ihnen Chamäleon sein konnte. Sie waren keine Faktoren in der Gleichung. Aber weder Annabelle noch Jesse hatten einen geliebten Menschen unter den Toten? Was sagte ihm der Wahnsinnige, indem er die beiden ausließ? Annabelle behauptete, niemand auf der Welt bedeute ihr etwas; sollte sie eine Psychopathin sein, die Demon als Ablenkung in die Gruppe eingeschleust hatte, konnte er sich gut vorstellen, dass dem wirklich so war. Eine junge Frau mit antisozialen oder psychopathischen Neigungen hielt ihren Bekanntenkreis vermutlich extrem klein – oder, wie in Annabelles Fall, unterhielt überhaupt keinen.

Jesse Gibson war die echte Anomalie. Die Bandbreite und Tiefe der Emotionen, die er zu verschiedenen Gelegenheiten gezeigt hatte, ließ sich nur schwer vortäuschen, aber vermutlich war Chamäleon sehr geschickt darin, sich in seine Umgebung einzufügen. Womöglich handelte es sich aber bei allem um eine clevere Täuschung Demons, um seinen Verdacht von den wirklichen Schuldigen abzulenken. Ackerman war bereits der Gedanke gekommen, dass einer oder mehrere Personen, die gerade verlorene Angehörige beklagten, durchaus lügen konnten. Chamäleon und andere Komplizen müssten vollständig in Demons Plan eingeweiht sein und genau wissen, wie sie die Situation in ihrem Sinne zu beeinflussen hätten. Falls Jesse oder Annabelle Chamäleon sein sollten, hätten er oder sie leicht vortäuschen können, einer der unbeanspruchten Toten sei ein Familienmitglied.

Ackerman musterte die mitgenommenen Minenarbeiter. Ihm wurde klar, dass er von all seinen Begleitern am ehesten Mikey und Bert vertrauen konnte, die noch vor Kurzem versucht hatten, ihn zu töten.

Ackerman ließ ihnen etwas Zeit. Schließlich sagte er: »Wir müssen weiter, bevor etwas Schlimmeres passiert.«

Isaiah sprang auf. »Was könnte denn *Schlimmeres* passieren? Das ist nur Ihre Schuld! *Sie* haben das getan! *Sie* haben meine kleine Schwester getötet!«

Ackerman nickte. »Ja, das habe ich.«

Der junge Mann stand da und starrte ihn an, wartete, dass er mehr sagte. Tränen schossen Isaiah aus den Augen, und er schrie mehrere Sekunden am Stück. Als ihm der Dampf ausging, brüllte er: »Ihr seid alle verrückt! Zur Hölle mit dem Scheiß!«, und stürmte in den Tunnel davon.

Das Einzige, was Ackerman daran interessierte, war der Umstand, dass Isaiah wenigstens in die richtige Richtung lief. Innerhalb weniger Sekunden folgte ihm die Gruppe, und jeder darin erlebte seine ganz eigene Trauer.

59

Marcus befasste sich seit einiger Zeit mit den Videos, sah sich kleine Abschnitte immer wieder an und suchte nach Hinweisen in den Hintergründen oder in den Gesprächen, die ihm eventuell verrieten, wo die Feeds aufgenommen worden waren.

Nach einer Weile fühlte sein Gehirn sich taub an, aber dann, als er sich zum x-ten Mal Demons Einführung ansah, spitzte er die Ohren, als er hörte: *Sie nennen das Ding den Man Bucket.*

Das klang nicht, als hätte Demon es sich selbst ausgedacht. Der Begriff war von den Minenarbeitern übernommen; Demon hatte ihn sich angeeignet. Ein Gerät wie der Man Bucket – ein Stahlkäfig, der anderthalb Meilen tief in einen Betonschacht abfuhr – kam vielleicht sogar in die Nachrichten.

Diesen Gedanken vor Augen, hielt Marcus das Video an und gab die Begriffe *Man Bucket* und *Mine* in eine Suchmaschine ein. Einige Minuten wühlte er im Internet und entdeckte Legenden wie die vergessene Blue Bucket Mine in Oregon – eine Goldmine, deren Beschreibung dem, was sie in den Videos gesehen hatten, nicht im Geringsten entsprach. Nachdem er vielen anderen unergiebigen Verweisen gefolgt war, stach Marcus eine Schlagzeile ins Auge. Sie stammte aus dem Social-Media-Feed eines Reporters im Lokalfernsehen aus Arizona und lautete: *Mein Abenteuer im Man Bucket.*

Marcus klickte auf den Link und wurde mit dem Bild einer Maschinerie belohnt, die genau so aussah wie in Demons Video. Das Interessanteste daran war allerdings die Bildunterschrift: *Der Man Bucket der Redemption Point Mine im Eigentum der Peñasquito Mining Company.*

Aufgeregt rief er Nadia zu sich und schilderte ihr seine Entdeckung. »Sie müssen das sofort an Ihren Kumpel, den Deputy Director, weiterreichen. Wir brauchen einen schicken Jet, der uns beide nach Arizona bringt.«

Zur Antwort hob Nadia eine Hand. Sie lächelte matt und meinte: »Überschlagen Sie sich nicht, Marcus.«

Diesmal kam es ihm vor wie etwas, das ein richtiger Partner sagte, ein Scherz zwischen zwei Kollegen, die einander respektierten, auch wenn sie nicht immer auf Augenhöhe sprachen.

»Für uns hat es keinen Sinn, dorthin zu fliegen«, fuhr sie fort. »Bis wir dort sind, ist die ganze Sache vorbei. Am besten, wir schicken jeden FBI-Agenten und jeden Polizisten mit SWAT-Ausbildung in ganz Arizona auf der Stelle zu dieser Mine.«

60

Ackerman gestattete Isaiah, seine Tirade etwa hundert Meter weit fortzusetzen, dann schloss er zu ihm auf, packte ihn an der Schulter und riss den jungen Mann herum. »Mein Freund«, sagte er, »ich kann Ihnen nicht gestatten, mit Ihrem rücksichtslosen Verhalten fortzufahren.«

Isaiah trat einen Schritt auf Ackerman zu. »*Sie* können es mir nicht *gestatten?*«, schrie er. »Wer hat denn Ihnen das Kommando gegeben? Ihre Führung hat uns hierhergebracht. Ich bin gerade zum Helfershelfer beim Tod meiner Schwester gemacht worden!«

Isaiah war wenigstens einen Kopf kleiner als Ackerman, aber er brüllte ihm aus vollem Hals ins Gesicht. Ackerman rührte sich nicht und zeigte keinerlei Regung. Er sah nur auf den jungen Burschen hinab. »Mir ist klar, dass es für Sie eine überwältigende Situation ist, aber Sie müssen mir einfach vertrauen. Ich habe Ihre Schwester genauso wenig ermordet wie Sie. Auf dem Gewissen hat sie der Mann, der uns in diese Lage gebracht hat: Demon. Sie war bereits tot, bevor er sie in die Mine schaffte. Diese Menschen stehen nicht einfach unter Drogen. Sie sind schwer geschädigt und haben keinerlei Hoffnung auf Heilung. Ihre Schwester ist in dem Moment verstorben, in dem man sie am Gehirn operierte und ihr alles nahm, was *sie* ausmachte – alles, wodurch sie zu einem Menschen wurde.«

Er trat von Isaiah zurück und wandte sich den anderen zu, die dichtauf gefolgt waren. »Auf dem Hinweg bin ich in diesem Tunnel einem anderen gepanzerten Wesen begegnet, nur dass es so schwer war wie vier Männer. Mit einem Bewehrungseisen hält man sich so jemanden nicht vom Leib. Man hält ihn sich gar nicht vom Leib. Genauso gut könnte man versuchen, einen Güterzug in voller Fahrt aufzuhalten. Ich hatte gehofft, wir würden unterwegs noch einen Feuerlöscher finden, aber wie es aussieht, haben Demons Helfer sie ausnahmslos entfernt, nachdem wir entdeckt hatten, wie nützlich sie uns sein können. Bisher sind mir zwei leere Halterungen aufgefallen, deshalb bezweifle ich, dass wir noch einen Feuerlöscher in die Hände bekommen. Diese Kreatur, die von Demon als Juggernaut bezeichnet wird, steht zwischen uns und dem Ausgang. Wir müssen uns ihr stellen.«

Annabelle trat vor. »Bestimmt werden wir doch mit einem einzigen Typen fertig.«

Ackerman schüttelte den Kopf. »Ehrlich gesagt weiß ich nicht, wie das möglich sein soll. Schon gar nicht, wenn er Schwung hat. Außerdem sind diese Geschöpfe nicht nur hirngeschädigt, sondern mit Adrenalin und allen möglichen anderen Substanzen vollgepumpt, damit sie unmenschlich stark und wütend werden.«

»Können Sie ihn nicht einfach umdrehen wie den einen, der auf uns zugerast ist?«, fragte Jesse.

Ackerman dachte darüber nach. »Dazu ist er zu groß und zu schnell.«

Insgeheim war sich Ackerman nicht sicher, ob er solch eine Antwort unter normalen Umständen gegeben hätte. Obwohl er früher weit schwerere Wunden und Misserfolge erlitten hatte, konnte er sich, wenn er ehrlich war, nicht erinnern, jemals erholungsbedürftiger und zur Kapitulation bereiter gewesen zu sein als jetzt. Die Hitze war abscheulich. Über bloße Erschöpfung war er hinaus. Sein Körper ließ ihn in einem Umfang im Stich, bei dem er nicht mehr sicher war, ob er ein derartiges Manöver gegen Juggernaut oder auch nur eine normal große Furie erneut ausführen konnte. Er hatte

Jahre mit Kämpfen verbracht und ein gewisses Vertrauen in seine Fähigkeiten erlangt. Durch Herausforderungen hatte Ackerman ergründet, was er leisten konnte und was nicht; manchmal vermochte er Dinge zu tun, die andere als Glanzleistungen übernatürlicher Kraft, Geschwindigkeit und Ausdauer betrachteten.

Jetzt fühlte er sich nur noch wie ein Schatten seiner selbst. Er war zuvor verletzt und gezwungen gewesen zuzugeben, dass er sich auf eine bestimmte Art nicht verdrehen oder eine gewisse Leistung nicht erbringen konnte. Dieses Gefühl kannte er. Aber das *Ding*, das in seinem Kopf wuchs, der Tumor in seinem Gehirn, gab ihm die Empfindung, als fresse sich sein eigener Körper von innen heraus auf.

Wie es seine Gewohnheit war, schob er die Zweifel beiseite. Über solche Dinge nachzusinnen war ein fruchtloses Unterfangen. Sich hinzulegen und zu sterben war auch keine Option, und deshalb würde er mit allen Mitteln kämpfen, die ihm blieben.

»Wie kommen wir an diesem Juggernaut vorbei?«, fragte Jesse.

Ackerman musste an seinen Bruder Marcus denken. Er neigte den Kopf erst nach links, dass der Nacken knackte, dann nach rechts, um in den Zustand zu kommen, den sein Bruder gern *Kampfmodus* nannte. Beim Gedanken an seine Familie lächelte er, denn ganz gleich, was hier geschah, Marcus und Dylan hatten noch ein gutes Leben vor sich. An seinem Bruder und seinem Neffen hatte er stets gesehen, wie er hätte werden können, wenn Thomas White keine Modifikationen in seinem Gehirn vorgenommen hätte, als er noch ein Kind war.

Andererseits hatte ihr geisteskranker Vater auch Marcus' Leben drastisch beeinflusst. Ihre Mutter hatte die Flucht ergriffen, als sie mit Marcus schwanger war, und versucht, den jüngeren Sohn vor der Wahrheit zu schützen; viele Jahre lang war sie erfolgreich gewesen. Am Ende jedoch hatte ihr Vater, ganz wie immer, Marcus aufgespürt und ihre Mutter genauso ermordet wie John Williams, den Detective beim NYPD, der Marcus als seinen Sohn großgezogen hatte. Whites Plan hatte vorgesehen, Ackermans Bruder zu entführen und ebenfalls zu »unterweisen«, aber der junge Ackerman hatte Marcus in der Nacht, in der seine Eltern starben, versteckt. Später, als Marcus schon für die Shepherd Organization arbeitete, war er White in die Falle gegangen und musste mehrere Monate lang Folter und sadistische psychologische Experimente über sich ergehen lassen.

Während Ackerman an den realen Menschen dachte, beobachtete er den halluzinierten Thomas White, der sich unter die Minenarbeiter gemischt hatte und ihre Tränen verhöhnte. White war wahrhaft ein Krebsgeschwür in ihrer aller Leben gewesen. Selbst Dylan war von ihm infiziert worden, als White ihn gekidnappt hatte, um aus ihm eine bessere Version von Ackerman zu erzeugen – oder was immer der Irre sonst ersehnt hatte. Ackerman konnte sich nie sicher sein, ob hinter dem Wahnsinn seines Vaters irgendwelche Methode steckte oder ob White aus dem gleichen Grund tötete wie Demon: wegen seines sadistischen Vergnügens daran.

Er schob die Gedanken an die Vergangenheit und die Zweifel beiseite und konzentrierte sich auf den Augenblick und die Zukunft. »Okay, ich habe einen Plan. Zuerst eine Frage: Wer trägt einen Gürtel?«

61

Als sie den Tunnel erreicht hatten, der zum Man Bucket führte, schärfte Ackerman seinen Schützlingen ein, dass Schweigen oberstes Gebot war. Der Tunnel war mehrere Hundert Meter lang, und im Licht ihrer Helmlampen sahen sie nichts, denn an mehreren Stellen senkte und krümmte sich der Gang.

Indem er die Faust hob, gab er allen das Signal stehenzubleiben, dann stieß er allein fünfzig weitere Meter vor, die Ohren gespitzt auf das Scharren der Messerklingen, mit dem sich Juggernaut verriet. Selbst er musste zugeben, dass es ein auf einem urtümlichen Niveau entsetzlicher Laut war. Zwar weckte er in Ackerman keine Furcht, aber er konnte sich kaum ein anderes Geräusch vorstellen, das seine Schützlinge mit größerer Angst erfüllen würde als Juggernaut, der in der Dunkelheit näher kam.

Nachdem er sich vergewissert hatte, dass es still blieb, kehrte er zur Gruppe zurück und flüsterte: »Okay, wir machen es folgendermaßen: Wir bewegen uns immer fünfzig Meter voran. Jesse geht mit mir an der Spitze, während Sie alle bis auf Michael hierbleiben. Mit Ihnen, Michael, habe ich besondere Pläne, aber dazu gleich. Ich gehe weitere fünfzig Meter voraus. Wenn alles gut ist, gebe ich Jesse ein Zeichen. Jesse signalisiert Ihnen. Sie schließen alle zu Jesse auf. Daraufhin kommt er zu mir, und ich gehe wieder fünfzig Meter vorwärts. Nach diesem Muster machen wir weiter, bis ich Juggernaut finde. Ich werde dann eine Ablenkung erzeugen und ihn zu Boden bringen. Wir haben aber nur wenige Sekunden, bis er sich wieder erholt. Wenn er fällt, müssen Sie sich alle hinter mich drängen. Auf diese Weise können Sie vorbeirennen und zum Man Bucket gelangen. Dort ist es Jesses Aufgabe, die Schalttafel zu bedienen. Sobald ich mit Ihnen im Aufzug bin, schließen wir die Tür und fahren hinauf in Sicherheit.«

Ackerman wandte sich Michael »Mikey« Sanderson zu. Der große blonde Mann erinnerte ihn ein wenig an die Figur des Thor aus den Filmen, die sein Bruder und sein Neffe sich so gern ansahen, nur dass er älter und hässlicher war und nicht wie ein nordischer Gott gebaut. Immerhin war er so stämmig und muskulös, wie man es bei einem gewöhnlichen Menschen nur erwarten konnte.

»Michael«, sagte Ackerman, »zur Ablenkung von Juggernaut brauche ich Ihren Beistand. Vorausgesetzt, es geht Ihrem Arm gut genug, um an einem Seil zu ziehen.«

Er hielt das behelfsmäßige Lasso hoch, das er angefertigt hatte. Als er ihre Gürtel nahm, hatte er seinen recht simplen Plan erklärt. Sie waren schon Zeuge geworden, wie er die Zündsteine aus den Wegwerffeuerzeugen genommen und sie in eine der Spiralfedern gewunden hatte, von denen sie im Zündmechanismus nach oben gedrückt wurden. Ein Feuerzeug hatte er intakt gelassen, damit er die drei losen Zündsteine überhitzen konnte. Wenn Juggernaut nahe genug kam, würde er die überhitzten Zündsteine gegen das Visier von Juggernauts Helm werfen. Die kinetische Energie würde einen Lichtblitz hervorrufen, ähnlich dem einer Blendgranate. Die Reaktion war relativ harmlos, aber wie Ackerman hoffte, würde sie ausreichen, um Juggernaut für mehrere Sekunden zu blenden.

Dass sein großer Gegner aus dem Dunkeln kam, konnte die Wirkung der Blendladung vergrößern. Trotzdem war er nicht vollkommen sicher, dass sie in dem engen Servicetunnel sicher an Juggernaut vorbeikommen konnten, denn auch geblendet würde er wütend um sich schlagen. Daher hatte er das aus Gürteln improvisierte Lasso in seinen Plan eingebaut.

Die Schlinge würde er offen direkt vor sich halten, und sobald Juggernaut geblendet hineintrat, würde er sie um die monströse Version eines Männerfußgelenks schließen. Mit der Hilfe Michael Sandersons wollte er Juggernaut die Beine unter dem Leib wegreißen.

Ackerman hoffte, dass Juggernaut danach auf seinem Panzer liegen bliebe wie eine große umgedrehte Schildkröte. Diese Schildkröte würde allerdings die Situation rasch begreifen und ihnen nachsetzen.

»Wenn es bedeutet«, sagte Michael Sanderson, »dass wir hier schnell rauskommen, halte ich schon einige Schmerzen aus.«

»Gut«, sagte Ackerman. »Alle anderen bleiben hier. Und vergessen Sie nicht, sehen Sie weg, wenn ich die Zündsteine auf Juggernaut werfe, sonst werden Sie ebenfalls geblendet. Michael, Jesse, bitte folgen Sie mir.«

Sie gingen leise vor und lauschten aufmerksam. Als sie eine Entfernung erreicht hatten, die Ackerman durch Schrittezählen auf fünfzig Meter schätzte, hob er eine Hand.

Er neigte sich zu Jesse. »Sie klingen, als kämen Sie aus Michigan. Woher stammen Sie ursprünglich, Jesse Gibson?«

Jesse sah ihn mit furchterfülltem Gesicht an und wisperte: »Ich bin aus Detroit, aber mir kommt das wie ein schlechter Moment für ein Frage-Antwort-Spiel vor.«

Ackerman lächelte. »Wir könnten alle bald tot sein. Das könnte die letzte Chance sein, Sie kennenzulernen. Und sollten Sie hier sterben, wie sollten wir Ihre Familie benachrichtigen, wenn wir nicht einmal wissen, woher Sie kommen?«

Jesse erwiderte noch leiser: »Vielleicht sollten wir uns darauf konzentrieren, *nicht* zu sterben.«

Ackerman legte dem jüngeren Mann die Hand auf die

Schulter. »Keine Sorge, Jesse Gibson. Sie kommen hier heraus. Sie erhalten die zweite Chance, nach der Sie sich sehnen.«

Jesse kniff die Augen zusammen, und seine Schultern wurden starr. »Was bringt Sie auf die Idee, dass ich nach einer zweiten Chance suche?«

Ackerman zuckte mit den Achseln. »Weil Sie von Michigan hierhergezogen sind, um einen Neuanfang als Minenarbeiter zu probieren.«

Die Antwort schien Jesse zufriedenzustellen.

»Michael und ich machen uns jetzt auf den Weg nach vorn, Jesse«, fuhr Ackerman fort. »Fassen Sie sich ein Herz. Wenn Sie Juggernaut kommen sehen, holen Sie alle nach vorn. Sobald er benommen ist, rennen Sie mit der Gruppe los. Danach halten Sie mir die Tür so lange offen, wie Sie können. Aber sollte etwas schiefgehen oder Juggernaut mich niedermachen, drücken Sie den Knopf und retten sich, ohne ein schlechtes Gewissen zu haben. Ihre wichtigste Aufgabe ist nicht, auf mich zu warten, sondern dafür zu sorgen, dass alle anderen rechtzeitig aus dieser Mine entkommen. Wenn alles nach Plan verläuft, verlassen wir sie gemeinsam, aber falls nicht, zögern Sie nicht, mich zurückzulassen. Ich fürchte den Tod nicht, und meine Seele ist mit ihrem Bestimmungsort zufrieden. Ich schlage vor, dass Sie beide ebenfalls Frieden mit Ihrem Schöpfer schließen, bevor wir weitermachen.«

Nach einigen Sekunden des Schweigens wandte sich Ackerman an Michael. »Nun, mein großer Freund, wollen wir die Netze auswerfen und uns einen Juggernaut fangen?«

62

Jesse spürte eine schreckliche Spannung in der Luft. Sein Herzschlag beschleunigte sich, und mit jeder Sekunde nahm der Schmerz in seinem verletzten Arm zu. Obwohl es sich nur um einen tiefen Kratzer handelte, schweiften seine Gedanken immer wieder zu Antibiotika und Amputationen ab. Er versuchte sich auf seine momentanen Befürchtungen zu konzentrieren, von denen es genügend gab, statt auf Ängste für die Zukunft. Ein Arm mit Wundbrand spielte keine Rolle, wenn er die nächsten fünf Minuten nicht überlebte.

Sie waren mithilfe von Franks Methode mehrere hundert Meter vorangekommen, aber bislang hatten sie im Tunnel noch keine Gefahr entdeckt.

Nachdem sie sich wieder an einer Fünfzig-Meter-Etappe getroffen hatten, gingen Frank und Mikey wieder los, als Frank zwanzig Fuß vor Jesse unvermittelt stehenblieb und eine geschlossene Faust hob.

Jesse konnte kaum etwas anderes hören als das Pochen seines Herzens. Er bemühte sich auszumachen, was Frank alarmiert hatte. Im blassen Schein ihrer Helmlampen sah er die beiden anderen Männer vor sich.

Dann hörte er es. Ein Kratzen und Scharren – sehr schwach, aber mit jeder verstreichenden Sekunde wurden die Geräusche lauter.

Frank hatte sich geduckt; nun hob er den Arm und bedeutete Jesse, nach vorn zu kommen.

Jesse wandte sich den anderen zu und begegnete Annabelles Blick, dann winkte er ihnen aufzuschließen. Als sie alle an Ort und Stelle waren, wandte Jesse sich Frank zu, der konzentriert in die andere Richtung blickte. Nach einigen Sekunden drehte er sich jedoch um, und Jesse nickte ihm zu: Sie seien bereit.

Frank zog das Feuerzeug und die Zündsteine aus der Tasche. Währenddessen bildete Mikey mit dem Gürtellasso eine weite Schlinge. Er legte sie vor Frank auf den Boden und hielt sich bereit, sie zuzuziehen, sobald Juggernaut geblendet hineintrat.

Alles war vorbereitet, und sie konnten nichts weiter tun, als zu warten.

Jesse kam es vor, als stünde die Zeit still. Er kannte solche Augenblicke aus der Highschool, wo man in freudiger Erwartung des Klingelzeichens, das Freiheit verkündet, auf die Uhr starrt. Damals schien die Zeit genauso langsam zu verrinnen wie jetzt, wo er im blassen Schimmer falschen Lichts hockte, anderthalb Meilen unter der Erdoberfläche, umgeben von Dämonen der einen oder anderen Art.

Das Scharren hörte er nicht mehr. Er vernahm ein anderes Geräusch, ein merkwürdiges *Wuusch-Tschuk-Wuusch-Tschuk*. Er zermarterte sich das Hirn nach einer Erinnerung, wo er etwas Ähnliches schon einmal gehört hatte. Zuerst dachte er an einen Motor oder eine Maschine, doch dann erkannte er, dass die Erinnerung von seinem Ausflug in den Zoo stammte, als er noch zur Grundschule ging. Der Laut war das wütende Atmen eines gewaltigen Silberrücken-Gorillas gewesen, der sich unmittelbar vor ihm gegen die Glasscheibe geworfen hatte.

Er konnte nicht anders, er sah wieder das schwere, übermächtige Tier, wie es auf ihn zupreschte, nur dass es diesmal mit rasiermesserscharfen Klingen gespickt war.

Ein Brüllen röhrte durch den dunklen Gang. Der Laut war nur teilweise menschlich. Jesse entdeckte deutliche Verweise auf den Silberrücken-Gorilla seiner Erinnerung. Er erkannte auch Laute ähnlich denen, die die anderen Furien gemacht hatten, während sie auf die Gruppe zustürmten, aber was immer dieses Inferno verursachte, es war so laut wie alle anderen Schreie zusammengenommen.

Zwanzig Meter vor ihm schnippte Frank die Flamme seines Wegwerffeuerzeugs an. Er hielt die Spiralfeder zwischen zwei Fingern und erhitzte die Zündsteine.

Die Bestie stürmte noch nicht los. Aus welchem Grund auch immer zögerte die schattenhafte Gestalt am Rand des Lichtkreises. Jesse sah den Ausgang weit vor ihnen wie schwaches Licht, das durch einen Wasserfall in der Ferne fiel. Dahinter war der Man Bucket, ihre Fahrkarte an die Oberfläche.

Entsetzt sah Jesse mit an, wie der gewaltige Umriss der Bestie sich hob und das Licht vom Schacht verdeckte. Wieder brüllte es. Vielleicht aus einem primitiven Instinkt heraus schien das Monstrum die größere Gruppe anzupeilen, die sich hinter den beiden Zielen seines Zorns zusammenscharte – bei denen es sich um Frank und Mikey handelte.

Er kauerte sich für einige Sekunden nieder, die sich immer länger zu strecken schienen, dann stürmte Juggernaut los.

Als das Ungeheuer ins Licht kam, setzte Jesses Herz einen Schlag aus. Frank hatte gesagt, dass der Mann im Metall ein wahrer Koloss sei, aber Jesse konnte sich nicht erinnern, in seinem ganzen Leben mit eigenen Augen einen Menschen dieser Größe gesehen zu haben. Er dachte augenblicklich an Wrestling-Videos, die sein Vater ihm als Kind gezeigt hatte, Videos, in denen riesenhafte Männer wie André the Giant die Hauptrolle spielten. Juggernaut erschien genauso groß wie André, sogar größer. Irgendwo in seinem Gedächtnis fand er die Information, dass die World Wrestling Federation André als sieben Fuß vier Zoll groß angab, mehr als zwei Meter zwanzig, und dass er fünfhundertzwanzig Pfund gewogen habe.

276

Als die Bestie zehn Fuß Abstand erreichte, holte Frank mit dem Arm aus, um die Zündsteine zu werfen, die nun hell glühten. Kaum war das gigantische, verwirrte Monstrum an der richtigen Stelle, schleuderte Frank die Feder. Sie prallte am Metallhelm auf. Jesse riss den Kopf zur Seite, als das Feuerwerk losging. Er wollte nicht hinsehen.

Grelles Licht flutete kurz den Tunnel. Die Bestie brüllte auf und wich zurück, hielt sich den behelmten Kopf.

In diesem Moment brüllte Mikey: »Es ist zu weit hinten stehen geblieben! Es steht nicht in der Schlinge!«

63

Für Ackerman war es alltäglich, dem Tod ins Gesicht zu starren. Der Tod und er hatten so oft miteinander getanzt, dass sie des anderen Rhythmus genau kannten, aber dieser Tanz mit Demon war anders. War der Reiz der Tuchfühlung mit dem Schnitter schal geworden, fühlte sich Ackerman in diesem Moment, als er von fünfhundert Pfund Tod belebtem, glänzendem Stahl gegenüberstand, so lebendig, dass er vor Aufregung und Freude giggeln wollte wie ein kleines Kind.

Falls er jetzt schon sterben musste, zog Ackerman es vor, dass ihn sein Ende in einem Kampf wie diesem ereilte, statt von einem Tumor dahingerafft zu werden. Sie hatten ihm gesagt, dass sein Verfall schnell und aggressiv verlaufen würde, aber kein Tumor konnte so unvermittelt tödlich sein wie Juggernaut.

Die improvisierte Blitzgranate hatte das Ungetüm ausreichend geblendet, aber es war nicht wie vorgesehen in ihre Falle getreten.

Ackerman bückte sich, um die Gürtelschlinge aufzuheben und nachzustellen, aber dabei erwischte ihn fast ein rudernder Arm mit voller Gewalt, weil Juggernaut zurückwich und heftig die Seitenwand des Tunnels rammte.

Eine Klinge durchstach unmittelbar vor Ackermans Brust die Luft, als Juggernaut, noch geblendet, auf die Rohre einschlug.

In diesem Moment wollte Michael Sanderson das improvisierte Lasso aufheben.

»Warten Sie!«, warnte Ackerman.

Aber Sanderson hatte sich bereits in Juggernauts Reichweite vorgewagt. Das gewaltige Monstrum bemerkte die Bewegung durch ein Geräusch oder durch Luftverdrängung, fuhr herum und traf Sanderson mit einem klingenbewehrten Arm in die Brust. Der große blonde Mann stieß einen gutturalen Schrei aus und flog gegen die Rohrleitungen an der gegenüberliegenden Wand.

Ackerman rief nach hinten: »Halten Sie sich bereit zur Flucht!«

Er ging tief in die Hocke und duckte sich zweimal unter Juggernauts blind um sich schlagenden Armen hinweg, bevor er das improvisierte Lasso ergriff. Diesmal warf er es über Juggernauts Kuppelhelm, packte fest das Ende der Gürtel und rannte los. Mit aller Kraft, die sein erschöpfter Körper aufzubringen vermochte, grub er die Füße in den Schotter und die Erde auf dem Tunnelboden.

Ackerman hoffte nur, dass das Leder den Rüstungsklingen lange genug standhielt, um den Riesen umzureißen. Zum Glück hatte der Koloss das Gleichgewicht bereits verloren. Juggernaut stürzte nach vorn, knallte unter heftigem Scheppern von Metall auf Metall mit dem Helm gegen die Rohre an der Seitenwand, dann fiel er mit dem Gesicht auf den Boden.

»Alles los!«, brüllte Ackerman. »Jetzt!«

Er positionierte sich zwischen Juggernaut und die Gruppe, während die anderen vorbeiliefen. Bert wollte Michael Sanderson helfen, der an der Wand zusammengesackt war, konnte den großen Mann aber nicht zum Ausgang tragen, weil er selbst an der Schulter verletzt war. Als die anderen fort waren, eilte Ackerman zu ihnen, befahl Bert zu fliehen und hob Sanderson auf. Er warf sich den Arm des großen Mannes – der so schwer erschien wie ein großer abgestorbener Ast – über die Schulter und begann, ihn zum Ausgang zu ziehen.

64

Jesse Gibson war nach Arizona gekommen, um eine zweite Chance zu suchen und nicht den Tod. Er hasste Konfrontationen. Er hasste gefährliche Situationen. Trotzdem hatte er sich sein ganzes Leben lang immer wieder entscheiden müssen, ob er durch die Hölle kriechen oder sich hinlegen und sterben sollte. In zu vielen seiner kurzen Jahre war er von einem Schlachtfeld zum nächsten gestolpert, aber wie immer unter solchen Umständen kam Aufgeben nicht infrage.

Schon gar nicht so kurz vor dem Ende.

Annabelle führte das Rudel, aber Jesse folgte ihr dichtauf.

Die Hunde hörte er kommen, bevor er sie sah. Sie näherten sich aus einem Nachbargang, der ebenfalls zu der Plattform führte, die den Man Bucket umgab. Er nahm an, dass die Tiere von Demons Schattensoldaten zurückgehalten worden waren und jetzt, im ungünstigsten Moment, ins Spiel gebracht wurden.

Jesse ging langsamer, als drei riesige Bestien aus dem Nachbartunnel hetzten und sich zwischen der Gruppe und dem Man Bucket aufstellten.

Annabelle hielt andererseits nicht inne. Sie lief sogar schneller und stieß einen kehligen Kampfschrei aus, als wäre sie wirklich die Kriegerprinzessin eines wilden Stammes.

Die drei Tiere blieben so dicht beisammen, dass sie beinahe als ein Wesen erschienen, und weckten Gedanken an einen dreiköpfigen Hund namens Zerberus, der die Tore zur Unterwelt bewachte.

Wie es schien, war Annabelle weder von den Bestien noch irgendwelchen Metaphern beeindruckt, für die sie standen. In beiden Händen hielt sie Bewehrungsstäbe und schlug damit nach den großen Rottweilern. Einer packte eine Eisenstange mit den Zähnen, doch sie versetzte ihm sofort einen Hieb mit der anderen Waffe, sodass der Hund augenblicklich wieder losließ. Immer wieder ließ sie die langen Metallstangen durch die Luft pfeifen und auf Fellen landen. Einen Schlag nach dem anderen steckten die Tiere ein. Sie knurrten Annabelle an, gewannen aber kein bisschen Terrain.

Jesse brauchte nicht gesagt zu werden, was er zu tun hatte. Er trat vor und half, die Rottweiler zurückzudrängen. Allerdings kämpfte er nicht mit dem gleichen Furor, den Annabelle aufbrachte.

Als die gesamte Gruppe sich dem Kampf anschloss, gelangten die drei Bestien zu dem Schluss, dass selbst aufgeputschte Rottweiler einer Horde Werkzeug nutzender Primaten nicht gewachsen waren. Sie zogen sich in den dunklen Tunnel zurück, aus dem sie gekommen waren.

»Alles in den People Bucket!«, rief Annabelle.

Jesse verzog das Gesicht, und sie zwinkerte ihm zu.

Im nächsten Augenblick drang ein entsetzlicher Schrei aus dem Tunnel, den sie gerade verlassen hatten, und Jesse musste an den markerschütternden feuchten Laut denken, den Phil von sich gegeben hatte, als er starb.

65

Mit Blut auf den Zähnen sagte Michael Sanderson: »Lassen Sie mich einfach zurück.«

Ohne innezuhalten lehnte Ackerman ab.

Er sah, wie das Blut aus Sandersons Brustwunde quoll, aber sie waren so kurz vor dem Ziel, dass er noch rechtzeitig medizinische Behandlung erhalten konnte. Ackerman war nicht bereit, ihn schon aufzugeben.

Sie näherten sich dem Ende des Tunnels. Ein Vorhang aus ablaufendem Grundwasser rann kaskadenartig vor der Öffnung herunter und weckte in Ackerman den Eindruck, sie träten aus dem Maul einer riesigen Schlange, die den Kopf aus dem Wasser hob. Sanderson schleppte sich, so schnell er konnte, und Ackerman stützte ihn auf der Seite, auf der er hinkte.

Einen Augenblick lang glaubte Ackerman, sie würden es schaffen, als er hinter sich ein wütendes Brüllen hörte. Ein Laut wie das Tosen eines Sturms holte sie ein.

Ackerman versuchte dem Drang zu widerstehen, über die Schulter zu blicken. Der Ausgang war in Reichweite, die Sicherheit so nahe, aber als das Scharren von Juggernauts Klingen immer lauter wurde, sah er sich trotzdem um.

Belohnt wurde er mit dem Anblick von Juggernaut, der die Pranken zu einer Umarmung des Todes nach ihnen ausstreckte. Ackerman versuchte auszuweichen, aber dazu war kein Platz. Er erhielt einen Schnitt über die Seite und wurde umgeworfen; Sanderson jedoch bekam die Hauptwucht ab. Juggernaut umschlang den großen Mann mit den Armen und drückte zu. Die Klingen bohrten sich ihm in den Oberkörper. Sanderson kreischte, aber der Schrei war kurzlebig und wich einem erstickten Gurgeln, als seine Lunge sich mit Blut füllte.

Die Bestie war noch nicht fertig. Sie sprang Ackerman hinterher, als er weghuschte. Er konnte sich an den Rohren festhalten und daran hochziehen, bevor sie ihn erreichte, aber mehr vermochte er nicht auszurichten: Er bewegte sich nicht schnell genug, um aus ihrem Weg zu gelangen.

Ihn rettete nur, dass Sandersons Leiche noch an der Brust des Monstrums feststeckte. Sie drückte Ackerman nach hinten zwischen die Rohre an der Seitenwand.

Mit den Armen schlug Juggernaut nach ihm und versuchte Ackerman zu erreichen, doch dieser nutzte Sandersons Leiche und die Rohre als Schutz vor den ungezielten, blindwütigen Hieben.

Aus dem Tunnel hörte er Jesse rufen: »Frank!«

Er schaute in die Richtung und entdeckte Jesse zwischen sich und dem Man Bucket. »Verschwinden Sie!«, brüllte er. »Lassen Sie mich zurück!«

Er wich einem Stoß Juggernauts aus und rollte zur Seite, um dem sicheren Tod zu entgehen, aber sofort sprang Juggernaut in seine Richtung und landete auf ihm. Wieder war Sandersons Leiche das Einzige, was ihn davor bewahrte, ausgeweidet zu werden, aber er spürte den Druck des Stahls durch die Knochen des Toten; Juggernaut drohte ihn zu zermalmen.

Das Ungetüm schlug neben Ackerman auf den Boden und traf die Steinchen und den Schotter. Funken stoben in den Tunnel. Ackerman schob sich weg, aber als Juggernaut auf der anderen Seite zuschlug, musste er wieder zurückweichen; die Leiche war seine einzige Deckung. Als Nächstes richtete das Monstrum sich auf und holte aus, um ihm beide Fäuste auf die Brust zu knallen.

Ackerman bemühte sich auf Händen und Füßen, im Krebsgang wegzukommen, aber er wusste, dass sein Tempo nicht ausreichte. Der nächste Schlag würde ihn zumindest an den Beinen treffen, sie zerschmettern und unheilbar verstümmeln, und der darauffolgende Hieb würde sein Leben rasch beenden.

Er malte sich sein Schicksal aus, als er spürte, wie sich ihm zwei Händepaare unter die Arme schoben. Rasch zogen sie ihn von Juggernaut weg und auf die Füße, während die Kreatur auf den Boden eindrosch, wo er gerade noch gekrochen war. Juggernaut brüllte und richtete sich zu voller Höhe auf; hektisch versuchte das Monstrum, sich Sandersons Leiche von der Brust zu reißen.

Ackerman entdeckte, dass die Hände, die ihm das Leben gerettet hatten, Jesse und Annabelle gehörten.

Er drehte sich um und rannte mit ihnen zum Man Bucket. Als er an sich hinunterblickte, entdeckte er, dass er nicht unversehrt davongekommen war. Er hatte tiefe Schnittverletzungen an der Brust, aber er war in seinem Leben oft genug aufgeschlitzt worden, um zu wissen, dass sie bei Weitem nicht tödlich waren. Hinter ihnen brüllte Juggernaut wütend auf. Das Lokomotivengeräusch seiner Bewegung kam näher, doch als sie durch den Wasserfall vor der Tunnelmündung brachen, wusste Ackerman, dass sie es schaffen würden. Der

Man Bucket war gleich vor ihnen. Sie gelangten hinein, und er schloss die Gittertür des Stahlkäfigs hinter sich.

Jesse schlug auf den Knopf, der den Förderkorb in Bewegung setzte. Mit einem Ruck fuhr er an, schaukelte einmal hin und her und trug die Gruppe der Sicherheit und Annehmlichkeit des freien Himmels entgegen.

Doch Juggernaut brach aus dem Wasserfall wie ein Seeungeheuer aus alter Zeit, das sich aus schwarzen Tiefen erhebt.

Die Bestie prallte mit voller Wucht gegen das Zentrum des Förderkorbs. Der Man Bucket schwang zur Seite und knallte gegen die Führung. Ackerman spürte die Kollision bis in die Knochen, und einen Moment lang glaubte er schon, das massige Monstrum würde sich festklammern und den Förderkorb so schwer belasten, dass er nicht mehr funktionierte.

Die bedauernswerte zerstörte Person in der Rüstung war jedoch zu strategischen Überlegungen nicht mehr fähig. Anstatt sich festzuhalten, prügelte er auf den Stahlkäfig ein und rammte den Kopf dagegen. Der Korb erbebte und schwang unter den Treffern hin und her, stieg aber weiter hoch.

Noch dreimal schlug Juggernaut mit beiden Fäusten gegen den Käfig, bevor sie außer Reichweite waren, und verbog dabei die Gitterstäbe, aber die Hiebe richteten keinen größeren Schaden an als der erste Treffer. Innerhalb weniger Sekunden waren sie außer Reichweite.

Trotzdem dauerte es mehrere Minuten, bis Juggernauts entsetzliche Schreie ihnen nicht mehr in den Ohren nachklangen.

Eine lange Zeit sprach niemand, bis Ackermans Trommelfell wieder von Demons Stimme belästigt wurde: »Na, schauen Sie! Sechs haben Sie lebendig hinausgebracht! Das ist erheblich besser, als irgendjemand von uns angenommen hatte. Angesichts der Natur der nächsten Runde fällt sie jedoch leider umso schwieriger aus, je mehr Begleiter Sie haben. Aber hey, umso mehr Spaß macht es dann ja, richtig?«

Ackerman gab keine Antwort.

»Wir könnten das Freifallspiel machen, das Sie ja schon von der Abfahrt kennen. Vielleicht sollte ich Sie wieder in Juggernauts Reichweite hinunterfallen lassen, nur weil es komisch ist.«

Ackerman schloss die Augen und knurrte tief in der Kehle, aber er sagte nichts.

»Okay, okay, ich sehe schon, Sie sind nicht in Stimmung, und ich bin kein unvernünftiger Mensch. Um Ihnen zu zeigen, wie großzügig ich bin, schlage ich Ihnen ein Geschäft vor. Sie werden oben natürlich von einem ganzen Schwarm Bewaffneter empfangen, die Sie und Ihre neuen Freunde zu drei Transporthubschraubern bringen, in denen Sie zum Schauplatz der nächsten Runde fliegen. Wenn Sie die jungen Leute auf Trab halten und dazu bewegen, ohne Widerworte einzusteigen, lasse ich jeden gehen, der die nächste Runde unseres Spielchens überlebt. Jeder außer Ihnen, der Runde zwei hinter sich bringt, wird frei seines Weges ziehen können. Wie klingt das für Sie?«

Ackerman schwieg weiterhin.

»Ich fasse dies als widerstrebende Zustimmung auf. Also, Frank, genießen Sie Ihren Augenblick des Sieges. Wie sagt man doch so schön …«

Ackerman riss sich den Ohrhörer heraus und steckte ihn in die Hosentasche.

Er wurde mit ein paar Sekunden Stille belohnt, dann ergriff sein Vater in seinem Kopf das Wort.

»Geht dir der Kerl auch so auf die Nüsse? Ständig quatscht er los, wenn du nur einen Augenblick Ruhe und Frieden haben möchtest. Einige Leute haben wirklich Nerven, stimmt's, mein Junge?«

Ackerman hielt die Augen geschlossen. Das Gelächter seines Vaters hallte durch die dunklen Flure seines Verstands. Er fragte sich: *Wie entkommt man einem Feind in seinem eigenen Kopf?*

66

Marcus betrachtete den Livefeed, der gerade gezeigt hatte, wie Ackerman eine Begegnung mit Juggernaut überlebte und aus der Mine entkam, als das Bild zu einer Mitteilung wechselte. Sie forderte die Zuschauer auf, am Gerät zu bleiben, um Episode 2 nicht zu versäumen, die »noch heute« gestreamt werden sollte. Er sah sich die älteren Videos erneut an, während er auf Nachricht von den Polizeibehörden in Arizona und dem Hostage Rescue Team wartete, dem Geiselrettungskommando des FBI. Dem Drang, Nadia abermals zu fragen, ob es Neuigkeiten gebe, gab er nicht nach. Frank hatte die Gefahren in der Mine überstanden, aber das bedeutete auch, dass sie die Gelegenheit verloren, ihn auf der Stelle zu befreien. Statt sich über Dinge zu sorgen, auf die er keinen Einfluss hatte, sah er lieber weiter die Videos nach Hinweisen durch.

Das war der Moment, in dem er bemerkte, dass etwas ganz und gar nicht stimmte.

Mehrmals ging er im Video zurück, um sich zu vergewissern, dass er wirklich beobachtet hatte, was er befürchtete. Er rief zu den Bildern eine Karte der Mine auf, um festzustellen, in welche Richtung die Kamera bei Demons Einführung zeigte, aus der sie den Man Bucket und den Mechanismus kannten, der ihn in den Schacht hinunterließ. Horizont und Sonnenstand waren im Bild nicht zu sehen, aber die Schlagschatten auf dem Boden ließen sich unmöglich kaschieren.

Nadia trat an den runden Resopaltisch, an dem er arbeitete. »Jeder Beamte, den wir an Bord holen konnten, ist im Eiltempo zur Mine unterwegs. Wenn Demon dort ist, spielt es keine Rolle, wie viele Leute er bei sich hat, sie werden ihn kriegen. Ich habe gerade mit Deputy Director Carter telefoniert. Er hat uns einen Privatjet genehmigt, mit dem wir nach Arizona fliegen können, aber ich wollte auch erwähnen, dass …«

Marcus fuhr mit dem Rollstuhl zu ihr herum und hob eine Hand, damit sie schwieg. »Wir brauchen in kein Flugzeug zu steigen. Sie sind schon weg.«

Sie kniff die Augen zusammen. »Was ist los? Was haben Sie entdeckt?«

»Wie spät ist es jetzt?«

Sie sah auf ihre Armbanduhr. »Halb zwölf.«

»Genau. Wir haben Vormittag. Wenn ich das, was ich im Video sehe, richtig interpretiere, hat Demon das Meiste gestern Abend aufgenommen, bevor die Sonne unterging, und nicht heute, nachdem die Sonne aufgegangen ist.«

»Woher wissen Sie das?«

Marcus schwenkte zum Computer zurück und schob das Video auf ein größeres Display an der Wand des Squad Room. Während es abgespielt wurde, sagte er: »Schatten bewegen sich entgegengesetzt zur Sonne. Liegt der Schatten vor einem Objekt, befindet sich die Sonne dahinter.«

Er konnte sehen, wie es ihr dämmerte. Lahm sagte sie: »So zeigen Sonnenuhren die Zeit an.«

»Stimmt, und in diesem Video verraten die Schatten, dass die Sonne auf der *falschen* Seite ist.«

Nadias Schultern sackten herab. Sie schloss die Augen. Während sie das Offensichtliche aussprach, massierte sie sich den Nasenrücken. »Demon hat gelogen. Das war nie ein Livefeed. Er hat alles schon Stunden vorher aufgezeichnet. Wir haben nie eine Chance gehabt, ihn rechtzeitig zu fassen. Sie waren vermutlich schon weg, bevor die Feeds überhaupt gestreamt wurden.«

»Vermutlich.« Sie ließ sich auf einen Stuhl neben ihm fallen. »Der sogenannte Livefeed soll uns nur quälen. An dem, was passiert, können wir genauso wenig ändern, wie die Zuschauer im Kino beeinflussen können, wie der Film ausgeht.«

Marcus raufte sich die Haare. »Vielleicht, vielleicht aber auch nicht. In beiden Fällen müssen wir eine Möglichkeit finden, einen Vorsprung aufzubauen. Was ist mit Eldridge? Was hat er gemacht, bevor er zum Flughafen fuhr? Wir haben angenommen, dass er auf der Flucht war, aber vielleicht stand er noch auf Demons Gehaltsliste.«

»Was ich Ihnen vorhin sagen wollte, war, dass ich glaube, wir sollten mit dem Chef des Wachdienstes der Arkwell University sprechen und herausbekommen, wieso John Eldridge im Geheimfach seines Koffers eine Ausweiskarte dieser Hochschule versteckt hatte.«

Er nickte. »Das klingt nach einer guten Idee. Und lassen Sie mich raten, Sie haben schon mit jemandem gesprochen und einen Termin gemacht. Sie wollten mir sagen, dass wir mit dem Abflug noch warten sollten und besser dem Hinweis mit dem Wachdienstausweis nachgehen.«

Seufzend stand sie auf und massierte sich im Nacken. »Sehen Sie? Aus diesem Erlebnis sollten Sie lernen. Beim nächsten Mal halten Sie die Klappe und hören mir zu. Wir wissen, dass Frank noch lebt. Jedenfalls sieht es ganz danach aus. Finden wir heraus, wo er als Nächstes sein wird.«

»Wissen Sie«, sagte er, »langsam begreife ich, weshalb mein Bruder Sie so sehr mag.«

Während sie zur Tür ging, fragte sie über die Schulter hinweg: »Was mögen Sie denn nicht an mir?«

Als er sich in Bewegung setzte, um ihr zu folgen, erwiderte Marcus: »Wenn Sie frech werden, fange ich an, eine Liste zu schreiben.«

ASPEKT 3 – ENERGIE

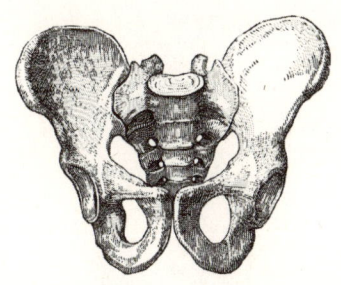

67

Kaum hatten sie die Erdoberfläche erreicht, wurden Ackerman und der Rest seiner Gruppe aus einem überlebenden altgedienten Minenarbeiter und fünf Neulingen zu vier schwarzen Hubschraubern gebracht. Ackerman hegte den Verdacht, dass es sich um Helikopter der Sorte handelte, mit der Söldnerfirmen ihre entbehrlicheren Angestellten transportierten, aber auf keinen Fall die Manager. Drei Hubschrauber hatten einen Piloten und einen bewaffneten Wächter an Bord. In Ackermans Helikopter saßen nur der Pilot und er, obwohl für weitere Personen Platz gewesen wäre.

Demons Gedankengang vermochte er in diesem Fall durchaus nachzuvollziehen. Falls Ackerman entschied, dass er nicht mehr mitspielen wollte, konnte er nicht einfach fliehen, denn er musste an die Geiseln in den anderen Transporthubschraubern denken. Wie es schien, wäre Ackerman leider gezwungen, an noch wenigstens einer weiteren Runde von *Tanz der Dämonen* teilzunehmen.

Er dachte an seine Schützlinge, die gewaltsam in die Helikopter gestopft worden waren, während sie ihre Entführer und auch ihn angefleht hatten. Ihm waren jedoch die Hände gebunden; auf keinen Fall konnte er so viele Männer ausschalten, ohne dass sie alle getötet wurden. Selbst wenn er in Topform gewesen wäre, hätte er den Versuch unterlassen.

In der Kabine des Helikopters zog Ackerman als Erstes seine Lederjacke an, die ihm von dem gleichen Helfershelfer mit einer weiteren untertänigen Verbeugung zurückgegeben worden war, nachdem er sich geweigert hatte, ohne sie in den Hubschrauber zu steigen. Danach untersuchte er die beiden schwarzen Stoffbeutel, die auf dem Sitz vor ihm lagen. Er hätte auch das Headset, das an einem Haken von der Decke baumelte, aufsetzen und den Piloten fragen können, was es mit den Taschen auf sich hatte, aber er glaubte zu wissen, was sie enthielten, bevor er sie öffnete. Die rechte enthielt Verbandsmaterial, mit dem er seine Wunden versorgen konnte. In der linken waren zwei eiserne Rationen für das Militär, die das US-Verteidigungsministerium als »verzehrfertige Mahlzeiten« bezeichnete und mit MRE abkürzte, für *Meal, Ready-to-Eat*, dazu zwei Flaschen mit Wasser.

Ackerman wusste nicht, wie lange der Flug dauern würde, und aß, während er seine Verletzungen behandelte. Nachdem er die neuesten Schädigungen seines Körpers verbunden hatte, drückte er den Rücken fest gegen die Metallkante des Sitzes hinter sich. Als er mit der Wirbelsäule darüberrollte, kam es ihm so vor, als säße dort etwas im Fleisch. Er griff sich zwischen die Schulterblätter, aber er konnte die Stelle nicht erreichen. Mit einer schmerzvollen Dehnung, bei der er Muskelfaserrisse riskierte, bog er den Arm hoch, bis er den Rand der Stelle berührte. Dort ertastete er einen Fremdkörper mit einer gerundeten Kante.

Bislang hatte Ackerman angenommen, dass die Wunde von irgendeinem Zusammenstoß mit Demons Männern herrührte und er die Schramme nur längst vergessen hatte. Jetzt allerdings fragte er sich, ob Demon dieses Spiel tiefergehender manipulierte als angenommen.

Auf den Gedanken war er gekommen, weil ihm Demons Bemerkung, Juggernaut könne durch Stimulanzien und Beruhigungsmittel gesteuert werden, einfach nicht aus dem Sinn wollte. Ackerman hatte sich dabei sofort gefragt, wie diese Substanzen verabreicht wurden. Juggernaut brauchte man dazu nicht unter die Haut zu gehen, aber Ackerman wusste, dass das Directorate of Science and Technology der CIA zu genau diesem Zweck kleine scheibenförmige Geräte entwickelt hatte, die auf Kommando eine begrenzte Menge verschiedener Substanzen injizierten. Er war überzeugt, dass ihm eine ähnliche Vorrichtung in den Rücken implantiert worden war, vielleicht sogar in eine bestehende Wunde, wo sie auf ein Signal hin oder timergesteuert irgendein Gift oder Neurotoxin abgab.

Ackerman lehnte sich zurück, schloss die Augen und dachte über die Bedeutung seiner Erkenntnis und der Informationsbruchstücke nach, die er bei der vorherigen Spielrunde erfahren hatte.

Mit einem Mal saß der halluzinierte Thomas White auf dem Sitz neben ihm. »Wirst du wohl endlich mit diesem Unsinn aufhören, Francis? Deinetwegen sterben wir hier noch beide. Wenn du zu selbstsüchtig bist, um dich zu schützen, könntest du wenigstens an mich und deine erbärmlichen neuen Freunde denken.«

Ackerman knurrte, verweigerte aber jede Antwort, selbst die Gedankenprojektion.

»Nächstes Mal«, fuhr White fort, »wenn du eine Gelegenheit bekommst oder auch nur denkst, dass du eine entfernte Chance hast, solltest du Demon töten. Das ist deine einzige Hoffnung auf ein befriedigendes Ende dieses Schlamassels – dass du dein Ziel erreichst, die Welt von ihm und seinem verderblichen Einfluss zu befreien. Oder ihn wenigstens mitzunehmen, wenn wir abtreten.«

Ackerman erwiderte: *Das ist nicht der Grund, aus dem ich es tue.*

»Du kannst ihn nicht retten. Es hat keinen Sinn, es auch nur zu versuchen. Manchmal sind die Leute zu weit gegangen, um noch umzukehren.«

Die Umkehr steht in keinem Verhältnis zu der Strecke, der sie dem falschen Weg gefolgt sind. Es ist eine Frage der Richtung und der Perspektive.

»Wenn man so etwas getan hat wie Demon, hat das trotzdem Konsequenzen.«

Also sollte jemand wie er nicht über die Folgen seines Tuns nachdenken, sondern sich einfach sagen, dass er nun ohne Weiteres so großen Schaden wie möglich anrichten kann, weil es für ihn ja ohnehin kein Zurück gibt?

Thomas White zuckte mit den Schultern. »Ist es dir nicht genauso ergangen? Nachdem du dem echten Thomas White ein Messer in den Rücken gestoßen und ihn in den Sumpf geworfen hattest, damit die Alligatoren ihn fressen?«

Ackerman war schon vor einer Weile aufgefallen, dass sie Sumpfland überflogen, ähnlich dem, in dem er als Teenager seinen Vater in dem Glauben zurückgelassen hatte, er liege im Sterben. Er hatte gehofft, die örtliche Tierwelt würde sich an ihm gütlich tun, aber der Mann hatte den Sumpf – natürlich – überlebt.

Und sieh nur, antwortete er, *als wie wunderbar dieser Pfad der Vernichtung sich für mich erwiesen hat.*

»Du bist noch da. Du lebst doch.«

Nur weil ich kehrtgemacht habe. Andernfalls wäre ich schon vor langer Zeit der statistischen Wahrscheinlichkeit zum Opfer gefallen. Wir alle existieren nur aufgrund zahlloser unwahrscheinlicher Ereignisse, und dennoch ist die Tatsache unserer Existenz unwiderlegbar. Ich halte durch, weil die Hand eines höheren Wesens mich leitet.

White rollte mit den Augen. »Was wirst du wegen des Apparats in deinem Rücken unternehmen? Wenn es überhaupt ein Apparat ist. Es könnte auch ein Stahlsplitter sein.«

Vorerst lasse ich alles, wie es ist. Ich möchte wissen, was Demon in seiner nächsten Episode vorhat, bevor ich aktiv werde. Ehe ich meine Marschroute planen kann, muss ich genau wissen, wo welche Figur auf dem Schachbrett steht.

Thomas White beugte sich vor und sah aus dem Fenster.

»Erinnerst du dich, wie mein Gegenstück deine Ausbildung hier in Louisiana genannt hat?«

Ackerman projizierte mental: *Wenn du dich erinnerst, erinnere ich mich erst recht.* Er nannte es »Umwelttraining«.

Thomas White lächelte versonnen. »Gute Zeiten waren das, Francis. Gute Zeiten.«

Der Pilot unterbrach sie, indem er über die Schulter blickte und an sein Headset tippte. Ackerman setzte sich das Exemplar auf, das vor ihm hing, und hörte die Stimme des Piloten. »Mr. Demon hat mir aufgetragen, Ihnen das Gefechtsfeld aus der Vogelperspektive zu zeigen, solange er und sein Kamerateam aufbauen.«

»Zeige Sie mir alles«, sagte Ackerman, »und fliegen Sie langsam.«

68

Während die Maschine über dem Schauplatz von Episode 2 kreiste, wechselte Ackerman von einer Seite der Hubschrauberkabine auf die andere und blickte hinunter wie ein Tourist auf Besichtigungstour. Die Gegend erschien wie eine Insel, von dichtem Sumpfland und Flussläufen umgeben. Ackerman entdeckte nur eine einzige Straße, die auf das Gelände führte. Die Anlage erstreckte sich über mehrere Morgen und umfasste zahlreiche Gebäude und Sportplätze.

Er sprach in das Mikrofon seines Headsets und fragte den Piloten: »Was sehe ich da unter mir?«

»Mr. Demon gibt Ihnen weitere Informationen, aber ich

glaube, es handelt sich um eine Art aufgegebenes Sommercamp.«

Bei der nächsten Runde bemerkte Ackerman, dass die anderen Hubschrauber gelandet waren. Sein Team war also sicher angekommen. Der Pilot zog langsam Kreise über dem Gelände, während Ackerman sich die Anlage einprägte und im Kopf eine topografische Karte erstellte. Nachdem er nun wusste, dass es sich um ein altes Sommerlager handelte, konnte er auch Sinn und Zweck jedes Bereichs erraten. Er sah den Bauten an, bei welchem es sich vermutlich um die Kantine handelte und wo die Gäste untergebracht gewesen waren. Die Anlage umfasste ein gewaltig großes Schwimmbecken, das ein Maschendrahtzaun absperrte, mehrere Plätze für Tennis, Baseball, Basketball und Fußball – alle in einem renovierungsbedürftigen Zustand. Bei etlichen Gebäuden musste es sich um Zweckbauten für die Wäscherei, das Personal und dergleichen handeln.

Die Mittagssonne stand hoch über ihnen. »Ich werde jetzt landen«, sagte der Pilot. »Halten Sie sich fest und achten Sie darauf, dass die Beutel gesichert sind.«

Im nächsten Moment sank der Hubschrauber auf die zweispurige Asphaltstraße, deren hohe Randböschungen auf beiden Seiten steil zum Sumpfwasser abfielen.

»Hier trennen sich unsere Wege«, sagte der Pilot.

Ackerman setzte das Headset ab, schob die Tür zur Seite und entfernte sich, tief unter Rotorblätter und Abwind geduckt, von dem Helikopter. Noch während er unterwegs war, hob die Maschine ab und zog davon, um in einem anderen Bereich des Geländes zu landen. Ackerman machte sich nicht die Mühe, ihren Kurs zu verfolgen. Sein Blick haftete auf Demon, der vor einem großen braunen Schild stand, das verkündete: *The Gator Man's Swamp Camp*. Das Schild hatte sichtlich schon mehrere Saisons der Verwahrlosung hinter sich.

Demon trat auf ihn zu. »Ganz bestimmt sind Sie niemals ganz normal in ein Sommerlager gefahren, deshalb dachte ich, ich tue Ihnen einen besonderen Gefallen und gebe Ihnen die Möglichkeit, ein kleines Stück der Kindheit nachzuholen, die Ihnen geraubt worden ist. Immerhin bleibt Ihnen nicht mehr viel Zeit auf Erden. Sie sollten allmählich mal ein paar Punkte Ihrer Liste abarbeiten.«

»Auf dieser Existenzebene ist jedermanns Zeit begrenzt«, entgegnete Ackerman. »Die große Frage ist, wofür man sie verwendet. Aus Erfahrung kann ich Ihnen eines sagen: Wann immer sich jemand ins Zentrum seines Universums gesetzt hat, erntete er Vernichtung.«

Demon schüttelte den Kopf. »Dann soll ich mich wohl eher für die *Liebe* entscheiden?« Er klimperte mit den Lidern, hob die Schultern, presste die Handflächen zusammen und zog eine alberne Grimasse. Er lachte leise und fuhr fort: »Sie machen sich etwas vor, wenn Sie glauben, dass Sie mich mit Argumenten auf den Weg der Rechtschaffenheit lenken können.«

»Haben Sie in Ihrer Zeit auf unserem Planeten gar nichts gelernt? Haben Sie keine Schlussfolgerungen aus den katastrophalen Entscheidungen gezogen, die Sie getroffen haben? Wenn Sie objektiv zurückschauen, bemerken Sie da nicht, dass Sie Hilfe benötigen? Dass Sie nicht für die Erfüllung Ihres eigenen Lebens sorgen können? Ihr Weg brachte Ihnen eine entleerte Seele ein, und Ihr Leben besteht nur aus Dingen, die Sie von Ihrem Untergang ablenken sollen. Wenn Sie das erkennen und begreifen können, Bruder, sind Sie nicht mehr weit davon entfernt, Ihr Schicksal zu ändern.«

In Demons Nähe stand die übliche Ansammlung bewaffneter Helfershelfer. Die meisten Gesichter waren unter schwarzen Sturmhauben verborgen, nur zwei Männer zeigten ihre Züge offen und erinnerten Ackerman an Oban Nassar. Er fragte sich, ob die beiden genau wie Demons rechte Hand aus Ägypten stammten und Männer fürs Grobe gewesen waren. Ackerman entdeckte auch das altbekannte Kamerateam, das seine Ausrüstung zum Filmen aufbaute.

»Sind Sie bald fertig?«, rief Demon seinem Regisseur zu.

Der künstlerische Leiter nickte eifrig.

Demon wandte sich Ackerman zu. »Nun, alter Freund, wir werden sehen, ob Sie sich noch so rein und edel fühlen, nachdem Sie sich in Episode zwo die Hände extra blutig gemacht haben.«

69

Demon mochte nicht tun, was Ackerman vorschlug: die objektive Rückschau auf die Entscheidungen, die er getroffen hatte. Niemals hätte er es vor seinem Gegner zugegeben, aber wenn er sein Leben betrachtete, war etwas in ihm – ein kleiner Teil, den er mit aller Kraft zu unterdrücken suchte – von den Dingen, die er getan hatte, abgestoßen. Rasch verwarf er diese Empfindungen als rudimentäre Instinkte, entstanden durch die Gehirnwäsche der Herdengesellschaft.

Trotzdem würde er immer das Eine bedauern, das sich unmöglich verdrängen ließ: dass er sein einziges Kind im Stich gelassen hatte. Allerdings war *im Stich gelassen* wohl nicht das passende Wort für seinen Beitrag zu der Trennung. Finanziell unterstützte er seine Tochter nach wie vor, und rund um die Uhr ließ er sie von verdeckt operierenden Personenschützern bewachen. Genau betrachtet hatte ihre Mutter ihn mit ihr verlassen. Die Vergangenheit war jedoch nicht seine größte Sorge; an ihr konnte er nichts ändern. Sorgen bereitete ihm die Zukunft: Eines Tages, wenn er nicht mehr lebte, würde niemand sie mehr vor den vielen Feinden beschützen, die er im Laufe der Jahre angesammelt hatte. Selbst wenn er schon tot war, würden einige seiner alles andere als freundlichen Konkurrenten die Gelegenheit genießen, an seiner Tochter ein Exempel zu statuieren.

Demon schob Zweifel und Sorgen beiseite und positionierte Ackerman für die Aufnahme. Sein Gegner fragte: »Wollen Sie zulassen, dass das Schild im Bild ist? Führen Sie damit die Strafverfolgungsbehörden nicht hierher, falls Sie wirklich live übertragen? Ich würde davon ausgehen, dass meine Freunde beim FBI Ihren Stream mittlerweile entdeckt haben.«

Demon zwinkerte ihm zu. »Zerbrechen Sie sich darüber nicht den Kopf. Bis sie eine Reaktion zeigen können, sind wir längst wieder fort. Aber ja, die Videos werden erst später gesendet. Ich möchte doch nicht, dass irgendwer uns stört, während wir Zeit miteinander verbringen.«

Obwohl Demon nach außen seine tollkühne Fassade aufrechterhielt, verabscheute er Ackerman immer stärker für die Empfindungen, die er bei ihm auslöste. Zuerst war es mit ihm aufregend und anders gewesen, aber mittlerweile hatten sich die Zweifel und die Ängste, die Ackerman ihm einflößte, zu einer Last entwickelt. Zweifel mochte er gar nicht. Die ganze Situation weckte in ihm keine Erregung mehr, sondern Unbehagen. Er hielt sich jedoch an die bewährte Methode: Er würde beim Plan bleiben und ihn bis zum Ende durchziehen.

Demon wandte sich an das Kamerateam. »Was haben Sie vor? Wollen Sie unsere Gefangenen zu Tode langweilen? Warum dauert das so lange?«

»Sorry, Sir. Zehn Sekunden.«

Ackerman zog eine Braue hoch. »Haben Sie noch etwas Dringendes vor?«

Demon erwiderte: »Nur den Stand der Vorbereitungen für die nächste Episode erfahren.«

»Dann sind Sie zuversichtlich, dass ich die aktuelle überlebe?«

Demon grinste breiter. Er fühlte sich ein wenig wie die Grinsekatze aus *Alice im Wunderland.* »Ich bin mir sicher, dass einer von Ihnen die aktuelle Episode überlebt. Entweder Sie oder Chamäleon. Die Endrunde unseres Spiels gehört, wer immer lebendig aus dem Sumpf herauskommt. Schwer zu sagen, wer das sein wird, aber ich setze auf Sie.«

Die Söldner, aus denen das Kamerateam bestand, traten vor, und der Regisseur gab ein Zeichen, dass sie bereit seien. Demon stellte sich neben das Schild und sagte: »Bitte den Countdown.«

Der Regisseur stellte das Bild ein und zählte von fünf rückwärts. Demon sah einige Sekunden lang in die Kamera, bevor er sagte: »Ich heiße alle willkommen, die wie ich die Erfahrung der menschlichen Existenz auf die nächste Ebene heben wollen. Bevor wir beginnen, eine kurze Zusammenfassung unserer zurückliegenden Spielrunde: Unser Held, Mister X, hatte die Aufgabe, eine Gruppe von Personen aus einer Mine zu bergen. Aus dieser ursprünglichen Gruppe sind nun vier Kandidaten verstorben. Wir wissen, dass von den sechs, die übrig sind, wenigstens einer für mich arbeitet. Mister X wird in der kommenden Episode von *Tanz der Dämonen* alle Hände voll zu tun haben.«

An dieser Stelle, so war Demon instruiert worden, sollte er eine Pause machen, damit eine Grafik gezeigt werden konnte.

Er zählte still einige Sekunden mehr ab und wies auf das Schild. Während das Kamerateam zu einer Totale zurückfuhr, sagte Demon: »Der Schauplatz des heutigen Spiels ist ein mittlerweile aufgegebenes Sommercamp, das von einem Mann namens Alfonse Gutterman gegründet wurde, welcher besser als Gator Man bekannt war – ein kleines Spiel mit seinem Namen und seiner Berufswahl, nämlich Alligatorringer. Der Gator Man hatte nicht weit von hier eine Alligatorenfarm, die recht erfolgreich lief, und er beschloss, einen Teil des Gewinns in andere Geschäftszweige zu investieren, darunter diesen hier. Offenbar waren die meisten Eltern nicht der Ansicht, dass ihre Kleinen großen Spaß daran hätten, in einem Sumpf mit Alligatoren und dem seltsamen Kerl abzuhängen, der ohne Hemd mit den Echsen Ringkämpfe ausfocht. Eine Mantelgesellschaft, an der ich eine Mehrheitsbeteiligung besitze, konnte das Land von ihm erwerben und stellt es uns heute für unsere Nutzung zur Verfügung.«

Demon ging auf die andere Straßenseite und gestattete der Kamera kurze Blicke auf das überwucherte Gelände in der Ferne. Er fuhr fort: »Das heutige Spiel ist simpel. Die noch vorhandenen sechs Kandidaten der ursprünglichen Gruppe werden irgendwo auf der Anlage festgehalten. Sie werden meine Geiseln sein, und Geiseln brauchen Geiselnehmer, keine geistlosen Gegner wie unten in der Mine aus der zurückliegenden Episode.«

Demon schnippte mit den Fingern, und hinter dem großen, schäbigen Schild mit dem Namen des Camps traten sechs Männer hervor. Wie alle Söldner in Demons Diensten waren sie in schwarzen Körperschutz gekleidet, aber zusätzlich trug jeder von ihnen eine groteske Gesichtsmaske, von grausigem Grinsen verzerrte Monsterfratzen mit gebleckten Fangzähnen. Drei hatten Hörner, einer hervorquellende weiße Augen und schwarze Haut wie ein dämonenhafter Außerirdischer. Ein Kopf sah aus wie ein Leichnam, dessen Haut sich rings um das Grinsen und die roten Augen abschälte. Die sechste Maske war eine Anomalie – sie zeigte ein

Kindergesicht wie aus einem Zeichentrickfilm, aber die Haut war kalkweiß. Zwei große X kreuzten die schwarzen Augen aus, und mit einem Filzstift war ihm *Hau ab!* über die Stirn geschrieben worden.

»Diesmal werde ich Ihnen keine Hinweise geben, und es wird keine Einmischung meiner Spielleiter oder meiner Leute geben, die Hunde freilassen oder so etwas. Ich werde den Geiselnehmern auch nicht mitteilen, wo Sie sich befinden. Eine äußere Einflussnahme findet während dieser Runde zu keinem Zeitpunkt statt. Das ist Ihr Spielplatz. Der Spielverlauf wird von batteriebetriebenen Kameras, die überall im Camp angebracht sind, drahtlos übertragen und von uns in die dunklen Ecken der Welt gestreamt. Die sechs Geiselnehmer sind bewährte Mitarbeiter meiner diversen Geschäftszweige, die sich für diesen Anlass gemeldet und ihre eigenen Fallen und Spiele ersonnen haben, die Sie von Ihren Freunden fernhalten sollen. Sie werden natürlich eine erhebliche Summe Geldes gewinnen, indem Sie sie töten. Also, Mister X, haben Sie meinen sechs kleinen Dämonen etwas zu sagen?«

Ackerman trat vor und ging zu der Reihe seiner Gegner. Er legte die Hände hinter den Rücken und straffte die Schultern, nahm eine Haltung ein wie ein General, der zu seinen Soldaten spricht. Während er die Reihe der Bewaffneten abschritt, verkündete Ackerman: »Ich hoffe aufrichtig, dass Sie schon im Vorfeld für Ihr Erscheinen bezahlt wurden und dass Ihre Familien für Ihre Beteiligung entschädigt werden. Die Wahrheit ist nun einmal, dass Sie nicht hierhergebracht wurden, damit Sie *mich* töten, sondern damit Sie *von* mir getötet werden. Ich weiß nicht, wie viel dieser Mann Ihnen über mich erzählt hat, aber eines sollten Sie wissen: Ich bin ein Spitzenprädator. Ich stehe an der Spitze der Nahrungskette. Mr. Demon möchte mich zähmen und seinem Willen unterwerfen. Der Schlüssel dazu, ein Alpha-Tier in Gefangenschaft zu halten, besteht darin, ihm lebendige Beute vorzuwerfen; Nahrung, die sich – zumindest dem Anschein nach – wehren kann. Erforderlich ist das, damit das gefangene Tier in der künstlichen Umgebung nicht den Kern seiner Existenz aus den Augen verliert: seinen Überlebenstrieb. Sie sind nichts weiter als Fleisch für den Fleischwolf; Sie sind als mein Mittagessen hier. Die Tatsache bleibt aber bestehen, dass ich im Moment mit keinem von Ihnen Streit habe, und daher beschwöre ich Sie, stellen Sie mich nicht auf die Probe. Mein Ziel ist es, dass jeder Beteiligte überlebt.«

Demon applaudierte. »Eine wunderschöne Geisteshaltung. Ich bin sicher, Ihre neuen Hüter beim FBI werden zufrieden sein, wie sehr sie Sie zum Regelbefolger gemacht haben.«

Ackerman zog eine Braue hoch. »Wer hat denn etwas vom Befolgen der Regeln gesagt?«

»Wie dem auch sei, Sie werden feststellen, dass es für alle Beteiligten recht schwierig sein wird, dieser Situation zu entkommen. Ich fürchte, ich muss Sie informieren, dass Ihre Schützlinge mit Sprengstoffwesten ausgestattet worden sind. Oberflächlich betrachtet scheinen diese aus der üblichen Kombination von Timer, Zünder und C4 zu bestehen, aber seien Sie versichert, dass sie überlistungssicher sind; für jede Geisel gibt es ein Magnetschloss mit einem individuellen Schlüssel.«

Ackerman kniff die Augen zusammen. »Und wo bekomme ich die Schlüssel, mit denen ich die Westen entsperre?«

Demon wies auf die Reihe maskierter Söldner. »Gentlemen, zeigen Sie es ihm bitte.«

Auf seinen Befehl hin zückte jeder Mann einen Gegenstand, der ein wenig kleiner war als ein USB-Stick. Nachdem sie Ackerman die Schlüssel vorgewiesen hatten, zogen sie alle den unteren Teil ihrer Masken hoch, schoben sich den Schlüssel in den Mund und schluckten ihn.

»Auf keinen Fall können Sie diesmal blutige Hände vermeiden, Mister X«, sagte Demon. »Die einzige Möglichkeit, Ihre Freunde zu retten, besteht darin, dass Sie jedem Einzelnen dieser Männer den Schlüssel aus den Eingeweiden herausschneiden.«

70

Nachdem er gesehen hatte, wie die maskierten Söldner die Schlüssel der Sprengstoffwesten verschluckt hatten, rieb sich Ackerman den Nasenrücken und seufzte. »Sehen Sie nur«, sagte er vernehmlich. »Gleich vor Ihrer Nase. Was sagt es aus, wenn dieser Mann mich gegen sechs von Ihnen stellt und das Spiel so ausrichtet, dass ich keine andere Wahl habe, als Ihnen das Leben zu nehmen? Er glaubt, dass ich Sie nicht nur alle besiege, sondern dass ich Sie möglicherweise sogar besiegen könnte, ohne Sie zu töten. Wenn Sie auf die Ihnen zugewiesenen Positionen gehen, sollten Sie eingehend über diese Tatsachen nachdenken. Unter den gegebenen Umständen sind Sie keine Alpha-Killer. Sie sind nichts weiter als Lämmer, die man zur Schlachtbank führt.«

Ackerman sah Demon an. »Bekomme ich eine Waffe, mit der ich ihnen die Bäuche aufschneiden soll, oder muss ich meine Zähne benutzen?«

Ein anderer von Demons Gefolgsleuten – der nur eine normale Skimaske trug – trat von der Seite heran und reichte seinem Boss etwas, das Ackerman nur zu gut kannte. Demon hob Ackermans Bowiemesser mit dem knöchernen Griff, das in seiner Scheide steckte, und warf es ihm zu.

Ackerman fing die Scheide mit der linken Hand auf und zog das Messer mit der rechten blank. Indem er es hin und her drehte, ließ er das Licht über die Klinge spielen und blickte seine sechs unglückseligen Gegner an. »Noch ein schlechtes Zeichen: Er möchte nicht nur, dass ich Sie töte. Er möchte, dass ich es genieße.«

»Keine Sorge«, sagte Demon. »Sie durften sich selbst auch Waffen aussuchen. Ich bin davon ausgegangen, dass Sie Ihr Bowiemesser haben wollen, aber die meisten Ihrer Gegner haben sich für Schusswaffen entschieden. Sie kommen also wortwörtlich mit einem Messer zu einer Schießerei.«

Ackerman schob die Klinge wieder in die Scheide. »Das bedeutet aber nur, dass auch ich über Schusswaffen verfüge, sobald ich den ersten von ihnen überwunden habe.«

Demon lächelte. »Ich persönlich kann kaum abwarten zu sehen, wie sich alles entwickelt. Ihnen bleibt natürlich nur eine begrenzte Zeit, um diese Männer zu töten und Ihre Schützlinge zu retten. Ich wollte es fair gestalten und allen genug Zeit zum Spielen geben, daher dachte ich, fünfzehn Minuten, um jede Geisel zu retten, wäre mehr als angemessen. Das bedeutet, dass der Zeitzünder aller Westen auf neunzig Minuten gestellt wird. Wenn Sie danach noch leben, begeben Sie sich zu dem Transport zu Ihrer nächsten Prüfung, und die Geiseln, die Sie lebend retten, können ungehindert gehen.«

»Keine Tricks?«, fragte Ackerman. »Und ich kann es machen, wie immer ich will?«

»Sie haben gehört, was ich beschrieben habe. Wie Sie das Spiel angehen, ist Ihre Sache. Die Sieger sind die, die es überleben, schlicht und einfach. Jeder dieser Männer spielt sein eigenes Spiel mit Ihnen, aber Sie wissen besser als jeder andere, wie fließend Situationen dieser Art sein können. In dieser Episode, Mister X, haben Sie die Freiheit, Ihr ganzes Potenzial auszuschöpfen und alles zu sein, was Sie sein sollten. Na los. Retten Sie Ihre Schützlinge. Sie haben die Anlage vom Hubschrauber aus gesehen, und ich werde Sie sogar informieren, wo Sie Ihre neuen Freundinnen und Freunde jeweils finden, weil mir klar ist, dass Sie bestimmte Personen eher retten wollen als andere. Bert ist am Tennisplatz. Annabelle befindet sich natürlich in der Mädchenhütte. Nicky in der Jungenhütte. Fitz ist in der Kantine. Isaiah kann im Amphitheater gefunden werden. Und Jesse vergnügt sich am Schwimmbecken.«

Ackerman zog sich die Lederjacke aus und brachte das Bowiemesser wieder zwischen seinen Schulterblättern an, wo es hingehörte. Er breitete die Arme aus und sagte: »Das klingt hinreichend einfach. Wenn das alles wäre, würde ich meinen, lasst die Spiele beginnen.«

71

Beim Flug mit dem Hubschrauber hatten Jesse und die anderen Geiseln je einen Beutel mit ihrem Namen darauf gefunden, der Essen, Wasser und Kleidung zum Wechseln enthielt, die, gruselig genug, aus ihren eigenen Kleiderschränken stammte. Jesse wusste nun, dass es nicht in die Kälte ging, obwohl es Januar war, denn man hatte ihm nur einen Blouson gegeben und keine Winterjacke, die auch unter seinen Sachen zu finden gewesen wäre.

Nach der Landung hatten Söldner sie aus den Hub-schraubern geholt und in ein kleines Amphitheater gebracht, in dem Sitzreihen einen seichten Teich umgaben, von Algen und Unkraut grün und gelb gefärbt. Das Amphitheater öffnete sich zu einem Ufer, das zum Wasser abfiel und einen Landeplatz für Sumpfboote darstellte, von denen drei dort vertäut lagen. Sie sahen aus wie Fischerboote mit flachem Boden, an denen man einen riesigen Ventilator befestigt hatte. Die Sumpfboote wirkten nicht so alt wie der Rest der Anlage, aber sie mussten gerade in Reparatur sein, weil bei allen dreien der hintere Teil der käfigartigen Verkleidung, die vor dem Antriebspropeller schützte, abgenommen worden war.

Jenseits der Boote und des Ufers erstreckte sich weites offenes, ununterbrochenes Sumpfland, und mehrere Wasserläufe durchzogen den Seitenarm, in dem sich das Amphitheater erhob. In der Luft hing der Gestank von Tod. Jesse hoffte, dass er von einem Tier stammte und nicht den Überresten der letzten Opfer, die hier im Gladiatorenstil abgeschlachtet worden waren.

Die Söldner befahlen ihnen zu warten, und drei schwarze Humvees, gepanzerte Militär-Geländewagen, rumpelten durch ein Tor am anderen Ende des Amphitheaters. Sie benutzten den Abschnitt des Ufers zwischen dem Schwimmbecken und den Sumpfbooten als Straße. Die Fahrzeuge hielten, Jesse und die anderen Gefangenen wurden paarweise hineingesetzt, dann fuhren die Humvees in unterschiedliche Richtungen davon.

Jesse war der Erste aus seiner Gruppe, der abgesetzt wurde, zusammen mit einem einzelnen Bewacher. Sie stiegen vor einem gewaltigen Schwimmbecken aus, das ein Maschendrahtzaun umgab; daneben stand ein Ziegelbau. Das Wasser im Becken stand niedrig, nur ein paar Fuß hoch, und die Flüssigkeit war grünbraun und von Pflanzen bewachsen. Er glaubte zu sehen, dass sich unter der Oberfläche etwas bewegte. »Haben Sie das auch gesehen?«, fragte er, aber sein Bewacher wies ihn an, stehenzubleiben und den Mund zu halten.

Mehrere Minuten verstrichen, bevor er hörte, wie ein anderer Humvee näher kam. Das Fahrzeug kam vor ihnen zum Stehen, und ihm entstiegen nicht etwa weitere Söldner. Die Insassen trugen alle schreckliche Halloweenmasken. Einer davon sprang heraus, und Jesses Bewacher nahm seinen Platz ein. Der schwarze Transporter ließ Steinchen fliegen, als er wieder lospreschte, und hüllte sie in eine Staubwolke.

Der Neuankömmling trat auf Jesse zu. Er trug eine Maske mit schwarzer Haut, Fangzähnen, von denen rotes Blut tropfte, und weißen hervorquellenden Augen wie denen eines Außerirdischen. An seinem neuen Freund war es jedoch nicht die Maske, was Jesse am meisten einschüchterte, sondern mehr der Umstand, dass der Mann wenigstens zwei Meter groß war und gewiss mehr als vierhundert Pfund wog. Er war nicht fit wie ein Bodybuilder, nicht einmal in anständiger Form für sein Alter, wie Mikey es gewesen war. Dieser Mann hatte einen beträchtlichen Ersatzreifen um die Hüften, und der Großteil des Gewichts schien in der unteren Körperhälfte zu finden zu sein, in den baumstammdicken Beinen.

Der Alien-Dämonen-Hybrid beugte sich zu Jesse vor, so dicht, dass sie einander beinahe küssten. Sein Wintergrün-Kautabak überdeckte den Gestank seiner faulen Zähne nur unzureichend. Mit rauem Cajun-Akzent sagte er: »Dein Freund – der Schwätzer, der kommt, um dich zu retten –, er sagt, er ist ein Spitzenprädator. Aber ich sag, Raubtiere sind nur dumme Viecher. Ich bin 'n Jäger. Ein Angler. Hast du jemals geangelt, Junge?«

Jesse bemühte sich darum, dass seine Stimme nicht schwankte. »Nein, aber ich weiß, was Sie meinen.«

»Gut, dann woll'n wir die Rollen verteilen. Ich bin der Angler, und du bist der Wurm. Und jetzt zeig ich dir den Haken.«

72

Als die Aufnahme abgeschlossen war, sah Ackerman zu, wie die sechs maskierten Söldner in einen schwarzen Humvee stiegen und ins aufgegebene Sommercamp hinausfuhren. Demon sprach einige Minuten lang leise mit seinen Leuten, dann kam er herüber und sagte: »Der Neunzig-Minuten-Timer startet nicht, bevor alle Ihre Gegner mit Ihren neuen Freunden an Ort und Stelle sind und wir uns synchronisieren, aber ich gebe Ihnen einen kleinen Vorsprung, weil Sie zu Fuß sind. Außerdem erteile ich einen Rat: Jede Weste hat ihren separaten Timer, und die Chancen, dass Sie alle Geiseln vor Ablauf der anderthalb Stunden retten können, stehen schlecht. Deshalb würde ich mir bei dieser Runde gut überlegen, wen ich retten und wem ich vertrauen will. Das könnte den Unterschied zwischen Leben und Tod ausmachen.«

»Ich habe keine Zweifel, dass ich sie alle retten kann, aber ich bewundere die Art, wie Chamäleon und Sie dieses Spiel darauf ausgerichtet haben, mich zu zwingen, jedem einzelnen Leben einen bestimmten Wert zuzuweisen. Das ist ein netter Touch. So etwas hätte auch meinem Vater einfallen können. Er hätte angeführt, dass es, sobald man erst einmal das Konzept etabliert hat, ein Leben über das andere zu stellen, kein besonders großer Sprung mehr ist zu behaupten, dass kein individuelles Leben irgendwelchen objektiven Wert besitzt. Schließlich und endlich ist es die Frage, wie solch ein Wert bemessen wird und von wem? Vielleicht haben Sie damit versucht, einige seiner Lehren in den fernen Winkeln meines Verstands wiederzuerwecken, aber es wird nicht funktionieren. Mein Unbewusstes hat einen eigenen Willen. Aber was ist mit Chamäleon? Wird Ihr Agent einfach abwarten, bis der richtige Moment anbricht, bevor er oder sie loslegt? Auch in dem Fall, dass ich bereits weiß, um wen es sich handelt, und nicht zu seiner oder ihrer Rettung komme?«

Demon lachte. »Das dürfen Sie gern versuchen, aber da sollten Sie sich schon sicher sein. Sie wollen doch nicht durch einen Irrtum eines von den Schäflein opfern. Und zerbrechen Sie sich wegen Chamäleon nicht den Kopf. Es kann für sich selbst sorgen, und persönlich denke ich, dass Sie nicht im Mindesten ahnen, wer mein kleiner Hochstapler wirklich ist.«

»Das werden wir wohl gemeinsam herausfinden.«

Demon nickte bedächtig. »Falls Ihre Schützlinge diese Runde überleben, können sie gehen, und ich belohne sie für ihre Mühen sogar mit einem üppigen Barpreis. Falls Sie diese Runde und die Finalrunde überleben, erhalten Sie mein kleines schwarzes Büchlein. Ein großer Anreiz, alles zu geben, was Sie haben.«

Ackerman schaute Demon in die Augen, hielt seinen Blick einige Sekunden lang und sagte: »Wir sehen uns bald wieder.« Dann eilte er in das Sumpfgelände davon.

Während er die Landschaft durchquerte und auf die Stätte der ersten Rettung zuhielt, überfiel ihn eine allzu gut bekannte Empfindung. Er fühlte sich merkwürdig und gewichtslos. Erregung baute sich auf. Sein Körper freute sich auf das, was bevorstand. Er raunte ihm zu, dass jetzt der richtige Moment war, um mit den Flügeln zu schlagen, aufzusteigen, seine Hemmungen loszulassen und seinen Instinkten zu gestatten, dass sie das Kommando übernahmen.

Er konnte sich vorstellen, dass ein Junkie etwas Ähnliches empfand, kurz bevor er sich den nächsten Schuss setzte.

Mit Weißglut brannte seine Sehnsucht, die Söldner zu verletzen. Es gab überhaupt keinen Grund, darauf zu verzichten. Sie ließen ihm keine Wahl. Auf den Kollisionskurs mit ihm hatten sie sich selbst gebracht. Der Umstand, dass er sie beiseite wischen würde wie ein Kipplaster, der sechs Honda Civics überrollte, nun, darum ging es eigentlich kaum. Seine Gegner hatten geschworen, ihn zu töten, und ihn dann in eine Lage gebracht, in der er sie töten musste, um das Leben Unschuldiger zu retten, oder zumindest war das der äußere Anschein, den das Spiel erweckte.

Gestattete er der Finsternis, ihn zu übernehmen, gewannen alle. Die Maskierten würden die Vernichtung ernten, die sie zu ersehnen schienen, Demon erhielte seine Show, Ackerman seinen Fix und die überlebenden Teilnehmer an dem Vorfall in der Mine kämen mit heiler Haut davon.

Ein guter Teil von ihm schrie, dass der Weg des geringsten Widerstands die sicherste Bank sei, aber eine andere Stimme gab es, die darauf beharrte, dass er Demons Spiel nie und nimmer so spielen dürfe, wie der geisteskranke Mörder es wollte. Dadurch gerate er in jedem Fall auf einen Weg, dem er nicht folgen wollte. Noch im Rennen entschied er, dass er seine üblichen Verhaltensregeln beachten würde und dass tödliche Gewalt – es sei denn unter den extremsten Umständen – ausgeschlossen wäre.

Zum Glück hatte Ackerman die eine oder andere Idee, wie es weitergehen sollte. Er näherte sich dem Zentrum der Anlage und dem Kantinengebäude, in dem er das erste Mitglied seines Teams retten würde. Die Zeit brannte ihm auf den Nägeln. Er konnte nicht lange umherschleichen und beobachten und abwarten, bis die Söldner einen Fehler begingen: Er musste schnell und hart zuschlagen, eine Vorgehensweise, die eher seinem Bruder ähnlich sah als ihm. Ackerman neigte mehr zu raffinierten, minimal invasiven Eingriffen, aber manchmal bekam man den Job nur mit einem einzigen Werkzeug erledigt: einem Presslufthammer.

Mit diesen Überlegungen im Hinterkopf und in dem Wissen, dass die erste Geisel in der Kantine versteckt war, entschied Ackerman, dass es am einfachsten und schnellsten ginge, wenn er das Objekt in Brand setzte.

Als er seine Stelle beim FBI antrat, hatte er unaufgefordert einen Gehaltsscheck und ein Büro im Keller eines unscheinbaren Gebäudes unweit von Quantico, Virginia, erhalten. Sein Einkommen spendete er zum größten Teil für wohltätige Zwecke, denn er hatte nur geringen Bedarf für Geld und neigte nicht dazu, Besitztümer anzuhäufen. Aber er hatte sich einen Schrank geleistet und auch begonnen, sein Arsenal zu perfektionieren, sowohl auf der offensiven wie auch der defensiven Seite. Aus diesem Grund hatte er den knöchernen Griff seines Bowiemessers modifiziert und an dessen Ende eine Schraubkappe angebracht, die einen Hohlraum verbarg, wie ihn viele Survival-Messer hatten, die auf dem Markt waren. In diesem Hohlraum hatte Ackerman ein wasserdichtes Röhrchen versteckt, das mehrere nützliche Gegenstände enthielt, darunter Nadeln, Garne und Streichhölzer. Die Kappe enthielt zudem ein paar Schrauberbits, die sich darin einsetzen ließen, sodass er einen kleinen Schraubendreher erhielt.

Als Ackerman das Kantinengebäude erreichte, musterte er kurz die Gegend, dann betrat er es durch die Hintertür und gelangte in die Küche. Dort standen noch etliche Tische und Spülen aus Stahl, und in einer Ecke fand Ackerman einen großen, rostigen Mülleimer. Er ging davon aus, dass sein Gegner ihn im Speisesaal erwartete. Darum achtete er darauf, kein Geräusch zu machen, als er den Mülleimer zur Hintertür trug und dort mit trockenen Zweigen und Blättern füllte. Mit einem seiner Streichhölzer setzte er sie in Brand. Als die Flammen loderten und der Rauch in dicken Wolken aufstieg und die Küche füllte, schob er den Eimer unter einen Tisch neben der Tür.

Mit dem Messer in der Hand legte er sich unter einem anderen Tisch auf den Boden und wartete in seinem Versteck auf den Gegner.

Der erste Söldner trug eine Maske mit Hörnern, roter Haut, übertriebener Knochenstruktur und Fangzähnen. Er kam mit seiner Geisel herein, die er mit einer großkalibrigen Pistole bedrohte, einer Desert Eagle Kaliber .50, und als er an Ackerman vorbeiging, zerschnitt dieser ihm die Achillessehne. Der Söldner stolperte nach vorn, fing sich aber an einem anderen Tisch ab. Ackerman rollte sich aus seinem Versteck heraus und schlüpfte hinter seinen abgelenkten und geblendeten Gegner. Er schlang ihm den Arm um den Hals, packte mit der anderen Hand die schwere verchromte Pistole und drehte sie von sich weg.

Nachdem er einen Moment lang zugedrückt hatte, wurde der gehörnte Teufel bewusstlos. Ackerman zog ihm die Schnürsenkel aus den Kampfstiefeln und fesselte ihn damit an allen vieren, dann leerte er ihm die Taschen. Er entdeckte ein kleines Erste-Hilfe-Kit, das sich – zusammen mit dem Klebeband, das er aus dem Hubschrauber mitgebracht hatte – beim Versorgen von Wunden als nützlich erweisen würde.

Fitz, das erste gerettete Mitglied des Teams, stand vornübergebeugt da, die Hände auf den Knien, und versuchte wieder zu Atem zu kommen. Seine Augen waren noch aufgerissen, und seine Stimme bebte, als er sagte: »Danke, Boss. Ich dachte schon, mit mir ist es aus. Wie kriegen wir jetzt die verfluchte Weste runter? Ich weiß, dass noch viel Zeit auf dem Timer übrig ist, aber sie macht mir trotzdem eine Gänsehaut.«

Nachdem er den Söldner gefesselt hatte, erhob sich Ackerman und sah Fitz in die Augen. »Ich fürchte, die Weste muss noch eine Weile bleiben, mein Freund.«

Ackerman erklärte ihm, dass die Söldner die Schlüssel verschluckt hatten, und wies Fitz an, vor dem rauchgefüllten Speisesaal auf einer kleinen Bank aus Beton Platz zu nehmen. Er musterte die Sprengstoffweste einen Moment lang, bevor er sie auch nur berührte. Wie es für Demon typisch war, handelte es sich um eine Sonderanfertigung, die weitaus komplizierter und protziger wirkte als nötig, ihre Aufgabe aber auf jeden Fall erfüllen würde. Gurte verliefen zwischen Fitz' Beinen und über die Schultern und waren mit einem manipulationssicheren Verschlusssystem festgeschnallt. Auf keinen Fall könnte er die metallene Weste entfernen, ohne den Schlüssel zu benutzen, der sich im Magen des unweit auf dem Boden liegenden Söldners befand. Wie es schien, waren in die Weste zahlreiche Ausfallsicherungen, vorgetäuschte Verbindungen und Fallen eingebaut.

Mit dem Schraubendreher aus der Kappe seines Messergriffs löste Ackerman die Abdeckungen und schob vorsichtig Drähte zur Seite.

»Vielleicht wäre es einfacher, wenn wir den Schlüssel aus ihm rausholen würden, Boss«, sagte Fitz. »Sind Sie sicher, dass Sie wissen, was Sie da tun?«

Ackerman zwinkerte ihm zu. »Wissen Sie, was das Schlimmste daran ist, ein Experte für egal was zu sein? Dass der Gegenstand Ihrer umfassenden Kenntnisse einiges von seinem Zauber und seiner Faszination einbüßt.«

Fitz schaute noch verwirrter drein als üblich. »Dann sind Sie ein Experte für Sprengstoffe?«

»Ich bin ein Experte für viele Dinge. Ich habe einen guten Teil meines Lebens in Hochsicherheitsgefängniszellen verbracht, in denen ich dreiundzwanzig Stunden am Tag null menschliche Interaktion erhielt. Ich hatte daher viel Zeit, um zu lesen und zu lernen. Außerdem hat mir mein Vater eine … universelle Bildung verschafft. Er sorgte dafür, dass ich die Prinzipien und die Praxis des Bombenbaus und der Sprengstoffherstellung beherrsche. Als Teil meiner Ausbildung hat er einmal fünf Mädchen im Teenageralter gekidnappt und meine Fähigkeiten an jedem Mädchen mit einer anderen fortgeschrittenen Sprengvorrichtung auf die Probe gestellt. Die Ladung war nicht stärker als ein Chinaböller, aber er hatte die Mädchen außerdem mit Benzin übergossen.«

Ackerman verstummte, um sich auf die Bombe zu konzentrieren, die er vor sich hatte, aber Fitz füllte das Schweigen, indem er fragte: »Und Sie haben sie alle gerettet?«

»Nein«, antwortete Ackerman. »Keine einzige.« Er setzte seine Arbeit fort.

Nach kurzem Zögern hakte Fitz nach: »Sie haben jede Prüfung verhauen, und alle Geiseln sind bei lebendigem Leib verbrannt?«

»Leider ja. Ich erlitt außerdem bei jedem Fehlschlag ernsthafte Verbrennungen, aber mein liebender Vater stand stets mit einem Feuerlöscher in der Nähe. Zu diesem Zeitpunkt hatte er schon viel zu viel Zeit in mich investiert, um zuzulassen, dass ich starb.«

Fitz zog die Brauen hoch. »Sollte diese Geschichte mir irgendwie ein besseres Gefühl geben?«

Ackerman zuckte mit den Achseln. »Ich habe nur etwas aus meiner Kindheit erzählt. Haben Sie irgendwelche Erinnerungen, die Sie teilen möchten, Mr. Fitz?«

Fitz sah hoch und nach links und kniff die Augen zusammen, als versuchte er, einen Gedanken herauszuquetschen. »Mein Grandpa hat sich mal betrunken und mir das Dynamitfischen gezeigt, aber er hat mich nie verbrannt oder so was.«

»Eine charmante Geschichte. Was könnte erbaulicher sein als ein Junge, sein Großvater und ein bisschen Sprengstoff?«

»Es war echt toll damals.«

»Etwas in die Luft zu sprengen ist auch immer eine meiner liebsten Freizeitbeschäftigungen gewesen.«

Ackerman beendete seine Analyse, fasste in die Weste und zerschnitt mehrere Drähte, die vom Zünder zum C4 führten. Die Sprengladungen waren nach innen gerichtet und lenkten die ganze Gewalt der Explosion auf den Träger der Weste. Er nahm einige Änderungen an der Verdrahtung der Weste vor, dann schloss er die Verkleidung wieder.

»Der Timer läuft noch«, sagte Fitz. »Sind Sie sicher, dass mir jetzt nichts mehr passieren kann?«

Ackerman nickte. »Halten Sie sich an mich und tun Sie genau, was ich sage, dann sind Sie aus dem Schlamassel raus, wenn dieser Tag zu Ende ist. Sie sind das einzige Mitglied der Gruppe, dem ich vertraue, und ich brauche Ihre Hilfe, um den Rest lebend herauszuholen.«

Fitz atmete tief durch und schien sich ein wenig aufzuplustern. »Ich bin Ihr Mann. Sie können auf mich zählen.«

»Das weiß ich.«

Fitz grinste. Der leere Ausdruck in seinen Augen war noch vorhanden, aber nun mischte sich eine freudige Wärme hinein. Er zeigte auf den gehörnten Teufel und fragte: »Was ist mit ihm?«

Ackerman nahm die Desert Eagle in die Hand. »Wir lassen ihn vorerst hier zurück, aber ich will sicherstellen, dass er nicht freikommt. Damit habe ich im Lauf der Jahre große Erfahrung gesammelt.«

Fitz sah auf die Sprengstoffweste, die noch immer seinen Oberkörper umgab, und fragte erneut: »Sind Sie sicher, dass dieses Ding nicht explodieren wird?«

Ackerman hielt Fitz die riesige Pistole hin. »Wenn Sie den bewusstlosen Mann kaltblütig erschießen und den Schlüssel aus seinen Eingeweiden klauben wollen, dann nur zu. Was die Weste angeht, sie stellt für Sie keine Gefahr mehr dar. Ich habe sie komplett unbrauchbar gemacht. Der Sprengstoff kann ohne Zünder nicht ausgelöst werden. Weder durch eine Kugel noch durch eine Flamme lässt sich C4 zur Explosion bringen.«

Fitz hob kapitulierend die Hände. »Ich bin kein Killer, und ich vertraue Ihnen genauso sehr, wie Sie mir vertrauen, Boss. Aber die Kanone nehme ich trotzdem.«

Ackerman zog die Desert Eagle zurück. »Tatsächlich ist es so, dass ich die Pistole brauche. Denn bei unserer nächsten Rettung spielen Sie den Lockvogel.«

73

Als Erstes fesselte er Jesse mit weißem Nylonseil die Hände. Danach nahm der Cajun seine schwarze Alien-Maske ab und sagte: »Unter dem dämlichen Ding krieg ich keine Luft. Der Bossman sagt, sie schützen unsere Identität vor den Kameras, aber was nutzt einem 'ne sichere Identität, wenn man tot ist? Außerdem kann die Obrigkeit ja mal versuchen, mich zu finden. Ich wohn so tief im Sumpf, so weit weg von allem, dass sie 'ne ganze Armee bräuchten, um mich auszuräuchern.«

Das Gesicht des schwergewichtigen Cajuns sah ganz anders aus, als Jesse es sich vorgestellt hatte. Plump war es und von einem rötlichen Bart bedeckt. Unter anderen Umständen hätte er den Mann für einen freundlichen Kerl halten können. Allerdings stand in seinen Augen noch immer der Wahnsinn, der verriet, dass er vom Temperament her eher mit dem Joker als mit dem Weihnachtsmann zu vergleichen war.

Der Söldner brachte ihn durch ein Tor im Maschendrahtzaun und um den Pool herum zum tiefen Ende des Schwimmbeckens, wo eine Stahlleiter aufs Fünf-Meter-Brett führte. Jesse bemerkte, dass an dem Sprungbrett ein schwarzer Kasten befestigt war. Von ihm lief ein Stahlkabel durch ein Loch, das ins Brett gebohrt worden war. Am Ende des Kabels war ein Haken befestigt und um die Leiter geschlungen.

Der Cajun trat vor und löste das Stahlkabel. Er nahm ein kleines Gerät, nicht größer als ein Funkautoschlüssel, aus der Tasche und drückte eine Taste darauf. Das Stahlkabel zog sich ein. Jesse wurde klar, dass der Kasten eine Art Motorwinde war, die jemand auf dem Sprungbrett montiert hatte. Während der Cajun mit dem Ende des Windenkabels in der Hand auf Jesse zutrat, sagte er: »Ich will dich meinem guten Freund Otis vorstellen.« Dabei deutete er in das Schwimmbecken.

Jesses Blick hatte an dem großen bedrohlichen Mann geklebt und dabei den großen dunklen Umriss vergessen, der gleich unter der Wasseroberfläche lauerte. Er verfolgte die langgestreckte Silhouette, wie sie anmutig und langsam einen Kreis beschrieb und dann die Oberseite ihres schuppigen Leibes und die beiden Reptilienaugen darauf sehen ließ.

»Geh nicht zu dicht an den Rand, Junge«, sagte der Cajun. »So tief, wie das Becken ist, kann er nicht rausspringen, aber versuchen könnte er es trotzdem. Könnte Glück haben und dich am Fuß erwischen, wenn du nicht gut aufpasst. Dann zieht er dich rein. Zu dieser Jahreszeit wäre ein Gator wie Otis normalerweise im Winterschlaf, aber an einem schönen Tag wie heute würde er trotzdem rauskommen und ein Sonnenbad nehmen. Demon wollte aber keinen verschlafenen Gator. Er wollte ihn hellwach und hungrig. Deshalb haben sie ihm was gespritzt. Ich weiß nicht, was es war, aber es hat ihn ganz schön widerborstig gemacht.«

»Moment mal«, sagte Jesse, »einen Augenblick, Mann. Darüber können wir doch reden.«

Der bärtige Söldner lachte. »Das ist gut. Der Wurm verhandelt mit dem Angler.« Grob fasste er Jesse bei dem Nylonseil, das seine Handgelenke zusammenhielt, und hakte das Windenkabel daran ein.

Er packte eine Handvoll von Jesses Shirt mit der linken Hand und hob ihn an, während er mit der rechten den Knopf an seiner Fernsteuerung drückte. Der große Mann hielt ihn fest, als das Windenkabel eingezogen wurde.

»Nein, nein, nein, nein«, murmelte Jesse, während das Kabel ihn in die Luft hob.

Hätte der Cajun ihn nicht angehoben, wäre Jesse beim ersten Zug der Winde in den Schlick gefallen. Aber selbst mit der Unterstützung von Demons bärtigem Helfershelfer sackte er noch hinunter, bis er nur fünfzehn Zentimeter über dem Wasser tanzte, als er losließ.

Der riesige Alligator unter ihm bemerkte ihn sofort und wurde hellwach. Er fuhr herum, und während Jesse noch von der Winde hochgezogen wurde, stürzte das Tier sich auf ihn.

Er zog die Beine an die Brust, strengte die Bauchmuskeln aufs Äußerste an, um sie so hoch wie möglich zu heben, als die Kiefer des Alligators aus dem Wasser brachen und dicht unter ihm zuschnappten.

Jesse schrie auf und brüllte: »Schneller, schneller!«, und der Cajun lachte.

»Schneller geht es nicht. Du passt besser auf ihn auf. Ich ziehe dich in eine sichere Höhe, aber wenn Otis deinen Fuß erwischt, beißt er ihn entweder glatt ab, oder er zerrt dich samt Sprungbrett und dem ganzen Scheiß ins Wasser. Aber keine Sorge, kleiner Mann. Ich lass nicht zu, dass er dich kriegt. Noch nicht. Ich will, dass er schön hungrig ist, wenn ich deinen Freund kurz und klein hacke und seine Stücke nacheinander in den Pool schmeiße. Und erst, nachdem das erledigt ist, füttere ich Otis mit *dir*. Aber wenn du brav bist, tu ich dir einen Gefallen und werf dich ihm lebendig vor, ohne dich vorher zu zerhacken.«

»Wieso soll das ein Gefallen sein?«

»Er wird dich natürlich beißen, und das dürfte ziemlich wehtun, aber danach zieht ein Gator dich normalerweise nach unten, wirbelt dich rum und ertränkt dich. Ich hab gehört, zu ertrinken wär gar kein schlechter Tod. Ziemlich friedlich. Also, nur ein bisschen durch die Mangel gedreht, und dann schläfst du ein.«

»Und ein Biss von einem Dinosaurier.«

Der Cajun zuckte mit den Schultern. »Wahrscheinlich nur einer.«

»Das ist ja sehr freundlich von Ihnen.«

»Ich hör immer wieder, wie rücksichtsvoll ich bin.«

74

Wingdale, New York, lag zwischen zwei Bergrücken in einem grünen Tal. Das Ortsschild zeigte 4200 Einwohner an. Pittoresk, das war Marcus Williams' Eindruck, eine nette, ruhige Ortschaft. Ein schönes Ziel für einen Besuch, auch ideal, um sich niederzulassen. Am heutigen Tag allerdings waren ihm die anderthalb Stunden Fahrt von der Stadt hierher zu viel.

Erstens wollte er Demons nächste Videos nicht verpassen. Zweitens hatte er die Demütigung ertragen müssen, dass Nadia ihm in den Wagen half und seinen Rollstuhl einlud. Er fühlte sich dadurch wie das Gegenteil eines Gentlemans. Es erinnerte ihn, wie schwach und hilflos er in Wirklichkeit war. Danach hatte er auf der Rückbank gelegen, während Nadia fuhr und Detective Nakamura auf dem Beifahrersitz saß. Unterwegs tat er meist so, als schliefe er, zum Teil, weil er mit seinen Gedanken allein sein wollte, zum Teil aber auch, weil er fürchtete, Nadia könnte ihn um Ratschläge für ihre Beziehung zu Frank angehen. Das Thema war ein tückisches Gewässer, in dem er nicht zu schwimmen gedachte.

Ein gepanzerter Van der SWAT-Einheit des NYPD folgte ihnen, aber das Team würde in Wingdale bleiben, während sie zu dritt den Chef des Wachdienstes der Universität vernahmen. Nakamura hatte darauf bestanden, dass ein Spezialeinsatzkommando in der Nähe bereitstand, das unverzüglich reagieren und Unterstützung leisten konnte, sollte die Spur sie weiterbringen. Der Teamleiter würde sich jede Stunde mit ihnen in Verbindung setzen und vergewissern, dass sie in keine Falle gelaufen waren, mit denen man bei Demon immer rechnen musste.

Nadia lenkte den Dienstwagen, einen Chevrolet Impala, aus dem ruhigen Städtchen über den Highway auf ihr Ziel zu. Das Gelände gehörte nun zum Teil der Arkwell University, war aber einmal das mittlerweile aufgegebene Harlem Valley Psychiatric Center gewesen. Marcus, der früher ein begeisterter Urban Explorer gewesen war und Städte abseits der ausgetretenen Wege erkundet hatte, kannte Geschichten über die baufällige Ansammlung von achtzig zerfallenden dreistöckigen Backsteinbauten. Über zwanzig Jahre lang hatten sie leer gestanden, aber als die ersten Fassaden in Sicht kamen, waren sie weder verwittert noch von ungezähmten Ranken überwuchert. Sie sahen sauber und neu aus.

»Schauen wir uns ein bisschen um«, sagte er. »Ich möchte mich orientieren, bevor das Meeting beginnt.«

Was sie entdeckten, schien ein normaler Collegecampus zu sein. Wenigstens galt das für die erste Gebäudereihe; danach waren alle Wege vorwärts von einem fast vier Meter hohen Maschendrahtzaun abgesperrt. Anders als bei den restaurierten Häusern waren die Fenster in den Gebäuden dahinter mit Gitterstäben gesichert, und sie ähnelten mehr dem Bild, das sich Marcus von ihnen gemacht hatte. Moos, Efeu und Schimmel bedeckten sie, und die einst weißen Fensterrahmen waren verzogen und zeugten von Verfall. Die Flächen ringsum hatte man jedoch zum größten Teil vom Dickicht befreit, und hinter den Zäunen waren Bautrupps und ihre Maschinen zu sehen.

»Langsamer«, sagte Marcus.

Nadia tat, was er sagte, und er stellte fest, dass über dem Zaun Stacheldraht gespannt war. Die einzigen Leute auf der anderen Seite waren zwei Männer in einem Golfwagen, die Uniformen eines Wachdienstes trugen und offenbar Streife fuhren.

Während er zusah und analysierte, fragte er: »Also, wissen wir was Interessantes über den Wachschutzheini, den wir sprechen wollen?«

»Er heißt Bogdan Semenov«, antwortete Nadia. »Er leitet den Wachdienst auf diesem Campus der Arkwell University. Das aufgelassene psychiatrische Zentrum hat die Uni neulich erworben. Zwanzig Millionen für ungefähr das halbe Gelände mit einer Option, den Rest später zu kaufen.«

»Von der Arkwell habe ich noch nie gehört. Woher hat die Uni so viel Geld?«

»Sie ist nur eine kleine Hochschule, aber es gibt sie schon eine ganze Weile. Ihre Mittel erhält sie vor allem von Alumni und durch Spenden. Von Leuten, die nicht wissen, was sie mit ihrem vielen Geld anfangen sollen, und ihren Namen gern auf einem Gebäude lesen möchten.«

»Und was ist mit Semenov? Haben wir zu ihm etwas Interessantes?«

»Er scheint sauber zu sein. Keine auffälligen Kontobewegungen. Soziale Medien normal, nettes Zeug. Er arbeitet seit über einem Jahr hier und hatte vorher andere Wachdienstjobs. Hat Frau und zwei Kinder und ein Haus in Brooklyn. Sollte er mit Demon unter einer Decke stecken, dann vermutlich nicht aus eigenem Antrieb.«

»Es sei denn«, warf Nakamura ein, »er versteckt sein ganzes Geld irgendwo und hat vor, mit seiner Geliebten durchzubrennen.«

Marcus merkte sich die Gemeinsamkeit zwischen ihm und dem Chef des Wachdienstes und hoffte, dass Brooklyn eine gute Grundlage für ein Gespräch bildete. Zehn Minuten später lernten sie Semenov persönlich kennen, nachdem Marcus erneut ertragen musste, dass Nadia seinen Rollstuhl auslud und ihm wie einem Invaliden hineinhalf. Seine Laune besserte sich, als Bogdan Semenov sich vorstellte und mit ausgeprägtem Brooklyn-Dialekt sprach; Marcus hatte nicht vergebens gehofft.

Während sie einander die Hände schüttelten und Liebenswürdigkeiten austauschten, wirkte Semenov übermäßig nervös. »Für jemanden mit solch einem starken Brooklyner Einschlag«, merkte Marcus an, »haben Sie einen ziemlich russischen Namen.«

Semenov lachte. »Mein Vater war auch ziemlich russisch. Er kam aus Mütterchen Russland, aber mich hat er in Bay Ridge aufgezogen.«

»Ich bin ganz in der Nähe großgeworden!«, rief Marcus.

Semenovs Lächeln wurde breiter, und die Anspannung, die er zeigte, ließ ein wenig nach. Marcus nahm es als gutes Zeichen. Vielleicht lief es ja ganz gut mit dem neuen Freund aus dem alten Viertel.

75

Als Nächstes ging Ackerman zu den Sportplätzen, um Bert zu retten. Kaum hörte Fitz von seiner Entscheidung, wer als Zweiter gerettet werden sollte, fragte er: »Hat der denn nicht gestern erst versucht, Sie umzubringen?«

»Seit gestern hat sich eine Menge geändert«, entgegnete Ackerman, »und er hat nur die Befehle seines Leitwolfs befolgt. Jetzt ist sein Anführer tot, und ich habe ihm Gnade erwiesen. Ich glaube, dass wir ihm trauen können.«

»Es sei denn, Ihr Kumpel Demon bietet ihm noch mal einen Haufen Geld an.«

Ackerman zuckte mit den Schultern. »Ich sehe nicht, dass er den Deal annimmt. Wie dem auch sei, er ist rein entfernungstechnisch der Nächste.«

Die Herausforderung, ihn zu retten, erwies sich aus Ackermans Sicht ebenfalls als einfach und rasch zu bewältigen. Bert saß auf einem Klappstuhl mitten auf einem Tennisplatz zwischen einem Baseball- und einem Fußballfeld. Die Freiflächen – mittlerweile von Unkraut überwuchert, das allerdings keine echte Deckung bot – umstanden kahle Zypressen und Ulmen, an denen Louisianamoos und andere Flechten hingen. Obwohl es Januar war, lagen die Temperaturen im tiefen Süden um die zwanzig Grad, und das pflanzliche Leben gedieh. Unter anderen Umständen hätte Ackerman sogar die Lederjacke abgelegt. Sie diente jedoch nicht allein dem Schutz vor der Kälte.

Ackerman vermutete, dass sein Gegner Bert durch das Zielfernrohr eines Gewehrs beobachtete, und weil es helllichter Tag war, bereitete es keine besondere Mühe, das Versteck des Söldners zu finden.

Er befahl Fitz, in den Bäumen an der Südostseite des Baseballfelds zu rascheln, während er den Rest der Waldgrenze im Auge behielt. Nach Fitz' zweiter Bewegung entdeckte er das Aufblitzen einer Linse am Fußballplatz. Kaum kannte er die Position des Heckenschützen, arbeitete er sich heran, bis er in dessen Rücken war.

Von Natur aus neigte er dazu, dem Heckenschützen mit der großkalibrigen Pistole in den Hinterkopf zu schießen, doch dann stellte er fest, dass sein Gegner auf dem Boden lag, gut verdeckt von einem Klumpen aus Louisianamoos und Rosmarinweide.

Statt seine Beute zu töten, kroch er dicht an sie heran und holte zu einem betäubenden Schlag aus.

In letzter Sekunde hörte der Söldner, wie er näher kam,

und fuhr mit einem Messer in der Hand hoch. Ackerman konnte ihn abwehren, indem er den Messerstich mit der Pistole ablenkte und sie dem Söldner danach gegen die Schläfe schlug, woraufhin er bewusstlos zusammensackte.

Nachdem sie nun ein Gewehr mit Zielfernrohr hatten – ein M110A1, das 7,62-Millimeter-Patronen verschoss –, erhielten sie einen vorteilhafteren Blick auf ihre Umgebung.

Fitz und er sammelten sich auf dem Tennisplatz, wo Bert gefesselt und geknebelt saß. Ackerman entschärfte die Sprengstoffweste des Minenarbeiters bei einem Timerstand von nur dreiundzwanzig Minuten.

Nicht schlecht, dachte er, *aber ich muss schneller werden.*

»Wer als Nächster?«, fragte Fitz.

»Unser allerliebster Hitzkopf«, antwortete Ackerman.

Fitz verzog das Gesicht. »Sie vertrauen ihr?«

»Nein, aber sie wird eine große Hilfe bei der Befreiung der Übrigen sein.«

Ackerman behielt das Gewehr fürs Erste, gab die Pistole Bert und reichte Fitz das Messer des bewusstlosen Scharfschützen. Der magere Mann sah ihn finster an, doch Ackerman schlug ihm auf die Schulter. »Keine Sorge, mein Freund. Mein Wahnsinn hat immer Methode.«

76

Semenovs Büro befand sich im Erdgeschoss eines Hauses, das früher Geisteskranke beherbergt hatte und in dem nun die Universitätsverwaltung untergebracht war. Man hatte es kernsaniert und die Wände mit modernen Farben und Akzenten versehen, aber Marcus fand, dass die Atmosphäre der alten psychiatrischen Anstalt irgendwie noch vorhanden war; er spürte sie mehr, als dass er sie sah.

Nach einigen höflichen Floskeln setzte sich Semenov an einen modernen Schreibtisch mit Glasplatte. Der Mann war stämmig und klein; er hatte einen braunen Lockenkopf mit einer schwarzen Hornbrille, trug einen schwarzen Anzug und eine rote Krawatte über dem weißen Oberhemd. Nadia und Nakamura nahmen auf den beiden Besucherstühlen Platz, Marcus rollte sich an eine Stelle neben dem Schreibtisch. »Kommen Sie manchmal noch in die alte Gegend?«, fragte er

Semenov breitete die Arme aus. »Ich hatte geschworen, dass ich da rauskomme, aber jetzt wohne ich selbst dort.«

Marcus nickte. »Endhaltestelle der Linie R, Heimat von Tony Manero.«

Semenov lächelte kopfschüttelnd und wies mit dem Zeigefinger auf Marcus.

Nadia sah sie seltsam an und fragte: »Ist das ein Mafiaboss oder ein Fernsehschauspieler oder so was?«

»Tony Manero ist die Hauptfigur in *Saturday Night Fever*«, antwortete Semenov. »John Travolta hat ihn gespielt.«

Nadia schloss die Lippen über den Zähnen und widerstand dem Drang, etwas zu erwidern.

»Urteilen Sie nicht zu streng«, sagte Marcus. »Damals war es für uns eine große Sache, sich einen Film anzusehen, der im eigenen Viertel spielte. Ich war mir sicher, dass sogar jemand, der eine ganze Generation jünger ist als ich, den Film wenigstens mal gesehen hätte. Das hat was mit Lokalpatriotismus zu tun.«

Nadia hob kapitulierend die Hände. »Ich habe das gar nicht bewertet. Sie scheinen nur vieles mit Filmen in Zusammenhang zu bringen. Das ist ein Wesenszug, den ich an Ihnen bemerkt habe, das ist alles.«

Marcus hätte sie allzu gern gebeten, vor einem möglichen Verdächtigen kein Profil von ihm zu erstellen, aber er lächelte nur und wandte sich wieder an Semenov. »Ich möchte Ihre Zeit nicht verschwenden, deshalb komme ich gleich auf den Punkt. Ich hoffe, dass Sie bereit sind, einem Burschen aus Ihrem Viertel bei einem Problem zu helfen.«

Semenov grinste noch immer. »Ich tue, was ich kann.«

Nadia legte die Ausweiskarte mit dem Namen von John Eldridge vor Semenov auf den Schreibtisch. »Dieser Mann arbeitet für eine Terrororganisation, und beim hiesigen Wachdienst ist er ebenfalls beschäftigt.«

Semenov machte große Augen. »Falls es etwas mit der nationalen Sicherheit oder mit Berufshaftpflicht zu tun hat, muss ich meinen Boss hinzurufen.«

Nadia schüttelte den Kopf. »Nein, das wird nicht nötig sein. Wir müssen nur wissen, ob irgendetwas, das er hier gemacht hat, mit den Aktivitäten seiner Gruppierung zusammenhängt. Vermutlich nicht, aber wir müssen alles abhaken.«

Semenov nahm den Ausweis in die Hand und musterte ihn. »Also, ich erkenne den Mann nicht, deshalb kann ich schon einmal sagen, dass er nicht zum üblichen Wachdienst auf dieser Seite des Zauns gehört. Er muss einer der zusätzlichen Leute sein, die wir eingestellt haben, um während der Bauphase an den alten Gebäuden für Sicherheit zu sorgen. Die meisten arbeiten in Teilzeit. Ich bin mir sicher, dass nichts, was er hier tat, mit terroristischen Aktionen zusammenhängen kann.«

»Wieso gibt es hier so viel Wachschutz?«, fragte Marcus. »Wir haben eine Streife bemerkt, als wir kamen.«

Semenov legte den Ausweis auf den Schreibtisch, rückte einige Papiere zurecht und schien eine Selbstdistanzierungstechnik anzuwenden, damit er ruhiger atmete. Ohne Blickkontakt aufzunehmen, antwortete er: »Wir hatten in der Vergangenheit einige Vorfälle, und die Verstärkung des Wachdienstes war eine Bedingung der Versicherungsgesellschaft.«

Marcus war sich unschlüssig, wie er diese Auskunft einordnen sollte. Wich Semenov ihnen aus, weil es in der Vergangenheit einen Skandal gegeben hatte, der nichts mit ihrem Fall zu tun hatte, oder bestand doch ein Zusammenhang? Er entschied, sein Netz auszuwerfen und zu schauen, was er einfing. »In Anbetracht dessen, worin dieser Mann verwickelt ist, Mr. Semenov, benötigen wir eine umfassende Führung über das Gelände«, sagte er. »Eventuell müssen wir uns auch in einigen Gebäuden umsehen.«

Semenov hob den Blick, sah Marcus an und zwang sich zu einem Lächeln. Der Chef des Wachdienstes versuchte seine Fassade zu wahren, aber in den Augen des Mannes lebte Angst. Abwehrend sagte er: »Der Großteil des Gebiets ist nicht barrierefrei.«

Marcus fletschte die Zähne. »Sie können uns ja in einem Ihrer hübschen Golfwagen rumfahren, und meine Kolleginnen schauen in die Gebäude, während wir warten. Wenn Ihre Streifen so herumkommen, schaffen wir das bestimmt auch.«

Sein Blick zuckte vor und zurück, als übe er sich im Kopfrechnen. Semenov streckte die Hand aus und nahm die Ausweiskarte wieder an sich. »Was, wenn die Antwort nein ist? Aus Versicherungsgründen.«

Nakamura ergriff das Wort. »Der Mann ist in den Bombenanschlag auf den Bürgermeister von New York City verwickelt. Wenn Sie nicht mitspielen, rufen wir einen diensteifrigen Richter an, lassen uns einen Stapel Beschlüsse ausstellen, um das Gelände von oben bis unten zu durchsuchen, und würgen Ihnen eine einstweilige Verfügung rein, die

Universität zu schließen, bis die Beschlüsse zu unserer Zufriedenheit ausgeführt worden sind.«

Semenovs Fuß hämmerte im Schnellfeuertakt auf den Boden. Er schloss einen Moment lang die Augen, und als er sie wieder öffnete, erschienen sie feucht, als sei er den Tränen nahe. »Ich brauche dafür eine Genehmigung, und ich muss verifizieren, dass der Mann wirklich hier gearbeitet hat.«

Marcus neigte den Kopf und setzte vom Schreibtisch zurück, damit Semenov an ihm vorbeikam. »Okay, aber lassen Sie Ihren Boss wissen, dass es sehr dringend ist. Falls Sie uns bei dieser Sache helfen, wird es Ihrem Ruf nicht schaden. Vielleicht können Sie sich sogar eine hübsche Feder an den Hut stecken.«

Semenov schien ihm nicht zuzuhören. Er nickte nur und verließ den Raum.

Kaum war er fort, wies Marcus auf Semenovs Schreibtisch. »Okay, Computer Woman. Fühlen Sie sich frei zu zeigen, was Sie können, und hacken Sie, was das Zeug hält.«

Nadia seufzte kopfschüttelnd und massierte sich den Nacken. »Wissen Sie, ich habe mich immer an die Vorschriften gehalten. Mir gefielen die Vorschriften. Ich habe sie gern durchgesetzt und nach ihnen gelebt. Dann lernte ich Frank kennen. Und Sie. Zwei Männer, die die Vorschriften am liebsten verbrennen und die Asche schnupfen würden.«

Marcus lachte leise. »Heißt das, Sie machen es nicht?«

Sie seufzte wieder. »Natürlich mache ich es. Ich wollte nur ein bisschen warten, damit feststeht, dass er nicht wiederkommt, weil er seine Schlüssel oder sein Handy vergessen hat oder irgendwas anderes Blödes in der Art.«

77

Nach allem, was Ackerman gesehen hatte, gab es auf der Insel mit dem Camp kein echtes Sumpfland, und das leuchtete ihm durchaus ein. Der Großteil der hiesigen gefährlichen Tiere lebte im Wasser. Das Camp im Zentrum der Insel konnte sich abriegeln und war vor den heimischen Bedrohungen sicher. Er stellte sich vor, dass das Gelände einmal gut in Schuss und gemäht gewesen war. Aber nach Jahren der Vernachlässigung stand nun ausreichend Buschwerk, um sich zu verstecken. Er und seine beiden Gefährten lagen flach auf dem Boden in einem großen Gebüsch, das gegenüber vom Eingang zur Mädchenhütte gewuchert war.

Ackerman benutzte das Zielfernrohr auf seinem neu erlangten Gewehr, um die Fassade des Gebäudes im Blockhausstil abzusuchen. Die Mädchenhütte war braun mit grünen Akzenten, aber der Anstrich war verblasst und blätterte ab. Alle Fenster waren mit Brettern vernagelt, und im Innern war es dunkel. Die Vordertür stand allerdings offen, und ein schwaches Licht strahlte heraus.

In roter Sprühfarbe stand über dem Türsturz: *Wenn Sie mich umbringen, stirbt sie. Reden wir. Kommen Sie rein.*

Fitz lag getarnt neben ihm im Buschwerk und flüsterte: »Es scheint, dass Sie bei den ersten beiden ziemlich leichtes Spiel hatten.«

Ohne das Auge vom Zielfernrohr zu nehmen, entgegnete Ackerman: »Das liegt daran, dass in diesem Spiel nicht sie mich töten sollen, sondern ich sie. Damit ich mich erinnere, wer ich bin, ausgelöst von Blutgier und den süchtig machenden Automatismen in meinem Gehirn. Ich habe nur nicht vor, das Spiel nach Demons Regeln zu spielen. Spielen Sie nie nach ihren Regeln, mein Junge. Letzten Endes liegt es an Ihnen, die richtige oder falsche Entscheidung zu treffen. Regeln sind toll für Brettspiele und vor Gericht, aber ...«

Beim Absuchen der Fassade mit dem Zielfernrohr fiel Ackerman etwas ins Auge. »Vielleicht habe ich vorschnell geurteilt. Dieses kleine Hindernis könnte sich als etwas größere Herausforderung entpuppen als unsere vorherigen Aufgaben.«

»Warum? Was ist da los?«

Ackerman verschob sich leicht, damit er einen besseren Blickwinkel durch die offene Tür erhielt. Die Etagenbetten aus Stahlrohr, die einmal die Wände gesäumt hatten, waren auf einen Haufen geworfen, der die gesamte hintere Hälfte des Schlafsaals einnahm. In der Mitte des Raums stand ein Spieltisch mit einem schwarzen Tischtuch. Auf dem Tisch lagen kleine Gegenstände, die Ackerman nicht erkennen konnte, aber die Person am Tisch war der Gegner, den er bereits gesehen hatte: Er trug die Maske des Zeichentrickbabys mit den ausgekreuzten Augen und der Aufforderung *Hau ab!* auf der Stirn. Auf einem Klappstuhl hatte er am Tisch Platz genommen, ein zweiter Stuhl stand ihm gegenüber. Er sah Annabelle an, als rede er mit ihr. Sie war an einen Stützpfeiler aus Holz gefesselt: Kopf, Hals, Schultern, Hüften und Beine waren mit je einem dicken Lederriemen fixiert. Vor ihr hatte der Söldner eine Stange in den Boden geschraubt, auf der eine abgesägte Schrotflinte montiert war. Die Waffe zielte genau in Annabelles Gesicht. Ackerman konnte es durch das Fernrohr nicht erkennen, aber nach der Anordnung vermutete er, dass sein Gegner eine Möglichkeit geschaffen hatte, von der Stelle, an der er saß, mühelos die Flinte abzufeuern. Die Worte über der Tür deuteten darauf hin, dass zusätzlich noch eine Art Totmannschalter im Spiel war, und wenn sie

Babyface töteten, hätte ihr Tun automatisch Annabelles Ableben zur Folge.

Naheliegend war es, hineinzugehen und mitzuspielen, aber Ackerman hatte während seines Überflugs entdeckt, dass ein großer Baumast durch das Dach der Mädchenhütte gebrochen war. Und da er nicht allein arbeitete, konnte er einen der anderen als Ablenkung zur Vordertür hineinschicken, während er übers Dach eindrang und die Balken entlangkroch. Von dort hätte er einen besseren Blick auf die Falle und könnte leichter abschätzen, wie sie zu überlisten war.

Ackerman rollte sich auf die Seite und sah seinen Begleitern in die Augen. »Folgender Plan: Bert bleibt hier und gibt uns mit dem Gewehr Feuerschutz – aber drücken Sie nur ab, wenn es der absolut einzige Ausweg ist und Sie vollkommen freies Schussfeld haben. Ich werde mich durch ein Loch im Dach einschleichen, das ich vorhin bemerkt habe. In der Zwischenzeit, mein Freund«, er klopfte Fitz auf die Schulter, »nehmen Sie die Desert Eagle, schlendern durch die Vordertür und unterhalten sich ein wenig mit Mr. Babyface.«

Fitz zog ein Braue hoch. »Wieso ich?«, fragte er. »Ich kann gut schießen. Bert kann durch die Vordertür reingehen.«

»Ich brauche eine Ablenkung. Wer von Ihnen ist die bessere Ablenkung?«

Fitz schob sich zur Seite, musterte Bert und schaute Ackerman wieder an. Er grinste. »Okay, ich tu's. Es gibt einfach Jobs, die nur einer machen kann.«

78

Nadia wartete noch einen Augenblick, dann ging sie an Semenovs Schreibtisch. Sie bat Nakamura, den Korridor im Auge zu behalten, doch Marcus entgegnete: »Ich stehe – nein, sitze Schmiere. Elaine kann die Schubladen und Aktenschränke leichter durchsuchen als ich.«

Nakamura hielt ihm die Tür auf, Marcus rollte hindurch, und die beiden Frauen machten sich im Büro an die Arbeit. Die Detective konzentrierte sich auf physische Hinweise, die ehemalige Cybercrimes-Agentin auf das Digitale.

Nadia ruckelte an der Maus und wurde von einem Eingabefeld für Benutzername und Passwort begrüßt. Sie wusste nichts Persönliches über Semenov und nichts über das Sicherheitssystem, daher verschwendete sie keine Zeit mit dem Versuch, Kennwörter zu erraten. Stattdessen verließ sie sich auf die menschliche Natur. Sie zog den kleinen Auszug ganz heraus, in dem Semenovs Tastatur lag, hob sie an und sah darunter. Dort fand sie allerlei Klebezettel mit Benutzernamen und Passwörtern für verschiedene Sites und Konten. Einer davon war mit *Arbeit* gekennzeichnet. Sie ließ den gelben Zettel, wo er war, prägte sich den Inhalt ein und tippte ihn in das Eingabefeld.

Der Desktop erschien, und sie öffnete zuerst Semenovs E-Mail-Programm. Während es lud, klickte sie in die Dateisuche und ließ sich die größten Files auf dem Computer auflisten. Beides arbeitete, und sie suchte nach diversen Messenger-Programmen und wurde mit einem Fund belohnt, den Apple-User typischerweise als hauptsächliche Nachrichtensoftware nutzten. Dort sah sie zuerst nach, fand aber nichts Ungewöhnliches und kehrte zur Dateisuche zurück. Das Ergebnis zeigte mehrere große Videodateien, die sie sich ansehen wollte, aber vorher kehrte sie ins Mailprogramm zurück und las jede E-Mail, die Semenov innerhalb der vergangenen zwei Wochen erhalten oder gesendet hatte.

Dabei stieß Nadia auf etwas, das sie innehalten ließ. Sie sah Detective Nakamura an, die in den Schubladen suchte. »Das ist gerade nicht wichtig. Holen Sie Marcus. Er muss es mit eigenen Augen sehen, bevor Semenov wiederkommt. Ich habe das Gefühl, die Genehmigung, die er einholt, besteht in einem Anruf bei Demon oder einem seiner Lakaien.«

Kurz darauf starrte auch Marcus auf den Bildschirm und sah, was sie gesehen hatte: eine E-Mail mit fiktiven Absendernamen und fingierter Sendeadresse, deren Inhalt sehr verstörend war: dem Bild eines angsterfüllten kleinen Mädchens mit Blut im Gesicht und Klebeband über dem Mund. Der Text unter dem Foto enthielt nur eine Zeit und einen Ort. Die E-Mail war zwei Wochen alt.

»Wie wollen Sie es angehen, Cowboy?«, fragte Nadia.

Marcus wiegte den Kopf von links nach rechts, dass der Nacken knackte. »Demons Mordkommando wird uns nicht gleich hier mitten in einer öffentlichen Universität überfallen, und sie wissen, dass wir bei NYPD und FBI vermisst werden, wenn wir verschwinden.«

»Okay, also, was tun wir?«, fragte Nakamura. »Soll ich die SWAT-Leute rufen?«

»Informieren Sie sie über die Lage«, antwortete Nadia, »und setzen Sie sie hierher in Marsch.«

Nakamura nahm ihr Handy heraus und sagte: »Kein Empfang.«

Nadia versuchte es ebenfalls und schüttelte den Kopf. »Meins auch nicht. Aber als wir hineingingen, hatte ich drei Balken.«

»Hoffen wir, dass sie keinen Mobilfunkstörsender aktiviert haben.«

Nadia spürte, wie ihr Herz immer schneller schlug. »Wir
sollten uns über Strategie unterhalten. Moment, vielleicht
kann ich mit dem Computer ...«

Alle verstummten, als Schritte harter Sohlen sich durch
den Korridor näherten.

79

Irgendwann hatte die große Eiche neben der Mädchenhütte
bei einem Gewitter einen Ast eingebüßt. Der Ast hatte das
Dach über dem hinteren Teil des Hauses durchbohrt, eines
langgezogenen einstöckigen Bauwerks, in dem die Mädchen
in einem großen Schlafsaal mit Etagenbetten untergebracht
gewesen waren wie Rekruten im Grundausbildungslager.

Ackerman kletterte mühelos an der Eiche hoch und ließ
sich lautlos durch das Loch im Dach fallen. Die Öffnung war
nicht sehr groß, aber er passte durch die beschädigte Stelle,
drückte sich an den übrigen Dachziegeln vorbei und gelangte
auf die Dachbalken des Blockhauses.

Sein Fortkommen wurde dadurch erleichtert, dass Babyface mit Annabelle sprach. Ackerman bewegte sich jedes Mal,
wenn der Mann das Wort ergriff, weiter und kroch näher zu
ihrer Position in der Mitte des langgezogenen Gebäudes. Die
Tragebalken allerdings waren weit auseinander, fast zwei Meter, und vom einen zum anderen musste er beinahe springen.

Als er eine der Lücken überwand, kam es ihm vor, als

springe der Boden auf ihn zu. Er bohrte die Fingernägel in den Stützbalken, als der Raum sich verdrehte und kippte. Sein Kopf pochte, und er kämpfte gegen eine Welle der Übelkeit an.

Mit französischem Akzent sagte Babyface: »Ich kann gar nicht abwarten, dass wir ein wenig Zeit zusammen verbringen. Sollen wir weitere Möglichkeiten besprechen, was ich mit dir mache, wenn dieser glorreiche Moment gekommen ist? Mehr Geschichten, was mit meinen früheren Spielzeugen geschehen ist? Oder hast du schon mehr gehört, als du ertragen kannst? Hast du Angst, oder bist du aufgeregt?«

Annabelle hatte einen Knebel im Mund und konnte nicht mit Worten antworten, aber ihr Gesicht zeigte schäumende Wut. So sah man jemanden an, unmittelbar bevor man abdrückte.

Von draußen kam ein Geräusch, und Babyface riss den Kopf dahin herum. Er lehnte sich leicht zur Seite, um durch die Tür zu blicken, aber er achtete sorgsam darauf, den Stuhl nicht zu verrücken.

In diesem Moment sah Ackerman, wie Babyface seinen Totmannschalter aufgebaut hatte. Von dem Stuhl gingen dünne Drähtchen in verschiedene Richtungen und liefen durch kleine Metallkrampen zu der Flinte. Ackerman hatte solche Vorrichtungen selbst schon benutzt. Die grundlegende Idee war, dass ein Verschieben des Stuhls ausreichte, um den Abzug zu betätigen und die Geisel zu töten. Dadurch konnte kein Scharfschütze den finalen Rettungsschuss anwenden, zuerst feuern und später Fragen stellen, denn die Geisel kam dabei mit hundertprozentiger Sicherheit zu Tode. Die Technik garantierte, dass der Geiselnehmer Gehör erhielt, denn andernfalls erfolgte die gegenseitige Vernichtung.

Von draußen kam ein weiteres leises Geräusch.

Ackerman hatte Fitz geraten, nicht ohne vorherige Ankündigung in der Tür zu erscheinen und auf dem Weg auf Heimlichkeit zu verzichten. Er nahm an, dass es seine Annäherung war, die nun zu hören war, aber die Geräusche hätten auch von einem kleinen Tier stammen oder eine andere natürliche Ursache haben können, und Babyface schien sie darum zu ignorieren.

Der Franzose wandte sich wieder an Annabelle. »Ich weiß, dass du glaubst, du wärst ach so besonders. Das ist typisch für schöne Menschen wie dich. Aber du solltest wissen, ich habe bereits die Anweisung erhalten, dass ich dich zwar noch nicht anrühren darf, aber sobald die Männer, auf die wir warten, tot sind, kann ich mit dir machen, was auch immer ich will, *mon fillette*.«

Annabelle kniff die Augen noch mehr zusammen und knurrte tief in der Kehle, um zu zeigen, was sie von dem Gedanken hielt.

Fitz war es, der neben der Tür seine Gegenwart bekanntgab. »Alles ganz cool. Ich komme rein, um mit Ihnen zu reden, genau wie Sie es wollten.«

»Ich habe auf dich gewartet«, sagte Babyface. »Du darfst eintreten.«

Fitz bog um die Ecke und schlenderte in selbstbewusster Pose in den Raum. Die verchromte Desert Eagle hatte er vorn in seine Blue Jeans geschoben. Sein weißes Achselshirt betonte seine Arme, die aussahen, als müssten sie brechen wie Zweige, sollte er versuchen, die schwere Pistole aus dem Hosenbund zu ziehen. Ackerman wusste jedoch, dass der äußere Anschein trügen konnte und Menschen, die klein und schwach erschienen, viel stärker sein konnten, als man glaubte, besonders, wenn sie Impuls und Hebelwirkung einzusetzen wussten.

Fitz sah Annabelle an und zeigte mit dem Finger wie mit einer Pistole auf sie. »Keine Sorge, Schatz, gleich liegst du sicher in den Armen deines geliebten Fitzy-Witzy.« Er wandte sich Babyface zu und breitete die Hände aus. »Du wolltest reden, also reden wir.«

Babyface klang verärgert. »Was suchst du hier? Ich warte auf das Ziel.«

Fitz trat einen Schritt näher. »Ich weiß, du hast mit einem viel schlechter aussehenden Mann gerechnet, aber stattdessen bekommst du mich. Jackson Fitz. Stuntman, Rennfahrer, gelegentlich Roadie, Callboy und beinharter Kerl.«

Babyface lachte leise. »Was zum Teufel suchst du hier?«

»Ich bin, wo ich gebraucht werde«, entgegnete Fitz. »Ich bin wie das A-Team oder MacGyver.«

Babyface schüttelte den Kopf. »Ich verstehe diese Anspielungen nicht, aber das spielt keine Rolle. Verschwinde und geh zu deinem Freund und sag ihm, er muss schon selbst kommen und mit mir reden. Und erzähl ihm hiervon.«

Er wies auf die ausgeklügelte Totmannfalle, die er gebaut hatte. »Wenn dieser Stuhl sich bewegt, auch nur ein kleines bisschen, ist sie tot. Jetzt renn los, kleines Hundi, und sag deinem Herrchen, was du gesehen hast.«

»Ich bin mein eigener Herr«, entgegnete Fitz. »Hier ist sonst niemand. Die Frau, die du da festgebunden hast, ist die Liebe meines Lebens, und ich bin gekommen, um sie zu retten.«

Ackerman musste ein Lachen unterdrücken, als er in Annabelles Gesicht blickte. Ihre Augen zeigten erst Entsetzen und dann Widerwillen, und sie versuchte nicht, es zu verbergen.

Fitz sah ihre Reaktion offenbar ebenfalls. »Siehst du?«, fragte er Babyface. »Ich muss ihr noch viel beweisen, aber ich glaube, sie aus deinen Klauen zu befreien bringt mich da ein großes Stück weiter.«

Zur Antwort ergriff Babyface eine schwarze Pistole von

Heckler & Koch, die offenbar versteckt unter dem Tisch montiert gewesen war. Er richtete sie auf Fitz und sagte: »Sag mir, wo dein Anführer, Monsieur X, jetzt ist, oder du kannst deinen beeindruckenden Lebenslauf ergänzen um ›verstorbener Idiot‹.«

80

Die dicken Balken, auf denen das Dach der Mädchenhütte ruhte, lagen rund zwei Meter auseinander, aber zwischen ihnen verliefen Stützstreben, die Ackerman nutzte, um das Gleichgewicht zu halten. Die einzige Lichtquelle im Innern des Blockhauses war eine kleine, batteriebetriebene Laterne, die vor Babyface auf dem Tisch stand. Wo Ackerman sich nun befand, noch hinter dem Söldner und von Schatten verdeckt, war er recht gut getarnt, aber sobald er den nächsten Schritt tat, gelangte er genau über Annabelle, und Babyface würde ihn vermutlich aus dem Augenwinkel entdecken. Wenn er seinen Zug machte, musste er schnell und entschlossen handeln.

Babyface streifte die überdimensionierte chromglänzende Pistole in Fitz' Hosenbund mit einem Blick. »Kompensierst du etwas? Wirf die Knarre Richtung Wand. Nur mit zwei Fingern anfassen. Langsam.«

Fitz, der die Hände gehoben und den Kopf ehrerbietig gesenkt hatte, bewegte sich wie ein Faultier, als er die Waffe zwischen Daumen und Zeigefinger nahm, herauszog und auf die Seite warf. »Nur die Ruhe, Bro«, sagte er. »Ich bin bloß zum Reden hier.«

»Dann rede. Wo ist dein Anführer? Der Kerl vom FBI? Ich werde nicht dafür bezahlt, dich zu töten, aber vielleicht tue ich es gratis, wenn du mir nicht genau sagst, was ich wissen will.«

Wie eine Spinne, die beobachtete, wie im Raum unter ihr die Fliegen summten, überlegte Ackerman, wie er am besten vorging. Von Babyfaces Stuhl verliefen mehrere dünne Drähte zu der abgesägten doppelläufigen Flinte, die auf Annabelles Gesicht zielte. Er bezweifelte kaum, dass sein Messer scharf genug war, um die Drähte zu durchtrennen. Das Problem bestand nur darin, dass in dem Moment, in dem sie zerschnitten wurden, die Klinge einen gewissen Druck ausübte und somit ein wenig an den Drähten zog. Ackerman ließ der Verdacht nicht los, dass die Kraft ausreichen könnte, um den Abzug zu betätigen. Unter normalen Umständen hätte er die Möglichkeit von der Hand gewiesen, aber angesichts der Natur von Demons Spiel war es durchaus denkbar, dass der Abzug der Flinte manipuliert war, um schon beim winzigsten Ruck auszulösen. Ackerman entschied, dass die Vorrichtung sich am einfachsten neutralisieren ließe, indem er die Drahtschlingen vom Abzug hob. Er stellte sich das Manöver vor seinem geistigen Auge vor. Er müsste zum nächsten Tragbalken vortreten, hinuntergreifen, einen Draht nach dem anderen fassen und ihn vorsichtig vom Abzug streifen.

»Hör zu«, sagte Fitz, »ich weiß nicht, wo der Bossman ist. Ich bin sein Stellvertreter, dem er am meisten vertraut, deshalb hat er mich vorgeschickt, um die Lage zu sondieren. Er befasst sich gerade mit einer anderen Geisel, weil die kleine Lady hier ihm nicht so besonders wichtig ist. Ich meine, mittlerweile weiß ja jeder, was Triage bedeutet, und so gesehen rettet man zuerst die Nicht-Mörder und unschuldigen Leute, nicht die Psychos. Ist nicht bös gemeint, Annabelle.«

Annabelle rollte mit den Augen. Babyface wandte nicht

den Kopf, um sie anzusehen, was ein gutes Zeichen war. Der Söldner war abgelenkt, ganz wie Ackerman es geplant hatte. Der Franzose konzentrierte sich auf Fitz. Ackerman konnte es verstehen. Ein wenig schlug ihn die Idiotie des Hinterwäldlers ebenfalls in den Bann.

Das Problem, das Ackerman bei seinem Plan entdeckt hatte, war, dass er extrem exponiert wäre, wenn er sich herunterstreckte, um die Drähte vom Abzug zu streifen. Eingedenk dessen zückte er das Bowiemesser und klemmte sich wie ein Pirat in einem alten Film die Klinge mit der stumpfen Seite nach innen fest zwischen die Zähne. Auf diese Weise konnte er, sobald die Flinte Annabelle nicht mehr bedrohte, auf den Boden springen und Babyface angreifen.

»Wenn Monsieur X ohnehin bald hierherkommt, warum sollte ich dich dann am Leben lassen?«, fragte der Franzose.

Fitz zuckte mit den Schultern. »Ich weiß, dass euch allen befohlen wurde, uns nichts zu tun, bevor er da ist. Gute Soldaten befolgen ihre Befehle. Gute Soldaten werden bezahlt.«

Babyface trat sanft gegen den anderen Stuhl am Tisch. »Setz dich, bis Monsieur X eintrifft.«

Den Kopf noch immer gesenkt trat Fitz vor und ließ sich auf den Platz Babyface gegenüber fallen. »Was ist das mit deiner Maske?«, fragte er. »Ich meine, sie ist gruselig und so, aber die anderen tragen alle so typische Dämonenmasken. Deine passt nicht ganz ins Schema.«

Babyface neigte den maskierten Kopf. »Woher willst du wissen, wie Dämonen aussehen? Vielleicht sehen sie ja doch so aus wie ich.«

Fitz runzelte die Stirn, aber dann wies er auf den Tisch zwischen ihnen. »Was ist das denn alles?«

Ackerman konnte nun erkennen, was auf dem Tisch lag. Alles, was für Three-card Monte nötig war: drei Spielkarten mit dem Bild nach unten, jede in der Mitte der Länge nach angeknickt, damit sie leicht aufzunehmen und zu verschieben war. Bei dem Spiel handelte es sich um einen verbreiteten Straßenbetrug, bei dem Abzocker ihre Opfer glauben machten, dass sie ein bestimmtes Bild wiederfinden könnten, nachdem die drei Karten vertauscht worden waren. Ackerman wusste, dass der Trick daran die Art war, wie der Abzocker die Karten berührte und verschob. Richtig ausgeführt, bewegte der Betrüger eine andere Karte als die, die von den Augen des Opfers wahrgenommen wurde.

»Ein einfaches Spiel, aber mit ernsten Konsequenzen«, sagte Babyface. »Hast du es je gespielt?«

Fitz strich sich grinsend den bleistiftdünnen Schnurrbart. »Wie wär's, wenn ich es mache, und wenn du die Königin nicht finden kannst, dann lässt du Mademoiselle Annabelle gehen.«

81

Babyface beugte den Ellbogen und setzte die Handfläche auf die Tischplatte, während er mit der H&K in der anderen Hand unbeirrt auf Fitz zielte. »Nur zu, Kleiner. Zeig mir, was du draufhast.«

Ackerman erkannte den idealen Augenblick, um seinen Zug zu machen, während Babyface davon abgelenkt war, dass Fitz die Karten hin und her schob. Three-card Monte gehörte nicht zum Plan, und er fragte sich kurz, wo Fitz das Spiel gelernt hatte. Vermutlich wäre seine Erklärung wieder sehr bodenständig, etwa, dass sein Großvater es ihm beigebracht hatte, um zum Spaß zu spielen und die anderen Kinder zu beeindrucken. Wie dem auch sei, da Ackerman die Spielmechanik kannte, wusste er, dass Babyface die Bewegungen der Karten genau im Auge behalten musste. Sein Blick wäre auf Fitz' Hände fixiert, und er konnte nicht auf das achten, was am Rand seines Sichtfelds vorging.

Wie ein echter Showman zeigte Fitz nacheinander die Karten vor und sagte die üblichen Sprüche »Verfolg einfach die Lady« und »Lady Luck möge dir gewogen sein«. Er legte die Karten nebeneinander aus und vertauschte sie. Er bewegte sich demonstrativ langsam, damit jeder in der Lage wäre, die Karten zu verfolgen. Ackerman wusste freilich, dass das zum Trick gehörte, und wenn es ernst wurde, würde Fitz mit einer winzigen Bewegung seiner Hände jedes Mal zwei Karten gleichzeitig ergreifen und eine andere bewegen. Zwar sah es so aus, als würden die Karten auf eine bestimmte Weise verschoben, aber richtig ausgeführt wusste am Ende der Geber als Einziger, wo die Dame war.

In der Hoffnung, dass der letzte Dachbalken nicht knarren würde, trat Ackerman vor und suchte Halt an einer Stützstrebe. Das Holz ächzte leise, aber es genügte nicht, um Aufmerksamkeit zu erregen. Ackerman ließ sich auf ein Knie sinken, setzte sich rittlings auf den Balken und lehnte sich so weit vor, wie er konnte. Die Klinge des Bowiemessers noch immer zwischen den Zähnen, griff er nach der Flinte.

Sie war jedoch ein wenig zu weit entfernt, als dass er sie sicher ergreifen konnte. Er hielt sich mit dem linken Arm fest, verlagerte sich und versuchte es noch einmal.

Seine Hand war nur noch Zentimeter von dem Abzug entfernt, als Fitz aufhörte, die Karten zu vertauschen.

Babyface lachte. »Deine Technik ist schon ziemlich gut, mein Junge, aber deine Knöchel bewegen sich leicht, wenn du die Dame bewegst.« Er streckte die Hand vor und drehte eine Karte, um zu offenbaren, dass Fitz besiegt war.

Babyface stieß ein gedämpftes Kichern aus, erstarrte aber, als hätte er etwas wahrgenommen. Er drehte sich zu Annabelle um.

Ackerman begriff, dass er es nicht schaffen würde. Ihm blieb keine Zeit, die gespannten Drähte vom Abzug zu streifen. Stattdessen ließ er das Bowiemesser fallen.

Babyface war noch in der Drehung, als Ackerman das fallende Messer mit der rechten Hand auffing und damit nach der Flinte stieß.

Sein Gegner hatte ihn nun auf jeden Fall gesehen, und wie von Ackerman erwartet bestand Babyfaces erste Reaktion darin, den Stuhl zur Seite zu stoßen und dadurch die Flinte abzufeuern.

Ackerman drückte die Klinge an die Stelle, wo die Hähne auf die Zündhütchen schlagen würden. Die Schneide biss in den hölzernen Schaft, als die beiden Hähne mit metallischem Klicken auf den Stahl der Klinge trafen, ein Aufschlag, der normalerweise die Treibladung in den Schrotpatronen gezündet und Annabelle mit dem Inhalt beider Läufe das Gesicht zerfetzt hätte.

Der fixierte Kopf der jungen Frau zitterte. Sie kniff die Augen zuerst zu und riss sie dann erstaunt auf, als die Hähne auftrafen, der Knall aber ausblieb.

Da seine Falle entschärft war, hob Babyface die Pistole und richtete die H&K in einer sauberen Bogenbewegung auf Ackerman, der keine Möglichkeit hatte, der Kugel aus dem Weg zu gehen. Er hing aus dem Gebälk, ohne jede Deckung. Er konnte sich nach vorn werfen und hoffen, dass sein Impuls ihn aus der Bahn der ersten Schüsse trug, aber am Boden gab es keine Deckung, und Babyface könnte erneut zielen und ihn töten. Und an den nächsten Stützpfeiler, hinter dem er Schutz suchen konnte, war Annabelle gebunden.

Ohne Nachdenken reagierte er, schwang das Bein über

die andere Seite des Balkens und ließ sich von seiner Körpermasse hinunterziehen; so hoffte er wenigstens dem ersten Schuss zu entgehen. Vielleicht konnte er sich dann zu Boden schwingen und auf seinen Widersacher zurollen.

Rasch wurde ihm jedoch klar, dass Babyface dieses Manöver vorhergesehen hatte und bereits auf die Stelle zielte, auf die Ackerman nun niederfiel.

Als Ackerman sah, wie Babyfaces Arm auf ihn einschwang, wusste er, dass ihm nichts anderes übrig blieb, als die Kugeln zu kassieren und zu hoffen, dass sie nichts Lebenswichtiges trafen.

Babyface hatte seine Fallbahn perfekt vorhergesehen und benutzte den passenden Vorhalt. Er würde sein Ziel treffen.

Der Finger des Mannes wechselte vom Abzugsbügel zum Abzug.

Ackerman bedeckte sein Gesicht mit den Armen.

Er sah, wie Muskeln sich spannten und der Abzug dreimal rasch hintereinander gedrückt wurde.

Drei Schüsse knallten.

Ackerman spürte die Einschläge in seinem Unterleib.

Eins, zwei, drei, wie Hammerschläge.

82

Nadia überraschte ein wenig, wie Semenov seine Karten ausspielte. Sie stand auf, als er wieder in sein Büro kam, und schalt sich, dass sie vermutlich etwas zu beflissen und vielleicht auch schuldbewusst wirkte. Doch Semenov lächelte sie an und sagte, er habe die Genehmigung erhalten, ihnen alles zu zeigen, was sie sehen wollten, und fügte hinzu, dass die Universität bereitwillig mit den Ermittlungsbehörden kooperiere.

Zuerst erschien diese Entwicklung seltsam, aber sie begriff rasch, dass es durchaus sinnvoll war, scheinbar nachzugeben, um sie in einen Hinterhalt zu locken.

Semenov wies auf den Korridor. »Wir haben zwei Golfwagen mit Vierradantrieb bestellt, die uns fahren werden. Und ich habe einige Freunde gerufen, die die Wagen lenken und uns herumführen. Ich bin nämlich mit dem Teil des Geländes gar nicht so vertraut.«

Toll, dachte Nadia. Verstärkung. Damit er uns besser fangen kann.

Sie hatten keinen Grund, Semenovs großzügiges Angebot zurückzuweisen, denn es entsprach genau ihrem Wunsch. Trotzdem musste Nadia den Drang niederkämpfen, den Mann auf der Stelle zu tasern, um ihn zu verhören, nachdem sie seine Verstärkung ausgeschaltet hatten. Sie nahm an, dass Ackerman es so gemacht hätte. Sie war aber nicht Ackerman. Sie vertrat das Federal Bureau of Investigation, und das Bureau lief nicht herum und attackierte Bürger aufgrund von Ahnungen und Bauchgefühl.

Als sie hinausgingen, blickte Nadia auf ihr Handy, aber sie hatte noch immer keinen Empfang. Sie sah Nakamura an, und die kleine Asiatin schüttelte den Kopf. Nadia wandte sich an Semenov: »Könnte ich Ihr Festnetztelefon benutzen, bevor wir gehen? Der Handyempfang scheint hier schlecht zu sein.«

»Wo Sie es sagen, es gibt ein Problem mit allen Telefonen in der Gegend, nicht nur den Mobilgeräten. Ich bin mir nicht sicher, was da los ist.«

Nadia lächelte und sagte »Seltsam«, während sie gegen

den Drang ankämpfte, ihre Waffe zu ziehen und sich den Weg zum Auto freizuschießen.

Zehn Minuten später sausten sie zwischen den Ruinen der aufgelassenen psychiatrischen Anstalt umher. Sie war zu einer Zeit geschlossen worden, als die Medikamente besser wurden und die Ärzte entschieden, dass es besser sei, mental gestörte Menschen in die Gesellschaft zu integrieren, statt sie in Gebäuden wie diesen wegzusperren. Die Ergebnisse waren durchwachsen gewesen und hatten zu einem gewaltigen Anschwellen der Obdachlosenzahlen geführt. Nadia wusste, dass einigen Menschen nur zu helfen war, indem man sie rund um die Uhr betreute, aber leider konnten sich Organisationen, die solche Hilfe leisteten, heutzutage so gut wie gar nicht mehr finanzieren. Sie vermutete, dass die Einrichtungen vor allem deshalb geschlossen worden waren, weil man dann die frei werdenden Mittel für etwas Prestigeträchtigeres verwenden konnte, als Nichtwählern zu helfen.

Die Golfwagen hatten vier Sitze in zwei Reihen. Nadia und Marcus fuhren auf den hinteren Plätzen des Führungsfahrzeugs, während ein muskulöser Mann in einer Jacke des Wachdienstes lenkte und Semenov auf dem Beifahrersitz saß. Nadia war froh, dass sie sich warm angezogen hatte. Die Januarkälte in dieser Gegend biss in die Haut.

Unterwegs löcherte Marcus den Chef des Wachdienstes über das Bauprojekt und fragte aus irgendeinem Grund nach den größten offenen Innenräumen auf dem Gelände. Semenov erwähnte eine alte Kapelle mit sieben Buntglasfenstern und eine voll ausgestattete Turnhalle, die vom örtlichen Footballteam fürs Gewichtheben und Sommertrainingscamp benutzt wurde.

Viele Minuten waren sie zwischen den verwitterten Gebäuden entlanggefahren und hatten sich weit vom College entfernt, als sie zwischen einem kleineren Gebäude und einem größeren Bauwerk mit mehreren Flügeln hielten. Sie stiegen aus, und an einer Engstelle traten zu beiden Seiten Männer mit Sturmgewehren aus den Gebäuden. Um die Ecke des Gebäudes kamen zwei Männer mit Flammenwerfern, und zwischen ihnen stand ein widerwärtiger Kerl, den Nadia als Demons zweiten Mann erkannte, Oban Nassar.

Sie waren geradewegs in eine Falle gelaufen, aber Nadia war dankbar, dass sie für eine Situation wie diese wenigstens Vorbereitungen getroffen hatten. Der SWAT-Teamführer würde bald anrufen. Sollte er sie nicht erreichen können, würde die US-Strafverfolgung mit aller Macht gegen diesen Ort vorgehen.

Die beiden Männer mit den Flammenwerfern machten eine dramatische Schau, indem sie eine Feuerlinie vor sich sprühten, dann trat Nassar auf sie zu.

»Wie schön, Sie wiederzusehen, Mr. Williams, Agent Shirazi«, sagte er. »Und ich freue mich, Sie kennenzulernen, Detective Nakamura. Ich entschuldige mich für die dramatische Darbietung, aber Sie alle wissen, wie ungestüm Mr. Williams sein kann, daher hielt ich eine Machtdemonstration für angebracht. Ich wollte nicht, dass jemand von Ihnen eine Dummheit versucht und noch zu Tode kommt. Oder zumindest nicht unbequemerweise zu Tode kommt, ohne dass es den Zielen meines Arbeitgebers nützt.«

Marcus entgegnete: »Ich bin ein ziemlich unbequemer Typ. Ist mein Bruder hier?«

»Glücklicherweise nicht, aber er wird bald zu uns stoßen. Es sei denn natürlich, Chamäleon tötet ihn zuvor. Ihr Bruder glaubt zu wissen, was bevorsteht, aber er hat wirklich keine Ahnung.«

83

Als die drei Kugeln Ackerman in den Unterleib trafen, trieben sie ihm sämtliche Luft aus der Lunge. Er fühlte sich wie ein Sandsack, auf den ein Schwergewichtschampion eindrosch, aber weil seine Lederjacke zum Glück mehr war als nur ein sentimentales Geschenk, spürte er keine Austrittswunden auf der Rückseite seines Körpers. Die Projektile, bei denen es sich vermutlich um Neunmillimetergeschosse handelte, hatten ihn mittig getroffen, und obwohl die Lederjacke sie daran gehindert hatte, in ihn einzudringen, ließ sich an der kinetischen Energie nichts ändern.

Zu seinem Glück hatte Ackerman schon vor Monaten Einlagen aus Aramidlaminat – mit der Einstufung IIIA, sodass sie eine .44-Magnum-Kugel aufhalten konnten – ins Futter seiner Jacke einarbeiten lassen. Die Einlagen schützten auch gegen Stiche und Schnitte, und das war oft sehr praktisch.

Während Ackerman an den ersten Treffern nicht starb, wäre ein Schuss in den Kopf selbstverständlich genauso wirksam gewesen wie immer. Er konnte also nicht einfach herumliegen, auch wenn seine Rippen sich anfühlten, als wäre gerade eine Herde durchgehender Hengste über ihn hinweggaloppiert.

Als er sich aufrappelte, belohnte ihn der Anblick der Pistole, die noch immer auf ihn gerichtet war. Diesmal zielte Babyface höher; er versuchte einen Kopfschuss.

In diesem Moment erwachte hinter Babyface ein gewaltiger schwarzer Umriss zum Leben, der aussah wie riesige Fledermausflügel. Fitz hatte den Tisch samt schwarzem Tischtuch auf die Kante gestellt und nach vorn gestoßen. Als er Babyface im Rücken traf, feuerte der eine ungezielte Kugel ab, stürzte nach vorn, und die Pistole klapperte über den Boden.

Fitz war zu seiner Rettung gekommen. In diesem Szenario war die Ablenkung doppelt gewesen. Fitz hatte Babyface lange genug abgelenkt, damit Ackerman die Flinte unschädlich machen konnte, und als Babyface sich umwandte, um auf Ackermans Kommen zu reagieren, hatte er Fitz völlig vergessen.

Ackerman bekam noch immer keine Luft, aber er musste sich die Gelegenheit zunutze machen, Atem in der Lunge hin oder her. Er rollte sich dreimal herum, während es in seiner Brust brannte und sein Gehirn pochte, weil beide um Sauerstoff bettelten. Bei der dritten Umdrehung landete er auf Babyface und versuchte, dem Söldner die Arme um den Hals zu schlingen, aber sein Gegner war stärker als erwartet und offensichtlich in Kampfsportarten geübt.

Der Franzose reagierte perfekt, wehrte Ackerman ab und schuf Abstand, indem er sich wie ein anmutiges, aber wildes Tier abrollte und aufrichtete.

In diesem Moment hätte Fitz sich auf die Pistole stürzen sollen, die er vorhin weggeworfen hatte. Stattdessen hob er die Schultern, stieß einen urtümlichen Kriegsschrei aus und stürmte auf Babyface zu. Der Franzose trat Fitz in den Magen, lenkte seinen Impuls um und warf ihn sich über die Schulter. Gerade wollte er Fitz mit der Ferse den Schädel eintreten, als Ackerman auf ihn zuhechtete, den Franzosen von den Füßen riss, gegen die Wand trieb und ihn zweimal in die Seite schlug.

Aber seine Attacke war nur halb so stark wie das, was er normalerweise in einen Kampf eingebracht hätte: Er hatte noch keine Gelegenheit gefunden, zu Atem zu kommen. Nur durch Stoßatmung verhinderte er, dass er das Bewusstsein verlor.

Fitz kroch neben Annabelle, während Ackerman und Babyface Hiebe austauschten. Nach mehreren Ellbogenstößen wich Ackerman zurück und versuchte, endlich genügend Luft in die Lunge zu saugen, gleichzeitig aber selbstsicher und unbesiegbar zu erscheinen.

»Ich weiß, dass ich dich mit wenigstens einem Schuss getroffen habe«, sagte Babyface. »Hast du unter deiner Jacke eine kugelsichere Weste an?«

Ackerman grinste. »Nein, ich selbst bin kugelfest.«

Babyface bedachte ihn mit einem französischen Schimpfwort.

»Aber es stimmt«, behauptete Ackerman. »Ich bin weniger als ein Gott, doch mehr als ein Mensch, so wie Herkules oder Babe Ruth.«

Babyface riss sich die Maske herunter und warf sie auf den Boden. Seine Wangen bedeckte ein löchriger Bart. Er war an den Schläfen grau und hatte lange, zu einem Pferdeschwanz zurückgebundene Haare. Sein Gesicht war kantig, die steinerne Miene wirkte genauso ernst. »Finden wir es heraus«, sagte er.

Ackerman rang noch immer um Luft und hoffte, dass ihm die Kugeln nicht die Rippen gebrochen oder einen Lungenflügel zum Kollabieren gebracht hatten. Trotzdem war er noch recht zuversichtlich, dass er Babyface ohne Mühe überwältigen konnte. Er musste einfach nur etwas brutaler vorgehen als gewöhnlich.

Als der Franzose sich auf ihn stürzte, wehrte Ackerman zwei Schläge ab, duckte sich unter einem dritten hindurch und traf Babyface in den Schritt. Ackerman legte nach mit einem Ellbogenstoß gegen die Innenseite des Knies, wodurch sein Gegner nach vorn stolperte.

Babyface krümmte sich zusammen, und Ackerman traf ihn mit dem anderen Ellbogen aufwärts gegen die Nase, was ihn gegen die Wand zurückwarf.

Zu Ackermans Überraschung spuckte der Franzose Blut auf den Boden, kreiste den Kopf und sagte etwas, das Ackerman für die französische Entsprechung von »Nicht schlecht« hielt.

Ackerman hatte erwartet, dass seine Schläge Babyface zumindest benommen machten, wenn nicht bewusstlos, aber entweder steckte nicht so viel Kraft hinter seinen Hieben wie sonst, oder Babyface war ein überraschend ausdauernder Gegner.

»Jetzt bin ich dran«, sagte er. Er nahm eine Haltung ein, die Ackerman als Jiu-Jitsu-Ausgangsstellung erkannte, und er sah, wie die Muskeln des Franzosen sich regten und spannten wie eine Kobra kurz vor dem Zuschlagen.

Da zerbarst Babyfaces Kopf in einer Fontäne aus roter Flüssigkeit, die an die Rückwand des Mädchenschlafsaals platschte.

Ackerman spürte das warme Blut in seinem Gesicht. Er blinzelte dreimal, bevor er sich umdrehte. Annabelle hielt die Desert Eagle mit beiden Händen im Anschlag. Als Fitz weggehuscht war, hatte er nicht nach einer der Waffen gesucht, sondern Annabelle befreit, und sie hatte Rache genommen, indem sie Babyface mit einem 12,7-Millimeter-Geschoss den Schädel wegpustete.

Sie suchte Ackermans Blick. »Die vergangene halbe Stunde hat er mir in allen Einzelheiten geschildert, was er mit mir machen wollte. Wenn er auch nur eins davon einer Frau angetan haben sollte, hat er eine Kugel in den Kopf verdient.«

Ackerman wischte sich Blut ab, damit es ihm nicht in die Augen lief. »Ich habe nie das Gegenteil behauptet. Ich habe nur überlegt, dass sich so wie ich gerade die anderen Leute fühlen müssen, wenn ich etwas Impulsives und Ignorantes tue.«

»Ich sagte, er hat es verdient.«

»Und Sie glauben, Sie sind qualifiziert, das zu beurteilen? Wenn er es verdient hat, verdiene ich es genauso. Warum töten Sie mich nicht auch?«

Sie ließ die kolossale Waffe sinken, die in ihren Händen einer Kanone glich. »Weil ich eine Löwin bin. Raubtiere töten nur, wenn sie hungrig sind, und ich habe gerade gefressen. Wenn wir mit den philosophischen Gesprächen also fertig wären, nehme ich Ihr Messer da drüben und schneide dem Kerl den Schlüssel meiner Sprengstoffweste aus dem Wanst. Haben Sie damit ein Problem, Lawman?«

Ackerman kniff die Augen zusammen, aber er sagte: »In diesem Moment habe ich damit kein Problem, nein. Aber vorher müssen Sie etwas aus mir herausschneiden.«

84

Auf gepflasterten Wegen, vom Unkraut überwuchert, bogen sie um das große leer stehende Gebäude. Nassar schob Marcus' Rollstuhl persönlich, auf eine grobe Art. Bei jedem Buckel, den sie überfuhren, durchfuhr Marcus ein Schmerz. Dass Nassar mit Absicht so rücksichtslos war, stand außer Frage.

Waffen und Handys hatten die Söldner ihnen bereits abgenommen, und jetzt wurden sie abgeführt wie Vieh zur Schlachtbank.

Ein Kamin aus schmutzigem Beton ragte vor ihnen zum Himmel auf und schien ihr Ziel zu sein.

»Wir müssen uns nur noch um eine Sache kümmern«, sagte Nassar, »bevor wir Sie exekutieren. Sie müssen anrufen, wen immer Sie anrufen müssen, und sie informieren, dass Sie sich entschieden haben, noch ein wenig länger hierzubleiben. Vielleicht wollen Sie Mr. Semenov observieren. Oder was Sie sonst sagen müssen. Wir wollen nicht, dass einer Ihrer Freunde glaubt, Sie könnten irgendwie in Gefahr schweben. Dann würden sie nur herkommen und den Tod finden. Zum Beispiel liegen meine Männer zurzeit in Stellung, um Ihr SWAT-Team mit einer Salve aus raketengetriebenen Granaten zu belegen.«

Sie erreichten eine Stelle neben dem Kamin, wo mehrere übergroße Türen aus Stahl in die Gebäudeseite eingesetzt waren. Nassar drehte Marcus um, sodass er seine Kolleginnen ansah, und machte einen Schritt zurück, damit sie sich ansehen konnten, während sie sprachen.

»Entweder werden Sie die Leute los, oder wir tun es. Wer soll den Anruf tätigen?«

Marcus bemerkte, dass Nadia das Wort ergreifen wollte, und antwortete rasch: »Warum sollten wir jemanden anrufen? Sie haben uns doch gesagt, wir sind so gut wie tot. Wieso sollten wir es Ihnen leicht machen?«

Als Antwort zog Nassar eine schwarze H&K-Pistole aus dem Holster an seiner Brust, packte Semenov beim Schlips, zerrte ihn zu sich und setzte ihm die Mündung auf die Stirn.

Schluchzend und keuchend stieß Semenov hervor: »Bitte tun Sie, was immer sie verlangen. Diese Leute verstehen keinen Spaß. Sie haben meine kleine Tochter, und um mir zu zeigen, dass sie es ernst meinen, haben sie ihr den kleinen Finger abgeschnitten. Sie haben meinem Baby den kleinen Finger abgehackt!«

Nassar sah ihm tief in die Augen. »Ja, und wenn Mr. Williams, Agent Shirazi und ihre Freundin vom NYPD nicht genau das tun, was ich sage, jage ich ihrem Daddy eine Kugel durch den Kopf. Und falls sie danach noch nicht kapiert haben, suche ich mir irgendwelche Collegestudenten, schleppe sie hierher und mache mit ihnen das Gleiche, bis ich genau das bekomme, was ich will.«

Marcus zermarterte sich das Hirn nach irgendeiner Lösung. Einem Trick, um zu fliehen oder Nassar zu übertölpeln. Aber ihm fiel nichts ein. Sie konnten nichts tun.

Bevor er antworten konnte, sagte Nadia: »Es ist nicht nötig, jemanden zu verletzen. Wir tun, was Sie wollen. Wir sorgen dafür, dass niemand uns vermisst.«

85

Als Ackerman zur Vorbereitung auf den Eingriff den Spieltisch wieder aufstellte, fragte Fitz: »Wie zur Hölle haben Sie diese Schüsse überstanden, Boss?«

In völlig ernstem Ton entgegnete Ackerman: »Wie ich schon gesagt habe, ich bin kugelfest.«

Annabelle rollte mit den Augen. »Mensch, Fitz, er hat doch ganz klar irgendwelche kugelfesten Einlagen in seiner Lederjacke.«

Ackerman zog die Jacke aus und breitete sie über einen Stuhl. »Eine Sonderanfertigung, die ich von einer Firma namens Bulletproof Everyone durchführen ließ. Sie ist auf Alltagskleidung spezialisiert, die Stichwaffen und Geschossen

Widerstand leistet. Alles von Polohemden bis zu Businessanzügen, aber eine Lederjacke eignet sich ideal, um die Einlagen zu kaschieren.«

Bert kam in das Blockhaus. Als er die kopflose Leiche ihres Gegners sah, bekreuzigte er sich.

Ackerman zog das langärmelige schwarze T-Shirt aus und hörte, wie zwei der anderen drei Personen im Raum keuchten. Seine Haut war eine Chronik von Schmerz und Leid. Sein Vater hatte ihm auf beinahe jede erdenkliche Weise und mit jeder erdenklichen Methodik wehgetan. Das blanke Fleisch an Ackermans Oberkörper und anderen Leibespartien, die leicht bedeckt werden konnten, hatte er als leere Leinwand betrachtet, als wäre er ein Tattoo-Künstler mit einem unbegrenzten Tintenvorrat. Ackerman trug die Narben schwerer Verbrennungen, Abschürfungen, Messerstiche, Schussverletzungen und allem anderen, was einem Menschen widerfahren konnte.

Er verhielt sich, als gäbe es nichts zu sehen.

Nachdem er Annabelle das Bowiemesser gereicht hatte, legte er sich auf den Tisch. »Tasten Sie zwischen meinen Schulterblättern«, sagte er, »bis Sie unter der Haut einen harten, scheibenförmigen Fremdkörper finden. Er liegt unweit einer Schnittwunde, die vielleicht, vielleicht aber auch nicht der Eintrittspunkt war. Möglicherweise können Sie sie wieder öffnen und das Scheibchen hinausschieben.«

»Was zum Teufel soll das denn?«, fragte sie. »Sind Sie von Aliens entführt worden, oder was?«

»Das ist ein Geschenk unseres böswilligen Wohltäters Demon. Eine Möglichkeit, mich zu lenken und zu verwirren, aber ich bin es leid, mich an seine Regeln zu halten. Es wird Zeit für ein neues Spiel.«

Er legte sich flach auf den Bauch, und Annabelle machte sich auf die Suche nach der Scheibe. Innerhalb weniger Augenblicke hatte sie den Gegenstand gefunden und begann, daran zu schneiden und zu drücken. Ackerman hörte gequälte unterdrückte Ausrufe von Fitz und Bert, aber Annabelle sagte kein Wort, und er selbst gab keinen Laut von sich.

Schreien würde er offensichtlich nicht, aber er musste an sich halten, um nicht vor Erregung oder Ekstase zu stöhnen, solange Annabelle in seinem Fleisch grub.

»Ich hab es«, rief sie, und er spürte selbst, wie der Fremdkörper unter seiner Haut hervorglitt. Sie warf das Scheibchen auf den Tisch. Ackerman richtete sich auf und reichte ihr das Klebeband aus seiner Jackentasche. »Helfen Sie mir, das um meinen Oberkörper zu wickeln und die Blutung zu stillen.«

Sie gehorchte, und er zog Shirt und Jacke wieder an.

»Was zum Teufel ist mit Ihnen passiert, Boss?«, fragte Fitz. »Haben Ihnen Ihre Eltern das angetan?«

»Mein Vater. Aber keine Sorge, ich habe ihm vergeben.«

Ackerman nahm das flache scheibenförmige Gerät und musterte es in der Hand. Kleine Schläuche mit Flüssigkeit, die mittlerweile halb geleert waren, konnte er erkennen. Aus der Scheibenform – erforderlich wegen der winzigen Spiralantenne – schloss er, dass es über Funksignale ausgelöst wurde.

Er ließ das teure Gerät auf den Fußboden fallen und zermalmte es unter seinem Absatz.

Als er damit fertig war, sagte Annabelle: »Apropos Vergebung, ich bin ein wenig gekränkt, dass Sie erst Fitz und dann Bert gerettet haben, bevor Sie zu mir kamen.«

Ackerman breitete die Arme aus. »Ich wusste, dass ich bei Ihnen eine Ablenkung brauchte, denn ich hatte das Gefühl, dass Demon Ihnen einen seiner besseren Leute zuteilen würde. Vor allem aber ist, wenn ich ganz ehrlich bin, Fitz der Einzige in dieser Gruppe, dem ich vertraue.«

Sie verzog vor Abscheu das Gesicht. »Ich kann ja verstehen, dass Sie sich auf mich nicht verlassen. Aber *Fitz?* Und was ist mit Jesse?«

Ackerman wechselte das Thema. »Mein Plan sieht vor, dass wir von jetzt an zusammenarbeiten.«

»Wie wär's«, sagte Annabelle, »wenn Sie mir Ihren Plan verraten? Sobald ich ihn kenne, sage ich Ihnen, ob wir zusammenarbeiten oder nicht.«

Ackerman trat von den anderen fort und bedeutete ihr, ihm in die Ecke des Schlafsaals zu folgen, wo sie außer Hörweite waren. Er beugte sich dort zu ihr vor, legte sich eine Hand über den Mund und flüsterte: »Ich habe eine Gruppe Söldner entdeckt, die uns folgen. Ich glaube, Demon plant, Sie alle am Ende der Episode zu töten. Ich habe einen Plan, aber Sie müssen widerspruchslos tun, was immer ich Ihnen sage.« Er stellte sich aufrecht und fragte: »Kann ich auf Sie zählen?«

Sie kniff die Augen zusammen und schien die möglichen Optionen zu kalkulieren und gegeneinander abzuwägen. Schließlich sagte sie: »Okay.«

Ackerman wandte sich den anderen zu und erhob die Stimme. »Nicky ist im Amphitheater, Isaiah in der Jungenhütte. Wir greifen beide Stellen massiert gemeinsam an, und dann weihe ich Sie in den restlichen Plan ein.«

»Was ist mit Jesse?«, fragte Fitz. »Ich dachte, er wäre der Nächste.«

Ackerman atmete langgezogen aus und blickte zu Boden. Schließlich antwortete er: »Jesse heben wir uns für zuletzt auf. Ich fürchte, dass er nicht der Mensch ist, für den Sie ihn halten. Er hat uns von Anfang an belogen. Ich sage es nicht gern. Jesse ist Demons Agent in unserer Mitte. Jesse Gibson ist Chamäleon.«

86

Demons Lakaien hatten ein weiteres mobiles Kommandozentrum errichtet, ein wenig kleiner als das in Arizona, aber ähnlich aufgebaut. Der Trailer war ebenfalls mit einem opulenten Beobachtungsbereich ausgestattet, in dem er bequem zusehen konnte, wie Ackerman seine neuesten Feuerproben ablegte. Dr. Dixon hatte sich ihm zu dem Abstecher nicht angeschlossen. Er befand sich in Upstate New York und bereitete das Finale der Serie vor.

Dorthin hatte Demon auch den Großteil seiner Leibwächter entsandt. Oban, der sich ebenfalls in New York befand, hatte darauf beharrt, dass Demon wenigstens die tüchtigsten und vertrauenswürdigsten Männer zurückbehalten sollte, wenn er sich schon mit keiner großen Streitmacht umgab. Nassar hatte ihm daher zwei Leibwächter zugeteilt, die ebenfalls ägyptische Baltagiya gewesen waren. Sie behaupteten, Brüder zu sein, sahen einander aber nicht im Geringsten ähnlich. Der eine, Sadiki, schien der Ältere zu sein und hatte einen langen grau melierten schwarzen Bart und einen Lockenkopf, während Asim soldatenhaft glatt rasiert war. Sie unterschieden sich auch in anderer Hinsicht – einer war untersetzt, einer dünn, und während sie von ähnlicher Körpergröße waren, wich ihr Knochenbau wild voneinander ab. Demon hätte sie niemals für Brüder gehalten. Asim sah zehn Jahre jünger aus als Sadiki, aber beide wirkten enorm tüchtig, und Oban – einer der wenigen Menschen auf der Welt, denen Demon vertraute – hatte sich nachdrücklich für sie verbürgt.

Trotzdem mochte Demon sie nicht.

Fast sein ganzes Leben lang hatte er mit schrecklichen

Menschen zu tun gehabt und schon vielen Männern in die Augen geblickt, die hart, gewissenlos, entschlossen, rebellisch oder geisteskrank gewesen waren. Bei Asim und Sadiki kam es ihm jedoch vor, als blicke er Puppen in die Augen. Ihr Blick war ohne Ausdruck oder Emotion, als seien sie Maschinen, die sich unter einer menschlichen Hülle verbargen. Er konnte sich vorstellen, wie die beiden abends in die gleiche Ladevorrichtung stapften und die stählerne Wand anstarrten, während sie aufgeladen wurden.

Die Ägypter verursachten Demon eine Gänsehaut, und das wollte einiges heißen. Allerdings bedeutete es auch, dass sie auf jeden Gegner einschüchternd wirkten, und wenn sie nur halb so viel konnten, wie Oban behauptete, sollten sie in der Lage sein, ihn sogar vor jemandem wie Ackerman zu beschützen. Besonders, wenn sie gut bewaffnet und gut vorbereitet waren.

Trotzdem hasste er die Art, wie sie ihm auf Schritt und Tritt folgten, immer bereit, ihn mit einer einzigen Bewegung in die Mitte zu nehmen und mit ihren Körpern abzuschirmen. Fast schien es, als wären sie programmiert, niemals eine vorgegebene Entfernung zu ihm zu überschreiten.

Er stand von der Couch auf und ging zur Tür des Trailers. Natürlich folgten ihm die ägyptischen Roboter rechts und links und meldeten über ihre Headsets, dass er unterwegs sei, so als wäre er der verdammte Präsident der Vereinigten Staaten oder so was.

Er schüttelte den Kopf und zog knurrend eine Schachtel Zigaretten aus der Jacke. Er trat hinter die vier Computertechniker, die vor einer Reihe aus vollgepackten Arbeitsplätzen saßen. An Schutzmaßnahmen wie diese war er nicht gewöhnt. Er zog es vor, sich in einer Umgebung aufzuhalten, in der er die vollständige Kontrolle besaß. Er hätte auch diese Umgebung vollständig in der Hand haben sollen, aber mit Ackerman war immer ein Joker im Spiel.

Und dessen Bruder Marcus war kein bisschen besser. Zum Glück war diese Seite der Gleichung von Oban bereits eliminiert worden.

Als er an den Technikern vorbeiging, fragte er sich, wozu sie vier Personen brauchten, um Kameras zu überwachen, Nachrichten an die Männer zu übermitteln und sie zu koordinieren. Sie hatten vermutlich noch andere Pflichten und Aufgaben, über die er nichts wusste, aber ganz bestimmt konnten sich auch drei von ihnen ein bisschen mehr ins Zeug legen und die Arbeit allein erledigen.

Er musste ein wenig Anspannung abbauen, also suchte Demon sich den Techniker aus, der die meiste Angst vor ihm zu haben schien, legte ihm die Hände auf die Schultern und beugte sich dicht an dessen Ohr vor. »Wären Sie so freundlich, mich auf eine Zigarette nach draußen zu begleiten?«, fragte er. »Wir müssen etwas besprechen.«

Kaum war er zur Tür hinaus, klopfte er eine Zigarette aus der Schachtel und zündete sie an. Das Befehlszentrum stand an der einzigen Straße, die zum Camp führte. Er blickte über die Ulmen, Zypressen und Eichen, die alle von verschiedenen Sorten Moos und Ranken bedeckt waren. Das Vogelzwitschern und Froschquaken dominierte die akustische Landschaft.

Asims und Sadikis kalte Puppenaugen waren in ständiger Bewegung und suchten Zoll für Zoll das Terrain ab. Demon trat an den Rand der Straße, ein kurzes Stück vom Wasser entfernt, zu dem sie abfiel. Er war nach draußen gegangen, um zu rauchen, nachzudenken und von allem loszukommen. Immerhin hätte er auch im mobilen Kommandozentrum rauchen können, aber darum ging es nicht. Er brauchte Raum zum Atmen, und er brauchte jemanden, an dem er seinen Zorn über den bisherigen Spielverlauf auslassen konnte.

Er winkte den Techniker zu sich an den Wasserrand. Ein sandblonder Haarschopf saß auf dem Kopf des Mannes, und er hatte die Bräune und die Physis eines Surfers.

Mit der Zigarette im Mundwinkel sagte Demon: »Mir ist zu Ohren gekommen, dass Ihnen nicht gefällt, wie ich die Dinge regle.«

Die Augen des Technikers traten hervor. »Sir«, rief er aus, »ich würde niemals …«

»Ihr Freund hat mir zugetragen, was Sie gesagt haben, und überhaupt wird hier alles aufgezeichnet. Aber ich will es von Ihnen selbst hören. Also, frei von der Leber weg, was haben Sie gesagt?«

Natürlich war nichts davon wahr. Demon hatte mit keinem von den anderen IT-Trotteln gesprochen. Seine Befragung war ein Momenteinfall, das Gegenstück dazu, mit seinem Essen zu spielen.

Der Mann zitterte, seine Augen zuckten in ihren Höhlen hin und her, während er sein Gedächtnis nach irgendeinem negativen Wort durchforstete, das er vielleicht einmal von sich gegeben hatte. Demon sah, dass an der Oberfläche nichts war, doch dann trat ihm Erkenntnis in die Augen.

Demon sah Asim an. »Geben Sie mir ein Messer.«

Wie herbeigezaubert erschien in der ausgestreckten Hand seines Beschützers ein gekrümmtes Karambit. Demon ergriff die Klinge mit dem Ring am Ende und hielt sie hoch. »Bekennen Sie vor mir Ihre Sünden, und ich berücksichtige Ihre Reumütigkeit bei der Urteilsfindung.«

»Ich habe es nicht so gemeint«, sagte der Mann. »Wirklich nicht. Ich habe nur herumgealbert. Bloß um etwas zu sagen.«

»Spucken Sie es aus, oder Sie sterben.«

»Ich habe nur gesagt, wenn Sie so viel Geld für das Spiel ausgeben, sollten wir nach einer Gehaltserhöhung fragen. Das ist alles. Wenn noch etwas anderes behauptet wird, dann ist das eine Lüge. Ich schwöre, ich würde mich mit jemandem wie Ihnen niemals anlegen.«

»*Jemandem wie mir?* Und was für ein Jemand bin ich? Wollten Sie andeuten, dass Sie sich niemals mit so einem brutalen, irrsinnigen Hundesohn wie mir anlegen würden? Oder haben Sie allgemein etwas gegen Schotten?«

»Nein, Sir, ich meinte damit, dass Sie jemand sind, der respektiert wird und …«

»Krempeln Sie Ihren Ärmel hoch und strecken Sie den Arm vor. Sie können sich glücklich schätzen, dass ich heute so nachsichtig gestimmt bin.«

Dem Techniker liefen die Tränen herunter, während er langsam und widerstrebend Demons Befehl gehorchte, dann schloss er die Augen und wappnete sich für den Schmerz.

Demon schwang das Karambit in einem weiten Bogen und zielte auf den tanzenden Adamsapfel des Mannes. Die Klinge bohrte sich ihm tief ins Fleisch, und Demon benutzte sie wie einen Löffel, um den gesamten Kehlkopf des Technikers herauszuheben.

Demon nahm den Kopf zwischen beide Hände und sah ihm in die Augen. »Ist schwer, Scheiße zu labern, wenn man keinen Quatschkasten mehr hat, was?« Er warf den Sterbenden die Böschung hinunter ins Wasser.

Vielleicht war es besonders grausam, den Techniker in dem Glauben sterben zu lassen, das eigene Verhalten hätte zu seinem Ableben geführt, aber wenn man für den Teufel arbeitete, musste man Brandwunden eben einkalkulieren.

Sadiki fragte: »Sollen wir Ihnen ein Handtuch holen, Sir?«

Demon gab Asim das krumme Messer zurück und wischte sich die Hände an der Hose ab. »Warum? Ich bin gerne blutig.«

Weil seine erste Zigarette nun durchweicht war, klopfte er sich eine neue aus dem Päckchen und zündete sie an. Während er einen Zug nahm und ihn wieder ausblies, überlegte er, wie die Runde sich entwickelte. Er war natürlich enttäuscht, dass Ackerman eine Möglichkeit gefunden hatte, die Sprengstoffwesten unbrauchbar zu machen, was dazu geführt hatte, dass Ackerman zwei seiner zu Opfern erkorenen Gefolgsleute nicht getötet hatte. Und dann hätte der idiotische Franzose, bevor er sich von der falschen Person ausknipsen ließ, Ackerman beinahe niedergeschossen.

Demon wollte nicht, dass Frank starb. Er wollte ihn auf seine Seite ziehen. Zum Glück war Ackerman so findig wie immer, und die Lederjacke, an welcher er derart hing, besaß eindeutig nicht nur einen sentimentalen, sondern auch einen praktischen Wert.

Je länger das Spiel ging, desto mehr fürchtete Demon, dass er das gewünschte Ergebnis nicht erzielen würde. Das hieß nicht unbedingt, dass Ackerman gewann. Wenn Ackerman nicht die Seiten wechselte, hatte Demon eine andere Verwendung für den Mann ohne Furcht. Das würde allerdings bedeuten, dass auch er nicht gewonnen hätte.

Oban Nassar und Lauren, sein Sukkubus, begriffen nicht, weshalb sie Ackerman benötigten, aber das war genau der Grund, aus dem sie ihn brauchten. Den beiden mangelte es an Weitsicht, während Ackerman ein Visionär war; nur schaute er zurzeit in die falsche Richtung. Konnte er Ackerman nur dazu bewegen, die Finsternis zu akzeptieren, die in ihm steckte, dann würden sie verstehen. Dann hätten sie den gleichen Blick auf Frank wie Demon.

Und ganz gleich, wie gewaltig sein Reich war, egal über wie viel Macht er gebot, er würde niemals ein echtes Erbe hinterlassen, solange das Reich nicht fortbestand, wenn er nicht mehr war.

Er brauchte jemanden, der nahm, was er aufgebaut hatte, und damit neue Höhen erreichte. Es nicht nur bewahrte, nicht nur weitermachte. Sondern jemanden, der sich auf seine Schultern stellte und ein noch wirksamerer Katalysator für den Zusammenbruch dessen war, was die Herde als Gesellschaft bezeichnete.

Demon hatte ein Traktat nach dem anderen, hatte seine Doktrinen an seine vielen Schüler gesandt, vor allem über das Internet. Er war zuversichtlich, dass einige seiner Ideen Fuß fassen und nach ihm fortbestehen würden. Genauso wie der Marxismus in anderer Maskierung in den Vereinigten Staaten wieder um sich griff.

Aber das genügte ihm nicht. Er wollte noch viele Generationen lang verehrt werden. Er wollte, dass die Menschen sich an das erinnerten, was er aufgebaut und erreicht hatte. Wie er wahrhaft im Blut seiner Feinde gebadet hatte. Sein kleines Spiel würde dazu beitragen, aber selbstverständlich war es nicht das wahre Bild. *Tanz der Dämonen* wäre – wie alles in diesen Zeiten der sozialen Medien und der sofortigen Bedürfnisbefriedigung – heute vorhanden und morgen verschwunden. Er brauchte Ackerman, der nach ihm weitermachte und sicherstellte, dass seine Burg nicht in Trümmer fiel. Und damit Ackerman die eigene wahre Natur erkannte, musste Demon ihn dazu bringen, wieder zu töten. Was ihm im Verlauf dieser Episode noch nicht gelungen war.

Trotzdem standen noch viele interessante Wendungen bevor, Situationen und Gegner, die tödliche Gewalt erfordern würden. Das Drama mit den Sumpfbooten zum Beispiel. Demon konnte auch nicht abwarten, was der Cajun mit seinem Alligator plante, seiner Winde und der Kettensäge.

So viele bevorstehende Entwicklungen. Noch war die Hoffnung nicht verloren.

Während Demon auf das braungrüne Wasser blickte, erfreute er sich daran, wie es, sobald es die Strahlen der Sonne einfing, einen Türkiston annahm.

Doch dann morphten die Farben plötzlich.

Die Landschaft wurde grau, die Sonne rot. Schwarze Tentakel und chitinöse Spinnenbeine reckten sich aus dem Sumpf. Die Bäume schmolzen und sackten zusammen. Der Himmel bestand aus karmesinroter Flüssigkeit, die wogte und wallte.

Während alles um ihn schmolz und zerlief, durchfuhr ein entsetzlicher Schmerz seinen Schädel. Ihm wurde schwindlig. Seine Sicht verschwamm, seine Augen konnten sich nicht mehr scharfstellen, und er stolperte zur Seite.

Asim fing ihn auf, und Sadiki fragte: »Alles in Ordnung, Sir?«

Der Schmerz wurde immer schlimmer. Sein Schädel war in einem Schraubstock eingeklemmt. »Bringen Sie mich zur Couch zurück. Das ist nichts. Ein Schluck zu viel.«

»Sir«, sagte Asim, »Bruder Nassar hat uns informiert, dass …«

»Ich sagte, es geht mir gut«, fuhr Demon ihn an. »Bringen Sie mich einfach rein. Ich will nicht noch mehr von der Show verpassen.«

87

Nach Marcus' Erfahrungen geschah in Kellern nie etwas Gutes. Zumindest nicht Menschen. Für Spinnen war ein Keller ein großartiger Lebensraum. In seinen Jahren als Strafermittler hatte er mehrere Menschen aus Kellern gerettet und war selbst in einigen gefangen gehalten worden. Keines dieser Erlebnisse hätte er als angenehm bezeichnet, und als er auf die stählernen Kellertüren der aufgegebenen Irrenanstalt starrte, teilte die Vergangenheit ihm deshalb mit, dass er nicht gerade in eine leuchtende Zukunft blickte.

Zwei Männer in Uniformen des Wachdienstes öffneten die Türen, und Marcus blickte auf eine Betontreppe, die in eine Art kleinen Speisesaal hinunterführte. Ihm war sofort klar, dass man früher die Mahlzeiten woanders zubereitet und mit dem Lastwagen hierhergebracht hatte, wo sie den Patienten dieses Flügels serviert wurden. Weshalb der Speisesaal im Keller untergebracht worden war, ließ sich nur raten, aber er wusste noch, dass in diesem Institut die Lobotomie befürwortet worden war. Das Wohlergehen des Patienten hatte hier folglich nicht immer an oberster Stelle gestanden.

Er konnte nur ein kurzes Stück in den Raum blicken, aber er sah, dass auf dem von Abfall übersäten Boden knöchelhoch Wasser stand und andere Hinterlassenschaften der Vergangenheit herumlagen. Die Luft, die von unten heraufwogte, roch nach Schimmel und toten Nagetieren.

»Wir haben ein hübsches Plätzchen für Sie vorbereitet, wo Sie auf Ihren Bruder warten können. Dort unten werden Sie sehen, dass wir das ursprüngliche Gebäude ein wenig abgewandelt haben. Der Speisesaal hatte nur zwei Eingänge. Der hier oben ist von innen nicht zu öffnen, an dem anderen haben wir eine schwere Stahltür installiert, deren Motor nur auf unseren Befehl hin aktiviert werden kann. Aber seien Sie versichert, meine Freunde, diese Maßnahmen dienen nicht Ihrer Einkerkerung, sondern Ihrem Schutz.«

Der ägyptische Söldner packte die Griffe von Marcus' Rollstuhl und kippte ihn nach vorn, sodass Marcus vom Sitz rutschte und die Betonstufen hinunterstürzte.

Marcus hatte mit so etwas gerechnet, aber es schockte ihn trotzdem. Theoretisch konnte er die Arme heben, um seinen

Kopf zu schützen, dabei die Ellbogen an den Körper anlegen und den Aufprall größtenteils mit der Schulter auffangen und so bewirken, dass er nicht mit den bereits gebrochenen Beinen auf den Beton prallte.

Tatsächlich traf seine Schulter mit so großer Wucht auf, dass ein blitzartiger Schmerz ihn durchfuhr. Davon abgelenkt rollte er sich herum und wurde mit einem noch grelleren Blitz belohnt, als seine Gipsverbände gegen den Beton schlugen. Er merkte, wie es in ihm taub wurde und er das Bewusstsein verlor, kämpfte aber dagegen an, damit er wach blieb, während er die übrigen Stöße erduldete und schließlich hilflos auf dem nassen Boden landete.

Schmerzen hatte er nun am ganzen Leib. Er kniff die Augen zu und kämpfte gegen die Wellen an. Jemand berührte ihn, und er riss die Lider auf. Nadia kniete rechts neben ihm, Nakamura links. Nadia schrie Nassar an, einen seiner Männer zu schicken, damit er Marcus auf einen der Esstische hob.

Nassar kam halb die Treppe hinunter. »Tun Sie es selbst. Sie sind doch starke, unabhängige Frauen.«

Marcus sah, wie beide das Gesicht vor Abscheu verzogen, aber dann ergriffen sie ihn an Achsel und Knie.

»Fertig?«, fragte Nadia.

Nakamura, die von ihnen bei Weitem am zierlichsten war, nickte ernst, dann wuchteten die beiden Frauen ihn auf einen stählernen Büfetttisch, wischten dabei mit seinem feuchten Körper Müll und Schimmel beiseite.

Marcus konzentrierte sich aufs Atmen und versuchte Distanz zu den Schmerzen einzunehmen. Er hörte, wie Nassar sagte: »Auf einem der Tische steht ein Monitor, der zwischen verschiedenen Ansichten der Korridore außerhalb Ihres Raumes hin und her schaltet. Wenn Sie genau hinschauen, wird Ihnen auffallen, dass in den Gängen Exemplare der Furien unterwegs sind, wie Mr. Ackerman sie in der Mine bekämpft hat. Machen Sie sich jedoch nicht die Mühe zu versuchen, sich Stichwaffen zu beschaffen, um die Furien auf ähnliche Weise zu erledigen wie er. Wir haben einige Verbesserungen vorgenommen. Augen und Mundlöcher sind nun durch hartes Plexiglas und ein Stahlgitter geschützt. Erstechen können Sie sie nicht mehr. Es existieren keine Schwachstellen.«

Nadia war an Marcus' Seite und nahm seine Hand. »Sie brauchten ihn nicht so die Treppe hinunterzuwerfen!«, fauchte sie Nassar an. »Und dann auch noch in eiskaltes Wasser.«

Marcus war die Temperatur nicht einmal aufgefallen, bevor sie etwas sagte, aber jetzt bemerkte er, dass er nicht nur gewaltige Schmerzen hatte, sondern auch durchnässt war und fror.

Mit klappernden Zähnen sagte er: »Da hat sie mal wirklich recht.«

Nassar grinste, sah damit aber aus wie ein Außerirdischer, der versuchte, menschliches Verhalten zu imitieren. »Ob ich es brauchte oder nicht, mir hat es große Freude bereitet. Die Kellertüren werden von den Männern mit den Flammenwerfern bewacht, die ich Ihnen schon vorgestellt habe. Versuchen Sie also lieber nicht, auf diesem Weg zu entkommen. Und was den Vorwurf angeht, ich würde übertreiben – es spielt im Grunde keine Rolle, denn in wenigen Stunden werden Sie tot sein. Sollte Mr. Ackerman sich entscheiden, nicht so mitzuspielen, wie mein Chef es wünscht, wird Mr. Demon ferngesteuert unsere moderne Tür öffnen und allen Furien dort draußen einen Elektroschock verabreichen, damit sie auch wirklich vor Zorn außer sich sind. Das ist eine weitere Verbesserung, die wir eingebaut haben, ein Schockhalsband, das augenblicklich für Aggression sorgt. Als Strafe oder vielleicht auch nur als Lektion wird Mr. Demon die Tür öffnen, und seine monströsen Schöpfungen stürzen sich auf Sie. Er wird

Ihren Tod filmen und die Aufnahmen Mr. Ackerman vorführen. Und während ich es gewiss nicht abwarten kann, Ihnen beim Sterben zuzusehen, genieße ich doch am meisten, mir das Gesicht vorzustellen, das Mr. Ackerman macht, wenn er hochauflösende Bilder sieht, auf denen seine Familie in Stücke gerissen wird.«

Nassar stieg die Stufen wieder hinauf, und die stählernen Kellertüren schlossen sich mit der Endgültigkeit eines Hammers, der einen Sargnagel trifft.

88

Der Geiselnehmer war in Isaiahs Fall nicht annähernd so einfallsreich wie einige seiner Genossen und hatte entschieden, sich mit dem Rücken an eine Wand zu stellen und seine Geisel als menschlichen Schutzschild zu verwenden. Die Situation lief damit auf ein grundlegendes Szenario hinaus, mit dem sich Strafverfolgungsbeamte oft konfrontiert sahen: das verschanzte Ziel.

Ackerman war sich nicht sicher, was ein Cop in dieser Situation unternommen hätte. Obwohl er diverse Theorien gelesen hatte, war er, was die aktuellen Techniken anging, bei Weitem nicht so gut informiert wie Nadia oder sein Bruder. Mit Bestimmtheit wusste er jedoch, wie die US Marines gegen ein verschanztes Ziel vorgingen: Sie würden mit einer Bazooka die Tür aufsprengen, was den Geiselnehmer ablenkte. In diesem Moment würden sie die betreffende Person aus mehreren Richtungen überwältigen.

Eine Bazooka stand Ackerman nicht zur Verfügung, aber was er besaß, war die Sprengstoffweste, von der sie Annabelle befreit hatten.

Nachdem er sie neu verschaltet hatte, benutzte er sie als Granate, um einen neuen Eingang in der Wand der Jungenhütte zu schaffen. Die anderen brachen sodann durch die vernagelten Fenster auf allen Seiten hinein, was ihren Feind noch stärker ablenkte, während Ackerman durch die rauchenden Trümmer der Vordertür eintrat. Ihm blieb keine andere Wahl, als dem Söldner die Schulter mit einer Kugel zu durchschießen, aber er gab sich Mühe, nur Wunden zu verursachen, die das Opfer kampfunfähig machten, aber nicht töteten.

Danach hatte Isaiah – mit Tränen in den Augen – Ackerman fest umarmt. Er war solche Gefühlsbekundungen nicht gewohnt, verstand aber durchaus das Verlangen der Normalen, Emotion durch Berührung auszudrücken. Er klopfte dem Möchtegern-Investigativreporter auf den Rücken, löste sich von ihm und sagte: »Wenn alles vorbei ist, haben Sie eine Story, die sich sehen lassen kann.«

Isaiah wischte sich die Augen. »Ja, aber dann müsste ich sie noch einmal durchleben. Wenn ich hier wegkomme, möchte ich über die ganze Scheiße nie wieder nachdenken müssen.«

Isaiah war gerettet, und niemand hatte dazu sterben müssen. Trotzdem hatte die Unternehmung in Ackerman die Blutgier geweckt, wie es bei jedem Ausbruch von Gewalt geschah.

Er hatte von einem Phänomen gehört, das die Wissenschaftler als »hysterische Kraft« bezeichneten, in der eine Kombination von Hirnsubstanzen Glanzstücke übernatürlicher Stärke erlaubte, wie etwa, wenn eine Mutter einen Pkw von ihren Kindern hob, die darunter eingeklemmt waren.

Dieses Phänomen war in zahlreichen gut dokumentierten Fällen aufgetreten, und in beinahe allen davon war auslösendes Element gewesen, dass sich ein normaler Mensch mit dem eigenen oder dem Tod einer geliebten Person konfrontiert sah.

Ackerman fragte sich, ob irgendetwas an seinem neurologischen Aufbau dazu führte, dass sein Hysterische-Kraft-System gesteigert war und von einem Augenblick zum anderen bereitstand. Eventuell handelte es sich dabei um ein weiteres Symptom der amateurhaften Eingriffe, die sein Vater an ihm vorgenommen hatte.

Er sehnte sich nach dem Gefühl. Er wollte kämpfen. Er wollte getroffen werden. Er wollte selbst geschnitten werden und andere schneiden. Er wollte sich dem Schmerz überlassen, der Vernichtung, sich der Finsternis ergeben.

Er spürte, wie er mit jeder Rettungsaktion mehr an Beherrschung einbüßte.

Als Gruppe bewegten sie sich zu einem Hügelkamm, von dem man auf das Amphitheater blickte, in dem Nicky festgehalten wurde, und Ackerman schätzte die Situation ein, indem er durch das Zielfernrohr des Gewehrs beobachtete.

Die Sumpfboote standen noch aufgereiht, wie er sie vom Hubschrauber aus gesehen hatte, aber jetzt parkte ein Humvee dicht bei ihnen. Nickys Geiselnehmer musste der Fahrer gewesen sein und das Fahrzeug mitgebracht haben. Das restliche Gelände des Amphitheaters war übersät mit allen möglichen Geräten und Kisten, gestapelten Bänken und anderen beliebigen Dingen. Ackerman vermutete, dass hier der Sammelraum gewesen war, als das Camp aufgegeben wurde, und es schien, als wären die Geldmittel so rasch versiegt, dass das meiste Material zurückgelassen werden musste.

Das Amphitheater selbst war nicht groß, gerade geräumig genug für die jugendlichen Campgäste und ihre Betreuer, vielleicht mit ein wenig Reserve, geformt wie ein Hufeisen. Im Zentrum war ein weiteres Becken mit bräunlich-grünem Wasser, wo wohl der Gator Man vor den Campgästen aufgetreten war. Dahinter fiel das Gelände allmählich zum Wasser ab, an dem nun die Sumpfboote parkten. Ackerman vermutete, dass die Jugendlichen dort an Bord gehen und an einer Fahrt durch den Sumpf teilnehmen konnten, oder dass es irgendeine Art von Show mit Sumpfbooten gegeben hatte.

Direkt vor der Reihe aus Sumpfbooten war ein Gerüst aufgebaut worden, das an ein Schaukelgestell erinnerte. Die stählernen Schutzkörbe an der Rückseite der Propeller waren entfernt worden, was bedeutete, dass jemand unmittelbar vor den surrenden Blättern der Antriebsschrauben aufgehängt werden konnte.

Und nun baumelte dort Nicky. Der Propeller des Sumpfbootes wirbelte wie ein riesiger Quirl; gefährlich dicht an seinem Rücken surrten die Blätter vorbei.

Sein Geiselnehmer trug die Maske eines von bösem Leben erfüllten Leichnams und stand mit einem Seil in der Hand da, das unter dem Propeller zur anderen Seite hinwegführte und an Nickys Fußgelenk gebunden war. Der maskierte Mann brauchte nur ein wenig an dem Seil zu ziehen oder es in den Propeller zu werfen, und Nicky würde mit den Füßen zuerst hineingezogen.

Ackermans einzige Möglichkeit, den Maskierten zu erreichen und Nicky zu retten, bestand darin, sich vom Wasser her zu nähern. Daher befahl er Annabelle und den anderen, zurückzubleiben und ihm mit dem Gewehr Feuerschutz zu geben, während er eine amphibische Infiltration begann. Die Einbuchtung, in der das Amphitheater lag, wies eine weite offene Wasserfläche auf, in der Ackerman hinter den Sumpfbooten einen Bogen schlagen konnte. Natürlich musste er die Möglichkeit berücksichtigen, einheimischer Fauna zu begegnen, aber es wäre bei Weitem nicht das erste Mal, dass Ackerman mit Alligatoren und Schlangen schwamm. Außerdem wies die Glock, die er Isaiahs Geiselnehmer abgenommen hatte, einen abgedichteten Schussmechanismus statt eines Hahns auf und war darum in der Lage, auch unter Wasser zu feuern. Sollte ein Reptil allzu kühn auftreten, konnte er es wohl unter der Oberfläche aus nächster Nähe erschießen, ohne dass sein Gegner den Schuss bemerkte.

Aber ganz wie erwartet belästigten ihn während seiner Annäherung keine Tiere. Lautlos schwamm er hinter den Sumpfbooten entlang. Das Augenmerk seines Gegners konzentrierte sich ganz auf das Ufer und dessen Umgebung; sein Rücken war vollkommen exponiert.

Nun jedoch sah sich Ackerman einem Dilemma gegenüber. Durch das laute Surren des Propellers konnte der Maskierte nicht *hören*, wenn er sich an Bord schlich, aber das Sumpfboot tanzte leicht auf dem Wasser, und daher würde der Maskierte vermutlich *spüren*, wie Ackerman das Gleichgewicht des Fahrzeugs störte. Der Mann brauchte nur einmal mit dem Handgelenk zu zucken, um Nickys Leben zu beenden.

Ackerman wusste, was getan werden musste, und er *wollte* es auch tun. Er wollte diesen Mann so unbedingt töten, dass er es schmecken konnte, als klebte das Blut des Söldners schon metallisch und warm auf seiner Zunge. Er hätte es vorgezogen, mit dem Messer nah und persönlich vorzugehen – damit er spüren konnte, wie ihm der warme Regen auf die Haut sprühte –, aber seine Blutgier war noch nicht so ausgeprägt, dass er Nickys Leben riskiert hätte, um seinen Drang zu befriedigen.

Unter den gegebenen Umständen hatte er nur eine Möglichkeit zu verhindern, dass sein Gegner sich bewegte oder auch nur im Geringsten reagierte: den augenblicklichen Gehirntod. Daher zielte Ackerman mit der Glock und setzte dem Mann eine Kugel ins Genick, die sofort ins Stammhirn eindrang. Als ihm das Rückenmark durchtrennt wurde, ließ Nickys Peiniger das Seil fallen und stolperte nach vorn wie eine Marionette, der man die Schnüre zerschnitten hatte.

Ackerman fühlte sich schwerelos, als könnte er sich einfach per Geisteskraft aus dem Wasser erheben. Er bemerkte, dass er lächelte, und empfand sofort ein Schuldgefühl. Vielleicht hatte es eine andere Möglichkeit gegeben. Vielleicht hatte er nicht versucht, sich eine andere Lösung einfallen zu lassen, weil er sich der Finsternis ergeben wollte.

Nachdem er aus dem Wasser gestiegen war und Nicky losgeschnitten hatte, musste er eine weitere Dankbarkeitsbekundung über sich ergehen lassen, und die anderen stießen wieder zu ihnen. Ackerman nahm Fitz auf die Seite, in eine Betonnische neben den Sitzreihen des Amphitheaters, wo sie sich in die Ecke drücken und den Kameras entgehen konnten. Mit einer Hand vor dem Mund und mit leiser Stimme sagte Ackerman: »Jetzt kommt der Moment, in dem wir teilen und herrschen. Sie nehmen mit den anderen den Humvee und sammeln die Geiselnehmer ein, die wir überall im Camp gefesselt zurückgelassen haben.«

»Warum? Lassen wir sie doch einfach verfaulen.«

»Wir brauchen sie noch. Diesen Männern gefiel die Vorstellung, Sie und Ihre Gefährten als menschliche Schutzschilde zu verwenden. Wenn wir mit den Sumpfbooten fliehen, setzen wir sie an die Reling und nutzen sie als Kugelfang für den Fall, dass Demon im Umkreis des Camps Scharfschützen postiert hat. Sie müssen sie alle einsammeln und hierherbringen. Danach müssen Sie dafür sorgen, dass die Sumpfboote betriebsbereit sind, und die anderen beschützen, solange ich fort bin.«

»Was haben Sie vor?«, fragte Fitz. »Wir haben alle gerettet.«

»Jesse nicht.«

»Ich dachte, der wäre einer von denen! Wozu den Ärger? Lassen Sie ihn einfach zurück.«

»Er besitzt unschätzbar wertvolle Informationen über Demons Organisation, und da ich vorzeitig aus dem Spiel ausscheide, brauche ich sein Wissen vielleicht, um Demon später auszuschalten. Außerdem, wie es so schön heißt: Halte deine Freunde nahe bei dir, aber deine Feinde noch näher.«

89

Jesse hatte eingewilligt, am Spiel teilzunehmen, aber zu so etwas hatte er sich nicht bereit erklärt. Seine Hände waren mit Nylonseil gefesselt, dieses Seil mit einem Windenkabel verbunden. Die Elektrowinde hatte der Cajun auf dem Fünf-Meter-Brett des gewaltigen, rechteckigen Swimmingpools montiert, der zu dem Sumpfcamp gehörte. Seine Füße baumelten etwa zwei Meter, wie er schätzte, über dem Wasser, auf dem Algen und Entengrütze in diversen Schattierungen von Braun und Grün schwammen.

Seine Handgelenke schmerzten. Immer wieder fasste er Seil und Windenkabel etwas anders, um den Druck ein wenig gleichmäßiger zu verteilen.

Trotz der Trübheit des Wassers konnte Jesse den dunklen Umriss des Alligators erkennen, der unter ihm die Brühe durchschnitt. Er schätzte, dass das Tier drei bis vier Meter lang war und etwa zweitausend Pfund wog. Seit über einer Stunde kreiste der Alligator nun schon unter ihm, sprang immer wieder aus dem Wasser, schnappte nach ihm und fauchte wütend. Jesse fühlte sich ganz wie der Wurm am Haken, den der Cajun beschrieben hatte.

Neben der Winde war ein Handfunkgerät mit Klebeband am Sprungbrett befestigt. Jedes Mal, wenn der Alligator aus dem Wasser hochsprang und Jesse die Füße hochzog, damit er nicht gebissen wurde, hörte er den Cajun über Funk lachen. Mit dem eigentümlichen Akzent aus den Sümpfen von Louisiana machte er Bemerkungen wie: »Der ist wirklich stinksauer auf dich. Er ist voller Drogen und hat zwei Wochen lang nichts zu fressen gekriegt. Irgendwem muss er die Schuld geben. Aber diese Jungs fressen nicht so, wie die Leute glauben. Sie haben 'n wirklich langsamen Stoffwechsel. Trotzdem, bei all dem Dope in seinen Adern lass dich nicht täuschen: Für ihn siehst du aus wie der Truthahn an Thanksgiving.«

In so etwas hatte Jesse ganz eindeutig nicht eingewilligt. Demon hatte ihm ein paar große Versprechungen gemacht, aber je länger das Spiel ging, desto weniger hatte es den Anschein, als wäre der Gangsterkönig ein Mann, der zu seinem Wort stand.

Im Lauf der vergangenen Stunde hatte Jesse mehrere Schüsse, Schreie und andere laute Geräusche gehört. Zuerst waren sie sporadisch erklungen, aber in den vergangenen zwanzig Minuten waren die Schüsse häufiger gefallen.

Während all das geschah, blickte Jesse auf den Timer an seiner Brust – eine Stunde und neun Minuten waren vergangen. Mit jeder verbleibenden Sekunde fragte er sich, wieso Frank nicht kam und ihn rettete. Die anderen kämpften eindeutig um ihr Leben, nur er war noch hier, baumelte in der Luft und fungierte in mehr als einer Hinsicht als Köder. Aber aus irgendeinem Grund hatte sich Frank offenbar entschlossen, alle anderen vor ihm zu retten. Der Gedanke ließ Jesse noch mehr den Mut verlieren. Er hatte gedacht, er hätte sich vor Frank bewiesen. In der Mine war er sogar zurückgegangen, um ihn vor Juggernaut zu retten. Mittlerweile stand jedoch fest, dass Frank ihm entweder nicht traute oder ihn für unfähig hielt, unnütz bei der Befreiung der anderen.

Sein Geiselnehmer hatte sich schon mehrmals einen Moment Zeit genommen, um Jesse diese Erkenntnis unter die Nase zu reiben, und nun war es wieder so weit. Im Handfunkgerät am Sprungbrett knisterte es, und der Cajun sagte: »Da ist ja einiges los, nicht zu überhören. Vielen von deinen Freunden ist schon geholfen worden, aber keiner kommt dich holen. Du bist wohl der schlechteste Köder, den man sich denken kann. Vielleicht haben sie dich schon abgeschrieben und lassen dich einfach platzen wie 'n Ochsenfrosch mit 'nem Chinakracher im Arsch. 'Ne Fleischpiñata für 'nen hungrigen Alligator.«

Jesse gab keine Antwort. Er war sich nicht einmal sicher, ob der Cajun ihn überhaupt hören konnte. Er hatte ihn seit einiger Zeit nicht mehr gesehen und wusste nicht, wo er sich versteckte.

Am Pool stand ein großes Gebäude mit den Duschen für die Jungen und die Mädchen und großen Umkleideräumen mit Spinden, aber der lange rechteckige Klotz folgte nicht dem Blockhausmotiv wie die meisten anderen Bauten im Camp. Er sah mehr nach einem Ladengeschäft aus und bestand aus PVC-verschalten Betonziegeln. Wind und Wetter hatte er ein wenig besser überstanden als die anderen Häuser in der Anlage, die Jesse gesehen hatte. Die Duschen und Umkleideräume waren in der Mitte, ein Laden für Andenken und Snacks in der dem Pool zugewandten Seite. Das andere Ende wirkte unscheinbar und schien die Büros der Campverwaltung zu beherbergen.

Jesse spürte einen Ruck am Windenkabel. Er sackte einen

Zentimeter herunter und merkte, wie ihm das Herz bis zum Hals pochte.

»Hör auf damit, Mann!«, schrie er.

Aus dem Funkgerät über sich hörte er Gelächter, und der Cajun rief: »Wollte nur sichergehen, dass du noch wach bist. Du sollst schon mit vollem Verstand mitbekommen, wie's dich zerreißt, kleines Fröschlein. Du willst doch dein eigenes Ende nicht verpassen.«

Jesse schäumte vor Wut. Sein Zorn richtete sich nicht nur gegen seinen Peiniger, sondern auch gegen Frank, der ihn im Stich ließ.

Etwas war seltsam am Poolbereich: Ihn umgab ein hoher Maschendrahtzaun, dessen Oberseite sich nach außen wölbte und mit Stacheldraht besetzt war. Jesse vermutete, dass damit eher heimische Raubtiere wie das, welches unter ihm seine Kreise zog, ferngehalten werden sollten, statt ungebärdige Campgäste daran zu hindern, bei Mitternacht schwimmen zu gehen.

Jesse musterte den Zaun, als ihm etwas Merkwürdiges auffiel. Dem hinteren Zaun näherte sich aus einer nahen Baumgruppe etwas, das zumindest für Jesse so aussah wie ein sich bewegender Kühlschrank aus Edelstahl.

90

Ackerman musste zugeben, dass trotz aller Bemühungen, Demons Spiel von sich abperlen zu lassen, seine Blutgier zunahm. Die Finsternis kroch heran, und sie war besonders erstarkt, nachdem er dem Mann im Amphitheater angetan hatte, was er ihm antun musste, um Nicky zu retten.

Annabelle und er kümmerten sich nun um die Rettung Jesse Gibsons. Beide hatten einen Edelstahltisch aus der Küche der Kantine geholt und hielten die Metallplatten als Panzerung vor sich. Mit dem Zielfernrohr hatte Ackerman bereits die Situation aufgeklärt und nach Stellen gesucht, an denen sich sein Gegner verstecken mochte. Leider waren seine Anstrengungen fruchtlos geblieben, und er hatte nicht eruieren können, wie sein Feind das Spiel angehen wollte. Jesse baumelte als Köder über dem Swimmingpool, so viel war offensichtlich, aber die anderen Elemente blieben vage.

Er nahm an, dass der Feind seinen Beobachtungsposten in dem Gebäude neben dem Pool bezogen hatte, aber das war ungewiss. Ackerman mochte keine Ungewissheiten. Sie verdarben ihm das Spiel und führten zum Tod der falschen Teilnehmer.

Die Stahltüren des Gebäudes am Pool hatten sie abgeschlossen vorgefunden. Hinein kam man nur mit großem Lärm. Ackerman vermutete, dass ein Einbruch in den Bau den Geiselnehmer in Panik versetzen und ihn dazu bringen könnte, einen Mechanismus auszulösen, durch den Jesse zu Tode kam.

Ferner war ihm der Gedanke gekommen, sein Gegner beabsichtige ein brachiales Vorgehen, plane, sie auf beengtem Raum einzuschließen und physisch anzugreifen. In diesem Fall konnte er dennoch mit einer Faustfeuerwaffe ausgerüstet sein, und deshalb fand Ackerman, dass die Stahltische einige dieser Risiken zumindest verringerten und außerdem als Panzerung gegen unbekannte Gefahren wirkten.

Bei ihrer Annäherung an Jesses Standort führten Annabelle und er jeweils eine Faustfeuerwaffe, beide vom Kaliber 9 mm, eine Heckler & Koch und eine Glock. Das Gewehr hatte er zurückgelassen, weil es in einem Handgemenge nicht von Nutzen sein konnte. Die anderen geretteten Geiseln und die gefangen genommenen, noch lebenden Geiselnehmer befanden sich im Amphitheater, das Ackerman als Ausgangspunkt ihrer Flucht benutzen wollte. Er war mit Demons Spiel fertig. Er plante, die Leute in Sicherheit zu bringen und sich mit Demon ein anderes Mal zu befassen.

Zum Glück wogen die Edelstahltische nicht übermäßig viel, und sie konnten in Hundertmeteretappen vorrücken, innehalten und ihre Umgebung beobachten. Ihr gegenwärtiger Standort war allerdings keine dreißig Meter mehr von ihrem Ziel entfernt: dem hinteren Tor im Zaun.

Annabelle erreichte es als Erste und stellte fest, dass es nicht verschlossen war. Sie schob den Riegel beiseite und ließ es nach innen aufschwingen. Bevor sie jedoch ihren Tisch wieder anhob, sagte sie: »Mir gefällt das nicht, Frank.«

»Was sollte einem daran auch gefallen? Aber dieser Mann ist nur ein weiteres Hindernis, das wir niederwerfen oder durchdringen. Hoffentlich ohne weitere Verluste an Menschenleben.«

Sie rollte mit den Augen. »Heulen Sie echt wegen dem Kerl vorhin? Sie haben das Richtige getan. Akzeptieren Sie es.«

Ackerman war sich nicht sicher, ob das der Wahrheit entsprach, aber im Augenblick spielte es keine Rolle. Was geschehen war, war geschehen.

»Ich sage es noch mal«, fuhr Annabelle fort. »Hier stimmt was nicht. So als wären die anderen simple Schläger und Killer gewesen, aber dieser Typ … Ich weiß es nicht. Mir kommt es vor, als würde er es viel zu sehr genießen.«

»Wie kommen Sie darauf?«

»Bloß so ein Gefühl.«

»Und was schlagen Sie nun vor?«

Annabelle schüttelte den Kopf. »Ich sage nur, wir sollten vorsichtig und sehr aufmerksam sein. Bereit, alles zu tun, was nötig ist. Ich weiß, Sie mögen es nicht, aber Sie sollten besser in der Lage sein abzudrücken, so wie im Amphitheater, als Sie Nicky gerettet haben.«

Ackerman merkte, wie er die Lippe verzog, aber er verbiss sich eine Entgegnung. Sein Adrenalinspiegel war hoch, die Finsternis floss ihm durch die Adern. Gegen seine Triebe musste er ständig und jederzeit ankämpfen, daher antwortete er Annabelle nur mit einem Nicken.

Sie kniff die Augen zusammen, aber in der nächsten Sekunde wandte sie sich um und rückte durch das Tor vor. Er wandte ihr weiterhin den Rücken zu, und sie bewegten sich langsam über das Gelände. Er bewachte ihren Rücken, sie sicherte nach vorn. Er gestattete ihren Bewegungen, ihn zu führen, als wären sie Segmente eines Hundertfüßers. Er sah, was sie sah, nur umgekehrt.

Sie durchquerten den Imbissstand des Pools, der aus einem großen Schiebefenster bestand, einer Speisekarte, auf der die Preise noch lesbar waren, und mehreren Reihen von Picknicktischen, die nun grünes Moos überzog, welches allen möglichen Insekten als Heimstatt diente.

Der Imbissbereich hatte einen eigenen Zaun, aber das Tor, das zum Pool führte, stand bereits offen. Langsam und vorsichtig bewegten sie sich weiter. Ackerman fiel auf, dass die Farbe des Betons sich änderte, was vielleicht an unterschiedlichen Bauzeiten liegen konnte, dann sah er den Rand des Pools auf einer Seite und auf der anderen Schließfachreihen und ein weiteres Schiebefenster.

Als sie den Rand des Pools erreichten, führte Annabelle sie nach links ums Becken; der Maschendrahtzaun war nun rechts von ihnen, das braun-grüne Wasser links.

Während sie entlanggingen, bemerkte Ackerman einen

dunklen Umriss, der unter der Wasserfläche trieb, und erkannte sofort, was in dem Pool lauerte. Die Augen des Alligators, stellte er sich vor, fixierten Jesse. Danach zu urteilen, wie Demon in der Vergangenheit Tiere eingesetzt hatte, konnte er nicht darauf zählen, dass sich dieser Alligator so verhielt wie ein durchschnittliches Exemplar seiner Spezies. Die großen Echsen waren in der Regel nicht annähernd so aggressiv, wie man allgemein glaubte, aber was dieses spezielle Individuum anging, ließ sich nichts als gesichert voraussetzen.

In dem Fall, dass sie von dem Tier angegriffen wurden, entschied er, blieb ihm keine andere Wahl, als die Glock aus dem Hosenbund zu ziehen und den Alligator zu erschießen. Er hoffte, dass seine Überlegung auf der Notwendigkeit beruhte und nicht etwa seine Blutgier das Wort führte. Ihm war klar, dass Normale keinen Wimpernschlag lang gezögert hätten, die Bestie zu erledigen, aber für ihn war es Mord, ein Lebewesen ohne triftigen Grund zu töten, egal, worum es sich handelte. Die arme Kreatur konnte nichts für die Situation, in der sie sich befanden. Der Alligator war lediglich ein weiteres Opfer Demons, und Opfer identischer Oppression sollten sich zusammentun, statt einander zu töten. Allerdings war der Alligator, ähnlich wie verfolgte Menschen, sicherlich kaum in Stimmung, darüber zu diskutieren.

Sie rückten weiter vor, bis Jesses baumelnde Füße in Sicht gelangten. Der junge Mann befand sich leider zu weit über dem Becken, um ihn von der Seite zu packen, und aus diesem Grund müsste Ackerman zu ihm hinüberspringen.

Allerdings kamen sie nicht zu diesem Teil des Plans, weil auf dem Sprungbrett ein Funkgerät knisternd zum Leben erwachte und eine Stimme sagte: »Nicht so schnell, liebe Freunde.«

Ein Elektromotor surrte, und Jesse Gibson sank einen Zoll tiefer zur Oberfläche des Schwimmbeckens.

91

Jesse schloss die Augen und wiederholte in Gedanken: *Zu so etwas habe ich mich nicht bereit erklärt.* Er fühlte sich besser, wenn er die Lüge wie ein Mantra immer wieder rezitierte. In Wirklichkeit hatte er sich zu allem bereit erklärt. Er hatte einen Vertrag mit einem Mann geschlossen, von dem er wusste, dass er das personifizierte Böse war, und er hätte damit rechnen müssen, dass ihm weit mehr abverlangt würde als ein Sonntagnachmittagsspaziergang. Trotzdem war die Situation, in der er sich nun wiederfand, schlimmer als jeder Einsatz in Afghanistan.

Offenbar war er noch knapp außerhalb der Reichweite des Alligators, aber austesten wollte er das nicht. Jedes Mal, wenn das Biest näher kam, unternahm er jede Anstrengung, um sich höher zu ziehen. Aber davon schmerzten ihm die Handgelenke nur umso mehr. Trotzdem, wunde Handgelenke waren ein kleiner Preis dafür, nicht von einem wütenden Alligator gepackt zu werden.

Das Funkgerät über seinem Kopf meldete sich wieder, und sein Peiniger sagte: »Der junge Kerl ist keinen Tropfen Pisse wert, aber über dich hab ich einiges gehört, Mister X. Was jetzt bald passieren wird, betrachte ich als Ehre. Schmeißt eure Knarren über den Zaun, und dann können du und ich uns eins gegen eins gegenübertreten. Wenn ihr eure Knarren nicht wegschmeißt, ist euer Freund Futter für den Gator. Deinen großen Saufänger, den Demon dir gegeben hat, darfst du aber behalten.«

Frank und Annabelle standen am Rand des Pools, ohne dass sie Jesse erreichen konnten, aber er konnte sie gut hören. Annabelle sagte leise: »Ich werf meine Pistole nicht weg.«

Frank seufzte. »Ich fürchte, uns bleibt keine andere Wahl, und wie es aussieht, ist der Kerl ein Möchtegern-Gladiator. Wenn er sich mir im Einzelkampf stellen möchte, bin ich damit einverstanden.«

»Ich werf meine Waffe nicht weg«, beharrte Annabelle.

Die Winde surrte, und Jesse sackte wieder um einen Zoll ab.

Er konnte nicht anders, ihm entfuhr ein leiser Schrei, den er sofort bereute.

Annabelle knurrte, dann rief sie: »Na gut, na gut.« Mit leiserer Stimme fügte sie hinzu: »Ich hoffe, Sie liegen richtig, Frank.«

Sie warf ihre schwarze Pistole über den Zaun. Frank tat das Gleiche.

In einer Ecke des Pools kam der Alligator an die Oberfläche und beäugte Jesse mit einem Ausdruck, wie ihn vielleicht ein olympischer Hochspringer zeigte, der gleich die Goldmedaille gewinnen will.

Jesse musterte die Echse wachsam und erwiderte den Blick. So ruhig das Tier auch wirkte, er bereitete sich mental und physisch darauf vor, dass die schwere Bestie jeden Moment auf ihn zuschoss.

Während sich Jesse auf den einen Feind konzentrierte, war er überhaupt nicht auf den Anblick des anderen vorbereitet, der aus einer Tür des Gebäudes am Pool trat. Der Cajun trug mehr Körperpanzerung als ein Polizeibeamter, der sich gewaltbereiten Demonstranten oder Aufständischen stellt, und erinnerte an einen Bombenräumspezialisten oder Kampfhundausbilder. Von Kopf bis Fuß war er in schwarze Polsterplatten gehüllt, die mit Sicherheit kugelfest, schnitt- und stichsicher waren. Die Alien-Dämonen-Hybridmaske hatte er gegen den durchsichtigen Gesichtsschild eines Polizeihelms ausgetauscht.

Der irre Cajun bückte sich, um die Waffe anzulassen, die er in den Händen hielt – eine gigantische Kettensäge.

Er riss an der Zugschnur, und das schwere Werkzeug erwachte augenblicklich zum Leben. Die Kettensäge war größer als jede andere, die Jesse je zu Gesicht bekommen hatte. Offenbar handelte es sich um ein Gerät, wie es professionelle Holzfäller verwendeten.

»Okay, Mister X«, rief der gepanzerte Mann, »nur du, ich, dein Bowiemesser und meine wunderschöne Beatrice.«

Jesse hoffte inständig, dass Beatrice nur ein Name für die Kettensäge war und keine weibliche Gefährtin des Cajuns, die als Horrorclown verkleidet war und mit einem Schwingschleifer angriff.

92

»Bleiben Sie hinter mir«, sagte Ackerman über seine Schulter hinweg zu Annabelle.

Sie trat einen Schritt zurück. »Aber gern.«

Seinem Gegner rief Ackerman zu: »Eine Kettensäge ist eine dumme Waffe. Zu groß und unhandlich.«

Statt zu antworten, schwang der riesige Mann in schwarzer Rüstung die Kettensäge mit Anmut und Leichtigkeit durch die Luft. Indem er sie am Handgriff in Drehung versetzte, ließ er sie herumwirbeln wie ein Nunchaku, fast als hätte er seine eigene Kampfsportdisziplin mit der Kettensäge ersonnen.

»Angeber!«, rief Ackerman und stürmte vor, den Tisch erhoben wie einen römischen Turmschild.

Zum Glück hatte er wenigstens einige Waffen zur Verfügung, die er gegen den Feind einsetzen konnte. Zunächst einmal waren da die beiden Stahltische und eine ganze Menge hölzerner Picknicktische. Dass sie schimmlig waren, spielte keine Rolle. Das Bowiemesser steckte noch in der Scheide auf seinem Rücken.

In ungebremstem Lauf zapfte Ackerman ein wenig von seiner hysterischen Kraft an und rammte den Stahltisch gegen seinen Gegner. Der Mann fing die Wucht des Angriffs mit vorgestreckter Kettensäge ab. Mit einem ohrenbetäubenden Kreischen traf die Kette auf und fraß sich unter Funkensprühen durch das Zentrum des Stahltischs.

Der Mann hob ihn mit der Säge an, was große Kraft verriet, kickte den Tisch weg und schlug mit der übergroßen Kettensäge nach Ackerman, der versucht hatte, an ihm vorbeizuschlüpfen und die Picknicktische vor dem Pool-Imbiss zu erreichen.

Ackerman rollte sich weg, während die Kettensäge im Bogen herunterkam und Funken über den Betonboden verteilte.

Er eilte vor, aber er wusste, dass er es nicht schaffen würde, bevor sein Gegner die Kettensäge herumriss. Daher ging er zu Boden und rollte sich erneut ab.

Er spürte dabei den Luftzug über dem Kopf. Er sprang auf die Beine und rannte zu der umzäunten Fläche mit den Picknicktischen, wo die Campgäste sich früher nach dem Schwimmen einen Snack schmecken lassen konnten.

Am ersten Picknicktisch hinter dem Tor sah er sich um und entdeckte, dass sein Feind ihm auf den Fersen war, aber auch, dass der Mann hinkte und sein rechtes Bein schonte, die Folge einer alten Verletzung. Ackerman machte sich die Beobachtung augenblicklich zunutze und baute sie in seinen Plan ein.

Er beschwor einiges von der Kraft, die Demon ihm mit Drogen hatte nehmen wollen, packte einen Picknicktisch bei der Ecke und schwang ihn zu dem Irren mit der Kettensäge herum.

Sobald der Tisch in die passende Richtung zeigte, schob Ackerman ihn nach vorn, und wieder hob sein Gegner die Kettensäge, um das Möbelstück auf die gleiche Weise wie eben abzufangen. Diesmal warf sich Ackerman jedoch nach vorn, als die Sägekette in den Tisch eindrang und die Bretter zerteilte. Er packte die Bank neben dem Tisch und zog ihn zur Seite, sodass er ebenfalls in die Säge geriet. Die Sägekette war nicht dazu gedacht, in diese Richtung zu schneiden, und stockte einen Augenblick.

Ackerman postierte sich dicht an den Möchtegern-Gladiator und trat ihm dreimal gegen das rechte Knie. Beim dritten Treffer setzte Ackerman sein ganzes Gewicht ein und spürte, wie Knorpel und Knochen nachgaben.

Der gepanzerte Mann schrie vor Schmerz auf, ein Laut, mit dem Ackerman höchst vertraut war.

Die Gelegenheit war gekommen. Er packte den Griff der Kettensäge, drehte sie aus dem Picknicktisch und näherte die Sägekette ihrem Besitzer. Er schob den Daumen nach unten und stellte den Schalter in die Gegenrichtung, damit die Kette weiter rotierte.

Der Cajun riss die Augen auf und schaute verwirrt drein, dann fraß sich die Sägekette durch die Schutzfasern seiner Rüstung, als gäbe es keinen Widerstand. Die rotierende Kette setzte ihren Weg durch Haut, Muskeln, Knochen und Organe fort. Blut spritzte hoch wie aus einem Springbrunnen, während Ackerman die Waffe immer tiefer in den Feind hineintrieb.

Kurz bevor sie den Magen erreichte, riss Ackerman die Kettensäge heraus und ließ den zerteilten Leichnam seines besiegten Feindes auf den Betonboden fallen.

Er schaltete die Säge ab und kehrte zu seinen Gefährten zurück, eine neben dem Pool und einen, der darüber baumelte. Beide sahen ihn an, als wäre er Dracula, der aus dem Sarg stieg. Erst da begriff Ackerman, welch makabren Anblick er bieten musste. Von Kopf bis Fuß war er voll Blut.

Eine Erinnerung an den Tag zuvor durchzuckte ihn. Demon hatte einen Mann ermordet, den er als der Rettung nicht wert bezeichnet hatte. Demon hatte im Blut des Mannes gebadet, in die Kamera geschaut und gesagt, er wolle, dass die Zuschauer sein wahres Gesicht sahen: einen Mann, der sich mit dem Blut seiner Feinde taufte.

Nur einen Augenblick zuvor hatte sich Ackerman stark und mächtig gefühlt. Er hatte einen schwierigen Gegner überwunden und lebte noch. Aber jetzt, als er sich mit Jesses Augen betrachtete und an Demon dachte, wie er seinen Gegner ermordete, begriff er, dass Demon und er womöglich mehr gemeinsam hatten, als ihm lieb war.

Jesse ergriff als Erster das Wort. »Vielleicht ist es ein bisschen mit Ihnen durchgegangen, Frank.«

Ackerman zuckte mit den Schultern. »Zumindest haben Sie es jetzt sehr leicht, den Schlüssel zu Ihrer Sprengstoffweste aus seinem Magen zu holen.«

»Bevor ich das tue«, sagte Jesse, »könnte mich ja jemand herunterholen. Bitte?«

Ackerman und Annabelle gingen an den Pool, und Ackerman sagte: »Schwingen Sie sich zu uns, wir fangen Sie auf, und ich zerschneide das Seil um Ihre Hände.«

Jesse gehorchte, aber er bewegte sich langsam und zögernd. Annabelle streckte die Hände nach ihm aus und rief: »Na los, Jesse. Jetzt streng dich mal richtig an.«

Im nächsten Moment erreichte Jesse solch einen Ausschlag, dass Annabelle seine Füße packen und ihn zu sich ziehen konnte. Ackerman zückte das Messer, um das Seil zu zerschneiden, als er ein lautes Knacken und ein Krachen hörte.

Augenblicklich wusste er, woher die Geräusche kamen. Das Sprungbrett war jahrelang dem Wetter ausgesetzt gewesen und war genauso verrottet wie alles andere im Camp. Nun hatte es der Zusatzbelastung durch eine Winde, einem Loch in seinem Zentrum und dem Gewicht eines Menschen standgehalten. Dass es nachgab, war nur eine Frage der Zeit gewesen.

Er säbelte an den Fesseln um Jesses Handgelenke und kam schnell voran, aber nicht schnell genug. Bevor er fertig war, brach das Ende des Sprungbretts ab.

Ackerman, der am weitesten entfernt gestanden hatte, musste hilflos mit ansehen, wie das Brett ins Wasser fiel und erst Jesse Gibson und dann Annabelle mitriss. Er sah auch, wie der Alligator auftauchte, als er bemerkte, dass seine heißersehnte Mahlzeit endlich serviert wurde.

93

Jesse hörte, wie das Sprungbrett knackte, bevor es ganz abbrach. Sofort wusste er, was geschah, aber trotzdem vermochte er es nicht zu glauben. Wie konnte diese Lage noch schlimmer werden, als sie es sowieso schon war? Gerade noch hatte er über dem Wasser gebaumelt, grinsend in dem Wissen, dass die Rettung nur eine ausgestreckte Hand entfernt war. Im nächsten Augenblick zerbrach das Brett unter der Kraft seiner Gefährten, das abgebrochene Ende fiel ins Wasser und riss Jesse mit.

Während seines Sturzes sah er, wie Annabelle das Gleichgewicht verlor, hinter ihm her torkelte, aber dann war Jesse schon unter Wasser. Die braune Flüssigkeit brannte ihm in den Augen. Zu seiner Überraschung konnte er noch etwas sehen, und er spürte einen merkwürdigen Druck im Wasser um sich. Instinktiv wusste er, dass sich ihm etwas Großes näherte.

Das einzige Positive war, dass Frank in dem Moment, in dem das Brett zerbrach, das Nylonseil um seine rechte Hand schon durchtrennt hatte. Sonst wäre Jesse geradewegs auf den Grund des Beckens gezogen worden.

Er ruderte mit Armen und Beinen, versuchte die Seite zu erreichen, schlug wild um sich, konnte sich orientieren. Trotzdem spürte er weiterhin, wie ein Phantom näherglitt, und in seiner Vorstellung sah er die Kiefer des Alligators, die erwartungsvoll aufklappten.

Und dann änderte sich das Druckgefühl von einem Moment zum anderen. Es bewegte sich nun von einer Seite zur anderen statt genau auf ihn zu. Er zog sich an die Oberfläche und begann, Wasser zu treten. Er spuckte aus, wischte sich den Schlick aus den Augen und wurde mit einem denkwürdigen Anblick belohnt.

Frank hatte den Alligator beim Schwanz gepackt und zog ihn aus dem Wasser.

Der Pool neigte sich von einer seichten Halbmeterzone bis zum tiefen Ende. Durch Verdunstung war die Nichtschwimmerhälfte schon knochentrocken. Frank war auf den trockenen Beton gesprungen und zerrte nun den Alligator rückwärts aus dem Becken.

Mit schnellen, ruckhaften Bewegungen warf sich das Tier ein wenig nach links und nach rechts, aber es wirkte verwirrt und setzte nicht seine ganze Kraft ein.

Als Frank die ganze Bestie im seichten Wasser hatte, warf

er sich wie ein Wrestler auf den Alligator und landete auf dessen Hinterbeinen.

Er kam mit den Handflächen auf und schob sich mit den Füßen vor, sodass er die Hinterbeine des Alligators mit seinem ganzen Gewicht niederdrückte. Dann legte er die Hände auf die Schultern des Tieres und drückte ihm die Knie auf die Vorderbeine.

Aber da hörte er noch nicht auf.

Das Tier bewegte sich noch und versuchte ihn abzuwerfen. Deshalb bedeckte Frank die Augen des Alligators mit beiden Händen. Kaum war es ihm gelungen, erlahmten die Bewegungen der Bestie vollständig, so als hätte er einen Schalter umgelegt.

Vorsichtig verschob er die linke Hand und den Unterarm so, dass sie beide Augen verdeckten und er die rechte Hand wegnehmen konnte, was jedoch seinen Kopf dichter an die kräftigen Kiefer des Tieres brachte. Weiterhin hielt er die dicht beieinanderstehenden Augen mit der linken Hand bedeckt, ergriff das Maul des Reptils mit der Rechten und zog die Kiefer nach hinten, während er ihm gleichzeitig die Knie in die Schultern bohrte.

Schweratmend sagte Frank: »Ein Alligator hat große Kraft beim Zubeißen, aber die Muskeln, die sein Maul öffnen, sind tatsächlich recht schwach. Diese Achillesferse lässt sich leicht ausnutzen. Wäre jemand von Ihnen so freundlich, mir den Gürtel unseres toten Freundes zu bringen?«

Annabelle war die Erste, die den Pool verließ, und half Frank, dem Alligator den Gürtel ums Maul zu binden. Nachdem sie auch Jesse herausgeholt hatten, ließen sie das Tier ins Wasser zurück.

»Wird ihn das umbringen?«, fragte Jesse.

»Nein, sobald die Polizei das Gelände stürmt, kann sie dem Tier sicher helfen«, antwortete Frank. »Und falls es den

Gürtel nicht schon vorher loswird, erspart die Fessel den Beamten einiges an Zeit und Mühe.«

Zu dritt standen sie am Rand des Pools und sahen zu, wie der Alligator sich herumwarf in dem Versuch, seine Fessel loszuwerden. Zwei von ihnen waren triefnass vom Wasser, einer von Blut.

»Wo um alles in der Welt haben Sie gelernt, mit einem Alligator zu ringen?«, fragte Annabelle.

Frank sah sie erstaunt an. »Hat Ihnen Ihr Vater das nicht beigebracht? Man kann es öfter brauchen, als man glauben möchte.«

94

Bis Jesse den digitalen Schlüssel für seine Sprengstoffweste aus dem Magen des geisteskranken Cajuns geschnitten hatte, zeigte der Timer siebzehn Minuten an. Er war voller Blut eines anderen Menschen, den Tränen nahe, und stand kurz vor dem Erbrechen, als Frank ihm eine Hand auf die Schulter legte und sagte: »Wir müssen weiter. Die Weste können Sie hier liegenlassen. Aber bevor wir aufbrechen, besprechen wir den Plan.«

Jesse verkrampfte sich am ganzen Leib, und sein Gesicht lief hochrot an. Er stand auf und versetzte: »Plan? Das ist ja lachhaft! Wann haben Sie denn jemals einen Plan?«

Frank zog eine Augenbraue hoch und ging weg. Während er zu Annabelle trat, entgegnete er: »Ich habe immer einen Plan. Meine Denkweise ist anderen nur unverständlich. Was ich für vorteilhaft halte. Wer möchte seine Gegner nicht verwirren und im Unklaren lassen?«

Jesse folgte ihm durch das Tor zum Picknickbereich, schüttelte die blutverschmierten Arme und schrie: »Für mich sieht das nicht nach einem Plan aus!«

»Offensichtlich«, entgegnete Frank gelassen, »muss man viele Dinge nehmen, wie sie kommen. Beim Militär bekommt man beigebracht, dass kein Schlachtplan die Begegnung mit dem Feind übersteht. Ich kannte die Einzelheiten dieses Spiels nicht einmal, bevor wir hier eintrafen. Anpassen, improvisieren, überwinden, wie mein Bruder immer sagt.«

Jesse hatte seine Gefühle normalerweise recht gut unter Kontrolle, besonders in der Nähe von Menschen, von denen er gemocht werden konnte, aber jetzt konnte er nicht anders, es brach aus ihm heraus. »Als Wievielten haben Sie mich überhaupt gerettet? Haben Sie die ganze Zeit gebraucht, um Annabelle zu befreien, und jetzt kommen Sie erst zu mir?«

Frank lachte leise. »O nein. Alle anderen Geiseln sind in Sicherheit. Wir haben Sie für zuletzt aufgespart.«

Jesse kam es vor, als habe sein Herz mit seiner Magengrube den Platz getauscht. Sie kannten einander noch nicht lange, aber er hatte angenommen, dass sie in der kurzen Zeit, die sie zusammen waren, und in Anbetracht der extremen Umstände, gegenseitigen Respekt aufgebaut hätten. Ihm war die Gruppe immer mehr wie eine wenn auch dysfunktionale Familie vorgekommen, in der aber trotzdem alle für einen einstanden. Aber jetzt musste er erfahren, dass er in dieser Familie am untersten Platz im Totempfahl stand. Er hatte gedacht, er hätte eine Verbindung zu Frank aufgebaut – dass der Mann ihm vertraute. In der Mine hatte er sein eigenes Leben riskiert, um Frank zu retten. Trotz alldem war er an letzter Stelle gekommen, und ihm erschien es, als wäre das ein beunruhigender Trend in seinem Leben.

Bevor Jesse wusste, was er tat, sagte er: »Sie denken wirklich so gering von mir? Fanden Sie, dass ich Ihnen keine Hilfe sein würde? Warum haben Sie mich nicht früher gerettet?«

Zu seiner Überraschung grinste Frank ihn voll Zuneigung an. »O nein, Jesse Gibson. Ich entschuldige mich für die Täuschung, aber der Grund, weshalb ich Sie bis zum Schluss aufgehoben habe, ist der, dass Sie der Einzige in der Gruppe sind, dem ich vertraue.«

»Ich steh direkt daneben«, sagte Annabelle.

Frank nickte. »Ja, ich weiß.«

Jesse schüttelte den Kopf. »Das verstehe ich nicht. Wenn ich der Einzige bin, dem Sie vertrauen, warum retten Sie mich dann erst am Schluss?«

Frank wies auf das Tor. »Wir haben nicht viel Zeit. Ich erkläre alles unterwegs.«

95

Der Speisesaal, in den sie von Nassar eingesperrt worden waren, hatte eine niedrige, abgehängte Decke, deren Platten zum Teil durch Wasserschaden geschwärzt oder zu Boden gefallen waren. Die weiß getünchten Ziegelmauern waren von Schmutz und Graffiti beschmiert. Mehrere Kantinentische standen noch an Ort und Stelle, und es gab vier Büfetttische aus Stahl, auf denen vermutlich das Essen angerichtet worden war. Alles bedeckte ein schwarz-grüner Film. Es roch nach toten Mäusen, und es war eiskalt.

Marcus saß auf einem der Büfetttische und sah Nadia und

Nakamura zu, wie sie den Saal nach irgendetwas durchsuchten, das sich als Waffe verwenden ließ oder als Ausgangspunkt ihrer Flucht eignete.

Zum Glück hatte sich Marcus nicht die Schulter gebrochen, als er auf den Stufen landete. Die schlechte Neuigkeit lautete, dass er sich ziemlich sicher war, seine gebrochenen Beine erneut verletzt zu haben. Er war zwar nicht so intim mit dem Schmerz vertraut wie sein Bruder, aber er konnte durchaus einen Treffer einstecken und weiterkämpfen. In diesem Fall allerdings lenkte ihn der grelle Schmerz in seinen Waden ab und vernebelte ihm das Denkvermögen.

Nakamura konzentrierte sich auf die Stahltür, die von Demons Leuten eingebaut worden war. Sie hatte einen Esstisch davorgeschoben und stand darauf; wie es schien, versuchte sie den Mechanismus auszutesten, der die Tür öffnete und schloss.

Während sie sich damit beschäftigte, kam Nadia zu ihm und fragte: »Haben Sie zu tun?«

In ihrem Gesicht stand ein gezwungenes Lächeln; sie versuchte die bedrückende Spannung im Saal ein wenig aufzulockern.

Mit zusammengebissenen Zähnen antwortete Marcus: »Nein, ich chille ab. Warum? Haben Sie was, das mich vom Schmerz ablenkt?«

»Tja«, sagte sie, »vielleicht kann ich Sie mit einem Gespräch auf andere Gedanken bringen. Ich wollte eine persönliche Angelegenheit mit Ihnen besprechen. Und Ihrem Gesichtsausdruck zufolge liegen Sie im Sterben. Ich denke, es könnte meine letzte Gelegenheit sein, Sie etwas zu fragen, bevor Sie von uns gehen.«

Marcus lächelte trotz der Schmerzen. »Schreiben Sie mich noch nicht ab, Sie Klugscheißerin. Aber falls diese Frage mit Gefühlen oder Ihrer Beziehung zu Frank zu tun haben sollte, würde ich lieber einfach hier rumsitzen und mich in meinen Schmerzen suhlen. Wenn es um Emotionen geht, bin ich kein toller Gesprächspartner.«

»Sie sind mir nie wie ein Mann vorgekommen, der ein Problem damit hat, seine Gedanken und Gefühle zu artikulieren.«

»Ich habe auch nicht gesagt, dass ich ein Problem hätte, meine eigenen Empfindungen auszudrücken, aber ich bin nicht so toll darin, an ihnen zu arbeiten oder anderen dabei zu helfen. Und was Beziehungsratschläge angeht, bin ich noch mieser.«

Sie schloss kurz die Augen, als wappnete sie sich für schlechte Neuigkeiten: »Sie haben mir mehr oder weniger klar gesagt, dass Frank und ich niemals ein Paar sein sollten, zu meinem eigenen Schutz. Und dass ihm das klar sei. Aber was ist mit meinen Wünschen? Bei dieser Frage gibt es doch mehr Variablen.«

Marcus sah weg und zögerte einen Moment, versuchte, die richtigen Worte zu finden. Schließlich antwortete er: »Frank liebt Sie, und deshalb wünscht er sich das Beste für Sie. Das ist alles, was ich zu sagen versuche. Manchmal ist das Beste für uns nicht das, von dem wir *glauben*, dass wir es uns wünschen.«

Sie presste die Lippen zusammen, bis sie einen feinen Schlitz bildeten, und er sah, wie andere Muskeln in ihrem Gesicht sich anspannten. »Sie wissen, was mir als Teenagerin vom Black Rose Killer angetan worden ist, richtig?«

Marcus nickte. »Klar, und ich weiß auch, dass Frank Ihnen am Ende geholfen hat, ihn zu kriegen.«

»Die Tatsache, dass er zur Rechenschaft gezogen wurde, bringt nicht in Ordnung, wie er mich verändert hat. Auch nicht der Umstand, dass ich ihn mit eigenen Händen töten konnte. Nachdem er es mir angetan hatte, habe ich einen Teil von mir abgespalten.«

»Trauma macht so etwas gern. Man mauert seine Emotionen ein.«

»Ich rede nicht von emotionaler Distanz. Ich habe nie eine Beziehung gewollt. Eine Beziehung ist nicht Teil von dem, wer ich bin. Ich empfinde kein derartiges Verlangen. Sexuell, meine ich. Das galt jedenfalls, bevor ich Frank traf.«

»Warten Sie, sagen Sie …«

»Ich glaube nicht, dass ich technisch eine Jungfrau genannt werden könnte.«

Marcus presste die Lippen zusammen, damit er nicht mit offenem Mund dasaß. Währenddessen suchte er nach einem Ratschlag, der möglicherweise Trost spenden konnte. Nach kurzem Zögern sagte er: »Suchen Sie sich jemand anderen. Wenn Sie sich zu einer Person hingezogen fühlen, muss es unter den Milliarden Menschen auf diesem Planeten noch einen anderen geben, mit dem es klappt. Oder suchen Sie sich einen guten Mann, dem Sie vertrauen und mit dem Sie eine emotionale Verbindung aufbauen können. Der Rest ergibt sich von selbst.«

»Sie verstehen nicht«, sagte sie.

»Ich brauche nicht zu verstehen. Die Entscheidung liegt nicht bei mir. Ich sage Ihnen nur, was ich tun würde und was mein Bruder meiner Ansicht nach in der gleichen Lage tun würde. Ich präsentiere Ihnen die Realität. Ob Sie sie akzeptieren oder nicht, ist Ihre Sache.«

Ihre Kiefermuskeln traten hervor, bis ihr Kinn kantig wirkte, aber ihre Augen wurden feucht. »Frank würde vielleicht so etwas erwidern wie: ›Unsere Realität schaffen wir uns selbst.‹«

»Wir können ändern, wie wir die Welt wahrnehmen, aber manche Dinge sind einfach, wie sie sind. Wahrheit ist Wahrheit. Aber hey, vielleicht irre ich mich. Und wenn wir überleben und Sie Frank davon überzeugen können, dass es das Risiko wert ist, spendiere ich euch verrückten Kids einen Wochenendtrip nach Atlantic City. Wie klingt das?«

Sie kniff die Augen ein wenig zusammen und erwiderte: »Darauf komme ich gern zurück. Und es sollte kein Zimmer sein, sondern eine Suite.«

96

Sie entfernten sich vom Swimmingpool und stiegen eine Anhöhe hinauf zu einer Gruppe von Bäumen, wo Ackerman das Scharfschützengewehr deponiert hatte. In der nächsten Phase seines Plans würden sie es brauchen. Unterwegs erklärte er: »Dafür, dass ich Sie für bis zuletzt aufgehoben habe, gibt es vor allem zwei Gründe, Jesse. Zunächst musste ich Fitz in dem Glauben lassen, dass ich mehr auf ihn baue als auf alle anderen und ihn deshalb zuerst befreit hätte. Ich musste die Illusion schaffen, er hätte mich erfolgreich über seine Identität hinweggetäuscht und mein Vertrauen erlangt. Außerdem sollte er mir beim Entschärfen der Sprengstoffwesten als Versuchskaninchen dienen. Ich wollte ein Gefühl dafür bekommen, wie sie verschaltet sind und auf welchem Niveau sich die Kunstfertigkeit der Person bewegt, die sie hergestellt hat. Ich musste Fitz außerdem jemanden liefern, den ich für den Betrüger halte, und Sie boten sich dazu ganz offensichtlich an. Zweitens können wir auf diese Weise das aktuelle Gespräch unter nur sechs Augen führen. Deshalb habe ich Sie zu meinem Ass im Ärmel gemacht, Jesse.«

Annabelle schüttelte den Kopf. »Ich bin mehr als verwirrt. Wollen Sie wirklich sagen, dass *Fitz* Chamäleon ist?«

»So ist es.«

Jesse schien die Offenbarung ebenfalls zu schockieren. »*Echt jetzt?* Wie haben Sie das herausgefunden? Wie hat er sich verraten?«

Während sie sprachen, trieb Ackerman sie an. Alle Sprengstoffwesten der Geiseln mochten entschärft sein, aber die Uhr tickte dennoch.

»Durch eine Vielzahl von Faktoren, die sich summierten«, sagte Ackerman. »Zum Beispiel war Fitz das einzige Gruppenmitglied, das sich immer in der Mitte hielt. Wir haben Personen wie Nicky und Isaiah, die verständlicherweise versucht haben, sich von der Gefahr fernzuhalten, und verängstigt waren, und dann gab es jene am anderen Ende des Spektrums – die Spitzenleute. Das wären dann Sie beide.«

Jesse wirkte darüber genauso schockiert wie über die Offenlegung von Chamäleons Identität. »Sie finden, ich bin ein *Spitzenmann?*«

Ackerman ließ sich einen Moment Zeit. Er blieb auf dem Weg, der zum Amphitheater führte, stehen und legte dem jungen Mann eine Hand auf die Schulter. »Jesse, Sie stellen Ihr Licht unter den Scheffel. Als ich Sie zum ersten Mal sah, stufte ich Sie als Ex-Soldaten ein, einen tapferen Mann und natürlichen Anführer. Sie stachen heraus und haben von Anfang an einen guten Einfluss auf die Gruppe ausgeübt.«

Jesse tat das Kompliment mit einem Schulterzucken ab. »Ich weiß das zu schätzen, aber nichts davon trifft auf mich zu.«

»Lassen Sie mich Ihnen einen Rat erteilen, nur für den Fall, dass wir überleben. Ich nehme an, von Adam und Eva und dem Garten Eden haben Sie schon gehört. Also, die Schlange versuchte die beiden frühesten Vertreter der Menschheit mit dem Gedanken, dass sie Gott gleich sein und Gut *und* Böse erkennen könnten. Ich habe mich oft gefragt, ob das der Augenblick war, an dem sich der Teufel mit an den Tisch setzte. Denn in unseren Köpfen wohnen zwei Stimmen. Da ist das Gewissen, und da ist das, was die Psychologen die kritische innere Stimme nennen. Die eine leitet einen an, was man tun oder nicht tun sollte, und wie Aristoteles feststellte, hat diese Stimme gewöhnlich recht und lenkt uns in eine Richtung, die sich für uns als günstig erweisen wird. Aber da ist noch die andere Stimme. Diese Stimme sagt Dinge wie: ›Du bist klein‹, ›du bist unwürdig‹, ›du wirst niemals gut genug sein‹. Sie versucht, uns kleinzumachen und auf den Pfad der Selbstzerstörung zu führen. Aber man braucht ihr nicht zuzuhören, mein Freund. Die Quelle dieser Kritik ist der ureigene Erfinder der Täuschung. Alles, was sie uns sagt, ist eine Lüge. Falschheit liegt in der Natur des Teufels, denn Satan hasst die Wahrheit. Sie sind nicht klein, Jesse, und Sie sind würdig. Selbst wenn Sie in der Vergangenheit Schlimmes getan haben, ist immer Zeit zur Umkehr. Die Wahrheit lautet, dass Sie gut genug *sind*, Jesse Gibson, und ich würde freudig an Ihrer Seite kämpfen.«

Jesse versuchte etwas zu sagen, doch ihm schienen die Worte im Hals steckenzubleiben. Ackerman vermutete nach dem Ausdruck in Jesses Augen, dass er eine Art emotionale Wirkung erzielt hatte. Hoffentlich in positiver Hinsicht.

Er schlug ihm auf die Schulter, wie er es Normale bei vielen Anlässen hatte tun sehen, rief: »Es geht immer aufwärts!« und ging weiter.

»Moment mal!«, sagte Annabelle. »Das reicht längst nicht aus, um sich sicher zu sein, dass Fitz Chamäleon ist.«

»Wie schon gesagt, gibt es mehrere kleine Faktoren, aber der schlagende Beweis kam in zwei Teilen. Zuerst fiel mir auf, dass Fitz' Akzent nicht immer einheitlich war. Manchmal klangen seine Os ein bisschen gerundeter, und Alabama verblasste. Das allein hätte jedoch noch nicht gereicht. Mein Verdacht wurde aber bestätigt, als ich seine Tätowierung sah.«

Annabelle nickte. »Als Sie ihn in der Mine darauf ansprachen, habe ich mich gefragt, ob sie irgendwie wichtig ist.«

»Das Tattoo zeigt eine abgesägte Flinte mit den Initialen BM auf dem Kolben. Ich habe einige Zeit in einem Hochsicherheitsgefängnis in Neuengland verbracht, deshalb hatte ich ähnliche Tattoos schon gesehen. In Boston gibt es eine Gang namens Broadmoor Boys. Boston passte auch zu Fitz' Aussprachevarianten, wenn er seinen Akzent einmal vergaß. Die endgültige Bestätigung bestand aber darin, dass er log, als ich ihn nach der Tätowierung fragte. Ich hätte verstehen können, dass er sich für ein Knasttattoo schämt und nicht wollte, dass es ihn verdächtig erscheinen lässt. Sein Fehler bestand in seiner Erklärung, woher er das Tattoo hatte. Er sagte, sein Großvater habe es ihm in Bear Mountain, Alabama, gestochen, und BM stehe für den Ort, in dem er aufwuchs. Zu lügen, was das Tattoo anging, war eine Sache, aber wieso es so eng mit seiner Vorgeschichte verflechten, es sei denn, auch die ganze Vorgeschichte ist eine Lüge?«

»Das ist nicht mehr als begründeter Zweifel«, warf Jesse ein. »Wie können wir uns sicher sein? Wir müssen es mit Sicherheit wissen, bevor wir etwas unternehmen.«

»Ich unternehme ständig etwas, ohne alles mit letzter Sicherheit zu wissen, aber ich möchte niemanden verurteilen. Das scheinen die Menschen ganz allein sehr gut fertigzubringen. Ich lege nur meine Karten auf den Tisch, und wenn ich recht habe, steht Fitz kurz vor seiner großen Offenbarung. Wenn wir ins Amphitheater zurückkehren, werden wir meiner Erwartung nach eine andere Situation vorfinden als bei unserem Aufbruch.«

»Das heißt, wir laufen in eine Falle?«, fragte Annabelle. Noch während sie sprach, erreichten sie die kleine Baumgruppe, in der Ackerman das Gewehr zurückgelassen hatte. Er holte es aus dem Versteck und sagte »Achtung«, als er es Jesse zuwarf. Der junge Mann fing es auf und inspizierte die Waffe. »Ich nehme an, damit kennen Sie sich aus«, fügte Ackerman hinzu. »Immerhin sind Sie der Motor City Marksman, nicht wahr?«

Annabelle sah stirnrunzelnd ihren Gefährten an. »Wovon redet er da?«

Jesse sah zu Boden und umfasste das Gewehr so fest, dass seine Knöchel sich weiß färbten. »Den Namen haben mir die Zeitungen gegeben«, begann er und schilderte die Geschichte, die Ackerman von Demon erfahren hatte: eine Geschichte über einen Soldaten, den Scharfschützen seiner Einheit, dessen Eltern durch ein schadhaftes Gaspedal bei einem Unfall zu Tode kamen, der sich mühelos hätte vermeiden lassen. Er hatte Rache an den gierigen verantwortlichen Managern geübt, indem er ihnen ein Hochgeschwindigkeitsgeschoss in den Unterleib feuerte. Die Unterleibsverletzungen hatte er in voller Absicht verursacht, weil er wollte, dass sie vor ihrem Tod für das, was sie getan hatten, noch litten.

Als Jesse seine Erzählung beendet hatte, meinte Annabelle: »Klingt für mich, als hättest du der Welt einen Gefallen getan.«

»So fühlt es sich aber nicht an. Die Verantwortlichen zu töten hat meinen Schmerz nicht im Geringsten gelindert. Ich fühlte mich dadurch nur noch leerer als vorher.«

Jesse blickte auf, und Ackerman sah ihm in die Augen. »Schlechte Dinge zu tun macht niemanden zu einem schlechten Menschen, Jesse. Es bedeutet nur, dass man ein Mensch ist. Die entscheidende Frage lautet, ob Sie daraus etwas lernen und sich bessern. Sie wollten eine zweite Chance. Was sich Ihnen nun bietet, mag etwas anderes sein, als Sie erhofft hatten, aber hier ist sie. Sie anzunehmen liegt an Ihnen.«

»Woher wollen Sie wissen, dass ich nicht gegen Sie arbeite?«, fragte Jesse. »Sie wissen, dass ich ein Mörder bin.«

Ackerman nickte. »Aber ich weiß auch, dass Sie ein gutes Herz besitzen und mir bei etlichen Gelegenheiten geholfen haben. In der Mine haben Sie mich sogar vor Juggernaut gerettet. Was die Frage aufwirft: Weshalb sind Sie hier?«

Wieder senkte Jesse den Blick. »Ich war auf der Flucht, und ich habe einen Kontakt über einen Freund benutzt, um an gefälschte Papiere zu kommen. Ich wollte das Land verlassen, aber ich hatte kein Geld. Der Typ, der mir die Papiere verschafft hatte, sagte, er wüsste jemanden, der mir vielleicht helfen könnte. Eins führte zum anderen, und am Ende bekam ich von Demon das Angebot, bei diesem Schlamassel mitzumachen.«

»Und was hat er im Gegenzug angeboten?«

»Das Gleiche wie bei JB. Fünfunddreißig Millionen Dollar. Und sicheres Geleit in ein schönes Land, das nicht ausliefert.«

Ackerman hob die Brauen. »Das ist eine beträchtliche Summe. Worin bestanden Ihre Instruktionen?«

»Zuerst nahm ich an, dass ich für so viel Geld etwas Furchtbares tun müsste, aber Demon sagte zu mir, wenn ich meine Freiheit und eine zweite Chance wollte, bräuchte ich mich nur als Neuzugang in der Mine einzufinden. Jemand vom FBI würde kommen, um meine Gruppe zu retten. Meine Anweisung lautete, Ihnen zu helfen, wo ich kann, und Sie am Leben zu halten. Sollte ich Erfolg haben und selbst überleben, würde ich das Geld bekommen.«

»Und du hast keine Fragen gestellt, wovor du diese Person denn beschützen solltest?«, fragte Annabelle.

»Demon wollte mir mehr nicht sagen. Mir blieb keine große Wahl, und wie er es schilderte, klang es nach einem Spaziergang. Für nichts bekommt man nicht so viel Geld.

So viel wusste ich. Er sagte, Sie wären überhaupt kein echter FBI-Agent und Sie würden lügen, was Ihre Identität betrifft. Sie seien ein Berater des FBI, der aus schwarzen Kassen bezahlt wird. Die ganze Sache sollte Sie nur damit konfrontieren, wer Sie wirklich sind.«

»Bei den meisten Dingen hat er nicht gelogen«, sagte Ackerman, »aber von Ihrem Geld werden Sie nie auch nur einen Cent sehen. Vielleicht bekommen Sie die Chance auf ein neues Leben. Freiheit allerdings ist nicht gratis zu haben. Wir werden für sie kämpfen müssen.«

97

Der Fluchtplan hatte sich in Ackermans Kopf entwickelt, seit er im Helikopter das Gefechtsfeld aus der Vogelperspektive gesehen hatte. Ihm war aufgefallen, dass man das gesamte Amphitheater von einem Felsvorsprung überblickte und Demons Leute drei Sumpfboote hineingeschafft hatten. Nachdem ihm klargeworden war, dass sämtliche seiner Schützlinge sterben würden, wenn sie sich weiter an Demons Spielregeln hielten, hatte Ackerman sich eine Strategie überlegt, die Geiseln in Sicherheit zu bringen. Entweder brachte er sie mit einem Humvee oder einem Sumpfboot fort, und um Demon würde er sich erst später kümmern. Seitdem hatte er erfahren, dass die Sumpfboote nur als Staffage für eins von Demons Spielchen gedacht gewesen waren, aber trotzdem konnten sie seinen Zwecken noch dienen.

Als sie den Felsvorsprung erreichten, duckte er sich in das

Buschwerk, um vor den Feinden im Amphitheater verborgen zu bleiben, und seine Gefährten taten das Gleiche. Kaum hatten sie einen guten Beobachtungspunkt gefunden, erbat Ackerman von Jesse das Gewehr und benutzte es als Fernrohr.

»Was ist hier falsch gelaufen?«, flüsterte Jesse. »Annabelle hat es erwähnt.«

Ackerman knurrte, doch dann erklärte er die Lage, in der sie Nicky vorgefunden hatten; inwiefern sie entschiedenes Vorgehen erfordert und ihn gezwungen hatte, einem Mann das Leben zu nehmen.

»Das klingt, als hätten Sie getan, was nötig war«, sagte Jesse.

»Das Problem ist, dass ich es genossen habe, Jesse, und wenn man etwas so Schlimmes genießt, wird man sich immer fragen, ob es wirklich nötig war oder ob man sich nur einredet, was man hören möchte.«

»Es war supernötig«, warf Annabelle rasch ein, »und es ist sogar noch nötiger, dass wir Fitz und die übrigen Mistkerle fertigmachen.«

»Ich habe gerade einen Mann mit einer Kettensäge zerteilt, und trotzdem stellen Sie meine Entschlossenheit infrage?«

Annabelle grinste. »Das war ziemlich krass. Ich war minimal beeindruckt.«

Ackerman runzelte die Stirn und konzentrierte sich auf die Frage, wie Fitz seine Falle zuschnappen lassen wollte. Die drei Geiselnehmer, die Fitz hatte bergen sollen, waren nicht in Sicht. Von seinem Beobachtungspunkt aus konnte Ackerman ihn sehen, dazu, wie es schien, die übrigen ehemaligen Geiseln. Alle saßen in dem Humvee, in dem die Söldner losgefahren waren, als Demon die Spielregeln erklärte, Fitz am Lenkrad mit offenem Seitenfenster. Die drei anderen Seitenfenster des Geländewagens waren hochgefahren und getönt, und durch sie hindurch entdeckte er Bert, Nicky und Isaiah nur als Umrisse.

Ackerman besaß ein ausgezeichnetes Zeitgefühl und hatte heruntergezählt, seit er den Timer an Jesses Sprengstoffweste zuletzt gesehen hatte. Er schätzte, dass ihnen nun noch neun Minuten blieben. Wenn sie jetzt hinuntergingen und einen Plausch mit Fitz hielten, wäre das Timing genau richtig.

»Ich sehe die drei Männer nicht, die wir gefesselt auf dem Gelände zurückgelassen haben«, sagte Ackerman.

»Sie hätten ihnen die Bäuche aufschlitzen sollen und fertig«, bemerkte Annabelle.

»Spielt jetzt keine Rolle. Wir müssen trotzdem Hallo sagen. Der Countdown ist beinahe vorüber.«

»Ich dachte, Sie hätten alle Westen entschärft?«

»Die von Fitz nicht. Ich habe seine Weste vielmehr neu verschaltet. Sie kann jetzt nicht mehr entschärft werden. Zumindest nicht, ohne dass man ein paar Tricks mehr kennt als ich. Die Explosion wird uns als Ablenkung dienen.«

»Wenn er Demons Mann ist«, betonte Annabelle, »hatte er vielleicht die Möglichkeit, sie allein abzulegen.«

»Sehr gut denkbar. Aber er braucht sie gar nicht zu tragen. Damit wäre der Spaß nur größer.«

»Woher wollen Sie wissen, dass er sie überhaupt noch bei sich hat?«

»Mit Sicherheit weiß ich es nicht, aber sie kommt mir nicht so vor wie etwas, das man einfach wegwirft. Ich rechne damit, dass sie irgendwo innerhalb des Amphitheaters liegt. In der Welt des Militärs sagt man, dass kein Schlachtplan den ersten Kontakt mit dem Feind übersteht. Aber mit Jesse haben wir ein Ass im Ärmel. Es wird Zeit, dass wir die Scharfschützenausbildung zu unserem Vorteil einsetzen.«

Jesse seufzte. »Wissen Sie, ich wollte nie Soldat werden.

Ich wollte so ziemlich alles, nur nicht das. Mein Traum war eine Collegeausbildung, aber wenn man ein armer Junge aus einem armen Viertel ist, hat man außer einem Veteranenstipendium nicht viele Möglichkeiten, das Geld fürs College zusammenzubekommen.«

Annabelle grinste ihn schief an. »Hast du Nicky nicht erzählt, dass du Choreograph werden wolltest?«

Er zuckte mit den Schultern. »Eine Zeit lang wollte ich das auch. Es war so eine Idee. Ich kannte ein Mädchen, das sehr auf Tanzen stand, und ich war auch ziemlich gut. Sie hat mir beigebracht, dass jeder gute Tanz eine Metapher für das Leben ist. Sie sagte, dass ein Tanz genau wie das Leben drei Aspekte besitzt: Zeit, Raum und Energie. Ich dachte, wenn ich vielleicht lernen könnte, diese Dinge zu managen, indem ich sie durch Bewegung ausdrücke, würde es mir eine Perspektive geben, diese Aspekte in meinem Leben zu handhaben. Aber ich weiß nicht, ob es das ist, was ich am Ende gemacht hätte. Erfahren werde ich es wohl nicht mehr. Diese Türen sind jetzt verschlossen. Vielleicht werde ich auf die eine oder andere Weise nie etwas anderes sein als ein Soldat und ein Gefangener. Mir kommt es vor, als wäre das alles ein ganzes Leben lang her, und alles war für nichts und wieder nichts. Ich wünschte, die Drillsergeants hätten mich rausgeworfen, so wie sie es ständig androhten. Ich wünschte, sie hätten niemals erkannt, dass ich ein ganz passabler Schütze bin.«

»Das war nicht für nichts, Jesse«, sagte Ackerman. »Es war für hier und jetzt, also zögern Sie nicht.«

»Wenn es nicht zur Explosion kommt«, fragte Jesse, »was ist dann mein Signal, das Feuer zu eröffnen?«

»Achten Sie darauf, wann ich loslege. Wenn es zum Schlimmsten kommt, versuchen wir, dicht zum Wasser zu kommen, damit wir eintauchen und es als Deckung benutzen können. Danach liegt alles an Ihnen.«

»Die können uns einfach durchs Wasser erschießen«, wandte Annabelle ein.

Ackerman lächelte. »Nein, das können sie nicht. Solange Sie einen Meter unter der Oberfläche sind und vom Ufer im Winkel von dreißig Grad auf Sie geschossen wird, trifft Sie keine Kugel auf diesem Planeten. Nicht einmal ein 12,7-Millimeter-Geschoss aus Fitz' Desert Eagle. Ich habe gesehen, wie diese Tatsache in einer Fernsehsendung namens *Busters of Myth* bewiesen wurde.«

Annabelle rollte mit den Augen. »Wir können aber nicht ewig den Atem anhalten. Sie können uns erschießen, wenn wir zum Luftholen an die Oberfläche kommen. Und es heißt *MythBusters*. Andersherum klingt es wie eine Rap-Band aus dem Mittelalter.«

»Ich wette, er hat den Clip auf *Tube of You* gesehen.« Jesse versuchte, eine unbewegte Miene zu wahren. Dann aber sahen er und Annabelle einander in die Augen und kicherten leise los.

Ackerman musterte sie tadelnd. »Wir sollten losgehen, Kinder. Wir haben einen Weg zu gehen und Dinge in die Luft zu jagen.«

98

Ackerman hatte entschieden, das Problem Chamäleon zu behandeln, wie er die meisten Probleme behandelte – mit rascher, entschiedener Aktion. Folglich schlenderten Ackerman und Annabelle geradewegs ins Amphitheater und in die

Falle, die Fitz ihnen gestellt hatte, worin auch immer sie bestand. Jeder von ihnen war mit einer Pistole bewaffnet, und Jesse gab mit dem Gewehr vom Felsvorsprung aus Feuerschutz.

Als sie durch das Tor gegenüber dem Humvee ins Amphitheater kamen, flüsterte Annabelle: »Sind Sie sich sicher damit?«

»Ich bin mir immer sicher.«

»Aber haben Sie auch immer *recht?*«

»In der Regel schon. Natürlich muss sich jeder irgendwann mal irren.«

»Tun Sie mir den Gefallen und irren Sie sich, wenn der Arsch von jemand anderem auf dem Spiel steht.«

Zur Antwort lächelte Ackerman ihr zu.

Vorhin hatte er durch das Zielfernrohr außer Fitz, der am Lenkrad saß, noch andere Personen im Humvee gesehen, aber nur als vage Silhouetten. Jetzt, da er aus einem anderen Winkel vom Boden her hinschaute, sah Ackerman deutlich, dass die Größen der anderen Insassen nicht zu Bert, Isaiah und Nicky passten.

Fitz hatte seinen Sitz so weit zurückgeklappt, dass nur noch sein Gesicht zu sehen war. Als sie näher kamen, grinste er sie breit unter seinem bleistiftdünnen Schnurrbart an. Als sie noch sechs Meter entfernt waren, rief er: »Wo ist Jesse?«

»Er hat es nicht geschafft«, rief Ackerman zurück. Er zeigte auf das Blut, das noch immer seine Kleidung und einen guten Teil seines Körpers bedeckte. »Das ist von ihm.«

»So eine Schande. Ich hab Jesse gemocht. Was ist ihm zugestoßen?«

Fitz sprach noch immer mit seinem falschen Akzent, aber als sie näher traten, fuhren die Fensterscheiben herunter und offenbarten die drei Geiselnehmer, die mit Waffen in ihre Richtung zielten.

An Fitz gewandt sagte Ackerman: »Unsere Freunde scheinen mit anderen Gesichtern aufgewacht zu sein. Ich hasse es, wenn so etwas geschieht.«

Fitz lachte leise und fragte mit einem Akzent, der sich für Ackerman sehr nach Boston anhörte: »Das ist Ihnen wirklich schon einmal passiert? Sie sind mit einem anderen Gesicht aufgewacht?«

»Nun, ich wusste durchaus, was vorging, und es geschah nur einmal, aber es war eine aufwühlende Erfahrung.«

Fitz spitzte die Lippen und pfiff. Sechs Männer mit M4-Sturmgewehren traten aus Verstecken im Amphitheater, näherten sich ihnen und nahmen sie in die Zange. Fitz' .50er Desert Eagle erschien im Fensterrahmen des Humvees. Ackerman und Annabelle hoben die Hände, und einer der Neuankömmlinge nahm ihnen die Pistolen und das Bowiemesser ab. Die anderen Männer im Humvee lächelten, aber ihre Heiterkeit wirkte gezwungen. Ackerman konnte sich vorstellen, dass sie sich freuten, mit anzusehen, wie er bekam, was er verdient hatte, aber sie litten in jedem Fall Schmerzen. Immerhin hatte er einem die Achillessehne durchtrennt, einen weiteren angeschossen und dem Dritten wohl zu einer Gehirnerschütterung verholfen.

Während des bevorstehenden Kampfes wären diese Leute nicht weiter gefährlich. Der Unsicherheitsfaktor hatte darin bestanden, wie viele Männer Fitz zur Party mitbrachte. Ackerman war erfreut zu sehen, dass der zusätzliche Widerstand nur einstellig ausfiel. Fitz würde bedauern, nicht mehr Unterstützung angefordert zu haben, falls er in diesem Leben überhaupt noch Gelegenheit dazu erhielt.

Ackerman zählte im Kopf auch jetzt noch die Zeit herunter und schätzte, dass vier Minuten vergehen mussten, bevor Fitz' Sprengstoffweste explodierte.

Fitz stieg aus dem Humvee. »Es ist eine Freude, Sie zum

ersten Mal wirklich kennenzulernen, Mister X. Sie können mich Chamäleon nennen.«

Sein Gebaren war vollkommen umgeschlagen. Erschien er einen Moment zuvor noch wie ein Tollpatsch mit leblosen Augen, war er nun zu einem kultivierten Mann von großem Charisma geworden. Und großem Übermut. Ackerman stellte darüber hinaus fest, dass Fitz die Sprengstoffweste nicht mehr trug.

»Wie ich sehe, haben Sie einen Teil Ihrer Garderobe abgelegt«, sagte er. »Ohne den Schlüssel zum magnetischen Schloss muss das schwierig gewesen sein. Da Sie offensichtlich niemandes Bauch aufgeschlitzt haben, nehme ich an, Sie verfügen über einen Generalschlüssel?«

Fitz streckte die Hand vor und ließ an einer Kette ein kleines Gerät wie jene hinunterbaumeln, die von den sechs Geiselnehmern verschluckt worden waren. »Und ich habe die Verschaltung selbst geprüft und alle Ihre Änderungen rückgängig gemacht. Die Weste ist nun entschärft und sicher mit unserer anderen Ausrüstung hinten im Humvee verstaut.«

Ackerman bewahrte eine ungerührte Miene. Annabelle sah ihn wütend an. Er spürte die Hitze, die von ihr ausging.

»Ich war enttäuscht, dass Sie auf meine Darbietung nicht hereingefallen sind«, fuhr Fitz fort. »Was hat mich verraten?«

Ackerman wiederholte, was er Jesse und Annabelle über Akzent und Tattoo erklärt hatte.

»Ich weiß Ihre konstruktive Kritik sehr zu schätzen«, sagte Fitz. »Das liebe ich daran, zu einem neuen Menschen zu werden. Jedes Mal lerne ich etwas und verbessere mich. Und das ist okay. Ich plane, diese Arbeit noch sehr lange zu tun. Sehr viele Gelegenheiten zum Wachstum.«

»Es ist immer gut, Ziele zu haben«, entgegnete Ackerman, »aber Ihr Ziel wird zu einer leeren Existenz und Ihrer unvermeidlichen Vernichtung führen. Sie brauchen nicht weiter nach Demons Pfeife zu tanzen, Mr. Fitz, oder was Ihr wirklicher Name auch ist. Es gibt einen besseren Weg, und ich habe noch Hoffnung für Sie.«

»Ich habe auch Hoffnung. Ich hoffe, das Beste und das Größte zu sein, und ich habe mir gesagt, dass ich am schnellsten dahin komme, das Größte zu sein, indem ich den Größten töte. Mir ist klar, dass ich nicht automatisch den Titel erhalte, sobald ich Sie töte, aber Sie besiegt zu haben, schadet sicherlich nicht. Wenn alles vorbei ist und Sie tot sind, gibt Mr. Demon mir einen Platz am Tisch. Ich werde zu den Leuten gehören, die seine Organisation leiten. Ich werde die gleiche Macht besitzen, die er besitzt, aber Sie sollten sich geehrt fühlen, denn alles wird sich immer erinnern, wie ich mir meine Sporen verdient habe. Und wie ich es auf große, öffentliche Weise tat, indem ich einen Mann wie Sie demütigte.«

»Sie haben jetzt vielleicht die Oberhand, Mr. Fitz, aber werden Sie nicht zu keck. Situationen wie die aktuelle sind oft im Fluss. Binnen eines Lidschlags kann sich das Geschick ändern.«

Fitz breitete die Arme aus. »Schauen Sie sich um! Sie kommen hier nicht lebendig heraus, aber bevor ich Sie töte, zwinge ich Sie zuzusehen, wie ich alle anderen töte. Also machen wir einen Spaziergang zu den Sumpfbooten, und dort verabschieden Sie sich mit einem netten Adieu von den übrigen Campgästen.«

Ackerman zählte im Kopf noch immer, und seiner Schätzung nach hatte der Timer, der bei anderthalb Stunden begonnen hatte, keine drei Minuten mehr übrig, was bedeutete, dass er Fitz nur noch ein wenig länger am Reden halten musste.

99

Im Amphitheater stank es nach totem Fisch und schimmeligem Holz, aber Ackerman wusste, dass ihm schon bald verbranntes Fleisch und versengtes Haar in die Nase steigen würden, beides sehr angenehme Gerüche. Den süßlich-moschusartigen Duft von zerkochtem Hirnwasser genoss er stets besonders.

Fitz rief einem seiner Leute zu, ein Sumpfboot anzulassen, und die neuen Söldner führten ihre drei fehlenden Gefährten – Nicky, Bert und Isaiah – gefesselt und geknebelt herbei. Die Mietschützen brachten sie an eine Stelle unmittelbar vor den Klingen der Antriebspropeller. Im nächsten Moment erwachte ein Boot brüllend zum Leben.

Fitz schlenderte zu Nicky und setzte dem jungen Mann die Mündung seiner Desert Eagle unters Kinn. Nicky schloss die Augen und wimmerte unter seinem Knebel. Um die heulenden Propellerblätter zu übertönen, musste Fitz beinahe brüllen. »Ganz ruhig, Kleiner. Ich erschieß dich schon nicht. Ich wollte immer sehen, was passiert, wenn ich jemanden in so einen großen Ventilator werfe. Ich weiß, du hast die ganze vergangene Stunde an nichts anderes gedacht, als in diesem Riesenmixer zerfetzt zu werden, und deshalb will ich dich als Ersten von deinem Elend erlösen. Aber keine Angst, die anderen folgen dir auf dem Fuß. Mister X wird zusehen, wie jeder Einzelne von euch stirbt, bevor ihn sein eigenes Ende ereilt.«

Fitz streckte die freie Hand nach Nicky aus, vielleicht, um ihn mit einem beiläufigen Stups in das wirbelnde Maul zu stoßen, doch Ackerman stoppte ihn, indem er sagte: »Wissen

Sie, *Chamäleon* ist vermutlich der dümmste und feigste Name für einen Killer, den ich je gehört habe.«

Fitz erstarrte. Seine Muskeln spannten sich an. Er wandte sich zu Ackerman um und neigte den Kopf auf die Seite. »Ich bin fast perfekt in der Gruppe untergegangen. Gewiss, ein paar Fehler habe ich begangen, aber Sie haben sie nur bemerkt, weil …«

Ackerman schüttelte den Kopf. »Ich wollte damit nicht andeuten, er würde nicht zu Ihnen passen. Im Gegenteil, ich finde, zu *Ihnen* passt er hervorragend. Nur ist er einfach kein guter Name für einen Killer. Wissen Sie, der Hauptgrund für den Farbwechsel eines Chamäleons ist weder Verteidigung noch Tarnung. Verwendung finden die Farbänderungen vorwiegend während ihrer Paarungsrituale. Obwohl sie mit ihrer Umgebung verschmelzen können, ist ihre wichtigste Verteidigung die Schnelligkeit. Sie rennen weg. Darin sind sie gut. Sehen Sie, Chamäleons sind Feiglinge. Und deshalb passt der Name perfekt zu Ihnen.«

Fitz versuchte seine Fassung zu bewahren, aber sein Lächeln wandelte sich langsam in die Fratze eines Verrückten. »Vergessen wir aber nicht, dass ich auf der Siegertreppe stehe und Sie nicht. *Ich* habe gewonnen. Ich habe bewiesen, dass ich besser bin als Sie, und so sehr Mr. Demon Sie auch respektiert, überlegen Sie nur, wie sehr er mich respektieren wird, denn ich habe Sie auf ganzer Linie überlistet.«

»Das glauben Sie also? Überlistet haben Sie mich in keinerlei Hinsicht. Vielmehr ist das Ihre letzte Gelegenheit, eine kluge Entscheidung zu treffen und zu tun, was Ihr Namenspatron tun würde – den Schwanz einzukneifen und zu *fliehen*. Ich habe Sie von Anfang an durchschaut, aber was *Sie* einfach nicht erfassen, ist die Tatsache, dass es bei diesem Spiel nicht um Sie geht. Wie alle anderen auch, die Demon auf seinem Altar opfert, sind Sie nur hier, um die Bestie in mir zu befreien. Ihre Aufgabe besteht darin, mich herauszufordern, aber unterm Strich, Mr. Fitz, sind Sie für Demon nichts weiter als noch mehr Futter für den Fleischwolf.«

Fitz trat vor. Die Wut ergriff von ihm Besitz. Er zog die Lippen vom Zahnfleisch zurück, sodass er die Zähne bleckte wie ein tollwütiger Hund. »Meine Mutter hat mich genauso sehr unterschätzt wie Sie, aber schon bald sind Sie genauso tot wie sie. Und ich bin immer noch da. Sie halten sich für dermaßen schlau. Sie dachten, Sie sind so viel besser als der arme, dumme Fitz. Nur zu, machen Sie Ihre abfälligen Kommentare, aber Mr. Demon erkennt meinen Wert. Er ist wie ein Vater zu mir, und in diesem Spiel ist es stets nur darum gegangen, dass *ich* Gelegenheit bekomme zu glänzen.«

»Das ist Ihre letzte Warnung, Fitz. Ich will Ihnen nicht wehtun, aber ich bin dazu bereit.«

Fitz schüttelte den Kopf und lachte. »Mr. Demon hat mir anvertraut, dass Sie unfähig sind, Furcht zu empfinden, aber er hat gar nicht erwähnt, dass Sie auch keinen Blick für die Wirklichkeit besitzen.«

»Erinnern Sie sich, dass ich Ihnen sagte, ich sei ein Experte für Sprengstoffe?«

Ein verdutzter, aber leicht besorgter Ausdruck trat in Fitz' Gesicht.

»Denn ich habe die Weste so neu verschaltet«, fügte Ackerman hinzu, »dass keiner Ihrer Schlüssel sie entschärfen kann, und ich habe die Modifikationen an den Schaltkreisen gut kaschiert. Deshalb nehme ich an, dass sie jeden Augenblick in die Luft fliegen wird. Ich weiß, Sie behaupten, Sie hätten sie überprüft und sichergestellt, dass sie entschärft ist, aber dazu müsste man die Fähigkeiten eines Fachmanns besitzen. Und um aufrichtig zu sein, Fitz, ich bezweifle, dass Sie die erforderlichen Stunden aufgewendet haben, um ein Fachmann zu werden.«

Fitz drehte den Kopf zum Humvee, die Augen aufgerissen, aber er versuchte, sein prahlerisches Benehmen aufrechtzuerhalten. »Sie lügen«, sagte er. »Dann wäre sie ja schon längst …«

Die Weste, die Ackerman neu verschaltet hatte, detonierte in diesem Augenblick und warf den Humvee als wirbelnden Ball aus Feuer und Stahl aufs Dach.

100

Als die Weste zündete, machte Ackerman einen langen Schritt auf den nächststehenden Bewaffneten zu, den Kopf abgewandt, damit der Blitz ihn nicht blendete. Als der Humvee in die Luft stieg, bedeckten alle Söldner instinktiv die Augen und drehten sich von der Explosion weg. Für einen Moment waren sie desorientiert und abgelenkt.

Ackerman hörte augenblicklich den Knall eines Scharfschützengewehrs. Jesse erfüllte seine Aufgabe. Der Kopf des Mannes neben Ackerman zerbarst als roter Nebel, und bevor er zu Boden fiel, entriss Ackerman ihm das M4 und feuerte eine Reihe von Kugeln in den nächststehenden Söldner.

Er hörte weitere Schüsse. Annabelle, sah er, hatte einen ihrer Gegner entwaffnet und verpasste dem Söldner mit ihrem neu erlangten M4 auf Kernschussweite ein neues Gesicht.

Zwei Gewehrschüsse und die dumpfen Schläge, mit denen Leichen zu Boden stürzten, verrieten ihm, dass Jesse zwei weitere Ziele ausgeschaltet hatte.

Der letzte Angehörige von Fitz' Verstärkung fiel, als

Ackerman auf seine Deckung feuerte, was den Feind in Richtung Annabelle trieb, die ihn nonchalant niederschoss.

Die gesamte Auseinandersetzung hatte nur wenige Sekunden gedauert.

Als das Feuer eingestellt wurde, kroch Fitz am Boden neben den Sumpfbooten auf Händen und Knien zu seiner Desert Eagle. Ackerman seufzte und fegte mit zwei wohlgezielten Kugeln die Handkanone außer Reichweite.

Geschlagen richtete Fitz sich auf, den Blick zu Boden gerichtet. Ackerman senkte die Waffe und brüllte im Grollen des Sumpfbootpropellers, der hinter ihm nach wie vor wirbelte: »Es ist aus, Mr. Fitz.«

Sein Gegner hechelte wie ein Hund, während er auf den Boden starrte und wie ein Wahnsinniger vor sich hinmurmelte. Laut genug, dass Ackerman es hörte, rief er dann: »Gar nichts ist aus!«

»Doch, ist es.«

»So kann es nicht enden!«

»Doch, kann es.«

»Das sollte mein Augenblick sein! Mein großer Moment! Meine Chance zur Größe! Es kann nicht vorbei sein. Mr. Demon wird kommen und …«

»Demon sind Sie gleichgültig, mein Junge. Schon immer. Aber dass Sie besiegt sind, bedeutet ja nicht, dass Ihr Leben enden muss. Ich bin das wandelnde Zeugnis, dass Läuterung möglich ist.«

»Ich will Ihre Läuterung nicht. Ich will etwas Echtes. Ich will das Beste sein! Ich will Macht!«

»Tun Sie nichts Unüberlegtes, Fitz.«

Annabelle trat näher und hob das Sturmgewehr, aber Ackerman sagte: »Warten Sie, ich schaffe das.«

Sie kniff die Augen zusammen und schüttelte ungläubig den Kopf, aber sie senkte das M4.

»Was immer Sie jetzt überlegen«, rief Ackerman, »es wird nicht funktionieren.«

Fitz zückte ein Messer, das er am Rücken getragen hatte, und hielt es an seiner Seite, während er noch immer auf den Boden blickte und unzusammenhängend vor sich hinmurmelte.

»Vergessen Sie nicht, was ich über Fleisch und Fleischwolf gesagt habe, Fitz«, fuhr Ackerman fort. »Dazu will Demon Sie machen. In der Bibel steht, wer das Schwert nimmt, wird durch das Schwert sterben. Ich kann Ihnen die Entscheidung nicht abnehmen. Ich kann nicht für Sie das Leben wählen, aber ich kann Ihre Entscheidung respektieren.«

Fitz begegnete endlich Ackermans Blick. In seinen Augen stand ein wilder, hysterischer Ausdruck. »Ich kann alles schaffen. Ich kann jeder sein. Ich bin das Chamäleon. Ich bin unbesiegbar.«

»Ich bemerke an Ihrer Argumentation den einen oder anderen Schwachpunkt.«

»Wir werden schon sehen, ob Sie noch so anmaßend sind, wenn Demon Ihnen alles weggenommen hat. Wollen Sie wissen, was in der dritten Runde passiert?«

Ackerman setzte zu einer Antwort an, doch er hatte das erste Wort nur halb gesprochen, als Fitz auf ihn zustürmte.

Ackerman blieb wenig Zeit, um zu reagieren, doch als er später auf die Situation zurückschaute, begriff er, dass er Fitz in diesem Moment vermutlich hätte entwaffnen können. Stattdessen trat Ackerman zur Seite, gerade als Fitz ihn erreichte.

Dessen Impuls trug ihn weiter voran. Fitz stolperte über die eigenen Füße. Und dann war er weg, weil die Blätter des Propellers ihn verschlangen, als wäre das Sumpfboot ein hungriges Raubtier. Augenblicklich wurde er zerhackt. Wie aus dem Nichts klatschte auf die fünf Personen Blut, in dem sich manchmal etwas Festes befand, vielleicht Kleiderfasern oder Knochensplitter. Der Motor stotterte und ließ schwarzen Rauch aufsteigen, dann lief der Propeller aus und verstummte.

101

Wieder Soldat zu sein fühlte sich gut an. Irgendwie hatte Jesse es wirklich vermisst. Seine Militärzeit war ihm zwar zum größten Teil eine Qual gewesen, aber es gab Aspekte, die er genossen hatte – vor allem das Gefühl von Brüderlichkeit und gemeinsamer Anstrengung, das Gefühl der Zugehörigkeit zu etwas, das größer war als man selbst. Er vermisste auch die Zuversicht, die es ihm schenkte, in Uniform mit seinen Kameraden zu marschieren. Diese Momente gehörten zu den wenigen Gelegenheiten in seinem Leben, in denen er sich wirklich respektiert gefühlt hatte.

Als er den Felsvorsprung verließ und ins Amphitheater kam, fand er Frank vor, der auf den zerstörten Humvee starrte, ein qualmendes, verkohltes Wrack. »Sind Sie so weit?«, fragte er. »Ich dachte, wir nehmen die Sumpfboote.«

Frank zuckte mit den Schultern. »Die Sumpfboote sind nur aufgemotzte Angelkähne, und wir haben niemanden mehr, den wir als menschlichen Schutzschild verwenden könnten. Wir sind leichte Ziele auf den Booten, falls Demon am Rand des Geländes Scharfschützen postiert hat. Ich hatte geplant, den gepanzerten Humvee zu nehmen, euch alle in den Passagierraum zu packen und uns von hier wegzufahren.

Der Humvee war immerhin ein Militärfahrzeug und hätte einiges ausgehalten.«

Das zuversichtliche Gefühl, wieder Soldat zu sein, wich der Angst, die charakterisierte, was es wirklich bedeutete, Soldat zu sein. »Was machen wir jetzt?«, fragte Jesse.

Frank schlug ihm auf die Schulter. »Wir steigen an Bord, lassen den Hammer fallen und beten für das Beste.«

Annabelle hatte in der Nähe die Leinen eines Sumpfboots gelöst. »Klingt ganz nach meiner Art Plan. Machen wir, dass wir hier wegkommen.«

Jesse wollte gerade vorschlagen, einige der im Amphitheater verstreuten Wrackteile als provisorische Deckung zu benutzen, als er Helikoptermotoren hörte, die die Luft zerhackten. Der näher kommende Hubschrauber erschien über der Bucht und blieb dort schweben. Er ähnelte den Helikoptern, in denen sie nach Louisiana transportiert worden waren, nur dass es sich hierbei um ein Gunship mit einem einschüchternden M60-Maschinengewehr handelte, das aus der Seitenwand ragte. Das MG jagte einen Feuerstoß in die vorderen Hälften der Sumpfboote und stanzte Löcher in ihre Metallrümpfe. Innerhalb weniger Augenblicke liefen sie voll Wasser und waren nicht mehr zu gebrauchen.

Aus einem Lautsprecher, der unterhalb des Hubschraubers montiert war, erklang eine Stimme: »Bleiben Sie, wo Sie sind.«

Jesse hörte, wie Fahrzeuge näher kamen. Motoren heulten. Innerhalb von Sekunden erschienen mehr schwarz gekleidete Söldner im Amphitheater, und zusätzliche Humvees blockierten beide Ausgänge.

Als die Bewaffneten sich aufstellten, hoben alle die Hände, nur Frank nicht, der reglos dastand und verärgert aussah. Einige hielten sie mit Sturmgewehren in Schach, während andere ihnen die Waffen abnahmen.

Jesse kannte die Stimme, die aus dem Lautsprecher gekommen war. Sie gehörte dem Mann, der in dem sadistischen Marionettenspiel die Fäden zog. Der Mann, den sie als Demon kannten.

»Bleiben Sie, wo Sie sind, Mister X. Bevor Sie irgendwelche übereilten Entscheidungen treffen, sollten Sie sich über einige weitere Druckmittel im Klaren sein, die ich mir verschafft habe.«

Einer der Söldner trat mit einem iPad in den Händen auf Frank zu. Er hob es, und als er Frank erreichte, sagte er: »Mr. Demon will, dass Sie sich das ansehen.«

Der Bildschirm zeigte einen Mann, der in irgendeinem Abbruchhaus auf einem Stahltisch lag. Zwei Frauen waren bei ihm, eine asiatischer, die andere nahöstlicher Herkunft.

Jesse sah, wie Franks Kiefer sich verkrampften und seine Hände sich öffneten und schlossen. Etwas wie den Ausdruck in seinem Gesicht hatte Jesse bei ihrem Anführer noch nie gesehen. Gewöhnlich war Frank gefasst und gelassen, aber als Jesse ihm nun in die Augen blickte, entdeckte er unverkennbare Wut und mehr als ein wenig Wahnsinn.

Bevor Jesse überhaupt begriff, was vorging, zuckte Franks Hand vor. Der Helfershelfer mit dem iPad umklammerte seine Kehle und sank in die Knie. Die übrigen Bewaffneten traten näher, richteten ihre M4 auf Frank und brüllten Befehle, aber keiner von ihnen drückte ab.

Der Mann mit der zerschmetterten Luftröhre krallte an seinem Hals und keuchte nach Atem. Keiner seiner Kameraden rührte einen Finger, um ihm zu helfen, als er schließlich auf den Rücken fiel, die Arme hilfeheischend zum Himmel hob und am Ende erschlaffte.

Aus dem Lautsprecher des Helikopters drang erneut Demons Stimme. »Na, das ist der Mann, den ich sehen will! Aber sparen Sie es sich fürs Finale auf.«

Einige Söldner zogen Taser aus ihren Holstern und entluden sie auf Frank. Kaum lag er am Boden, stürmte ein weiteres Mitglied ihrer Gruppe vor und stieß ihm eine Spritze in den Hals.

Jesse wusste nicht im Entferntesten, was mit ihnen nun geschehen würde. Angst und Unsicherheit erfassten ihn. Ihm kam es vor, als flösse ihm zu viel Blut durch die Adern, als müsste es ihm an Ohren und Augen herauskommen. Das konnte der Moment sein. Demon mochte keine weitere Verwendung für sie haben. Bei der Abmachung, die er mit Jesse getroffen hatte, handelte es sich nur um ein Versprechen. Er hatte keinen Grund zu der Annahme, dass ein sadistischer Irrer wie Demon Bedenken hätte, sein Wort zu brechen.

Ohne auch nur zu bemerken, dass jemand sich genähert hatte, schlang jemand Jesse einen Arm um den Hals und schnürte ihm die Luftzufuhr ab.

Er war gekommen, der Augenblick seines Todes. Und er konnte nichts tun. Selbst wenn er sich wehrte, selbst wenn er diesen Mann besiegte, würden die anderen ihn rasch töten.

Er starrte auf das Wasser und wartete auf das Ende.

Dann aber spürte er, wie sich ihm etwas in den Hals bohrte, und als sein Angreifer ihn losließ, sah Jesse, dass er genau so eine Spritze hielt wie die, die bei Frank verwendet worden war.

Als Jesse die Bewusstlosigkeit übermannte, war sein letzter Gedanke, dass er hoffte, im Finale kämen keine Alligatoren oder Kettensägen oder messergespickte Irre oder aufgeputschte Rottweiler vor. Wenn der Trend anhielt, ließ sich nicht sagen, was ihm als Nächstes bevorstand. Vielleicht ein Becken mit Weißen Haien, denen Laserkanonen auf den Kopf geschnallt worden waren. Mit diesem Bild im Sinn wurde es Jesse schwarz vor Augen.

102

Ackerman träumte, dass er Demon durch einen langen Tunnel hetzte. In seinen Händen hielt er eine zweischneidige Axt. Wenn er ihn einholte, wollte er seinem Feind das Blatt des Schlachtbeils in den Rücken treiben. Vor sich sah er Licht, aber wie sich herausstellte, führte der Tunnel in ein brennendes Gebäude. In seinem Traum war es Ackerman egal. Er folgte Demon geradewegs in die Flammen.

Vom vertrauten Geruch nach Riechsalz aus dem Schlaf gerissen, fand er sich flach auf dem Rücken liegend wieder und blickte auf schmutzverschmierte Deckenplatten. Er konnte sich kaum bewegen. Eine Zwangsjacke schnürte ihn ein wie eine Boa constrictor. Er spürte Schellen an seinen Fußgelenken, aber er war außerdem von Kopf bis Fuß an einen rostigen Untersuchungstisch geschnallt. Aus den Augenwinkeln sah er, dass er sich in einem Raum mit weiß gestrichenen Ziegelmauern befand.

Ein Mann stand neben ihm, aber zuerst war er nur schattenhaft zu erkennen. Als seine Sicht klarer wurde, erkannte er Demons privaten Neurochirurgen, Dr. Jonathan Dixon.

Ackerman gähnte. »Seien Sie gegrüßt, Doktor. Ich hoffe, Sie wollen mir nicht ins Hirn eindringen. Ich bin definitiv nicht in Stimmung, und ich würde es Ihnen persönlich übelnehmen.«

Dixon beugte sich vor. »Ich habe nicht viel Zeit. Das Überwachungsvideo für diesen Raum habe ich in einer Schleife laufen lassen. Ich bin gekommen, um eine Abmachung mit Ihnen zu treffen, Mr. Ackerman. Gewisse Forderungen an Sie sind allerdings nicht verhandelbar.«

»Ich bin natürlich interessiert, aber ein scharfsinniger Beobachter könnte mich für töricht halten, wenn ich nicht die Frage nach dem Wieso stelle, allein angesichts der Psychospielchen, die der Mann so gerne treibt, der Sie an der Leine hält.«

Dixons Lippen entblößten die Zähne, und seine Nasenflügel bebten, als hätte er etwas Fauliges gerochen. »Ich bin niemandes Schoßhund. Allerdings behandelt Demon mich so. Er hat keinerlei Respekt vor mir, meiner Arbeit oder der Wissenschaft als solcher. Ist das Grund genug für Sie?«

»Ich bin nicht gerade in einer überragenden Verhandlungsposition«, sagte Ackerman, »aber wenn Sie mich von den Fesseln befreien, reden wir.«

»Bevor Sie auf dumme Gedanken kommen, den Raum umgeben mehr Söldner, als selbst Sie überwinden könnten.«

»Unterschätzen Sie niemals, was ein vorbereiteter Verstand überwinden kann.«

»Seien Sie leise. Ich soll Ihre Fesseln kontrollieren und Ihr Erwachen aus der Betäubung vorbereiten. Und bevor wir diskutieren, wie ich Ihnen womöglich helfen kann, habe ich eigene Bedingungen zu stellen. Erstens verlange ich volle Amnestie für alle meine Straftaten. Ein kleiner Preis dafür, dass ich Ihnen helfe, solch einen gefährlichen Verbrecher dingfest zu machen.«

Ohne Zögern antwortete Ackerman: »Abgemacht. Lösen Sie meine Fesseln, und ich verschaffe Ihnen volle Amnestie. Darauf haben Sie mein Wort.«

In Wahrheit hatte Ackerman keinerlei Autorität, so etwas anzubieten, und selbst wenn, Dixon hatte dergleichen nicht verdient. Wenn der Mann ihn von den Fesseln befreite, wäre er vielmehr versucht, dem bösen Doktor für seine Beteiligung an der Erschaffung von Demons Monstrositäten das Genick zu brechen. Er merkte, dass er auf der schiefen Ebene stand, die in die Vernichtung führte. Wenn man nur wenige Stunden zuvor einen Menschen mit einer Kettensäge halbiert hatte, fühlten sich Lügen gegenüber einem gewissenlosen Arzt und die Beseitigung selbiger Person an, als tropfte er aus einer Pipette Wasser in einen dunklen, bodenlosen Ozean.

»Aber das ist nicht meine einzige Bedingung«, fuhr Dixon fort. »Ich kann Ihnen eine Gelegenheit verschaffen, die Sache zu beenden, und Sie müssen sie ergreifen. Ich brauche Ihre Zusage, dass Sie weitermachen und Demon töten.«

Ackerman kniff die Augen zusammen. »Warum sind Sie so erpicht darauf, dass ich Ihren Arbeitgeber töte?«

»Ein Arbeitsverhältnis zu implizieren würde bedeuten, dass ich aus eigener Entscheidung hier bin. Täuschen Sie sich nicht, ich bin ein Gefangener wie Sie. Und solange er lebt, werde ich niemals frei sein. Er würde mich finden und Sie auch, jeden. Ganz egal, wohin wir fliehen.«

»Ich habe gehört, wie er Sie als seinen ›Leibarzt‹ bezeichnete, und dabei habe ich mich gefragt, weshalb jemand einen Neurochirurgen braucht, der für ihn auf Abruf bereitsteht. Außerdem habe ich ein merkwürdiges Gerät in meinem Rücken gefunden, das benutzt werden konnte, um Symptome hervorzurufen, die denen eines Hirntumors ähneln. Seit der Bemerkung mit dem Leibarzt habe ich ihn genau beobachtet, und mir kommt es vor, als wäre der irre König nicht wohlauf. Möchten Sie das verdeutlichen?«

Dixon nickte und schluckte heftig. »Ich entschuldige mich für meinen Anteil an dieser Täuschung, aber Demon hat einen inoperablen Hirntumor. Sie hingegen *nicht*. Er wollte, dass Sie sein Leiden erdulden, aber vor allem sollte die List Sie dazu bringen, bei diesem Wahnsinn mitzumachen. Er wollte Sie denken lassen, dass Ihnen nur wenig Zeit bliebe, damit er Ihnen seine Liste unter die Nase halten konnte. Ein möglicher Weg, um Ihre letzten Anstrengungen auf dieser Welt zu maximieren.«

Ackerman empfand eine gelinde Erleichterung, als er hörte, wie seine Vermutung bestätigt wurde, aber andererseits fürchtete er sich nicht vor dem Tod und lebte auf regelmäßiger Basis mit der Drohung seines unmittelbar bevorstehenden Ablebens. Deshalb standen seine Koffer immer gepackt für einen unerwarteten Abgang aus dem Land der Lebenden. Dennoch, der Tumor hatte seine Entscheidungen beeinflusst, ganz wie von seiner Nemesis erhofft.

»Wir haben jede erdenkliche Behandlung versucht«, fuhr Dixon fort, »aber er wächst immer weiter. Dennoch tötet er ihn nicht schnell genug. Bei Ihren Herausforderungen haben Sie einen Widerwillen, jemandem das Leben zu nehmen, an den Tag gelegt, aber wenn ich Ihnen diese Gelegenheit biete, muss ich mit Bestimmtheit wissen, dass Sie bereit sind, dieses Spiel und auch Demons Existenz zu beenden.«

Ackerman verschränkte den Blick mit Dixon und gestattete dem Wahnsinn, ein wenig an die Oberfläche zu steigen. »In Bezug auf Demon kommt mir der Begriff der verbrannten Erde in den Sinn. Er hat eine Grenze überschritten, als er meine Angehörigen kidnappte. Wo hält er Nadia und meinen Bruder fest?«

»Ich weiß es nicht genau, aber irgendwo im Gebäudekomplex. Nicht weit von hier.«

»Ich vermag nicht zu erkennen, inwiefern Sie sich Ihre Amnestie verdienen, Dr. Dixon. Wie genau planen Sie, mir zu helfen?«

»Demon hat keinen Grund, mir nicht zu trauen, und deshalb kann ich mich gewöhnlich frei bewegen. Ich merke aber, wie sie mich im Auge behalten, besonders Nassar und die beiden ehemaligen Baltagiya, die er aus Ägypten mitgebracht hat, damit sie Demon als Prätorianergarde dienen. Dennoch, jeder der schwarzen SUVs, die sie benutzen, hat ein Waffenlager im Kofferraum. Ich habe nicht gewagt, eine Waffe an mich zu nehmen, weil ich fürchtete, sie könnte vermisst werden, aber ich habe als Probelauf etwas Kleines entwendet. Etwas, das ich leichter erklären konnte, sollte ich damit gefasst werden. Ich weiß allerdings nicht, wie nützlich meine Beute Ihnen sein kann, wenn Sie Männern gegenübertreten, die mit Maschinenpistolen bewaffnet sind.«

»Lassen Sie das mich beurteilen. Was bringen Sie mir denn Schönes?«

Mit einem Kopfschütteln reichte Dixon ihm einen schwarzen Beutel, auf dem in Schablonenschrift KA-BAR stand. Ackerman erkannte sofort, was Dixon ihm anbot, und lachte. Der schwarze Beutel enthielt beinahe mit Sicherheit einen Satz Kampfwurfmesser.

»Sie kleiner Naseweis, Sie wollen mich wohl necken? Dieser Beutel ist sogar besser als eine Schusswaffe. Oder zumindest größerer Spaß. Sie müssen mir aber schon mehr bringen als einen Satz Wurfmesser, wenn Sie Ihre Freiheit wollen. Sie werden erheblich mehr für mich tun, und das ist alles andere als ungefährlich. Ich könnte vielleicht eine Einigung mit der US-Regierung à la *Operation Paperclip* für Sie aushandeln, aber nur, wenn Sie die Aufgaben erfüllen, die ich Ihnen stelle. Zuerst müssen Sie mir alles sagen, was Sie über die bevorstehende Episode und das, was mich erwartet, wissen. Und dann müssen Sie runter von der Ersatzbank und aufs Spielfeld.«

»Ich bin weder zimperlich noch feige, Mr. Ackerman. Solange es sich im Rahmen des Vernünftigen hält, werde ich tun, was notwendig ist. Aber bevor wir etwas diskutieren oder Sie Ihre Pläne schmieden, sollten Sie eines noch erfahren. Diese junge Frau, Annabelle, ist nicht, wer sie zu sein behauptet.«

103

Jesse träumte, dass er in einem Black-Hawk-Hubschrauber saß, der unkontrolliert abstürzte. Der Motor spuckte Flammen und schwarzen Rauch. Und instinktiv wusste er, dass sie auf feindlichem Gebiet niedergingen. Ein Gebiet, wo ihnen, falls sie gefangen genommen wurden, vermutlich die Enthauptung bevorstand, die gefilmt wurde, um dem Feind als Propagandamaterial zu dienen.

Jesse schreckte aus dem Schlaf, bevor der Black Hawk auf dem Boden aufschlug, aber er fuhr nicht sofort schweißgebadet hoch wie sonst. Entweder gewöhnte er sich an die Albträume, oder das Betäubungsmittel, das man ihm verabreicht hatte, brachte eine angenehme Nebenwirkung mit sich.

Die Situation, in der er sich wiederfand, als er endlich klar war, erschien nicht besser. Er saß auf einem Hartholzboden und war von einem quadratischen Gitterkäfig mit drei Metern Seitenlänge umgeben. Die Wände wurden an den Ecken von Klammern zusammengehalten, die Jesse seltsam vorkamen, ohne dass er sagen konnte, wieso, und der Käfig hatte kein Dach. Die Gitterstangen erinnerten an eine Gefängniszelle aus einem alten Film, und theoretisch konnte er hinausklettern.

Er sah nach rechts und entdeckte Annabelle in einem ähnlichen Käfig, etwa sechs Meter entfernt. Seine Sicht war noch verschwommen, sein Verstand noch von dem Betäubungsmittel benebelt, und er sagte: »Wir können einfach rausklettern.«

Annabelle antwortete wispernd: »Sei leise.« Sie fügte hinzu: »Das Baby schläft.«

Jesse rieb sich die Augen und schüttelte den Kopf, um die Spinnweben darin loszuwerden. Nun erst musterte er den Rest der Umgebung.

Sie befanden sich in einer gewaltigen Turnhalle, die den Eindruck machte, als wäre sie vor langer Zeit erbaut worden. Zur Seite hin hatte man eine etwas neuere Gewichthebe-abteilung eingerichtet mit Hantelbäumen voller verrosteter Gewichtsscheiben und verschiedenen Hantelbänken mit den zugehörigen Stangen. Gleich dahinter sah er eine Tür mit Ausgangsleuchten, in denen kein Licht brannte. Ihre Käfige standen mitten auf dem Basketballfeld der Turnhalle. Zu beiden Seiten war Platz für Tribünen, aber die Sitze waren fortgeschafft worden. Am einen Ende des Spielfelds war auf halber Höhe ein Balkon.

Nichts davon war der Grund, weshalb Annabelle ihn auf-gefordert hatte, still zu sein. Sie wies auf einen Stahlwagen in der Mitte der Turnhalle, auf dem ein glänzender Haufen aus rasiermesserscharfem Metall lag.

Jesses Herz pochte so heftig, dass es ihm vorkam, als drückte das Organ von hinten gegen seine Augäpfel. Aus aufgerissenen Augen starrte er Juggernaut an, den Albtraum, von dem er geglaubt hätte, sie hätten ihn begraben hinter sich gelassen.

»Was zum …!«, rief er aus.

Annabelle schnitt ihm wieder das Wort ab. Gedämpft sagte sie: »Leise, verflucht. Es war schlimm genug, als du im Schlaf geredet hast.«

Er atmete tief durch, um sich zu beruhigen. Flüsternd fragte er: »Ich rede im Schlaf? Was habe ich gesagt?«

»Vor allem leises Gewimmer, aber ich hab ein bisschen Militärjargon erkannt.«

Er fühlte sich entblößt. Mit jeder Minute erfuhr sie mehr von seinen Geheimnissen.

Sie lächelte kopfschüttelnd. »Jesse Gibson entpuppt sich als knallharter Soldat und geht auf einen Kreuzzug für die soziale Gerechtigkeit. Damit hätte ich nicht gerechnet.«

»Was den Soldaten anging, war ich nur hart, aber nicht knallhart. Und der einzige Kreuzzug, auf den ich gegangen bin, sollte mir über den Schmerz wegen des Verlusts meiner Eltern hinweghelfen, hat aber alles nur schlimmer gemacht. Was ist mit dir? Was ist deine wirkliche Geschichte?«

»Ich weiß nicht, wovon du redest.«

»Komm schon. Jemand mit deinen Talenten will in einer Kupfermine arbeiten?«

»Wegen der Kohle. Geld regiert die Welt.«

»Du bist während dieser ganzen Katastrophe ruhig und gelassen geblieben. Nichts schien dich erschüttern zu können.«

»Wie hättest du mich denn gern gehabt?«

»Fast war es, als wüsstest du genau, was los war, als wüsstest du, was passieren würde, oder zumindest, dass *etwas* passieren würde. Komm schon, Annabelle. Du kennst meine Geheimnisse. Warum sagst du mir nicht ein paar von deinen? Demon hat uns offenbar beide betrogen und lässt uns nicht gehen. Warum erzählst du mir nicht etwas über dich?«

Einen Augenblick starrte sie ihn offen an. Ihre Augen blinzelten nicht, zuckten nicht einmal, während sie versuchten, in seine Seele einzudringen. »Gut«, sagte sie, »aber wenn jemand meine Geheimnisse offenlegt, dann bin ich das. Nichts von dem, was ich dir erzähle, darfst du weitersagen, vor allem nicht an Frank.«

»Ich wusste es!«, rief Jesse aus. »Wer bist du wirklich?«

»Immer noch Annabelle. Ich habe keinen niedlichen Spitznamen so wie du. Nichts dergleichen.«

»Wer bist du dann? Warum bist du wirklich hier?«

»Ich kann dir Folgendes sagen: Wenn ich gewusst hätte,

dass Demon jedem hier fünfunddreißig Millionen Dollar anbietet, hätte ich versucht, mehr rauszuschlagen.«

Jesse zuckte mit den Schultern. »Ich glaube nicht, dass er vorhatte, irgendwen von uns zu bezahlen, also hätte er auch von einer Fantastilliarde sprechen können, und es hätte trotzdem nichts bedeutet. Warum? Was hat er dir angeboten?«

»Nur Hilfe in einer schwierigen Lage. Aber hey, reden wir über etwas Produktiveres. Ich habe die ganze Zeit die Gewichte da drüben im Auge und überlege mir, was ich damit anfangen kann, wenn die Kacke am Dampfen ist.«

Jesse widerstand dem Drang, sich ablenken zu lassen, und sah nicht einmal zu den Hantelbänken hinüber. »Klingt toll, aber wechsle nicht das Thema. Bist du auf der Flucht vor dem Gesetz?«

Dass sie sich nicht mitteilen wollte, war eindeutig. Sie wandte den Blick ab und schüttelte den Kopf. »Ich rede nicht gern über persönliche Dinge, Jesse Gibson.«

»Wir haben viel zusammen durchgemacht, und vielleicht sterben wir bald zusammen. Wenn du dich also jemandem mitteilen möchtest, warum dann nicht mir?«

Sie seufzte und knurrte zugleich. »Gut, aber noch mal …«

»Ich gebe nichts von dem weiter, was du mir sagst.«

Sie sah ihm in die Augen. »Ich habe ein Problem mit dem Gesetz, aber es geht nicht um mich. Mein Vater verfault in einem Gefängnis, da kommt er auch nicht mehr raus. Der Deal, den ich geschlossen habe, war simpel. Dafür, dass ich mitspiele und Frank am Leben halte, hat Demon versprochen, meinen Vater rauszuholen.«

104

Ackerman saß auf der Kante des verrosteten Untersuchungs-
tischs und wartete geduldig, als sie kamen, um ihn abzuholen.
Dixon war bereits verschwunden, um sich seine Amnestie zu
verdienen. Bevor er ging, hatte er die Lederriemen gelöst, die
Ackerman am Tisch fixierten, und ihm geholfen, sich vorzu-
bereiten. Die Fußschellen bedeuteten definitiv ein Hindernis,
die Zwangsjacke aber war kein Problem. Zum einen konnte
er sich die Schulter auskugeln, um aus einer Zwangsjacke
zu entkommen, aber zum anderen hatte Dixon die Riemen
angeritzt, sodass Ackerman daran nur zu ziehen brauchte,
und sie würden endgültig zerreißen. Außerdem hatte er sich
in die Ärmel Löcher geschnitten, durch die er jederzeit die
Hände strecken konnte, und jede Faust umschloss ein KA-
BAR-Wurfmesser.

Als sich die Tür öffnete, traten vier Männer ein. Als erster
kam Oban Nassar. Bei den nächsten beiden handelte es sich
vermutlich um die ägyptischen Leibwächter, die Männer, die
Ackerman bei der Besprechung im Sumpf bemerkt und von
denen auch Dixon gesprochen hatte. Ackerman fielen ihre
leblosen Augen auf. Der vierte war Demon höchstpersönlich,
der einen schwarzen Anzug mit roten Nadelstreifen trug, das
Haar mit Gel zurückgekämmt hatte und insgesamt mit mehr
Aufwand gestylt wirkte als sonst.

Ackerman bedachte Demon mit einem Blick, der töten
konnte, und musste den Drang unterdrücken, sich augenblicklich die Fesseln vom Leib zu reißen und sie alle zu töten. Es gab jedoch zu viele andere Variablen, und er konnte es
sich nicht leisten, seinen dunklen Impulsen nachzugeben. Er

wusste noch nicht, was Demon mit seinen jungen Gefährten angestellt hatte oder wo der Irre Nadia und Marcus festhielt.

Demon lachte. »Mann, sehen Sie angepisst aus. Das verstehe ich, aber ich habe auch eine gute Neuigkeit für Sie. Ich habe entschieden, drei Ihrer Freunde zu verschonen. Bert, Nicky und Isaiah sind unversehrt freigelassen worden.«

»Warum sollte ich Ihnen noch ein einziges Wort glauben?«

»Ob Sie es glauben oder nicht, es ist mein Geschenk an Sie. Aber um der Wahrheit die Ehre zu geben, sie sind sowieso ohne Belang. Die Einzigen aus der Gruppe, die Ihnen wirklich wichtig waren, sind Jesse und Annabelle. Beide warten nur ein Stück den Gang hinunter auf Sie.«

»Wo sind Nadia und Marcus?«

»Ihnen geht es gut. Und das wird auch so bleiben, solange Sie mitspielen.«

»Sie haben versprochen, sie aus der Sache rauszuhalten.«

Demon zuckte mit den Schultern und zog ein Gesicht, das fragte: *Und? Was willst du jetzt machen?* »Habe ich das?«, entgegnete er. »Tut mir leid. Ich meinte damit, dass ich sie in Ruhe lasse, bis sie wieder nützlich sind. Und sie sind ganz wie geplant im idealen Moment aufgetaucht, wo ich sie brauchte. Sehen Sie, ich habe einen Mann namens John Eldridge geopfert und in seinem Koffer eine Spur hinterlassen, die Sie zu mir führen sollte.«

Ackerman biss die Zähne zusammen und ballte die Fäuste. »Erst haben Sie den Fehler begangen, die Bestie in mir zu wecken. Und jetzt überschreiten Sie eine Grenze, die Sie niemals hätten verletzen dürfen. Sie sind ein unschlagbares Beispiel dafür, wie sehr die Selbstzerstörung in unserer Natur liegt.«

Demon trat weiter in den Raum und winkte den anderen, Ackerman auf die Füße zu stellen. Die beiden Ägypter ergriffen ihn unter den Achseln, hoben ihn vom Tisch und führten ihn zur Tür. Dabei bemerkte Demon: »Sie sprechen über das Phänomen, das Edgar Allan Poe als ›Perversität‹ und Sigmund Freud als ›Thanatos‹ oder Todestrieb bezeichnet hat. Ich glaube, wir zerstören uns selbst, weil wir so selbstsüchtig und auf das Hier und Jetzt fixiert sind, dass wir unsere zukünftigen Ichs als andere Menschen ansehen, die in keiner Verbindung zu den Konsequenzen unserer aktuellen Taten stehen. Wir sind auf augenblickliche Bedürfnisbefriedigung programmiert.«

Sie führten ihn in einen Korridor voller Müll, von dessen Wänden der Putz abbröckelte. Der Anstrich darüber hing in Streifen herunter und beschwor das Bild herauf, dass sie einen unterirdischen Insektenbau durchquerten; die abgeschälten Farbstreifen waren die Wurzeln, die in die Gänge hingen. Ackermans Fußschellen zwangen ihn zu einem langsamen, schlurfenden Gang.

»Tatsächlich«, entgegnete er, »sind wir auf Gleichgewicht programmiert. Die Frage ist nur, weshalb wir so heftig gegen das ankämpfen, wozu wir geschaffen sind.«

»Eine merkwürdige Bemerkung für einen Mann, der derart im Ungleichgewicht ist«, warf Nassar ein.

Ackerman ignorierte ihn und sprach unbeirrt Demon an. »Neurologen haben in den vergangenen hundert Jahren entdeckt, dass die Schmerz- und Lustzentren im Gehirn nebeneinanderliegen. Sie wirken wie die beiden Schalen einer Balkenwaage. Eine der übergeordneten Regeln des Systems lautet, dass die Waage nicht zu lange nach einer Seite ausschlagen darf, weder zur Lust noch zum Schmerz. Unser Gehirn müht sich sehr, die Homöostase wiederherzustellen. Jede Abweichung vom Gleichgewicht verursacht uns Stress. Die Freuden des Lebens, die wir so verzweifelt suchen, verursachen etwas, das von der Wissenschaft als Gegenregulation bezeichnet wird. Es bedeutet, dass jedes Vergnügen uns tatsächlich Schmerz einbringt. Wenn wir unsere Dopamin-Belohnungskanäle bis zu einem gewissen Niveau bombardieren, gehen die Kontrahenten auf der Schmerzseite nicht mehr weg. Haben sie erst einmal Bestand, geraten wir in einen Teufelskreis, in dem wir immer intensivere Wonnen suchen, die jedoch immer weniger Belohnung abwerfen. Wir glauben natürlich, dass wir so Freude und Befriedigung erlangen, aber alles macht den Schmerz nur noch schlimmer. Denn so sind wir angelegt. Das ist der Grund, weshalb die reichsten Länder der Erde auch die höchsten Raten an Selbstmord, Angststörungen, Depression und psychosomatischen Beschwerden aufweisen. Was wir erstreben, ist das, was uns vernichtet.«

Demon runzelte die Stirn. »Glauben Sie, darum geht es hier? Dass ich die Selbstzerstörung suche?«

»In diesem Spiel ist es immer wieder um Ihr Vermächtnis gegangen. Es geht darum, dass Sie am Ende feststellen müssen, wie unbestechlich der Schnitter ist.«

Ackerman sah an den subtilen Tics in Demons Gesicht, dass sich Spannung aufbaute. Sein Gegner sagte: »Mir ist aufgefallen, dass Sie das Gerät gefunden haben, mit dem wir Ihnen Beruhigungsmittel injizierten. Dachte mir schon, dass Ihnen danach so einiges klar wird.«

»Das Gerät sollte bei mir die Symptome Ihrer Erkrankung hervorrufen. Seit wir uns begegnet sind, waren Sie besessen von Ihrem Vermächtnis. Unsere Wege hätten sich niemals gekreuzt, wäre es nicht zu dem Verrat der Person gekommen, die Sie sich als Nachfolger heranzüchten wollten und die Ihr Netzwerk übernehmen sollte. Wussten Sie schon damals von Ihrem Tumor?«

Demon biss die Zähne zusammen, und sein Gesicht verzerrte sich vor Abscheu. »Ich habe jede Behandlung erhalten, die der Menschheit bekannt ist. Ich habe die brillantesten Ärzte aufgesucht, die man mit Geld kaufen kann, aber sie können nichts tun.«

»Wie lange bleibt Ihnen noch?«

»Tage höchstens, vielleicht nur Stunden. So wenig, dass ich nicht vorhabe, noch einmal zu schlafen, bevor ich es muss. Sie sagen, es ist ein Wunder, dass ich mich aufrecht halten kann. Aber das ist reine Willenskraft. Ich habe noch einige Angelegenheiten zu regeln.«

Einer der Ägypter trat vor und öffnete eine Tür, die an einer einzelnen Angel hing. Dahinter lag ein weiterer Gang.

Dass einer seiner Gegner von der Tür abgelenkt war, wäre ein geeigneter Moment zum Zuschlagen, aber der Zeitpunkt war noch nicht der richtige. Er musste Dr. Dixons Signal abwarten.

»Ich hoffe«, sagte Ackerman, »Sie haben alle Vorbereitungen für Ihr Begräbnis schon getroffen, denn wenn ich mir ansehe, welche Fehler Ihnen unterlaufen, kommt mir der Gedanke, dass Sie womöglich keine Stunden mehr haben, sondern nur noch Minuten. Wir machen mit dem Spiel lieber weiter, solange Sie noch spielen können.«

Demon zitterte und ballte die Fäuste. Doch statt zuzuschlagen, wies er auf die offene Tür. »Gut, alter Freund, hier entlang. Ich habe mir meinen letzten Tanz für Sie aufgespart.«

»Ich fühle mich geehrt. Verzeihen Sie, sollte ich Ihnen auf die Zehen treten.«

105

Ihnen blieb nur wenig Zeit, um sich leise zu beraten, bevor jemand in den Raum kam. Sie verbrachten sie vor allem damit, einen Ausweg aus ihrer Lage zu suchen. Sie konnten aus den Käfigen steigen, aber dann trennte sie nichts mehr von Juggernaut, und alle Türen der Turnhalle, die sie sehen konnten, waren mit dicken Ketten versperrt. Die einzigen Fenster saßen hoch oben in den Wänden gleich unter der Decke. Annabelle beäugte immer wieder die alten Hantelbänke an der einen Wand der Turnhalle. »Vielleicht könnten wir die Stangen als Lanzen benutzen? Ihn auf Abstand halten wie mit den Bewehrungseisen?«

Jesse wollte gerade antworten, als ein Mann in Schwarz, den sie von der Kupfermine her kannten, auf den Balkon trat. Oban Nassar baute sich an der Brüstung auf und rief: »Zeit zum Aufstehen, Monster. Jetzt kannst du dir dein Futter verdienen.«

Sie hatten bemerkt, dass sich Juggernaut mehrmals geregt hatte, und Jesse hatte befürchtet, dass die Bestie aus ihrer Betäubung erwachte. Der Mann in Schwarz hob eine Hand und schien einen Knopf auf einer Fernbedienung zu drücken.

Juggernaut warf die Hände an den Hals. Er wurde augenblicklich wach, schlug nach der eigenen Kehle, kreischte und krallte in die Luft. Am Ende knallte er die klingenbesetzten Fäuste auf den Holzfußboden wie ein wütender Silberrücken-Gorilla, dass die Splitter flogen und Staub aufstieg, der die Luft mit dem Gestank des Verfalls erfüllte.

Offenbar trug Juggernaut ein Schockhalsband, das ferngesteuert ausgelöst worden war. Jetzt war die stählerne Monstrosität bei vollem Bewusstsein und auf alles wütend.

»Ich glaube nicht, dass er die Käfige heben kann, aber ich würde mich trotzdem zum Weglaufen bereitmachen.«

Jesse sprang auf. Das Ungeheuer bemerkte die plötzliche Bewegung und stürmte los. Seine Sprungschritte gestatteten ihm, binnen eines Moments bei Jesse zu sein. Juggernaut prallte mit genügend Wucht gegen den Käfig, um ihn ein paar Zentimeter zurückzuschieben, aber er hob ihn nicht vom Turnhallenboden. Stattdessen kratzte der Käfig Furchen in das Holz.

Juggernaut hämmerte gegen den Käfig, warf sich immer wieder dagegen, aber er konnte ihn nicht durchdringen.

Im Augenblick waren sie in Sicherheit.

106

Nadia hatte so lange auf die Stahltür gestarrt, die sie von den Furien trennte, dass sie das Gefühl bekam, die riesige Stahlplatte lebe irgendwie und verspotte sie. Sie wusste genau, was geschehen würde, wenn die Tür sich öffnete, wenn diese Monstren in den Speisesaal drangen. Sie hatte im Feed mitansehen müssen, wie sie kurzen Prozess mit Phil, dem Bergmann, gemacht hatten. Zur Untätigkeit verdammt konnte sie nicht anders, immer wieder malte sie sich aus, was er in den letzten Sekunden seines Lebens empfunden haben mochte.

Sie saßen einander gegenüber, jeder auf seinem eigenen Stahltisch, und zitterten von der Kälte und dem eiskalten Wasser, in das sie gestoßen worden waren.

Zuerst hatten sie Pläne geschmiedet und in die Tat umgesetzt. Sie hatten Esstische vor die Tür gerückt und gestapelt, sodass sie eine Barrikade bildeten. Aber es hatte nur einen Moment gedauert, bis die Männer mit den Flammenwerfern die Kellertür am oberen Ende der Betontreppe öffneten und einen Feuerstoß hineinjagten. Mit einer Stimme, die von der Gasmaske gedämpft wurde, hatte einer gebrüllt: »Sofort die Tische wegräumen! Und wenn Sie noch einmal etwas mit der Tür anstellen oder etwas anderes tun, als dazusitzen und hübsch auszusehen, wird die kleine Asiatin flambiert!«

Danach hatten sie nichts weiter mehr getan als dazusitzen, ins Leere zu blicken und zu reden.

Jeder ihrer Pläne setzte voraus, dass sie als Erstes die Kameras unschädlich machten. Dieser Gedanke allerdings führte in einen Teufelskreis, denn sobald die Videoübertragung unterbrochen war, käme der Flammenwerfertrupp herein, und womöglich setzte er seine Drohung gegen Detective Nakamura um.

Nadia hatte sich nicht mehr so machtlos gefühlt, seit sie ein Mädchen war, lange bevor das FBI und Ackerman sie ausgebildet und ihr Selbstvertrauen verschafft hatten. Im Augenblick schien es jedoch nichts anderes zu tun zu geben, als herumzusitzen und zu hoffen.

Nakamura seufzte gereizt. »Also … Ich glaube, wir sind über alle Maßen gearscht. Als hätte man eine Schraube zu fest angezogen, bis sie durchdreht. An diesem Punkt sind wir.«

»Da widerspreche ich nicht«, knurrte Marcus, »und mit meinen Beinen bin ich niemandem bei nichts zu irgendwas nutze.«

»Sagen Sie das nicht«, widersprach Nadia. »Frank lässt nicht zu, dass uns etwas passiert. Wir werden als Druckmittel benutzt, um ihn bei der Stange zu halten, und deshalb wird Demon uns nicht ohne Grund töten.«

Marcus nickte, sagte aber: »Oder Demon plant, Frank zu foltern, indem er ihn hilflos mitansehen lässt, wie wir zerfleischt werden.«

Nadia zwickte sich in den Nasenrücken und versuchte, die Spannung in ihren Schultern ein bisschen zu lindern. »Das ist sicher richtig, aber ich habe versucht, das Positive zu bejahen.«

»Und ich bejahe die Möglichkeit, dass wir alle sterben werden«, versetzte Nakamura. »Zählt das?«

»Ich wünschte, ich hätte dich nie mit hineingezogen, Elaine«, sagte Marcus. »Ich habe dich als Verbindungsbeamtin zur Task Force angefordert. Du wärst nicht hier, wenn ich das gelassen hätte.«

»Das ist nicht deine Schuld. Es ist mein Job.«

»Da wäre ich mir nicht so sicher. Aber genau davon rede ich andauernd, Nadia: Frank und ich sind verflucht. Wir sind Gift für jeden um uns. Und wir sind verdammt, mit dem Schuldgefühl zu leben, dass wir niemanden beschützen können. Ich bin nur froh, dass mein Sohn in Sicherheit ist.«

»Sie sprechen nicht oft über ihn«, sagte Nadia.

»Das heißt aber nicht, dass ich nicht an ihn denke. Er ist in einer Blockhütte irgendwo in Colorado.«

»Schutzgewahrsam?«, fragte Nakamura.

»Nein, er ist bei seinem Großvater mütterlicherseits. Und er hat auch seinen Happy, einen ehemaligen Höllenhund, der zu einem treuen Beschützer geworden ist. Ich schätze, in dieser Hinsicht unterscheidet sich Happy gar nicht so sehr von meinem Bruder.«

Einen Moment lang sagte niemand etwas, bis Marcus in das Schweigen hinein fortfuhr: »Die Jahre mit meinem Sohn in Texas waren die beste Zeit meines Lebens. Mir ist aber auch klar, dass er am besten dran wäre, wenn er mich niemals wiedersieht.«

Nadia knallte die Faust auf den Tisch. »Verdammt, Marcus, nur weil es auf der Welt boshafte Arschlöcher gibt, die uns verletzen wollen, bedeutet das noch lange nicht, dass wir ein Haufen niedergeschlagener jämmerlicher Arschlöcher sein müssen. Wir schaffen mehr. Wir können das Böse durch Gutes überwinden.«

»Und wie stellen Sie sich das in dieser Situation vor?«, fragte Nakamura.

Nadia versuchte in der Finsternis einen Lichtstrahl der

Hoffnung zu finden und musterte den Videomonitor auf dem Tisch neben der Tür. Er zeigte noch immer Bilder von Demons monströsen Geschöpfen, die gleich vor der ferngesteuerten Stahltür durch den Korridor streiften. Sie musste irgendeinen Plan ersinnen. »Wie wäre es«, fragte sie, »wenn wir, sobald sich die Tür öffnet, diesen Monitor vor dem Ersten ins Wasser werfen und ihn durch den Elektroschock töten? Dann steige ich in seine Rüstung, laufe in den Gang und schalte die übrigen aus.«

Schweigen setzte ein. Mit gerunzelter Stirn schienen ihre Begleiter den Vorschlag ernsthaft in Betracht zu ziehen. Nakamura ergriff als Erste das Wort. »Aber dann sind da immer noch die Kerle mit den Flammenwerfern. Und wie sollen wir einen von ihnen so lange allein bei uns haben, dass wir ihm seine messerstarrende Rüstung ausziehen und Sie damit einkleiden können, bevor die anderen uns umbringen?«

»Und alle stehen unter Drogen«, wandte Marcus ein, »und bekommen Elektroschocks, damit sie irre werden. Deshalb ist es vermutlich nicht einmal möglich, sie zu verjagen.«

»Ich weiß auch nicht, ob der Schock durch den Monitor stark genug wäre«, sagte Nakamura. »Eher fliegt vorher eine Sicherung raus. Außerdem sitzen wir auf Metalltischen, die in dem gleichen Wasser stehen, das Sie elektrisieren wollen.«

Nadia biss die Zähne so fest zusammen, dass sie glaubte, ihr spränge gleich eine Füllung heraus. »Hat denn jemand eine bessere Idee?«

Marcus lachte leise. »Ihr Plan klingt wie so eine Verrücktheit, die mein Bruder oder ich versuchen würden. Also, wenn diese Tür sich öffnet, warum nicht? Wir panzern Sie, und Sie können voll auf Donnerkuppel machen. Aber wie auch immer, solange diese Panzeranzüge nicht feuerfest sind, kommen wir auf diese Weise hier nicht raus.«

Nadia rauchte vor Frustration, sagte aber nichts mehr. Sie fragte sich, wo Frank sein mochte und welchem neuen Albtraum er gegenüberstand.

107

Der halbhohe Balkon war vielleicht zehn Meter tief und von einem Geländer aus Stahlrohr umgeben. Statt darauf zu warten, dass Ackerman an den Rand schlurfte, nahmen Demons Bodyguards ihn unter den Armen und trugen ihn an die Brüstung. Unter normalen Umständen hätte er niemals gestattet, dass man ihn umhertrug wie einen Gegenstand, aber mit Schellen an den Füßen hinzuschlurfen war auch nicht eben würdevoll.

Demons Kameramann, sein Regisseur und vier weitere Söldner folgten ihnen. Jeder war mit der gleichen Waffe ausgestattet, die auch Demons ägyptische Leibwächter benutzten – der Heckler & Koch MP7, einer Maschinenpistole, die panzerbrechende Munition vom ungewöhnlichen Kaliber 4,6 × 30 mm verschoss.

Als er die Brüstung erreichte, sah er zwei Käfige in der Mitte der Turnhalle unterhalb des Balkons. Einer enthielt Annabelle, der andere Jesse. Er war nicht überrascht, zwischen ihnen einen alten Gegner zu entdecken. Juggernaut prügelte geistlos auf die Käfige ein, krallte und scharrte, ohne die Menschen darin zu erreichen, auf die er es abgesehen hatte. Ackerman bemerkte, dass die Rüstung des Ungetüms einige Verbesserungen erhalten hatte. Die Klingen sahen länger aus. Ein transparentes Visier bedeckte die Augen, ein Metallgitter die Mundöffnung, und den Hals umgab etwas, das nach einem Schockhalsband aussah.

Demon breitete die Arme aus. »Wir haben das Ende erreicht, mein Freund. In gewisser Weise ist das bittersüß. Ich habe so viel Zeit und Mühe in unser kleines Spiel investiert. Mich stimmt es traurig, dass es bald vorbei ist, aber wie sagt Nietzsche: ›Das Ende der Melodie ist nicht deren Ziel; aber trotzdem: Hat die Melodie ihr Ende nicht erreicht, so hat sie auch ihr Ziel nicht erreicht.‹«

»Vor dem Anfang vom Ende brauche ich einen Beweis dafür, dass Nadia und Marcus noch leben.«

Demon lächelte. »Zu gegebener Zeit.« Er wandte sich seinem Kamerateam zu. »Sind wir so weit?«

Der Regisseur nickte. »Jawohl, Sir. Bereit, wenn Sie es sind.«

»Okay, Frank«, sagte Demon. »Machen wir es, wie Sie sagen, und beginnen mit dem Ende.«

Der Regisseur zählte herunter, aber zuerst lenkte er die Kameraeinstellung auf das Basketballfeld. Nachdem der erzürnte Juggernaut und die beiden Opferlämmer in den Käfigen deutlich gezeigt worden waren, schwenkte der Kameramann zurück auf Demon.

Der grinsende Geisteskranke hielt erneut eine Ansprache. »Willkommen zurück, meine kleinen Kreaturen der Nacht. Wir hatten einen wilden Ritt, nicht wahr? Aber alles hat einmal ein Ende. Eins wird das Ende aber nicht sein: lang und schleppend. Was es allerdings haben wird, sind ein paar überraschende Wendungen. Wir alle kennen und lieben unseren Helden, Mister X.«

Der Kameramann schwenkte zu Ackerman, der merkte, wie sein Gesicht heiß wurde. Er wusste, dass alles, was er sagen konnte, vor Gift triefen würde, und deshalb hielt er den Mund.

Nach einer Sekunde des Zögerns stellte die Kamera wieder auf Demon ein. »Wir haben Annabelle und Jesse unter uns in den Käfigen gesehen«, fuhr er fort, »wo sie ihrem alten Freund Juggernaut gegenüberstehen, der sie entweder fressen oder sich mit ihnen anfreunden will, ich bin mir da nicht ganz sicher. Sie sind im Moment außer Gefahr, aber das verdanken sie allein unseren Käfigsonderanfertigungen, in denen sie stecken. Wir haben aber auch neue Teilnehmer im Spiel. In unserer Finalrunde wird es mehrere überraschende Gastauftritte geben.«

Der Regisseur reichte Demon ein iPad, der es vor die Kamera hielt. »Hier sehen wir eine Videoübertragung der Familie von Mister X. Gegenwärtig werden die Personen in einem Raum festgehalten, wo sie nur eine ferngesteuerte Tür vor dem sicheren Tod bewahrt. Auf der anderen Seite der Tür warten sieben meiner schönen, aber furchtbaren Furien, die gleiche Züchtung, der unsere Helden schon in den Minentunneln begegnet sind. Ohne irgendwelche Waffen, um sich zu schützen, hat die Familie von Mister X nicht den Hauch einer Chance, sollten wir die Tür öffnen, zumal die Rüstungen auf der Grundlage seiner bisherigen Anstrengungen verfeinert worden sind. Mein Heer aus neuen und verbesserten Monstren würde hineinpreschen und sie in Fetzen reißen. Und Mister X müsste dabeisitzen und machtlos in hoher Auflösung zusehen, wie sie schreiend sterben und nach Hilfe rufen, die niemals kommen wird.«

Demon hielt Ackerman das iPad hin, damit er sie sehen konnte.

»Woher soll ich wissen, dass es eine Liveübertragung ist und keine Aufzeichnung?«, fragte er. »Sie könnten ja schon tot sein. Sagen Sie Ihnen, sie sollen mir einen erhobenen Daumen zeigen.«

Demon nickte Nassar zu, und der Mann fürs Grobe sprach

in ein Handfunkgerät. Im nächsten Moment sah Marcus zur Kamera hoch und machte die verlangte Geste.

»Damit Ihre Familie am Leben bleibt, brauchen Sie nichts weiter zu tun, als mitzuspielen. Und das erfordert von Ihnen bloß, eine Wahl zu treffen.«

Er wandte sich der Kamera zu. »Ein wenig Hintergrundinformation für den interessierten Zuschauer: Ich hatte Mister X eine Chance versprochen, an mein kleines schwarzes Büchlein zu kommen. Ihm war nur nicht klar, was er tun müsste, um dieses Ziel zu erreichen. Er wusste nicht, welches Opfer er zu bringen hätte. In unserer Sendung haben wir Mister X wahre Identität stets geheim gehalten. Wir haben natürlich seinen Namen gehört, Frank, und wissen, dass er für das FBI arbeitet. Aber das ist bei Weitem nicht seine ganze Geschichte. Und ich bin sicher, dass jeder unserer pfiffigen Zuschauer sich das längst selbst ausgerechnet hat. Begnügen wir uns mit der Feststellung, dass Mister X viele Geheimnisse hat. Und heute müssen diese Geheimnisse ans Licht gezerrt werden.«

Ackerman war sich nicht sicher, was Demon nun schon wieder vorhatte, aber gut enden würde es nicht. Wieder überlegte er, in Aktion zu treten, aber dass Marcus und Nadia nach wie vor in Gefahr schwebten, bedeutete, dass Dixon seinen Teil der Abmachung nicht erfüllt hatte. Zumindest noch nicht.

»Das Spiel ist ganz einfach, Frank, und läuft auf eine binäre Entscheidung hinaus. Sie wollen meine Kontaktliste, und ich habe versprochen, sie Ihnen zu überlassen. Der Moment, in dem Sie entscheiden müssen, was Sie mit der Liste anstellen, sobald Sie sie haben, ist jedoch schon jetzt gekommen. Die Optionen sind ganz simpel. Entweder Sie übernehmen mein Netz und treten in meine Fußstapfen. Oder Sie überantworten all die Bösewichte der Gerechtigkeit.«

»Was ist der Haken? Mir ist klar, dass es weitaus komplizierter sein wird.«

Demon lächelte. »Natürlich, aber dazu komme ich gleich. Geduld soll doch eine Ihrer Tugenden sein. Einerseits erhalten Sie alle meine Ressourcen. Meine ganze Macht. Und Sie tun damit, was Sie wollen. In diesem Szenario übergebe ich Ihnen die Schlüssel zum Königreich. Auf der anderen Seite der Gleichung bleiben Sie auf dem Weg der Rechtschaffenheit. Sie entscheiden, dass Sie jede einzelne Person auf meiner Liste der Gerechtigkeit überantworten. Sie würden das Richtige tun, ganz wie Sie es immer wollten. Aber wie Sie vollkommen richtig vermuteten, beide Seiten haben einen Haken. Und da kommen Ihre jungen Gefährten ins Spiel. Wenn Sie mein Königreich wollen, müssen Sie mir Ihre Entschlossenheit beweisen, indem Sie einen relativ unschuldigen Mann opfern, nämlich Jesse Gibson. Aber falls Sie der Gute bleiben wollen, obwohl Sie damit gegen Ihre Natur handeln, entscheiden Sie sich, das Urteil über die erste Übeltäterin von meiner Liste zu vollstrecken. Dazu werden Sie die kleine Miss Annabelle mit dem Tod bestrafen, den sie verdient hat.«

Demon holte ein kleines schwarzes Kästchen aus einer Jackentasche und hielt es hoch. Auf dem Gehäuse waren drei Kippschalter, die von transparenten roten Abdeckungen geschützt wurden. »Lege ich diesen Schalter um, stirbt der gute freundliche Jesse, aber Sie erben die Welt. Diesen hier, und die *böse* Annabelle gibt dem Teufel, was des Teufels ist. Und dieser dritte Schalter ist die nukleare Option: Sollten Sie sich weigern mitzuspielen, töte ich damit Jesse *und* Annabelle *und* Ihre Familie. Sie wissen, welche Entscheidung ich mir von Ihnen wünsche. Falls Sie bei diesem Spiel irgendetwas gelernt haben, falls Ihnen klargeworden ist, wer Sie wirklich sind, werden Sie erkennen, was für eine Gelegenheit ich Ihnen biete. Dann müssen Sie akzeptieren, dass das Leben des jungen Jesse ein geringer Preis für wahre Macht und Freiheit ist.«

In der Turnhalle unter ihnen warf sich Juggernaut weiterhin immer wieder gegen die Gitterstäbe. Er keuchte und grunzte vor Anstrengung.

»Ganz gleich, was Annabelle verbrochen haben mag«, sagte Ackerman, »mir kommt nicht sonderlich ›rechtschaffen‹ vor, sie Juggernaut zu überlassen. Ich möchte Ihr schwarzes Büchlein, damit ich diesen Menschen *helfen* kann, nicht um sie zu vernichten.«

Demon zuckte mit den Schultern. »Tut mir leid, so ist das Leben. Voller schwerer Entscheidungen. Sie hat immer wieder bewiesen, dass sie aus dem Impuls heraus tötet. Sie kann von Ihnen nicht geläutert werden. Niemand könnte Ihnen verübeln, wenn Sie sich entscheiden würden, sie zu opfern und dadurch die Liste für das FBI zu erringen. Dieser Weg würde allerdings noch eine schwerwiegendere Folge nach sich ziehen. Denn wenn Sie Annabelle den gesenkten Daumen zeigen, gebe ich der Welt alle Ihre Geheimnisse bekannt. Mein gesamter Datenbestand über Ihre Umtriebe wird im Internet gepostet, damit die Öffentlichkeit erfährt, wer da noch leibt und lebt.«

Ackerman bemühte sich sehr um einen gleichmütigen Gesichtsausdruck. Er hatte immer gewusst, dass dieser Tag irgendwann kommen würde, und trotzdem fühlte er sich, als hätte Demon ihm geradewegs gegen das Herz getreten. Das neue Leben, das er sich beim FBI aufgebaut hatte, und mit Nadia, fußte auf einer Lüge. Als er für die US-Behörden zu arbeiten begann, hatte er keinerlei Amnestie oder Strafnachlass für seine Verbrechen erhalten, denn das wäre in den Augen des Gesetzes undenkbar gewesen. Daher wurde mit den Leuten, die das schwarze Budget der Strafverfolgungsbehörden verteilten, ein geheimer Deal geschlossen. Vor allem Deputy Director Carter hatte auf den Deputy Attorney General eingewirkt und angeführt, dass Ackerman lebendig von weitaus größerem Nutzen sein könne als tot und sich außerdem bereits als wertvoll erwiesen habe. Das System hatte seinen Tod vorgetäuscht, seine Fingerabdrücke und DNA in allen Datenbanken verändert und ihm eine neue blitzsaubere Identität geschenkt, in der er seine Fähigkeiten *gut* verwenden konnte.

Trotzdem war Ackerman stets klar gewesen, dass nur eine falsche Person von dem Deal zu erfahren brauchte, ein Reporter oder ein Whistleblower in den Reihen der Behörden, und er wäre wieder ein gesuchter Verbrecher.

Der berüchtigte, aber brillante Serienkiller Ted Bundy hatte der Polizei geholfen, den Green River Killer zur Strecke zu bringen, aber die Behörden hatten trotzdem keine Skrupel gezeigt, ihren Berater danach hinzurichten für die Verbrechen, die er begangen hatte. Und auf einen monströsen mehrfachen Mörder namens Francis Ackerman jr. wartete ebenfalls die Todesstrafe.

»Die Welt wird Ihre Geheimnisse erfahren, Frank«, fuhr Demon fort. »Was glauben Sie, werden die Opferschutzverbände und Organisationen der sozialen Interessenvertretung denken über das, was das FBI und Sie im Verborgenen getrieben haben? Aber sollten Sie sich für diesen Weg entscheiden, ist Offenheit doch angebracht. Wer auf der Seite der Rechtschaffenheit steht, sollte nichts zu verbergen haben. Deshalb kein Wandern zwischen Licht und Schatten mehr, mein Freund. Wenn Sie den *Guten* spielen wollen, müssen Sie in den Sonnenschein treten.«

108

Ackerman musste Zeit schinden. Weil ihm nichts anderes übrig geblieben war, hatte er auf Dixon gesetzt. Er hatte den Mann ausgesandt, um zwei Aufgaben zu erfüllen. Die erste würde Dixons Puls in die Höhe treiben, die zweite konnte ihm durchaus einen Herzinfarkt bescheren. Trotz seiner Verirrungen war Dixon ein kompetenter Neurochirurg, und mochte er moralisch bankrott sein, so war er doch tüchtig über alle Maßen und hatte sogar technische Kenntnisse bewiesen, indem er das Überwachungsvideo auf Endlosschleife stellte. Mit Selbsterhaltung als Motivation würde Dixon zumindest versuchen, was Ackerman von ihm verlangt hatte.

Die erste Aufgabe war hoffentlich bereits erledigt. Und sobald der böse Doktor seine zweite Herausforderung bewältigt hatte, würde Ackerman ein Zeichen erhalten. Vorher handeln konnte er nicht, es sei denn, ihm blieb keine andere Wahl.

In der Turnhalle unter ihnen hielt Juggernaut aus schierer Erschöpfung kurz inne, brüllte und machte sich wieder an die Arbeit, schmetterte stählerne Pranken gegen stählerne Gitterstäbe. Ackerman fragte sich, ob im Gehirn der Bestie noch genügend Gedächtniszentren übrig waren, um sich zu erinnern, was sie vor zwei Sekunden getan hatte. Falls ja, hätte sie wenigstens die Vergeblichkeit ihrer Bemühung zu erkennen vermocht. Oder würde Juggernaut einfach immer weitermachen, bis er alle Energie in seinem Körper verbraucht hatte?

»Gehen wir doch noch einmal die Einzelheiten Ihres Spiels durch. Nur um sicherzustellen, dass ich alles korrekt verstanden habe.«

Demon nickte. »Aber gewiss, es ist ja eine wichtige Entscheidung.«

»Also, erst einmal sterbe ich nicht, Sie aber schon. Und zwar bald. Folglich wäre ich in der Lage, beinahe sofort und ohne dass mir jemand über die Schulter blickt mit den Leuten auf Ihrer Liste zu sprechen und zu interagieren. Keine Notwendigkeit, nach ihnen zu fahnden: Wenn ich ihnen etwas zu sagen habe, schicke ich einfach einen Newsletter los. Ist das richtig?«

Demon zog eine Braue hoch. »Nun, so in etwa.«

Juggernaut rammte gegen Jesses Käfig, prallte torkelnd ab und ging in die Knie. Womöglich litt er durch seine unerbittlichen Anstrengungen an Sauerstoffmangel. Die Ablenkung bewirkte allerdings, dass er den Holzfußboden der Turnhalle bemerkte und auch auf ihn wütend wurde. Oder versuchte er nun, sich unter der Barriere hindurchzugraben? Ackerman war sich nicht sicher, welches Maß an menschlicher Auffassungsgabe Juggernaut noch besaß, aber er konnte mit Bestimmtheit sagen, dass seine jungen Gefährten nur eines am Leben erhielt: die Gitterwände, die ferngesteuert umgeworfen werden konnten.

Ackerman sah auf das iPad und betrachtete den Videostream mit Nadia und Marcus, aber es hatte sich nichts geregt. Niemand war zu ihrer Rettung gekommen.

»Und damit es ganz klar ist«, fuhr er fort. »Sollte ich mich entscheiden, Juggernaut den Weg zu Jesse zu öffnen, bekomme ich Ihr schwarzes Büchlein und die Gewalt über alle Ihre Machtmittel. Ich werde geradezu Ihr Erbe antreten. Ist das auch korrekt?«

»Ganz und gar. Vielleicht lebe ich sogar noch lange genug, um Ihnen zu zeigen, was für ein großes Königreich ich Ihnen anbiete.«

Ackerman verzog gequält das Gesicht. »Ich bin mir nicht

sicher, ob ich es wirklich auf Video aufgezeichnet und gestreamt haben möchte, wenn ich die Stelle als Kopf eines Verbrechernetzes annehme. Für mich würde es erheblich mehr Sinn ergeben, wenn die Behörden zu dem Glauben verleitet werden könnten, dass ich bei diesem Unsinn ums Leben gekommen bin.«

Demon grinste, zog aber misstrauisch den Kopf ein. »Nichts hiervon wird live gesendet. Nur Aufzeichnungen, die bearbeitet werden, bevor wir sie streamen. Falls Sie akzeptieren – nach Jesses Tod natürlich erst, und nachdem Sie mir bewiesen haben, dass Sie wirklich tun, was Ihnen bestimmt ist, und bereit sind, die nötigen Opfer zu bringen – falls Sie also akzeptieren, brauchen wir gar nichts zu senden. Oder Sie können das Narrativ bestimmen. Immerhin sind Sie dann der König.«

»Alle Reichtümer der Welt und jedes Verlangen, das mein entarteter Verstand ersinnen kann. Und dazu brauche ich nur einen Mann zu opfern, der vor Gericht eventuell die Todesstrafe erhalten könnte. Über die aktuelle Gesetzeslage in Michigan bin ich nicht informiert.«

Unter ihnen traf Juggernaut auf Beton, aber davon ließ er sich nicht bremsen. Allerdings hatte sein Gebrüll nun einen traurigen Unterton angenommen, als weinte die Bestie in Menschengestalt, während sie ihre Schreie ausstieß.

»In Michigan gibt es keine Todesstrafe, aber er wird jedenfalls viele graue Haare oder auch gar keine Haare mehr haben, falls er je aus dem Gefängnis kommt. Und angesichts der Demütigungen, die ein Mann seiner Statur über sich ergehen lassen müsste, während er eingesperrt ist …« Demon holte Luft und schüttelte den Kopf. »Nun, wie wir beide wissen, könnten Sie ihm mit einem schnellen Tod einen Gnadenakt erweisen.«

Ackerman presste die Lippen zu einem dünnen Strich zusammen. »Hmmm, verlockend, aber sprechen wir doch über die andere Waagschale. Wenn ich ablehne, Ihre Organisation zu übernehmen, und mich stattdessen für den Pfad der Rechtschaffenheit entscheide, kann ich Ihr schwarzes Büchlein dem FBI übergeben oder damit jeden Einzelnen der darin verzeichneten Serientäter selbst zur Strecke bringen. Und diese Liste geben Sie mir, ganz wie versprochen, falls ich Annabelle opfere?«

Demon verzog die Lippen. »Offensichtlich nicht der Weg, den ich mir für Sie wünsche. Aber falls unsere gemeinsame Zeit eines bewiesen hat, dann die Tatsache, dass ich Sie zu nichts zwingen kann. Und wenn Sie die Entscheidung rationalisieren möchten, so hat Annabelle sich während dieser Sendung mehrmals in einer Weise verhalten, die die Strafverfolgungsbehörden mit ihr besprechen möchten. Besonders wären sie wohl an dem interessiert, was sie mit dem armen JB angestellt hat. Und in Arizona gibt es die Todesstrafe tatsächlich. Eventuell tun Sie auch ihr einen Gefallen.«

»Ich finde zwar, es müssten mildernde Umstände berücksichtigt werden, aber ich verstehe, was Sie meinen.«

Er sah auf das iPad, das ihm der Regisseur noch immer vorhielt. Der Videofeed zeigte nach wie vor Nadia, Marcus und eine zierliche Frau asiatischer Herkunft, die er nicht kannte. Ihre fortgesetzte Präsenz auf dem Bildschirm bewies, dass Dr. Dixon den zweiten Teil seiner Aufgaben noch bewältigen musste.

Wenn er eine echte Amnestie wolle, hatte Ackerman dem Neurochirurgen eröffnet, müsse er sich aktiv an der Bezwingung Demons beteiligen und aktiv helfen, Leben zu retten. Es genüge nicht, ein paar Fesseln zu zerschneiden und ihm zwei Wurfmesser zu verschaffen. Stattdessen müsste er eine Pistole oder, besser, eine Maschinenpistole an sich bringen, herausfinden, wo Nadia und Marcus festgehalten wurden, und sie befreien, egal, was dazu erforderlich sei.

Möglicherweise war Dixon bei dem Versuch, seine Mission zu erfüllen, bereits getötet worden, aber Ackerman war recht zuversichtlich, dass Demon ihm solch einen Fehlschlag augenblicklich unter die Nase reiben würde. Folglich bestand noch Hoffnung, dass der böse Doktor sich zur Seite des Rechts bekannte.

Als Ackerman darüber nachgedacht hatte, dass Dixon ihm irgendwie ein Zeichen geben musste, war ihm klargeworden, dass Demon einen Videofeed vorbereitet hätte, der ihm Nadia und Marcus zeigte. Denn falls der Geisteskranke seine Drohungen wahrzumachen gedachte, würde er wollen, dass Ackerman zusah, wie sie starben. Da die Liveübertragung sie noch immer in Lebensgefahr zeigte, wusste Ackerman, dass Dixon sich seine mögliche Amnestie bislang nicht verdient hatte.

»Und wenn ich sage, dass ich keinen von beiden opfere und keine Entscheidung treffe, dann richten Sie Nadia und Marcus hin?«

»Richtig, und jeden anderen auch.«

»Das ist eine echte Zwickmühle.«

»Und wir wollen nicht vergessen«, fügte Demon hinzu, »wenn Sie den Weg der Rechtschaffenheit wählen, kommen auch Sie nicht ungeschoren davon. Ich werde alles, was es über Sie zu wissen gibt, öffentlich machen. Apropos Todesstrafe, ich glaube, einige Bundesstaaten möchten zu gern mit Ihnen reden, mein Freund. In diesem Szenario erhalten Sie zwar einen Preis, den Sie Ihren Herren und Meistern beim FBI vorlegen können, aber täuschen Sie sich nicht: Man wird Sie hetzen und niederstrecken wie ein Tier, und Sie werden für Ihre Verbrechen vor Gericht kommen. Vermutlich reißen Sie noch ein paar andere mit in den Untergang. Am ironischsten finde ich an diesem Szenario, dass die Menschen, die Sie durch ihre Arbeit beim FBI und durch die Jagd auf

Serienmörder zu beschützen versuchten, diejenigen sein werden, die verlangen, dass *Sie* gejagt werden und Sie hingerichtet werden sollen.«

Ackerman nickte, die Lippen zu einem halben Lächeln verzogen. »Wahrlich eine Zwickmühle. Aber das ist noch immer nicht das Ende der Bestrafung, richtig? Sie haben doch einen noch viel schlimmeren Tritt in die Zähne eingebaut, sollte ich mich Ihrem Willen widersetzen und mich für die gute Seite entscheiden.«

Demon legte die Stirn in Falten. »Ich weiß nicht, was Sie meinen.«

»Jetzt ergibt alles einen Sinn. Ich habe versucht herauszubekommen, wo sie ins Spiel kommt und wie Sie planen, sie gegen mich zu benutzen.«

Demon versuchte noch immer verwirrt zu wirken. »Sie? Sprechen Sie von Annabelle?«

»Natürlich, denn Annabelle soll ja der Höhepunkt Ihrer Rache an mir sein. Sie haben dieses Spiel inszeniert, um mir meine wahre Natur in Erinnerung zu rufen und mich auf die dunkle Seite zu ziehen. Und sollte ich den Weg des Lichts wählen, wollen Sie mich dafür teuer bezahlen lassen. Es tut mir leid, wenn ich Ihnen die Überraschung ruiniere, aber Sie erhalten nicht die Genugtuung, sich hinterher am Entsetzen in meinem Gesicht zu weiden, sollte ich Annabelle dem Juggernaut geopfert haben.«

Demons Gesichtsausdruck schlug um. Er kniff die Augen zusammen. Seine Haltung wurde steif. »Sie haben die entsetzliche Gewohnheit, mir jeden Spaß zu verderben, alter Freund«, sagte er.

»Ich ziehe ernsthaft in Erwägung, unsere Beziehung neu zu überdenken«, entgegnete Ackerman. »Ein echter Freund würde niemals jemanden verleiten, unwissentlich die eigene Halbschwester zu töten.«

109

Demon durchbohrte Ackerman über den Balkon hinweg mit Blicken. Die Lider des Mannes zuckten, die Lippen zitterten, die Kiefer waren zusammengepresst. Ackerman fühlte sich ein bisschen unreif wegen des Ausmaßes, in dem er genoss, wie er dem niederträchtigsten Geheimnis seines Gegners sämtliche Macht entzogen hatte. Er liebte diese Momente, in denen Demon begriff, wie sehr ihm jede Kontrolle und jede Macht abging, trotz der Illusion von beidem, die er sich durch seine Gier verschafft hatte.

»Wie haben Sie sich das zusammengereimt?«, fragte Demon. »Woher konnten Sie wissen, dass Annabelle die Tochter von Thomas White ist?«

»Wir erkennen einander. Das Gesicht meines Erzeugers ist auf ewig in mein Gehirn eingebrannt. Haben Sie ernsthaft geglaubt, dass mir die Familienähnlichkeit nicht auffallen würde?«

In Wahrheit hatte er zwar ein wenig von Thomas White in Annabelle wiedererkannt, seine Beobachtung aber als Einbildung verworfen. Dr. Dixon war es gewesen, der ihm Annabelles Identität offenbart hatte, aber diese Tatsache konnte er nicht preisgeben, ohne Dixons Beteiligung zu verraten.

Schaute er zurück auf die Situation, die Annabelle und er gemeinsam erduldet hatten, wünschte er, ihre Identität früher gekannt zu haben. Er hätte sich während der Herausforderung Zeit nehmen können, sie besser kennenzulernen. Als er die Wahrheit endlich erfuhr, hatte Ackerman ein warmes Glühen empfunden, das von seinem Innersten ausging und sich nach außen ausbreitete. Er fand das Gefühl merkwürdig, aber er fragte sich, ob es sich vielleicht mit der Erfahrung gleichsetzen ließ, den Arzt zu hören, wie er *Es ist ein Mädchen!* ausruft. Ein Moment, schwanger vor Potenzial. Tausend Fragen waren ihm durch den Kopf geschossen, aber eine von ihnen beschäftigte ihn am meisten.

»Weiß sie es?«, fragte Ackerman.

»O ja. Sie hat es die ganze Zeit gewusst, und sie hatte kein Problem damit, Sie zu belügen. Sie hat auch kein Interesse, Sie kennenzulernen. Das hatte sie nie. Deshalb ist sie nicht hier. Sie versucht nur, an Ihnen zu verdienen, so wie jeder andere. Sie hätte Sie mit Freuden getötet, wenn ich das von ihr verlangt hätte.«

Ackerman blickte über das Geländer ans andere Ende der Turnhalle, wo Annabelle mitten in ihrem Käfig stand und sie forschend beobachtete. Sie sah aus wie eine angespannte Kobra kurz vor dem Zuschlagen, aber wie das Reptil erschien sie auch beängstigend und furchtlos – in echter Ackerman-Familienart –, trotz des Monsterfilms, der sich rings um sie abspielte.

Bei dem Lärm, den Juggernaut verursachte, konnte sie wohl nur hören, dass sie redeten, aber kein einziges Wort davon verstehen. Andernfalls hätte Annabelle längst ihre eigene Note in das Gespräch eingebracht, da war sich Ackerman sicher.

»Mein Bruder und ich haben uns immer gefragt, ob unser Vater noch andere Kinder hatte, nachdem es mir als Teenager nicht gelungen war, ihn zu töten«, sagte er. »Ich nehme an, das bedeutet, dass Annabelle noch jünger ist, als sie aussieht. Sie ist wirklich jemand Besonderes. Einige würden vielleicht sagen, dass unser Vater ihr ein guter Lehrmeister war. Ich würde sagen, sie ist nur ein weiteres seiner Opfer, ganz wie ihre Brüder.«

Demon nickte und setzte eine gekünstelt-besorgte Miene auf. »Ach, es ist wirklich zu schade, dass Sie drei nicht bei ei-

nem schönen Kräutertee über Ihre Gefühle diskutieren können. Denn Schwester hin oder her, Sie haben eine Entscheidung zu treffen.«

»Warum sollte ich? Sie werden Ihren Teil der Abmachung ganz offensichtlich doch nicht einhalten. Selbst wenn
ich wähle, werden Sie nur die Spielregeln ändern und mich
wieder vor eine neue Wahl stellen, um Nadia und Marcus zu
retten. Warum sollte ich also weiter mitspielen?«

Demon seufzte. »Sie müssen wirklich alles zerreden, oder?
Ich kann nicht mehr offenbaren, ohne zu offenbaren, was in
meinem schwarzen Büchlein steht. Aber sagen wir einfach
so, ich beabsichtige, es Ihnen in jedem Fall zu geben. Nicht
aus Ehrgefühl, sondern weil Sie mir einen Dienst erweisen,
wenn Sie es sich holen. Daher ist es meine erklärte Absicht,
dass Sie hier lebend herauskommen. Ihre übrigen Freunde
und Ihre Familie … Nun, das liegt bei Ihnen. Wenn Sie keine
Entscheidung treffen, stirbt jeder. Sie haben eine Minute, um
sich zu entscheiden, sonst lege ich den Schalter für die nukleare Option um.«

Ackerman sah zu Annabelle und Jesse und gab vor, über
seine Entscheidung nachzudenken. In Wahrheit spielte er
nach wie vor auf Zeit. Er hatte gehofft, dass Dr. Dixon mittlerweile zum Ende gekommen wäre, aber offenbar hatte der
Neurochirurg ihn im Stich gelassen. Ackerman musste an
den alten Sinnspruch denken: *Wenn du möchtest, dass etwas
richtig gemacht wird, musst du es selbst erledigen.*

Während Ackerman seine Minute verstreichen ließ, um
Dixon noch ein paar Sekunden mehr zu verschaffen, überlegte er nicht, für wessen Tod er sich entscheiden würde, sondern analysierte die Geometrie der Feindpositionen.

Die Lage sah übel aus, die Chancen standen eindeutig
nicht zu seinen Gunsten.

Er besaß das Element der Überraschung und zwei Wurfmesser, aber diese beiden Stichwaffen halfen nicht viel gegen sechs Männer mit Maschinenpistolen und vier anderen, darunter Demon, die vermutlich verdeckt eine Faustfeuerwaffe trugen. Feinde im zweistelligen Bereich waren immer ein Problem. Selbst wenn er sich mit absoluter Präzision bewegte, selbst wenn alles genau so lief, wie er wollte, er konnte nicht berechnen, wohin so viele Waffen so viele Kugeln feuerten.

Dennoch, vielleicht gab es andere Variablen, die er noch nicht in Betracht gezogen hatte. Womöglich gehörten die vier Söldner mit den schwarzen Sturmhauben zum Bodensatz ihres Gewerbes und fielen in Schockstarre, sobald der Kampf entbrannte. Nicht sehr wahrscheinlich, aber möglich.

Wie es seiner Natur entsprach, fürchtete er sich weder vor dem Versuch noch dem Versagen.

Ackerman plante die Reihenfolge, in der er seine Gegner ausschalten würde, und die Bewegungen, die dazu erforderlich waren. Immer wieder ging er sie im Kopf durch. Besonders den ersten Angriff.

Als der Timer in seinen Gedanken die sechsunddreißig Sekunden erreichte, hörte Ackerman das Peitschen von Helikopterrotoren, dazu das durchdringende Heulen von Polizeisirenen.

Er lächelte. Wie es schien, hatte Dr. Dixon wenigstens seine erste Aufgabe bewältigt.

110

Ackerman merkte, wie unkontrolliert er grinste, als die Polizeigeräusche näher kamen. In seinem früheren Leben wäre das Sirenengeheul für ihn das Zeichen gewesen, auf Teufel komm raus die Fliege zu machen, und nichts, was überschäumende Freude hervorrief. Doch die Zeiten änderten sich, und für die Menschen galt das Gleiche.

Nassar sah ihn wütend an, machte einen langen Schritt zu Ackerman und schlug ihm die Faust in den Magen. Als Ackerman sich zusammenkrümmte, achtete er sorgsam darauf, seine Fesseln nicht zu lösen, damit seine Täuschung fortbestand.

»Das Grinsen können Sie sich schenken«, sagte Nassar. »Waren Sie das?«

Ackerman rang noch um Atem. »Ich bin doch die ganze Zeit bei Ihnen gewesen«, keuchte er.

»Ja, aber Sie haben ein übernatürliches Talent, Sand ins Getriebe zu werfen.« Nassar wandte sich an die zusätzlichen Söldner. »Sie vier sichern unsere Fluchtroute. Wir sind direkt hinter Ihnen.«

Die Söldner gingen zum Ausgang des Balkons und verließen die Loge in Richtung Korridor mit der abblätternden Farbe. Das rhythmische Stampfen ihrer Stiefel auf den verrottenden Bohlen ließ Staub aufsteigen. Nach nur wenigen Sekunden waren sie außer Sicht verschwunden.

Während Ackerman sich zu voller Größe erhob und wieder zu Atem kam, überlegte er, dass die Sirenen trotz allem, was er zu Nassar gesagt hatte, durchaus sein Werk waren. Er hatte Dr. Dixon befohlen, eine Notmeldung an Deputy Director Carter zu schicken. Dixon hatte erklärt, er habe zwar ein Mobiltelefon, allerdings sei ein Störsender aktiv, und man erhalte kein Signal. Der alte Mann fügte hinzu, es gebe jedoch einen Raum im ersten Stock, in dem sich Demons IT eingerichtet habe. Ackerman hatte ihm befohlen, an einen der Computer zu gelangen; sollte man ihn befragen, sollte er behaupten, er müsse die korrekte Dosierung für Juggernauts Betäubungsmittel nachschlagen. Er hatte von Ackerman Instruktionen erhalten, wie er sich direkt mit Carter in Verbindung setzte. Ackerman war davon ausgegangen, dass nach den Ereignissen in New York das Hostage Rescue Team, das Geiselrettungskommando des FBI, bereitstehen würde, um unverzüglich einzugreifen.

Nassar bellte Befehle in sein Funkgerät. Seine Männer sollten die Stellung halten und nicht angreifen, solange sie nicht angegriffen wurden, doch vergingen nur wenige Sekunden, bis sie Schüsse aus automatischen Gewehren hörten und über Funk gemeldet wurde, dass SWAT-Beamte sich auf dem Gelände befanden.

Nassar ging zu Demon, verbeugte sich vor seinem Herrn und sagte: »Bei allem schuldigen Respekt, Sir, es muss jetzt enden.«

Demon nickte. »Das sehe ich genauso. Frank, es wird Zeit für Ihre Entscheidung.«

Nachdem die vier zusätzlichen Söldner fortgeschickt waren, gefielen Ackerman die Chancen, die er hatte, viel besser. Er berechnete die Positionen seiner Gegner neu. Einer von Demons ägyptischen Leibwächtern stand mit schussbereiter MP7 direkt hinter Ackerman. Er war die größte Bedrohung und musste als Erster ausgeschaltet werden. Der andere Ägypter stand zwischen Demon und der Tür. Das Kamerateam befand sich jenseits von ihnen.

Ackerman blickte auf das iPad, das Marcus und Nadia

noch immer auf Stahltischen sitzend zeigte. Sie waren nach wie vor in Gefahr, aber das machte keinen Unterschied mehr. Er musste sein Blatt jetzt ausspielen und konnte sich um die Details erst später kümmern.

Er wollte gerade etwas Kerniges sagen und in Aktion treten, doch bevor er es konnte, knurrte Nassar, schüttelte den Kopf und sagte zu Demon: »Nein, Sir, ich meine, dass alles zu Ende ist. Dieser Wahnsinn ist vorbei. Es ist unübersehbar klar, dass der Tumor Ihre kognitiven Fähigkeiten beeinträchtigt. Mir ist es die größte Ehre meines Lebens gewesen, in Ihren Diensten zu stehen, aber ich kann Ihnen nicht gestatten, dass Sie aufgrund des Verlusts Ihrer Geisteskräfte alles wegwerfen, was wir aufgebaut haben.«

Demon straffte die Schultern. Mit hartem Blick trat er auf seinen Untergebenen zu. »An Ihrer Stelle würde ich meine nächsten Worte gut überlegen. Ich weiß genau, was ich tue. Mein Verstand ist so scharf wie eh und je.«

Nassar schnaufte verächtlich. »Wirklich? Wie begründen Sie denn vernünftig, dass Sie die Kontrolle der Organisation nicht an Lauren und mich abtreten, obwohl wir das verdammte Ding seit Jahren leiten, und stattdessen solch einen Aufwand treiben, um Ihr Königreich diesem selbstgefälligen, eingebildeten *Majnun* anzudienen?«

Ackerman runzelte die Stirn und warf ein: »Ich überschätze meine Wichtigkeit aber nicht. Ich bin nur zufällig wichtig.«

»Halten Sie das Maul!«, schrie Nassar. »Halten Sie Ihre Plapperlippen geschlossen!« Er wandte sich wieder Demon zu und fügte hinzu: »*Wir* brauchen die Liste Ihrer Kontakte, Sir. Die Währung, die unsere geschäftlichen Unternehmungen am Laufen gehalten hat, ist Angst. Und nicht nur die Angst vor Demon an sich, sondern das Wissen, dass Sie ein Netzwerk aus instabilen Schülern aufgebaut haben, die nicht nur für Sie töten, sondern es auch genießen. Lauren und ich brauchen Ihr schwarzes Buch, damit wir das Geschäft weiterführen können. Ist es denn nicht das, was Sie wollen? Dass Ihr Reich fortbesteht, lange nachdem Sie von uns gegangen sind? Warum am Ende alles vergeuden?«

Ackerman sah, dass die Muskeln in Demons Hals und Schultern hervortraten wie zusammengeringelte Schlangen. Er hatte die Lippen zurückgezogen, die Zähne gebleckt wie ein wildes Tier. Der Zorn brodelte gleich unter der Oberfläche, aber Demon brachte hervor: »Sehen Sie, Edgar Allan Poe hat angeführt, dass das Bewusstsein, etwas Falsches zu tun, oft eine unwiderstehliche Kraft darstellt, die uns verleitet, es durchzuführen. Er war ebenfalls der Meinung, dass die Selbstzerstörung in unserer Natur liegt. Am Ende seines Lebens veranlasste seine ›Perversität‹ ihn, einen Feind als Verwalter seines literarischen Nachlasses einzusetzen. Der Mann, den er auswählte, verfasste einen vernichtenden Nachruf und eine Biografie, die ein sehr schlechtes Licht auf Poe warf. Dieser Nachlassverwalter schadet Poes Ruf bis auf den heutigen Tag. Ich habe aber den Verdacht, dass Poe es genau so gewünscht hat. In ihm steckte etwas, das einfach alles, was er geschaffen hatte, bis auf die Grundmauern niederbrennen wollte.«

»Ich habe bereits angeführt«, sagte Ackerman, »dass eine äußere Macht unser …«

»Halten Sie das Maul!«, schrie Nassar erneut.

»Wie dem auch sei«, fuhr Demon fort, »es ist mein Leben, das ich zerstören, und mein Königreich, das ich niederbrennen kann, wie ich es möchte.«

Nassar schloss die Augen, schüttelte den Kopf, atmete tief durch und sagte: »Das kann ich nicht zulassen, Sir. Nicht nur um meinetwillen, sondern auch nicht für meinen alten Freund, den brillanten, rücksichtslosen Visionär, der aus dem

Nichts ein internationales Verbrechersyndikat erschaffen hat. Bitte, Sir, ich flehe Sie an. Sagen Sie mir, was Sie mit der Liste getan haben. Dann können Sie den Rest Ihrer Tage als König verbringen, der jede erdenkliche Wonne genießt, die dieses Leben zu bieten hat.«

»Ich bin der Wonnen müde«, entgegnete Demon. »Ich bin des Lebens müde. Daher mein Gegenangebot: Sterben wir alle zusammen.«

Noch während er sprach, legte er einen Schalter auf der Fernbedienung um, die er in der linken Hand hielt, und zog mit der Rechten eine mit Silber und Gold plattierte Pistole aus der Jackentasche.

111

Während aller Augen auf Demon und Nassar gerichtet waren, bewegte sich Ackerman langsam zur Seite und nach hinten aus der Schusslinie. Als Demon handelte, handelte auch Ackerman. Kaum sah er, wie Demons Hand in der Jacke verschwand, riss und zog Ackerman an den angeschnittenen Fesseln und bekam die Arme frei. Er schob die Hände durch die Schlitze, die er zuvor in die Ärmel der Zwangsjacke geschnitten hatte.

Mit einem golden und silbern überzogenen Colt 1911 kam Demons Hand wieder aus der Jacke. Ackerman sah den Schock im Gesicht Nassars, unmittelbar bevor Demon abdrückte und das Gehirn seines Freundes zum Hinterkopf hinausjagte.

Als seine Ohren den Knall registrieren, war Ackerman schon längst in Bewegung.

Die Fußschellen hinderten ihn daran, rasch auf seinen Gegner zuzustürmen, daher warf er sich nach vorn, rollte ab und kam neben dem ersten von Demons ägyptischen Leibwächtern wieder auf die Beine, dem Mann, der hinter ihm gestanden hatte.

Ackerman stieß Demons Beschützer das KA-BAR-Messer, das er mit der rechten Hand führte, in den Hals.

Ihm fiel auf, dass die Augen des Mannes nun nicht mehr so ungerührt wirkten. Jetzt traten sie vor Schock und Angst hervor.

Ackerman ließ das Messer an Ort und Stelle, schwang hinter den Söldner, benutzte ihn als menschlichen Schutzschild und führte dessen rechten Arm, während er den Finger an den Abzug legte, und drückte ab.

Eine wilde Kugelsalve ratterte aus der MP7 und schlug Löcher in den verrottenden Holzfußboden.

Ackerman schlang dem Bodyguard den Arm um den Hals und zog die Klinge wieder heraus. Blut sprühte aus Halsschlagader und Drosselvene, die beide durchtrennt waren.

Der Ägypter schlug die Hand an den Hals, versuchte den Blutfluss zu stoppen. Das lenkte ihn vollkommen von der Maschinenpistole ab, die er mit der rechten Hand umfasste.

Ackerman konnte die Waffe nun besser kontrollieren und sandte eine Kugelsalve in Richtung Demon und das Kamerateam.

Mit dem Finger drückte er fest zu, schwenkte den Arm des Leibwächters im weiten Bogen und versuchte, alle Gegner mit einem Feuerstoß zu erledigen. Er mähte das Kamerateam nieder.

Da sprang der andere Ägypter ihn und seinen sterbenden Kameraden von der Seite an.

Der Angreifer war wild und ungezügelt, stieß seinen Kollegen schreiend zur Seite und stürzte sich ohne Rücksicht auf Verluste auf Ackerman. Fast gleichzeitig bemerkte Ackerman ein Karambit mit der charakteristischen gekrümmten Klinge in der Hand des Mannes und spürte, wie die Waffe eine klaffende Wunde an seinem Brustkorb öffnete.

112

Jesse sah es sofort, als Frank, Demon, Oban und ein Haufen anderer an das Geländer des Balkons über der Turnhalle traten. Annabelle und er achteten vor allem auf Juggernaut, der ständig an den Käfigen gekrallt hatte und jetzt versuchte, sich durch den Boden unter Annabelles Käfigwand hindurchzugraben, als wäre er ein fünfhundert Pfund schwerer Hund.

Er verstand ein paar von den Worten, die auf dem Balkon gesprochen wurden, indem er seine Kenntnisse im Lippenlesen aus der Scharfschützenausbildung anwendete, aber er konnte sich daraus nichts zusammenreimen.

Juggernaut gab nach kurzer Zeit seine Versuche am Boden auf; offenbar war er unter dem Holz auf Beton gestoßen. Das Monstrum stolperte zu Jesses Käfig zurück und versuchte erneut, ihn aufzureißen. Jesse fragte sich, ob es eventuell kräftig genug war, um den Käfig anzuheben und umzuwerfen, aber es schien andererseits zu solch zielgerichteten Überlegungen nicht mehr in der Lage zu sein.

Das klingengespickte Ungeheuer wechselte zwischen

jämmerlichem Heulen und gequältem Wimmern, während es verzweifelt nach ihm krallte.

Mit einem Mal wurden vom Balkon laute Stimmen hörbar. Jesse blickte gerade rechtzeitig auf, um zu sehen, wie Obans Kopf zerplatzte.

Im gleichen Moment hörte er jedoch auch ein irritierendes Klicken von den Seitenwänden seines Käfigs. Die Klammern, die die Wände zusammengehalten hatten, bewegten und öffneten sich.

Ein leises Klingeln wich dem Klang von hundert angeschlagenen Gongs, als alle acht Käfigwände, sowohl bei Jesse als auch bei Annabelle, unversehens umkippten.

Es war ein Glücksfall, dass Juggernaut direkt vor Jesses Käfig gestanden hatte. Eine Wand landete auf der Bestie, und sie begann auf sie einzuprügeln, als wäre sie lebendig und hätte Sehnen und Adern, die zerfetzt werden konnten.

»Lauf, Jesse!«, schrie Annabelle. »Hier entlang!«

Er folgte ihr auf dem Fuße, so wie eigentlich ständig, seit sie in Gefangenschaft waren. Sie führte ihn zur Rückseite der Turnhalle, wo sie die Hantelbäume mit den Gewichten und die Reihe von Hantelbänken entdeckt hatten.

Gleich hinter den Bänken war eine Flügeltür mit Panikverschluss. Die bügelförmigen Griffe, die über die ganze Breite der Türflügel gingen, brauchte man eigentlich nur hinunterzudrücken, aber eine schwere Kette hielt sie zusammen und verhinderte, dass man sie öffnete.

Annabelle hatte offenbar für diese Situation geplant. Sie eilte vor, zog eine der Stangen für eine olympische Langhantel aus der Halterung an der Bank und stürmte auf die Tür zu. Mit einem Schrei rammte sie die Stange zwischen einen Panikgriff und die Wand und begann zu hebeln.

Sie drehte den Kopf zu Jesse. »Wenn er in unsere Richtung kommt, lenk ihn ab oder lock ihn weg.«

»Wie soll ich das denn machen?«

»Hast du schon mal einen Diskus geworfen?«

»Nein.«

»Vielleicht wird es Zeit, dass du es lernst. Nimm dir eine von den kleineren Scheiben vom Hantelbaum. Dreh dich im Kreis und wirf mit dem Ding auf ihn, sobald er hierherkommt.«

»Hast du den Verstand verloren?«

»Das höre ich oft.« Angestrengt hebelte sie weiter mit der Hantelstange am Türgriff.

Jesse begriff endlich ihren Plan. Er hob zwei Zehnpfundscheiben vom Hantelbaum und machte sich bereit für den ersten Diskuswurf seines Lebens.

Fast war es, als könnte Juggernaut die Angst riechen, die er verströmte: Als Jesse dastand und sich fühlte wie ein Käfer, der einen Kiesel gegen die Windschutzscheibe eines heranrasenden Auto schleudern wollte, riss Juggernaut den Kopf hoch und erhob sich zu voller Größe.

Langsam drehte die Monstrosität ihren gewaltigen, von einer klingenbesetzten Rüstung geschützten Leib, neigte den Kopf zur Seite, als nehme sie die Witterung eines schwächlichen Beutetiers auf, brüllte und stürmte auf Jesse los.

113

Ackerman lag mit dem Rücken flach auf dem Holzfußboden des Balkons, Demons beide Bodyguards auf sich. Seiner Reglosigkeit nach zu urteilen war der erste Ägypter dahingeschieden, aber der zweite schlug wild mit seiner gekrümmten Klinge zu. Ackermans linker Arm und seine KA-BAR-Messer waren unter dem toten ersten Leibwächter eingeklemmt, und die Masse des zweiten drückte auf sie beide.

Ackerman konnte den Angriffen nur begegnen, indem er die Messerhand wegschlug. Er spürte mehrere Schnitte an seinem Arm, bevor er die Faust des Söldners packen und sie fixieren konnte.

Die Augen seines Gegners loderten vor Wut. Der Ägypter presste sich mit ganzem Gewicht auf ihn und versuchte, Ackerman die Klinge in die Brust zu bohren.

Er versteifte seinen Arm und hielt dem Druck stand.

Über die Schulter des Söldners hinweg sah er Demon, der auf sie zuhumpelte. Blut sickerte aus einem Loch im Nadelstreifenanzug seines Feindes. Er hatte vermutet, dass Demon vollständig von Nassars Körper abgeschirmt würde, aber wie es schien, hatte zumindest eine seiner wild umhergefeuerten Kugeln ihr Ziel getroffen.

Demon hielt noch immer die silbern-goldene Pistole in der rechten Hand. Er atmete pfeifend, als er sagte: »Nun, alter Freund, ich würde mal sagen, am Ende verliert sowieso jeder das Spiel des Lebens.«

Langsam hob er die Waffe.

Ackerman lag noch immer unter dem Gewicht des Leibwächters, der die Klinge auf ihn niederdrückte, und wusste, dass Demon ihm gleich eine Kugel durch den Kopf jagen würde.

In einer verzweifelten letzten Anstrengung kämpfte Ackerman abrupt nicht mehr gegen das Gewicht des durchgedrehten Bodyguards an. Er zog das Messer auf sich zu und führte es an seiner Schulter vorbei in das faulige Holz des Balkonfußbodens.

Mit einem Kopfstoß gegen den überlebenden Ägypter

schuf er Raum zwischen ihnen beiden und zog die Beine an die Brust. Der Tote rutschte zur Seite, lag aber immer noch auf seinem linken Arm.

Unter Aufbietung der ganzen Kraft in seinen Beinen stieß Ackerman den Leibwächter nach oben, sodass er rückwärts auf Demon zustolperte.

Er schlug Demon die Waffe aus der Hand, und dieser stolperte rückwärts gegen das Geländer. Er stieß gegen die oberste Stange, verlor das Gleichgewicht und stürzte über die Brüstung.

Nachdem er sich kurzzeitig vom Gesicht des zweiten Leibwächters befreit hatte, zog Ackerman den linken Arm unter dem Toten hervor, der neben ihm lag, und schleuderte ein KA-BAR-Messer auf den verbliebenen Angreifer. Das Messer wirbelte durch die Luft und versenkte sich ins Auge des Ägypters. Der Mann fiel auf der Stelle nach vorn um.

Ackerman blieben ungefähr zwei Sekunden, um zu Atem zu kommen, dann erinnerte er sich, dass andere in Gefahr schwebten, und wie zum Beweis gellte Jesses Stimme auf.

114

Nadia hoffte unverzagt darauf, dass Frank sie retten würde, bis die Stahltür sich öffnete. Unvermittelt drang aus den umgebenden Korridoren eine Kakophonie aus unmenschlichen Schreien herein. Etwas schien sämtliche Furien gleichzeitig aufzustacheln.

Sie hatte bereits Sirenen und Schüsse gehört und nahm

an, dass Hilfe nahte, aber jetzt schien es, als könnte die Kavallerie nur noch ihre Überreste aufwischen.

Als Nadia sah, wie sich die Tür öffnete, wusste sie, dass Nakamura recht gehabt hatte. Sie würden hier nicht lebendig herauskommen. Ihrem Schicksal sah sie merkwürdig furchtlos entgegen. Sie empfand nur tiefe Traurigkeit. Wie eine Welle überfiel sie Nadia und löschte alle ihre alten Hoffnungen aus – Heirat, Kinder, Karriere, Haus, Enkel, Ruhestand. Sie dachte nicht oft an solche Dinge, war sich nicht einmal sicher, ob sie sie überhaupt wollte, aber ihr gefielen die Möglichkeiten, und sie war traurig, dass sie ihres ganzen Potenzials beraubt werden sollte.

Ihr Selbstmitleid hielt nur zwei Sekunden an, bis Nakamura den Bann brach, indem sie schrie: »Helfen Sie mir, die Tür zu blockieren!«

Nadia setzte sich in Bewegung. Sie packte den nächsten Stahltisch und schob ihn nach vorn, sodass der unmittelbare Eingang verstellt war. Sie hatten noch zwei weitere Tische, dazu den, auf dem Marcus saß.

Nachdem sie die Tische vor die Tür gestellt hatten, rollte sich Marcus vom Tisch und fiel auf den Boden. Wie aufs Stichwort schoben sie auch seinen Tisch zu den anderen. Marcus zog sich durch das eiskalte Wasser und lehnte sich mit dem Rücken an die Barriere, um sie zu stabilisieren. Nadia sah ihn mit einem Blick an, der *Das war's dann wohl* ausdrückte.

Er schien zu wissen, was sie dachte; er zwinkerte ihr zu und meinte: »Noch sind wir nicht tot.«

Demons Geschöpfe schlugen von außen gegen die Wände, und dann hörte Nadia einen schrillen Aufschrei: Eines von ihnen musste eine Bewegung im Gang bemerkt haben. Es stürmte auf sie zu und traf mit voller Geschwindigkeit auf den ersten Tisch, schob alle Tische nach vorn. Es schlug auf das Metall ein und jaulte traurig auf.

Sein Laut lockte mehr von seiner Art an, bis sieben Kreaturen sich zusammengerottet hatten, die sich gegenseitig schubsten und gegen die Barrikade anrannten. Die vorderste Furie wurde von den anderen angehoben und begriff, dass sie über die Oberseite kriechen konnte. Mit ihren klingengespickten Armen griff sie nach Nadia, aber zum Glück hatten die anderen seine Beine eingeklemmt.

Sie tröstete sich mit dem Gedanken, dass das Ende, nach der Wildheit von Demons Monstren zu urteilen, blutig wäre, aber gnädig schnell.

Unvermittelt hörte sie Schüsse direkt vor dem Raum. Sie fielen als mehrere kurze, unkontrollierte Feuerstöße, als wüsste die Person, die sie abgab, nicht mit einer automatischen Waffe umzugehen. Im nächsten Moment kamen die Geschöpfe immer näher, und die alten Kellertüren schwangen auf.

Nadia vermutete, dass bei ihrem Glück nun der Flammenwerfertrupp zurückkehrte, um sie zu verbrennen, aber stattdessen eilte ein dunkelhaariger alter Mann mit einer MP7 die Betontreppe herunter.

Aus Demons Stream erkannte sie Dr. Jonathan Dixon. Der verbrecherische Neurochirurg brüllte: »Lauft, was ihr könnt, verdammte Narren!«

Marcus sah den Neuankömmling an, neigte den Kopf zur Seite und erwiderte: »Laufen ist für mich ein Problem, Doc, aber ich krieche, so schnell ich nur kann.«

115

Hektisch schleuderte Jesse jede Fünf- und Zehnpfund-scheibe, die er am Hantelbaum fand, auf die rasende Gestalt von Juggernaut. Er versuchte sich vorzustellen, er wäre ein olympischer Diskuswerfer und kein Gefangener, der von einem riesigen Fleischwolf mit Augen zerfetzt werden sollte. In der Army hatte er das Gewichtheben gehasst. Seine Kameraden hatten ihn damit aufgezogen, dass seine spindeldürren Arme unter der Belastung brechen würden. Jesse dachte an ihr Gelächter und nutzte die Wut, die in ihm aufkam, um die Scheiben zu packen und zu werfen, so schnell er konnte.

Mehrere Würfe gingen daneben, aber einige trafen ihr Ziel. Die schweren metallischen Treffer ließen Juggernaut jedes Mal innehalten; ein grundlegender Selbsterhaltungstrieb, den das Monster noch besitzen musste, kam ins Spiel. Es wich zurück, brüllte, schlug mit den Pranken durch die Luft, und dann preschte es erneut los.

Jesse hörte, wie Metall ächzend brach, und Annabelle schrie auf. Er riss den Kopf zu ihr herum. Die Füße gegen die Wand gestemmt zog sie mit beiden Händen an der Hantelstange. Eindeutig setzte sie ihre ganze Kraft und ihr ganzes Gewicht ein.

Eine Schraube, die den Griff der Fluchttür hielt, gab zuerst nach. Jesse hörte, wie Metall unter dem Zug ächzte, dann zerbarst es mit einem Knall, und der Griff löste sich.

Annabelle fiel auf den Boden, die Hantelstange landete klirrend neben ihr. Sie sprang auf, bog den Griff ab, dass sich die Tür öffnen ließ, und rief: »Beeil dich, Jesse!«

Als er sich umdrehte, preschte Juggernaut auf ihn zu. Der

massige Albtraum aus Metall war nur noch drei Meter entfernt und näherte sich rasant.

Jesse fuhr herum und rannte los, versuchte, zwischen den Hantelbäumen und Hantelbänken Haken zu schlagen. Juggernaut schepperte hinter ihm durch die Hindernisse, warf sie mühelos alle beiseite.

Jesse wusste, dass er es nicht bis zur Tür schaffen würde. Und selbst wenn es ihm gelang, die Bestie würde ihnen einfach in den Korridor folgen.

Während er rannte, dachte er an seine toten Eltern. Dass sie auf dem Altar der Gier geopfert wurden, war der Katalysator gewesen, der ihn in diesen Schlamassel geführt hatte, aber alle anderen schlechten Entscheidungen hatte er allein getroffen. Jesse wusste, dass er niemand anderem die Schuld geben konnte, nur sich selbst. Man konnte keinen Handel mit dem Teufel schließen und erwarten, dass dabei nur Sonnenschein und Regenbögen herauskamen.

Während seine Eltern, was das Finanzielle anging, sehr zu wünschen übrig ließen, hatten sie, was die Liebe betraf, sehr gute Arbeit geleistet, besonders seine Mutter. Er dachte an sie in diesem Augenblick und fragte sich, ob ihre Liebe wirklich für immer verschwunden war oder er sie wieder erleben würde. Würde Mom nach seinem Tod auf ihn warten?

Er hörte das seltsam scharrende, scheppernde Rumpeln, das ihm verriet, dass Juggernaut gleich hinter ihm war und zu einer letzten Umarmung nach ihm griff.

Doch dann dominierte ein anderes Geräusch die Turnhalle: das Hämmern einer vollautomatischen Waffe.

Jesse rannte weiter zur offenen Tür, aber hinter ihm schrie Juggernaut auf. Und nicht vor Entzücken, dass er endlich seine Beute erlegen konnte. Es war ein Schmerzensschrei.

Als er nicht mehr hörte, wie Juggernaut ihm nachsetzte, schaute er nach hinten und stellte fest, dass die Bestie sich in die entgegengesetzte Richtung gewandt hatte und auf einen neuen Feind zustürmte. Im Gegensatz zu Jesse warf dieser Feind allerdings nicht mit Hantelscheiben. Er warf mit Kugeln.

Ackerman stand am Rand des Balkons, in jeder Hand eine bösartig aussehende schwarze Maschinenpistole.

Die Erleichterung, die wie eine Welle über Jesse hinwegspülte, war so stark, dass er auf den Boden sinken und weinen wollte. Er blickte wieder in den Korridor, um zu sehen, ob Annabelle bemerkt hatte, dass sie schon wieder von Frank gerettet worden waren. Aber Annabelle war nirgendwo zu sehen.

116

Nachdem Ackerman die Leibwächter Demons ausgeschaltet hatte, hörte er mehrere schreiende Stimmen. Die erste war ganz in der Nähe und von fürchterlichem Schmerz erfüllt. Er nahm an, dass sie Demon gehörte; er hatte den Sturz auf den Boden der Turnhalle überlebt, war aber, wie es schien, nicht unversehrt. Eine andere gehörte Annabelle, die Jesses Namen rief. Und die letzte Stimme stammte von Jesse, der etwas ausstieß, was einem urtümlichen Kriegsruf gleichkam.

Ackerman hob beide MP7 auf und eilte ans Geländer. Am anderen Ende der Turnhalle sah er Juggernaut, der seinem jungen Gefährten nachhetzte. Er hob die MPs und zielte mit der Waffe in seiner Rechten. Auf keinen Fall wollte er Jesse treffen. Juggernaut war ein großes Ziel, das den Beschuss zum größten Teil auffangen würde, aber auf Entfernung war die MP7 nicht gerade eine Präzisionswaffe.

Er drückte ab und jagte Juggernaut einen Feuerstoß in den Rücken.

Das Ungeheuer brüllte vor Schmerzen und fuhr zu ihm herum. Mit seinem seltsamen, unnatürlichen Sprungschritt näherte es sich Ackerman.

Nachdem Demons entsetzliche Schöpfung von Jesse abgelenkt war, wollte Ackerman gerade beide Maschinenpistolen auf ihn abfeuern, bis die Magazine leer waren, als er Demon unter sich schreien hörte. Er stellte sich vor, wie es für seinen verletzten Feind aussehen musste, dass das Furcht einflößende Scheusal auf ihn zustürmte.

Ackerman beugte sich über die Brüstung vor. Demons Beine waren in unnatürliche Winkel verdreht, und er versuchte, auf den Händen vor dem heranstürmenden Monstrum wegzukriechen.

Ackerman hob die Maschinenpistolen erneut und zögerte. Demon von seiner eigenen Kreatur töten zu lassen, wäre sehr poetisch. Es wäre genau das, was der Mann verdient hatte, und dennoch wäre es falsch.

Daher drückte Ackerman beide Abzüge und spürte den Rückstoß beider MPs, während sie den verbliebenen Inhalt von zwei Dreißig-Schuss-Magazinen in Juggernaut entluden. Er zielte auf die Stellen, wo die Rüstungsplatten aneinanderstießen, aber die panzerbrechenden Eigenschaften der MP7-Geschosse erwiesen sich als mehr als effektiv.

Juggernaut erbebte unter jedem Treffer, stürmte aber weiter vor wie eine Lokomotive, die nicht anhalten kann. Ackerman dachte schon, dass ihm der Dampf nicht ausgehen würde, bevor er Demon erreichte, doch dann musste sich der große Mensch innerhalb der Metallhülle endlich seinen Verletzungen ergeben. Er zuckte, brüllte und starb. Er brach zusammen und rutschte von seinem Impuls getragen noch über den Turnhallenboden, in den er eine weitere tiefe Furche kratzte.

Am anderen Ende der Turnhalle sprang Jesse in die Luft und rief ein langgezogenes »Yeah!«.

Statt in die Begeisterung des jungen Mannes einzufallen, sprach Ackerman ein stilles Gebet für Demons armes Opfer, dessen Gehirn geschändet und dessen Körper als Marionette missbraucht worden war.

»Sind Sie okay?«, rief er durch die Turnhalle.

»Alles klasse«, antwortete Jesse. »Und Sie?«

Ackerman untersuchte seine Wunden, aber er wusste, dass das Einzige, worum er sich bei seinen Verletzungen sorgen musste, der Blutverlust war. Es waren nicht seine ersten Messerschnitte.

Er zeigte Jesse den erhobenen Daumen und eilte zu den Leichen von Demons Regisseur und Kameramann. Er rollte sie herum und fand das iPad, dessen Display gebrochen war, aber noch funktionierte. Er kam gerade rechtzeitig, um zu sehen, wie Dixon den beiden Frauen half, Marcus aus dem baufälligen Gewölbe zu tragen.

Er schloss die Augen und atmete lange durch. Sie waren in Sicherheit. Es war wirklich vorbei.

Als er wieder über die Brüstung schaute, lag Demon mit dem Rücken auf dem Boden der Turnhalle, und nun lief ihm Blut aus Mund und Nase.

Ackerman befreite seine gefesselten Füße, indem er den Dorn am Gürtel eines Ägypters in den Schlossmechanismus der Fußschelle einführte und ihn damit öffnete. Er sah keinen anderen Weg nach unten, daher stieg er auf das Geländer, sprang vor, packte das Gestell des Basketballkorbes, glitt herunter und traf auf dem Turnhallenboden auf.

Als er auf seine besiegte Nemesis zutrat, sah Ackerman,

dass Demon heftig Blut hustete und es immer wieder ausspuckte. Er kniete neben ihm nieder.

Zwischen zwei pfeifenden Atemzügen sagte Demon: »Schon passend, dass ich sterbe, weil ich im Blut ertrinke.«

Ackerman schälte die Vorderseite von Demons Jackett ab und sah sich die Wunde an. Der Schuss, von dem er geglaubt hatte, er habe Demon in die Schulter getroffen, hatte tatsächlich einen Lungenflügel durchschlagen. Auch der Aufprall hatte ein großes Trauma verursacht und konnte bewirkt haben, dass ein Lungenflügel von einer gebrochenen Rippe punktiert wurde, und eine Vielzahl anderer innerer Verletzungen.

Er legte Demon die Hand auf die Brust und spürte den flatternden, feuchten Atem und das wild schlagende Herz.

Ackerman beugte sich näher. »Falls Sie an Reue auf dem Totenbett gedacht haben, wäre es jetzt so weit.«

Demon lachte blutspuckend. »Sie versuchen noch immer, mich zu retten, Frank?«

»Mir fehlt die Macht, jemanden zu retten. Und durch Argumente kann ich Sie nicht zum Glauben bewegen. Zum Glauben müssen Sie sich entscheiden. Aber wenn ich glauben kann, dass jemandem, der so schlecht ist wie ich, vergeben werden kann, dann kann ich auch noch Hoffnung für Sie haben. Also, was haben Sie mit der Liste angestellt?«

Demon verkrampfte sich. Vor Schmerz knirschte er mit den Zähnen. Aber er beruhigte sich wieder und antwortete: »Ich habe dafür gesorgt, dass eine Version meines schwarzen Büchleins an meine Tochter an der Universität Glasgow geliefert wird. Ihr Name ist Samantha Walker. Auf die Liste kann nur mit einem eigens gefertigten Tabletcomputer zugegriffen werden, der biometrisch von Ihnen und von meiner Tochter entsperrt werden kann, sonst von niemandem. Dazu müssen Sie beide anwesend sein. Das zu sprechende Passwort ist mein Geburtsname. Das ist die beste Technik, die man mit

Geld kaufen kann. Sie arbeitet mit Stimmerkennung und bemerkt, wenn jemand gestresst ist. Solange man nicht riskieren will, dass die Daten unrettbar zerstört werden, kann niemand ohne sowohl meine Tochter als auch Sie darauf zugreifen.«

»Clever. Sie haben es so eingerichtet, dass mir keine andere Wahl bleibt, als Ihre Tochter zu beschützen. Aber Sie verstehen noch immer nicht. Das hätte ich sowieso getan. Sie sollte nicht den Preis für Ihre Sünden zahlen müssen. Schließlich können wir uns unsere Eltern nicht aussuchen.«

Demon hustete und erschauerte, dann fragte er: »Also werden Sie sie beschützen?«

Ackerman nickte. »Das ist es, was ich tue.«

Demon lächelte und murmelte »Wunderschön. Sie sind der beste Freund, den ich je hatte«, unmittelbar bevor er zum letzten Mal die Augen schloss. Unter seiner Hand spürte Ackerman, wie das Herz des Verbrecherkönigs stehenblieb und seine Lunge zu pumpen aufhörte.

Ackerman beugte sich zu Demons Ohr vor. »Ich weiß nicht, ob Sie mich noch hören können, mein Freund, aber falls Sie sich auf einem Meer aus Dunkelheit verirren, so wenden Sie sich zum ersten Mal in Ihrem Leben zum Licht.«

117

Nachdem Jesse zugesehen hatte, wie Frank sich einem Klammeraffen gleich vom Balkon hinunterließ, näherte er sich der Stelle, an der er gelandet war, hielt sich aber zurück, als ihm klar wurde, dass Frank mit Demon sprach.

Außerhalb der Turnhalle klang es, als wäre eine Armee auf das Gelände eingerückt. Hatte er zuvor viele Schüsse gehört, waren die Waffen nun verstummt. Was er nun noch vernahm, waren Sirenen, Motoren, Stiefelschritte und gebrüllte Befehle.

Er sah, wie Demons Kopf zur Seite sackte, aber er wartete noch, bis Frank sich von der Leiche weggeschoben hatte und auf dem Boden saß. Jesse ließ sich neben ihm nieder und konzentrierte sich eine Minute lang auf nichts als das Atmen, dann sah er zu Frank hinüber und entdeckte eine starke Blutung am Arm.

»Sie sind verletzt, Frank«, sagte er.

Frank zuckte mit den Schultern. »Nur ein paar Kratzer. Es läuft nur, aber es spritzt nicht.«

»Sie verlieren viel Blut.«

»Mein Körper macht neues. Glauben Sie mir, im Lauf der Jahre habe ich schon sehr viel davon verloren. Die Polizei wird uns bald finden und mich zusammenflicken. Meine Hauptsorge ist nun, dass Demon dadurch, dass er den Schalter umgelegt hat, auch meine Regierungsakten veröffentlicht haben könnte. Sollte das der Fall sein, bin ich wieder ein gejagter Verbrecher. Wenn nicht jetzt schon, dann in ein paar Stunden.«

Jesse zog eine Braue hoch. »Also waren Sie schon früher auf der Flucht?«

Frank grinste und reichte ihm die Hand. »Ist mir ein Vergnügen, mich dir endlich vorzustellen, Jesse Gibson. Mein Name ist Francis Ackerman Junior.«

Jesse merkte, dass seine Augen ein wenig hervortraten, aber er versuchte, sich unter Kontrolle zu halten. »Sie meinen … du meinst, du bist dieser total geisteskranke Arsch von Serienkiller?«

»Ich würde zwar sagen, dass ich weder geisteskrank noch

ein Arsch bin, aber manch einer würde mir darin widerspre-
chen.«

»Tut mir leid, ich wollte dich nicht … Ich muss das erst
verdauen.«

»Es ist auch ein hübscher Brocken. Aber die Frage des ge-
jagten Verbrechers bringt uns zu einem interessanten Punkt.
Bist du nicht zurzeit ein Fall für den Steckbrief? Solltest du
nicht die Flucht ergreifen?«

Jesse schüttelte den Kopf. »Ich bin es müde zu fliehen. Ich
werde mich dem stellen, was immer kommt. Vielleicht befindet man auf mildernde Umstände und berücksichtigt das
hier.«

Schweigen setzte ein, und Jesse dachte an Annabelle. Sie
war nicht zurückgekommen, um zu sehen, ob er okay war, und
etwas daran betrübte ihn tief. Auch wenn ihm klar war, dass er
von jemandem wie Annabelle keine Zuneigungsbekundungen
erwarten sollte, hatte er trotzdem gehofft, dass zwischen ihnen
mehr entstanden war als nur eine Zweckbeziehung.

Schließlich sagte Frank: »Was, wenn es eine andere Möglichkeit als den Gang ins Gefängnis gäbe, um der Gesellschaft deine Schuld zurückzuzahlen?«

Jesse empfand das gleiche Unbehagen, das er gespürt
hatte, als er sich mit Demon einigte, und antwortete zögernd:
»Ich bin interessiert, aber ich brauche mehr Details. Was
meinst du damit?«

»Nun, ich kann gewiss nicht die fünfunddreißig Millionen Dollar herbeizaubern, die Demon dir versprochen hat.
Aber vielleicht bin ich in der Lage, ein paar Strippen zu ziehen und dir trotzdem die Chance auf einen Neubeginn zu
verschaffen.«

»Ich dachte, du wärst jetzt auf der Flucht?«

»Ja, aber ich weiß auch, wo man eine Liste mit richtig üblen Leuten findet, die für unsere Strafverfolgungsbehörden

sehr wichtig wäre. Ich werde versuchen, eine Abmachung auszuhandeln, die nicht in den Büchern auftaucht, diese Liste gegen eine neue, saubere Identität einzutauschen. Wenn ich sie bewegen kann, das für meinen Bruder und mich zu tun, bringe ich sie auch dazu, dir das Gleiche zu geben.«

»Ist es immer so? Im Gefängnis wäre es sicher.«

»Alles, was zu tun sich lohnt, bringt Schwierigkeiten mit sich. Anders als im Gefängnis bekämst du eine Chance, etwas zu bewirken. Bist du schon mal in Glasgow gewesen?«

Jesse lachte leise und schüttelte den Kopf. »Das klingt genauso wie das Anwerbungsgespräch bei der Army: einen Unterschied ausmachen, die Welt bereisen, neue und interessante Leute kennenlernen, die einen erschießen wollen.«

»Bedeutet das, deine Antwort lautet nein?«

»Und in einer Zelle verrotten und immer daran denken, wie ich meine zweite Chance auf eine zweite Chance vermasselt habe? Nein, ich bin dabei, aber ich habe noch nicht die Energie, mich dafür zu begeistern.«

»Du sollst diesen Job auch gar nicht mögen, Jesse. Du sollst ihn hassen, aber begreifen, dass jemand ihn machen muss.«

»So wie die Müllabfuhr.«

»Ganz genau so.«

»Du verkaufst die Idee nicht sehr gut.«

»Ich werde dich in Bezug auf das, was vor dir liegt, in keiner Weise manipulieren. Täusche dich nicht, was ich dir anbiete, ist ein langer harter Weg voller Tod und Tragik. Aber er führt zu einem guten Ziel und ist die Reise wert.«

»Ich sagte ja schon, dass ich dabei bin, aber je mehr du mir erzählst, desto unwohler wird mir dabei. Ich meine, schlimmer als das, was wir hier erlebt haben, kann es doch nicht werden, oder?«

»Aber sicher kann es das. Auf andere Weise. Es gibt kein Limit dafür, wie schlimm die Dinge werden können. Aber fasse Mut, mein junger Freund, wir bekommen wenigstens ein bisschen Zeit, um zu Atem zu kommen und uns zu erholen. Was auch der Grund ist, weshalb ich wieder los muss. Ich habe Menschen, die ich sehr liebe und mit denen ich diese Momente verbringen möchte.«

118

Während sieben menschliche Monstren krallend und schlagend versuchten, sie zu erreichen, hatten Nadia und Nakamura mit Dr. Dixons Hilfe Marcus aus der unterirdischen Cafeteria getragen. Schon als sie am oberen Ende der Treppe waren, brachen die Furien durch die Tischbarrikade und stürmten in den Speisesaal. Aber sie kamen zu spät. Nadia knallte die Kellertür hinter ihnen zu und sperrte Demons Geschöpfe in den Tiefen ein, in die sie gehörten.

Als sie weitergingen, entdeckte Nadia die Leichen der beiden Sturmtruppler mit den Flammenwerfern – offenbar hatten sie einem Neurochirurg mit einer MP7 und dem Element der Überraschung nichts entgegenzusetzen gehabt. Sie entfernten sich von den Schüssen und der anderen hörbaren Aktivität, bis sie einem Trupp des Hostage Rescue Teams des FBI begegneten und durch einen Polizeikordon zu einer Reihe von Krankenwagen geführt wurden. Die Rettungssanitäter machten sich sofort bei Marcus an die Arbeit und legten warme Decken um die übrigen.

Während dieser Zeit fragte Nadia immer wieder nach Neuigkeiten über Frank, aber niemand wusste etwas.

Beinahe eine Stunde verging, bevor ein massives Panzerfahrzeug vom Typ Lenco BearCat, auf dessen Seite in weißer Schablonenschrift SWAT stand, vor den Krankenwagen hielt. Die stählerne Beifahrertür öffnete sich, und Ackerman stieg aus.

Nadia sprang aus dem Heck des Krankenwagens und eilte auf ihn zu. Ihr war dabei, als schwebte sie, als wäre sie eine Figur aus einem alten Zeichentrickfilm, die den Duft eines Kuchens in die Nase bekam, der auf der Fensterbank abkühlte, und von ihren Gelüsten davongetragen wurde. Sie schlang die Arme um ihn, und er drückte sie fest an sich.

Frank legte ihr die Hand auf die Schulter und ließ sie an ihrem Arm herunterstreichen. Sie spürte die Wärme seiner Fingerspitzen, die an ihrem Ellbogen verharrten.

»Als wir das letzte Mal sprachen, habe ich dir meine Gefühle offenbart«, sagte er. »Das macht dieses Gespräch ein wenig peinlich. Aber damals glaubte ich, ich marschierte meinem Tod entgegen und würde dich niemals wiedersehen. Deshalb dachte ich, die Situation erfordere ein wenig Direktheit und Wagemut. Trotzdem, vielleicht hätte ich lieber …«

Sie schlang ihm die Arme um die Taille und zog ihn an sich. In seinen sturmgrauen Augen stand Unsicherheit, als er sie anblickte. Trotzdem hatte sie in keinerlei Hinsicht das Gefühl, er wollte sich von ihr zurückziehen. Um ihn weiter anzutreiben, neigte sie den Kopf zur Seite und presste ihre Lippen auf seinen Mund. Zuerst fiel der Kuss steif aus, aber nach nur einer Sekunde schloss Frank sie leidenschaftlich in die Arme.

Als er seine Lippen von ihrem Mund löste, sah er zu Nadia hinab; Besorgnis stand in seinem Gesicht.

»Ich weiß, dass du verflucht bist«, flüsterte sie. »Mir ist klar, dass ich mein Leben in Gefahr bringe, wenn ich mit dir zusammen bin. Aber das ist mein Risiko, und die Entscheidung liegt bei mir. Und ich entscheide mich für dich.«

Sie rechnete damit, dass er Einwände erhob und erklärte, mit der Unsicherheit nicht leben zu können, aber er tat es nicht. Er starrte sie eine Weile an. Sie hielt stand. Dann löste sich seine körperliche Anspannung, und sie sah, wie der Ausdruck in seinen Augen die Härte verlor.

Er lächelte sie verführerisch an. »Mir genügt das.«

Sie merkte, dass sie die Stirn kraus zog. Sie rechnete mit einem *Aber*, das sich anschloss. »Wirklich?«, fragte sie.

Er zuckte mit den Schultern. »Du musst deine Fehler selbst begehen, genau wie jeder andere Mensch auch. Und ich kann es dir gewiss nicht verdenken. Ich übe schließlich eine animalische Anziehungskraft aus. Das bedeutet allerdings keineswegs, dass du uns nach Schottland begleitest.«

»Was? Was ist denn in Schottland?«

Mit wehmütiger Miene antwortete er: »Demons Liste und die Tochter des Feuers.«

»Noch einmal: Was?«

»Ich habe vorhin mit Deputy Director Carter gesprochen. Wir haben eine Menge Entwicklungen zu erörtern, aber vielleicht wäre es am besten, wenn Marcus an dem Gespräch teilnimmt.«

Sie stiegen wieder in einen Krankenwagen. Marcus richtete sich in Sitzhaltung auf, während sie auf einer Bank neben ihm Platz nahmen. Ackerman schilderte, was in der letzten Episode von *Tanz der Dämonen* geschehen war, ließ die Enthüllungen über Annabelle allerdings weg.

»Demon ist also tot?«, fragte Marcus. »Bist du dir sicher? Das ist kein Trick?«

»Er ist tot. Ich habe schon viele Menschen umgebracht, ich weiß, wann ich einen Toten vor mir habe.«

»Ich nehme an, du hast ihn getötet?«

»Nein, am Ende hat er sich selbst zerstört. Aber vielleicht

bin ich wenigstens ansatzweise zu ihm durchgedrungen. Seine letzte Tat könnte man als etwas betrachten, das aus einem Geist der Zerknirschung geboren wurde.«

Ackerman erklärte, wie Demon es eingerichtet hatte, dass sie seine Tochter schützen mussten, um an die Liste zu gelangen. Danach legte er sein Gespräch mit dem Deputy Director dar. »Carter hatte gute und schlechte Neuigkeiten für mich. Die gute Nachricht hat mit keinem von euch zu tun, also …«

»Was ist die gute Nachricht?«, unterbrach Nadia ihn. »Und wen betrifft sie noch?«

»Carter wird sich um meinen Hund Theodore kümmern, bis alles erledigt ist.«

Sein Bruder und Nadia sahen ihn einen Augenblick lang verdutzt an, und Ackerman fuhr fort: »Kommen wir zu den schlechten Nachrichten. Demon hat seine Drohung leider wahrgemacht und meine geheime Identität der Welt offengelegt. Sämtliche Berichte über unsere nicht so ganz legalen Aktivitäten der vergangenen Jahre sind nun allgemein bekannt. Carter versucht die Wölfe auf Abstand zu halten, aber er kann uns höchstens vierundzwanzig Stunden verschaffen. So viel Zeit bleibt uns, bis für uns beide Haftbefehle ausgestellt werden. Natürlich war das, was du im Namen der Gerechtigkeit begangen hast, nicht annähernd so schlimm wie meine Verbrechen in meinem früheren Leben, sodass ich das Hauptziel der Menschenjagd sein werde. Trotzdem kannst du nicht einfach nach Hause zurückkehren, bevor wir die Frage geklärt haben.«

Ackerman wandte sich Nadia zu. »Carter glaubt, dass er dich vor den negativen Folgen bewahren kann. Aus diesem Grund musst du zurückbleiben. Außerdem muss er uns effektiv von jeder aktiven Unterstützung ausschließen. Eventuell brauchen wir deshalb deine Hilfe von innen, falls es für uns haarig wird.«

»Sag mir, dass dein Boss einen Plan hat«, sagte Marcus.

»Falls wir imstande sind, die Liste zu beschaffen, denkt Carter, dass er etwas arrangieren kann, wodurch wir neue Identitäten erhalten und unser Tod vorgetäuscht wird. Dieser Deal ist natürlich an weitere Schuldknechtschaft gegenüber den US-Strafverfolgungsbehörden geknüpft.«

Nadia warf ein: »Und er setzt voraus, dass du dich durch Demons größte Feinde hindurchkämpfen kannst, um seine Tochter zu retten.«

»Richtig. Das ist keine tolle Neuigkeit, aber auch nicht furchtbar. Es könnte schlimmer sein.«

»Wie denn das?«, fragte sie.

»Wir könnten ja gar keine Hoffnung haben.«

Marcus seufzte, legte den Kopf zurück auf das Kissen der Trage und sah zur Decke des Krankenwagens. »Ihr wisst, dass die Einsatzregeln sich ändern müssen, wenn wir auf der Flucht vor den Behörden sind. Wir bekommen keine Verstärkung. Nicht dass wir je Verstärkung angefordert hätten.«

»Jesus sandte die Jünger zu zweit aus und riet ihnen, so klug zu sein wie die Schlangen und so harmlos wie die Tauben«, sagte Ackerman.

Marcus zog eine Braue hoch. »Bin mir nicht sicher, ob er uns den gleichen Rat geben würde. Als harmlos bist du noch nie bekannt gewesen.«

»Relativ gesehen ist das richtig, aber Menschen können sich ändern. Ich kann mein Arsenal nicht tödlicher Kampftechniken weiterentwickeln.«

»Vergessen wir nicht, dass die meisten frühen Jünger wegen ihres Glaubens umgebracht wurden.«

»Ich glaube, der richtige Ausdruck lautet *zum Märtyrer geworden*«, sagte Ackerman.

»Das ist mein Ernst, Frank. Keine großen edelmütigen Opfer. Keine Kreuzzüge. Kein Zerschlagen irgendwelcher weiterer internationaler Verbrechersyndikate. Wir finden

Demons Tochter und holen uns die Liste. Und dann holen wir uns unser Leben zurück.«

Ackerman rollte mit den Augen. »Und ich muss eine weitere absurd an den Haaren herbeigezogene Geschichte über mein Ableben ertragen. Auch sie wird, da bin ich mir sicher, meinem Vermächtnis keinerlei Gerechtigkeit angedeihen lassen.«

Marcus lachte leise. »Eine Tragödie und Travestie zugleich, ich weiß schon. Und du wirst noch mehr plastische Chirurgie über dich ergehen lassen müssen.«

Ackerman knurrte. »Na, Faeces. Fast hatte ich mich an dieses Gesicht gewöhnt. Aber da wir schon beim Thema lebensverändernde Neuigkeiten sind … Wir haben eine neue kleine Halbschwester.«

Marcus atmete volle zehn Sekunden lang langsam und rhythmisch, bevor er sprach. »Sag mir bitte, der Alte hat eine Gefängniswärterin geschwängert. Sag mir bitte nicht, dass wir mit dem tief verstörten Mädchen mit dem Kurzhaarschnitt verwandt sind.«

Ackerman lächelte. »Ich habe es Demon gesagt. Wir erkennen einander, und ob es uns gefällt oder nicht, Annabelle passt gut in unsere Familie.«

119

Jedes Mal, wenn der Greyhound-Bus anhielt, verfolgte ein Gruseltyp in Annabelles Nähe jede ihrer Bewegungen mit hungrigen Augen. Er trug ein schmuddeliges schwarzes

Sweatshirt und eine Skimütze mit Tarnmuster und roch wie der Müllcontainer hinter einem chinesischen Restaurant. Sie bemerkte auch, dass er die Umgebung beobachtete, wann immer der Fahrer anhielt und eine Pause einlegte. Denn während jeder dieser Pausen verließ auch Annabelle den Bus, vertrat sich die Beine und benutzte eine Toilette, die sich nicht bewegte.

Vielleicht irrte sie sich. Vielleicht malte der Kerl sich nur aus, was er mit ihr anstellen könnte, und es blieb bei den Gedanken. Sie hatte aber das Gefühl, dass er von der Sorte war, die ihr, wenn die Gelegenheit sich bot, aus dem Bus auf die Toilette folgte und ihre Leiche in einer Kabine zurückließ, nachdem er alles mit ihr gemacht hatte, was er wollte.

Das war genau der Grund, weshalb Annabelle bei jedem Halt ausstieg. Sie versuchte ihm Gelegenheit zu geben, seinen dunklen Trieben nachzugeben.

Sie hatte eine Menge Aggressionen angestaut, die sie gern abbauen wollte. Triebe hatte der Gruseltyp nicht als Einziger.

Aber beim nächsten Stopp schlossen drei schwarze SUVs den Bus ein. Ein Mann im Anzug stieg in den Bus und drückte dem Fahrer eine Glock ins Genick. Dicht hinter ihm folgten zwei weitere Männer in Anzügen, nur dass sie Maschinenpistolen im Anschlag hatten. Der erste Mann rief den Passagieren zu, sie sollten ruhig bleiben, dann suchte er zwischen ihnen nach Bedrohungen und nickte schließlich über seine Schulter hinweg.

Eine Frau kam in den Bus. Sie hatte kastanienbraunes Haar und elfenbeinerne Haut. Sie trug einen engen schwarzen Hosenanzug mit purpurnen Nadelstreifen.

Annabelle hielt den Blick nach vorn gerichtet, aber sie kannte die Frau und ahnte, weshalb sie hier war. Die Frau blieb im Gang neben Annabelle stehen, machte eine scheuchende Bewegung mit ihren Händen und sagte: »Nun rutschen Sie schon rüber.«

Augenrollend gehorchte Annabelle, und die Frau glitt mit katzenhafter Anmut auf den Sitz am Gang. »Wohin wollen Sie denn, Annabelle?«

»So weit wie möglich weg von lügnerischen Arschlöchern wie Ihrem toten Boss.«

Die Frau presste die Hände mit den Fingerspitzen kirchturmartig gegeneinander. »Wir sind nun unter neuem Management, deshalb nehmen wir ein wenig Rebranding und Restrukturierung vor.«

»Viel Glück damit.«

»Oh, es läuft recht gut. Ich habe nur ein paar kleine Probleme, und ich hätte zu gern eine Frau mit Ihren Talenten in meinem Team, die sich um solche Fragen kümmert.«

»Ich bin keine Teamplayerin.«

Die Frau zog einen kleinen handgeschriebenen Zettel aus schlichtem weißem Papier aus der Tasche. Auf dem Zettel stand der Buchstabe *L*, und darunter war eine Telefonnummer.

»Sie können mich Lauren nennen«, sagte sie, »aber Demon hat von mir vielleicht als *Sukkubus* gesprochen.«

Annabelle lächelte gezwungen. »Freut mich, Sie kennenzulernen, und alles Gute. Sie können meinetwegen die Welt übernehmen oder niederbrennen oder was zum Teufel Sie auch machen wollen. Ich hab meine eigenen Eisen im Feuer.«

Lauren schaute sie mit dem vermutlich verführerischsten und ausdrucksvollsten Augenpaar an, das Annabelle je gesehen hatte. »Oh, ich weiß genau, was Sie wollen, kleines Kätzchen. Sehnsüchte zu erfüllen ist meine Spezialität.«

»Ich brauch Ihre Sorte Hilfe nicht, Lady. Also warum rutschen Sie mit Ihrem Hintern nicht von meinem Platz, verschwinden und lassen die netten Leute hier in Ruhe?«

Wut blitzte in Laurens Augen auf, aber nur ganz kurz. Gleich darauf lächelte sie noch breiter und sagte: »An Ihrer Stelle würde ich doch wenigstens ein *bisschen* darüber nachdenken. Das Angebot ist zeitlich begrenzt.«

»Ich hab ja Ihre Nummer. Rufen Sie mich nicht an, ich rufe Sie an. Und was die aggressiven Verkaufstaktiken angeht, zeitlich begrenzte Angebote machen nur Gebrauchtwagenverkäufer und die Arschlöcher auf den Teleshopping-Kanälen. Wenn die es tun, kotzt es mich schon an, und bei Ihnen gefällt es mir noch viel weniger. Ich habe nichts für Leute übrig, die versuchen, mich zu manipulieren.«

Lauren lachte. »Ich versuche nicht, Sie zu manipulieren. Ich versuche, Ihnen das Geschäft Ihres Lebens anzubieten. Eine Chance, jeden erdenklichen Wunsch erfüllt zu bekommen. Ich weiß, dass Sie Ihren Vater aus dem Loch holen wollen, in dem er verrottet. Ich kann dafür sorgen, dass er freikommt.«

»Und lassen Sie mich raten, alles, was ich dafür tun muss, ist gegen einen gepanzerten Eisbären zu kämpfen und einen Haufen Geisteskranker, die als Ballerinen verkleidet sind. Danke, aber nein danke. Ich habe genug von Ihren Spielen.«

»Keine Spiele diesmal. Nur ein einfacher Vertrag. Ich liefere Ihnen die Welt, und Sie liefern mir Marcus Williams und Francis Ackerman Junior.«